三侠五义

中国古典文学名著丛书

[清]石玉昆 著

華夏出版社
HUAXIA PUBLISHING HOUSE

目 录

第一回

设阴谋临产换太子　奋侠义替死救皇娘

诗曰：

纷纷五代乱离间，一旦云开复见天。
草木百年新雨露，车书万里旧江山。
寻常巷陌陈罗绮，几处楼台奏管弦。
天下太平无事日，莺花无限日高眠。

话说宋朝自陈桥兵变，众将立太祖为君，江山一统，相传至太宗，又至真宗，四海升平，万民乐业，真是风调雨顺，君正臣良。

一日，早朝，文武班齐，有西台御史兼钦天监文彦博出班奏道："臣夜观天象，见天狗星犯阙，恐于储君①不利。恭绘形图一张，谨呈御览。"承奉接过，陈于御案之上。天子看罢，笑曰："朕观此图，虽则是上天垂象，但朕并无储君，有何不利之处？卿且归班，朕自有道理。"早期已毕，众臣皆散。

转向宫内，真宗闷闷不乐，暗自忖道："自御妻薨②后，正宫之位久虚，幸有李、刘二妃现今俱各有娠，难道上天垂象就应于她二人身上不成？"才要宣召二妃见驾，谁想二妃不宣而至，参见已毕，跪而奏曰："今日乃中秋佳节，妾妃等已将酒宴预备在御园之内，特请圣驾今夕赏月，作个不夜之欢。"天子大喜，即同二妃来到园中，但见秋色萧萧，花香馥馥，又搭着金风瑟瑟，不禁心旷神怡。真宗玩赏，进了宝殿，归了御座，李、刘二妃陪侍。宫娥献茶已毕。

天子道："今日文彦博具奏，他道现时天狗星犯阙，主储君不利。朕虽乏嗣，且喜二妃俱各有孕，不知将来谁先谁后，是男是女。上天既然垂兆，朕赐汝二人玉玺龙袱各一个，镇压天狗冲犯；再朕有金丸一对，内藏九

---

① 储君——帝王的亲属中已经确定继承皇位等最高统治权的人。

② 薨(hōng)——君主时代称诸侯或大官死。

曲珠子一颗,系上皇所赐,无价之宝,朕幼时随身佩带,如今每人各赐一枚,将妃子等姓名宫名刻在上面,随身佩带。”李、刘二妃听了,望上谢恩。天子即将金丸解下,命太监陈林拿到尚宝监,立时刻字去了。

这里二位妃子吩咐摆酒,安席进酒。登时鼓乐迭奏,彩戏俱陈,皇家富贵自不必说。到了晚间,皓月当空,照得满园如同白昼,君妃快乐,共赏冰轮,星斗齐辉,觥筹交错①。天子饮至半酣,只见陈林手捧金丸,跪呈御前。天子接来细看,见金丸上面,一个刻着“玉宸宫李妃”,一个刻着“金华宫刘妃”,镌的甚是精巧。天子深喜,即赏了二妃。二妃跪领,钦遵佩带后,每人又各献金爵三杯。天子并不推辞,一连饮了,不觉大醉,哈哈大笑,道:“二妃子如有生太子者,立为正宫。”二妃又谢了恩。

天子酒后说了此话不知紧要,谁知生出无限风波。你道为何?皆因刘妃心地不良,久怀嫉妒之心,今一闻此言,惟恐李妃生下太子立了正宫。自那日归宫之后,便与总管都堂郭槐暗暗铺谋定计,要害李妃。谁知一旁有个宫人名唤寇珠,乃刘妃承御的宫人。此女虽是刘妃心腹,她却为人正直,素怀忠义,见刘妃与郭槐计议,好生不乐。从此后各处留神,悄地窥探。

单言郭槐奉了刘妃之命,派了心腹亲随,找了个守喜婆尤氏;这守喜婆就屁滚尿流,又把自己男人托付郭槐,也做了添喜郎了。

一日,郭槐与尤氏秘密商议,将刘妃要害李妃之事,细细告诉。奸婆听了,始而为难。郭槐道:“若能办成,你便有无穷富贵。”婆子闻听,不由满心欢喜,眉头一皱,计上心来,便对郭槐道:“如此如此,这般这般。”郭槐闻听,说:“妙!妙!真能办成,将来刘妃生下太子,你真有不世之功。”又嘱咐临期不要误事,并给了好些东西。婆子欢喜而去。郭槐进宫,将此事回明,刘妃欢喜无限,专等临期行事。

光阴迅速,不觉的到了三月,圣驾至玉宸宫看视李妃。李妃参驾。天子说:“免参。”当下闲谈,忽然想起明日乃是南清宫八千岁的寿辰,便特派首领陈林前往御园办理果品,来日与八千岁祝寿。陈林奉旨去后,只见李妃双眉紧蹙②,一时腹痛难禁。天子着惊,知是要分娩了,立刻起驾出

① 觥(gōng)筹交错——形容许多人相聚饮酒的热闹情形。

② 蹙(cù)——皱(眉头)。

宫，急召刘妃带领守喜婆前来守喜。刘妃奉旨，先往玉宸宫去了。郭槐急忙告诉尤氏。尤氏早已备办停当，双手捧定大盒，交付郭槐，一同至玉宸宫而来。

你道此盒内是什么东西？原来就是二人定的奸计，将狸猫剥去皮毛，血淋淋、光油油，认不出是何妖物，好生难看。二人来至玉宸宫内，别人以为盒内是吃食之物，哪知其中就里①。恰好李妃临蓐②，刚然分娩，一时血晕，人事不知。刘妃、郭槐、尤氏做就活局，趁着忙乱之际，将狸猫换出太子，仍用大盒将太子就用龙袱包好装上，抱出玉宸宫，竟奔金华宫而来。刘妃即唤寇珠提藤篮暗藏太子，叫她到销金亭用裙绦勒死，丢在金水桥下。寇珠不敢不应，惟恐派了别人，此事更为不妥，只得提了藤篮，出凤右门至昭德门外，直奔销金亭上，忙将藤篮打开，抱出太子。且喜有龙袱包裹，安然无恙。抱在怀中，心中暗想："圣上半世乏嗣，好容易李妃产生太子，偏遇奸妃设计陷害，我若将太子谋死，天良何在？也罢！莫若抱着太子一同赴河，尽我一点忠心罢了。"刚然出得销金亭，只见那边来了一人，即忙抽身，隔窗细看。见一个公公打扮的人，踏过引仙桥，手中抱定一个宫盒，穿一件紫罗袍绣立蟒，粉底乌靴，胸前悬一挂念珠，项左斜插一个拂尘儿，生的白面皮，精神好，双目把神光显。这寇承御一见，满心欢喜，暗暗地念佛说："好了！得此人来，太子有了救了！"原来此人不是别人，就是素怀忠义、首领陈林。只因奉旨到御园采办果品，手捧着金丝砌就龙妆盒，迎面而来。一见寇宫人怀抱小儿，细问情由。寇珠将始末根由，说了一回。陈林闻听，吃惊不小，又见有龙袱为证。二人商议，即将太子装入盒内，刚刚盛得下。偏偏太子啼哭，二人又暗暗的祷告。祝赞已毕，哭声顿止。二人暗暗念佛，保佑太子平安无事，就是造化。二人又望空叩首罢，寇宫人急忙回宫去了。

陈林手捧妆盒，一腔忠义，不顾死生，直往禁门而来。才转过桥，走至禁门，只见郭槐拦住道："你往哪里去？刘娘娘宣你，有话面问。"陈公公闻听，只得随往进宫，却见郭槐说："待我先去启奏。"不多时，出来说："娘娘宣你进去。"陈公公进宫，将妆盒放在一旁，朝上跪倒，口尊："娘娘，奴

① 就里——内部情况。

② 临蓐(rù)——指孕妇分娩前一段时间。

婢陈林参见,不知娘娘有何懿旨?”刘妃一言不发,手托茶杯,慢慢吃茶,半晌,方才问道:“陈林,你提这盒子往哪里去?上有皇封,是何缘故?”陈林奏道:“奉旨前往御园采拣果品,与南清宫八大王上寿,故有皇封封定,非是奴婢擅敢自专的。”刘妃听了,瞧瞧妆盒,又看看陈林,复又说道:“里面可有夹带?从实说来!倘有虚伪,你吃罪不起。”陈林当此之际把生死付于度外,将心一横,不但不怕,反倒从容答道:“并无夹带。娘娘若是不信,请去皇封,当面开看。”说着话,就要去揭皇封。刘妃一见,连忙拦住道:“既是皇封封定,谁敢私行开看!难道你不知规矩么?”陈林叩头说:“不敢,不敢!”刘妃沉吟半晌,因明日果是八千岁寿辰,便说:“既是如此,去罢!”陈林起身,手提盒子,才待转身,忽听刘妃说:“转来!”陈林只得转身。刘妃又将陈林上下打量一番,见他面上颜色丝毫不漏,方缓缓地说道:“去罢。”陈林这才出宫。这也是一片忠心,至诚感应,始终瞒过奸妃,脱了这场大难。

出了禁门,直奔南清宫内,传:“旨意到。”八千岁接旨入内殿,将盒供奉上面,行礼已毕。因陈林是奉旨钦差,才要赐座,只见陈林扑簌簌泪流满面,双膝跪倒,放声大哭。八千岁一见,唬得惊疑不止,便问道:“伴伴,这是何故?有话起来说。”陈林目视左右。贤王心内明白,便吩咐:“左右回避了。”陈林见没人,便将情由,细述一遍。八千岁便问:“你怎么就知道必是太子?”陈林说:“现有龙袱包定。”贤王听罢,急忙将妆盒打开,抱出太子一看,果有龙袱;只见太子哇的一声,竟痛哭不止,仿佛诉苦的一般。贤王爷急忙抱入内室,并叫陈林随入里面,见了狄娘娘,又将原由,说了一遍。大家商议,将太子暂寄南清宫抚养,候朝廷诸事安顿后,再做道理。陈林告别,回朝复命。

谁知刘妃已将李妃生产妖孽,奏明圣上。天子大怒,立将李妃贬入冷宫下院,加封刘妃为玉宸宫贵妃。可怜无靠的李妃受此不白之冤,向谁申诉?幸喜冷宫的总管姓秦名凤,为人忠诚,素与郭槐不睦,已料此事必有奸谋;今见李妃如此,好生不忍,向前百般安慰。又吩咐小太监余忠:“好生服侍娘娘,不可怠慢。”谁知余忠更有奇异之处,他的面貌酷肖①李妃的玉容,而且素来做事豪侠,往往为他人奋不顾身,因此秦凤更加疼爱他,虽

① 酷肖(xiào)——极其相像。

是师徒，情如父子。他今见娘娘受此苦楚，恨不能以身代之，每欲设计救出，只是再也想不出法子来，也只得罢了。

且说刘妃此计已成，满心欢喜，暗暗地重赏了郭槐与尤氏，并叫尤氏守自己的喜。到了十月满足，恰恰也产了一位太子，奏明圣上。天子大喜，即将刘妃立为正宫，颁行天下。从此人人皆知国母是刘后了。待郭槐犹如开国的元勋一般，尤氏就为掌院，寇珠为主宫承御。清闲无事。

谁想乐极生悲，过了六年，刘后所生之子，竟至得病，一命呜呼。圣上大痛，自叹半世乏嗣，好容易得了太子，偏又夭亡，焉有不心疼的呢？因为伤心过度，竟是连日未能视朝。这日八千岁进宫问安。天子召见八千岁，奏对之下，赐座闲谈，问及世子共有几人，年纪若干。八千岁一一奏对，说至三世子，恰与刘后所生之子岁数相仿。天子闻听，龙颜大悦，立刻召见，进宫见驾。一见世子，不由龙心大喜，更奇怪的是，形容态度与自己分毫不差，因此一乐，病就好了。即传旨将三世子承嗣①，封为东宫守缺太子。便传旨叫陈林带往东宫参见刘后，并往各宫看视。陈林领旨，引着太子，先到昭阳正院朝见刘后，并启奏说："圣上将八千岁之三世子，封为东宫太子，命奴婢引来朝见。"太子行礼毕。刘后见太子生的酷肖天子模样，心内暗暗诧异。陈林又奏还要到各宫看视。刘后说："既如此，你就引去；快来见我，还有话说呢。"陈林答应着，随把太子引往各宫去。

路过冷宫，陈林便向太子说："这是冷宫，李娘娘因产生妖物，圣上将李娘娘贬入此宫。若说这位娘娘，是最贤德的。"太子闻听产生妖物一事，心中就有几分不信。这太子乃一代帝王，何等天聪，如何信这怪异之事？可也断断想不到就在自己身上，便要进去看视。恰好秦凤走出宫来，（陈林素与秦凤最好，已将换太子之事悄悄说明："如今八千岁的世子就是抵换的太子。"秦凤听了大喜。）先参见了太子，便转身进宫奏明李娘娘，不多时，出来说道："请太子进宫。"陈林一同引进，见了娘娘，太子不由得泪流满面。这正是母子天性攸关②。陈林一见，心内着忙，急将太子引出，仍回正宫去了。

刘后正在宫中闷坐细想，忽见太子进宫面有泪痕，追问何故啼哭。太

---

① 承嗣（sì）——把兄弟等的儿子收做自己的儿子。

② 天性攸（yōu）关——关系到人先天具有的品质或性情。攸：所。

子又不敢隐瞒,便说:"适从冷宫经过,见李娘娘形容憔悴,心实不忍,奏明情由,还求母后遇便在父王跟前解劝解劝,使脱了沉埋,以慰孩儿凄惨之忱。"说着,便跪下去了。刘后闻听,便心中一惊,假意连忙搀起,口中夸赞道:"好一个仁德的殿下!只管放心,我得便就说便了。"太子仍随着陈林上东宫去了。

太子去后,刘后心中哪里丢得下此事,心中暗想:"适才太子进宫,猛然一见,就有些李妃形景;何至见了李妃之后,就在哀家跟前求情!事有可疑。莫非六年前叫寇珠抱出宫去,并未勒死,不曾丢在金水桥下?"因又转想:"曾记那年有陈林手提妆盒从御园而来,难道寇珠擅敢将太子交与陈林,携带出去不成?若要明白此事,须拷问寇珠这贱人,便知分晓。"越想愈觉可疑,即将寇珠唤来,剥去衣服,细细拷问,与当初言语一字不差。刘后更觉恼怒,便召陈林当面对证,也无异词。刘后心内发焦,说:"我何不以毒攻毒,叫陈林掌刑追问。他二人做的事,如今叫一人受苦,焉有不说的道理。"便命陈林掌刑,拷问寇珠。刘后虽是如此心毒,哪知横了心的寇珠,视死如归。可怜她柔弱身躯,只打得身无完肤,也无一字招承。正在难分难解之时,见有圣旨来宣陈林。刘后惟恐耽延工夫,露了马脚,只得打发陈林去了。寇宫人见了陈林已去大约刘后必不干休,与其零碎受苦,莫若寻个自尽。因此触槛①而死。刘后吩咐将尸抬出,就有寇珠心腹小宫人偷偷埋在玉宸宫后。刘后因无故打死宫人,威逼自尽,不敢启奏,也不敢追究了。刘后不得真情,其妒愈深,转恨李妃不能忘怀,悄与郭槐商议,密访李妃嫌隙,必须置之死地方休。也是合当有事。

且说李妃自见太子之后,每日伤感,多亏秦凤百般开解,暗将此事,一一奏明。李妃听了,如梦方醒,欢喜不尽,因此每夜烧香,祈保太子平安。被奸人访着,暗在天子前启奏,说:"李妃心下怨恨,每夜降香诅咒,心怀不善,情实难宥②。"天子大怒,即赐白绫七尺,立时赐死。谁知早有人将信暗暗透于冷宫。秦凤一闻此言,胆裂魂飞,忙忙奏知李娘娘。李娘娘闻听,登时昏迷不醒。正在忙乱,只见余忠赶至面前,说道:"事不宜迟!快将娘娘衣服脱下,与奴婢穿了。奴婢情愿自身替死。"李妃苏醒过来,一

① 槛(kǎn)——门槛,门限。

② 宥(yòu)——宽恕,原谅。

闻此言,只哭得哽气倒噎,如何还说得出话来。余忠不容分说,自己摘下花帽,扯去网巾,将发散开,挽了一个绺儿;又将自己衣服脱下,放在一旁,只求娘娘早将衣服赐下。秦凤见他如此忠烈,又是心疼,又是羡慕,只得横了心在旁催促更衣。李妃不得已将衣脱下,与他换了,便哭说道:"你二人是我大恩人了!"说罢,又昏过去了。秦凤不敢耽延,忙忙将李妃移至下房,装作余忠卧病在床。刚然收拾完了,只见圣旨已到,钦派孟彩嫔验看。秦凤连忙迎出,让至偏殿暂坐。"俟娘娘归天后,请贵人验看就是了。"孟彩嫔一来年轻,不敢细看;二来感念李妃素日恩德,如今遭此凶事,心中悲惨,如何想得到是别人替死呢。不多时,报道:"娘娘已经归天了,请贵人验看。"孟彩嫔闻听,早已泪流满面,哪里还忍近前细看,便道:"我今回复圣旨去了。"此事若非余忠与娘娘面貌仿佛,如何遮掩得过去。于是按礼埋葬。

此事已毕,秦凤便回明余忠病卧不起。郭槐原与秦公公不睦,今闻余忠患病,又去了秦凤膀臂,正中心中机关,便不容他调养,立刻逐出,回籍为民。因此秦凤将假余忠抬出,特派心腹人役送至陈州家内去了。后文再表。

从此秦凤踽踽①凉凉,凄凄惨惨,时常思念徒儿死的可怜又可敬,又惦记着李娘娘在家中怕受了委屈。这日晚间正在伤心,只见本宫四面火起。秦凤一见已知是郭槐之计,一来要斩草除根,二来是公报私仇。"我纵然逃出性命,也难免失火之罪;莫若自焚,也省得与他作对。"于是秦凤自己烧死在冷宫之内。此火果然是郭槐放的。此后刘后与郭槐安心乐意,以为再无后患了。就是太子也不知其中详细,谁也不敢泄漏。又奉旨钦派陈林督管东宫,总理一切,闲杂人等不准擅入。这陈林却是八千岁在天子面前保举的,从此太平无事了。如今将仁宗的事已叙明了,暂且搁起,后文自有交代。

便说包公降生,自离娘胎,受了多少折磨,较比仁宗,坎坷更加百倍,正所谓"天将降大任"之说。闲言少叙。单表江南庐州府合肥县内有个包家村,住一包员外,名怀,家富田多,骡马成群,为人乐善好施,安分守己,因此人人皆称他为"包善人",又曰"包百万"。包怀原是谨慎之人,既

---

① 踽踽(jǔjǔ)——形容一个人走路孤零的样子。

有百万之称，自恐担当不起。他又难以拦阻众人，只得将包家村改为包村，一是自己谦和，二免财主名头。院君周氏，夫妻二人皆四旬以外。所生二子，长名包山，娶妻王氏，生了一子，尚未满月；次名包海，娶妻李氏，尚无儿女。他弟兄二人虽是一母同胞，却大不相同：大爷包山为人忠厚老诚，正直无私，恰恰娶了王氏，也是个好人；二爷包海为人尖酸刻薄，奸险阴毒，偏偏娶了李氏，也是心地不端。亏得老员外治家有法，规范严肃，又喜大爷凡事宽和，诸般逊让兄弟，再也叫二爷说不出话来，就是妯娌之间，王氏也是从容和蔼，在小婶前毫不较量，李氏虽是刁悍，她也难以施展。因此一家尚为和睦，每日大家欢欢喜喜。父子兄弟春种秋收，务农为业，虽非诗书门第，却是勤俭人家。

不意老院君周氏安人年已四旬开外，忽然怀孕。员外并不乐意，终日忧愁。你说这是什么意思呢？老来得子是快乐，包员外为何不乐？只因夫妻皆是近五旬的人了，已有两个儿子，并皆娶媳生子，如今安人又养起儿女来了。再者院君偌大年纪，今又生产，未免受伤；何况乳哺三年更觉勤劳，如何禁得起呢？因此每日忧烦，闷闷不乐，竟是时刻不能忘怀。这正是：家遇吉祥反不乐，时逢喜事顿添愁。

未审后事如何，且听下回分解。

第二回

奎星兆梦忠良降生　雷部宣威狐狸避难

且说包员外终日闷闷，这日独坐书斋，正踌躇此事，不觉双目困倦，伏几而卧。朦胧之际，只见半空中祥云缭绕，瑞气氤氲①；猛然红光一闪，面前落下个怪物来，头生双角，青面红发，巨口獠牙，左手拿一银锭，右手执一朱笔，跳舞着奔落前来。员外大叫一声，醒来却是一梦，心中尚觉乱跳。正自出神，忽见丫鬟掀帘而入，报道："员外，大喜了！方才安人产生一位公子，奴婢特来禀知。"员外闻听，抽了一口凉气，只吓得惊疑不止；怔了

① 氤氲(yīnyūn)——形容烟或气很盛。

多时,咳了一声,道:"罢了,罢了!家门不幸,生此妖邪。"急忙立起身来,一步一咳,来至后院看视,幸安人无恙,略问了几句话,连小孩也不瞧,回身仍往书房来了。这里服侍安人的,包裹小孩的,殷实之家自然俱是便当的,不必细表。

单说包海之妻李氏抽空儿回到自己房中,只见包海坐在那里发呆。李氏道:"好好儿的'二一添作五'的家当,如今弄成'三一三十一'了。你到底想个主意呀。"包海答道:"我正为此事发愁。方才老当家的将我叫到书房,告诉我梦见一个青脸红发的怪物,从空中掉将下来,把老当家的吓醒了,谁知就生此子。我细细想来,必是咱们东地里西瓜成了精了。"李氏闻听,便撺掇①道:"这还了得!若是留在家内,他必做耗②。自古书上说,妖精入门,家败人亡的多着呢。如今何不趁早儿告诉老当家的,将他抛弃在荒郊野外,岂不省了担着心,就是家私也省了'三一三十一'了。一举两得,你想好不好?"这妇人一套话,说得包海如梦初醒,连忙起身来到书房,一见员外,便从头至尾的把话说了一遍,但不提起家私一事。谁知员外正因此烦恼,一闻包海之言,恰合了念头,连声说好:"此事就交付于你,快快办去。将来你母亲若问时,就说落草③不多时就死了。"包海领命,回身来至卧房,托言公子已死,急忙抱出,用茶叶篓子装好,携至锦屏山后,见一坑深草,便将篓子放下。刚要摺出小儿。只见草丛里有绿光一闪,原来是一只猛虎眼光射将出来。包海一见,只吓得魂不附体,连尿都吓出来了,连篓带小孩一同抛弃,抽身跑将回来,气喘吁吁,不顾回禀员外,跑到自己房中,倒在炕上,连声说道:"吓杀我也!吓杀我也!"李氏忙问道:"你这等见神见鬼的,不是妖精作了耗了?"包海定了定神,答道:"厉害!厉害!"一五一十,说与李氏道:"你说可怕不可怕?只是那茶叶篓子没有拿回来。"李氏笑道:"你真是'整篓洒油,满地捡芝麻',大处不算小处算咧!一个篓能值几何?一分家私省了,岂不乐吗!"包海笑嘻嘻道:"果然是'表壮不如里壮',这事多亏贤妻你巧咧。这孩子这时候管保

---

① 撺掇(cuānduo)——从旁鼓动人(做某事),怂恿。

② 耗(hào)——坏的音信或消息。

③ 落草——指婴儿出生。

叫虎吧嗒①咧!"

谁知他二人在屋内说话,不防窗外有耳。恰遇贤人王氏从此经过,一一听去,急忙回至屋中,细想此事好生残忍,又着急,又心疼,不觉落下泪来。正自悲泣,大爷包山从外边进来,见此光景,便问情由。王氏将此事一一说知。包山道:"原来有这等事!不要紧,锦屏山不过五六里地,待我前去看看,再做道理。"说罢,立刻出房去了。王氏自丈夫去后,担惊害怕,惟恐猛虎伤人,又恐找不着三弟,心中好生委决不下。

且言包山急急忙忙奔到锦屏山后,果见一片深草,四下找寻,只见茶叶篓子横躺在地,却无三弟。大爷着忙,连说:"不好!大约是被虎吃了。"又往前走了数步,只见一片草俱各倒卧在地,足有一尺多厚,上爬着个黑漆漆、亮油油、赤条条的小儿。大爷一见,满心欢喜,急忙打开衣服,将小儿抱起,揣在怀内,转身竟奔家来,悄悄地归到自己屋内。

王氏正在盼望之际,一见丈夫回来,将心放下;又见抱了三弟回来,喜不自胜,连忙将自己衣襟解开,接过包公,以胸膛偎抱。谁知包公到了贤人怀内,天生的聪俊,将头乱拱,仿佛要乳食吃的一般;贤人即将乳头放在包公口内,慢慢的喂哺。包山在旁,便与贤人商议:"如今虽将三弟救回,但我房中忽然有了两个小孩,别人看见,岂不生疑?"贤人闻听,道:"莫若将自己才满月的儿子,另寄别处,寻人抚养,妾身单单乳哺三弟,岂不两全呢。"包山闻听大喜,便将自己孩儿偷偷抱出,寄于他处厮养。可巧就有本村的乡民张得禄,因妻子刚生一子,未满月已经死了,正在乳旺之时,如今得了包山之子,好生欢喜。

且说由春而夏,自秋徂②冬,光阴迅速,转瞬过了六个年头,包公已到七岁,总以兄嫂呼为父母,起名就叫黑子。最奇怪的是从小至七岁未尝哭过,也未尝笑过,每日里哭丧着小脸儿不言不语;就是人家逗他,他也不理。因此人人皆嫌,除了包山夫妻百般护持外,人皆没有爱他的。

一日,乃周氏安人生辰,不请外客,自家家宴。王氏贤人带领黑子与婆婆拜寿。行礼已毕,站立一旁。只见包黑跑到安人跟前,双膝跪倒,恭恭敬敬也磕了三个头。把个安人喜的眉开眼笑,将他抱在怀中,因说道:

---

① 吧嗒——形容吃东西发出的声音,此处是吃的意思。

② 徂(cú)——往,到。

"曾记六年前产生一子,正在昏迷之时,不知怎么落草就死了;若是活着,也与他一般大了。"王氏闻听,见旁边无人,连忙跪倒,禀道:"求婆婆恕媳妇胆大之罪,此子便是婆婆所生。媳妇恐婆婆年迈,乳食不足,担不得乳哺操劳,故此将此子暗暗抱至自己屋内抚养,不敢明言。今因婆婆问及,不敢不以实情禀告。"贤人并不提起李氏夫妻陷害一节。周氏老安人连忙将贤人扶起,说道:"如此说来,吾儿多亏媳妇抚养,又免我劳心,真是天下第一贤德人了。但是一件,我那小孙孙现在何处?"王氏禀道:"现在别处厮养。"安人闻听,立刻叫将小孙孙领来。面貌虽然不同,身量却不甚分别。急将员外请至,大家言明此事。员外心中虽乐,然而想起从前情事对不过安人,如今事已如此,也就无可奈何了。

从此包黑认过他的父母,改称包山夫妻仍为兄嫂。安人是年老惜子,百般珍爱,改名三黑;又有包山夫妻照应,各处留神,纵然包海夫妻暗暗打算,也是不能凑手①。转眼之间,又过了二年,包公到了九岁之时,包海夫妇心心念念要害包公。

这一日,包海在家,便在员外跟前下了谗言,说:"咱们庄户人总以勤俭为本,不宜游荡。将来闲得好吃懒做的,如何使得。现今三黑已九岁了,也不小了,应该叫他跟着村庄牧童,或是咱家的老周的儿子长保学习牧放牛羊,一来学本事,二来也不吃闲饭。"一片话说得员外心活,便与安人说明,犹如三黑天天跟着闲逛的一般。安人应允,便嘱长工老周加意照料。老周又嘱咐长保儿:"天天出去牧放牛羊,好好儿哄着三官人顽耍;倘有不到之处,我是现打不赊的。"因此三公子每日同长保出去牧放牛羊,或在村外,或在河边,或在锦屏山畔,总不过离村五六里之遥,再也不肯远去。

一日,驱逐牛羊来至锦屏山鹅头峰下,见一片青草,将牛羊就在此处牧放。乡中牧童彼此玩耍。独有包公一人或观山水,或在林木之下席地而坐,或在山环之中枕石而眠,却是无精打采,仿佛心有所思的一般。正在山环之中石上歇息,只见阴云四合,雷闪交加,知道必有大雨,急忙立起身来,跑至山窝古庙之中。才走至殿内,只听得忽喇喇霹雳一声,风雨骤至。包公在供桌前盘膝端坐,忽觉背后有人一搂,将腰抱住。包公回头看

① 凑手——方便,顺手。

时，却是一个女子，羞容满面，其惊怕之态令人可怜。包公暗自想道："不知谁家女子从此经过，遇此大雨，看她光景想来是怕雷。慢说此柔弱女子，就是我三黑闻此雷声，也觉胆寒。"因此索性将衣服展开，遮护女子。外边雷声愈急，不离顶门。约有两三刻的工夫，雨声渐小，雷始止声。

不多时，云散天晴，日已夕晖，回头看时，不见了那女子。心中纳闷，走出庙来，找着长保，驱赶牛羊。刚才到村头，只见服侍二嫂嫂的丫鬟秋香手托一碟油饼，说道："这是二奶奶给三官人做点心吃的。"包公一见，便说道："回去替我给嫂嫂道谢。"说着，拿起要吃，不觉手指一麻，将饼落在地下。才待要捡，从后来了一只癞犬，竟自衔饼去了。长保在旁，便说："可惜一张油饼，却被它吃了。这是我家癞犬，等我去赶回来。"包公拦住，道："它既衔去，纵然拿回，也吃不得了。咱们且交代牛羊要紧。"说着说着，来到老周屋内。长保将牛羊赶入圈中，只听他在院内嚷道："不好了！怎么癞狗七孔流血了？"老周闻听，同包公出得院来，只见犬倒在地，七窍流血。老周看了诧异，道："此犬乃服毒而死的。不知他吃了什么了？"长保在旁插言："刚才二奶奶叫秋香送饼与三官人吃，失手落地，被咱们的癞狗吃了。"老周闻听，心下明白，请三官人来至屋内，暗暗的嘱咐："以后二奶奶给的吃食，务要留神，不可堕人术中。"包公闻听，不但不信，反倒嗔怪①他离间叔嫂不和，赌气别了老周回家，好生气闷。

过了几天，只见秋香来请，说二奶奶有要紧的事。包公只得随她来至二嫂屋内。李氏一见，满面笑容，说："秋香昨日到后园，忽听枯井内有人说话，因在井口往下一看，不想把金簪掉落井中，恐怕安人见怪；若叫别人打捞，井口又小，下不去，又恐声张出来。没奈何，故此叫她急请三官人来。"问包公道："三叔，因你身量又小，下井将金簪摸出，以免嫂嫂受责。不知三叔你肯下井去么？"包公道："这不打紧！待我下去，给嫂嫂摸出来就是了。"于是李氏呼秋香拿绳子，同包公来到后园井边。包公将绳拴在腰间，手扶井口，叫李氏同秋香慢慢的放松。刚才系到多一半，只听上面说："不好！揪不住了！"包公觉得绳子一松，身如败絮一般，扑通一声，竟自落在井底。且喜是枯井无水，却未摔着。心中方才明白，暗暗思道："怪不得老周叫我留神，原来二嫂嫂果有害我之心。只是如今既落井中，

---

① 嗔（chēn）怪——对别人的言语或行动表示不满。

别人又不知道,我却如何出得去呢?"

正在闷闷之际,只见前面忽有光明一闪。包公不知何物,暗忖道"莫非果有金钗放光么?"向前用手一扑,并未扑着,光明又往前去。包公诧异,又往前赶,越扑越远,再也扑他不着。心中焦躁,满面汗流,连说:"怪事,怪事!井内如何有许多路径呢?"不免尽力追去,看是何物。因此扑赶有一里之遥,忽然光儿不动。包公急忙向前扑住,看时却是古镜一面。翻转细看,黑暗之处再也瞧不出来。只觉得冷气森森,透人心胆。正看之间,忽见前面明亮,忙将古镜揣起,爬将出来。看时乃是场院后墙以外地沟,心内自思道:"原来我们后园枯井竟与此道相通。不要管他。幸喜脱出了枯井之内,且自回家便了。"

走到家中,好生气闷。自己坐着,无处发泄这口闷气,走到王氏贤人屋内,撅着嘴发怔。贤人问道:"老三,你从何处而来?为着何事,这等没好气?莫不有人欺负你了?"包公说:"我告诉嫂嫂,并无别人欺我。皆因秋香说二嫂嫂叫我,赶着去见,谁知她叫我摸簪……"于是将赚入枯井之事,一一说了一回。王氏闻听,心中好生不平,又是难受,又无可奈何,只得解劝安慰,嘱咐以后要处处留神。包公连连称是。说话间,从怀中掏出古镜交与王氏,便说:"是从暗中得来的,嫂嫂好好收藏,不可失落。"

包公去后,贤人独坐房中,心里暗想:"叔叔婶婶所做之事,深谋密略,莫说三弟孩提之人难以揣度,就是我夫妻二人也难测其阴谋。将来倘若弄出事端,如何是好!可笑他二人只为家私,却忘伦理。"正在嗟叹,只见大爷包山从外而入,贤人便将方才之话,说了一遍。大爷闻听,连连摇首,道:"岂有此理!这必是三弟淘气,误掉入枯井之中,自己恐怕受责,故此捏造出这一片谎言,不可听他。日后总叫他时时在这里就是了,可也免许多口舌。"

大爷口虽如此说,心中万分难受,暗自思道:"二弟从前做的事体我岂不知,只是我做哥哥的焉能认真,只好含糊罢了。此事若是明言,一来伤了手足的和气,二来添妯娌疑忌。"沉吟半晌,不觉长叹一声,便向王氏说:"我看三弟气宇不凡,行事奇异,将来必不可限量。我与二弟已然耽搁,自幼不曾读书,如今何不延师教训三弟。倘上天怜念,得个一官半职,一来改换门庭,二来省受那赃官污吏的闷气。你道好也不好?"贤人闻听,点头连连称是,又道:"公公之前须善为说词方好。"大爷说:"无妨,我自有道理。"

次日,大爷料理家务已毕,来见员外,便道:"孩儿面见爹爹,有一事要禀。"员外问道:"何事?"大爷说:"只因三黑并无营生,与其叫他终日牧羊,在外游荡,也学不出好来,何不请个先生教训教训呢?就是孩儿等自幼失学,虽然后来补学一二,遇见为难的账目,还有念不下去的,被人欺哄。如今请个先生,一来教三黑些书籍;二来有为难的字帖,亦可向先生请教;再者三黑学会了,也可以管些出入账目。"员外闻听可管些账目之说,便说:"使得。但是一件,不必请饱学先生,只要比咱们强些的就是了,教个三年两载,认得字就是了。"大爷闻听员外允了,心中大喜,即退出来,便托乡邻延请饱学先生,是必要叫三弟一举成名。

且表众乡邻闻得"包百万"家要请先生,谁不献勤,这个也来说,那个也来荐。谁知大爷非名儒不请。可巧隔村有一宁老先生,此人品行端正,学问渊深,兼有一个古怪脾气,教徒弟有三不教:笨了不教;到馆中只要书童一个,不许闲人出入;十年之内只许先生辞馆①,不许东家辞先生。有此三不教,束修②不拘多少,故此无人敢请。

一日,包山访听明白,急亲身往谒③,见面叙礼。包山一见,真是好一位老先生,满面道德,品格端方,即将延请之事说明,并说:"老夫子三样规矩,其二其三,小子俱是敢应的。只是恐三弟笨些,望先生善导为幸。"当下言明,即择日上馆。是日备席延请,递贽敬束修,一切礼仪自不必说。即领了包公,来至书房,拜了圣人④,拜了老师,师徒一见,彼此对看,爱慕非常。并派有伴童包兴,与包公同岁,一来伺候书房茶水,二来也叫他学几个字儿。这正是英才得遇春风人,俊杰来此喜气生。

未审后事如何,下回分晓。

---

① 馆——旧时指塾师教书的地方。

② 束修——古时称送给老师的报酬。

③ 往谒(yè)——前去拜见。

④ 圣人——此处专指孔子。

第　三　回

金龙寺英雄初救难　隐逸村狐狸三报恩

且说当下开馆，节文已毕，宁老先生入了师位，包公呈上《大学》。老师点了句断，教道："大学之道。"包公便说："在明明德。"老师道："我说的是'大学之道'。"包公说："是。难道下句不是'在明明德'么？"老师道："再说。"包公便道："在新民，在止于至善。"老师闻听，甚为诧异，叫他往下念，依然丝毫不错；然仍不大信，疑是在家中有人教他的，或是听人家念学就了的，尚不在怀。谁知到后来，无论什么书籍俱是如此，教上句便会下句，有如温熟书的一般，真是把个老先生喜的乐不可支，自言道："哈哈！不想我宁某教读半世，今在此子身上成名。这正是孟子有云：'得天下英才而教育之，一乐也。'"遂乃给包公起了官印一个"拯"字，取意将来可拯民于水火之中；起字"文正"，取其意"文"与"正"，岂不是"政"字么？言其将来理国政，必为治世良臣之意。

不觉光阴荏苒①，早过了五个年头，包公已长成十四岁，学得满腹经纶，诗文之佳自不必说。先生每每催促递名送考，怎奈那包员外是个勤俭之人，恐怕赴考有许多花费。从中大爷包山不时在员外跟前说道："叫三黑赴考，若得进一步也是好的。"无奈员外不允，大爷只好向先生说："三弟年纪太小，恐怕误事，临期反为不美。"于是又过了几年，包公已长成十六岁了。

这年又逢小考，先生实在忍耐不住，急向大爷包山说道："此次你们不送考，我可要替你们送了。"大爷闻听，急又向员外跟前禀说道："这不过先生要显弄他的本领，莫若叫三黑去这一次；若是不中，先生也就死心塌地了。"大爷说的员外一时心活，就便允了。大爷见员外已应允许考，心中大喜，急来告知先生。先生当时写了名字报送。即到考期，一切全是大爷张罗，员外毫不介意。大爷却是殷殷盼望。到了揭晓之期，天尚未

① 荏苒(rěnrǎn)——(时间)渐渐过去。

亮，只听得一阵喧哗，老员外以为必是本县差役前来，不是派差，就是拿车。正在游疑之际，只见院公进来报喜，道："三公子中了生员了！"员外闻听，倒抽了一口气，说道："罢了，罢了！我上了先生的当了。这也是家运使然，活该是冤孽，再也躲不开的。"因此一烦，自己藏于密室，连亲友前来贺他也不见，就是先生他也不致谢一声。多亏了大爷一切周旋，方将此事完结。

惟有先生暗暗地想道："我自从到此课读也有好几年了，从没见过本家老员外。如今教得他儿子中了秀才，何以仍不见面，连个谢字也不道，竟有如此不通情理之人，实实令人纳闷了。又可气，又可恼！"每每见了包山，说了好些嗔怪的言语。包山连忙赔罪，说道："家父事务冗繁，必要定日相请，恳求先生宽恕。"宁公是个道学之人，听了此言，也就无可说了。亏得大爷暗暗求告太爷，求至再三，员外方才应允，定了日子，下了请帖，设席与先生酬谢。

是日请先生到待客厅中，员外迎接，见面不过一揖，让至屋内，分宾主坐下。坐了多时，员外并无致谢之辞。然后摆上酒筵，将先生让至上座，员外在主位相陪。酒至三巡，菜上五味，只见员外愁容满面，举止失措，连酒他也不吃。先生见此光景，忍耐不住，只得说道："我学生在贵府打搅了六七年，虽有微劳开导指示，也是令郎天分聪明，所以方能进此一步。"员外闻听，呆了半晌，方才说道："好。"先生又说道："若论令郎刻下学问，慢说是秀才，就是举人、进士，也是绰绰有余的了，将来不可限量。这也是尊府上德行。"员外听说至此，不觉双眉紧蹙，发恨道："什么德行！不过家门不幸，生此败家子。将来但能保得住不家败人亡，就是造化了。"先生闻听，不觉诧异，道："贤东何出此言？世上哪有不望儿孙中举作官之理呢？此话说来，真真令人不解。"员外无奈，只得将生包公之时所作噩梦，说了一遍。"如今提起，还是胆寒。"宁公原是饱学之人，听见此梦之形景，似乎奎星；又见包公举止端方，更兼聪明过人，就知是有来历的，将来必是大贵，暗暗点头。员外又说道："以后望先生不必深教小儿，就是十年束修断断不敢少的，请放心！"一句话将个正直宁公说得面红过耳，不悦道："如此说来，令郎是叫他不考的了？"员外连声道："不考了！不考了！"先生不觉勃然大怒，道："当初你的儿子叫我教，原是由得你的；如今我的徒弟叫他考，却是由得我的。以后不要你管，我自有主张罢了。"怒冲冲不等席完,竟自去了。

你道宁公为何如此说?他因员外是个愚鲁之人,若是谏劝,他决不听,而且自己徒弟又保得必作脸;莫若自己拢来,一则不至误了包公,二则也免包山跟着为难。这也是他读书人一片苦心。

因至乡试年头,全是宁公作主,与包山一同商议,硬叫包公赴试,叫包山都推在老先生身上。到了挂榜之期,谁知又高高的中了乡魁。包山不胜欢喜,惟有员外愁个不了,仍是藏着不肯见人。大爷备办筵席,请了先生坐上席,所有贺喜的乡亲两边相陪,大家热闹了一天。诸事已毕,便商议叫包公上京会试,禀明员外。员外到了此时,也就没的说了,只是不准多带跟人,惟恐耗费了盘川,就带伴童包兴一人。

包公起身之时,拜别了父母,又辞了兄嫂。包山暗与了盘川。包公又到书房参见了先生。先生嘱咐了多少言语,又将自己的几两修金送给了包公。包兴备上马,大爷包山送至十里长亭。兄弟留恋多时,方才分手。

包公认镫乘骑,带了包兴,竟奔京师,一路上少不得饥餐渴饮,夜宿晓行。一日,到了座镇店,主仆两个找了一个饭店。包兴将马接过来,交与店小二喂好。找了一个座儿,包公坐在正面,包兴打横。虽系主仆,只因出外,又无外人,爷儿两个就在一处吃了。堂官过来安放杯筷,放下小菜。包公随便要一角酒、两样菜。包兴斟上酒,包公刚才要饮,只见对面桌上来了一个道人坐下,要了一角酒,且自出神,拿起壶来不向杯中斟,花喇喇倒了一桌子。见他嗐声叹气,似有心事的一般。包公正在纳闷,又见从外进来一人,武生打扮,叠暴着英雄精神,面带着侠气。道人见了,连忙站起,只称:“恩公请坐。”那人也不坐下,从怀中掏出一锭大银,递给道人,道:“将此银暂且拿去,等晚间再见。”那道人接过银子,趴在地下,磕了一个头,出店去了。

包公见此人年纪约有二十上下,气宇轩昂,令人可爱,因此立起身来,执手当胸,道:“尊兄请了。能不弃嫌,何不请过来彼此一叙?”那人闻听,将包公上下打量了一番,便笑容满面,道:“既承错爱,敢不奉命。”包兴连忙站起,添分杯筷,又要了一角酒、二碟菜,满满斟上一杯。包兴便在一旁侍立,不敢坐了。包公与那人分宾主坐了,便问:“尊兄贵姓?”那人答道:“小弟姓展名昭,字熊飞。”包公也通了名姓。二人一文一武,言语投机,不觉饮了数角。展昭便道:“小弟现有些小事情,不能奉陪尊兄,改日再会。”说罢,会了钱钞。包公也不谦让。包兴暗道:“我们三爷嘴上抹石灰。”那人竟自作别去了。包公也料不出他是什么人。

吃饭已毕,主仆乘马登程。因店内耽误了工夫,天色看看已晚,不知路径。忽见牧子归来,包兴便向前问道:“牧童哥,这是什么地方?”童子答道:“由西南二十里方是三元镇,是个大去处。如今你们走差了路了。此是正西,若要绕回去,还有不足三十里之遥呢。”包兴见天色已晚,便问道:“前面可有宿处么?”牧童道:“前面叫做沙屯儿,并无店口,只好找个人家歇了罢。”说罢,赶着牛羊去了。

包兴回复包公,竟奔沙屯儿而来。走了多时,见道旁有座庙宇,匾上大书“敕建护国金龙寺”。包公道:“与其在人家借宿,不若在此庙住宿一夕。明日布施些香资,岂不方便。”包兴便下马,用鞭子前去叩门,里面出来了一个僧人,问明来历,便请进了山门。包兴将马拴好,喂在槽上。和尚让至云堂小院,三间净室,叙礼归座,献罢茶汤。和尚问了包公家乡姓氏,知是上京的举子。包公问道:“和尚上下?”回说:“僧人法名叫法本,还有师弟法明,此庙就是我二人住持。”说罢,告辞出去。

一会儿,小和尚摆上斋来,不过是素菜素饭。主仆二人用毕,天已将晚。包公即命包兴将家伙送至厨房,省得小和尚来回跑。包兴闻听,急忙把家伙拿起。因不知厨房在哪里,出了云堂小院,来至禅院,只见几个年轻的妇女花枝招展,携手嘻笑,说道:“西边云堂小院住下客了,咱们往后边去罢。”包兴无处可躲,只得退回,容她们过去,才将家伙找着厨房送去,急忙回至屋内,告知包公,恐此庙不大安静。

正说话间,只见小和尚左手拿一只灯,右手提一壶茶,走进来贼眉贼眼,将灯放下,又将茶壶放在桌上,两只贼眼东瞧西看,连话也不说,回头就走。包兴一见,连说:“不好！这是个贼庙!”急来外边看时,山门已经倒锁了,又看别处,竟无出路,急忙跑回。包公尚可自主,包兴张口结舌说:“三爷,咱们快想出路才好!”包公道:“门已关锁,又无别路可出,往哪里走?”包兴着急,道:“现有桌椅,待小人搬至墙边,公子赶紧跳墙逃生。等凶僧来时,小人与他拼命。”包公道:“我自小儿不会登梯爬高;若是有墙可跳,你赶紧逃生,回家报信,也好报仇。”包兴哭道:“三官人说哪里话来,小人至死,再也离不了相公的!”包公道:“既是如此,咱主仆二人索性死在一处。等那僧人到来再作道理,只好听命由天罢了。”包公将椅子挪在中间门口，端然正坐。包兴无物可拿，将门闩擎在手中，在包公之前，说："他若来时，我将门闩尽力向他一杵，给他个冷不防。"两只眼直勾勾地嗔瞅着板院门。

正在凝神，忽听门外了吊吭哧一声，仿佛砍掉一般，门已开了，进来一人。包兴吓了一跳，门栓已然落地，浑身乱抖，堆缩在一处。只见那人浑身是青，却是夜行打扮，包公细看不是别人，就是白日在饭店遇见的那个武生。包公猛然省悟，他与道人有晚间再见一语，此人必是侠客。

原来列位不知，白日饭店中那道人也是在此庙中的。皆因法本、法明二人抢掠妇女，老和尚嗔责，二人不服，将老僧杀了。道人惟恐干连，又要与老和尚报仇，因此告至当官。不想凶僧有钱，常与书吏差役人等接交，买嘱通了，竟将道人重责二十大板，作为诬告良人，逐出境外。道人冤屈无处可伸，来到林中欲寻自尽，恰遇展爷行到此间，将他救下，问得明白，叫他在饭店等候。他却暗暗采访实在，方赶到饭店之内，赠了道人银两。不想遇见包公，同饮多时，他便告辞先行，回到旅店歇息。至天交初鼓，改扮行装，施展飞檐走壁之能，来至庙中，从外越墙而入，悄地行藏，飞至宝阁。

只见阁内有两个凶僧，旁列四五个妇女，正在饮酒作乐，又听得说："云堂小院那个举子，等到三更时分再去下手不迟。"展爷闻听，暗道："我何不先救好人，后杀凶僧，还怕他飞上天去不成。"因此来到云堂小院，用巨阙宝剑削去了吊铁环，进来看时，不料就是包公。展爷上前拉住包公，携了包兴道："尊兄随我来。"出了小院，从旁边角门来至后墙，打百宝囊中掏出如意索来，系在包公腰间，自己提了绳头，飞身一跃上了墙头，骑马势蹲住，将手轻轻一提，便将包公提在墙上，悄悄附耳说道："尊兄下去时，便将绳子解开，待我再救尊管。"说罢，向下一放。包公两脚落地，急忙解开绳索，展爷提将上去，又将包兴救出，向外低声道："你主仆二人就此逃走去罢。"只见身形一晃，就不见了。

包兴搀扶着包公哪敢稍停，深一步，浅一步，往前没命的好跑。好容易奔到一个村头，天已五鼓，远远有一灯光。包兴说："好了！有人家了。咱们暂且歇息歇息，等到天明再走不迟。"急忙上前叫门。柴扉开处，里面走出一个老者来，问是何人。包兴道："因我二人贪赶路程，起得早了，辨不出路径,望你老人家方便方便,俟①天明便行。"老者看了包公是一儒流,又看了包兴是个书童打扮,却无行李,只当是近处的,便说道:"既是如此,请到里面坐。"

主仆二人来至屋中,原来是连舍三间,两明一暗。明间安一磨盘,并方屉罗桶等物,却是卖豆腐生理。那边有小小土炕,让包公坐下。包兴问道:"老人家贵姓?"老者道:"老汉姓孟,还有老伴,并无儿女,以卖豆腐为生。"包兴道:"老人家有热水讨一杯吃。"老者道:"我这里有现成的豆腐浆儿,是刚出锅的。"包兴道:"如此更好。"孟老道:"待我拿个灯儿,与你们盛浆。"说罢,在壁子里拿出一个三条腿的桌子放在炕上,又用土坯将那条腿儿支好;掀开旧布帘子,进里屋内,拿出一个黄土泥的蜡台;又在席篓子里摸了半天,摸出一只半截的蜡来,向油灯点着,安放在小桌上。包兴一旁道:"小村中竟有胳膊粗的大蜡。"细看时,影影绰绰,原来是绿的,上面尚有"冥路"二字,方才明白是吊祭用过,孟老得来,舍不得点,预备待客的。只见孟老从锅台上拿了一个黄砂碗,用水洗净,盛了一碗白亮亮、热腾腾的浆递与包兴。包兴捧与包公喝时,其香甜无比。包兴在旁看着,馋的好不难受。只见孟老又盛一碗递与包兴。包兴连忙接过,如饮甘露一般。他主仆劳碌了一夜,又受惊恐,今在草房之中如到天堂,喝这豆腐浆不亚如饮玉液琼浆。不多时,大豆腐得了。孟老化了盐水,又与每人盛了一碗,真是饥渴之下,吃下去肚内暖烘烘的,好生快活。又与孟老闲谈,问明路途,方知离三元镇尚有不足二十里之遥。

正在叙话之间,忽见火光冲天。孟老出院看时,只看东南角上一片红光,按方向好似金龙寺内走火。包公同包兴也到院中看望,心内料定必是侠士所为,只得问孟老:"这是何处走火?"孟老道:"二位不知,这金龙寺自老和尚没后,留下这两个徒弟无法无天,时常谋杀人命,抢掠妇女。他比杀人放火的强盗还利害呢!不想他也有今日!"说话之间,又进屋内,歇了多时。只听鸡鸣茅店,催客前行。主仆二人深深致谢了孟老,改日再来酬报。孟老道:"些小微意。何劳齿及。"送至柴扉,又指引了路径:"出了村口,过了树林,便是三元镇的大路了。"包兴道:"多承指引了。"

主仆执手告别,出了村口,竟奔树林而来;又无行李马匹,连盘川银两

---

① 俟(sì)——等待。

俱已失落。包公却不着意,觉得两腿酸痛,步履艰难,只得一步捱一步,往前款款行走。爷儿两个一壁走着,说着话。包公道:“从此到京尚有几天路程,似这等走法,不知道多久才到京中?况且又无盘川,这便如何是好!”包兴听了此言,又见相公形景可惨,恐怕愁出病来,只得要撒谎安慰,便道:“这也无妨。只要到了三元镇,我那里有个舅舅,向他借些盘川,再叫他备办一头骡子与相公骑坐,小人步下跟随,破着十天半月的工夫,焉有不到京师之理。”包公道:“若是如此,甚好了。只是难为了你了。”包兴道:“这有什么要紧。咱们走路,仿佛闲游一般,包管就生出乐趣,也就不觉苦了。”这虽是包兴宽慰他主人,却是至理。主仆就说着话儿,不知不觉,已离三元镇不远了。

看看天气已有将午,包兴暗暗打算:“真是,我哪里有舅舅?已到镇上,且同公子吃饭,先从我身上卖起。混一时是一时,只不叫相公愁烦便了。”一时来到镇上,只见人烟稠密,铺户繁杂。包兴不找那南北碗菜应时小卖的大馆,单找那家常便饭的二荤铺,说:“相公,咱爷儿俩在此吃饭罢。”包公却分不出哪是贵贱,只不过吃饭而已。

主仆二人来到铺内,虽是二荤铺,俱是连脊的高楼。包兴引着包公上楼,拣了个干净座儿,包公上座,包兴仍是下边打横。跑堂的过来放下杯筷,也有两碟小菜,要了随便的酒饭。登时间,主仆饱餐已毕,包兴立起身来,向包公悄悄地道:“相公在此等候,别动。小人去找找舅舅就来。”包公点头。

包兴下楼出了铺子,只见镇上热闹非常,先抬头认准了饭铺字号,却是望春楼,这才迈步。原打算来找当铺。到了暗处,将自己内里青绸夹袍蛇退皮脱下来,暂当几串铜钱,雇上一头驴,就说是舅舅处借来的,且混上两天再作道理。不想四五里地长街,南北一直,再没有一个当铺。及至问人时,原有一个当铺,如今却是只当候赎了。包兴闻听,急得浑身是汗,暗暗说道:“罢咧!这便如何是好?”正在为难,只见一簇人围绕着观看。包兴挤进去,见地下铺一张纸,上面字迹分明。忽听旁边有人侉声侉气①说道:“告白”……又说:“白老四是我的朋友,为什么告他呢?”包兴闻听,不由笑道:“不是这等,待我念来。上面是:‘告白四方仁人君子知之,今有

---

① 侉(kuǎ)声侉气——语音不正,特指口音与本地语音不同。

隐逸村内李老大人宅内小姐被妖迷住,倘有能治邪捉妖者,谢纹银三百两,决不食言。谨此告白。'"包兴念完,心中暗想道:"我何不如此如此。倘若事成,这一路上京便不吃苦了;即或不成,混他两天吃喝也好。"想罢,上前。这正是:难里巧逢机会事,急中生出智谋来。

未审后事如何,下回分解。

第 四 回

除妖魅包文正联姻　受皇恩定远县赴任

且说包兴见了告白,急中生出智来。见旁边站着一人,他即便向那人道:"这隐逸村离此多远?"那人见问,连忙答道:"不过三里之遥。你却问他怎的?"包兴道:"不瞒你们说,只因我家相公惯能驱逐邪祟,降妖捉怪,手到病除。只是一件,我们原是外乡之人,我家相公虽有些神通,却不敢露头,惟恐妖言惑众,轻易不替人驱邪,必须来人至诚恳求。相公必然说是不会降妖,越说不会,越要恳求。他试探了来人果是真心,一片至诚,方能应允。"那人闻听,说:"这有何难。只要你家相公应允,我就是赴汤投火也是情愿的。"包兴道:"既然如此,闲话少说。你将这告白收起,随了我来。"两旁看热闹之人,闻听有人会捉妖的,不由的都要看看,后面就跟了不少的人。

包兴带领那人来在二荤铺门口,便向众人说道:"众位乡亲,倘我家相公不肯应允,欲要走时,求列位拦阻拦阻。"那人也向众人说道:"相烦众位高邻,倘若法师不允,奉求帮衬帮衬。"包兴将门口儿埋伏了个结实,进了饭店,又向那人说道:"你先到柜上将我们钱会①了。省得回来走时,又要耽延工夫。"那人连连称是,来到柜上,只见柜内俱各执手相让,说:"李二爷请了,许久未来到小铺。"(谁知此人姓李名保,乃李大人宅中主管。)李保连忙答应道:"请了。借重,借重。楼上那位相公、这位管家吃了多少钱文,写在我账上罢。"掌柜的连忙答应,暗暗告诉跑堂的知道。

① 会——付账。

包兴同李保来至楼梯之前，叫李保听咳嗽为号，急便上楼恳求。李保答应，包兴方才上楼。

谁知包公在楼上等的心内焦躁，眼也望穿了，再也不见包兴回来，满腹中胡思乱想。先前犹以为见他母舅必有许多的缠绕，或是借贷不遂，不好意思前来见我。后又转想："从来没听见他说有这门亲戚，别是他见我行李盘费皆无，私自逃走了罢？或者他年轻幼小，错走了路头，也未可知。"疑惑之间，只见包兴从下面笑嘻嘻的上来。包公一见，不由的动怒，嗔道："你这狗才往哪里去了？叫我在此好等！"包兴上前悄悄地道："我没找着我母舅。如今倒有一事……"便将隐逸村李宅小姐被妖迷住、请人捉妖之事，说了一遍。"如今请相公前去混他一混。"包公闻听，不由的大怒，说："你这狗才！"包兴不容分说，在楼上连连咳嗽。

只见李保上得楼来，对着包公双膝跪倒，道："相公在上。小人名叫李保，奉了主母之命，延请法官以救小姐。方才遇见相公的亲随，说相公神通广大，法力无边，望祈搭救我家小姐才好。"说罢磕头，再也不肯起来。包公说道："管家休听我那小价之言，我是不会捉妖的。"包兴一旁插言道："你听见了？说出不会来了。快磕头罢！"李保闻听，连连叩首，连楼板都碰了个山响。包兴又道："相公，你看他一片诚心，怪可怜的。没奈何，相公慈悲慈悲罢。"包公闻听，双眼一瞪，道："你这狗才，满口胡说！"又向李保道："管家你起来，我还要赶路呢。我是不会捉妖的。"李保哪里肯放，道："相公如今是走不的了。小人已哀告众位乡邻，在楼下帮衬着小人拦阻。再者众乡邻皆知相公是法官，相公若是走了，倘被小人主母知道，小人实实吃罪不起。"说罢，又复叩首。包公被缠不过，只是暗恨包兴。复又转想道："此事终属妄言，如何会有妖魅。我包某以正胜邪，莫若随他看看，再作脱身之计便了。"想罢，向李保道："我不会捉妖，却不信邪。也罢，我随你去看看就是了。"

李保闻听包公应允，满心欢喜，磕了头，站起来，在前引路。包公下得楼来，只见铺子门口人山人海，俱是看法官的。李保一见，连忙向前，说道："有劳列位乡亲了。且喜我李保一片至诚，法官业已应允，不劳众位拦阻。望乞众位闪闪，让开一条路，实为方便。"说罢，奉了一揖。众人闻听，往两旁一闪，当中让出一条胡同来。仍是李保引路，包公随着，后面是包兴。只听众人中有称赞的道："好相貌！好神气！怪道有此等法术。

只这一派的正气,也就可以避邪了。”其中还有好事儿的,不辞劳苦,跟随到隐逸村的也就不少。不知不觉进了村头,李保先行禀报去了。

且说这李大人不是别人,乃吏部天官李文业,告老退归林下。就是这隐逸村名,也是李大人起的,不过是退归林下之意。夫人张氏,膝下无儿,只生一位小姐。因游花园,偶然中了邪祟,原是不准声张。无奈夫人疼爱女儿的心盛,特差李保前去各处,觅请法师退邪。李老爷无可奈何,只得应允。这日正在卧房,夫妻二人讲论小姐之病,只见李保禀道:“请到法师,是个少年儒流。”老爷闻听,心中暗想:“既是儒流,读圣贤之书,焉有攻乎异端之理。待我出去责备他一番。”想罢,叫李保请至书房。

李保回身来至大门外,将包公主仆引至书房。献茶后,复进来说道:“家老爷出见。”包公连忙站起。从外面进来一位须发半白、面若童颜的官长。包公见了,不慌不忙,向前一揖,口称:“大人在上,晚生拜揖。”李大人看见包公气度不凡、相貌清奇,连忙还礼,分宾主坐下,便问:“贵姓?仙乡?因何来到敝处?”包公便将上京会试、路途遭劫,毫无隐匿,和盘说出。李大人闻听,原来是个落难的书生。你看他言语直爽,倒是忠诚之人,但不知他学问如何?于是攀话之间,考问多少学业。包公竟是问一答十,就便是宿儒名流,也不及他的学问渊博。李大人不胜欢喜,暗想道:“看此子骨格清奇,又有如此学问,将来必为人上之人。”谈不多时,暂且告别,并吩咐李保:“好生服侍包相公,不可怠慢。晚间就在书房安歇。”说罢,回内去了。所有捉妖之事,一字却也未提。

谁知夫人暗里差人告诉李保,务必求法官到小姐屋内捉妖,如今已将小姐挪至夫人卧房去了。李保便问:“法官应用何物?趁早预备。”包兴便道:“用桌子三张、椅子一张,随围桌椅披,在小姐室内设坛。所有朱砂新笔、黄纸宝剑、香炉烛台俱要洁净的,等我家相公定性养神,二鼓上坛便了。”李保答应去了。不多时,回来告诉包兴道:“俱已齐备。”包兴道:“既已齐备,叫他们拿到小姐绣房。大家帮着,我设坛去。”李保闻听,叫人抬桌搬椅,所有软片东西俱自己拿着,请了包兴,一同引至小姐卧房。只闻房内一股幽香。就在明间堂屋,先将两张桌子并好,然后搭了一张搁在前面桌子上,又把椅子放在后面桌上,系好了围桌,搭好了椅披;然后设摆香炉烛台,安放墨砚纸笔宝剑等物。设摆停当,方才同李保出了绣房,竟奔书房而来。叫李保不可远去,听候呼唤,即便前来。李保连声答应。

包兴便进了书房,已有初更的时候。谁知包公劳碌了一夜,又走了许多路程,困乏已极,虽未安寝,已经困得前仰后合。包兴一见,说:“我们相公吃饱了就困,也不怕存住食。”便走到跟前,叫了一声“相公”。包公惊醒,见包兴,说:“你来的正好,服侍我睡觉罢。”包兴道:“相公就是这么睡觉,还有什么说的?咱们不是捉妖来了吗?”包公道:“那不是你这狗才干的!我不会捉妖。”包兴悄悄道:“相公也不想想,小人费了多少心机,给相公找了这样住处,又吃那样的美馔①,喝那样好陈绍酒又香又陈。如今吃喝足了,就要睡觉。俗语说:‘无功受禄,寝食不安。’相公也是这么过意的去么?咱们何不到小姐卧房看看?凭着相公正气,或者胜了邪魅,岂不两全其美呢?”一席话说的包公心活;再者自己也不信妖邪,原要前来看看的,只得说道:“罢了,由着你这狗才闹罢了。”包兴见包公立起身来,急忙呼唤:“快掌灯呀!”只听外面连声答应:“伺候下了。”

包公出了书房,李保提灯,在前引道,来至小姐卧房一看,只见灯烛辉煌,桌椅高搭,设摆的齐备,心中早已明白是包兴闹的鬼,迈步来到屋中,只听包兴吩咐李保道:“所有闲杂人等俱各回避。最忌的是妇女窥探。”李保闻听,连忙退出,藏躲去了。

包兴拿起香来,烧放炉内,趴在地下,又磕了三个头。包公不觉暗笑。只见他上了高桌,将朱砂墨研好,蘸了新笔,又将黄纸撕了纸条儿。刚才要写,只觉得手腕一动,仿佛有人把着的一般。自己看时,上面写的:“淘气,淘气!该打,该打!”包兴心中有些发毛,急急在灯上烧了,忙忙地下了台。只见包公端坐在那边。包兴走至跟前,道:“相公与其在这里坐着,何不在高桌上坐着呢?”包公无奈,只得起身,上了高台,坐在椅子上;只见桌子上放着宝剑一口,又有朱砂黄纸笔砚等物。包公心内也暗自欢喜:“难为他想的周到。”因此不由的将笔提起,蘸了朱砂,铺下黄纸。刚才要写,不觉腕随笔动,顺手写将下去。才要看时,只听外面哎呀了一声,咕咚栽倒在地。

包公闻听,急忙提了宝剑,下了高台,来至卧房看时,却是李保。见他惊惶失色,说道:“法官老爷,吓死小人了!方才来至院内,只见白光一道冲户而出,是小人看见,不觉失色栽倒。”包公也觉纳闷,进得屋来,却不

---

① 馔(zhuàn)——饭食。

见包兴。与李保寻时,只见包兴在桌子底下缩作一堆,见有人来方敢出头。却见李保在旁,便遮饰道:“告诉你们,我家相公作法不可窥探,连我还在桌子底下藏着呢。你们何得不遵法令?幸亏我家相公法力无边。”一片谎言说的很像,这也是他的聪明机变的好处。李保方才说道:“只因我家老爷夫人惟恐相公深夜劳苦,叫小人前来照应,请相公早早安歇。”包公闻听,方叫包兴打了灯笼,前往书房去了。

李保叫人来拆了法台,见有个朱砂黄纸字帖,以为法官留下的镇压符咒,连宝剑一同拿起,回身来到内堂,禀道:“包相公业已安歇了。这是宝剑,还有符咒,俱各交进。”丫鬟接进来。李保才待转身,忽听老爷说道:“且住!拿来我看。”丫鬟将黄纸字帖呈上。李老爷灯下一阅,原来不是符咒,却是一首诗句道:“避劫山中受大恩,欺心毒饼落于尘。寻钗井底将君救,三次相酬结好姻。”李老爷细看诗中隐藏事迹,不甚明白,便叫李保暗向包兴探问其中事迹,并打听娶亲不曾,明日一早回话。李保领命。

你道李老爷为何如此留心?只因昨日书房见了包公之后,回到内宅,见了夫人,连声夸奖说:“包公人品好,学问好,将来不可限量。”张氏夫人闻听,道:“既然如此,他若将我孩儿治好,何不就与他结为秦晋之好呢?”老爷道:“夫人之言,正合我意。且看我儿病体何如,再作道理。”所以老两口儿惦记此事。又听李保说二鼓还要上坛捉妖,因此不敢早眠。天交二鼓,尚未安寝,特遣李保前来探听。不意李保拿了此帖回来,故叫他细细的访问。

到了次日,谁知小姐其病若失,竟自大愈,实是奇事。老爷夫人更加欢喜,急忙梳洗已毕,只见李保前来回话:“昨晚细问包兴,说这字帖上的事迹,是他相公自幼儿遭的魔难,皆是逢凶化吉,并未遇害。并且问明尚未定亲。”李老爷闻听,满心欢喜,心中已明白是狐狸报恩,成此一段良缘,便整衣襟来至书房。李保通报,包公迎出。只见李老爷满面笑容,道:“小女多亏贤契救拔,如今沉疴①已愈,实为奇异。老夫无儿,只生此女,尚未婚配,意欲奉为箕帚,不知贤契意下如何?”包公答道:“此事晚生实实不敢自专,须要禀明父母兄嫂,方敢联姻。”李老爷见他不肯应允,便笑嘻嘻从袖中掏出黄纸帖儿,递与包公,道:“贤契请看此帖便知,不必推辞

① 疴(kē)——病。

了。”包公接过一看，不觉面红过耳，暗暗思道：“我晚间恍惚之间，如何写出这些话来？”又想道：“原来我小时山中遇雨，见那女子竟是狐狸避劫，却蒙她累次救我，她竟知恩报恩。”包兴在旁着急，恨不得赞成相公应允此事，只是不敢插口。李老爷见包公沉吟不语，便道：“贤契不必沉吟。据老夫看来，并非妖邪作祟，竟为贤契来作红线来了，可见凡事自有一定道理，不可过于迂阔。”包公闻听，只得答道：“既承大人错爱，敢不从命。只是一件，须要禀明：候晚生会试以后，回家禀明父母兄嫂，那时再行纳聘。”李老爷见包公应允，满心欢喜，便道：“正当如此。大丈夫一言为定，谅贤契绝不食言。老夫静候佳音便了。”

说话之间，排开桌椅，摆上酒饭，老爷亲自相陪。饮酒之间，又谈论些齐家治国之事，包公应答如流，说的有经有纬，把个李老爷乐的再不肯放他主仆就行，一连留住三日，又见过夫人。三日后备得行囊马匹、衣服盘费，并派主管李保跟随上京。包公拜别了李老爷后，又嘱咐一番。包兴此时欢天喜地，精神百倍，跟了出来。只见李保牵马坠镫，包公上了坐骑，李保小心伺候，事事精心。一日，来到京师，找寻了下处，所有吏部投文之事全不用包公操心，竟等临期下场而已。

且说朝廷国政，自从真宗皇帝驾崩，仁宗皇帝登了大宝，就封刘后为太后，立庞氏为皇后，封郭槐为总管都堂，庞吉为国丈加封太师。这庞吉原是个谗佞①之臣，倚了国丈之势，每每欺压臣僚。又有一班趋炎附势之人，结成党羽，明欺圣上年幼，暗有擅自专权之意。谁知仁宗天子自幼历过多少磨难，乃是英明之主。先朝元老左右辅弼，一切正直之臣照旧供职，就是庞吉也奈何不得。因此朝政法律严明，尚不至紊乱②。只因春闱③在迩④，奉旨钦点太师庞吉为总裁。因此会试举子就有走门路的、打关节的，纷纷不一。惟有包公自己仗着自己学问。考罢三场，到了揭晓之期，因无门路，将包公中了第二十三名进士，翰林无分，奉旨榜下即用知县，得了凤阳府定远县知县。包公领凭后，收拾行李，急急出京，先行回家

① 谗佞（chánnìng）——说人坏话或用花言巧语巴结人的人。

② 紊（wěn）乱——杂乱，纷乱。

③ 春闱（wéi）——春试。

④ 迩（ěr）——近。

拜见父母兄嫂,禀明路上遭险,并与李天官结亲一事。员外安人又惊又喜,择日祭祖,叩谢宁老夫子。过了数日,拜别父母兄嫂,带了李保、包兴起身赴任。将到定远县地界,包公叫李保押着行李慢慢行走,自己同包兴改装易服,沿途私访。

有话即长,无话即短。一日,包公与包兴暗暗进了定远县,找了个饭铺打尖①。正在吃饭之时,只见从外面来了一人。酒保见了,让道:"大爷少会呀!"那人拣个座儿坐下。

不知那人后来如何,且听下回分解。

第 五 回

墨斗剖明皮熊犯案 乌盆诉苦别古鸣冤

且说酒保斟上一壶酒来。那人一面喝酒,一面带有惊慌之色,举止失宜。只见坐不多时,发了回怔,连那壶酒也未吃完,便匆匆会了钱钞而去。包公看此光景,因问酒保道:"这人是谁?"酒保道:"他姓皮名熊,乃二十四名马贩之首。"包公记了姓名,吃完了饭,便先叫包兴到县传谕,就说老爷即刻到任。包公随后就出了饭铺,尚未到县,早有三班衙役、书吏人等迎接上任。到了县内,有署印的官交了印信,并一切交代,不必细说。

包公便将秋审册籍细细稽察,见其中有个沈清伽蓝殿杀死僧人一案,情节支离。便即传出谕去,立刻升堂审问沈清一案。所有三班衙役早知消息,老爷暗自一路私访而来,就知这位老爷的厉害,一个个兢兢业业,早已预备齐全。一闻传唤,立刻一班班进来,分立两旁,喊了堂威。包公入座,标了禁牌,便吩咐:"带沈清。"不多时,将沈清从监内提出,带至公堂,打去刑具,朝上跪倒。包公留神细看,只见此人不过三旬年纪,战战兢兢,匍匐在尘埃,不像个行凶之人。包公看罢,便道:"沈清,你为何杀人?从实招来!"沈清哭诉道:"只因小人探亲回来,天气太晚,那日又蒙蒙下雨,地下泥泞,实在难行。素来又胆小,又不敢夜行,便在这县南三里多地有

① 打尖——旅途中休息下来吃点东西。

个古庙，暂避风雨。谁知次日天未明，有公差在路，见小人身后有血迹一片。公差便问小人从何而来，小人便将昨日探亲回来、天色太晚、在庙内伽蓝殿上存身的话，说了一遍。不想公差拦住不放，务要同小人回至庙中一看。哎呀！太爷呀！小人同差役到庙看时，见佛爷之旁有一杀死的僧人。小人实是不知僧人是谁杀的。因此二位公差将小人解至县内，竟说小人谋杀和尚。小人真是冤枉！求青天大老爷明察！"包公闻听，便问道："你出庙时，是什么时候？"沈清答道："天尚未明。"包公又问道："你这衣服，因何沾了血迹？"沈清答道："小人原在神橱之下，血水流过，将小人衣服沾污了。"老爷闻听，点头，吩咐带下，仍然收监。立刻传轿，打道伽蓝殿。包兴伺候主人上轿，安好伏手。包兴乘马跟随。

包公在轿内暗思："他既谋害僧人，为何衣服并无血迹，光有身后一片呢？再者虽是刀伤，彼时并无凶器。"一路盘算，来到伽蓝殿，老爷下轿，吩咐跟役人等不准跟随进去，独带包兴进庙。至殿前，只见佛像残朽败坏，两旁配像俱已坍塌。又转到佛像背后，上下细看，不觉暗暗点头。回身细看神橱之下，地上果有一片血迹迷乱。忽见那边地下放着一物，便捡起看时，一言不发，拢入袖中，即刻打道回衙。来至书房，包兴献茶，回道："李保押着行李来了。"包公闻听，叫他进来。李保连忙进来，给老爷叩头。老爷便叫包兴传该值的头目进来。包兴答应。去不多时，带了进来，朝上跪倒："小人胡成给老爷叩头。"包公问道："咱们县中可有木匠么？"胡成应道："有。"包公道："你去多叫几名来，我有紧要活计要做的，明早务要俱各传到。"胡成连忙答应，转身去了。

到了次日，胡成禀道："小人将木匠俱已传齐，现在外面伺候。"包公又吩咐道："预备矮桌数张，笔砚数分，将木匠俱带至后花厅，不可有误。去罢。"胡成答应，连忙备办去了。这里包公梳洗已毕，即同包兴来至花厅，吩咐木匠俱各带进来。只见进来了九个人，俱各跪倒，口称："老爷在上，小的叩头。"包公道："如今我要做各样的花盆架子，务要新奇式样。你们每人画他一个，老爷拣好的用，并有重赏。"说罢，吩咐拿矮桌笔砚来。两旁答应一声，登时齐备。只见九个木匠分在两旁，各自搜索枯肠，谁不愿新奇讨好呢！内中就有使惯了竹笔，拿不上笔来的；也有怯官的，战战哆嗦画不像样的；竟有从容不迫，一挥而就的。包公在座上，往下细细留神观看。不多时，俱各画完，挨次呈递。老爷接一张，看一张，看到其中一张,便问道:“你叫什么名字?”那人道:“小人叫吴良。”包公便向众木匠道:“你们散去,将吴良带至公堂。”左右答应一声,立刻点鼓升堂。

包公入座,将惊堂木一拍,叫道:“吴良,你为何杀死僧人?从实招来!免得皮肉受苦。”吴良听说,吃惊不小,回道:“小人以木匠做活为生,是极安分的,如何敢杀人呢?望乞老爷详察。”老爷道:“谅你这厮决不肯招。左右,尔等立刻到伽蓝殿将伽蓝神好好抬来。”左右答应一声,立刻去了。不多时,将伽蓝神抬至公堂。百姓们见把伽蓝神泥胎抬到县衙听审,谁不要看看新奇的事,都来。只见包公离了公座,迎将下来,向伽蓝神似有问答之状。左右观看,不觉好笑。连包兴也暗说道:“我们老爷这是装什么腔儿呢?”只见包公重新入座,叫道:“吴良,适才神圣言道,你那日行凶之时,已在神圣背后留下暗记。下去比来。”左右将吴良带下去。只见那神圣背后肩膀以下,果有左手六指儿的手印;谁知吴良左手却是六指儿,比上时丝毫不错。吴良吓得魂飞胆裂。左右的人无不吐舌,说:“这位太爷真是神仙,如何就知是木匠吴良呢?”殊不知包公那日上庙验看时,地下捡了一物,却是个墨斗;又见那伽蓝神身后六指手的血印,因此想到木匠身上。

左右又将吴良带至公堂跪倒。只见包公把惊堂木一拍,一声断喝,说:“吴良,如今真赃实犯,还不实说么?”左右复又威吓,说:“快招!快招!”吴良着忙道:“太爷不必动怒,小人实招就是了。”案房书吏在一旁写供。吴良道:“小人原与庙内和尚交好。这和尚素来爱喝酒,小人也是酒鬼。因那天和尚请我喝酒,谁知他就醉了。我因劝他收个徒弟,以为将来的收缘结果。他便说:‘如今徒弟实在难收。就是将来收缘结果,我也不怕。这几年的工夫,我也积攒了有二十多两银子了。’他原是醉后无心的话。小人便问他:‘你这银子收藏在何处呢?若是丢了,岂不白费了这几年的工夫么?’他说:‘我这银子是再丢不了的,放的地方人人再也想不到的。’小人就问他:‘你到底搁在哪里呢?’他就说:‘咱们俩这样相好,我告诉你,你可不许告诉别人。’他方说出将银子放在伽蓝神脑袋以内。小人一时见财起意,又见他醉了,原要用斧子将他劈死了。回老爷,小人素来拿斧子劈木头惯了,从来未劈过人。乍乍儿的劈人,不想手就软了,头一斧子未劈中。偏遇和尚泼皮要夺我斧子。我如何肯让他,又将他按住,连劈几斧,他就死了。闹了两手血。因此上神桌,便将左手扶住神背,右手在神圣的脑袋内掏出银子,不意留下了个手印子。今被太爷神明断出,小人实实该死。”包公闻听所供是实,又将墨斗拿出,与他看了。吴良认了是自己之物,因抽斧子落在地下。包公叫他画供,上了刑具,收监。沈清无故遭屈,赏官银十两,释放。

刚要退堂,只听有击鼓喊冤之声。包公即着带进来。但见从角门进来二人,一个年纪二十多岁,一个有四十上下。来到堂上,二人跪倒。年轻的便道:“小人名叫匡必正。有一叔父开缎店,名叫匡天佑。只因小人叔父有一个珊瑚扇坠,重一两八钱,遗失三年未有下落。不想今日遇见此人,他腰间佩的正是此物。小人原要借过来看看,怕的是认错了。谁知他不但不借给看,开口就骂,还说小人讹①他,扭住小人不放。太爷详察。”又只见那人道:“我姓吕名佩,今日狭路相逢,遇见这个后生,将我拦住,硬说我腰间佩的珊瑚坠子是他的。青天白日,竟敢拦路打抢。这后生实实可恶!求太爷与我判断。”包公闻听,便将珊瑚坠子要来一看,果然是真的,淡红,光润无比,便向匡必正道:“你方才说此坠重够多少?”匡必正道:“重一两八钱。倘若不对,或者东西一样的极有,小人再不敢讹人。”包公又问吕佩道:“你可知道此坠重够多少?”吕佩道:“此坠乃友人送的,并不晓得多少分两。”包公回头,叫包兴取戥子②来。包兴答应,连忙取戥平③了,果然重一两八钱。包公便向吕佩道:“此坠若按分两,是他说的不差,理应是他的。”吕佩着急,道:“嗳呀!太爷呀!此坠原是我的,好朋友送我的,又平什么分两呢?我是不敢撒谎的。”包公道:“既是你相好朋友送的,他叫什么名字?实说!”吕佩道:“我这朋友姓皮名熊,他是马贩头儿,人所共知。”包公猛然听“皮熊”二字,触动心事,吩咐将他二人带下去,立刻出签,传皮熊到案。包公暂且退堂,用了酒饭。

不多时,人来回话:“皮熊传到。”包公复又升堂:“带皮熊。”皮熊上堂跪倒,口称:“太爷在上,传小人有何事故?”包公道:“闻听你有珊瑚扇坠,可是有的?”皮熊道:“有的。那是三年前小人捡的。”包公道:“此坠你可送过人么?”皮熊道:“小人不知何人失落,如何敢送人呢?”包公便问:“此

---

① 讹(é)——讹诈。

② 戥(děng)子——也作“等子”,一种称量金银、药品等的小秤。

③ 平——旧指一种衡量的标准。

坠尚在何处？”皮熊道：“现在小人家中。”包公吩咐将皮熊带在一边，叫把吕佩带来。包公问道：“方才问过皮熊，他并未曾送你此坠，此坠如何到了你手？快说！”吕佩一时慌张，方说出是皮熊之妻柳氏给的。包公就知话内有因，连问道：“柳氏她如何给你此坠呢？实说！”吕佩便不言语。包公吩咐：“掌嘴！”两旁人役刚要上前，只见吕佩摇手，道：“老爷不必动怒，我说就是了。”便将与柳氏通奸，是柳氏私赠此坠的话，说了一遍。皮熊在旁听见他女人和人通奸，很觉不够瞄①的。包公立刻将柳氏传到。谁知柳氏深恨丈夫在外宿奸，不与自己一心一计，因此来到公堂，不用审问，便说出丈夫皮熊素与杨大成之妻毕氏通奸。“此坠从毕氏处携来，交与小妇人收了二三年。小妇人与吕佩相好，私自赠他的。”包公立刻出签，传毕氏到案。

正在审问之际，忽听得外面又有击鼓之声，暂将众人带在一旁，先带击鼓之人上堂。只见此人年有五旬，原来就是匡必正之叔匡天佑，因听见有人将他侄儿扭结到官，故此急急赶来，禀道：“只因三年前不记日子，托杨大成到缎店取缎子，将此坠做为执照。过了几日，小人到铺问时，并未见杨大成到铺，也未见此坠，因此小人到杨大成家内。谁知杨大成就是那日晚间死了，也不知此坠的下落，只得隐忍不言。不料小人侄儿今日看见此坠，被人告到太爷台前。惟求太爷明镜高悬，伸此冤枉！”说罢，磕下头去。

包公闻听，心下明白，叫天佑下去，即带皮熊、毕氏上堂，便问毕氏：“你丈夫是何病死的？”毕氏尚未答言，皮熊在旁答道：“是心疼病死的。”包公便将惊堂木一拍，喝声：“该死的狗才！她丈夫心疼病死的，你如何知道？明是因奸谋命。快把怎生谋害杨大成致死情由，从实招来！”两旁一齐威吓：“招！招！招！”皮熊惊慌，说道：“小人与毕氏通奸是实，并无谋害杨大成之事。”包公闻听，说：“你这刁嘴的奴才！曾记得前在饭店之中，你要吃酒，神色慌张，举止失措，酒也未曾吃完。今日公堂之上，还敢支吾！左右，抬上刑来！”皮熊只吓得哑口无言，暗暗自思道：“这位太爷如此明察，别的谅也瞒不过他去，莫若实说，也免得皮肉受苦。”想罢，连连叩头，道：“太爷不必动怒，小人愿招。”包公道：“招来！”皮熊道：“只因

① 瞄(qiáo)——同“瞧”。

小人与毕氏通奸,情投意合,惟恐杨大成知道,将我二人拆散。因此定计,将他灌醉,用刀杀死,暗用棺木盛殓,只说心疼暴病而死。彼时因见珊瑚坠,小人拿回家去,交付妻子收了。即此便是实情。”包公闻听,叫他画供。即将毕氏定了凌迟,皮熊定了斩决,将吕佩责四十板释放,柳氏官卖,匡家叔侄将珊瑚坠领回无事。因此人人皆知包公断事如神,各处传扬,就传到了行侠尚义的一个老者耳内。

且说小沙窝内有一老者姓张行三,为人耿直,好行侠义,因此人都称他为“别古”。(与众不同谓之“别”,不合时宜谓之“古”。)原是打柴为生,皆因他有了年纪,挑不动柴草,众人就叫他看着过秤,得了利息大家平分。这也是他素日为人拿好儿换来的。

一日,闲暇无事,偶然想起:“三年前,东塔洼赵大欠我一担柴钱四百文,我若不要了,有点对不过众伙计们;他们不疑惑我使了,我自己居心实在的过意不去。今日无事,何不走走呢。”于是拄了竹杖,锁了房门,竟往东塔洼而来。

到了赵大门首,只见房舍焕然一新,不敢敲门,问了问邻右之人,方知赵大发财了,如今都称“赵大官人”了。老头子闻听,不由心中不悦,暗想道:“赵大这小子,长处掐,短处捏,那一种行为,连柴火钱都不想着还。他怎么配发财呢?”转到门口,便将竹杖敲门,口中道:“赵大,赵大。”只听里面答应道:“是谁,这末‘赵大’、‘赵二’的?”说话间,门已开了。张三看时,只见赵大衣冠鲜明,果然不是先前光景。赵大见是张三,连忙说道:“我道是谁,原来是张三哥。”张三道:“你先少和我论哥儿们。你欠我的柴火钱,也该给我了。”赵大闻听,道:“这有什么要紧。老弟老兄的,请到家里坐。”张三道:“我不去,我没带着钱。”赵大说:“这是什么话?”张三道:“正经话。我若有钱,肯找你来要账吗?”正说着,只见里面走出一个妇人来,打扮的怪模怪样的,问道:“官人,你同谁说话呢?”张三一见,说:“好呀!赵大,你干这营生呢,怨的发财呢!”赵大道:“休得胡说,这是你弟妹小婶。”又向妇人道:“这不是外人,是张三哥到了。”妇人便上前万福。张三道:“恕我腰疼,不能还礼。”赵大说:“还是这等爱顽。还请里面坐罢。”张三只得随着进来,到了屋内,只见一路一路的盆子堆的不少。彼此让座。赵大叫妇人倒茶。张三道:“我不喝茶。你也不用闹酸款,欠我的四百多钱总要还我的,不用闹这个软局子。”赵大说:“张三哥,你放心，我哪就短了你四百文呢。"说话间，赵大拿了四百钱递与张三。张三接来揣在怀内，站起身来，说道："不是我爱小便宜，我上了年纪，夜来时常爱起夜。你把那小盆给我一个，就算折了欠我的零儿罢。从此两下开交，彼此不认得，却使得？"赵大道："你这是何苦！这些盆子俱是挑出来的，没沙眼，拿一个就是了。"张三挑了一个黢黑的乌盆，挟在怀中，转身就走，也不告别，竟自出门去了。

这东塔洼离小沙窝也有三里之遥。张三满怀不平，正遇着深秋景况，夕阳在山之时，来到树林之中，耳内只听一阵阵秋风飒飒，败叶飘飘，猛然间滴溜溜一个旋风，只觉得汗毛眼里一冷。老头子将脖子一缩，腰儿一躬，刚说一个"好冷"，不防将怀中盆子掉在尘埃，在地下咕噜噜乱转，隐隐悲哀之声，说："摔了我的腰了。"张三闻听，连连唾了两口，捡起盆子往前就走。有年纪之人如何跑得动，只听后面说道："张伯伯，等我一等。"回头又不见人，自己怨恨，道："如何白日就会有鬼？想是我不久于人世了。"一边想，一边走，好容易奔至草房，急忙放下盆子，撂了竹杖；开了锁儿，拿了竹杖，拾起盆子，进得屋来将门顶好，觉得困乏已极，自己说："管他什么鬼不鬼的，且梦周公。"刚才说完，只听得悲悲切切，口呼："伯伯，我死得好苦也！"张三闻听，道："怎么的竟自把鬼关在屋里了？"别古秉性忠直，不怕鬼邪，便说道："你说罢，我这里听着呢。"隐隐说道："我姓刘名世昌，在苏州阊①门外八宝乡居住。家有老母周氏，妻子王氏，还有三岁的孩子乳名百岁。本是缎行生理。只因乘驴回家，行李沉重，那日天晚，在赵大家借宿。不料他夫妻好狠，将我杀害，谋了资财，将我血肉和泥焚化。到如今闪了老母，抛却妻子，不能见面。九泉之下，冤魂不安，望求伯伯替我在包公前伸明此冤，报仇雪恨。就是冤魂在九泉之下，也感恩不尽。"说罢，放声痛哭。张三闻听他说的可怜，不由的动了他豪侠的心肠，全不畏惧，便呼道："乌盆。"只听应道："有呀，伯伯。"张三道："虽则替你鸣冤，惟恐包公不能准状，你须跟我前去。"乌盆应道："愿随伯伯前往。"张三见他应叫应声，不觉满心欢喜，道："这去告状，不怕包公不信。言虽如此，我是上了年纪之人，记性平常，必须将他姓名住处记清背熟了方好。"于是重新背了一回，样样记明。

---

① 阊——音 chāng。

老头儿为人心热，一夜不曾合眼，不等天明，爬起来，挟了乌盆，拄起竹杖，锁了屋门，竟奔定远县而来。出得门时，冷风透体，寒气逼人，又在天亮之时。若非张三好心之人，谁肯冲寒冒冷，替人鸣冤。及至到了定远县，天气过早，尚未开门；只冻得他哆哆嗦嗦，找了个避风的所在，席地而坐。喘息多时，身上觉得和暖。老头儿又高兴起来了，将盆子扣在地下，用竹杖敲着盆底儿，唱起什不闲来了。刚唱一句"八月中秋月照台"，只听的一声响，门分两扇，太爷升堂。

张三忙拿起盆子，跑向前来喊"冤枉"。就有该值的回禀，立刻带进，包公座上问道："有何冤枉？诉上来。"张三就把东塔洼赵大家讨账，得了一个黑盆，遇见冤魂自述的话，说了一遍。"现有乌盆为证。"包公闻听，便不以此事为妄谈，就在座上唤道："乌盆。"并不见答应。又连唤两声，也无影响。包公见别古年老昏愦①，也不动怒，便叫左右撵去便了。

张老出了衙门，口呼："乌盆。"只听应道："有呀，伯伯。"张老道："你随我诉冤，你为何不进去呢？"乌盆说道："只因门上门神拦阻，冤魂不敢进去，求伯伯替我说明。"张老闻听，又嚷"冤枉"。该值的出来，嗔道："你这老头子还不走！又嚷的是什么？"张老道："求爷们替我回复一声：'乌盆有门神拦阻，不敢进见。'"该值的无奈，只得替他回禀。包公闻听，提笔写字一张，叫该值的拿去门前焚化，仍将老头子带进来，再讯二次。张老抱着盆子，上了公堂，将盆子放在当地，他跪在一旁。包公问道："此次叫他可应了？"张老说："是。"包公吩咐："左右，尔等听着。"两边人役应声，洗耳静听。只见包公座上问道："乌盆。"不见答应。包公不由动怒，将惊堂木一拍："我骂你这狗才！本县念你年老之人，方才不加责于你，如今还敢如此。本县也是你愚弄的吗？"用手抽签，吩咐打责了十板，以戒下次。两旁不容分说，将张老打了十板。闹得老头儿呲牙咧嘴，一拐一拐的，挟了乌盆，拿了竹杖，出衙去了。

转过影壁，便将乌盆一扔，只听得嗳呀一声，说："碰了我脚面了！"张老道："奇怪！你为何又不进去呢？"乌盆道："只因我赤身露体，难见星主。没奈何，再求伯伯替我申诉明白。"张老道："我已然为你挨了十大板，如今再去，我这两条腿不用长着咧。"乌盆又苦苦哀求。张老是个心

---

① 昏愦(kuì)——今写作"昏聩"，眼花耳聋，比喻头脑糊涂，不明是非。

软的人,只得拿起盆子。他却又不敢伸冤,只得从角门溜溜秋秋往里便走。只见那边来了一个厨子,一眼看见,便叫:“胡头儿,胡头儿,那老头儿又来了。”胡头正在班房谈论此事说笑,忽听老头子又来了,连忙跑出来要拉。张老却有主意,就势坐在地下,叫起屈来了。

包公那里也听见了,吩咐带上来,问道:“你这老头子为何又来?难道不怕打么?”张老叩头道:“方才小人出去又问乌盆,他说赤身露体,不敢见星主之面。恳求太爷赏件衣服遮盖遮盖,他才敢进来。”包公闻听,叫包兴拿件衣服与他。包兴连忙拿了一件夹袄,交与张老。张老拿着衣服出来,该值的说:“跟着他,看他是拐子!”只见他将盆子包好,拿起来,不放心,又叫着:“乌盆,随我进来。”只听应道:“有呀,伯伯,我在这里。”张老闻听他答应,这一回留上心了,便不住叫着进来。到了公堂,仍将乌盆放在当中,自己在一旁跪倒。包公又吩咐两边仔细听着,两边答应“是”。此所谓上命差遣,概不由己。有说老头子有了病了的,有说太爷好性儿的,也有暗笑的。连包兴在旁也不由的暗笑:“老爷今日叫疯子磨住了。”只见包公座上呼唤:“乌盆。”不想衣内答应说:“有呀,星主。”众人无不诧异。只见张老听见乌盆答应了,他便忽的跳将起来,恨不能要上公案桌子。两旁众人吆喝,他才复又跪下。包公细细问了张老。张老仿佛背书的一般:他姓甚名谁,家住哪里,他家有何人,作何生理,怎么遇害,是谁害的,滔滔不断说了一回,清清楚楚。两旁听的无不叹息。包公听罢,吩咐包兴取十两银子来,赏了张老,叫他回去听传。别古千恩万谢地去了。

包公立刻吩咐书吏办文一角,行到苏州,调取尸亲前来结案。即行出签,拿赵大夫妇,登时拿到,严加讯问,并无口供。包公沉吟半晌,便吩咐:“赵大带下去,不准见刁氏。”即传刁氏上堂。包公说:“你丈夫供称陷害刘世昌,全是你的主意。”刁氏闻听,恼恨丈夫,便说出赵大用绳子勒死的,并言现有未用完的银两。即行画招,押了手印。立刻派人将赃银起来。复又带上赵大,叫他女人质对。谁知这厮好狠,横了心再也不招,言银子是积攒的。包公一时动怒,请了大刑,用夹棍套了两腿,问时仍然不招。包公一声断喝,说了一个“收”字。不想赵大不禁夹,就呜呼哀哉了。包公见赵大一死,只得叫人搭下去,立刻办详,禀了本府,转又行文上去,至京启奏去了。

此时尸亲已到。包公将未用完的银子，俱叫他婆媳领取讫；并将赵大家私奉官折变，以为婆媳养赡。婆媳感念张老替他鸣冤之恩，愿带到苏州养老送终。张老也因受了冤魂嘱托，亦愿照看孀居孤儿。因此商量停当，一同起身往苏州去了。

要知后事如何，下回分晓。

第　六　回

罢官职逢义士高僧　应龙图审冤魂怨鬼

且说包公断明了乌盆，虽然远近闻名，这位老爷正直无私，断事如神，未免犯了上司之嫉，又有赵大刑毙，故此文书到时，包公例应革职。包公接到文书，将一切事宜交代署印之人，自己住庙。李保看此光景，竟将银两包袱收拾收拾，逃之夭夭了。

包公临行，百姓遮道哭送。包公劝勉了一番，方才乘马，带着包兴，出了定远县，竟不知投奔何处才好。包公在马上自己叹息，暗里思量道："我包某命运如此淹蹇①，自幼受了多少的颠险，好容易蒙兄嫂怜爱，聘请恩师，教诲我一举成名。不想妄动刑具，致毙人命。虽是他罪应如此，究竟是粗心浮躁，以至落了个革职，至死也无颜回家。无处投奔，莫若仍奔京师，再作计较。"只顾马上嗟叹。包兴跟随，明知老爷为难，又不敢问。信马由缰，来至一座山下，虽不是峻岭高峰，也觉得凶恶。正在观看之际，只听一棒锣响，出来了无数的喽兵，当中一个矮胖黑汉，赤着半边身的胳膊，雄赳赳，气昂昂，不容分说，将主仆二人拿下捆了，送上山去。谁知山中尚有三个大王，见缚了二人前来，吩咐绑在两边柱子上，等四大王到来，再行发落。不一时，只见四大王慌慌张张，喘吁吁跑了来，嚷道："不好了！山下遇见一人好本领，强小弟十倍，才一交手，我便倒了。幸亏跑得快，不然吃大亏了。哪位哥哥去会会他？"只见大大王说："二弟，待劣兄前往。"二大王说："小弟奉陪。"于是二人下山，见一人气昂昂在山坡站

① 淹蹇(jiǎn)——极其不顺利。

立。大大王近前一看,不觉哈哈大笑,道:“原来是兄长,请到山中叙话。”

你道此山何名?名叫土龙岗,原是山贼窝居之所。原来张龙、赵虎误投庞府,见他是权奸之门,不肯逗留,偶过此山,将山贼杀走,他二人便作了寨主。后因王朝、马汉科考武场,亦被庞太师逐出,愤恨回家,路过此山,张、赵两个即请到寨,结为兄弟。王朝居长,马汉第二,张龙第三,赵虎第四。王、马、张、赵四人已表明来历。

且说马汉同定那人来至山中,走上大厅,见两旁柱上绑定二人,走近一看,不觉失声道:“嗳呀!县尊为何在此?”包公睁眼看时,说道:“莫不是恩公展义士么?”王朝闻听,连忙上前解开,立刻让至厅上,坐定了。展爷问及,包公一一说了。大家俱各叹息。展爷又叫王、马、张、赵给包公赔了罪,分宾主坐下。立时摆酒,彼此谈心,甚是投机。包公问道:“我看四位俱是豪杰,为何作这勾当?”王朝道:“我等皆为功名未遂,亦不过暂借此安身,不得已而为之。”展爷道:“我看众弟兄皆是异姓骨肉。今日恰逢包公在此,虽则目下革职,将来朝廷必要擢用①。那时众位兄弟何不设法弃暗投明,与国出力,岂不是好?”王朝道:“我等久有此心。老爷倘蒙朝廷擢用,我等俱愿效力。”包公只得答应:“岂敢,岂敢。”大家饮至四更方散。

至次日,包公与展爷告辞。四人款留不住,只得送下山来。王朝素与展爷相好,又远送几里。包公与展爷恋恋不舍,无奈分别而去。

单言包公主仆乘马竟奔京师。一日,来至大相国寺门前,包公头晕眼花,竟从马上栽将下来。包兴一见,连忙下马看时,只见包公二目双合,牙关紧闭,人事不知。包兴叫着不应,放声大哭。惊动庙中方丈,乃得道高僧,俗家复姓诸葛名遂,法号了然,学问渊深,以至医卜星相,无一不精,闻得庙外人声,来到山门以外,近前诊了脉息,说:“无妨,无妨。”又问了方才如何落马的光景,包兴告诉明白。了然便叫僧众帮扶抬到方丈东间,急忙开方抓药。包兴精心用意煎好。吃不多时,至二鼓天气,只听包公哎呀一声,睁开二目,见灯光明亮,包兴站在一旁,那边椅子上坐着个僧人。包公便问:“此是何处?”包兴便将老爷昏过多时,亏这位师傅慈悲用药救活的话,说了一回,包公刚要挣扎起来致谢,和尚过来按住,道:“不可劳动,

---

① 擢(zhuó)用——提升任用。

须静静安心养神。”

过了几日，包公转动如常，才致谢和尚。以至饮食用药调理，俱已知是和尚的，心中不胜感激。了然细看包公气色，心下明白，便问了年命，细算有百日之难，过了日子就好了，自有机缘，便留住包公在庙内居住。于是将包公改作道人打扮，每日里与了然不是下棋，便是吟诗，彼此爱慕。将过了三个月。一日，了然求包公写“冬季唪经祝国裕民”八字，叫僧人在山门两边粘贴。包公无事，同了然出来，一旁观看。只见那壁厢来了一个厨子，手提菜筐，走至庙前，不住将包公上下打量，瞧了又瞧，看了又看，直瞅着包公进了庙，他才飞也似地跑了，包公却不在意，回庙去了。

你道此人是谁？他乃丞相府王芑①的买办厨子。只因王老大人面奉御旨，赐图像一张，乃圣上梦中所见，醒来时宛然在目，御笔亲画了形像，特派王老大人暗暗密访此人。丞相遵旨回府，又叫妙手丹青照样画了几张，吩咐虞侯、伴当、执事人员各处留神，细细访查。不想这日买办从大相国寺经过，恰遇包公，急忙跑回相府，找着该值的虞侯，便将此事，说了一遍。虞侯闻听，不能深信，亦不敢就回，即同买办厨子暗到庙中，闲游的一般，各处瞻仰。后来看到方丈，果见有一道人与老僧下棋，细看相貌正是龙图之人，心中不胜惊骇，急忙赶回相府，禀知相爷。

王大人闻听，立刻传轿到大相国寺拈香。一是王大人奉旨所差之事，不敢耽延；二是老大人为国求贤，一番苦心。不多时，来到庙内。小沙弥②闻听，急忙跑至方丈室内，报与老和尚知道。只见了然与包公对弈，全然不理。倒是包公说道：“吾师也当迎接。”了然道：“老僧不走权贵之门，迎他则甚？”包公道：“虽然如此，他乃是个忠臣，就是迎他，也不至于沾碍老师。”了然闻听，方起身道：“他此来与我无沾碍，恐与足下有些瓜葛。”说罢，迎出去了。

接至禅堂，分宾主坐了。献茶已毕，便问了然：“此庙有多少僧众？多少道人？老夫有一心愿，愿施僧鞋僧袜，每人各一双，须当面领去。”了然明白，即吩咐僧道领取，一一看过，并无此人。王大人问道：“完了么？你庙中还有人没有？”了然叹道：“有是还有一人，只是他未必肯要大人这

---

① 芑——音 qǐ。

② 沙弥——指初出家的年轻的和尚。

一双鞋袜。如要见这人,大概还须大人以礼相见。”王丞相闻听,忙道:“就烦长老引见引见何如?”了然答应,领至方丈。包公隔窗一看,也不能回避了,只得上前一揖,道:“废员参见了。”王大人举目细看形容,与圣上御笔画的龙图分毫不差,不觉大惊,连忙让座,问道:“足下何人?”包公便道:“废员包拯,曾任定远县。”因断乌盆革职的话,说了一遍。王大人见包公说话耿直,忠正严肃,不觉满心欢喜,立刻备马,请包公随至相府。进了相府,大家看大人轿后一个道士,不知什么缘故。当下留在书房安歇。

次日早朝,仍将包公换了县令服色,先在朝房伺候。净鞭三下,天子升殿。王芑出班奏明仁宗。天子大喜:“立刻宣召见朕。”包公步上金阶跪倒,三呼已毕。王子闪龙目一看,果是梦中所见之人,满心欢喜,便问为何罢职。包公便将断乌盆将人犯刑毙身死情由,毫无遮饰,一一奏明。王芑在班中着急,恐圣上见怪。谁知天子不但不怪,反喜道:“卿家既能断乌盆负屈之冤魂,必能镇皇宫作祟之邪。今因玉宸宫内每夕有怨鬼哀啼,甚属不净,不知是何妖邪,特派卿前往镇压一番。”即着王芑在内阁听候。钦派太监总管杨忠带领包公,至玉宸宫镇压。

这杨忠素来好武,胆量甚好,因此人皆称他为“杨大胆”。奉旨赐他宝剑一口,每夜在内巡逻。今日领包公进内。他哪里瞧得起包公呢,先问了姓,后又问了名,一路称为老黑,又叫老包。来到昭德门,说道:“进了此门,就是内廷了。想不到你七品前程如此造化!今日对了圣心,派你入宫,将来回家到乡里说古去罢。是不是?老黑呀!怎么我和你说话,你怎么不响呢?”包公无奈,答道:“公公说的是。”杨忠又道:“你别和我闹这个整脸儿。我是好顽好乐的。这就是你,别人还巴结不上呢。”说着话,进了凤右门,只见有多少内侍垂手侍立。内中有一个头领,上前执手,道:“老爷今日有何贵干?”杨忠说:“辛苦,辛苦!咱家奉旨带领此位包先生前到玉宸宫镇邪。此乃奉旨官差。我们完差之时,不定三更五更回来,可就不照门了,省得又劳动你们。请罢,请罢!”说罢,同了包公,竟奔玉宸宫。只见金碧交辉,光华烂漫,到了此地,不觉肃然起敬。连杨忠爱说爱笑,到了此地,也就哑口无言了。

来至殿门,杨忠止步,悄向包公道:“你是钦奉谕旨,理应进殿除邪。我就在这门槛上照看便了。”包公闻听,轻移慢步,侧身而入,来至殿内,内正中设立宝座,连忙朝上行了三跪九叩之礼。又见旁边设立座位,包公躬身入座。杨忠见了，心下暗自佩服道："瞧不得小小官儿，竟自颇知国礼。"又见包公如对君父一般，秉正端坐，凝神养性，二目不往四下观瞧，另有一番凛然难犯的神色，不觉的暗暗夸奖道："怪不得圣上见了他喜欢呢。"正在思想之际，不觉的谯楼漏下。猛然间听的呼呼风响，杨忠觉得毛发皆竖，连忙起身，手掣宝剑，试舞一回。要不了几路已然气喘。只得归入殿内，锐气已消，顺步坐在门槛子上。包公在座上，不由得暗暗发笑。

杨忠正自发怔，只见丹墀①以下起了一个旋风，滴溜溜在竹丛里团团乱转，又隐隐的听得风中带着悲泣之声。包公闪目观瞧，只见灯光忽暗，杨忠在外扑倒；片刻工夫，见他复起，袅袅婷婷，走进殿来，万福跪下。此时灯光复又明亮。包公以为杨忠戏耍，便以假作真，开言问道："你今此来，有何冤枉？诉上来。"只听杨忠娇滴滴声音，哭诉道："奴婢寇珠原是金华宫承御，只因救主遭屈，含冤地府，于今廿载，专等星主来临，完结此案。"便将当初定计陷害的原委，哭诉了一遍。"因李娘娘不日难满，故特来泄机由。星主细细搜查，以报前冤，千万不可泄漏。"包公闻听点头，道："既有如此沉冤，包某必要搜查。但你必须隐形藏迹，恐惊主驾，获罪不浅。"冤魂说道："谨遵星主台命。"叩头站起，转身出去，仍坐在门槛子上。

不多时，只见杨忠张牙欠嘴，仿佛睡醒的一般，瞧见包公仍在那边端坐，不由悄悄地道："老黑，你没见什么动静，咱家怎生回复圣旨？"包公道："鬼已审明，只是你贪睡不醒，叫我在此呆等。"杨忠闻听诧异，道："什么鬼？"包公道："女鬼。"杨忠道："女鬼是谁？"包公道："名叫寇珠。"杨忠闻听，只吓得惊异不止，暗自思道："寇珠之事算来将近二十年之久，他竟如何知道？"连忙陪笑，道："寇珠她为什么事在此作祟呢？"包公道："你是奉旨，同我进宫除邪，谁知你贪睡。我已将鬼审明，只好明日见了圣上，我奏我的。你说你的便了。"杨忠闻听，不由着急，道："嗳呀！包……包先生，包老爷，我的亲亲的包……包大哥，你这不把我毁透了吗？可是你说的，圣上命我同你进宫；归齐我不知道，睡着了，这是什么差使眼儿呢？怎的了！可见你老人家就不疼人了。过后就真没有用我们的地方了？瞧你老爷们这个劲儿，立刻给我个眼里插棒槌，也要我们搁得住呀！好包先

① 墀（chí）——台阶上面的空地。

生,你告诉我,我明日送你个小巴狗儿,这么短的小嘴儿。"包公见他央求可怜,方告诉他道:"明日见了圣上,就说:'审明了女鬼,系金华宫承御寇珠含冤负屈,来求超度她的冤魂。臣等业已相许,以后再不作祟。'"杨忠听毕,记在心头,并谢了包公,如敬神的一般,他也不敢言语亵渎①了。

出了玉宸宫,来至内阁,见了丞相王芑,将审明的情由,细述明白。少时圣上临朝,包公和杨忠一一奏明,只说冤魂求超度,却不提别的。圣上大悦,愈信乌盆之案。即升用开封府府尹、阴阳学士。包公谢恩。加封"阴阳"二字,从此人传包公善于审鬼。白日断阳,夜间断阴,一时哄传遍了。

包公先拜了丞相王芑,爱慕非常;后谢了了然;又至开封府上任,每日查办事件。便差包兴回家送信,并具禀替宁老夫子请安;又至隐逸村投递书信,一来报喜,二来求婚毕姻。包兴奉命,即日起身,先往包村去了。

未知后事如何,且听下回分解。

第 七 回

得古今盆完婚淑女　收公孙策密访奸人

且说包兴奉了包公之命寄信回家,后又到隐逸村。这日包兴回来,叩见包公,呈上书信,言:"太老爷太夫人甚是康健,听见老爷得了府尹,欢喜非常,赏了小人五十两银子。小人又见大老爷大夫人,欢喜自不必说,也赏了小人三十两银子。惟有大夫人给小人带了个薄薄儿包袱,嘱咐小人好好收藏,到京时交付老爷。小人接在手中,虽然有些分量,不知是何物件,惟恐路上磕碰。还是大夫人见小人为难,方才说明此包内是一面古镜,原是老爷井中捡的。因此镜光芒生亮,大夫人挂在屋内。有一日,二夫人使唤的秋香走至大夫人门前滑了一跤,头已跌破,进屋内就在挂镜处一照。谁知血滴镜面,忽然云翳开豁。秋香大叫一声,回头跑在二夫人屋内,冷不防按住二夫人将右眼挖出;从此疯癫,至今锁禁,犹如活鬼一般。

---

① 亵渎(xièdú)——轻慢,不尊敬。

二夫人死去两三番，现在延医调治，尚未痊愈。小人见二老爷，他无精打采的，也赏了小人二两银子。”说着话，将包袱呈上。包公也不开看，吩咐好好收讫。包兴又回道：“小人又见宁师老爷看了书信，十分欢喜，说叫老爷好好办事，尽忠报国，还教导了小人好些好话。小人在家住了一天，即到隐逸村报喜投书。李大人大喜，满口应承，随后便送小姐前来就亲。赏了小人一个元宝、两匹尺头，并回书一封。”即将信呈上。包公接书看毕，原来是张氏夫人同着小姐，于月内便可来京。立刻吩咐预备住处，仍然派人前去迎接。便叫包兴暂且歇息，次日再商量办喜事一节。

不多几日，果然张氏夫人带领小姐俱各到了。一切定日迎娶事务，俱是包兴尽心备办妥当。到了吉期，也有多少官员前来贺喜，不必细表。

包公自毕姻后，见李氏小姐幽闲贞静，体态端庄，诚不失大家闺范，满心欢喜。而且妆奁中有一宝物，名曰“古今盆”，上有阴阳二孔，堪称希世奇珍。包公却不介意。过了三朝满月，张氏夫人别女回家，临行又将自己得用的一个小厮名唤李才，留下服侍包公，与包兴同为内小厮心腹。

一日，放告坐堂，见有个乡民年纪约有五旬上下，口称“冤枉”。立刻带至堂上。包公问道：“你姓甚名谁？有何冤枉？诉上来。”那人向上叩头，道：“小人姓张名致仁，在七里村居住。有一族弟名叫张有道，以货郎为主，相离小人不过数里之遥。有一天，小人到族弟家中探望，谁知三日前竟自死了！问我小婶刘氏是何病症？为何连信也不送呢？刘氏回答是心疼病死的，因家中无人，故此未能送信。小人因有道死的不明，在祥符县申诉情由，情愿开棺检验。县太爷准了小人状子。及至开棺检验，谁知并无伤痕。刘氏她就放起刁来，说了许多诬赖的话。县太爷将小人责了二十大板，讨保回家。越想此事，实实张有道死的不明。无奈何投到大老爷台前，求青天与小人作主。”说罢，眼泪汪汪，匍匐在地。包公便问道：“你兄弟素来有病么？”张致仁说：“并无疾病。”包公又问道：“你几时没见张有道？”致仁道：“素来弟兄和睦，小人常到他家，他也常来小人家。五日前尚在小人家中。小人因他五六天没来，因此小人找到他家，谁知三日前竟自死了。”包公闻听，想到五日前尚在他家，他第六天去探望，又是三日前死的，其中相隔一两天，必有缘故。包公想罢，准了状词，立刻出签，传刘氏到案。暂且退了堂，来至书房，细看呈子，好生纳闷。包兴与李才旁边侍立。忽听外边有脚步声响。包兴连忙迎出，却是外班，手持书信一封,说:"外面有一儒流求见。此书乃了然和尚的。"包兴闻听,接过书信,进内回明,呈上书信。包公是极敬了然和尚的,急忙将书拆阅,原来是封荐函,言此人学问品行都好。包公看罢,即命包兴去请。

包兴出来看时,只见那人穿戴的衣冠,全是包公在庙时换下衣服,又肥又长,肋里肋腻①的,并且帽子上面还捏着摺儿。包兴看罢,知是当初老爷的衣服,必是了然和尚与他穿戴的,也不说明,便向那人说道:"我家老爷有请。"只见那人斯斯文文,随着包兴进来。到了书房,包兴掀帘。只见包公立起身来,那人向前一揖,包公答了一揖,让座。包公便问:"先生贵姓?"那人答道:"晚生复姓公孙名策,因久困场屋,屡落孙山,故流落在大相国寺。多承了然禅师优待,特具书信前来,望祈老公祖推情收录。"包公见他举止端详,言语明晰,又问了些书籍典故,见他对答如流,学问渊博,竟是个不得第的才子。包公大喜。

正谈之间,只见外班禀道:"刘氏现已传到。"包公吩咐伺候,便叫李才陪侍公孙先生,自己带了包兴,立刻升堂,入了公座,便叫:"带刘氏。"应役之人接声喊道:"带刘氏!带刘氏!"只见从外角门进来一个妇人,年纪不过二十多岁,面上也无惧色,口中尚自言自语,说道:"好端端的人,死了叫他翻尸倒骨的,不知前生作了什么孽了!如今又把我传到这里来,难道还生出什么巧招儿来吗?"一边说,一边上堂,也不东瞧西看,她便袅袅婷婷朝上跪倒,是一个久惯打官司的样儿。包公便问道:"你就是张刘氏么?"妇人答道:"小妇人刘氏,嫁与货郎张有道为妻。"包公又问道:"你丈夫是什么病死的?"刘氏道:"那一天晚上,我丈夫回家,吃了晚饭,一更之后便睡了。到了二更多天,忽然说心里怪疼的。小妇人吓得了不得,急忙起来。便嚷疼得利害,谁知不多一会就死了。害的小妇人好不苦也!"说罢,泪流满面。包公把惊堂木一拍,喝道:"你丈夫到底是什么病死的?讲来!"站堂喝道:"快讲!"刘氏向前跪爬半步,说道:"老爷,我丈夫实是害心疼病死的,小妇人焉敢撒谎。"包公喝道:"既是害病死的,你为何不给他哥哥张致仁送信?实对你说,现在张致仁在本府堂前已经首告。实实招来,免得皮肉受苦!"刘氏道:"不给张致仁送信,一则小妇人烦不出人来,二则也不敢给他送信。"包公闻听,道:"这是为何?"刘氏道:"因小

① 肋里肋腻(lēlilēde)——(衣服)不整洁,不利落。

妇人丈夫在日，他时常到小妇人家中，每每见无人，他言来语去，小妇人总不理他。就是前次他到小妇人家内，小妇人告诉他兄弟已死，不但不哭，反倒向小妇人胡说八道，连小妇人如今直学不出口来。当时被小妇人连嚷带骂，他才走了。谁知他恼羞成怒，在县告了，说他兄弟死的不明，要开棺检验。后来太爷到底检验了，并无伤痕，才将他打了二十板。不想他不肯歇心，如今又告到老爷台前，可怜小妇人丈夫死后，受如此罪孽，小妇人又担如此丑名，实实冤枉！恳求老青天与小妇人作主啊！"说着，说着，就哭起来了。

包公见她口似悬河，牙如利剑，说的有情有理，暗自思道："此妇听她言语，必非善良。若与张致仁质对，我看他那诚朴老实形景，必要输与妇人口角之下。须得查访实在情形，妇人方能服输。"想罢，向刘氏说道："如此说来，你竟是无故被人诬赖了。张致仁着实可恶。我自有道理，你且下去，三日后听传罢了。"刘氏叩头下去，似有得色。包公更觉生疑。

退堂之后，来到书房，便将口供呈词与公孙策观看。公孙策看毕，躬身说道："据晚生看此口供，张致仁疑的不差。只是刘氏言语狡猾，必须探访明白，方能折服妇人。"不料包公心中所思主见，公孙策一言道破，不觉欢喜，道："似此如之奈何？"公孙策正欲作进见之礼，连忙立起身来，道："待晚生改扮行装，暗里访查访查，如有机缘，再来禀复。"包公闻听，道："如此说，有劳先生了。"叫包兴："将先生盘川并要何物件，急忙预备，不可误了。"包兴答应，跟随公孙策来至书房，公孙策告诉明白，包兴连忙办理去了。不多时，俱各齐备。原来一个小小药箱儿，一个招牌，还有道衣丝绦鞋袜等物。公孙策通身换了，背起药箱，连忙从角门暗暗溜出，到七里村查访。

谁知乘兴而来，败兴而返，闹了一天并无机缘可寻。看看天晚，又觉得腹中饥饿，只得急忙且回开封府再做道理。不料忙不择路，原是往北，他却往东南岔下去了。多走数里之遥，好容易奔至镇店，问时知是榆林镇，找了兴隆店投宿，又乏又饿。正要打算吃饭，只见来了一群人，数匹马，内中有一黑矮之人，高声嚷道："凭他是谁，快快与我腾出！若要惹恼了你老爷的性儿，连你这店俱各给你拆了。"旁有一人说道："四弟不可。

凡事有个先来后到，就是叫人家腾挪也要好说，不可如此的罗唣①。”又向店主人道：“东人，你去说说看。皆因我们人多，两下住着不便，奉托！奉托！”店东无奈，走到上房，向公孙策说道：“先生没有什么说的，你老将就将就我们！说不得屈尊你老，在东间居住，把外间这两间让给我们罢！”说罢，深深一揖。公孙策道：“来时原不要住上房，是你们小二再三说，我才住此房内。如今来的客既是人多，我情愿将三间满让。店东给我个单房，我住就是了。皆是行路，纵有大厦千间，不过占七尺眠，何必为此吵闹呢。”正说之间，只见进来了黑凛凛一条大汉，满面笑容，道：“使不得！使不得！老先生请自尊便罢。这外边两间承情让与我等，足已够了。我等从人俱叫他们下房居住，再不敢劳动了。”公孙策再三谦逊，那大汉只是不肯，只得挪在东间去了。

那大汉叫从人搬下行李，揭下鞍辔，俱各安放妥协。又见上人却是四个，其余五六个俱是从人，要净面水，唤开水壶，吵嚷个不了。又见黑矮之人先自呼酒要菜。店小二一阵好忙，闹的公孙策竟喝了一壶空酒，菜总没来，又不敢催。忽听黑矮人说道：“我不怕别的，明日到了开封府，恐他记念前仇，不肯收录，那却如何是好？”又听黑脸大汉道：“四弟放心，我看包公决不是那样之人。”公孙策听至此处，不由站起身来，出了东间，对着四人举手，道：“四位原是上开封的，小弟不才，愿作引进之人。”四人听了，连忙站起身来。仍是那大汉说道：“足下何人？请过来坐，方好讲话。”公孙策又谦逊再三，方才坐下。各通姓名。

原来这四人正是土龙岗的王朝、马汉、张龙、赵虎四条好汉。听说包公作了府尹，当初原有弃暗投明之言，故将山上喽啰粮草金银俱各分散，只带了得用伴当②五六人，前来开封府投效，以全信行。他们又问公孙策，公孙策答道：“小可现在开封府。因目下有件疑案，故此私行暗暗查访。不想在此得遇四位，实实三生有幸了。”彼此谈论多时，真是文武各尽其妙。大家欢喜非常。惟独赵四爷粗俗，却有酒量颇豪。王朝恐怕他酒后失言，叫外人听之不雅，只得速速要饭。大家吃毕，闲谈饮茶。天到二更以后，大家商议，今晚安歇后，明日可早早起来，还行路呢。这正是只

① 罗唣（zào）——吵闹寻事。

② 伴当——旧时指跟随着做伴的仆人或伙伴。

因清正声名远，致使英雄跋涉来。

未审明日王、马、张、赵投奔开封府如何，且听下回分解。

第　八　回

救义仆除凶铁仙观　访疑案得线七里村

且说四爷赵虎因多贪了几杯酒，大家闲谈，他连一句也插不上，一旁前仰后合，不觉的瞌睡起来。困因酒后，酒因困魔，后来索性放倒头，酣睡如雷，因打呼，方把大家提醒。王朝说："只顾说话儿，天已三更多了，先生也乏了，请安歇罢。"大家方才睡下。谁知赵四爷心内惦着上开封府，睡的容易，醒的剪绝。外边天气不过四鼓之半，他便一咕噜身爬起来，乱嚷道："天亮了！快些起来赶路！"又叫从人备马捎行李，把大家吵醒。谁知公孙策心中有事尚未睡着，也只得随大家起来。只见大爷将从人留下一个，腾出一匹马叫公孙策乘坐。叫那人将药箱儿招牌，"俟天亮时背至开封府，不可违误。"吩咐已毕，叫店小二开了门，大家乘马，趁着月色，迤逦①而行。天气尚未五更。正走之间，过了一带林子，却是一座庙宇。猛见墙角边人影一晃。再细看时，却是一个女子，身穿红衣，到了庙门挺身而入。大家看的明白，口称"奇怪"。张龙说："深夜之间，女子入庙，必非好事。天气尚早，咱们何不到庙看看呢？"马汉说："半夜三更，无故敲打山门，见了僧人怎么说呢？"王朝说道："不妨，就说贪赶路程，口渴得很，讨杯茶吃，有何不可。"公孙策道："既如此，就将马匹行李叫从人在树林等候，省得僧人见了兵刃生疑。"大家闻听，齐说："有理，有理。"于是大家下马，叫从人在树林看守。从人答应。五位老爷迈步竟奔山门而来。

到了庙门，趁着月光，看的明白，匾上大书"铁仙观"。公孙策道："那女子挺身而入，未听见她插门，如何是关着呢？"赵虎上前，抡起拳头，在山门上就噔、噔、噔的三拳，口中嚷道："道爷开门来！"口中嚷着，随手又是三拳，险些儿把山门砸掉。只听里面道："是谁？是谁？半夜三更怎么

① 迤逦（yǐlǐ）——曲折连绵。

说!”只听哗啦一声,山门开处,见个道人。公孙策连忙上前施礼,道:“道爷,多有惊动了。我们一行人贪赶路程,口渴舌干,欲借宝刹歇息歇息,讨杯茶吃,自有香资奉上,望祈方便。”那道人闻听,便道:“等我禀明白了院长,再来相请。”正说之间,只见走出一个浓眉大眼、膀阔腰粗、怪肉横生的道士来,说道:“既是众位要吃茶,何妨请进来。”王朝等闻听,一拥而入,来至大殿,只见灯烛辉煌。彼此逊坐。见道人凶恶非常,并且酒气喷人,已知是不良之辈。

张龙、赵虎二人悄地出来寻那女子,来到后面,并无踪迹。又到一后院,只见一口大钟,并无别物。行至钟边,只听有人呻吟之声。赵虎说:“在这里呢。”张龙说:“贤弟,你去掀钟,我拉人。”赵虎挽挽袖子,单手抓住钟上铁爪,用力向上一掀。张龙说:“贤弟吃住劲,不可松手!等我把住底口。”往上一挺,就把钟内之人露将出来。赵爷将手一松,仍将钟扣在那边,仔细看此人时,却不是女子,是个老者,捆做一堆,口内塞着棉花,急忙掏出,松了捆绑。那老者干呕做一团,定了定神,方才说:“嗳哟!苦死我也!”张龙便问:“你是何人?因何被他们扣在钟下?”那老头儿道:“小人名唤田忠,乃陈州人氏。只因庞太师之子安乐侯庞昱奉旨前往赈济,不想庞昱到了那里,并不放赈,在彼盖造花园,抢掠民间女子。我主人田起元,主母金氏玉仙因婆婆染病,在庙里许下愿心。老太太病好,主母上庙还愿,不意被庞昱窥见,硬行抢去。又将我主人送县监禁。老太太一闻此信时,生生吓死。是我将老主母埋葬已毕。想此事一家被害,非上京控告不可。因此贪赶路程,过了宿头,于四更后投至此庙,原为歇息。谁知道人见我行李沉重,欲害小人。正在动手之时,忽听众位爷们敲门,便将小人扣在钟下,险些儿伤了性命。”

正在说话间,只见那边有一道人探头缩脑。赵四爷急忙赶上,兜的一脚,踢翻在地,将拳向面上一晃:“你嚷,我就是一拳!”那贼道看见柳斗大的皮锤,哪里还有魂咧,赵四爷便将他按住在钟边。

不想这前边凶道名唤萧道智,在殿上张罗烹茶,不见了张、赵二人,叫道人去请也不见回来,便知事有不妥,悄悄的退出殿来,到了自己屋内,将长衣甩去,手提一把明亮亮的朴刀,竟奔后院而来。恰入后门,就瞧见老者已放,赵虎按着道人,不由心头火起,手举朴刀,扑向张龙。张爷手急眼快,斜刺里就是一腿。道人将将躲过,一刀照定张龙面门削来。张爷手无寸铁,全仗步法巧妙,身体灵便,一低头将刀躲过,顺手就是一掌。恶道惟恐是暗器,急待侧身时,张爷下边又是一扫堂腿。好恶道!金丝绕腕势躲过,回手反背又是一刀。究竟有兵刃的气壮,无家伙的胆虚,张龙支持了几个照面,看看不敌。

正在危急之际,只见王朝、马汉二人见张龙受敌,王朝赶近前来,虚晃一掌,左腿飞起,直奔胁下。恶道闪身时,马汉后边又是一拳,打在背后。恶道往后一扑,急转身,摔手就是一刀,亏得马汉眼快,歪身一闪,刚然躲过,恶道倒垂势又奔了王朝而来。三个人赤着手,刚刚敌的住——就是防他的刀便了。王朝见恶道奔了自己,他便推月势等刀临切近,将身一撒。恶道把身使空,身往旁边一闪,后面张龙照腰就是一脚。恶道觉得后面有人,趁着月影也不回头,伏身将脚往后一蹬。张龙脚刚落地,恰被恶道在迎面骨上蹬了一脚,力大势猛,身子站立不住,不由的跌倒在地。赵虎在旁看见,连忙叫道:"三哥,你来挡住那个道人。"张龙连忙起来挡住道人。只见赵虎站起来,竟奔东角门前边去了。张龙以为四爷必是到树林取兵刃去了。

迟了不多时,却见赵虎从西角门进来。张龙想道:"他取兵刃不能这么快,他必是解了解手儿回来了。"眼瞧着他迎面扑了恶道,将左手一扬(是个虚晃架式),右手对准面门一摔,口中说:"恶道,看我的法宝取你!"只见白扑扑一股稠云打在恶道面上,登时二目难睁,鼻口倒噎,连气也喘不过来。马汉又在小肚上尽力的一脚,恶道站立不住,咕咚栽倒在地,将刀扔在一边。赵虎赶进一步,一跪腿,用磕膝盖按住胸膛,左手按膀背,将右袖从新向恶道脸上一路乱抖。原来赵虎绕到前殿,将香炉内香灰装在袖内。俗语说的好:"光棍眼内揉不下沙子去。"何况是一炉香灰,恶道如何禁得起。四个人一齐动手,将两个道人捆缚,预备送到祥符县去。此系祥符地面之事,由县解府,按劫掠杀命定案。四人复又搜寻,并无人烟。后又搜至旁院之中,却是菩萨殿三间,只见佛像身披红袍。大家方明白,红衣女子乃是菩萨现化。此时公孙策已将树林内伴当叫来,拿获道人。便派从人四名,将恶道交送县内。立刻祥符县申报到府。大家带了田忠,一同出庙,此时天已大亮,竟奔开封府而来。暂将四人寄在下处。

公孙策进内参见包公,言访查之事尚未确实,今有土龙岗王、马、张、赵四人投到,并铁仙观救了田忠,捉拿恶道交祥符县、不日解到的话,说了一遍。复又立起身来,说:“晚生还要访查刘氏案去。”当下辞了包公,至茶房。此时药箱招牌俱已送到。公孙策先生打扮停当,仍从角门去了。

且说包公见公孙策去后,暗叫包兴将田忠带至书房,问他替主明冤一切情形,叫左右领至茶房居住,不可露面,恐走漏了风声,庞府知道。又吩咐包兴将四勇士暂在班房居住,俟有差听用。

且说公孙策离了衙门,复至七里村沿途暗访,心下自思:“我公孙策时乖运蹇,屡试不第。幸亏了然和尚一封书信荐至开封府,偏偏头一天到来就遇见这一段公案,不知何日方能访出。总是我的运气不好,以致诸事不顺。”越思越想,心内越烦,不知不觉出了七里村。忽然想起,自己叫着自己说:“公孙策,你好呆!你是作什么来了?就是这么走着,有谁知你是医生呢?既不知道你是医生,你又焉能打听出来事情呢?实实呆的可笑!”原来公孙策只顾思索,忘了摇串铃了。这时想起,连忙将铃儿摇起,口中说道:“有病早来治,莫要多延迟。养病如养虎,虎大伤人的。凡有疑难大症,管保手到病除。贫不计利。”

正在念诵,可巧那一边一个老婆子唤道:“先生,这里来,这里来。”公孙策闻听,向前问道:“妈妈唤我么?”那婆子道:“可不是。只因我媳妇身体有病,求先生医治医治。”公孙策闻听,说:“既是如此,妈妈引路。”

那婆子引进柴扉,掀起了蒿子杆的帘子,将先生请进。看时,却是三间草房,一明两暗。婆子又掀起西里间单布帘子,请先生土炕上坐了。公孙策放了药箱,倚了招牌,刚然坐下,只见婆子搬了个不带背、三条腿椅子在地下相陪。婆子便说道:“我姓尤,丈夫早已去世。有个儿子名叫狗儿,在大户陈应杰家做长工。只因我的儿媳妇得病,有了半月了。她的精神短少,饮食懒进,还有点午后发烧。求先生看看脉,吃点药儿。”公孙策道:“令媳现在哪屋?”婆子道:“在东屋里呢,待我告诉她。”说着,站起,往东屋里去了。只听说道:“媳妇,我给你请个先生来,求他老看看,管保就好咧。”只听妇人道:“母亲,不看也好,一来我没有什么大病,二来家无钱钞,何苦妄费钱文。”婆子道:“嗳哟!媳妇呵!你没听见先生说么,‘贫不计利’;再者‘养病如养虎’。好孩子,请先生瞧瞧罢。你早些好了,也省得老娘悬心。我就是倚靠你,我那儿子也不指望他了!”说至此,妇人便道:“母亲,请先生过来看看就是了。”婆子闻听,说:“还是我这孩子听话。好个孝顺的媳妇!”一边说着,便来到西屋,请公孙策。公孙策跟定婆子来至东间，与妇人诊脉。

原来医者有“望”、闻”、“问”、“切”①四条，又道：“医者易也，易者移也。”故有移重就轻之法。假如给老年人看准脉息不好，必要安慰，说道：“不要紧，立个方儿，吃与不吃均可。”后至出来，方向本家说道：“老人家脉息不好得很，赶紧预备后事罢。”本家问道：“先生，你为何方才不说？”医家道：“我若不开导着说，上年纪的人听说利害，痰向上一涌，那不登时交代了么？”此是移重就轻之法。闲言少叙。

且说公孙策与妇人看病，虽是私访，他素来原有实学，所有医理，先生尽皆知晓。诊完脉息，已知病源。站起身来，仍然来至西间坐下，说道：“我看令媳之脉，乃是双脉。”尤氏闻听，道：“哎哟！何尝不是。她大约有四五个月没见……”公孙策又道：“据我看来，病源因气恼所致，郁闷不舒，竟是个气裹胎了。若不早治，恐入痨症。必须将病源说明，方好用药。”婆子闻听，不由的吃惊：“先生真是神仙，谁说不是气恼上得的呢！待我细细告诉先生。我儿子在陈大户家做长工，素日多亏大户帮些银钱。那一天，忽然我儿子拿了两个元宝回来……”说至此处，只听东屋妇人道：“此事不必说了。”公孙策忙说道：“用药必须说明，我听的确，下药方能见效。”婆子道：“孩子，你养你的病，这怕什么？”又说道：“我见元宝不免生疑，便问这元宝从何而来。我儿子说，只因大户与七里村张有道之妻不大清楚。这一天陈大户到张家去了，可巧叫他男人撞见，因此大户要害他男人，给我儿两个元宝。”说至此，东屋妇人又道：“母亲不消说了，此事如何说得！”婆子道：“儿呀，先生也不是外人，说明了好用药呀。”公孙策道：“正是，正是，若不说明，药断不灵。”婆子接说：“给我儿两个元宝，正叫他找什么东西的。原是我媳妇劝他不依，后来跪在地下央求。谁知我不肖的儿子不但不听，反将媳妇踢了几脚，揣起元宝，赌气走了未回。后来果然听说张有道死了。又听见说接三的那日，晚上棺材里连响了三阵，

① 望闻问切——中医诊断疾病的方法。望是观察病人的发育情况、面色、舌苔、表情等；闻是听病人的说话声音、咳嗽、喘息，并且嗅出病人的口臭、体臭等气味；问是询问病人自己所感到的症状，以前所患过的病等；切是用手诊脉或按腹部诊察有没有痞块等。通常这四种方法结合在一起使用，叫做四诊。

仿佛炸尸的一般,连和尚都吓跑了,因此我媳妇更加忧闷。这便是得病的原由。”

公孙策听毕,提起笔来写了一方,递与婆子。婆子接来一看,道:“先生,我看别人方子有许多的字,怎么先生的方儿只一行字呢?”公孙策答道:“药用当而通神。我这方乃是独门奇方。用红锦一张,阴阳瓦焙了,无灰老酒冲服,最是安胎活血的。”婆子闻听,记下。公孙策又道:“你儿子做成此事,难道大户也无谢礼么?”公孙策问及此层,他算定此案一明,尤狗儿必死,婆媳二人全无养赡,就势要给他婆媳二人想出个主意。这也是公孙策文人妙用。话已说明。且说婆子说道:“听说他许给我儿子六亩地。”先生道:“这六亩地可有字样么?”婆子道:“哪有字样呢,还不定他给不给呢。”先生道:“这如何使得!给他办此大事,若无字据,将来你如何养赡呢?也罢,待我替你写张字儿,倘若到官时,即以此字和他要地。”真是乡里人好哄。当时婆子乐极了,说:“多谢先生!只是没有纸,可怎么好呢?”公孙策道:“不妨,我这里有纸。”打开药箱,拿出一大张纸来,立刻写就,假画了中保,押了个花押,交给婆子。婆子深深谢了。先生背起药箱,拿了招牌,起身便走。婆子道:“有劳先生!又无谢礼,连杯茶也没吃,叫婆子好过意不去。”公孙策道:“好说,好说。”出了柴扉,此时精神百倍,快乐非常。原是屡试不第,如今仿佛金榜标名似的,连乏带饿全忘了,两脚如飞,竟奔开封府而来。这正是心欢访得希奇事,意快听来确实音。

未审后事如何,下回分解。

第 九 回

断奇冤奏参封学士　造御刑查赈赴陈州

且说公孙策回到开封府,仍从角门悄悄而入,来至茶房,放下药箱招牌,找着包兴,回了包公。立刻请见。公孙策见礼已毕,便将密访的情由,如此如此,这般这般,细细述了一遍。包公闻听欢喜,暗暗想:“此人果有才学,实在难为他访查此事。”便叫包兴与公孙策更衣,预备酒饭,请先生歇息。又叫李才将外班传进,立刻出签,拿尤狗儿到案。外班答应。去不多时，前来回说："尤狗儿带到。"

老爷点鼓升堂，叫带尤狗儿，上堂跪倒。包公问道："你就是尤狗儿么？"回道："老爷，小人叫驴子。"包公一声断喝："哇！你明是狗儿，你为何叫驴子呢？"狗儿回道："老爷，小人原叫狗儿来着。只因他们说狗的个儿小，改叫驴子，岂不大些儿呢？因此就改了叫驴子。老爷若不爱叫驴子，还叫狗儿就是了。"两旁喝道："少说！少说！"包公叫道："狗儿。"应道："有。""只因张有道的冤魂告到本府台前，说你与陈大户主仆定计，将他谋死。但此事皆是陈大户要图谋张有道的妻子刘氏。你不过是上人差遣，概不由己；虽然受了两个元宝，也是小事。你可要从实招来，自有本府与你作主，出脱你的罪名便了。你不必忙，慢慢的讲来。"狗儿听见冤魂告状，不由的心中害怕。后又见老爷和颜悦色地出脱他的罪名，与他作主，放了心了，即向上叩头，道："老爷既施天恩，与小人作主，小人只得实说。因小人当家的与张有道的女人有交情，可和张有道没有交情。那一天被张有道撞见了，他跑回来就病了，总想念刘氏，他又不敢去。因此想出一个法子来，须得将张有道害了，他或上刘氏家去，或将刘氏娶到家里来，方才遂心。故此将小人叫到跟前说：'我托付你一宗事情。'我说：'当家的，有什么事呢？'他说：'这宗事情不容易，你须用心搜寻才有。'我就问：'找什么呢？'他说：'这宗东西叫尸龟，仿佛金头虫儿，尾巴上发亮，有蝼虫大小。'我就问：'这宗东西出在哪里呢？'他说：'须在坟里找。总要尸首肉都化了，才有这虫儿。'小人一听，就为了难了，说：'这可怎么找法呢？'他见小人为难，便给小人两个元宝，叫小人且自拿着：'事成之后，我给你六亩地。不论日子，总要找了来。白日也不做活，养着精神，夜里好找。'可是老爷说的：'上人差遣，概不由己。'又说："受人之托，当忠人之事。'因此小人每夜到坟地里去，好容易得了此虫，晒成干，研了末，或茶或饭洒上，必是心疼而死，并无伤痕，惟有眉攒中间有小小红点，便是此毒。后来听见张有道死了，大约就是这宗东西害的。求老爷与小人作主。"包公听罢此话，大约无甚虚假。书吏将供单呈上，包公看了，拿下去，叫狗儿画了招。立刻出签，将陈应杰拿来。老爷又吩咐狗儿道："少时陈大户到案，你可要当面质对，老爷好与你作主。"狗儿应允。包公点头，吩咐："带下去。"

只见差人当堂跪倒，禀道："陈应杰拿到。"包公又吩咐传刘氏并尤氏婆媳。先将陈大户带上堂来，当堂上了刑具。包公问道："陈应杰，为何谋死张有道？从实招来！”陈大户闻听，吓得惊疑不止，连忙说道：“并无此事呀，青天老爷！”包公将惊堂木一拍，道：“你这大胆的奴才！在本府堂前还敢支吾么？左右，带狗儿。”立刻将狗儿带上堂来，与陈应杰当面对证。大户只吓得抖衣而战，半晌，方说道：“小人与刘氏通奸是实情，并无谋死有道之事。这都是狗儿一片虚词，老爷千万莫信。”包公大怒，吩咐：“看大刑伺候！”左右一声喊，将三木往堂上一摞，把陈大户吓得胆裂魂飞，连忙说道：“愿招！愿招！”便将狗儿找寻尸龟，悄悄交与刘氏，叫或茶或饭洒上，立刻心疼而死，并告诉她放心，并无一点伤痕，连血迹也无有，从头至尾，说了一遍。包公看了供单，叫他画了招。

只见差役禀道：“刘氏与尤氏婆媳俱各传到。”包公吩咐先带刘氏。只见刘氏仍是洋洋得意，上得堂来，一眼瞧见陈大户，不觉朱颜更变，形色张皇，免不得向上跪倒。包公却不问她，便叫陈大户与妇人当面质对。陈大户对着刘氏哭道：“你我干此事，以为机密，再也无人知道，谁知张有道冤魂告到老爷台前。事已败露，不能不招，我已经画招。你也画了罢，免得皮肉受苦。”妇人闻听，骂了一声：“冤家！想不到你如此脓包，没能为！你既招承，我又如何推托呢？”只得向上叩首，道：“谋死亲夫张有道情实，再无别词。就是张致仁调戏一节，也是诬赖他的。”包公也叫画了手印。

又将尤氏婆媳带上堂来。婆子哭诉前情，并言毫无养赡。“只因陈大户曾许过几亩地，婆子恐他诬赖，托人写了一张字儿。”说着话，从袖中将字儿拿出呈上。包公一看，认得是公孙策的笔迹，心中暗笑，便向陈大户道：“你许给他几亩地，怎不拨给他呢？”陈大户无可奈何，并且当初原有此言，只得应许拨给几亩地与尤氏婆媳。包公便饬①发该县办理。包公又问陈大户道：“你这尸龟的方子，是如何知道的？”陈大户回道：“是我家教书的先生说的。”包公立刻将此先生传来，问他如何知道的，为何教他这法子。先生费士奇回道：“小人素来学习些医学，因知药性。或于完了功课之时，或刮风下雨之日，不时和东人谈谈论论。因提及此药不可乱用，其中有六脉八反，乃是最毒之物。才提到尸龟。小人是无心闲谈，谁知东家却是有心记忆，故此生出事来。求老爷详察。”包公点头，道：“此语虽是你无心说出，只是不当对匪人言论此事，亦当薄薄有罪，以为妄谈

① 饬(chì)——旧时公文中上级命令下级。

之戒。"即行办理文书,将他递解还乡。刘氏定了凌迟,陈大户定了斩立决,狗儿定了绞监候。原告张致仁无事。

包公退了堂,来至书房,即打了摺底,叫公孙策誊清。公孙策刚然写完,包兴进来,手中另持一纸,向公孙策道:"老爷说咧,叫把这个誊清夹在摺内,明早随着摺子一同具奏。"先生接过一看,不觉目瞪神痴,半晌方说道:"就照此样写么?"包兴道:"老爷亲自写的。叫先生誊清,焉有不照样写的理呢?"公孙策点头,说:"放下,我写就是了。"心中好不自在。原来这个夹片是为陈州放粮,不该信用椒房①宠信之人,直说圣上用人不当,一味顶撞言语。公孙策焉有不担惊之理呢?写只管写了,明日若递上去,恐怕是辞官表一道。总是我公孙策时运不顺,偏偏遇的都是这些事,只好明日听信儿再为打算罢。

至次日五鼓,包公上朝。此日正是老公公陈伴伴接摺子,递上多时,就召见包公。原来圣上见了包公摺子,初时龙心甚为不悦。后来转又一想,此乃直言敢陈,正是忠心为国,故尔转怒为喜,立刻召见包公。奏对之下,明系陈州放赈恐有情弊,因此圣上加封包公为龙图阁大学士,仍兼开封府事务,前往陈州稽察放赈之事,并统理民情。包公并不谢恩,跪奏道:"臣无权柄,不能服众,难以奉诏。"圣上因此又赏了御札三道。包公谢恩,领旨出朝。

且说公孙策自包公入朝后,他便提心吊胆,坐立不安,满心要打点行李起身,又恐谣言惑众,只得忍耐。忽听一片声喊,以为事体不妥。正在惊惶之际,只见包兴先自进来告诉:"老爷圣上加封龙图阁大学士,派往陈州查赈。"公孙策闻听,这一乐真是喜出望外。包兴道:"特派我前来与先生商议,打发报喜人等,不准他们在此嘈杂。"公孙策欢欢喜喜,与包兴斟酌妥协,赏了报喜的去后,不多时包公下朝。大家叩喜已毕。便对公孙策道:"圣上赐我御札三道,先生不可大意。你须替我仔细参详,莫要辜负圣恩。"说罢,包公进内去了。

这句话把个公孙策打了个闷葫芦,回至自己屋内,千思万想,猛然省悟,说:"是了!这是逐客之法,欲要不用我,又赖不过了然的情面,故用

---

① 椒房——汉代后妃所住的宫殿,用椒和泥涂壁,取其温暖有香气,兼有多子之意,因此称椒房。也用作后妃的代称。

这样难题目。我何不如此如此鬼混一番，一来显显我胸中的抱负，二来也看看包公胆量。左右是散伙罢咧！”于是研墨蘸笔，先度量了尺寸，注写明白。后又写了做法，并分上、中、下三品，龙、虎、狗的式样。他用笔画成三把铡刀，故意的以“札”字做“铡”字，看包公有何话说。画毕，来至书房。包兴回明了包公，请进。公孙策将画单呈上，以为包公必然大怒，彼此一拱手就完了。谁知包公不但不怒，将单一一看明，不由春风满面，口中急急称赞：“先生真天才也！”立刻叫包兴传唤木匠。“就烦先生指点，务必连夜荡出样子来，明早还要恭呈御览。”公孙策听了此话，愣柯柯的连话也说不出来。此时就要说这是我画着玩的，也改不过口来了。

又见包公连催外班快传匠役。公孙策见真要办理此事，只得退出，重新将单子细细的搜求，又添上如何包铜叶子，如何钉金钉子，如何安鬼王头，又添上许多样色。不多时，匠役人等来到。公孙策先叫看了样子，然后教他做法。众人不知有何用处，只得按着吩咐的样子荡起，一个个手忙脚乱，整整闹了一夜，方才荡得。包公临上朝时，俱各看了，吩咐用黄箱盛上，抬至朝中，预备御览。

包公坐轿来至朝中，三呼已毕，出班奏道：“臣包拯昨蒙圣恩赐臣御札三道，臣谨遵旨，拟得式样，不敢擅用，谨呈御览。”说着话，黄箱已然抬到，摆在丹墀。圣上闪目观瞧，原来是三口铡刀的样子，分龙、虎、狗三品。包公又奏：“如有犯法者，各按品级行法。”圣上早已明白包公用意，是借“札”字之音改作“铡”字，做成三口铡刀，以为镇吓外官之用，不觉龙颜大喜，称羡包公奇才巧思，立刻准了所奏：“不必定日请训，俟御刑造成，急速起身。”

包公谢恩，出朝上轿，刚到街市之上，见有父老十名一齐跪倒，手持呈词。包公在轿内看得分明，将脚一跺轿底（这是暗号），登时轿夫止步打杵。包兴连忙将轿帘微掀，将呈子递进。不多时，包公吩咐掀起轿帘。包兴连忙将轿帘掀起。只见包公嗤、嗤将呈子撕了个粉碎，掷于地下，口中说道：“这些刁民！焉有此事？叫地方将他们押去城外，惟恐在城内滋生是非。”说罢，起轿竟自去了。这些父老哭哭啼啼，抱抱怨怨，说道：“我们不辞辛苦奔至京师，指望伸冤报恨。谁知这位老爷也是怕权势的，真是闻名不如见面。我等冤枉再也无处诉了。”说罢，又大哭起来。旁边地方催促，道：“走罢，别叫我们受热。大小是个差使，哭也无益，何处没有屈死的呢？”众人闻听，只得跟随地方出城。刚到城外，只见一骑马飞奔前来，告诉地方道:“送他们出城,你就不必管了,回去罢!”地方连忙答应,抽身便回去了。来人却是包兴,跟定父老,到无人处,方告诉他们道:“老爷不是不准呈子,因市街上耳目过多,走漏风声,反为不美。老爷吩咐,叫你们俱不可散去,且找幽僻之处藏身,暗暗打听老爷多攒起身时,叫你们一同随去。如今先叫两个有年纪的,悄悄跟我进城,到衙门有话问呢。”众人闻听,俱各欢喜。其中单叫两个父老,远远跟定包兴,到了开封府。包兴进去回明,方将两个父老带至书房。包公又细细问了一遍。原来是十三家,其中有收监的,有不能来的。包公吩咐:“你们在外不可声张,俟我起身时一同随行便了。”二老者叩头谢了,仍然出城而去。

且说包公自奏明御刑之后,便吩咐公孙策督工监造,务要威严赫耀,更要纯厚结实。便派王、马、张、赵四勇士服侍御刑:王朝掌刀,马汉卷席捆人,张龙、赵虎抬人入铡。公孙策每日除监造之外,便与四勇士服侍御刑,操演规矩,定了章程礼法,不可紊乱。

不数日光景,御刑打造已成,包公具摺请训,便有无数官员前来饯行。包公将御刑供奉堂上,只等众官员到齐,同至公堂之上,验看御刑。众人以为新奇,正要看看是何制度。不多时,俱到公堂,只见三口御铡上面俱有黄龙袱套,四位勇士雄赳赳,气昂昂,上前抖出黄套,露出刑外之刑,法外之法。真是“光闪闪,令人毛发皆竖;冷飕飕,使人心胆俱寒”。正大君子看了尚可支持,奸邪小人见了魂魄应飞,真算从古至今未有之刑也!众人看毕,回归后面。所有内外执事人等忙忙乱乱,打点起身。包公又暗暗吩咐,叫田忠跟随公孙策同行。到了起行之日,有许多同僚在十里长亭送别,也不细表。沿途上叫告状的父老也暗暗跟随。

这日包公走至三星镇,见地面肃静,暗暗想道:“地方官制度有方。”正自犯想,忽听喊冤之声,却不见人。包兴早已下马,顺着声音找去,原来在路旁空柳树里。及至露出身来,却又是个妇人,头顶呈词,双膝跪倒。包兴连忙接过呈子。此时轿已打杵,上前将状子递入轿内。包公看毕,对那妇人道:“你这呈子上言家中无人,此呈却是何人所写?”妇人答道:“从小熟读诗书,父兄皆是举贡,嫁得丈夫也是秀才,笔墨常不释手。”包公将轿内随行纸墨笔砚,叫包兴递与妇人另写一张。只见不加思索,援笔立就,呈上。包公接过一看,连连点头,道:“那妇人,你且先行回去听传。待本阁到了公馆,必与你审问此事。”那妇人磕了一个头,说:“多谢青天大人!”当下包公起轿,直投公馆去了。

未识后事如何,下回分解。

第 十 回

买猪首书生遭横祸 扮化子勇士获贼人

且说包公在三星镇接了妇人的呈子。原来那妇人娘家姓文,嫁与韩门为妻。自从丈夫去世,膝下只有一子,名唤瑞龙,年方一十六岁。在白家堡租房三间居住。韩文氏做些针指①,训教儿子读书。子在东间读书,母在西间做活。娘儿两个将就度日,并无仆妇下人。一日晚间,韩瑞龙在灯下念书,猛回头见西间帘子一动,有人进入西间,是葱绿衣衿,大红朱履,连忙立起身赶入西间,见他母亲正在灯下做活。见瑞龙进来,便问道:“吾儿,晚上功课完了么?”瑞龙道:“孩儿偶然想起个典故,一时忘怀,故此进来找书查看查看。”一壁说着,奔了书箱。虽则找书,却暗暗留神,并不见有什么,只得拿一本书出来,好生纳闷,又怕有贼藏在暗处,又不敢声张,恐怕母亲害怕,一夜也未合眼。到了次日晚间读书,到了初更之后,一时恍惚,又见西间帘子一动,仍是朱履绿衫之人进入屋内。韩生连忙赶至屋中,口叫“母亲”。只这一声,倒把个韩文氏吓了一跳,说道:“你不念书,为何大惊小怪的?”韩生见问,一时不能答对,只得实诉道:“孩儿方才见有一人进来,及至赶入屋内,却不见了。昨晚也是如此。”韩文氏闻听,不觉诧异:“倘有歹人窝藏,这还了得!我儿持灯照看照看便了。”韩生接过灯来,在床下一照,说:“母亲,这床下土为何高起许多呢?”韩文氏连忙看时,果是浮土,便道:“且把床挪开细看。”娘儿两个抬起床来,将浮土略略扒开,却露出一只箱子,不觉心中一动,连忙找了铁器将箱盖打开。韩生见里面满满的一箱子黄白之物,不由满心欢喜,说道:“母亲,原来是一箱子金银,敢则是财来找人。”文氏闻听,喝道:“胡说!焉有此事!纵然是财,也是无义之财,不可乱动。”无奈韩生年幼之人,见了许多金银。如

① 针指——也写作“针黹”,指针线。

何割舍得下；又因母子很穷，便对文氏道："母亲，自古掘土得金的不可枚举。况此物非是私行窃取的，又不是别人遗失捡了来的，何以谓之不义呢？这必是上天怜我母子孤苦，故尔才有此财发现，望乞母亲详察。"文氏听了，也觉有理，便道："既如此，明早买些三牲祭礼，谢过神明之后，再做道理。"韩生闻听母亲应允，不胜欢喜，便将浮土仍然掩上，又将木床暂且安好。母子各自安寝。

韩生哪里睡得着，翻来覆去，胡思乱想，好容易心血来潮，入了梦乡，总是惦念此事。猛然惊醒，见天发亮，急忙起来禀明母亲，前去买办三牲祭礼。谁知出了门一看，只见月明如昼，天气尚早，只得慢慢行走。来至郑屠铺前，见里面却有灯光，连忙敲门，要买猪头，忽然灯光不见了，半晌，毫无人应，只得转身回来。刚走了几步，只听郑屠门响。回头看时，见灯光复明，又听郑屠道："谁买猪头？"韩生应道："是我，赊个猪头。"郑屠道："原来是韩相公。既要猪头，为何不拿个家伙来？"韩生道："出门忙了就忘了，奈何？"郑屠道："不妨，拿一块垫布包了，明日再送来罢。"因此用垫布包好，交付韩生。韩生两手捧定，走不多时，便觉乏了；暂且放下歇息，然后又走。迎面恰遇巡更人来，见韩生两手捧定带血布包，又累得气喘吁吁，未免生疑，便问："是何物件？"韩生答道："是猪头。"说话气喘，字儿不真。巡更人更觉疑心，一人说话，一人弯腰打开布包验看，明月之下，又有灯光照得真切，只见里面是一颗血淋淋发髻蓬松女子人头。韩生一见，只吓得魂飞魄散。巡更人不容分说，即将韩生解至郧县，俟天亮禀报。

县官见是人命，立刻升堂，带上韩生一看，却是个懦弱书生，便问道："你叫何名？因何杀死人命？"韩生哭道："小人叫韩瑞龙，到郑屠铺内买猪头，忘拿家伙，是郑屠用布包好递与小人。后遇巡更之人追问，打开看时，不想是颗人头。"说罢，痛哭不止。县官闻听，立刻出签，拿郑屠到案。谁知郑屠拿到，不但不应，他便说连买猪头之事也是没有的。又问他："垫布不是你的么？"他又说："垫布是三日前韩生借去的，不想他包了人头移祸于小人。"可怜年幼的书生，如何敌得过这狠心屠户！幸亏官府明白，见韩生不像杀人行凶之辈，不肯加刑，连屠户暂且收监，设法再问。

不想韩文氏在三星镇递了呈词，包公准状。及至来到公馆，县尹已然迎接，在外伺候。包公略为歇息，吃茶，便请县尹相见，即问韩瑞龙之案。县官答道："此案尚在审讯，未能结案。"包公吩咐，将此案人证俱各带至公馆听审。少刻带到。包公升堂入座,先带韩瑞龙上堂,见他满面泪痕,战战兢兢,跪倒堂前。包公叫道:“韩瑞龙,因何谋杀人命?诉上来。”韩生泪涟涟道:“只因小人在郑屠铺内买猪头,忘带家伙,是他用垫布包好递给小人,不想闹出这场官司。”包公道:“住了。你买猪头,遇见巡更之人,是什么时候?”韩生道:“天尚未亮。”包公道:“天未亮,你就去买猪头何用?讲!”韩生到了此时不能不说,便一五一十,回明堂前,放声大哭,“求大人超生。”包公暗暗点头道:“这小孩子家贫,贪财心盛。看此光景,必无谋杀人命之事。”吩咐:“带下去。”便对县官道:“贵县,你带人役到韩瑞龙家相验板箱,务要搜查明白。”县官答应,出了公馆,乘马,带了人役去了。

这里包公又将郑屠提出,带上堂来,见他凶眉恶眼,知是不良之辈,问他时与前供相同。包公大怒,打了二十个嘴巴,又责了三十大板。好恶贼!一言不发,真会挺刑。吩咐:“带下去。”

只见县官回来,上堂禀道:“卑职奉命前去韩瑞龙家验看板箱,打开看时里面虽是金银,却是冥资纸锭;又往下搜寻,谁知有一无头死尸,却是男子。”包公问道:“可验明是何物所伤?”一句话把个县尹问了个怔,只得禀道:“卑职见是无头之尸,未及验看是何物所伤。”包公嗔道:“既去查验,为何不验看明白?”县尹连忙道:“卑职粗心,粗心。”包公吩咐:“下去。”县尹连忙退出,吓了一身冷汗,暗自说:“好一位利害钦差大人,以后诸事小心便了。”

再说包公吩咐再将韩瑞龙带上来,便问道:“韩瑞龙,你住的房屋是祖积?还是自己盖造的呢?”韩生回道:“俱不是,乃是租赁居住的,并且住了不久。”包公又问:“先前是何人居住?”韩生道:“小人不知。”包公听罢,叫将韩生并郑屠寄监。

老爷退堂,心中好生忧闷,叫人请公孙先生来,彼此参详此事:一个女子头,一个男子身,这便如何处治?公孙先生又要暗访。包公摇头,道:“得意不宜再往,待我细细思索便了。”公孙退出,与王、马、张、赵大家参详此事,俱各无有定见。公孙先生自回下处。

愣爷赵虎便对三位哥哥言道:“你我投至开封府,并无寸进之功。如今遇了为难的事,理应替老爷分忧,待小弟暗访一番。”三人听了,不觉大笑,说:“四弟,此乃机密细事,岂是你粗鲁之人干得的?千万莫要留个话柄!”说罢,复又大笑。四爷脸上有些下不来,搭搭讪讪的回到自己屋内,没好气的。倒是跟四爷的从人有机变,向前悄悄对四爷耳边说:“小人倒有个主意。”四爷说:“你有什么主意?”从人道:“他们三位不是笑话你老吗?你老倒要赌赌气,偏去私访,看是如何。然而必须巧妆打扮,叫人认不出来。那时若是访着了,固然是你老的功劳;就是访不着,悄悄儿回来,也无人知觉,也不至于丢人。你老想好不好?”愣爷闻听大喜,说:“好小子!好主意!你就替我办理。”从人连忙去了,半晌,回来道:“四爷,为你老这宗事好不费事呢,好容易才找了来了。花了十六两五钱银子。”四爷说:“什么多少,只要办的事情妥当就是了。”从人说:“管保妥当。咱们找个僻静的地方,小人就把你老打扮起来,好不好?”

四爷闻听,满心欢喜,跟着从人出了公馆,来至静处,打开包袱,叫四爷脱了衣衿。包袱里面却是锅烟子,把四爷脸上一抹,身上手上俱各花花答答的抹了;然后拿出一顶半零不落的开花儿的帽子,与四爷戴上;又拿上一件滴零搭拉的破衣,与四爷穿上;又叫四爷脱了裤子鞋袜,又拿条少腰没腿的破裤叉儿,与四爷穿上;腿上给四爷贴了两贴膏药,唾了几口吐沫,抹了些花红柳绿的,算是流的脓血;又有没脚跟的榨板鞋,叫四爷他拉上;余外有个黄瓷瓦罐,一根打狗棒,叫四爷拿定:登时把四爷打扮了个花铺盖相似。这一身行头别说十六两五钱银子,连三十六个钱谁也不要。他只因四爷大秤分金,扒堆使银子,哪里管他多少;况且又为的是官差私访,银子上更不打算盘了。临去时,从人说:“小人于起更时,仍在此处等候你老。”四爷答应,左手提罐,右手拿棒,竟奔前村而去。

走着,走着,觉得脚指扎的生疼。来到小庙前石上坐下,将鞋拿起一看,原来是鞋底的钉子透了。抡起鞋来在石上拍搭、拍搭紧摔,好容易将钉子摔下去。不想惊动了庙内的和尚,只当有人敲门,及至开门一看,是个叫化子在那里摔鞋。四爷抬头一看,猛然问和尚:“你可知女子之身、男子之头,在于何处?”和尚闻听,道:“原来是个疯子。”并不答言,关了山门进去了。

四爷忽然省悟,自己笑道:“我原来是私访,为何顺口开河?好不是东西!快些走罢。”自己又想道:“既扮做化子,应当叫化才是。这个我可没有学过,说不得到哪里说哪里,胡乱叫两声便了。”便道:“可怜我一碗半碗,烧的黄的都好!”先前还高兴,以为我是私访;到后来见无人理他,自想似此如何打听得事出来,未免心中着急。又见日色西斜,看看的黑了。幸喜是月望之后,天色虽然黑了,东方却是一轮明月。走至前村。也是事有凑巧,只见一家后墙有个人影往里一跳。四爷心中一动,暗说:“才黑如何便有偷儿?不要管他,我也跟进去瞧瞧。”想罢,放下瓦罐,丢了木棒,摔了破鞋,光着脚丫子,一伏身往上一纵。纵上墙头,看墙头有柴火垛一堆,就从柴垛顺溜下去。留神一看,见有一人趴伏在那里。愣爷便上前伸手按住。只听那人哎哟了一声。四爷说:“你嚷,我就捏死你!”那人道:“我不嚷!我不嚷!求爷爷饶命。”四爷道:“你叫什么名字?偷的什么包袱?放在哪里?快说!”只听那人道:“我叫叶阡儿,家有八十岁的老母无赡养。我是头次干这营生呀,爷爷!”四爷说:“你真没偷什么?”一面问,一面检查细看,只见地下露着白绢条儿。四爷一拉,土却是松的,越拉越长,猛力一抖,见是一双小小金莲;复又将腿攥住,尽力一掀,原来是一个无头的女尸。四爷一见,道:“好呀!你杀了人,还和我闹这个腔儿呢。实对你说,我非别人,乃开封府包大人阁下赵虎的便是。因为此事,特来暗暗私访。”叶阡儿闻听,只吓得胆裂魂飞。口中哀告,道:“赵爷,赵爷!小人作贼情实,并没有杀人。”四爷说:“谁管你!且捆上再说。”就拿白绢条子绑上,又恐他嚷,又将白绢条子撕下一块,将他口内塞满,方才说:“小子好好在这里,老爷去去就来。”四爷顺着柴垛,跳出墙外,也不顾瓦罐木棒与那破鞋,光着脚奔走如飞,直向公馆而来。

此时天交初鼓,只见从人正在那里等候,瞧着像四爷,却听见脚底下呱咭、呱咭的山响,连忙赶上去说:“事体如何?”四爷说:“小子,好兴头得很!”说着话,就往公馆飞跑。从人看此光景,必是闹出事来了,一壁也就随着跟来。谁知公馆之内,因钦差在此,各处俱有人把门,甚是严整。忽然见个化子从外面跑进,连忙上前拦阻,说道:“你这人好生撒野,这是什么地方!”话未说完,四爷将手向左右一分,一个个一溜歪斜,几乎栽倒。四爷已然进去。众人才待再嚷,只见跟四爷的从人进来,说道:“别嚷,那是我们四老爷。”众人闻听,各皆发怔,不知什么原故。

这位愣爷跑到里面,恰遇包兴,一伸手拉住,说:“来得甚好!”把个包兴吓了一跳,连忙问道:“你是谁?”后面从人赶到,说:“是我们四爷。”包兴在黑影中看不明白,只听赵虎说:“你替我回禀回禀大人,就说赵虎求见。”包兴方才听出声音来:“嗳哟!我的愣爷,你吓杀我咧!”一同来至灯下,一看四爷好模样儿,真是难画难描,不由得好笑。四爷着急,道:“你先别笑,快回老爷!你就说我有要紧事求见。快着!快着!”包兴见他这般光景,必是有什么事,连忙带着赵爷到了包公门首。包兴进内回禀,包公立刻叫:“进来。”见了赵虎这个样子,也觉好笑,便问:“有什么事?”赵虎便将如何私访,如何遇着叶阡儿,如何见了无头女尸之话,从头至尾,细述一回。包公正因此事没有头绪,今闻此言,不觉满心欢喜。

未知如何,且听下回分解。

第十一回

审叶阡儿包公断案　遇杨婆子侠客挥金

且说包公听赵虎拿住叶阡儿,立刻派差头四名,着两个看守尸首,派两人急将叶阡儿押来。吩咐去后,方叫赵虎后面更衣,又极力夸说他一番。赵虎洋洋得意,退出门来。从人将净面水衣服等,俱各预备妥协。四爷进了门,就赏了从人十两银子,说:“好小子!亏得你的主意,老爷方能立此功劳。”愣爷好生欢喜,慢慢的梳洗,安歇安歇。

且言差头去不多时,将叶阡儿带到,仍是捆着。大人立刻升堂,带上叶阡儿,当面松绑。包公问道:“你叫何名?为何无故杀人?讲来!”叶阡儿回道:“小人名叫叶阡儿,家有老母。只因穷苦难当,方才作贼,不想头一次就被人拿住,望求老爷饶命。”包公道:“你作贼已属不法,为何又去杀人呢?”叶阡儿道:“小人作贼是真,并未杀人。”包公将惊堂木一拍:“好个刁恶奴才!束手问你,断不肯招。左右,拉下去,打二十大板。”只这二十下子,把个叶阡儿打了个横迸,不由着急,道:“我叶阡儿怎么这末时运不顺,上次是那么着,这次又这末着,真是冤枉!”包公闻听话里有话,便问道:“上次是怎么着?快讲!”叶阡儿自知失言,便不言语。

包公见他不语,吩咐:“掌嘴!着实地打!”叶阡儿着急,道:“老爷不要动怒,我说,我说!只因白家堡有个白员外,名叫白熊。他的生日之时,小人便去张罗,为的是讨好儿。事完之后,得些赏钱,或得点子吃食。谁知他家管家白安比员外更小气刻薄,事完之后,不但没有赏钱,连杂烩菜也没给我一点。因此小人一气,晚上就偷他去了。”包公道:“你方才言道是头次作贼,如今是第二次了。”叶阡儿回道:“偷白员外是头一次。”包公道:“偷了怎么?讲!”叶阡儿道:“他家道路是小人认得的,就从大门溜进去,竟奔东屋内隐藏。这东厢房便是员外的妾名玉蕊住的。小人知道她的箱柜东西多呢。正在隐藏之时,只听得有人弹槅扇响;只见玉蕊开门,进来一人,又把槅扇关上。小人在暗处一看,却是主管白安,见他二人笑嘻嘻的进了帐子。不多时,小人等他二人睡了,便悄悄的开了柜子,一摸摸着木匣子,甚是沉重,便携出,越墙回家。见上面有锁,旁边挂着钥匙,小人乐得了不得。及至打开一看。——罢咧!谁知里面是个人头!这次又遇着这个死尸。故此小人说'上次是那末着,这次是这末着'。这不是小人时运不顺么?”

包公便问道:“匣内人头是男是女?讲来!”叶阡儿回道:“是个男头。”包公道:“你将此头是埋了?还是报了官了呢?”叶阡儿道:“也没有埋,也没有报官。”包公道:“既没埋,又没报官,你将这人头丢在何处了呢?讲来!”叶阡儿道:“只因小人村内有个邱老头子,名叫邱凤,因小人偷他的倭瓜被他拿住……”包公道:“偷倭瓜!这是第三次了!”叶阡儿道:“偷倭瓜才是头一次呢。这邱老头子恨急了,将井绳蘸水,将小人打了个结实,才把小人放了,因此怀恨在心,将人头掷在他家了。”包公便立刻出签两枝,差役四名,二人拿白安,二人拿邱凤,俱于明日听审,将叶阡儿押下去寄监。

至次日,包公正在梳洗,尚未升堂,只见看守女尸的差人回来一名,禀道:“小人昨晚奉命看守死尸,至今早查看,谁知这院子正是郑屠的后院,前门封锁,故此转来禀报。”包公闻听,心内明白,吩咐:“知道了。”那人仍然回去。

包公立刻升堂,先带郑屠,问道:“你这该死的奴才!自己杀害人命,还要脱累他人。你既不知女子之头,如何你家后院埋着女子之尸?从实招来。讲!”两旁威喝:“快说!快说!”郑屠以为女子之尸,必是老爷派人到他铺中搜出来的,一时惊得木塑相似,半晌,说道:“小人愿招。只因那天五鼓起来,刚要宰猪,听见有人叩门求救。小人连忙开门放人。又听得外面有追赶之声,口中说道:'既然没有,明早细细搜查,大约必是在哪里窝藏下了。'说着话,仍归旧路回去了。小人等人静后,方才点灯一看,却是个年幼女子。小人问她因何夤夜①逃出，她说：‘名叫锦娘。只因身遭拐骗，卖入烟花。我是良家女子，不肯依从。后来有蒋太守之子，倚仗豪势，多许金帛，要买我为妾；我便假意殷勤，递酒献媚，将太守之子灌得大醉，得便脱逃出来。’小人见她美貌，又是满头珠翠，不觉邪心顿起，谁知女子嚷叫不从。小人顺手提刀，原是威吓她，不想刀才到脖子上，头就掉了。小人见她已死，只得将外面衣服剥下，将尸埋在后院。回来正拔头上簪环，忽听有人叫门，买猪头。小人连忙把灯吹灭了。后来一想，我何不将人头包了。叫他替我抛了呢？总是小人糊涂慌恐，不知不觉就将人头用垫布包好，重新点上灯，开开门，将买猪头的叫回来——就是韩相公。可巧没拿家伙，因此将布包的人头递与他，他就走了。及至他走后，小人又后悔起来，此事如何叫人掷的呢？必要闹出事来。复又一想，他若替我掷了也就没事；倘若闹出事来，总给他个不应就是了。不想老爷明断，竟把个尸首搜出来。可怜小人杀了回子人，所有的衣服等物动也没动，就犯了事了。小人冤枉！”包公见他俱各招认，便叫他画招。

刚然带下去，只见差人禀道：“邱凤拿到。”包公吩咐带上来，问他何故私埋人头。邱老儿不敢隐瞒，只得说：“那夜听见外面咕咚一响，怕是歹人偷盗，连忙出屋看时，见是个人头，不由害怕，因叫长工刘三拿去掩埋。谁知刘三不肯，和小人要一百两银子。小人无奈，给了他五十两银子，他才肯埋了。”包公道：“埋在何处？”邱老说：“问刘三便知分晓。”包公又问：“刘三在何处？”邱老儿说：“现在小人家内。”包公立刻吩咐县尹带领差役，押着邱老，找着刘三，即将人头刨来。

刚然去后，又有差役回来禀道：“白安拿到。”立刻带上堂来。见他身穿华服，美貌少年。包公问道：“你就是白熊的主管白安么？”应道：“小人是。”“我且问你，你主人待你如何？”白安道：“小人主人待小人如同骨肉，实在是恩同再造。”包公将惊堂木一拍：“好一个乱伦的狗才！既如此说，为何与你主人侍妾通奸？讲！”白安闻听，不觉心惊，道：“小人素日奉公守法，并无此事呀。”包公吩咐：“带叶阡儿。”叶阡儿来至堂上，见了白安，说：“大叔不用分辩了，应了罢，我已然替你回明了。你那晚弹榍扇与玉蕊同进了帐子，我就在那屋里来着。后来你们睡了，我开了柜，拿出木匣，

① 夤(yín)夜——深夜。

以为发注财，谁知里面是个人脑袋。没什么说的，你们主仆作的事儿，你就从实招了罢。大约你不招，也是不行的。”一席话说的白安张口结舌，面目变色。包公又在上面催促，说：“那是谁的人头？从实说来！”白安无奈，爬半步道：“小人招就是了。那人头乃是小人家主的表弟，名叫李克明。因家主当初穷时，借过他纹银五百两，总未还他。那一天李克明到我们员外家，一来看望，二来讨取旧债。我主人相待酒饭。谁知李克明酒后失言，说他在路上遇一疯颠和尚，名叫陶然公，说他面上有晦气，给他一个游仙枕，叫他给与星主。他又不知星主是谁，问我主人。我主人也不知是谁，因此要借他游仙枕观看。他说里面阆苑琼楼，奇花异草，奥妙非常。我主人一来贪着游仙枕，二来又省还他五百两银子，因此将他杀死，叫我将尸埋在堆货屋子里。我想我与玉蕊相好，倘被主人识破，如何是好；莫若将人头割下，灌下水银，收在玉蕊柜内，以为将来主人识破的把柄。谁知被他偷去此头，今日闹出事来。”说罢，往上叩头，包公又问道：“你埋尸首之屋，在于何处？”白安道：“自埋之后，闹起鬼来了，因此将这三间屋子另打出，开了门，租与韩瑞龙居住。”包公听说，心内明白，叫白安画了招，立刻出签，拿白熊到案。

此时县尹已回，上堂来禀道：“卑职押解邱凤，先找着刘三，前去刨头，却在井边。刘三指地基时，里面却是个男子之尸，验过额角是铁器所伤。因问刘三，刘三方说道：‘刨错了，这边才是埋人头的地方。’因此又刨，果有人头，系用水银灌过的男子头。卑职不敢自专，将刘三一干人证带到听审。”包公闻听县尹之言，又见他一番谨慎，不似先前的荒唐，心中暗喜，便道：“贵县辛苦，且歇息歇息去。”

叫带刘三上堂。包公问道：“井边男子之尸从何而来？讲！”两边威吓：“快说！”刘三连忙叩头，说：“老爷不必动怒，小人说就是了。回老爷，那男子之尸不是外人，是小人的叔伯兄弟刘四。只因小人得了当家的五十两银子，提了人头刚要去埋，谁知刘四跟在后面。他说：‘私埋人头，应当何罪？’小人许了他十两银子，他还不依；又许他对半平分，他还不依。小人问他：‘要多少呢？’他说：‘要四十五两。’小人一想，通共才五十两，小人才得五两剩头，气他不过。小人于是假应，叫他帮着刨坑，要深深的。小人见他猫腰撮土，小人就照着太阳上一锹头，就势儿先把他埋了；然后又刨一坑，才埋了人头，不想今日阴错阳差。”说罢，不住叩头。包公叫他画了招,且自带下去。

此时白熊业已传到,所供与白安相符,并将游仙枕呈上。包公看了,交与包兴收好,即行断案:郑屠与女子抵命,白熊与李克明抵命,刘三与刘四抵命,俱各判斩;白安以小犯上,定了绞监候;叶阡儿充军;邱老儿私埋人头,畏罪行贿,定了徒罪;玉蕊官卖;韩瑞龙不听母训,贪财生事,理当责处,姑念年幼无知,释放回家,孝养孀母,上进攻书;韩文氏抚养课读,见财思义,教子有方,着县尹赏银二十两以为旌表;县官理应奏参,念他勤劳办事,尚肯用心,照旧供职。包公断明此案,声名远振。歇息一天,才起身赴陈州。

且言常州府武进县遇杰村南侠展昭,自从土龙岗与包公分手,独自遨游名山胜迹,到处玩赏。一日归家,见了老母甚好。多亏老家人展忠料理家务,井井有条,全不用主人操一点心,为人耿直,往往展爷常被他抢白几句。展爷念他是个义仆,又是有年纪的人,也不计较他。惟有在老母跟前,晨昏定省,克尽孝道。一日,老母心内觉得不爽。展爷赶紧延医调治,衣不解带,昼夜侍奉。不想桑榆暮景①,竟是一病不起,服药无效,一命归西去了。展爷呼天抢地,痛哭流涕,所有丧仪一切,全是老仆展忠办理,风风光光将老太太殡葬了,展爷在家守制遵礼。

到了百日服满,他仍是行侠作义,如何肯在家中。一切事体俱交与展忠照管,他便只身出门,到处游山玩水,遇有不平之事,便与人分忧解难。有一日,遇一群逃难之人携男抱女,哭哭啼啼,好不伤心惨目。展爷便将钞包银两分散众人,又问他们从何处而来。众人同声回道:“公子爷再休提起。我等俱是陈州良民,只因庞太师之子安乐侯庞昱奉旨放赈,到陈州原是为救饥民。不想他倚仗太师之子,不但不放赈,他反将百姓中年轻力壮之人挑去造盖花园,并且抢掠民间妇女,美貌的作为姬妾,蠢笨者充当服役。这些穷民本就不能活,这一荼毒②岂不是活活要命么?因此我等往他方逃难去,以延残喘。”说罢,大哭去了。展爷闻听,气破英雄之胆,暗说道:“我本无事,何妨往陈州走走。”主意已定,直奔陈州大路而来。

这日正走之间,看见一座坟茔,有个妇人在那里啼哭,甚是悲痛,暗暗

① 桑榆暮景——落日的余辉照在桑榆树梢上,比喻老年的时光。

② 荼(tú)毒——荼是一种苦菜,毒指毒虫毒蛇之类,比喻毒害。

想道："偌大年纪，有何心事，如此悲哀？必有古怪。"欲待上前，又恐男女嫌疑。偶见那边有一张烧纸，连忙捡起作为因由，便上前道："老妈妈不要啼哭，这里还有一张纸没烧呢。"那婆子止住悲声，接过纸去，归入堆中烧了。展爷便搭搭讪讪问道："妈妈贵姓？为何一人在此啼哭？"婆子流泪道："原是好好的人家，如今闹的剩了我一个，焉有不哭！"展爷道："难道妈妈家中，俱遭了不幸了么？"婆子道："若都死了，也觉死心塌地了，惟有这不死不活的更觉难受。"说罢，又痛哭如梭。展爷见这婆子说话拉杂，不由心内着急，便道："妈妈有甚为难之事，何不对我说说呢？"婆子拭拭眼泪，又瞧了展爷是武生打扮，知道不是歹人，便说道："我婆子姓杨，乃是田忠之妻。"便将主人田起元夫妻遇害之事，一行鼻涕两行泪，说了一遍，又说："丈夫田忠上京控告，至今杳无音信。现在小主在监受罪，连饭俱不能送。"展爷闻听，这英雄又是凄惶，又是愤恨，便道："妈妈不必啼哭。田起元与我素日最相好。我因在外访友，不知他遭了此事。今既饔飧①不济，我这里有白银十两，暂且拿去使用。"说罢，抛下银两，竟奔皇亲花园而来。

未知如何，下回分解。

第十二回

展义士巧换藏春酒　庞奸侯设计软红堂

且说展爷来至皇亲花园，只见一带簇新的粉墙，露出楼阁重重。用步丈量了一番，就在就近处租房住了。到了二更时分，英雄换上夜行的衣靠，将灯吹灭，听了片时，寓所已无动静，悄悄开门，回手带好，仍然放下软帘，飞上房，离了寓所，来到花园（白昼间已然丈量过了）。约略远近，在百宝囊中掏出如意绦来，用力往上一抛（是练就准头），便落在墙头之上，用脚尖蹬住砖牙，飞身而上。到了墙头，将身趴伏。又在囊中取一块石子轻轻抛下，侧耳细听。（此名为"投石问路"。下面或是有沟，或是有水，

① 饔飧（yōngsūn）——早餐和晚餐。

就是落在实地，再没有听不出来的。）又将钢爪转过，手搂丝绦，顺手而下。两脚落在实地，脊背贴墙，往前面与左右观看一回，方将五爪丝绦往上一抖，收下来装在百宝囊中。蹑足潜踪，脚尖儿着地，真有鹭浮鹤行之能。来至一处，见有灯光，细细看时，却是一明两暗，东间明亮，窗上透出人影，乃是一男一女，二人饮酒。展爷悄立窗下，只听得男子说道："此酒娘子只管吃下，无妨；外间案上那一瓶，断断动不得的！"又听妇人道："那个酒叫什么名儿呢？"男子道："叫作藏春酒。若是妇人吃了，欲火烧身，无不依从。只因侯爷抢了金玉仙来，这妇人至死不从，侯爷急得没法，是我在旁说道：'可以配药造酒，管保随心所欲。'侯爷闻听，立刻叫我配酒。我说：'此酒大费周折，须用三百两银子。'"那妇人便道："什么酒费这许多银子？"男子道："娘子，你不晓得，侯爷他恨不能妇人一时到手，我不趁此时赚他的银两，如何发财呢？我告诉你说，配这酒不过高高花上十两头。这个财是发定了！"说毕，哈哈大笑。又听妇人道："虽然发财，岂不损德呢！况且又是个贞烈之妇，你如何助纣为虐①呢？"男子说道："我是为穷困所使，不得已而为之。"

正在说话间，只听外面叫道："臧先生，臧先生。"展爷回头，见树梢头露出一点灯光，便闪身进入屋内，隐在软帘之外。又听男子道："是哪位？"一壁起身，一壁说："娘子，你还是躲在西间去，不要抛头露面的。"妇人往西间去了。臧先生走出门来。

这时展爷进入屋内，将酒壶提出，见外面案上放着一个小小的玉瓶；又见那边有个红瓶，忙将壶中之酒倒在红瓶之内，拿起玉瓶的藏春酒倒入壶中，又把红瓶内的好酒倾入玉瓶之内。提起酒壶，仍然放在屋内。悄地出来，盘柱而上，贴住房檐，往下观看。

原来外面来的是跟侯爷的家丁庞福，奉了主人之命，一来取藏春酒，二来为和臧先生讲账。

这先生名唤臧能，乃是个落第的穷儒，半路儿看了些医书，记了些偏方，投在安乐侯处作帮衬②。当下出来，见了庞福，问道："主管到此何事？"庞福说："侯爷叫我来取藏春酒，叫你亲身拿去，当面就兑银子。可

---

① 助纣(zhòu)为虐——也说"助桀(jié)为虐"，比喻帮助坏人做坏事。

② 帮衬——帮忙。

是先生,白花花的三百两,难道你就独吞吗?我们辛辛苦苦,白跑不成?多少不拘,总要染染手儿呀。先生,你说怎么样?"臧能道:"当得,当得,不能白跑。倘若银子到手,必要请你吃酒的。"庞福道:"先生真是明白爽快人。好的,咱们倒要交交咧。先生取酒去罢。"臧能回身进屋,拿了玉瓶关上门,随庞福去了,直奔软红堂。哪知南侠见他二人去后,盘柱而下,暗暗的也就跟将下去了。

这里妇人从西间屋内出来,到了东间,仍然坐在旧处,暗自思道:"丈夫如此伤害天理,作的都是不仁之事。"越思越想,好不愁烦,不由得拿起壶来斟了一杯,慢慢的独酌①。谁知此酒入腹之后,药性发作,按纳不住。正在胡思乱想之际,只听有人叩门,连忙将门开放,却是庞禄,怀中抱定三百两银子送来。妇人让至屋内。庞禄将银子交代明白,回身要走,倒是妇人留住,叫他坐下,便七长八短地说。正在说时,只听外面咳嗽,却是臧能回来了。庞禄出来迎接着,张口结舌说道:"这三——三百两银子,已交付大嫂子了。"说完,抽身就走。

臧能见此光景,忙进屋内一看,只见他女人红扑扑的脸,仍是坐在炕上发怔,心中好生不乐:"这是怎么了?"说罢,在对面坐了。这妇人因方才也是一惊,一时心内清醒,便道:"你把别人的妻子设计陷害,自己老婆如此防范。你拍心想想,别人恨你不恨?"一句话问的臧能闭口无言,便拿起壶来,斟上一杯,一饮而尽。不多时,坐立不安,心痒难抓,便道:"不好!奇怪得很!"拿起壶来一闻,忙道:"了不得!了不得!快拿凉水来!"自己等不得,立起身来,急找凉水吃下,又叫妇人吃了一口,方问道:"你才吃这酒来么?"妇人道:"因你去后,我刚吃得一杯酒……"将下句咽下去了。又道:"不想庞禄送银子来,才进屋内,放下银子,你就回来了。"臧能道:"还好,还好!佛天保佑!险些儿把个绿头巾戴上。只是这酒在小玉瓶内,为何跑在这酒壶里来了?好生蹊跷②!"妇人方明白,才吃的是藏春酒,险些儿败了名节,不由的流泪道:"全是你安心不善,用尽机谋,害人不成,反害了自己。"臧能道:"不用说了,我竟是个混帐东西!看此地也不是久居之地,如今有了这三百两银子,待明早托个事故,回咱老家

① 独酌(zhuó)——自斟自饮。

② 蹊跷(qīqiāo)——奇怪。

便了。”

再说展爷随至软红堂，见庞昱叫使女掌灯，自己手执白玉瓶，前往丽芳楼而去。南侠到了软红堂，见当中鼎内焚香，上前抓了一把香灰；又见花瓶内插着蝇刷，拿起来插在领后，穿香径先至丽芳楼，隐在软帘后面。只听得众姬妾正在那里劝慰金玉仙，说：“我们抢来，当初也是不从。到后来弄的不死不活的，无奈顺从了。倒得好吃好喝的，……”金玉仙不等说完，口中大骂：“你们这一群无耻贱人！我金玉仙有死而已！”说罢，放声大哭，这些侍妾被她骂得闭口无言。正在发怔，只见丫鬟二名引着庞昱上得楼来，笑容满面，道：“你等劝她，从也不从？既然不从，我这里有酒一杯，叫她吃了，便放她回去。”说罢，执杯上前。金玉仙惟恐恶贼近身，劈手夺过，掷于楼板之上。庞昱大怒，便要吩咐众姬妾一齐下手。

只听楼梯山响，见使女杏花上楼，喘吁吁禀道：“刚才庞福叫回禀侯爷，太守蒋完有要紧的话回禀，立刻求见，现在软红堂恭候着呢。”庞昱闻听太守黑夜而来，必有要紧之事，回头吩咐众姬妾：“你们再将这贱人开导开导，再要扭性，我回来定然不饶！”说着话，站起身来，直奔楼梯。刚下到一层，只见毛哄哄一拂，脑后灰尘飞扬，脚底下觉得一绊，站立不稳，咕噜噜滚下楼去。后面两个丫鬟也是如此。三个人滚到楼下，你拉我，我拉你，好容易才立起身来，奔至楼门。庞昱说道：“吓杀我也！吓杀我也！什么东西毛哄哄的？好怕人也！”丫鬟执起灯一看，只见庞昱满头的香灰。庞昱见两个丫鬟也是如此，大叫道：“不好了！不好了！必是狐仙见了怪了，快走罢！”两个丫鬟哪里还有魂咧！三个人不管高低，深一步，浅一步，竟奔软红堂而来。

迎头遇见庞福，便问道：“有什么事？”庞福回道：“太守蒋完说紧急之事，要立刻求见，在软红堂恭候。”庞昱连忙掸去香灰，整理衣衿，大摇大摆，步入软红堂来。太守参见已毕，在下座坐了。庞昱问道：“太守深夜至此，有何要事？”太守回道：“卑府今早接得文书，圣上特派龙图阁大学士包公前来查赈，算来五日内必到。卑府一闻此信，不胜惊惶，特来禀知侯爷，早为准备才好。”庞昱道：“包黑子乃吾父门生，谅不敢不回避我。”蒋完道：“侯爷休如此说。闻得包公秉正无私。不畏权势，又有钦差御赐御铡三口，甚属可畏。”又往前凑了一凑，道：“侯爷所作之事，难道包公不知道么？”庞昱听罢，虽有些发毛，便硬着嘴道：“他知道，便把我怎么样么？”蒋完着急，道：

"'君子防患未然①。'这事非同小可,除非是此时包公死了,万事皆休。"这一句话提醒了恶贼,便道:"这有何难!现在我手下有一个勇士名唤项福,他会飞檐走壁之能,即可派他前往两三站去路上行刺,岂不完了此事?"太守道:"如此甚好。必须以速为妙。"庞昱连忙叫庞福,去唤项福立刻来至堂上。恶奴去不多时,将项福带来,参过庞昱,又见了太守。

此时南侠早在窗外窃听,一切定计话儿俱各听得明白了。因不知项福是何等人物,便从窗外往里偷看,见果然身体魁梧,品貌雄壮,真是一条好汉,可惜错投门路。只听庞昱说:"你敢去行刺么?"项福道:"小人受侯爷大恩,别说行刺,就是赴汤投火也是情愿的。"南侠外边听了,不由骂道:"瞧不得这么一条大汉,原来是一个谄谀②的狗才。可惜他辜负了好胎骨!"正自暗想,又听庞昱说:"太守,你将此人领去,应如何派遣吩咐,务必妥协机密为妙。"蒋完连连称"是",告辞退出。

太守在前,项福在后。走不几步,只听项福说:"太守慢行,我的帽子掉了。"太守只得站住。只见项福走出好几步,将帽子拾起。太守道:"帽子如何落得这么远呢?"项福道:"想是树枝一刮,蹦出去的。"说罢,又走几步,只听项福说:"好奇怪!怎么又掉了?"回头一看,又没人。太守也觉奇怪。一同来至门首,太守坐轿,项福骑马,一同回衙去了。

你道项福的帽子连落二次,是何原故?这是南侠试探项福学业何如。头次从树旁经过,即将帽子从项福头上提了抛去,隐在树后,见他毫不介意;二次走至太湖石畔,又将帽子提了抛去,隐在石后,项福只回头观看,并不搜查左右。可见粗心,学艺不精,就不把他放在心上,且回寓所歇息便了。

未识如何,下回分解。

---

① 防患未然——在事故或灾害尚未发生之前采取预防措施。

② 谄谀(chǎnyú)——为了讨好,卑贱地奉承人;谄媚阿谀。

第十三回

安平镇五鼠单行义　苗家集双侠对分金

且说展爷离了花园，暗暗回寓，天已五更，悄悄地进屋，换下了夜行衣靠①，包裹好了，放倒头便睡了。至次日，别了店主，即往太守衙门前私自窥探：影壁前拴着一匹黑马，鞍辔②鲜明；后面梢绳上拴着一个小小包袱，又搭着个钱褡裢③，有一个人拿着鞭子席地而坐。便知项福尚未起身，即在对过酒楼之上，自己独酌眺望。不多一会，只见项福出了太守衙门。那人连忙站起，拉过马来，递了马鞭子。项福接过，认镫乘上，加上一鞭，便往前边去了。

南侠下了酒楼，悄地跟随。到了安平镇地方，见路西也有一座酒楼，匾额上写着"潘家楼"。项福拴马，进去打尖。南侠跟了进去，见项福坐在南面座上，展爷便坐在北面，拣了一个座头坐下。跑堂的擦抹桌面，问了酒菜。展爷随便要了，跑堂的传下楼去。

展爷复又闲看，见西面有一老者昂然而坐，仿佛是个乡宦，形景可恶，俗态不堪。不多时，跑堂的端了酒菜来，安放停当。展爷刚然饮酒，只听楼梯声响，又见一人上来，武生打扮，眉清目秀，年少焕然。展爷不由的放下酒杯，暗暗喝彩；又细细观看一番，好生的羡慕。那人才要拣个座头，只见南面项福连忙出席，向武生一揖，口中说道："白兄久违了！"那武生见了项福，还礼不迭，答道："项兄阔别多年，今日幸会。"说着话，彼此谦逊，让至同席。项福将上座让了那人。那人不过略略推辞，即便坐了。

展爷看了，心中好生不乐，暗想道："可惜这样一个人，却认得他，他俩真是天渊之别。"一壁细听他二人说些什么。只听项福说道："自别以来，今

---

① 靠——古代武将所穿的铠甲。

② 辔(pèi)——驾驭牲口用的嚼子和缰绳。

③ 褡裢(dālián)——长方形的口袋，中央开口，两端各成一个袋子，装钱物用，一般分大小两种，大的可以搭在肩上，小的可以挂在腰带上。

已三载有余。久欲到尊府拜望，偏偏的小弟穷忙。令兄可好？”那武生听了，眉头一皱，叹口气，道：“家兄已去世了！”项福惊讶，道：“怎么大恩人已故了！可惜，可惜！”又说了些欠情短礼没要紧的言语。

你道此人是谁？他乃陷空岛五义士，姓白名玉堂，绰号锦毛鼠的便是。当初项福原是耍拳棒、卖膏药的，因在街前卖艺，与人角持，误伤了人命。多亏了白玉堂之兄白锦堂，见他像个汉子，离乡在外，遭此官司，甚是可怜，因此将他极力救出，又助了盘川，叫他上京求取功名。他原想进京寻个进身之阶，可巧路途之间遇见安乐侯上陈州放赈。他打听明白，先宛转结交庞福，然后方荐与庞昱。庞昱正要寻觅一个勇士，助己为虐，把他收留在府内。他便以为荣耀已极。似此行为，便是下贱不堪之人了。

闲言少叙。且说项福正与玉堂说话，见有个老者上得楼来，衣衫褴褛①，形容枯瘦，见了西面老者紧行几步，双膝跪倒，二目滔滔落泪，口中苦苦哀求。那老者仰面摇头，只是不允。展爷在那边看着，好生不忍。正要问时，只见白玉堂过来，问着老者道：“你为何向他如此？有何事体？何不对我说来？”那老者见白玉堂这番形景，料非常人，口称：“公子爷有所不知，因小老儿欠了员外的私债，员外要将小女抵偿，故此哀求员外，只是不允。求公子爷与小老儿排解排解。”白玉堂闻听，瞅了老者一眼，便道：“他欠你多少银两？”那老者回过头来，见白玉堂满面怒色，只得执手答道：“原欠我纹银五两，三年未给利息，就是三十两，共欠银三十五两。”白玉堂听了冷笑，道：“原来欠银五两！”复又向老者道：“当初他借时，至今三年，利息就是三十两。这利息未免太轻些！”一回身，便叫跟人平三十五两，向老者道：“当初有借约没有？”老者闻听立刻还银子，不觉立起身来，道：“有借约。”忙从怀中掏出，递与玉堂。玉堂看了。从人将银子平来，玉堂接过，递与老者道：“今日当着大众，银约两交，却不该你的了。”老者接过银子，笑嘻嘻答道：“不该了！不该了！”拱拱手儿，即刻下楼去了。玉堂将借约交付老者，道：“以后似此等利息银两，再也不可借他的了。”老者答道：“不敢借了。”说罢，叩下头去。玉堂搀起，仍然归座。那老者千恩万谢而去。

刚走至展爷桌前，展爷说：“老丈不要忙。这里有酒，请吃一杯压压

---

① 褴褛（lánlǚ）——（衣服）破烂。

惊,再走不迟。”那老者道:“素不相识,怎好叨扰?”展爷笑道:“别人费去银子,难道我连一杯水酒也花不起么?不要见外,请坐了。”那老者道:“如此承蒙抬爱了。”便坐于下首。展爷与他要了一角酒吃着,便问:“方才那老者姓甚名谁?在哪里居住?”老儿说道:“他住在苗家集,他名叫苗秀。只因他儿子苗恒义在太守衙门内当经承①,他便成了封君了,每每地欺负邻党,盘剥重利。非是小老儿受他的欺侮,便说他这些忿恨之言。不信,爷上打听,就知我的话不虚了。”展爷听在心里。老者吃了几杯酒,告别去了。

又见那边白玉堂问项福的近况如何。项福道:“当初多蒙令兄抬爱,救出小弟,又赠银两,叫我上京求取功名。不想路遇安乐侯,蒙他另眼看待,收留在府。今特奉命前往天昌镇,专等要办宗要紧事件。”白玉堂闻听,便问道:“哪个安乐侯?”项福道:“焉有两个呢,就是庞太师之子安乐侯庞昱。”说罢,面有得色。玉堂不听则可,听了登时怒气嗔嗔,面红过耳,微微冷笑,道:“你敢则投在他门下了?好!”急唤从人会了帐,立起身来,回头就走,一直下楼去了。

展爷看的明白,不由暗暗称赞道:“这就是了。”又自忖道:“方才听项福说,他在天昌镇专等,我曾打听包公还得等几天到天昌镇。我何不趁此时,且至苗家集走走呢?”想罢,会钱下楼去了。真是行侠作义之人,到处随遇而安,非是他务必要拔树搜根,只因见了不平之事,他便放不下,仿佛与自己的事一般,因此才不愧那个“侠”字。

闲言少叙。到了晚间初鼓之后,改扮行装,潜入苗家集,来到苗秀之家。所有窜房越脊,自不必说。展爷在暗中见有待客厅三间,灯烛明亮,内有人说话。蹑足潜踪,悄立窗下,细听正是苗秀问他儿子苗恒义道:“你如何弄了许多银子?我今日在潘家集也发了个小财,得了三十五两银子。”便将遇见了一个俊哥替还银子的话,说了一遍,说罢大笑。苗恒义亦笑道:“爹爹除了本银,得了三十两银子的利息;如今孩儿一文不费,白得了三百两银子。”苗秀笑嘻嘻地问道:“这是什么缘故呢?”苗恒义道:“昨日太守打发项福起身之后,又与侯爷商议一计,说项福此去成功便罢,倘不成功,叫侯爷改扮行装,私由东皋林悄悄入京,在太师府内藏躲,

① 经承——官署中一般书吏的通称。

候包公查赈之后有何本章,再作道理。又打点细软箱笼并抢来女子金玉仙,叫他们由观音庵岔路上船,暗暗进京。因问本府:'沿路盘川所有船只,须用银两多少?我好打点。'本府太爷哪里敢要侯爷的银子呢,反倒躬身说道:'些须小事,俱在卑府身上。'因此回到衙内,立刻平了三百两银子,交付孩儿,叫我办理此事。我想侯爷所行之事,全是无法无天的。如今临走,还把抢来的妇人暗送入京。况他又有许多的箱笼。到了临期,孩儿传与船户:他只管装去,到了京中费用多少,和他那里要;他若不给,叫他把细软留下,作为押账当头。爹爹,想侯爷所作的俱是暗昧①之事,一来不敢声张,二来也难考查。这项银两原是本府太爷应允,给与不给,侯爷如何知道。这三百两银子,难道不算白得吗?"展爷在窗外听至此,暗自说道:"真是'恶人自有恶人磨',再不错的。"猛回头见那边又有一个人影儿一晃,及至细看,仿佛潘家楼遇见的武生,就是那替人还银子的俊哥儿,不由暗笑道:"白日替人还银子,夜间就讨账来了。"忽然远远的灯光一闪。展爷惟恐有人来,一伏身盘柱而上,贴住房檐,往下观看,却又不见了那个人,暗道:"他也躲了。何不也盘在那根柱子上,我们二人闹个'二龙戏珠'呢。"正自暗笑,忽见丫鬟慌慌张张跑至厅上,说:"员外,不好了!安人不见了!"苗秀父子闻听,吃了一惊,连忙一齐往后跑去了。南侠急忙盘柱而下,侧身进入屋内,见桌上放着六包银子,外有一小包。他便揣起了三包,心中说道:"三包、一小包留下给那花银子的。叫他也得点利息。"抽身出来,暗暗到后边去了。

原来那个人影儿,果是白玉堂。先见有人在窗外窃听,后见他盘柱而上,贴立房檐,也自暗暗喝彩,说此人本领不在他下。因见灯光,他便迎将上来,恰是苗秀之妻同丫鬟执灯前来登厕。丫鬟将灯放下,回身取纸。玉堂趁空,抽刀向着安人一晃,说道:"要嚷,我就是一刀!"妇人吓得骨软筋酥,哪里嚷得出来。玉堂伸手将那妇人提出了茅厕,先撕下一块裙子塞住妇人之口。好狠的玉堂!又将妇人削去双耳,用手提起掷在厕旁粮食囤内。他却在暗处偷看,见丫鬟寻主母不见,奔至前厅报信,听得苗秀父子从西边奔入,他却从东边转至前厅。此时南侠已揣银走了。玉堂进了屋内一看,桌上只剩了三封银子,另一小包,心内明知是盘柱之人拿了一半,

① 暗昧(mèi)——暖昧,不光明,不可告人。

留下一半。暗暗承他的情，将银子揣起，他就走之乎也。

这里苗家父子赶至后面，一面追问丫鬟，一面执灯找寻。至粮囤旁，听见呻吟之声，却是妇人；连忙搀起细看，浑身是血，口内塞着东西，急急掏出。苏醒了，半晌，方才哎哟出来，便将遇害的情由，说了一遍，这才瞧见两个耳朵没了。忙差丫鬟仆妇搀入屋内，喝了点糖水。苗恒义猛然想起待客厅上还有三百两银子，连说："不好！中了贼人调虎离山之计了。"说罢，向前飞跑。苗秀闻听，也就跟在后面。到了厅上一看，哪里还有银子咧！父子二人怔了多时，无可如何，惟有心疼怨恨而已。

未知端底，下回分晓。

第十四回

小包兴偷试游仙枕　勇熊飞助擒安乐侯

且说苗家父子丢了银子，因是暗昧之事，也不敢声张，竟吃了哑巴亏了。白玉堂揣着银子自奔前程。展爷是拿了银子，一直奔天昌镇去了。这且不言。

单说包公在三星镇审完了案件，歇马，正是无事之时。包兴记念着游仙枕，心中想道："今晚我悄悄的睡睡游仙枕，岂不是好。"因此到晚间伺候包公安歇之后，便嘱咐李才说："李哥，你今晚辛苦一夜。我连日未能歇息，今晚脱个空儿。你要警醒些，老爷要茶水时，你就伺候。明日我再替你。"李才说："你放心去罢，有我呢。彼此都是差使，何分你我。"

包兴点头一笑，即回至自己屋内，又将游仙枕看了一番，不觉困倦，即将枕放倒。头刚着枕，便入梦乡。出了屋门，见有一匹黑马，鞍韂俱是黑的，两边有两个青衣，不容分说，搀上马去。迅速非常，来到一个所在，似开封府大堂一般。下了马，心中纳闷："我如何还在衙门里呢？"又见上面挂着一匾，写着"阴阳宝殿"。正在纳闷，又见来了一个判官，说道："你是何人？擅敢假充星主，前来鬼混！"喝声："拿下！"便出来了一个金甲力士，一声断喝，将包兴吓醒，出了一身冷汗。暗自思道："凡事都有生成的造化。我连一个枕头都消受不了。判官说我假充星主；将来此枕，想是星主才睡得呢。

怪不得李克明要送与星主。”左思右想，哪里睡得着呢，赌气起来，听了听方交四鼓，急忙来至包公住的屋内。只见李才坐在椅子上，前仰后合在那里打盹。又见灯花结了个如意儿烧了多长，连忙用烛剪剪了一剪。只见桌上有个字帖儿，拿起一看，不觉失声道：“这是哪里来的？”一句话将李才吓醒，连忙说道：“我没有睡呀。”包兴说：“没睡，这字帖儿打哪里来的？”李才尚未答言，只听包公问道：“什么字帖？拿来我看。”包兴执灯，李才掀帘，将字帖呈上。包公接来一看，便问道：“天有什么时候了？”包兴举灯向表上一看，说：“才交寅刻。”包公道：“也该起来了。”

二人服侍包公穿衣净面时，包公便叫李才去请公孙先生。不多时，公孙先生来到。包公便将字帖与他观看。公孙策接来，只见上面写道：“明日天昌镇，谨防刺客凶。分派众人役，分为两路行：一路东皋林，捉拿恶庞昱；一路观音庵，救活烈妇人。要紧，要紧！”旁有一行小字：“烈妇人即金玉仙。”公孙策道：“此字从何而来呢？”包公道：“何必管他的来历。明日到天昌镇严加防范。再派人役，先生吩咐他们在两路稽查便了。”公孙策连忙退出，与王、马、张、赵四勇士商议。大家俱各小心留神。

你道此字从何而来？只因南侠离了苗家集奔至天昌镇，见包公尚未到来，心中一想：“恐包公匆忙来至，不及提防。莫若我迎将上去，遇便泄漏机关，包公也好早作准备。”好英雄！不辞辛苦，他便赶至三星镇。恰好三更，来至公馆，见李才睡着，也不去惊动他，便溜进去将纸条儿放下，仍回天昌镇等候去了。

且说次日包公到了天昌镇，进了公馆，前后左右搜查明白。公孙策暗暗吩咐马快、步快两个头儿，一名耿春，一名郑平，二人分为左右，稽查出入之人；叫王、马、张、赵四人围住老爷的住所，前后巡逻；自己同定包兴、李才护持包公。“倘有动静，大家知会，一齐动手。”分派已定，看看到了掌灯之时，处处灯烛照如白昼，外面巡更之人往来不断。别人以为是钦差大人在此居住，哪里知道是提防刺客呢。内里王、马、张、赵四人磨拳擦掌，暗藏兵器，百倍精神，准备捉拿刺客。真是防范的严谨！

到了三更之后，并无动静。只见外面巡更的，灯光明亮，照彻墙头。里面赵虎仰面各处里观瞧，顺着墙外灯光，走至一株大榆树下。赵虎忽然往上一看，便嚷道：“有人了！”只这一声，王、马、张三人亦皆赶到，外面巡更之人也止住步了。掌灯一齐往树上观看，果然有个黑影儿。先前仍以为是树影;后来树上之人见下面人声嘶喊,灯火辉煌,他便动手动脚的。大家一见,便觉鼎沸起来。只听外面人道:“跳下去了,里面防范着!”谁知树上之人趁着这一声,便攥住树梢,将身悠起,趁势落在耳房上面,一伏身往起一纵,便到了大房前坡。赵虎嚷道:“好贼!哪里走?”话未说完,迎面飞下一垛瓦来。愣爷急闪身,虽则躲过,他用力太猛,闹了个跟头。房上之人趋势扬腿,刚要越过屋脊,只听嗳哟一声,咕噜噜从房上滚将下来,恰落在四爷旁边。四爷一翻身,急将他按住。大家上前,先拔出背上的单刀,方用绳子捆了,推推拥拥,来见包公。

此时包公、公孙策便衣便帽,笑容满面,道:“好一个雄壮的勇士!堪称勇烈英雄。”回头对公孙策道:“先生,你替我松了绑。”公孙先生会意,假作吃惊,道:“此人前来行刺,如何放得?”包公笑道:“我求贤若渴,见了此等勇士,焉有不爱之理。况我与壮士又无仇恨,他如何肯害我,这无非是受小人的捉弄。快些松绑。”公孙策对那人道:“你听见了?老爷待你如此大恩,你将何以为报?”说罢,吩咐张、赵二人与他松了绑。王朝见他腿上钉着一枝袖箭,赶紧替他拔出。包公又吩咐包兴:“看座。”

那人见包公如此光景,又见王、马、张、赵分立两旁,虎势昂昂,不由良心发现,暗暗夸道:“闻听人说,包公正直,又目识英雄,果不虚传。”一翻身扑倒在地。口中说道:“小人冒犯钦差大人,实实小人该死。”包公连忙说道:“壮士请起,坐下好讲。”那人道:“钦差大人在此,小人焉敢就座。”包公道:“壮士只管坐了,何妨。”那人只得鞠躬坐了。包公道:“壮士贵姓尊名?到此何干?”那人见包公如此看待,不因不由的就顺口说出来了。答道:“小人名叫项福,只因奉庞昱所差……”便一五一十,说了一遍。“不想大人如此厚待,使小人愧怍①无地。”包公笑道:“这却是圣上隆眷过重,使我声名远播于外,故此招忌,谤我者极多。就是将来与安乐侯对面时,壮士当面证明,庶不失我与太师师生之谊。”项福连忙称“是”。包公便吩咐公孙策与壮士好好调养箭伤。公孙策领项福去了。

包公暗暗叫王朝来,叫他将项福明是疏放,暗地拘留。王朝又将袖箭呈上,说此乃南侠展爷之箭。包公闻听,道:“原来展义士暗中帮助。前日三星镇留下字柬,必也是义士所为。”心中不胜感羡之至。王朝退出。

---

① 怍(zuò)——惭愧。

此时公孙先生已分派妥当，叫马汉带领马步头目耿春、郑平前往观音庵，截救金玉仙；又派张龙、赵虎前往东皋林，捉拿庞昱。

单说马汉带着耿春、郑平竟奔观音庵而来，只见驼轿一乘直扑庙前去了。马汉看见，飞也似的赶来。及至赶到，见旁有一人叫道："贤弟为何来迟？"马汉细看，却是南侠，便道："兄，此轿何往？"展爷道："劣兄已将驼轿截取，将金玉仙安顿在观音庵内。贤弟来得正好，咱二人一同到彼。"说话间，耿春、郑平亦皆赶到，围绕着驼轿来至庙前，打开山门，里面出来一个年老的妈妈，一个尼姑。这妈妈却是田忠之妻杨氏。众人搭下驼轿，搀出金玉仙来。主仆见面，抱头痛哭。（原来杨氏也是南侠送信，叫她在此等候。）又将轿内细软俱行搬下。南侠对杨氏道："你主仆二人就在此处等候，候你家相公官司完了时，叫他到此寻你。"又对尼姑道："师傅用心服侍，田相公来时必有重谢。"吩咐已毕，便对马汉道："贤弟回去，多多拜上老大人，就说：'展昭另日再为禀见，后会有期。'将金玉仙下落禀复明白。她乃贞烈之妇，不必当堂对质。拜托，拜托！请了！"竟自扬长而去。马汉也不敢挽留，只得同耿春、郑平二人回归旧路，去禀知包公。这且不言。

再说张、赵二人到了东皋林，毫不见一点动静。赵虎道："难道这厮先过去了不成？"张爷道："前面一望无际，并无人行，焉有过去之理。"正说间，只见远远有一伙人乘马而来。赵爷一见，说："来咧，来咧！哥，你我如此如此，庶不致于舛错①。"张龙点头，带领差役隐在树后。众人催马，刚到此地，赵虎从马前一过，栽倒在地。张爷从树后转出来，便乱喊道："不好了！不好了！撞死人了！"上前将庞昱马环揪住，道："你撞了人，还往哪里去？"众差役一齐拥上。众恶奴发话道："你这些好大胆的人，竟敢拦挡侯爷不放。"张龙道："谁管他侯爷公爷的，只要将我们的人救活了便罢。"众恶奴道："好生撒野！此乃安乐侯，太师之子，改扮行装，出来私访。你们竟敢拦住去路，真是反了天了！"赵爷在地下听准是安乐侯，再无舛错，一咕噜爬起身来，先照着说话的劈面一掌，喊道："我们反了天了！我们竟等着反了天的人呢！"说罢，先将庞昱拿下马来，差役掏出锁来锁上。众恶奴见事不祥，个个加上一鞭，嗯的一声，俱各逃之夭夭

① 舛（chuǎn）错——错误，差错。

了。张、赵追他不及，只顾庞昱，连追也不追。众人押解着奸侯，竟奔公馆而来。

要知端的，下回分晓。

第十五回

斩庞昱初试龙头铡　遇国母晚宿天齐庙

且说张、赵二人押解庞昱到了公馆，即行将庞昱带上堂来。包公见他项带铁锁，连忙吩咐道："你等太不晓事，侯爷如何锁得？还不与我卸去！"差役连忙上前，将锁卸下。庞昱到了此时，不觉就要屈膝。包公道："不要如此。虽则不可以私废公，然而我与太师有师生之谊，你我乃年家弟兄，有通家之好，不过因有此案，要当面对质对质，务要实实说来，大家方有个计较。千万不要畏罪回避。"说毕，叫带上十父老并田忠、田起元及抢掠的妇女，立刻提到。包公按呈子一张一张讯问。庞昱因见包公方才言语，颇有护他的意思；又见和容悦色，一味地商量，必要设法救他，"莫若他从实应了，求求包黑，或者看爹爹面上往轻里改正改正，也就没了事了。"想罢，说着："钦差大人不必细问，这些事体俱是犯官一时不明作成，此时后悔也是迟了。惟求大人笔下超生，犯官感恩不尽！"包公道："这些事既已招承，还有一事，项福是何人所差？"恶贼闻听，不由的一怔，半晌，答道："项福乃太守蒋完差来，犯官不知。"包公吩咐："带项福。"只见项福走上堂来，仍是照常形色，并非囚禁的样子。包公道："项福，你与侯爷当面对质。"项福上前，对恶贼道："侯爷不必隐瞒，一切事体，小人已俱回明大人了。侯爷只管实说了，大人自有主见。"恶贼见项福如此，也只得应了是自己派来的。包公便叫他画供。恶贼此时也不能不画了。

画招后，只见众人证俱到。包公便叫各家上前厮认，也有父认女的，也有兄认妹的，也有夫认妻的，也有婆认媳的，纷纷不一，嚎哭之声不堪入耳。包公吩咐，叫他们在堂阶两边听候判断。又派人去请太守速到。包公便对恶贼道："你今所为之事，理应解京。我想道途遥远，反受折磨。再者到京必归三法司判断，那时难免皮肉受苦。倘若圣上大怒，必要从重治罪。那时如何展转？莫若本阁在此发放了，倒觉得爽快。你想好不好？"庞昱道："但凭大人作主，犯官安敢不遵？"包公登时把黑脸放下，虎目一瞪，吩咐："请御刑！"只这三个字，两边差役一声喊，堂威震吓。只见四名衙役将龙头铡抬至堂上，安放周正。王朝上前抖开黄龙套，露出金煌煌、光闪闪、惊心落魄的新刑。恶贼一见，胆裂魂飞，才待开言，只见马汉早将他丢翻在地。四名衙役过来，与他口内衔了木嚼，剥去衣服，将芦席铺放（恶贼哪里还能挣扎），立刻卷起，用草绳束了三道。张龙、赵虎二人将他抬起，走至铡前，放入铡口，两头平均。此时马汉、王朝黑面向里，左手执定刀靶，右手按定刀背，直瞅座上。包公将袍袖一拂，虎项一扭。口说"行刑"二字。王朝将彪躯一纵，两膀用力，只听咔嚓一声，将恶贼登时腰斩，分为两头一边齐的两段。四名差役连忙跑上堂去，各各腰束白布裙，跑至铡前，有前有后，先将尸首往上一扶，抱将下去。张、赵二人又用白布擦抹铡口的血迹。堂阶之下，田起元主仆以及父老并田妇村姑见铡了恶贼庞昱，方知老爷赤心为国，与民除害，有念佛的，有趁愿的，也有胆小不敢看的。

包公上面吩咐："换了御刑，与我将项福拿下！"听了一个"拿"字，左右一伸手便将项福把住。此时这厮见铡了庞昱，心内已然突突乱跳；今又见拿他，不由得骨软筋酥，高声说道："小人何罪？"包公一拍堂木，喝道："你这背反的奴才！本阁乃奉命钦差，你擅敢前来行刺。行刺钦差，即是叛朝廷，还说无罪？尚敢求生么？"项福不能答言。左右上前，照旧剥了衣服，带上木嚼，拉过一领粗席卷好。此时狗头铡已安放停当。将这无义贼行刑过了，擦抹御铡，打扫血迹，收拾已毕。

只见传知府之人上堂跪倒，禀道："小人奉命前去传唤知府，谁知蒋完畏罪，自缢身死。"包公闻听，道："便宜了这厮。"另行委员前去验看。又吩咐将田起元带上堂来，训诲一番：不该放妻子上庙烧香，以致生出此事，以后家门务要严肃，并叫他上观音庵接取妻子；老仆田忠替主鸣冤，务要好好看待他；从此努力攻书，以求上进。所有驼轿内细软，必系私蓄，勿庸验看，俱着田忠领讫。又吩咐父老："各将妇女带回，好好安分度日。本阁还要按户稽查花名，秉公放赈，以抒民困，庶不负圣上体恤之鸿恩。"众人一齐叩头，欢欢喜喜而散。老爷立刻叫公孙策打了摺底看过，并将原呈招供一齐封妥,外边夹片一纸,请旨补放知府一缺,即日拜发,赍①京启奏去了。一面出示委员稽查户口,放赈,真是万民感仰,欢呼载道。

一日,批摺回来,包公恭接。叩拜毕,打开一看,见朱批甚属夸奖:"至公无私,所办甚是。知府一缺,即差拣员补放。"包公暗自沉吟道:"圣上纵然隆眷优渥②,现有老贼庞吉在京,见我铡了他的爱子,他焉有轻轻放过之理。这必是他别进谗言,安慰妥了,候我进京时他再摆布于我。一定是这个主意。老贼呀,老贼!我包某秉正无私,一心为国,焉怕你这鬼鬼祟祟。如今趁此权衡未失,放完赈后,偏要各处访查访查,要作几件惊天动地之事,一来不负朝廷,二来与民除害,三来也显显我包某胸中的抱负。"谁知老爷想到此地,下文就真生出一件惊天动地的事来。

你道是何事件?自从包公秉正放赈已完,立意要各处访查,便不肯从旧路回来,特由新路而归。一日,来至一个所在,地名草州桥东,乘轿慢慢而行。猛然听的咯吱一阵乱响,连忙将轿落平。包兴下马仔细看时,双杆皆有裂纹,幸喜落平实地,险些儿双杆齐折。禀明包公,吩咐带马。将马带过,老爷刚然扳鞍上去,那马咴的一声往旁一闪,幸有李才在外首坠镫,连忙拢住,老爷暗想:"此马随我多年。它有三不走:遇歹人不走,见冤魂不走,有刺客不走。难道此处有事故不成?"将马带住,叫包兴唤地方。

不多时,地方来到马前,跪倒。老爷闪目观瞧,见此人年有三旬上下,手提一根竹竿,口称:"小人地方范宗华,与钦差大人叩头。"包公问道:"此处是何地名?"范宗华道:"不是河,名叫草州桥。虽然有个平桥,却没有桥,也无有草。不知当初是怎么起的这个名儿,连小人也闹的纳闷儿。"两旁吆喝:"少说!少说!"老爷又问道:"可有公馆没有?"范宗华道:"此处虽是通衢③大道,却不是镇店马头,也不过是荒凉幽僻的所在,如何能有公馆呢?再者也不是站头……"包兴在马上着急,道:"没公馆,你就说没公馆就完了,何必这许多的话?"老爷在马上用鞭指着,问道:"前面高大的房子是何所在?"范宗华回道:"那是天齐庙。虽然是天齐庙,里面是菩萨殿、老爷殿、娘娘殿俱有,旁边跨所还有土地祠。就只老道看守,因

---

① 赍(jī)——带着。

② 渥(wò)——厚,重。

③ 通衢(qú)——四通八达的道路;大道。

没有什么香火,也不能多养活人。”包兴道:“你太唠叨了！谁问你这些?”老爷吩咐:“打道天齐庙。”两旁答应。老爷将马一带,竟奔天齐庙。

包兴上马一抖丝缰,先到天齐庙,撵开闲人,并告诉老道:“钦差大人打此经过,一概茶水不用。你们伺候完了香,连忙躲开。我们大人是最爱清静的。”老道连连答应“是”。正说间,包公已到,包兴连忙接马。包公进得庙来,便吩咐李才在西殿廊下设了公座。老爷带包兴至正殿。老道将香烛预备齐全,伺候焚香已毕。包兴使个眼色,老道连忙回避。包公下殿,来至西廊,入了公位,吩咐众人俱在庙外歇息,独留包兴在旁,暗将地方叫进来。

包兴悄悄把范宗华叫到。他又给包兴打了个千儿。包兴道:“我瞧你很机灵,就是话太多了。方才大人问你,你就拣近的说就完咧。什么枝儿叶儿的,闹一大郎当,作什么?”范宗华连忙笑着说:“小人惟恐话回的不明白,招大人嗔怪,故此要往清楚里说。谁知话又多了。没什么说的,求二太爷担待小人罢!”包兴道:“谁来怪你?不过告诉你,恐其话太多,反招大人嗔怪。如今大人又叫你呢。你见了大人,问什么答应什么,不必唠叨了。”范宗华连连答应,跟包兴来至西廊,朝上跪倒。

包公问道:“此处四面可有人家没有?”范宗华禀道:“南通大道,东有榆树林,西有黄土岗,北边是破窑:共有不足二十家人家。”老爷便着地方抗了高脚牌,上面写“放告”二字,叫他知会各家,如有冤枉前来天齐庙申诉。范宗华应“是”,即抗了高脚牌,奔至榆树林,见了张家,便问:“张大哥,你打官司不打?”见了李家,便问:“李老二,你冤枉不冤枉?”招的众人无不大骂:“你是地方,总盼人家打官司,你好讹钱！我们过的好好清静日子,你找上门来叫打官司。没有什么说的,要打官(观)音寺儿,就和你打。什么东西！趁早儿滚开！真他妈的丧气！你怎么配当地方呢?你给我走罢!”范宗华无奈,又到黄土岗,也是如此,被人痛骂回来了。他却不怕骂,不辞辛苦,来到破窑地方,又嚷道:“今有包大人在天齐庙宿坛放告,有冤枉的没有?只管前去申冤。”一言未了,只听有人应道:“我有冤枉,领我前去。”范宗华一看,说道:“哎哟！我的妈呀！你老人家有什么事情,也要打官司呢?”

谁知此位婆婆,范宗华他却认得,可不知底里,只知道是秦总管的亲戚,别的不知。这是什么缘故呢?只因当初余忠替了娘娘殉难,秦凤将娘娘顶了余忠之名抬出宫来，派亲信之人送到家中，吩咐与秦母一样侍奉。谁知娘娘终日思想储君，哭的二目失明。那时范宗华之父名唤范胜，当时众人俱叫他“剩饭”，正在秦府打杂，为人忠厚老实好善。娘娘因他爱行好事，时常周济赏赐他，故此范胜受恩极多。后来秦凤自焚身死，秦母亦相继而亡，所有子孙不知娘娘是何等人。所谓“人在人情在，人亡两无交”。娘娘在秦宅存身不住，故此离了秦宅，无处栖身。范胜欲留她在家，娘娘决意不肯。幸喜有一破窑，范胜收拾了收拾，搀扶娘娘居住。多亏他时常照拂：每遇阴天下雨，他便送了饭来。又恐别人欺负她，叫儿子范宗华在窑外搭了个窝铺，坐冷子看守。虽是他答报受德受恩之心，哪里知道此位就是落难的娘娘。后来范胜临危，还告诉范宗华道：“破窑内老婆婆，你要好好侍奉她，当初是秦总管派人送到家中。此人是个有来历的，不可怠慢。”这也是他一生行好，竟得了一个孝顺的儿子。范宗华自父亡之后，真是遵依父训，侍奉不衰。平时即以老太太呼之，又叫妈妈。

现今娘娘要告状，故问：“你老人家有什么事情，也要告状呢？”娘娘道：“为我儿子不孝，故要告状。”范宗华道：“你老人家可是悖晦①了。这些年也没见你老人家说有儿子，今儿忽然又告起儿子来了。”娘娘道：“我这儿子，非好官不能判断。我常听见人说，这包公老爷善于判断阴阳，是个清正官儿，偏偏他总不从此经过，故此耽延了这些年。如今他既来了，我若不趁此时申诉，还要等待何时呢？”范宗华听罢，说：“既是如此，我领了你老人家去。到了那里，我将竹杖儿一拉，你可就跪下，好歹别叫我受罪。”说着话，拉着竹杖，领到庙前。先进内回禀，然后将娘娘领进庙内。

到了公座之下，范宗华将竹杖一拉，娘娘连理也不理。他又连拉了几拉，娘娘反将竹杖往回里一抽。范宗华好生地着急。只听娘娘说道：“大人吩咐左右回避，我有话说。”包公闻听，便叫左右暂且退出。座上方说道：“左右无人，有什么冤枉，诉将上来。”娘娘不觉失声道：“嗳哟！包卿！苦煞哀家了！”只这一句，包公座上不胜惊讶。包兴在旁，急冷冷打了个冷战。登时包公黑脸也黄了。包兴暗说：“我……我的妈呀！闹呵，审出哀家来了！我看这事怎么好呢？”

未识如何，且听下回分解。

---

① 悖(bèi)晦——糊涂。

第十六回

学士怀忠假言认母　夫人尽孝祈露医睛

且说包公见贫婆口呼包卿，自称哀家，平人如何有这样口气。只见娘娘眼中流泪，便将已往之事，滔滔不断，述说一番。包公闻听，吓得惊疑不止，连忙立起身来，问道："言虽如此，不知有何证据？"娘娘从里衣内，掏出一个油渍渍的包儿。包兴上前，不敢用手来接，撩起衣襟，向前兜住，说道："松手罢。"娘娘放手，包儿落在衣襟。包兴连忙呈上。千层万裹，里面露出黄缎袱子来。打开袱子一看，里面却是金丸一粒，上刻着"玉宸宫"字样并娘娘名号。包公看罢，急忙包好，叫包兴递过，自己离了座位。包兴会意，双手捧过包儿，来至娘娘面前，双膝跪倒，将包儿顶在头上，递将过去；然后一拉竹杖，领至上座。入了座位，包公秉正参拜。娘娘吩咐："卿家平身。哀家的冤枉，全仗卿家了。"包公奏道："娘娘但请放心。臣敢不尽心竭力以报君乎？只是目下耳目众多，恐有泄漏，实属不便；望祈娘娘赦臣冒昧之罪，权且认为母子，庶免众口纷纷，不知凤意如何？"娘娘道："既如此，但凭吾儿便了。"包公又往上叩头谢恩，连忙立起，暗暗吩咐包兴，如此如此。

包兴便跑至庙外，只见县官正在那里吆喝地方呢："钦差大人在此宿坛，你为何不早早禀我知道？"范宗华分辩道："大人到此问这个，又问那个，又派小人放告，多少差使，连一点空儿无有，难道小人还有什么分身法不成？"一句话惹恼了县官，一声断喝："好奴才！你误了差使，还敢强辩？就该打了你的狗腿！"说至此，恰好包兴出来，便说道："县太爷算了罢，老爷自己误了，反倒怪他。他是张罗不过来呀。"县官听了，笑道："大人跟前，须是不好看。"包兴道："大人也不嗔怪，不要如此了。大人吩咐咧，立刻叫贵县备新轿一乘，要伶俐丫鬟二名，并上好衣服簪环一分，急速办来，立等立等！再者公馆要分内外预备。所有一切用度花费的银两，叫太爷务必开清，俟到京时再为奉还。"又向范宗华笑道："你起来罢，不用跪着了。方才你带来的老婆婆,如今与大人母子相认了。老太太说你素日很照应,还要把你带进京去呢!你就是伺候老太太的人了。"范宗华闻听,犹如入云端的一般,乐得他不知怎么样才好。包兴又对县官道:"贵县将他的差使止了罢。大人吩咐,叫他随着上京,沿途上伺候老太太,怎么把他也打扮打扮才好。这可打老爷个秋丰①罢。"县官连连答应道:"使得,使得。"包兴又道:"方才分派的事,太爷赶紧就办了罢。并将他带去,就叫他押解前来就是了。务必先将衣服首饰丫鬟,速速办来。"县官闻听,赶忙去了。

包兴进庙禀复了包公,又叫老道将云堂小院打扫干净。不多时,丫鬟二名并衣服首饰一齐来到,服侍娘娘在云堂小院沐浴更衣,不必细说。包公就在西殿内安歇,连忙写了书信,密密封好,叫包兴乘马先行进京,路上务要小心。

包兴去后,范宗华进来与包公叩头,并回明轿马齐备,县官沿途预备公馆之事。包公见他通身换了服色,真是人仗衣帽,却不似先前光景。包公便吩咐他一路小心伺候,"老太太自有丫鬟服侍,你无事不准入内。"范宗华答应退出。他却很知规矩,以为破窑内的婆婆如今作了钦差的母亲,自然非前可比。他哪里知道,那婆婆便是天下的国母呢!至次日,将轿抬至云堂小院的门首,丫鬟服侍娘娘上轿。包公手扶轿杆,一同出庙。只见外面预备停当,拨了四名差役跟随老太太,范宗华随在轿后,也有匹马。县官又派了官兵四名护送。包公步行有一箭多地,便说道:"母亲先进公馆,孩儿随后即行。"娘娘说道:"吾儿在路行程,不必多礼。你也坐轿走罢。"包公连连称"是",方才退下。众人见包公走后,一个个方才乘马,也就起了身了。

这样一宗大事别人可瞒过,惟有公孙先生心下好生疑惑,却又猜不出是什么底细。况且大人与包兴机密至甚,先差包兴入京送信去了。想来此事重大,不可泄漏的,因此更不敢问,也不向王、马、张、赵提起,惟有心中纳闷而已。

单说包兴揣了密书,连夜赶到开封。所有在府看守之人,俱各相见。众人跪请了老爷的钧安。马夫将马牵去喂养刷溜,不必细表。包兴来到

---

① 打秋丰——也作"打秋风",旧时指假借各种名义向别人索取财物。

内衙，敲响云牌。里面妇女出来问明，见是包兴，连忙告诉丫鬟，禀明李氏诰命①。诰命正因前次接了报摺，知道老爷已将庞昱铡死，惟恐太师怀恨，欲生奸计，每日提心吊胆；今日忽见包兴独自回来，不胜惊骇，急忙传进。见面，夫人先问了老爷安好。包兴急忙请安，答道："老爷甚是平安。先打发小人送来密书一封。"说罢，双手一呈。丫鬟接过，呈与夫人。夫人接来，先看皮面上写着"平安"二字。即将外皮拆去，里面却是小小封套，正中签上写着"夫人密启"。夫人忙用金簪挑开封套，抽出书来一看，上言在陈州认了太后李娘娘，假作母子，即将佛堂东间打扫洁净，预备娘娘住宿。夫人以婆媳礼相见，遮掩众人耳目，千万不可走漏风声。后写着："看后付丙。"诰命看完，便问包兴："你还回去么？"包兴问道："老爷吩咐小人，面递了书信，仍然迎着回去。"夫人道："正当如此。你回去迎着老爷，就说我按着书信内所云，俱已备办了。请老爷放心。这也不便写回信。"叫丫鬟拿二十两银子赏他。包兴连忙谢赏，道："夫人没有什么吩咐，小人喂喂牲口也就赶回去了。"说罢，又请了一个禀辞的安。夫人点头，说："去罢，好好的伺候老爷。你不用我嘱咐。告诉李才，不准懒惰。眼看差竣就回来了。"包兴连连应"是"，方才退出。自有相好众人约他吃饭。包兴一壁道谢，一壁擦面。然后大家坐下吃饭，未免提了些官事：路上怎么防刺客，怎么铡庞昱。说至此，包兴便问："朝内老庞没有什么动静呀？"伙伴答道："可不是。他原参奏来着。上谕甚怒，将他儿子招供摔下来了。他瞧见，没有什么说的了，倒请了一回罪。皇上算是恩宽，也没有降不是。大约咱们老爷这个毒儿种得不小，将来总要提防便了。"包兴听罢，点了点头儿。又将陈州认母一节略说大概，以安众心。惟恐娘娘轿来，大家盘诘之时不便。说罢，急忙吃毕。马夫拉过马来，包兴上去，拱拱手儿，加上一鞭，他便迎了包公去了。

这里诰命照书信预备停当，每日至至诚诚，敬候凤驾。一日，只见前拨差役来了二名，进内衙敲响云牌，回道："太夫人已然进城，离府不远了。"诰命忙换了吉服，带领仆妇丫鬟在三堂后恭候。不多时，大轿抬至三堂落平，役人轿夫退出，掩了仪门，诰命方至轿前。早有丫鬟掀起轿帘，夫人亲手去下扶手，双膝跪倒，口称："不孝媳妇包拯之妻李氏接见娘亲，

---

① 诰命——封建时代指受过封号的妇女。

望婆婆恕罪。”太后伸手。李氏诰命忙将双手递过，彼此一拉。娘娘说道：“媳妇吾儿起来。”诰命将娘娘轻轻扶出轿外，搀至佛堂净室。娘娘入座。诰命递茶，回头吩咐丫鬟等，将跟老太太的丫鬟让至别室歇息。诰命见屋内无人，复又跪下，方称：“臣妾李氏，愿娘娘千岁，千千岁。”太后伸手相搀，说道：“吾儿千万不可如此，以后总以婆媳相称就是了。惟恐拘了国礼，倘有泄漏，反为不美。俟包卿回来再作道理。况且哀家姓李，媳妇你也姓李，咱娘儿就是母女。你不是我媳妇，是我女儿了。”诰命连忙谢恩。娘娘又将当初遇害情由，悄悄诉说一番，不觉昏花二目又落下泪来，自言：“二目皆是思君想子哭坏了，到如今诸物莫睹，可怎么好？”说罢，又哭起来。诰命在旁流泪，猛想起一物善能治目，“我何不虔诚祷告，倘能祈得天露将娘娘凤目治好，一来是尽我一点忠心，二来也不辜负了此宝。”欲要奏明，惟恐无效；若是不奏，又恐娘娘临期不肯洗目。想了多时，只得勉强奏道：“臣妾有一古今盆，上有阴阳二孔，取接天露，便能医目重明。待今晚臣妾叩求天露便了。”娘娘闻听，暗暗说道：“好一个贤德的夫人！她见我痛伤入心，就如此的宽慰于我，莫要负她的好意。”便道：“我儿，既如此，你就叩天求露，倘有至诚格天，二目复明，岂不大妙呢！”诰命领了懿旨①，又叙了一回闲话。伺候晚膳已毕，诸事分派妥当，方才退出。

看看掌灯以后，诰命洗净了手，方将古今盆拿出，吩咐丫鬟秉烛来至园中，至诚焚香，祷告天地；然后捧定金盆，叩求天露。真是忠心感动天地。一来是诰命至诚，二来是该国母的难满：起初盆内潮润，继而攒聚露珠，犹如哈气一般；后来渐渐大了，只见滴溜溜满盆乱转，仿佛滚盘珠相似，左旋右转，皆流入阴阳孔内，便不动了。诰命满心欢喜，手捧金盆，擎至净室，只累得两膀酸麻，汗下如雨。恰好娘娘尚未安寝，诰命捧上金盆。娘娘伸玉腕蘸露洗目，只觉冷飕飕通彻心腑，香馥馥透入泥丸，登时两额角微微出了点香汗，二目中稍觉转动。闭目息神，不多时，忽然心花开朗，胸膈畅然。眼乃心之苗，不由的将二目一睁，哪知道云翳②早退，瞳子重生，已然黑白分明，依旧的盈盈秋水了。娘娘这一欢喜，真是非常之乐。

---

① 懿(yì)旨——皇太后或皇后的诏令。

② 云翳(yì)——眼球角膜发生病变后遗留下来的疤痕组织，影响视力。

诰命更觉欢喜。娘娘把手一拉诰命,方才细细看了一番。只见两旁有多少丫鬟,只得说道:“亏我儿至诚感格,将老身二目医好,都是出于媳妇孝心。”说着,说着,不由的一阵伤惨。诰命一见,连忙劝慰,道:“母亲此病原因伤心过度,如今初愈,只有欢喜的,不要悲伤。”娘娘点头,道:“此言甚是。我如今俱各看见了,再也不伤心了。我的儿,你也歇息去罢。有话,咱们母女明日再说罢。可是你说的,我二目甫①愈,也该闭目养养神。”夫人见如此说,方才退出。叫丫鬟携了金盆,并嘱咐众人好生服侍,又派两个得用的丫鬟前来帮着。吩咐已毕,慢慢回转卧室去了。

次日,忽见包兴前来,禀道:“老爷已然在大相国寺住了,明日面了圣,方能回署。”夫人说:“知道了。”包兴退出。

未知如何,且听下回分解。

第十七回

开封府总管参包相　南清宫太后认狄妃

且说李太后自凤目重明之后,多亏了李诰命每日百般劝慰,诸事遂心,以致饮食起居无不合意,把个老太后哄得心儿里喜欢,已觉玉容焕发,精神倍长,迥②不是破窑的形景了。惟有这包兴回来说:“老爷在大相国寺住宿,明日面圣。”诰命不由的有些悬心,惟恐见了圣上,提起庞昱之事,奏对耿直,致干圣怒,心内好生放心不下。

谁知次日,包公入朝见驾,奏明一切。天子甚夸办事正直,深为嘉赏,钦赐五爪蟒袍一袭、攒珠宝带一条、四喜白玉班指一个、珊瑚豆大荷包一对。包公谢恩。早朝已毕,方回至开封府。所有差役人等叩安。老爷连忙退入内衙,照旧穿着朝服。诰命迎将出来。彼此见礼后,老爷对夫人说道:“欲要参见太后,有劳夫人代为启奏。”夫人领命,知道老爷必要参见,早将仆妇丫鬟吩咐不准跟随,引至佛堂静室。

---

① 甫(fǔ)——刚刚。

② 迥(jiǒng)——差得远。

夫人在前，包公在后，来至明间，包公便止步。夫人掀帘入内，跪奏："启上太后，今有龙图阁大学士兼理开封府臣包拯，差竣回京，前来参叩凤驾。"太后闻听，便问："吾儿在哪里？"夫人奏道："现在外间屋内。"太后吩咐："快宣来。"夫人掀帘，早见包公跪倒尘埃，口称："臣包拯参见娘娘，愿娘娘千岁，千千岁。臣荜室狭隘，有屈凤驾，伏乞赦宥。"说罢，匍匐在地。太后吩咐："吾儿抬起头来。"包公秉正跪起。娘娘先前不过闻声，如今方才见面。见包公方面大耳，阔口微须，黑漆漆满面生光，闪灼灼双睛暴露，生成福相，长成威颜，跪在地下，还有人高。真乃是"丹心耿耿冲霄汉，黑面沉沉镇鬼神"。太后看罢，心中大喜，以为仁宗有福，方能得这样能臣。又转想自己受此沉冤，不觉得滴下泪来，哭道："哀家多亏你夫妇这一番的尽心。哀家之事，全仗包卿了。"包公叩头，奏道："娘娘且免圣虑，微臣相机而作，务要秉正除奸，以匡国典。"娘娘一壁拭泪，一壁点头，说道："卿家平身，歇息去罢。"包公谢恩，鞠躬退出。诰命仍将软帘放下，又劝娘娘一番。外面丫鬟见包公退出，方敢进来伺候。娘娘又对诰命说："媳妇呀，你家老爷刚然回来，你也去罢，不必在此伺候了。"这原是娘娘一片爱惜之心，谁知反把个诰命说得不好意思，满面通红起来，招的娘娘也笑了。丫鬟掀帘，夫人只得退出，回转卧室。

只见外面搬进行李，仆妇丫鬟正在那里接收。诰命来至屋内，只见包公在那里吃茶，放下茶杯，立起身来，笑道："有劳夫人，传宣官差完了。"夫人也笑了，道了鞍马劳乏。彼此寒暄一番，方才坐下。夫人便问一路光景。"为庞昱一事，妾身好生担心。"又悄悄问如何认了娘娘。包公略略述说一番，夫人也不敢细问。便传饭，夫妻共桌而食。食罢，吃茶，闲谈几句。

包公到书房料理公事。包兴回道："草州桥的衙役回去，请示老爷有什么分派？"包公便问："在天齐庙所要衣服簪环，开了多少银子？就叫他带回。叫公孙先生写一封回书道谢。"皆因老爷今日才下马，所有事件暂且未回。老爷也有些劳乏，便回后歇息去了。一宿不提。

至次日，老爷正在卧室梳洗，忽听包兴在廊下轻轻咳了一声。包公便问："什么事？"包兴隔窗禀道："南清宫宁总管特来给老爷请安，说有话要面见。"包公从不接交内官，今见宁总管忽然亲身来到，未免将眉头一皱，说道："他要见我作什么？你回复他，就说我办理公事不能接见。如有要事，候明日朝房再见罢。”包兴刚要转身，只听夫人说：“且慢！”包兴只得站住，却又听不见里面说些什么。迟了多时，只听包公道：“夫人说的也是。”便叫包兴：“将他让在书房待茶，说我梳洗毕，即便出迎。”包兴转身出去了。

你道夫人适才与包公悄悄相商，说些什么？正是为娘娘之事，说：“南清宫现有狄娘娘。知道宁总管前来，为着何事呢？老爷何不见他，问问来历。倘有机缘，娘娘若能与狄后见面，那时便好商量了。”包公方肯应允，连忙梳洗冠带，前往书房而来。

单说包兴奉命来请宁总管，说：“我们老爷正在梳洗，略为少待，便来相见。请太辅书房少坐。”老宁听见“相见”二字，乐了个眉开眼笑，道：“有劳管家引路。我说咱家既来了，没有不赏脸的。素来的交情，焉有不赏见之理呢。”说着，说着，来至书房。李才连忙赶出掀帘。宁总管进入书房，见所有陈设毫无奢华俗态，点缀而已，不觉的啧啧称羡。包兴连忙点茶让坐，且在下首相陪。宁总管知道是大人的亲信，而且朝中时常见面，亦不敢小看于他。

正在攀话之际，忽听外面老爷问道：“请进来没有？”李才回道：“已然请至。”包兴连忙迎出，已将帘子掀起，包公进屋。只见宁总管早已站立相迎，道：“咱家特来给大人请安。一路劳乏，辛辛苦苦。原要昨日就来，因大人乏乏的身子不敢起动，故此今早前来，惟恐大人饭后有事。大人可歇过乏来了？”说罢，倒地一揖。包公连忙还礼，道：“多承太辅惦念。未能奉拜，反先劳驾，心实不安。”说罢让座，重新点茶。包公便道：“太辅降临，不知有何见教？望祈明示。”宁总管嘻嘻笑道：“咱家此来，不是什么官事。只因六合王爷深敬大人忠正贤能，时常在狄娘娘跟前提及。娘娘听了，甚为欢喜。新近大人为庞昱一事，先斩后奏，更显得赤心为国，不畏权奸。我们王爷下朝，就把此事奏明娘娘，把个娘娘乐得了不得，说：‘这才是匡扶社稷治世的贤臣呢！’却又教导了王爷一番，说我们王爷年轻，总要跟着大人学习，作一个清心正直的贤王呢，庶不负圣上洪恩。我们王爷也是羡慕大人得很呢，只是无故的又不能亲近。咱家一想，目下就是娘娘千秋华诞，大人何不备一份水礼前去庆寿？从此亲亲近近，一来不辜负娘娘一番爱喜之心，二来我们王爷也可以由此跟着大人学习些见识，岂不是件极好的事呢？故此今日我特来送此信。”包公闻听，暗自沉吟道：“我本不接交朝内权贵,奈因目下有太后之事。当今就知狄后是生母,哪里知道生母受如此之冤。莫如将计就计,如此如此,倘有机缘,倒省了许多曲折。再者六合王亦是贤王,就是接交他,也不玷辱于我。”想罢,便问道:“但不知娘娘圣诞,在于何时?”宁总管道:“就是明日寿诞,后日生辰。不然,我们怎么赶獐的似的呢?只因事在临迩,故此特来送信。”包公道:“多承太辅指教挂心,敢不从命。还有一事,我想娘娘圣诞,我们外官是不能面叩的。现在家慈在署,明日先送礼,后日正期,家慈欲亲身一往,岂不更亲近么?未知可否?”宁总管闻听:“嗳哟!怎么老太太到了?如此更好,咱家回去,就在娘娘前奏明。”包公致谢,道:“又要劳动太辅了。”老宁道:“好说,好说!既如此,咱家就回去了。先替我在老太太前请安罢。等后日我在宫内,再接待她老人家便了。”包公又托咐了一回:“家慈到宫时,还望照拂。”宁总管笑道:“这还用着大人吩咐?老人家前当尽心的,咱们的交情要紧。不用送,请留步罢。”包公送至仪门。宁总管再三拦阻,方才作别而去。

包公进内,见了夫人,细述一番,就叫夫人将方才之事,暗暗奏明太后。夫人领命,往静室去了。包公又来到书房,吩咐包兴备一份寿礼,明日送往南清宫去;又嘱他好好看待范宗华,事毕自有道理,千万不可泄漏底里与他。包兴也深知此事重大。慢说范宗华,就是公孙先生、王、马、张、赵诸人也被他瞒个结实。

至次日,包兴已办成寿礼八色,与包公过了目,也无非是酒、烛、桃、面等物。先叫差役挑往南清宫,自己随后乘马来至南清宫横街,已见人夫轿马,送礼物的,抬的抬,扛的扛,人声嘈杂,拥挤不开,只得下马,吩咐人役:“俟这些人略散散时,再将马溜至王府。”自己步行至府门,只见五间宫门,两边大炕上坐着多少官员。又见各处送礼的俱是手捧名帖,低言回话,那些王府官们还待理不理的。包兴见此光景,只得走上台阶,来至一位王官的跟前,从怀中换出贴来,说道:“有劳老爷们,替我回禀一声。”才说至此,只见那人将眼一翻,说:“你是哪里的?”包兴道:“我乃开封府……”才说了三个字,忽见那人站起来,说:“必是包大人送礼来的。”包兴道:“正是。”那人将包兴一拉,说:“好兄弟,辛苦辛苦。今早总管爷就传出谕来,说大人那里今日必送礼来,我这里正等候着呢。请罢,咱们里面坐着。”回头又吩咐本府差役:“开封府包大人的礼物在哪里?你们倒是张罗张罗呀!”只听见有人早已问下去:“哪是包大人礼物?挑往这里来。”

此时那王府官已将包兴引至书房,点茶陪坐,说道:“我们王爷今早就吩咐了,说道:‘大人若送礼来,赶紧回禀。’兄弟既来了,还是要见王爷?还是不见呢?”包兴答道:“既来了,敢则是见见好。只是又要劳动大老爷了。”那人闻听,道:“好兄弟,以后把老爷收了,咱们都是好兄弟。我姓王行三,我比兄弟齿长几岁,你就叫我三哥。兄弟再来时,你问秃王三爷就是我。皆因我卸顶太早,人人皆叫我王三秃子。”说罢,一笑。只见礼物挑进,王三爷俱瞧过了,拿上帖,辞了包兴,进内回话去了。

不多时,王三爷出来,对包兴道:“王爷叫在殿上等着呢。”包兴连忙跟随王三来至大殿,步上玉阶,绕走丹墀,至殿门以外;但见高卷帘栊,正面一张太师椅上,坐着一位束发金冠、蟒袍玉带的王爷,两边有多少内辅伺候。包兴连忙叩头。只听上面说道:“你回去上复你家老爷,说我问好。如此费心多礼,我却领了。改日朝中面见了,再谢。”又吩咐内辅:“将原帖璧回。给他谢帖,赏他五十两银子。”内辅忙忙交与王三。王三在旁悄悄说:“谢赏。”包兴叩头站起,仍随王三爷。才下银安殿,只见那旁宁总管笑嘻嘻迎来,说道:“主管,你来了么?昨日叫你受乏。回去见了大人,就提我已在娘娘前奏明了,明日请老太太只管来。老娘娘说了,不在拜寿,为的是说说话儿。”包兴答应。宁总管说:“恕我不陪了。”包兴回说:“太辅请治事罢。”方随着王三爷出来,仍要让至书房,包兴不肯。王三爷将帖子银两交与包兴。包兴道了乏,直至宫门,请王三爷留步。王三爷务必瞅着包兴上马。包兴无奈,道:“恕罪。”下了台阶,马已拉过。包兴认镫上马,口道:“磕头了,磕头了。”加鞭前行,心内思想:“我们八色水礼才花了二十两银子,王爷倒赏了五十两,真是待下恩宽。”

不多时,来至开封府,见了包公,将话一一回禀。包公点头,来在后面,便问夫人:“见了太后,启奏的如何?”夫人道:“妾身已然回明。先前听了为难,说:‘我去穿何服色?行何礼节?’妾身道:‘娘娘暂屈凤体,穿一品服色。到了那里,大约狄娘娘断没有居然受礼之理。事到临期,见景生情,就混过去了。倘有机缘,泄漏实情,明是庆寿,暗里却是进宫之机会。不知凤意如何?’娘娘想了一想,方才说:‘事到临头,也不得不如此了。只好明日前往南清宫便了。’”包公听见太后已经应允,不胜欢喜,便告诉夫人派两个伶俐丫鬟跟去,外面再派人护送。

至次日,仍将轿子搭至三堂之上上轿,轿夫退出,掩了仪门。此时诰命已然伺候娘娘,梳洗已毕。及至换了服色之时,娘娘不觉泪下。诰命又劝慰几句,总以大义为要,方才换了。收拾已完,夫人吩咐丫鬟等俱在三堂伺候。众人散出。诰命重新叩拜。此一拜不甚要紧,慢说娘娘,连诰命夫人也止不住扑簌簌泪流满面。娘娘用手相搀,哽噎①的连话也说不出来。还是诰命强忍悲痛,切嘱道:"娘娘此去,关乎国典礼法,千万别见景生情,透了真实。不可因小节误了大事。"娘娘点头,含泪道:"哀家二十载沉冤,多亏了你夫妇二人！此去若能重入宫闱,那时宣召我儿,再叙心曲便了。"夫人道:"臣妾理应朝贺,敢不奉召。"说罢,搀扶娘娘出了门,慢慢步至三堂之上。诰命伺候娘娘上轿坐稳,安好扶手。丫鬟放下轿帘。只听太后说:"媳妇我儿,回去罢。"其声甚惨。诰命答应,退入屏后。外面轿夫进来,将轿抬起,慢慢地出了仪门。却见包公鞠躬伺候,上前手扶轿杆,跟随出了衙署。娘娘看得明白,吩咐:"我儿回去罢,不必远送了。"包公答应"是",止住了步,看轿子落了台阶。又见那壁厢范宗华远远对着轿子,磕了一个头。包公暗暗点首,道:"他不但有造化,并且有规矩。"只见包兴打着顶马,后面拥护多人,围随着去了。

包公回身进内,来到后面,见夫人眼睛哭得红红儿的,知是方才与娘娘作别未免伤心,也不肯细问,不过悄悄的又议论一番:"娘娘此去不知见了狄后,是何光景？且自静听消息便了。"妄拟多时,又与诰命谈了些闲话。夫人又言道:"娘娘慈善,待人厚道,不想竟受此大害!"包公点头叹息,仍来至书房,料理官事。

不知娘娘此去如何,且听下回分解。

---

① 哽噎(yē)——哭声不能痛哭地发出。

第十八回

奏沉疴仁宗认国母 宣密诏良相审郭槐

且说包兴跟随太后，在前打着顶马，来到南清宫。今日比昨日更不相同，多半尽是关防轿，所有嫔妃、贵妃、王妃以及大员的命妇，往来不绝。包兴却懂规矩，预先催马来至王府门前下马，将马拴在桩上，步上宫门。恰见秃王三爷在那里，忙执手上前道："三老爷，我们老太太到了。"王三爷闻听，飞跑进内。不多时，只见里面出来了两个内辅，对着门上众人说道："回事的老爷们听着：娘娘传谕，所有来的关防俱各道乏，一概回避，单请开封府老太太会面。"众人连声答应。包兴闻听，即催本府的轿夫抬至宫门，自有这两个内辅引进去了。然后王三爷出来张罗包兴，让至书房吃茶。今日见了，比昨日更觉亲热。

单说娘娘大轿抬至二门，早见出来了四个太监，将轿夫换出；又抬至三门，过了仪门，方才落平。早有宁总管来至轿前，揭起帘子，口中说道："请太夫人安。"忙去了扶手，自有跟来的丫鬟搀扶下轿。娘娘也瞧了瞧宁总管，也回问了一声："公公好。"宁总管便在前引路，来至寝宫。只见狄娘娘已在门外接待，远远地见了太夫人，吃了一惊，不觉心里犯想，觉得面善，熟识得很，只是一时想不起来。娘娘来至跟前，欲行参拜之礼。狄后连忙用手拦住，说："免礼。"娘娘也就不谦让了。彼此携手，一同入座。娘娘看狄后，比当时面目苍老了许多。狄后此时对面细看，忽然想起好像李妃，因已赐死，再也想不到却是当今国母，只是心里总觉不安。献茶已毕，叙起话来，问答如流，气度从容，真是大家风范，把个狄后乐个不得了，甚是投缘，便留太夫人在宫住宿，多盘桓①几天。此一留正合娘娘之心，即便应允。遂叫内辅传出："所有轿马人等不必等候了，娘娘留太夫人多住几日呢。跟役人等俱各照例赏赐。"早有值日的内辅连声答应，传出去了。

---

① 盘桓(huán)——徘徊；逗留。

这里传膳。狄后务要与太夫人并肩坐了,为的是接谈便利。娘娘也不过让,更显得直爽大方。狄后尤其欢喜非常。饮酒间,狄后盛称包公忠正贤良,"这皆是夫人教训之德。"娘娘略略谦逊。狄后又问太夫人年庚。娘娘答言:"四十二岁。"又问:"令郎年岁几何?"一句话把个娘娘问得闭口无言,登时急得满面通红,再也答对不来。狄后看此光景,不便追问,即以酒的冷暖遮饰过去。娘娘也不肯饮酒了。便传饭吃毕,散坐闲谈。又到各处瞻仰一番,皆是狄后相陪。越瞧越像去世的李妃,心中好生的犯疑,暗暗想道:"方才问她儿子的岁数,她如何答不上来?竟会急得满面通红!世间哪有母亲不记得儿子岁数之理呢?其中实有可疑。难道她竟敢欺哄我不成?也罢,既已将她留下,晚间叫她与我同眠,明是与她亲热,暗里再细细盘诘①她便了。"心中这等犯想,眼睛却不住地看,见娘娘举止动作益发是李妃无疑,心内更自委决不下了。

到了晚间,吃毕晚膳,仍是散坐闲话。狄后吩咐:"将静室打扫干净,并将枕衾②也铺设在净室之中,我还要与夫人谈心,以消永夜。"娘娘见此光景,正合心意。及至归寝之时,所有承御之人(连娘娘丫鬟)自有安排,非呼唤不敢擅入。狄后因惦念着为何不知儿子的岁数呢,便从此追问,即言:"夫人有意欺哄,是何道理?"话语究的甚是紧急。娘娘不觉失声答道:"皇姐,你难道不认得哀家了么?"虽然说出此语,已然悲不成音。狄后闻听,不觉大惊,道:"难道夫人是李后娘娘么?"娘娘泪流满面,哪里还说的出话来。狄后着急,催促道:"此时房内无人,何不细细言来?"娘娘止住悲声,方将当初受害,怎么余忠替死,怎么送往陈州,怎么遇包公假认为母,怎么在开封府净室居住,多亏李氏诰命叩天求露,洗目重明,今日来给皇姐祝寿,为的是吐露真情的话,细细说了一遍,险些儿没有放声哭出来。

狄后听了,目瞪痴呆,不觉也落下泪来,半晌,说道:"不知有何证据?"娘娘即将金丸取出,递将过去。狄后接在手中,灯下验明,连忙战兢兢将金丸递过,便双膝跪倒,口中说道:"臣妃不知凤驾降临,实属多有冒犯,望乞太后娘娘赦宥!"李太后连忙还礼相搀,口称:"皇姐,不要如此。如何能叫圣上知道方好。"狄后谢道:"娘娘放心,臣妃自有道理。"便说起

① 盘诘(jié)——仔细追问(可疑的人)。
② 衾(qīn)——被子。

当日刘后与郭槐定计,用狸猫换出太子,多亏承御寇珠抱出太子交付陈林,用提盒送至南清宫抚养。后来刘后之子病夭,方将太后太子补了东宫之缺。因太子游宫,在寒宫见了娘娘,母子天性,面带泪痕。刘后生疑,拷问寇珠。寇珠怀忠,触阶而死。因此刘后在先皇前进了谗言,方将娘娘赐死。这些情由说过一遍,李太后如梦方醒,不由伤心。狄后再三劝慰,太后方才止泪,问道:“皇姐,如何叫皇儿知道,使我母子重逢呢?”狄后道:“待臣妃装起病来,遣宁总管奏知当今,圣上必然亲来。那时臣妃吐露真情便了。”娘娘称善。一宿不提。

到了次日清晨,便派宁总管上朝奏明圣上,说:“狄后娘娘夜间偶然得病,甚是沉重。”宁总管不知底里,不敢不去,只得遵懿旨上朝去了。狄后又将此事告知六合王。

仁宗五鼓刚要临朝,只见仁寿宫总管前来启奏,说:“太后夜间得病,一夜无眠。”天子闻听,即先至仁寿宫请安,便悄悄吩咐不可声张,恐惊了太后。轻轻迈步,进了寝殿,已听见有呻吟之声。忽听见太后说:“寇宫人,你竟敢如此无理!”又听嗳哟一声。此时宫人已将绣帘揭起。天子侧身进内,来至御榻之前。刘后猛然惊醒,见天子在旁,便说:“有劳皇儿挂念。哀家不过偶受风寒,没有什么大病,且请放心。”天子问安已毕,立刻传御医调治。惟恐太后心内不耐烦,略略安慰几句,即便退出。

才离了仁寿宫,刚至分宫楼,只见南清宫总管跪倒,奏道:“狄后娘娘夜间得病甚重,奴婢特来启奏。”仁宗闻听,这一惊非同小可,立刻吩咐亲临南清宫。只见六合王迎接圣上。先问了狄后得病的光景。六合王含糊奏对:“娘娘夜间得病,此时略觉好些。”圣上心内稍觉安慰,便吩咐随侍的俱各在外伺候,单带陈林跟随。

此旨一下,暗合六合王之心,侧身前引,来至寝宫以内,但见静悄悄寂寞无声,连个承御丫鬟一个也无有。又见御榻之上锦帐高悬,狄后里面而卧。仁宗连忙上前问安。狄后翻转身来,猛然间问道:“陛下,天下至重至大者,以何为先?”天子答道:“莫过于孝。”狄后叹了一口气,道:“既是孝字为先,有为人子不知其母存亡的么?又有人子为君而不知其母在外飘零的么?”这两句话问的天子茫然不懂,犹以为是狄后病中谵语①。狄

① 谵(zhān)语——胡话。

后又道:“此事臣妃尽知底蕴,惟恐陛下不信。”仁宗听狄后自称臣妃,不觉大惊,道:“皇娘何出此言?望乞明白垂训。”狄后转身,从帐内拉出一个黄匣来,便道:“陛下可知此物的来由么?”仁宗接过,打开一看,见是一块玉玺龙袱,上面有先皇的亲笔御记。仁宗看罢,连忙站起。谁知老伴伴陈林在旁,睹物伤情,想起当年,早已泪流满面。天子猛回头见陈林啼哭,更觉诧异,便追问此袱的来由。狄后方才说起郭槐与刘后图谋正宫,设计陷害李后。“其中多亏了两个忠义之人,一个是金华宫承御寇珠,一个是陈林。寇珠奉刘后之命将太子抱出宫来,那时就用此袱包裹,暗暗交付陈林。”仁宗听至此,又瞅了陈林一眼。此时陈林已哭的泪人一般。狄后又道:“多亏陈林经了多少颠险,方将太子抱出,入南清宫内,在此抚养六年。陛下七岁时承嗣与先皇,补了东宫之缺。千不合,万不合,陛下见了寒宫母亲落泪,才惹起刘后疑忌,生生把个寇珠处死,又要赐死母后。其中又多亏了两个忠臣,一个小太监余忠情愿替太后殉难;秦凤方将母后换出,送往陈州。后来秦凤自焚,家中无主,母后不能存留,只落得破窑乞食。幸喜包卿在陈州放粮,由草桥认了母后,假称母子,以掩耳目。昨日与臣妃作寿,方能与国母见面。”仁宗听罢,不胜惊骇,泪如雨下,道:“如此说来,朕的皇娘现在何处?”只听得罩壁后悲声切切,出来了一位一品服色的夫人。仁宗见了发怔。

太后恐天子生疑,连忙将金丸取出,付与仁宗。天子接来一看,正与刘后金丸一般,只是上面刻的是“玉宸宫”,下书娘娘名号。仁宗抢行几步,双膝跪倒,道:“孩儿不孝,苦煞皇娘了!”说至此,不由放声大哭。母子抱头,悲痛不已。只见狄后已然下床来,跪倒尘埃,匍匐请罪。连六合王及陈林俱各跪倒在旁,哀哀相劝。母子伤感多时。天子又叩谢了狄妃,搀扶起来;复又拉住陈林的手,哭道:“若不亏你忠心为国,焉有朕躬!”陈林已然说不出话来,惟有流泪谢恩而已。大家平身。仁宗又对太后说道:“皇娘如此受苦,孩儿枉为天子,何以对满朝文武?岂不得罪于天下乎?”说至此,又怨又愤。狄后在旁劝道:“圣上还朝降旨,即着郭槐、陈林一同前往开封府宣读,包学士自有办法。”这却是包公之计,命李诰命奏明李太后;太后告诉狄后,狄后才奏的。

当下仁宗准奏,又安慰了太后许多言语,然后驾转回宫,立刻御笔草诏,密密封好,钦派郭槐、陈林往开封府宣读。郭槐以为必是加封包公,欣然同定陈林，竟奔开封府而来。

且说包公自昨日伺候娘娘去后，迟不多时，包兴便押空轿回来，说：“狄后将太夫人留下，要多住几日。小人押空轿回来。那里赏了跟役人等二十两银子，赏了轿上二十吊钱。”包公点头，吩咐道：“明日五鼓，你到朝房打听，要悄悄的。如有什么事，急忙回来，禀我知道。”包兴领命。至次日黎明时，便回来了。知道包公尚在卧室，连忙进内，在廊下轻轻咳嗽。包公便问：“你回来了？打听有什么事没有？”包兴禀道：“打听得刘后夜间欠安，圣上立刻驾至仁寿宫请安；后来又传旨，立刻亲临南清宫，说狄后娘娘也病了。大约此时圣驾还未回宫呢。”包公听毕，说：“知道了。”包兴退出。包公与夫人计议道：“这必是太后吐露真情，狄后设的计谋。”夫妻二人暗暗欢喜。

才用完早饭，忽报圣旨到了。包公忙换朝服，接入公堂之上，只见郭槐在前，陈林在后，手捧圣旨。郭槐自以为是都堂，应宣读圣旨，展开御封。包公三呼已毕，郭槐便念道：“奉天承运皇帝诏曰：‘今有太监郭……’”刚念至此，他看见自己的名字，便不能向下念了。旁边陈林接过来，宣读道：“‘今有太监郭槐谋逆不端，奸心叵测。先皇乏嗣，不思永祚之忠诚；太后怀胎，遽遭兴妖之暗算。怀抱龙袱，不遵凤诏，寇宫人之志可达天；离却北阙，竟赴南清，陈总管之忠堪贯日。因泪痕，生疑忌，将明朗朗初吐宝珠，立毙杖下。假诅咒，进谗言，把气昂昂一点余忠，替死梁间。致令堂堂国母，廿载沉冤，受尽了背井离乡之苦。若非耿耿包卿一腔忠赤，焉得有还珠返璧之期。似此灭伦悖理①，理当严审细推。按诏究问，依法重办。事关国典，理重君亲。钦交开封府严加审讯。上命钦哉！’望诏谢恩。”

包公口呼“万岁”，立起身来，接了圣旨，吩咐一声：“拿下！”只见愣爷赵虎竟奔了贤伴伴陈林，伸手就要去拿。包公连忙喝住：“大胆！还不退下。”赵爷发愣。还是王朝、马汉将郭槐衣服冠履打去，提到当堂，向上跪倒。上面供奉圣旨。包公向左设了公座，旁边设一侧座，叫陈林坐了。当日包公入了公位，向郭槐说道：“你快将以往之事，从实招来！”

未识郭槐招与不招，且听下回分解。

---

① 悖（bèi）理——违背天理。

第十九回

巧取供单郭槐受戮　明颁诏旨李后还宫

且说包公将郭槐拿下，喊了堂威，入了公堂，旁边又设了个侧座叫陈林坐了。包公便叫道："郭槐，将当初陷害李后怎生抵换太子，从实招来！"郭槐说："大人何出此言？当初系李妃产生妖孽，先皇震怒，才贬冷宫，焉有抵换之理呢？"陈林接着说道："既无有抵换，为何叫寇承御抱出太子，用裙绦勒死，丢在金水桥下呢？"郭槐闻听，道："陈总管，你为何质证起咱家来？你我皆是进御之人，难道太后娘娘的性格，你是不知道的么？倘然回来太后懿旨到来，只怕你也吃罪不起。"包公闻听，微微冷笑，道："郭槐，你敢以刘后欺压本阁么？你不提刘后便罢，既已提出，说不得可要得罪了。"吩咐："拉下去，重责二十板。"左右答应，一声呐喊，将他翻倒在地，打了二十。只打得皮开肉绽，呲牙咧嘴，哀声不绝。包公问道："郭槐，你还不招认么？"郭槐到了此时，岂不知事关重大，横了心再也不招，说道："当日原是李妃产生妖孽，自招愆尤，与我郭槐什么相干！"包公道："既无抵换之事，为何又将寇承御处死？"郭槐道："那是因寇珠顶撞了太后，太后方才施刑。"陈林在旁又说道："此话你又说差了。当初拷问寇承御，还是我掌刑杖。刘后紧紧追问着他，将太子抱出置于何地，你如何说是顶撞呢？"郭槐闻听，将双眼一瞪，道："既是你掌刑，生生是你下了毒手，将寇承御打的受刑不过，她才触阶而死，为何反来问我呢？"包公闻听，道："好恶贼！竟敢如此的狡赖！"吩咐："左右，与我拶起来！"左右又一声喊，将郭槐双手并齐，套上拶子①，把绳往左右一分。只闻郭槐杀猪也似的喊起来。包公问道："郭槐，你还不招认么？"郭槐咬定牙根，道："没有什么招的哟。"见他汗似蒸笼，面目更色，包公吩咐卸刑，松放拶子。郭槐又是哀声不绝，神魂不定，只得暂且收监，明日再问。先叫陈林将今日审问的情由，暂且复旨。

---

① 拶子（zǎnzi）——旧时夹手指的刑具。

包公退堂，来至书房，便叫包兴请公孙先生。不多时，公孙策来到，已知此时的底里，参见包公已毕，在侧坐了。包公道："今日圣旨到来宣读之时，先生想来已明白此事了，我也不用再说了。只是郭槐再不招认。我见拶他之时，头上出汗，面目更改，恐有他变。此乃奉旨的钦犯，他又搁不住大刑，这便如何是好？故此请了先生来，设想一个法子，只伤皮肉，不动筋骨，要叫他招承方好。"公孙策道："待晚生思索了，画成式样，再为呈阅。"说罢，退出，来到自己房内。筹思多时，偶然想起，急忙提笔画出，又拟了名儿，来到书房回禀包公。包公接来一看，上面注明尺寸，仿佛大熨斗相似，却不是平面，上面皆是垂珠圆头钉儿，用铁打就；临用时将炭烧红，把犯人肉厚处烫炙①，再也不能损伤筋骨，止于皮肉受伤而已。包公看了，问道："此刑可有名号？"公孙策道："名曰'杏花雨'，取其落红点点之意。"包公笑道："这样恶刑却有这等雅名，先生真才人也！"即着公孙策立刻传铁匠打造。次日隔了一天，此刑业已打就。到了第三日，包公便升堂提审郭槐。

且说郭槐在监牢之中，又是手疼，又是板疮，呻吟不绝，饮食懒进，两日光景，便觉形容憔悴。他心中却暗自思道："我如今在此三日，为何太后懿旨还不见到来呢？"猛然又想起："太后欠安，想来此事尚未得知。我是咬定牙根，横了心再不招承。既无口供，包黑他也难以定案。只是圣上忽然间为何想起此事来呢？真真令人不解。"

正在犯思之际，忽然一提牢前来，说道："老爷升堂，请郭总管呢。"郭槐就知又要审讯了，不觉的心内突突的乱跳，随着差役上了公堂。只见红焰焰的一盆炭火内里烧着一物，却不知是何作用，只得朝上跪倒。只听包公问道："郭槐，当初因何定计害了李后？用物抵换太子？从实招来，免得皮肉受苦。"郭槐道："实无此事，叫咱家从何招起？若果有此事，慢说迟滞这些年，管保早已败露了，望祈大人详察。"包公闻听，不由怒发冲冠，将惊堂木一拍，道："恶贼！你的奸谋业已败露，连圣上皆知，尚敢推诿②，其实可恶！"吩咐："左右，将他剥去衣服。"上来了四个差役，剥去衣服，露出脊背，左右二人把住。只见一人用个布帕连发将头按下去；那边

---

① 炙(zhì)——烤。

② 推诿(wěi)——把责任推给别人。

一人从火盆内攥起木把,拿起杏花雨,站在恶贼背后。只听包公问道:“郭槐,你还不招么?”郭槐横了心,并不言语。包公吩咐用刑,只见杏花雨往下一落,登时皮肉皆焦,臭味难闻。只疼得恶贼浑身乱抖,先前还有哀叫之声,后来只剩得发喘了。包公见此光景,只得吩咐:“住刑,容他喘息再问。”左右将他扶住,郭槐哪里还挣扎得来呢,早已瘫在地下。包公便叫搭下去。公孙策早已暗暗吩咐差役,叫搭在狱神庙内。

郭槐到了狱神庙,只见提牢手捧盖碗,笑容满面,到跟前悄悄的说道:“太辅老爷,多有受惊了。小人无物可敬,觅得定痛丸药一服,特备黄酒一盅,请太辅老爷用了,管保益气安神。”郭槐见他劝慰殷勤,语言温和,不由的接过来,道:“生受你了。咱家倘有出头之日,再不忘你便了。”提牢道:“老爷何出此言。如若离了开封,那时求太辅老爷略一伸手,小人便受携带多多矣。”一句话奉承得恶贼满心欢喜,将药并酒服下,立时觉得心神俱安,便问道:“此酒尚有否?”提牢道:“有,有,多着呢。”便叫人急速送酒来。自己接过,仍叫那人退了,又恭恭敬敬的给恶贼斟上。郭槐见他如此光景,又精细,又周到,不胜欢喜,一壁饮酒,一壁问道:“你这几日可曾听见朝中有什么事情没有呢?”提牢道:“没有听见什么咧。听见说太后欠安,因寇宫人作祟,如今痊愈了。圣上天天在仁寿宫请安。大约不过迟一二日,太后必然懿旨到来,那时太辅老爷必然无事。就是我们大人,也不敢违背懿旨。”郭槐听至此,心内畅然,连吃了几杯。

谁知前两日肚内未曾吃饭,今日一连喝了几碗空心酒,不觉的面赤心跳,二目朦胧,登时醉醺醺起来,有些前仰后合。提牢见此光景,便将酒撤去,自己也就回避了。只落得恶贼一人,踽踽凉凉,虽然多饮,心内却牵挂此事,不能去怀,暗暗踌躇道:“方才听提牢说太后欠安,却因寇宫人作祟;幸喜如今痊愈了,太后懿旨不一日也就下来了。”又想:“寇宫人死的本来冤枉,难怪她作祟。”

正在胡思乱想,觉得一阵阵凉风习习,尘沙簌簌,落在窗棂之上。而且又在春暮之时,对此凄凄惨惨的光景,猛见前面似有人形,若近若远,咿咿唔唔声音。郭槐一见,不由的心中胆怯起来。才要唤人,只见那人影儿来至面前,说道:“郭槐,你不要害怕。奴非别人,乃寇承御,特来求太辅质对一言。昨日与太后已在森罗殿证明,太后说此事皆是太辅主裁,故此放太后回宫。并且查得太后与太辅尚有阳寿一纪,奴家不能久在幽冥,今日特来与太辅辩明当初之事,奴便超生去也。"郭槐闻听,毛骨悚然。又见面前之人披发,满面血痕,惟闻得嗓声细气,已知是寇宫人显魂,正对了方才提牢之话,不由的答道:"寇宫人,真正委屈死你了。当初原是我与尤婆定计,用剥皮狸猫换出太子,陷害李后。你彼时并不知情,竟自含冤而死。如今我既有阳寿一纪,倘能出狱,我请高僧高道超度你便了。"又听女鬼哭道:"郭太辅,你既有此好心,奴家感谢不尽。少时到森罗殿,只要太辅将当初之事说明,奴家便得超生,何用僧道超度;若忏悔不至诚,反生罪孽。……"

刚言至此,忽听鬼语啾啾,出来了两个小鬼,手执追命索牌,说:"阎罗天子升殿,立召郭槐的生魂,随屈死的冤鬼前往质对。"说罢,拉了郭槐就走。恶贼到了此时,恍恍忽忽,不因不由跟着。弯弯曲曲,来到一座殿上,只见黑凄凄,阴惨惨,也辨不出东南西北。忽听小鬼说道:"跪下!"恶贼连忙跪倒。便听叫道:"郭槐,你与刘后所作之事,册籍业已注明,理应堕入轮回;奈你阳寿未终,必当回生阳世。惟有寇珠冤魂,地府不便收此游荡女鬼。你须将当初之事诉说明白,她便从此超生。事已如此,不可隐瞒了。"郭槐闻听,连忙朝上叩头,便将当初刘后图谋正宫,用剥皮狸猫抵换太子,陷害了李妃的情由,述说一遍。忽见灯光明亮,上面坐着的正是包公,两旁衙役罗列,真不亚如森罗殿一般。早有书吏将口供呈上;又有狱神庙内书吏一名,亦将郭槐与女鬼说的言语一并呈上。包公一同看了,吩咐:"拿下去,叫他画供。"恶贼到了此时无奈,已知落在圈套,只得把招画了。

你道女鬼是谁?乃是公孙策暗差耿春、郑平,到勾栏院将妓女王三巧唤来。多亏公孙策谆谆教演,便假扮女鬼套出真情,赏了她五十两银子,打发她回去了。

此时包公仍将郭槐寄监,派人好生看守。等次日五鼓上朝,奏明仁宗,将供招谨呈御览。仁宗袖①了供招,朝散回宫,便往仁寿宫而来,见刘后昏沉之间手足乱动,似有招架之态。猛然醒来,见天子立在面前,便道:"郭槐系先皇老臣,望皇儿格外赦宥。"仁宗闻听,也不答言,从袖中将郭槐的供招向刘后前一掷。刘后见此光景,拿起一看,登时胆裂魂飞,气堵

---

① 袖——名词用作动词,把东西装在袖子里。

咽喉。久病之人,如何禁得住罪犯天条,一吓竟自呜呼哀哉了。仁宗吩咐将刘后抬入偏殿,按妃礼殡殓了,草草奉移而已。传旨即刻打扫宫院。

次日升殿,群臣三呼已毕。圣上宣召包公:"刘后惊惧而亡,就着包卿代朕草诏颁行天下,匡正国典。"从此黎民内外臣宰,方知国母太后姓李,却不姓刘。当时圣上着钦天监拣了吉日,斋戒沐浴,告祭各庙;然后排了銮舆,带领合朝文武,亲诣南清宫迎请太后还宫。所有礼节自有仪典,不必细表。

太后娘娘乘了御辇;狄后贤妃也乘了宝舆,跟随入宫。仁宗天子请了太后之后,先行回銮,在宫内伺候。此时王妃命妇俱各入朝,排班迎接凤驾。太后入宫,升座受贺已毕,起身更衣,传旨宣召龙图阁大学士包拯之妻李氏夫人进宫。太后与狄后仍以姐妹之礼相见,重加赏赐。仁宗也有酬报。不必细表。

外面众臣朝贺已毕。天子传旨,将郭槐立剐①。此时尤婆已死,照例戮尸。又传旨在仁寿宫寿山福海地面丈量妥协,左边敕建寇宫人祠堂,名曰"忠烈祠";右边敕建秦凤、余忠祠堂,名曰"双义祠"。工竣,亲诣拈香。

一日,老丞相王芑递了一本,因年老力衰,情愿告老休致。圣上怜念元老,仍赏食全俸,准其养老。即将包公加封为首相。包公又奏明公孙策与四勇士累有参赞功绩。仁宗于是封公孙策为主簿,四勇士俱赏六品校尉,仍在开封府供职。又奉太后懿旨,封陈林为都堂,范宗华为承信郎;将破窑改为庙宇,钦赐白银千两,香火地十顷,就叫范宗华为庙官,春秋两祭,永垂不朽。

未知如何,且听下回分解。

第二十回

受魇魔忠良遭大难　杀妖道豪杰立奇功

且说包公自升为首相,每日勤劳王事,不畏权奸,秉正条陈,圣上无有不允。就是满朝文武,谁不钦仰?纵然素有仇隙之人,到了此时,也奈何

---

① 剐(guǎ)——割肉离骨,指封建时代的凌迟刑。

他不得。一日,包公朝罢,来到开封,进了书房,亲自写了一封书信,叫包兴备厚礼一份,外带银三百两,选了个能干差役前往常州府武进县遇杰村,聘请南侠展熊飞;又写了家信,一并前去。刚然去后,只见值班头目向上跪倒:“启上相爷,外面有男女二人,口称‘冤枉’,前来申诉。”包公吩咐,点鼓升堂。立刻带至堂上。包公见男女二人皆有五旬年纪,先叫将婆子带上来。婆子上前跪倒,诉说道:“婆子杨氏。丈夫姓黄,久已去世。有两个女儿,长名金香,次名玉香。我这小女儿原许与赵国盛之子为妻。昨日他家娶去,婆子因女儿出嫁,未免伤心。及至去了之后,谁知我的大女儿却不见了。婆子又忙到各处寻找,再也没有,急得婆子要死。老爷想,婆子一生就仗着女儿。我寡妇失业的,原打算将来两个女婿,有半子之劳,可以照看。寡妇如今把个大女儿丢了,竟是不知去向。婆子又是急,又是伤心,正在啼哭之时,不想我们亲家赵国盛找了我来,和我不依,说我把女儿抵换了。彼此分争不清,故此前来,求老爷替我们判断判断,找找我的女儿才好。”包公听罢,问道:“你家可有常来往的亲眷没有?”杨氏道:“慢说亲眷,就是街坊邻舍,无事也是不常往来的,婆子孤苦得很呢!”说至此,就哭起来了。

包公吩咐,把婆子带下去,将赵国盛带上来。赵国盛上前跪倒,诉道:“小人赵国盛原与杨氏是亲家。她有两个女儿,大的丑陋,小的俊俏,小人与儿子定的是她的小女儿。娶来一看,却是她大女儿。因此急急赶到她家,与她分争为何抵换。不料杨氏她倒不依,说小人把她两个女儿都娶去了,欺负她孀居①寡妇了。因此到老爷台前,求老爷判断判断。”包公问道:“赵国盛,你可认明是她大女儿么?”赵国盛道:“怎么认得不明呢?当初有我们亲家在日,未作亲时,她两个女儿小人俱是见过的,大的极丑,小的甚俊。因小人爱她小女,才与小人儿子定了亲事。那个丑的,小人断不要的。”包公听罢,点了点头,便叫:“你二人且自回去,听候传讯。”

老爷退堂,来至书房,将此事揣度。包兴倒过茶来,恭恭敬敬,送至包公面前。只见包公坐在椅上身体乱晃,两眼发直,也不言语,也不接茶。包兴见此光景,连忙放下茶杯,悄悄问道:“老爷怎么了?”包公忽然将身子一挺,说道:“好血腥气呀!”往后便倒,昏迷不醒。包兴急急扶着,口中

① 孀(shuāng)居——守寡。

乱叫:“老爷,老爷!”外面李才等一齐进来,彼此搀扶,抬至床榻之上。一时传到里面。李氏诰命闻听,吓得惊疑不止,连忙赶至书房看视。李才等急回避。只见包公躺在床上,双眉紧皱,二目难睁,四肢全然不动,一语也不发。夫人看毕,不知是何缘故。正在纳闷,包兴在窗外道:“启上夫人,公孙主簿前来与老爷诊脉。”夫人闻听,只得带领丫鬟回避。

包兴同着公孙先生来至书房榻前。公孙策细细搜求病源,诊了左脉,连说:“无妨。”又诊右脉,便道:“怪事!”包兴在旁问道:“先生看相爷是何病症?”公孙策道:“据我看来,相爷六脉平和,并无病症。”又摸了摸头上并心上,再听气息亦顺,仿佛睡着的一般。包兴将方才的形景,述说一遍。公孙策闻得便觉纳闷,并断不出病从何处起的。只得先叫包兴进内安慰夫人一番,并禀明须要启奏。自己便写了告病摺子,来日五鼓,上朝呈递。

天子闻奏,钦派御医到开封府诊脉,也断不出是何病症。一时太后也知道了,又派老伴伴陈林前来看视。此时开封府内外上下人等,也有求神问卜的,也有说偏方的。无奈包公昏迷不省,人事不知,饮食不进,止于酣睡而已。幸亏公孙先生颇晓医理,不时在书房诊脉照料。至于包兴、李才,更不消说了,昼夜环绕,不离左右。就是李氏诰命,一日也是要到书房几次。惟有外面公孙策与四勇士,个个急得擦拳磨掌,短叹长吁,竟自无法可施。

谁知一连就是五天。公孙策看包公脉息,渐渐的微弱起来,大家不由得着急。独包兴与别人不同,他见老爷这般光景,因想当初罢职之时,曾在大相国寺得病,与此次相同,那时多亏了然和尚医治。偏偏他又云游去了。由此便想起,当初经了多少颠险,受了多少奔波,好容易熬到如此地步。不想旧病复发,竟自不能医治。越想越愁,不由得泪流满面。正在悲泣之际,只见前次派去常州的差役回来,言:“展熊飞并未在家。老仆说:‘我家官人若能早晚回来,必然急急的赶赴开封,决不负相爷大恩。’”又说:“家信也送到了,现有带来的回信。老爷府上俱各平安。”差人说了许多的话。包兴他止于出神点头而已,把家信接过,送进去了。信内无非是“平安”二字。

你道南侠哪里去了?他乃行义之人,浪迹萍踪,原无定向。自劫了驼轿,将金玉仙送至观音庵,与马汉分别之后,他便朝游名山,暮宿古庙。凡有不平之事,他不知又作了多少。每日闲游,偶闻得人人传说,处处讲论,说当今国母原来姓李，却不姓刘，多亏了包公访查出来。现今包公入阁，拜了首相。当作一件新闻，处处传闻。南侠听在耳内，心中暗暗欢喜道："我何不前往开封探望一番呢。"

一日午间，来至榆林镇，上酒楼独坐饮酒。正在举杯要饮，忽见面前走过一个妇人来，年纪约有三旬上下，面黄肌瘦，形容憔悴，却有几分姿色。及至看她身上穿着，虽是粗布衣服，却又极其干净。见她欲言不言，迟疑半晌，羞的面红过耳，方才说道："奴家王氏，丈夫名叫胡成，现在三宝村居住。因年荒岁旱，家无生理，不想婆婆与丈夫俱各病倒，万分出于无奈，故此小妇人出来抛头露面，沿街乞化，望乞贵君子周济①一二。"说罢，深深万福，不觉落下泪来。展爷见她说的可怜，一回手在兜肚中摸出半锭银子，放在桌上，道："既是如此，将此银拿去，急急回家赎帖药饵，余者作为养病之资，不要沿街乞化了。"妇人见是一大半锭银子，约有三两多，却不敢受，便道："贵客方便，赐我几文钱足矣。如此厚赐，小妇人实不敢领的。"展爷道："岂有此理！我施舍于你，你为何拒而不纳呢？这却令人不解。"妇人道："贵客有所不知，小妇人求乞，全是出于无奈。今日但将此银拿回家去，惟恐婆婆丈夫反生疑忌，那时恐负贵客一番美意。"展爷听罢，甚为有理。谁知堂官在旁插言道："你只管放心。这位既言施舍，你便拿回。若你婆婆丈夫嗔怪时，只管叫你丈夫前来见我，我便是个证见。难道你还不放心么？"展爷连忙称"是"，道："你只管拿去罢，不必疑惑了。"妇人又向展爷深深万福，拿起银子下楼。跑堂又替展爷添酒要菜，也下楼去了。

不料那边有一人，他见展爷给了那妇人半锭银子，便微微的说笑。此人名唤季娄儿，为人谲诈多端，极是个不良之辈。他向展爷说道："客官不当给这妇人许多银子，她乃故意作此生理的。前次有个人赠银与她，后来被她丈夫讹诈，说调戏他女人了，逼索遮羞银一百两，方才完事。如今客官给她银两，惟恐少时她丈夫又来要讹诈呢。"展爷闻听，虽不介意，不由的心中辗转道："若依此人所说，天下人还敢有行善的么？他要果真讹诈，我却不怕他，惟恐别人就要入了他的骗局了。细细想来，似这样人也就好生可恶呢！也罢，我原是无事，何不到三宝村走走。若果有此事，将他处治一番，以戒下次。"想罢，吃了酒饭，会钱下楼，出门向人问明三宝

① 周济——对穷困的人给予物质上的帮助。

村而来。相离不远,见天色甚早,路旁有一道士庙,叫作通真观。展爷便在此庙作了下处。因老道邢吉有事拜坛去,观内只见两个小道士,名唤谈明、谈月,就在二庙门外西殿内住下。

天交初鼓,展爷换了夜行衣服,离了通真观,来到三宝村胡成家内,早已听见婆子嗐声,男子恨怨,妇人啼哭,嘈嘈不休。忽听婆子道:"若非有外心,何以有许多银子呢?"男子接着说道:"母亲不必说了,明日叫她娘家领回就是了。"并不听见妇人折辩,惟有呜呜的哭泣而已。南侠听至此,想起白日妇人在酒楼之言,却有先见之明,叹息不止。猛抬头忽见外有一人影,又听得高声说道:"既拿我的银子,应了我的事,就该早些出来。如今既不出来,必须将银子早早还我。"南侠闻听,气冲牛斗,赶出篱门,一伸手把那人揪住,仔细看时,却是季娄儿。季娄儿害怕,哀告道:"大王爷饶命!"南侠也不答言,将他轻轻一提,扭至院内,也就高声说道:"吾乃夜游神是也。适遇日游神,曾言午间有贤孝节妇,因婆婆丈夫染病,含羞乞化,在酒楼上遇正直君子,怜念孝妇,赠银半锭。谁知被奸人看见,顿起不良之心,夜间前来讹诈。吾神在此,岂容奸人陷害!且随吾神到荒郊之外,免得连累良善之家。"说罢,提了季娄儿出篱门去了。胡家母子听了,方知媳妇得银之故,连忙安慰王氏一番,深感贤妇,不提。

且说南侠将季娄儿提至旷野,拔剑斩讫。见斜刺里有一蜿蜒小路,以为从此可以奔至大路,信步行去。见面前一段高墙,细细看来,原来是通真观的后阁,不由得满心欢喜,自己暗暗道:"不想倒走近便了。我何不从后面而入,岂不省事?"将身子一纵,上了墙头,翻身躯轻轻落在里面,蹑步悄足行来。偶见跨所内灯光闪烁,心中想道:"此时已交三鼓之半,为何尚有灯光?我何不看看呢。"用手推门,却是关闭,只得飞身上了墙头。见人影照在窗上,仿佛小道士谈月光景。忽又听见妇人说道:"你我虽然定下此计,但不知我姐姐顶替去了,人家依与不依。"又听得小道士说:"他纵然不依,自有我那岳母答复他,怕他怎的!你休要多虑,趁此美景良宵,且自同赴阳台要紧。"说着,便立起身来。展爷听到此处,心中暗道:"原来小道士作此暗昧之事,也就不是出家的道理了!且待明日再作道理。"展爷刚转身,忽又听见妇人说道:"我问问你,你说庞太师暗害包公,此事到底是怎么样了?"展爷听了此句,连忙缩脚侧听。只听谈月道:"你不知道,我师傅此法百发百中,现今在庞太师花园设坛,如今业已五日了;赶到七日,必然成功。那时得谢银一千两,我将此银偷出,咱们远走高飞,岂不是长久夫妻么?”

展爷听了,登时惊疑不止,连忙落下墙来,赶到前面殿内,束束包裹,并不换衣,也不告辞,竟奔汴梁城内而来。不过片时工夫,已至城下,见满天星斗,听了听正打四更。展爷无奈何,绕过护城河,来至城下,将包袱打开,把爬城索取出,依法安好,一步一步上得城来;将爬城索取上,上面安好,坠城而下。脚落实地,将索抖下,收入包袱内,背在肩上,直奔庞太师府而来。来至花园墙外,找了棵小树将包袱挂上,这才跳进花园。只见高结法台,点烛焚香,有一老道披着发在上面作法。展爷暗暗步上高台,在老道身后,悄悄的抽出剑来。

不知老道性命如何,且听下回分解。

第二十一回

掷人头南侠惊佞党　除邪祟学士审虔婆

且说邢吉正在作法,忽感到脑后寒光一缕,急将身体一闪,已然看见展爷目光炯炯,杀气腾腾,一道阳光直奔瓶上。所谓“邪不侵正”,只听得拍的一声响亮,将个瓶子炸为两半。老道见他法术已破,不觉哎哟了一声,栽下法台。展爷恐他逃走,翻身赶下台来。老道刚然爬起要跑,展爷抽后就是一脚。老道往前一扑,趴在地下。展爷即上前从脑后手起剑落,已然身首异处。展爷斩了老道,重新上台来细看,见桌上污血狼藉,当中有一个木头人儿。连忙轻轻提出,低头一看,见有围桌,便扯了一块,将木头人儿包裹好了,揣在怀内。下得台来,提了人头,竟奔书房而来。此时已有五鼓之半。

且说庞吉正与庞福在书房,说道:“今日天明已是六日,明日便可成功。虽然报了杀子之仇,只是便宜他全尸而死。”刚说至此,只听得咔嚓的一声,把窗户上大玻璃打破,掷进一个毛茸茸、血淋淋的人头来。庞吉猛然吃这一吓,几乎在椅子上栽倒。旁边庞福吓得缩作一团。迟了半晌,并无动静,庞贼主仆方才仗着胆子,掌灯看时,却是老道邢吉的首级。庞吉忽然省悟:“这必是开封府暗遣能人,前来破了法术,杀了老道。”即叫庞福传唤家人四下里搜寻,哪里有个人影。只得叫人打扫了花园,埋了老道尸首,撤去法台,忿忿悔恨而已。

且说南侠离了花园,来至墙外树上,将包裹取下,拿了大衫披在身上,直奔开封。只见内外灯烛辉煌,俱是守护相爷,连忙叫人通报。公孙先生闻听展爷到来,不胜欢喜,便同四勇士一并迎将出来。刚然见面,不及叙寒温,展爷便道:"相爷身体欠安么?"公孙先生诧异,道:"吾兄何以知之?"展爷道:"且到里面,再为细讲。"大家拱手来至公所,将包裹放下。彼此逊坐,献茶已毕。公孙策便问展爷:"何以知道相爷染病?请道其详。"南侠道:"说起来话长。众位贤弟且看此物,便知分晓。"说罢,怀中掏出一物,连忙打开,却是一块围桌片儿,里面裹定一个木头人儿。公孙策接来,与众人在灯下仔细端详,不解其故。公孙策又细细看出,上面有字,仿佛是包公的名字与年庚,不觉失声道:"嗳哟!这是使的魇魔法儿罢。"展爷道:"还是老先生大才,猜得不错。"众人便问展爷:"此物从何处得来?"展爷才待要说,只见包兴从里跑出来道:"相爷已然醒来,今已坐起,现在书房喝粥呢。派我出来,说与展义士一同来的,叫我来请进书房一见。不知展爷来也不曾?"大家听了,各各欢喜。原是灯下围绕着看木头人儿,包兴未看见展爷,倒是展爷连忙站起,过来见了包兴。包兴只乐得心花开放,便道:"果然展爷来了。请罢,我们相爷在书房恭候呢。"

此时公孙先生同定展爷立刻来至书房,参见包公。包公连忙让坐。展爷告坐,在对面椅子上坐下。公孙主簿在侧首下位相陪。只听包公道:"本阁屡叨①义士救护,何以酬报?即如今若非义士,我包某几乎一命休矣!从今后务望义士常在开封,扶助一二,庶不负渴想之诚。"展爷连说:"不敢,不敢。"公孙策在旁答道:"前次相爷曾差人去到尊府聘请吾兄,恰值公出未回,不料吾兄今日才到。"展爷道:"小弟萍踪无定。因闻得老爷拜了相,特来参贺。不想在通真观闻得老爷得病原由,故此连夜赶来。果然老爷病体痊愈,在下方能略尽微忱。这也是相爷洪福所致。"包公与公孙策闻听展爷之言,不甚明白,问:"通真观在哪里?如何在那里听得信呢?"展爷道:"通真观离三宝村不远。"便说起夜间在跨所听见小道士与妇人言语,"因此急急赶到太师的花园,正见老道拜坛,瓶子炸了,将老道杀死,包了木人前来。"展爷滔滔不断,述说了一遍。包公闻听,如梦方醒。公孙策在旁道:"如此说来,黄寡妇一案也就好办了。"一句话提醒包

---

① 屡叨(tāo)——叨即叨扰,指多次打扰。

公，说："是呀，前次那婆子她说不见了女儿，莫非是小道士偷拐去了不成？"公孙策连忙称："是，相爷所见不差。"复又站起身来，将递摺子告病，圣上钦派陈林前来看视并赏御医诊视，一并禀明。包公点头，道："既如此，明日先生办一本参奏的摺子，一来恭请圣安，销假谢恩；二来参庞太师善用魇魔妖法，暗中谋害大臣，即以木人并杀死的老道邢吉为证。我于后日五鼓上朝呈递。"包公吩咐已毕，公孙策连忙称"是"。只见展爷起身告辞，因老爷初愈，惟恐劳了神思。包公便叫公孙策好生款待。二人作别，离了书房。

此时天已黎明，包公略为歇息，自有包兴、李才二人伺候。外面公所内，展爷与公孙先生、王、马、张、赵等各叙阔别之情。展爷又将得闻相爷欠安的情由，述说一遍。大家闻听，方才省悟，不胜欢喜。虽然熬了几夜未能安眠，到了此时，各各精神焕发，把乏困俱各忘在九霄云外了。所谓"人逢喜事精神长"，是再不能错的。彼此正在交谈，只见伴当人等安放杯筷，摆上酒肴，极其丰盛。却是四勇士于展爷见包公之时，便吩咐厨房赶办肴馔，与展爷接风掸尘，彼此大家庆贺。因这些日子相爷欠安，闹的上下沸腾，各各愁烦焦躁，谁还拿饭当事呢！不过是喝几杯闷酒而已。今日这一畅快，真是非常之乐，换盏传杯，高谈阔论，说到快活之时、投机之处，不由得哈哈大笑，欢呼震耳。惟有四爷赵虎比别人尤其放肆，杯杯净，盏盏干，乐得他手舞足蹈。

包兴忽然从外面进来，大家彼此让座。包兴满面笑容，道："我奉相爷之命出来派差，抽空特来敬展爷一二杯。"展爷忙道："岂敢，岂敢。适才酒已过量，断难从命。"包兴哪里肯依。赵虎在旁撺掇，定要叫展爷立饮三杯。还是王朝分解，叫包兴满满斟上了一盏敬展爷。展爷连忙接过，一饮而尽。大家又让包兴坐下。包兴道："我是不得空儿的，还要复命相爷。"公孙策问道："此时相爷又派出什么差使呢？"包兴道："相爷方才睡醒，喝了粥，吃了点心，便立刻出签，叫往通真观捉拿谈明、谈月和那妇人，并传黄寡妇、赵国盛一齐到案。大约传到，就要升堂办事。可见相爷为国为民时刻在念，真不愧首相之位，实乃国家之大幸也！"包兴告辞，上书房回话去了。

这里众人听见相爷升堂，大家不敢多饮。惟有赵虎已经醉了，连忙用饭已毕，公孙策便约了展爷来至自己屋内，一壁说话，一壁打算参奏的摺底。

此时已将谈明、谈月并金香、玉香以及黄寡妇、赵国盛,俱各传到。包公立刻升堂。喊了堂,入了座,便吩咐先带谈明。即将谈明带上堂来,双膝跪倒。见他有三旬以上,形容枯瘦,举止端详,不像个作恶之人。包公问道:“你就是叫谈明的么?快将所作之事报上来。”谈明向上叩头,道:“小道士谈明,师傅邢吉,在通真观内出家。当初原是我师徒二人,我师傅邢吉每每作些暗昧之事,是小道时常谏劝,不但不肯听劝,反加责处,因此小道忧思成病。不料后来小道有一族弟,他来看视小道。因他赌博宿娼,无所不为,闹的甚是狼狈,原是探病为由,前来借贷。小道如何肯理他呢?他便哀求啼哭。谁知被师傅邢吉听见,将他叫去,不知怎么三言两语,也出了家了。登时换了衣服鞋袜,起名叫作谈月。嗳哟!老爷呀!自谈月到了庙中,我师傅如虎生翼。他二人作的不尴不尬之事,难以尽言。后来我师傅被庞太师请去,却是谈月跟随,小道在庙看守。忽见一日夜间,有人敲门,小道连忙开了山门一看,只见谈月带了个少年小道一同进来。小道以为是同道。不然,又不知是他师徒行的什么鬼祟。小道也不敢管,关了山门,便自睡了。至次日,小道因谈月带了同道之人,也应当见礼。小道便到跨所,进去一看,就把小道吓慌了。谁知不是道士,却是个少年女子,在那里梳头呢。小道才要抽身,却见谈月小解回来,便道:‘师兄既已看见,我也不必隐瞒,此女乃是我暗里带来。无事便罢,如要有事,自有我一人承当,惟求师兄不要声张就是了。’老爷想,小道素来受他的挟制,他如此说,小道还能管他么?只得诺诺退去,求其不加害于我,便是万幸了。自那日起,他每日又到庞太师府中去,出去时便将跨所封锁;回来时,便同那女子吃喝耍笑。不想今日他刚要走,就被老爷这里去了多人,将我等拿获。这便是实在事迹。小道敢作证见,再不敢撒谎的。”老爷听罢,暗暗点头道:“看此道不是作恶之人,果然不出所料。”便吩咐带在一旁。

便带谈月。只见谈月上堂跪倒。老爷留神细看,见他约有二旬年岁,生得甚是俏丽,两个眼睛滴溜嘟噜的乱转,已露出是个不良之辈了。又见他满身华裳,更不是出家的形景。老爷将惊堂木一拍,道:“奸人妇女,私行拐带,这也是你出家人作的么?讲!”谈月才待开言,只见谈明在旁厉声道:“谈月,今日到了公堂之上,你可要从实招上去。我方才将你所作所为,俱各禀明了。”一句话把个谈月噎的倒抽了一口气,只得据实招道:“小道谈月,因从那黄寡妇门口经过,只见有两个女子,一个极丑,一个很俊,小道便留心。后来一来二去,渐渐的熟识。每日见那女子门前站立,彼此俱有眷恋之心,便暗定私约,悄从后门出入。不想被黄寡妇撞见,是小道多用金帛买嘱黄寡妇,便应允了。谁知后来赵家要迎娶,黄寡妇着了急了,便定了计策。就那日迎娶的夜里,趁着忙乱之际,小道算是俗家的亲戚,便将玉香改妆,私行逃走。彼时已与金香说明。她原是长的丑陋,无人聘娶,莫若顶替去了。到了那里,生米已成熟饭,他也就反悔不来了。心想是个巧宗儿。谁知今日犯在当官。"说罢,往上磕头。包公问道:"你用多少银子买嘱了黄寡妇?"谈月道:"纹银三百两。"包公问道:"你一个小道士,哪里有许多银子呢?"谈月道:"是偷我师傅的。"包公道:"你师傅哪有许多银子呢?"谈月道:"我师傅原有魇魔神法,百发百中。若要害人,只用桃木做个人儿,上面写着名姓年庚,用污血装在瓶内。我师傅作起法来,只消七日,那人便气绝身亡。只因老包……"说至此,自己连忙啐了一口,"呸!呸!只因老爷有杀庞太师之子之仇,庞太师怀恨在心,将我师傅请去,言明作成此事,谢银一千五百两。我师傅先要五百两,下欠一千两,等候事成再给。"包公听罢,便道:"怪得你还要偷你师傅一千两,与玉香远走高飞,作长久夫妻呢!这就是了。"谈月听了此言,吃惊不小:"此话是我与玉香说的,老爷如何知道呢?必是被谈明悄悄听去了。"他哪里知道,暗地里有个展爷与他泄了底呢。先将他二人带将下去,吩咐带黄寡妇母女上堂。

不知如何审办,且听下回分解。

第二十二回

金銮殿包相参太师　耀武楼南侠封护卫

且说包公审明谈月,吩咐将黄寡妇母女三人带上来。只见金香果然丑陋不堪,玉香虽则俏丽,甚是妖淫。包公便问黄寡妇:"你受了谈月三百两,在于何处?"黄寡妇已知谈月招承,只得吐实,禀道:"现藏在家中柜底内。"包公立刻派人前去起赃。将她母女每人拶了一拶,发在教坊司:

母为虔婆①,暗合了贪财卖奸之意;女为娼妓,又随了倚门卖俏之心。金香自惭貌陋,无人聘娶,情愿身入空门为尼。赃银起到,偿了赵国盛银五十两,着他另外择娶。谈明素行谨慎,即着他在通真观为观主。谈月定了个边远充军,候参奏下来,质对明白,再行起解。审判已明,包公退堂,来至书房。此时公孙先生已将摺底办妥,请示。包公看了,又将谈月的口供叙上了几句,方叫公孙策缮写,预备明日五鼓参奏。

至次日,天子临轩。包公出班,俯伏金阶。仁宗一见包公,满心欢喜,便知他病体痊愈,急速宣上殿来。包公先谢了恩,然后将摺子高捧,谨呈御览。圣上看毕,又有桃木人儿等作证,不觉心中辗转道:"怪道包卿得病,不知从何而起,原来暗中有人陷害。"又一转想:"庞吉你乃堂堂国戚,如何行此小人暗昧之事?岂有此理!"想至此,即将庞吉宣上殿来,仁宗便将参摺掷下。庞吉见龙颜带怒,连忙捧读,不由的面目更色,双膝跪倒,惟有俯首伏罪而已。圣上痛加申饬②,念他是椒房之戚,着从宽罚俸三年。天子又安慰了包公一番,立时叫庞吉当面与包公赔罪。庞贼遵旨,不敢违背,只得向包公跟前谢过。包公亦知他是国戚,皇上眷顾,而且又将他罚俸,也就罢了。此事幸亏和事的天子,才化为乌有。二人重新又谢了恩。大家朝散,天子还宫。

包公五六日未能上朝,便在内阁料理这几日公事。只见圣上亲派内辅出来宣旨道:"圣上在修文殿宣召包公。"包公闻听,即随内辅进内,来至修文殿,朝了圣驾。天子赐座。包公谢恩。天子便问道:"卿六日未朝,朕如失股肱③,不胜郁闷。今日见了卿家,方觉畅然。"包公奏道:"臣猝然④遘疾⑤,有劳圣虑,臣何以克当。"天子又问道:"卿参摺上义士展昭,不知他是何如人?"包公奏道:"此人是个侠士,臣屡蒙此人救护。"便说:"当初赶考时路过金龙寺,遇凶僧陷害,多亏了展昭将臣救出;后来奉旨陈州放赈,路过天昌镇擒拿刺客项福,也是此人;即如前日在庞吉花园破了妖魔,也是此人。"天子闻听,龙颜大悦,道:"如此说来,此人不独与

---

① 虔(qián)婆——旧时开设妓院的妇女。
② 申饬(chì)——告诫。
③ 股肱(gōng)——比喻左右辅助得力的人。
④ 猝(cù)然——突然,出乎意外。
⑤ 遘(gòu)疾——染病。

卿有恩,他的武艺竟是超群的了。”包公奏道:“若论展昭武艺,他有三绝:第一,剑法精奥;第二,袖箭百发百中;第三,他的纵跃法,真有飞檐走壁之能。”天子听至此,不觉鼓掌大笑,道:“朕久已要选武艺超群的,未得其人。今听卿家之言,甚合朕意。此人可现在否?”包公奏道:“此人现在臣的衙内。”天子道:“既如此,明日卿家将此人带领入朝,朕亲往耀武楼试艺。”

包公遵旨,叩辞圣驾,出了修文殿,又来到内阁。料理官事已毕,乘轿回至开封,至公堂落轿,复将官事料理一番。退堂,进了书房。包兴递茶。包公叫:“请展爷。”不多时,展爷来到书房。包公便将今日圣上旨意,一一述说。“明早就要随本阁入朝,参见圣驾。”展爷到了此时虽不愿意,无奈包公已遵旨,只是谦逊了几句:“惟恐艺不惊人,反要辜负了相爷一番美意。”彼此又叙谈了多少时,方才辞了包相,来到公所之内。此时公孙策与四勇士俱已知道展爷明日引见,一个个见了,未免就要道喜。大家又聚饮一番。

至次日五鼓,包公乘轿,展爷乘马,一同入朝伺候。驾幸耀武楼,合朝文武扈从①。天子来至耀武楼,升了宝座。包公便将展昭带至丹墀,跪倒参驾。圣上见他有三旬以内年纪,气宇不凡,举止合宜,龙心大悦。略问了问家乡籍贯。展昭一一奏对,甚是明晰。天子便叫他舞剑,展爷谢恩,下了丹墀。早有公孙策与四勇士俱各暗暗跟来,将宝剑递过。展爷抱在怀中,步上丹墀,朝上叩了头,将袍襟略为掖了一掖,先有个开门式,只见光闪闪,冷森森,一缕银光翻腾上下。起初时身随剑转,还可以注目留神;到后来竟使人眼花缭乱。其中的削砍劈剁,勾挑拨刺,无一不精。合朝文武以及丹墀之下众人,无不暗暗喝彩,惟有四勇士更为关心,仰首翘望,捏着一把汗,在那里替他用力,见他舞到妙处,不由的甘心佩服:“真不愧‘南侠’二字。”展爷这里施展平生学艺,招招用意,处处留心,将剑舞完,仍是怀中抱月的架式收住,复又朝上磕头。见他面不更色,气不发喘。

天子大乐,便问包公道:“真好剑法!怪不得卿家夸奖。他的袖箭又如何试法?”包公奏道:“展昭曾言,夜间能打灭香头之火。如今白昼,只好用较射的木牌,上面糊上白纸,圣上随意点上三个朱点,试他的袖箭。不知圣意若何?”天子道:“甚合朕意。”谁知包公早已吩咐预备下了,自有

---

① 扈(hù)从——帝王或官吏的随从。

执事人员将木牌拿来。天子验看,上面糊定白纸,连个黑星皱纹一概没有,由不得提起朱笔,随意点了三个大点,叫执事人员随展昭去,该立于何处任他自便。因袖箭乃自己练就的步数远近,与别人的兵刃不同。展昭深体圣意,随执事人员下了丹墀,斜行约二三十步远近,估量圣上必看得见,方叫人把木牌立稳。左右俱各退后。展昭又在木牌之前,对着耀武楼遥拜。拜毕,立起身来,看准红点,翻身竟奔耀武楼。跑来约有二十步,只见他将左手一扬,右手便递将出去,只听木牌上拍的一声;他便立住脚,正对了木牌,又是一扬手,只听那边木牌上又是一声拍;展爷此时却改了一个卧虎势,将腰一躬,脖项一扭,从胳肢窝内将右手往外一推,只听得拍,将木牌打的乱晃。展爷一伏身,来到丹墀之下,往上叩头。此时已有人将木牌拿来,请圣上验看。见三枝八寸长短的袖箭,俱各钉在朱红点上,惟有末一枝已将木牌钉透。天子看了,甚觉罕然,连声称道:"真绝技也!"

包公又奏:"启上吾主,展昭第三技乃纵跃法,非登高不可,须脱去长衣方能灵便。就叫他上对面五间高阁,我主可以登楼一望,看的始能真切。"天子道:"卿言甚是。"圣上起身,刚登扶梯,便传旨:"所有大臣俱各随朕登楼,余者俱在楼下。"便有随事内监回身传了圣旨。包公领班,慢慢登了高楼。天子凭栏入座,众臣环立左右。

展昭此时已将袍服脱却,扎缚停当。四爷赵虎不知从何处暖了一杯酒来,说道:"大哥且饮一杯助助兴,提提气。"展爷道:"多谢贤弟费心。"接过一饮而尽。赵爷还要斟时,见展爷已走出数步。愣爷却自己悄悄的饮了三杯,过来跷着脚儿,往对面阁上观看。

单说展爷到了阁下,转身又向耀武楼上叩拜。立起来,他便在平地上鹭伏鹤行,徘徊了几步。忽见他身体一缩,腰背一躬,嗖的一声,犹如云中飞燕一般,早已轻轻落在高阁之上。这边天子惊喜非常,道:"卿等看他,如何一转眼间就上了高阁呢?"众臣宰齐声夸赞。此时展爷显弄本领,走到高阁柱下,双手将柱一搂,身体一飘,两腿一飞,嗤、嗤、嗤、嗤顺柱倒爬而上。到了柁头,用左手把住,左腿盘在柱上,将虎体一挺,右手一扬,作了个探海势。天子看了,连声赞"好"。群臣以及楼下人等无不喝彩。又见他右手抓住椽头,滴溜溜身体一转,把众人吓了一跳。他却转过左手,找着椽头,脚尖儿蹬定檀方,上面两手倒把,下面两脚拢步,由东边窜到西边,由西边又窜到东边。窜来窜去,窜到中间,忽然把双脚一拳,用了个卷身势往上一翻,脚跟蹬定瓦陇,平平的将身子翻上房去。天子看至此,不由失声道:“奇哉!奇哉!这哪里是个人,分明是朕的御猫一般。”谁知展爷在高处业已听见,便在房上与圣上叩头。众人又是欢喜,又替他害怕。只因圣上金口说了“御猫”二字,南侠从此就得了这个绰号,人人称他为御猫。此号一传不知紧要,便惹起了多少英雄好汉,人人奇才,个个豪杰。若非这些异人出仕,如何平定襄阳的大事。后文慢表。

当下仁宗天子亲试了展昭的三艺,当日驾转还宫,立刻传旨:“展昭为御前四品带刀护卫,就在开封府供职。”包公带领展昭望阙叩头谢恩。诸事已毕,回转开封。包公进了书房,立刻叫包兴备了四品武职服色送与展爷。展爷连忙穿起,随着包兴来到书房,与包公行礼。包公哪里肯受,逊让多时,只受了半礼。展爷又叫包兴进内在夫人跟前代白,就说展昭与夫人磕头。包兴去了多时,回来说道:“夫人说,老爷屡蒙展老爷护救,实实感谢不尽。日后还要求展老爷时时帮助相爷。给展老爷道喜,礼是不敢当的。”展爷恭恭敬敬,连连称“是”。包公又告诉他:“明早俱公服上朝,本阁替你代奏谢恩。”展爷谢道:“卑职谨依钧命。”说罢,退出,来到公所。公孙策与四勇士俱各上前道喜。彼此逊让一番,大家入座。不多时,摆上丰盛酒肴。这是众人与展爷贺喜的。公孙策为首,便要安席敬酒。展爷哪里肯依,便道:“你我皆知己弟兄,若如此,便是拿我当外人看了。”大家见展爷如此,公议共敬三杯。展爷领了,谢过众人,彼此就座。饮酒之间,又提起今日试艺,大家赞不绝口。展爷再三谦逊,毫无自满之意,大家更为佩服。

正在饮酒之际,只见包兴进来,大家让座。包兴道:“实实不能相陪,相爷叫我来请公孙先生来了。”众人便问何事。包兴道:“方才老爷进内,吃了饭出来,便到书房,叫请公孙先生。不知为着何事。”公孙策暂向众人告辞,同包兴进内,往书房去了。这里众人纳闷,再也测度不出是为什么事来。不多一会,只见公孙策出来,大家便问:“相爷呼唤,有何台谕?”公孙策道:“不为别的,一来给展大哥办理谢恩摺子;二来为前在修文殿召见之时,圣上说了一句几天没见咱家相爷如失股肱,相爷因想起国家总以选拔人才为要。况有太后入宫大庆之典礼,宜加一科,为国求贤。叫我打个条陈摺底儿,请开恩科。”展爷道:“这也是一件极好的事。既如此,咱们吃饭罢,不可耽搁了贤弟正事。”公孙策道:“一个摺底也甚容易,何必太忙。”展爷道:“虽则如此,相爷既然吩咐,想来必是等着看呢。你我朝夕聚首,何争此一刻呢?”公孙策听展爷说得有理,只得要饭来。大家用毕,离席,散坐吃茶。公孙先生得便来到自己屋内,略为思索,提笔一挥而就,交包兴请示相爷看过,立刻缮写清楚,预备明日呈递。

至次日五鼓,包公带领展爷到了朝房,伺候谢恩。众人见了展爷,无不悄悄议论夸赞。又见展爷穿着簇新的四品武职服色,越显得气宇昂昂,威风凛凛,真真令人羡慕之中可畏可亲。及至圣上升殿,展爷谢过恩后,包公便将加恩科的本章递上。天子看了甚喜,朱批依议,发到内阁,立刻出抄,颁行各省。所有各处文书一下,人人皆知。

不识后文如何,且听下回分解。

第二十三回

洪义赠金夫妻遭变　白雄打虎甥舅相逢

且说恩科文书行至湖广,便惊动了一个饱学之人。你道此人姓甚名谁?他乃湖广武昌府江夏县南安善村居住,姓范名仲禹,妻子白氏玉莲,孩儿金哥年方七岁,一家三口度日。他虽是饱学名士,却是一个寒儒,家道艰难,止于糊口。一日,会文回来,长吁短叹,闷闷不乐。白氏一见,不知丈夫为着何事,或者与人合了气了,便向前问道:"相公今日会文回来,为何不悦呢?"范生道:"娘子有所不知,今日与同窗会文,却未作课,见他们一个个装束行李,张罗起身。我便问他:'如此的忙迫,要往哪里去?'同窗朋友道:'怎么?范兄你还不知道么?如今圣上额外的旷典,加了恩科,文书早已行到本省。我们尚要前去赴考,何况范兄呢!范兄若到京时,必是鳌头独占了。'是我听了此言,不觉扫兴而归。娘子,你看家中一贫如洗,我学生焉能到得京中赴考呢?"说罢,不觉长叹了一声。白氏道:"相公,原来如此。据妾心想来,此事也是徒愁无益。妾身也久有此意。我自别了母亲,今已数年之久,原打算相公进京赴考时,妾身意欲同相公一同起身,一来相公赴考,二来妾身也可顺便探望母亲。无奈事不遂心,家道艰难,也只好置之度外了。"白氏又劝慰了丈夫许多言语。范生一想,原是徒愁无益之事,也就只好丢开。

至次日清晨,正在梳洗,忽听有人叩门。范生连忙出去,开门一看,却是个知己的老朋友刘洪义,不胜欢喜。二人携手,进了茅屋。因刘洪义是个年老之人，而且为人忠梗，素来白氏娘子俱是不回避的，便上前与伯伯见礼。金哥也来拜揖。刘老者好生欢喜。逊坐烹茶。刘老者道："我今来特为一事，与贤弟商议。当今额外旷典，加了恩科，贤弟可知道么？"范生道："昨日会文去方知。"刘老者道："贤弟既已知道，可有什么打算呢？"范生叹道："别人可瞒，似老兄跟前，小弟焉敢撒谎。兄看室如悬磬①，叫小弟如之奈何？"说罢，不觉凄然。刘老一见，便道："贤弟不要如此。但不知赴京费用可得多少呢？"范生道："此事说来，尤其叫人为难。"便将昨日白氏欲要顺便探母的话，说了一遍。刘老者闻听，连连点头："人生莫大于孝，这也是该当的。如此算来，约用几何呢？"范生答道："昨日小弟细细盘算，若三口人一同赴京，一切用度至少也得需七八十两。一时如何措办得来呢？也只好丢开罢了。"刘老者闻听，沉吟了半晌，道："既如此，待我与你筹划筹划去。倘得事成，岂不是件好事呢？"范生连连称谢。刘老者立起身来要走。范生断不肯放，是必留下吃饭。刘老者道："吃饭是小事，惟恐耽误了正事。容我早早回去，张罗张罗事情要紧。"范生便不肯紧留，送出柴门。分别时，刘老者道："就是明日罢，贤弟务必在家中听我的信息。"说罢，告别而去。

范生送了刘老者回来，心中又是欢喜，又是感叹：欢喜的是，事有凑巧；感叹的是，自己艰难却又赘累朋友。又与白氏娘子望空扑影地盘算了一回。到了次日，范生如坐针毡一般，坐立不安，时刻盼望。好容易天将交午，只听有人叩门，范生忙将门开了。只见刘老者拉进一头黑驴，满面是汗，喘吁吁地进来，说道："好黑驴！许久不骑他，他就闹起手来了。一路上累的老汉通身是汗。"说着话，一同来到屋内坐下，说道："幸喜事已成就，竟是贤弟的机遇。"一壁说着，将驴上的钱靫儿从外面拿下来，放在屋内桌上；掏出两封银子，又放在床上，说道："这是一百两银子。贤弟与弟妇带领侄儿可以进京了。"范生此时真是喜出望外，便道："如何用的了这许多呢？再者不知老兄如何借来，望乞明白指示。"刘老者笑道："贤弟不必多虑。此银也是我相好借来的，并无利息；纵有利息，有我一面承管。再者银子虽多，贤弟只管拿去。俗语说的好：'穷家富路。'我又说句不吉祥的话儿，倘若贤弟落了孙山，就在京中居住，不必往返跋涉。到了明年就是正科，岂不省事？总是宽余些好。"范生听了此言有理，知道刘老为

---

① 悬磬(qìng)——形容空无所有，穷困之极。

人豪爽,也不致谢,惟有铭感而已。刘老又道:“贤弟起身应用何物,也当办理。”范生道:“如今有了银子,便好办了。”刘老者道:“既如此,贤弟便计虑明白。我今日也不回去了,同你上街办理行装。明日极好的黄道日期,就要起身才好。”范生便同刘老者牵了黑驴,出柴门,竟奔街市置办行装。白氏在家中,也收拾起身之物。到了晚间,刘老与范生同来,一同收拾行李,直闹到三鼓方歇。所有粗使的家伙以及房屋,俱托刘老者照管。刘老者上了年纪之人,如何睡得着;范生又惦念着明日行路,也是不能安睡。二人闲谈,刘老者便嘱咐了多少言语,范生一一谨记。

刚到黎明,车子便来,急将行李装好。白氏拜别了刘伯伯,不觉泪下。母子二人上车。刘老者便道:“贤弟,我有一言奉告。”指着黑驴道:“此驴乃我蓄养多年,我今将此驴奉送,贤弟骑上京去便了。”范生道:“既蒙兄赐,不敢推辞。”范生拉了黑驴出柴门。二人把握,难割难舍,不忍分离。范生哭得连话也说不出来。还是刘老者硬着心肠,说:“贤弟请乘骑,恕我不远送了。”说罢,竟自进了柴门。范生只得含悲去了。这里刘老者封锁门户,照看房屋。这且不表。

单言范生一路赴京,无非是晓行夜宿,饥餐渴饮,却是平平安安地到了京都,找了住所,安顿家小。范生就要到万全山寻找岳母去,倒是白氏拦住,道:“相公不必太忙。原为的是科场而来,莫若场后诸事已毕,再去不迟。一来别了数年,到了那里,未免有许多应酬,又要分心。目下且养心神,候场务完了,我母子与你同去。二来相别许久,何争此一时呢?”范生听白氏说的有理,只得且料理科考,投文投卷。

到场期已近,却是奉旨钦派包公首相的主考,真是至正无私,利弊全消。范生三场完竣,甚是得意,因想:“妻子同来,原为探望岳母,场前贤妻体谅于我,恐我分心劳神。迟到如今,我若不体谅贤妻,她母女分别数载之久,今离咫尺①,不能使她母女相逢,岂不显得我过于情薄么?”于是备上黑驴,觅了车辆,言明送至万全山即回。夫妻父子三人,锁了寓所的门,一直竟奔万全山而来。

到了万全山,将车辆打发回去,便同妻子入山寻找白氏娘家,以为来到便可以找着,谁知问了多少行人,俱各不知。范生不由的烦躁起来,后悔不该将车打发回去。原打算既到了万全山,总然再有几里路程,叫妻子

---

① 咫(zhǐ)尺——比喻距离很近。

乘驴抱了孩儿，自己也可以步行，他却如何料得到竟会找不着呢。因此便叫妻子带同孩儿在一块青石上歇息，将黑驴放青①龈草②，自己便放开脚步，一直出了东山口，逢人便问，并无有一个知道白家的。心中好生气闷，又记念着妻子，更搭着两腿酸疼，只得慢慢踱将回来。及至来到青石之处，白氏娘子与金哥俱各不见了。这一惊非同小可，只急得眼似金铃，四下了望，哪里有个人影儿呢。到了此时，不觉高声呼唤，声音响处，山鸣谷应，却有谁来答应？唤够多时，声哑口干，也就没有劲了，他就坐在石上，放声大哭。

正在悲恐之际，只见那边来个年老的樵人，连忙上前问道："老丈，你可曾见有一妇人带领个孩儿么？"樵人道："见可见个妇人，并没有小孩子。"范生即问道："这妇人在哪里？"樵人摇首，道："说起来凶得很呢。足下，你不晓得离此山五里远，有一村名唤独虎庄，庄中有个威烈侯名叫葛登云。此人凶悍③非常，抢掠民间妇女。方才见他射猎回来，马上驮一个啼哭的妇人，竟奔他庄内去了。"范生闻听，忙忙问道："此庄在山下何方？"樵人道："就在东南方。你看那边远远一丛树林，那里就是。"范生听了一看，也不作别，竟飞跑下山，投庄中去了。

你道金哥为何不见？只因葛登云带了一群豪奴，进山搜寻野兽，不想从深草丛中赶起一只猛虎。虎见人多，各执兵刃，不敢扬威，它便跑下山来。恰恰从青石经过，它就一张口把金哥叼去，就将白氏吓得昏晕过去。正遇葛登云赶下虎来，一见这白氏，他便令人驮在马上，回庄去了。那虎往西去了，连越两小峰。不防那边树上有一樵夫正在伐柯，忽见猛虎衔一小孩，也是急中生智，将手中板斧照定虎头抛击下去，正打在虎背之上，那虎猛然被斧击中，将腰一塌，口一张，将小儿便落在尘埃。樵夫见虎受伤，便跳下树来，手疾眼快，拉起扁担照着虎的后胯就是一下，力量不小。只听吼的一声，那虎蹿过岭去。

樵夫忙将小儿扶起，抱在怀中，见他还有气息，看了看虽有伤痕，却不甚重；呼唤多时，渐渐的苏醒过来，不由得满心欢喜。又恐再遇野兽，不是当要的，急急搂定小儿，先寻着板斧，掖在腰间；然后提了扁担步下山来，一

---

① 放青——把畜牲放在青草地上吃草。

② 龈(kěn)草——吃草。"龈"同"啃"。

③ 凶悍(hàn)——凶猛强悍。

直竟奔西南，进了八宝村。走不多会，到了自己门首，便呼道："母亲开门，孩儿回来了。"只见里面走出一个半白头发的婆婆来，将门开放，不觉失声道："嗳哟！你从何处抱了个小儿回来？"樵夫道："母亲，且到里面再为细述。"婆婆接过扁担，关了门户。樵夫进屋，将小儿轻轻放在床上，自己拔去板斧，向婆婆道："母亲，可有热水取些来？"婆婆连忙拿过一盏。樵夫将小儿扶起，叫他喝了点热水，方才转过气来，嗳哟一声，道："吓死我了！"

此时那婆婆也来看视，见他虽有尘垢，却是眉清目秀，心中疼爱得不知要怎么样才好。那樵夫便将从虎口救出之话，说了一回。那婆婆听了，又不胜惊骇，便抚摸着小儿，道："你是虎口余生，将来造化不小，富贵绵长。休要害怕，慢慢的将家乡住处告诉于我。"小儿道："我姓范名叫金哥，年方七岁。"婆婆见他说话明白，又问他："可有父母没有？"金哥道："父母俱在。父名仲禹，母亲白氏。"婆婆听了，不觉诧异，道："你家住哪里？"金哥道："我不是京都人，乃是湖广武昌府江夏县安善村居住。"婆婆听了，连忙问道："你母亲莫非乳名叫玉莲么？"金哥道："正是。"婆婆闻听，将金哥一搂，道："哎哟！我的乖乖呀！你可疼煞我也！"说罢，就哭起来。金哥怔了，不知为何。旁边樵夫道："我告诉你，你不必发怔。我叫白雄。方才提的玉莲，乃是我的同胞姐姐。这婆婆便是我的母亲。"金哥道："如此说来，他是我的母舅，你便是我的外祖母了。"说罢，将小手儿把婆婆一搂，也就痛哭起来。

要知如何，且听下回分解。

第二十四回

受乱棍范状元疯癫　贪多杯屈胡子丧命

且说金哥认了母舅，与外祖母搂着痛哭。白雄含泪劝慰多时，方才住声。白老安人道："既是你父母来京，为何不到我这里来？"金哥道："皆因为寻找外祖母，我才被虎叼去。"便将父母来京赴考，母亲顺便探母的事，说了一遍。"是我父母商议定于场后寻找外祖母，故此今日来至万全山下。谁知问人俱各不知，因此我与母亲在青石之上等候，爹爹出东山口找寻去了。就在此时，猛然出来一只老虎就把我叼着走了，我也不知道了，不想被母舅救到此间。只是我父母不知此时哭到什么地步，岂不伤感坏了呢！"说罢，又哭起来了。白雄道:“此处离万全山有数里之遥,地名八宝村。你等在东山口找寻,如何有人知道呢? 外甥不必啼哭。今日天气已晚,待我明日前往东山口找寻你父母便了。”说罢,忙收拾饭食。又拿出刀伤药来。白老安人与他掸尘梳洗,将药敷了伤痕。又怕他小孩子家想念父母,百般地哄他。

到了次日黎明,白雄掖了板斧,提着扁担,竟奔万全山而来。到了青石之旁,左右顾盼,那里有个人影儿。正在了望,忽见那边来了一人,头发蓬松,血渍满面,左手提着衣襟,右手执定一只朱履,慌慌张张,竟奔前来。白雄一见,才待开言,只见那人举起鞋来,照着白雄就打,说道:“好狗头呀! 你打得老爷好! 你杀得老爷好!”白雄急急闪过,仔细一看,却像姐夫范仲禹模样。及至问时,却是疯癫的,言语并不明白。白雄忽然想起:“我何不回家背了外甥来叫他认认呢?”因说道:“那疯汉,你在此略等一等,我去去便来。”他就直奔八宝村去了。

你道那疯汉是谁? 原来就是范仲禹。只因听了老樵人之言,急急赶到独虎庄,硬向威烈侯门前要他的妻子。可恨葛贼暗用稳军计留下范生,到了夜间,说他无故将他家人杀害,一声喝令,一顿乱棍将范生打得气绝而亡。他却叫人弄个箱子,把范生装在里面,于五鼓时抬至荒郊抛弃。不想路上遇见一群报录的人,将此箱劫去。这些报录的,原是报范生点了头名状元的,因见下处无人,封锁着门,问人时,说范生合家具探亲往万全山去了,因此他等连夜赶来。偶见二人抬定一只箱子,以为必是黉夜窃来的,又在旷野之间,倚仗人多,便将箱子劫下。抬箱子人跑了。众人算发了一注外财,抽出绳杠,连忙开看。不料范生死而复苏,一挺身跳出箱来,拿定朱履就是一顿乱打。众人见他披发带血,情景可怕,也就一哄而散。他便踉踉跄跄①,信步来至万全山,恰与白雄相遇。

再说白雄回到家中,对母亲说知,背了金哥,急往万全山而来。及至来到,疯汉早已不知往哪里去了。白雄无可如何,只得背了金哥回转家中。他却不辞辛苦,问明了金哥在城内何方居住。从八宝山村要到城中,也有四十多里,他哪管远近,一直竟奔城中而来。到了范生下处一看,却是仍然封锁,真是“乘兴而来,败兴而返”。忽听街市之上,人人传说新科状元范仲禹不知去向。他一听见满心欢喜,暗道:“他既已中了状元,自然有在官人役访查找寻,必是要有下落的了。且自回家,报了喜信,我再细细盘问外甥

① 踉(liàng)踉跄(qiàng)跄——走路不稳。

一番便了。"白雄自城内回家,见了母亲,备述一切。金哥闻听父母不知去向,便痛哭起来。白老安人劝慰多时,方才住声。白雄便细细盘问外甥。金哥便将母子如何坐车,父亲骑驴到了山下,如何把驴放青龈草,母子如何在青石之上等候,父亲如何出东山口打听,此时就被虎叼了去的话,说了一遍。白雄都一一记在心间,等次日再去寻找便了。

你说白雄这一天辛苦,来回跑了足有一百四五十里,也真难为他。只顾说他这一边的辛苦,就落了那一边的正文。野史有云"一张口难说两家话",真是果然。就是他辛苦这一天,便有许多事故在内。

你道何事?原来城中鼓楼大街西边有座兴隆木厂,却是山西人开张。弟兄二人,哥哥名叫屈申,兄弟名叫屈良。屈申长的相貌不扬,又搭着一嘴巴扎煞胡子,人人皆称他为"屈胡子"。他最爱杯中之物,每日醺醺,因此又得了个外号儿,叫"酒曲子。"①他虽然好喝,却与正事不误,又加屈良帮助,把个买卖作了个铁桶相似,甚为兴旺。因为万全山南,便是木商的船厂。这一天,屈申与屈良商议,道:"听说新货已到,乐(老)子要到那里看看。如若对劲儿,咱倒批下些,岂不便宜呢?"屈良也甚愿意,便拿褡裢钱褡子装上四百两纹银,备了一头酱色花白的叫驴。此驴最爱赶群:路上不见驴,他不好生走;若见了驴,他就追,也是惯了的毛病儿。屈申接过银子褡裢,搭在驴鞍上面,乘上驴,竟奔万全山南。

到了船厂,木商彼此相熟。看了多少木料,行市全然不对。买卖中的规矩,交易不成仁义在。虽然木料没批,酒肴是要预备的。屈申一见了酒,不觉勾起他的馋虫来了,左一杯,右一杯,说也有,笑也有,竟自乐而忘归。猛然一抬头,看了看日色已然平西了,他便忙了,道:"乐(老)子还(含)要进(净)城(沉)呢!天晚(万)咧(拉),天晚咧。"说着话,便起身作揖拱腰儿,连忙拉了酱色花驴,竟奔万全山而来。

他越着急,驴越不走,左一鞭,右一鞭,骂道:"洼八日的臭屎蛋!'养军千日,用在一朝。'老阳儿(太阳)眼看着没啦,你含合我闹哩哩呢!"话未说完,忽见那驴两耳一支楞,"吗"的一声就叫起来,四个蹄子乱窜飞跑。屈申知道他的毛病,必是听见前面有驴叫唤,他必要追。因此拢住扯手由他跑去,到底比闹哩哩(呆)强。谁知跑来跑去,果见前面有一头驴。他这驴一见,便将前蹄扬起,连蹦带跳。屈申坐不住鞍心,顺着驴屁股掉将下来。连

① 酒曲子——酿酒用的曲。

忙爬起,用鞭子乱打一回,只得揪住嚼子,将驴带转,拴在那边一株小榆树上。过来一看,却是一头黑驴,鞍韂俱全。这便是昨日范生骑来的黑驴,放青龈草,迫促之际,将他撇下。黑驴一夜未吃麸料,信步由缰,出了东山口外,故在此处仍是啃青。屈申看了多时,便嚷道:"这是谁的黑驴?"连嚷几声,并无人应,自己说道:"好一头黑驴!"又瞧了瞧口,才四个牙,膘满肉肥,而且鞍韂鲜明,暗暗想道:"趁着无人,乐子何不换他娘的。"即将钱褡子拿过来,搭在黑驴身上,一扯扯手,翻身上去。只见黑驴迤迤迤迤,却是飞快的好走儿。屈申心中欢喜,以为得了便宜。

忽然见天气改变,狂风骤起,一阵黄沙打的二目难睁。此时已是掌灯的时候,屈申心中踌躇道:"这官(光)景,城是进不去了。我还有四百两营(银)子,这可咱(怎)的好?前面万全山若遇见个打梦(闷)棍的,那才是早(糟)儿糕呢!只好找个仍(人)家借个休(宿)儿。"心里想着,只见前面有个褡裢坡儿,南上坡忽见有灯光。屈申便下了黑驴,拉到上坡,来到门前。

忽听里面有妇人说道:"嫁汉嫁汉,穿衣吃饭。有把老婆饿起来的么?"又听男子说话道:"你饿着,谁又吃什么来呢?"妇人接着说道:"你没吃什么,你倒灌黄汤了。"男子又道:"谁不叫你也喝呢?"妇人道:"我要会喝,我早喝了。既弄了来,不知籴①柴米,你先张罗你的酒!"男子道:"这难说,也是我的口头福儿。"妇人道:"既爱吃现成儿的,索性明儿我挣了你吃爽利,叫你享享福儿。"男子道:"你别胡说。我虽穷,可是好朋友。"妇人道:"街市上哪有你这样的好朋友呢?"屈申听至此,欲待不敲门,看了看四面黑,别处又无灯光,只得用鞭子敲户,道:"借官(光)儿,寻个休儿。"里面却不言语了。

屈申又叫了半天,方听妇人问道:"找谁的?"屈申道:"我是行路的,因天贺(黑)了,借官(光)儿,寻个休儿。明儿重礼相谢。"妇人道:"你等等。"又迟了半天,方见有个男子出来,打着一个灯笼,问道:"作什么的?"屈申作个揖,道:"我是个走路儿的。因天万(晚)咧(啦),难以行走,故此惊动,借个休儿。明儿重礼相谢。"男子道:"原来如此。这有什么呢,请到家里坐。"屈申道:"我还有一头驴。"男子道:"只管拉进来。"将驴拴在东边树上,便持灯引进来,让至屋内。

屈申提了钱褡子,随在后面。进来一看,却是两明一暗,三间草房。屈

---

① 籴(dí)——买进(粮食)。

申将褡子放在炕上,重新与那男子见礼。那男子还礼,道:“茅屋草舍,掌柜的不要见笑。”屈申道:“好说。”男子便问:“尊姓?在哪里发财?”屈申道:“姓屈名叫屈申,在沉(城)里故(鼓)楼大该(街)开着个心(兴)伦(隆)木厂。我含(还)没吝(领)教你老贵信(姓)?”男子道:“我姓李名叫李保。”屈申道:“原来是李大过(哥),失敬,失敬。”李保道:“好说,好说。屈大哥,久仰,久仰。”

你道这李保是谁?他就是李天官派了跟包公上京赴考的李保。后因包公罢职,他以为包公再没有出头之日,因此将行李银两拐去逃走。每日花街柳巷,花了不多的日子,便将行李银两用尽,流落至此,投在李老头店中。李老儿夫妻见他勤谨小心,膝下又无儿子,只有一女,便将他招赘,作了养老的女婿。谁知他旧性不改,仍是嫖赌吃喝,生生把李老儿夫妻气死。他便接过店来,更无忌惮,放荡自由,加着李氏也是个好吃懒做的女人,不上一二年便把店关了。后来闹的实在无法,就将前面家伙等项典卖与人,又将房屋拆毁卖了折货,只剩了三间草房,到今日落得一贫如洗。偏偏遇见倒运的屈申前来投宿。

当日李保与他攀话,见灯内无油,立起身来向东间,掀起破布帘子,进内取油。只见他女人悄悄问道:“方才他往炕上一放,咕咚一声,是什么?”李保道:“是个钱褡子。”妇人欢喜,道:“活该咱家要发财。”李保道:“怎见得?”妇人道:“我把你这傻兔子!他单单一个钱褡子而且沉重,那必是硬头货了。你如今问他,会喝不会喝?他若会喝,此事便有八分了。有的是酒,你尽力的将他灌醉了,自有道理。”

李保会意,连忙将油罐子拿出来,添上灯,拨的亮亮儿的。他便大哥长、大哥短的问话,说到热闹之间,便问:“屈大哥,你老会喝不会?”一句话问的个屈申口角流涎,馋不可解,答道:“这末半夜三更的,哪里讨酒哈(喝)呢?”李保道:“现成有酒。实对大哥说,我是最爱喝的。”屈申道:“对悸(劲)儿!我也是爱喝的。咱两个竟是知己的好盆(朋)友了。”李保说着话,便温起酒来,彼此对坐。一来屈申爱喝,二来李保有意,一让两让连三让,便把个屈申灌的酩酊①大醉,连话也说不出来了,前仰后合。他把钱褡子往里一推,将头刚然上枕,便呼呼酣睡。

此时李氏已然出来。李保悄悄说道:“他醉是醉了,只是有何方法呢?”

---

① 酩酊(míngdǐng)——形容大醉。

妇人道:“你找绳子来。”李保道:“要绳子作什么?”妇人道:“我把你这呆爪日的!将他勒死,就完了事咧。”李保摇头,道:“人命关天,不是玩的。”妇人发怒,道:“既要发财,却又胆小。松王八!难道老娘就跟着你挨饿不成?”李保到了此时,也顾不得国法,便将绳子拿来。妇人已将破炕桌儿挪开,见李保颤颤哆嗦,知道他不能下手。恶妇便将绳子夺过来,连忙上炕,绕到屈申里边,轻轻儿的从他枕的钱褡之下,递过绳头,慢慢拴过来紧了一扣。一招手将李保叫上炕来,将一头递给李保,拢住了绳头,两个人往两下里一勒,妇人又将脚一登。只见屈申手脚扎煞。李保到了此时,虽然害怕,也不能不用力了。不多时,屈申便不动了,李保也就瘫了。这恶妇连忙将钱褡子抽出,伸手掏时,见一封一封的却是八包,满心欢喜。

未知如何,且听下回分解。

第二十五回

白氏还魂阳差阴错　屈申附体醉死梦生

且说李保夫妇将屈申谋害。李氏将钱褡子抽出,伸手一封一封的掏出,携灯进屋,将炕面揭开,藏于里面。二人出来,李保便问:“尸首可怎么样呢?”妇人道:“趁此夜静无人,背至北上坡,抛放庙后,又有谁人知晓?”李保无奈,叫妇人仍然上炕,将尸首扶起,李保背上。才待起身,不想屈申的身体甚重,连李保俱各栽倒。复又站起来,尽力的背。妇人悄悄的开门,左右看了看,说道:“趁此无人,快背着走罢。”李保背定,竟奔北上坡而来。

刚然走了不远,忽见那边有个黑影儿一晃。李保觉得眼前金花乱迸,汗毛皆乍,身体一闪,将死尸掷于地上,他便不顾性命的往南上坡跑来。只听妇人道:“在这里呢!你往哪里跑?”李保喘吁吁地道:“把我吓糊涂了。刚然到北上坡不远,谁知那边有个人,因此将尸首掷于地上,就跑回来了。不想跑过去了。”妇人道:“这是你‘疑心生暗鬼’。你忘了北上坡那棵小柳树儿了,你必是拿他当作人了。”李保方才省悟,连忙道:“快关门罢。”妇人道:“门且别关,还没有完事呢。”李保问道:“还有什么事?”妇人道:“那头驴怎么样?留在家中,岂不是个祸胎么?”李保道:“是呀!依你怎么样?”妇人道:“你连这么个主意也没有,把它轰出去就完了。”李保道:“岂不可惜了的?”妇人道:“你发了这么些财,还稀罕这个驴?”李保闻听,连忙到了院里,将偏缰解开,拉着往外就走。驴子到了门前,再不肯走。好狠妇人!提起门闩,照着驴子的后胯就是一下。驴子负痛,往外一窜。李保顺手一撒,妇人又将门闩从后面一戳,那驴子便跑下坡去了。

恶夫妇进门,这才将门关好。李保总是心跳不止,倒是妇人坦然自得,并教给李保:“明日依然照旧,只管井边汲水。倘若北上坡有人看见死尸,你只管前去看看,省得叫别人生疑心。候事情安静之后,咱们再慢慢受用。你说这件事情,作的干净不干净,严密不严密?”妇人一片话说的李保也壮起胆来。说着话,不觉的鸡已三唱,天光发晓,路上已有行人。

有一人看见北上坡有一死尸,便慢慢的积聚多人。就有好事的给地方送信,地方听见本段有了死尸,连忙跑来,见脖项有绳子一条,却是极松的,并未环扣。地方看了,道:“原来是被勒死的。众位乡亲,大家照看些,好歹别叫野牲口嚼了。我找我们伙计去,叫他看着,我好报县。”地方嘱托了众人,他就往西去了。

刚然走了数步,只听众人叫道:“苦头儿,苦头儿,回来,回来。活咧!活咧!”苦头儿回头道:“别玩笑呀!我是烧心的事,我们这是什么劲儿呢?”众人道:“真的活咧!谁和你玩笑呢?”苦头听了,只得回来,果见尸首拳手拳脚动弹,真是苏醒了。连忙将他扶起,盘上双腿。迟了半晌,只听得嗳哟一声,气息甚是微弱。苦头儿在对面蹲下,便问道:“朋友,你苏醒苏醒,有什么话,只管对我说。”只见屈申微睁二目,看了看苦头儿,又瞧了瞧众人,便道:“呀!你等是什么人?为何与奴家对面交谈?是何道理?还不与我退后些!”说罢,将袖子把面一遮,声音极其娇呖。众人看了,不觉笑将起来,说道:“好个奴家!好个奴家!”苦头儿忙拦道:“众位乡亲别笑,这是他刚然苏醒,神不守舍之故。众位压静,待我细细地问他。”众人方把笑声止住。苦头儿道:“朋友,你被何人谋害?是谁将你勒死的?只管对我说。”只见屈申羞羞惭惭地道:“奴家是自己悬梁自尽的,并不是被人勒死的。”众人听了,乱说道:“这明是被人勒死的,如何说是吊死的?既是吊死,怎么能够项带绳子,躺在这里呢?”苦头儿道:“众位不要多言,待我问他。”便道:“朋友,你为什么事上吊呢?”只听屈申道:“奴家与丈夫儿子探望母亲,不想遇见什么威烈侯将奴家抢去,藏闭在后楼之上,欲行苟且。奴假意应允,支开了丫鬟,自尽而死。”苦头儿听了,向众人道:“众位听见了?”便伸出个大拇指头来。“其中又有这个主儿,这个事情怪呀!看他的外面,与他所说的话,有点底脸儿不对呀。”

正在诧异,忽听脑后有人打了一下子。苦头儿将手一摸,哎哟道:“这是谁呀?”回头一看,见是个疯汉,拿着一只鞋在那里赶打众人。苦头儿埋怨,道:“大清早起,一个倒卧闹不清,又挨了一个鞋底子,好生的晦气!”忽见屈申说道:“那拿鞋打人的,便是我的丈夫,求众位爷们将他拢住。”众人道:“好朋友!这个脑袋样儿,你还有丈夫呢?”

正在说笑,忽见有两个人扭结在一处,一同拉着花驴,高声乱喊:“地方!地方!我们是要打定官司了。”苦头儿发恨,道:“真他妈的!我是什么时气儿,一宗不了又一宗。”只得上前说道:“二位松手,有话慢慢地说。”

你道这二人是谁?一个是屈良,一个是白雄。只因白雄昨日回家一日,黎明又到万全山,出东山口各处找寻范爷。忽见小榆树上拴着一头酱色花驴,白雄以为是他姐夫的驴子。(只因金哥没说是黑驴,他也没问是什么毛片。)有了驴子,便可找人,因此解了驴子牵着正走,恰恰地遇见屈良。屈良因哥哥一夜未回,又有四百两银子,甚不放心,因此等城门一开,急急地赶来,要到船厂询问。不想遇见白雄拉着花驴,正是他哥哥屈申骑坐的,他便上前一把揪住,道:“你把我们的驴拉着到哪里去?我哥哥呢?我们的银子呢?”白雄闻听,将眼一瞪,道:“这是我亲戚的驴子。我还问你要我的姐夫姐姐呢!”彼此扭结不放,是要找地方打官司呢。

恰好巧遇地方。他只得上前说道:“二位松手,有话慢慢地说。”不料屈良他一眼瞧见他哥哥席地而坐,便嚷道:“好了!好了!这不是我哥哥么?”将手一松,连忙过来,说道:“哥哥,你怎的在此呢?脖子上怎的又拴着绳子呢?”忽听屈申道:“哇!你是甚等样人,竟敢如此无礼,还不与我退后!”屈良听他哥竟是妇人声音,也不是山西口气,不觉纳闷道:“你这是怎的了呢?咱们山西人是好朋友。你这个光景,以后怎的见人呢?”忽见屈申向着白雄道:“你不是我兄弟白雄么?嗳哟!兄弟呀!你看姐姐好不苦也!”倒把个白雄听了一怔。

忽然又听众人说道:“快闪开,快闪开,那疯汉又回来了。”白雄一看,正是前日山内遇见之人。又听见屈申高声说道:“兄弟,那边是你姐夫范仲禹,快些将他拢住。”白雄到了此时,也就顾不得了,将花驴偏缰递给地方,他便上前将疯汉揪了个结实,大家也就相帮,才拢住。苦头儿便道:“这个事情我可闹不清。你们二位也不必分争,只好将你们一齐送到县里,你们那里说去罢。”

刚说至此，只见那边来人。苦头儿便道："快来罢！我的大爷，你还慢慢地蹭呢。"只听那人道："我才听见说，赶着就跑了来咧。"苦头儿道："牌头，你快快地找两辆车来。那个是被人谋害的不能走，这个是个疯子，还有他们两个俱是事中人。快快去罢。"老牌头听了，连忙转去。不多时，果然找了两辆车来，便叫屈申上车。屈申偏叫白雄搀扶，白雄却又不肯。还是大家说着，白雄无奈，只得将屈申搀起。见他两只大脚儿，仿佛是小小金莲一般，扭扭捏捏，一步挪不了四指儿的行走，招的众人大笑。屈良在旁看着，实在脸上磨不开，惟有嗐声叹气而已。屈申上了车，屈良要与哥哥同车，反被屈申叱下车来，却叫白雄坐上。屈良只得与疯汉同车，又被疯汉脑后打了一鞋底子，打下车来。及至要骑花驴，地方又不让，说："此驴不定是你的，不是你的，还是我骑着为是。"屈良无可奈何，只得跟着车在地下跑，竟奔祥符县而来。

正走中间，忽见来了个黑驴，花驴一见就追。地方在驴上紧勒扯手，哪里勒得住。幸亏屈良步行，连忙上前将嚼子揪住，道："你不知道这个驴子的毛病儿，他见驴就追。"说着话，见后面有一黑矮之人，敞着衣襟，跟着一个伴当，紧跟那驴往前去了。

你道此人是谁？原来是四爷赵虎。只因包公为新科状元遗失，入朝奏明天子，即着开封府访查。刚才下朝，只听前面人声聒耳①，包公便脚跺轿底，立刻打杵，问："前面为何喧嚷？"包兴等俱各下马，连忙跑去问明，原来有个黑驴鞍辔俱全，并无人骑着，竟奔大轿而来，板棍击打不开。包公听罢，暗暗道："莫非此驴有些冤枉么？"吩咐："不必拦阻，看他如何。"两旁执事左右一分。只见黑驴奔至轿前，可煞作怪，他将两只前蹄一屈，望着轿将头点了三点。众人道"怪"。包公看的明白，便道："那黑驴你果有冤枉，你可头南尾北，本阁便派人跟你前去。"包公刚才说完，那驴便站起转过身来，果然头南尾北。包公心下明白，即唤了声"来"。谁知道赵虎早已欠着脚儿静听，估量着相爷必要叫人，刚听个"来"字，他便赶至轿前。包公即吩咐："跟随此驴前去，查看有何情形异处，禀我知道。"

赵爷奉命下来，那驴便在前引路，愣爷紧紧跟随。刚才出了城，赵爷已跑得吁吁带喘，只得找块石头，坐在上面歇息。只见自己的伴当从后面

---

① 聒（guō）耳——形容声音杂乱刺耳。

追来，满头是汗，喘着说道："四爷要巴结差使，也打算打算。两条腿跟着四条腿跑，如何赶得上呢？黑驴呢？"赵爷说："它在前面跑，我在后面追。不知它往哪里去了？"伴当道："这是什么差使呢？没有驴子，如何交差呢？"正说着，只见那黑驴又跑回来了。四爷便向黑驴道："呀，呀，呀！你果有冤枉，你须慢着些儿走，我老赵方能赶得上。不然，我骑你几步，再走几步如何？"那黑驴果然抿耳攒蹄①的不动。四爷便将它骑上，走了几里，不知不觉，就到万全山的褡连坡，那驴一直奔了北上坡去了。四爷走热了，敞开衣襟，跟定黑驴，也到万全山，见是庙的后墙，黑驴站着不动。此时伴当已经来到了。四面观望，并无形迹可疑之处，主仆二人心中纳闷。

忽听见庙墙之内，喊叫"救人"。四爷听见，便叫伴当蹲伏着身子，四爷登定肩头。伴当将身往上长，四爷把住墙头将身一纵，上了墙头，往里一看，只见有一口薄木棺材，棺盖倒在一旁；那边有一个美貌妇人，按着老道厮打。四爷不管高低，便跳下去，赶至跟前，问道："你等'男女授受不亲'，如何混缠厮打？"只听妇人说道："乐子被人谋害，图了我的四百两银子。不知怎的，乐子就跑到这棺材里头来了。谁知老道他来打开棺材盖，不知他安着什么心，我不打他怎的呢？"赵虎道："既如此，你且放他起来，待我问他。"那妇人一松手，站在一旁。老道爬起，向赵爷道："此庙乃是威烈侯的家庙。昨日抬了一口棺材来，说是主管葛寿之母病故，叫我即刻埋葬。只因目下禁土，暂且停于后院。今日早起忽听棺内乱响，是小道连忙将棺盖撬开。谁知这妇人出来，就将我一顿好打，不知是何缘故？"赵爷听老道之言，又见那妇人虽是女形，却是像男子的口气，而且又是山西的口音，说的都是图财害命之言。四爷听了，不甚明白，心中有些不耐烦，便道："俺老赵不管你们这些闲事。我是奉包老爷差遣前来，寻踪觅迹，你们只好随我到开封府说去。"说罢，便将老道束腰丝绦解下，就将老道拴上，拉着就走。叫那妇人后面跟随。绕到庙的前门，拔去插闩，开了山门。此时伴当已然牵驴来到。

不知出得庙门有何事体，且听下回分解。

---

① 抿耳攒（cuán）蹄——把耳朵稍稍合拢，把蹄子聚在一起。

第二十六回

聆音察理贤愚立判　鉴貌辨色男女不分

且说四爷赵虎出了庙门,便将老道交与伴当,自己接过驴来。忽听后面妇人说道:“那南上坡站立那人,仿佛是害我之人。”紧行数步,口中说道:“何尝不是他!”一直跑至南上坡,在井边揪住那人,嚷道:“好李保呀!你将乐子勒死,你把我的四百两银子藏在哪里?乐子是贪财不要命的,你趁早儿还我就完了。”只听那人说道:“你这妇人好生无理!我与你素不相识,谁又拿了你的银子咧?”妇人更发急,道:“你这个忘八日的!图财害命,你还给乐子闹这个腔儿呢!”赵爷听了,不容分说,便叫从人将拴老道的丝绦那一头儿,也把李保儿拴上,带着就走,竟奔开封府而来。

此时祥符县因有状元范仲禹,他不敢质讯,亲将此案的人证解到开封府,略将大概情形回禀了包公。包公立刻升堂,先叫将范仲禹带上堂来,差役左右护持。只见范生到了公堂,嚷道:“好狗头们呀!你们打得老爷好!你们杀得老爷好!”说罢,拿着鞋就要打人。却是作公人手快,冷不防将他的朱履夺了过来。范仲禹便胡言乱语说将起来。公孙主簿在旁,看出他是气迷疯痰之症,便回了包公,必须用药调理于他。包公点头应允,叫差役押送至公孙先生那里去了。

包公又叫带上白雄来。白雄朝上跪倒。包公问道:“你是什么人?作何生理?”白雄禀道:“小人白雄,在万全山西南八宝村居住,打猎为生。那日从虎口内救下小儿,细问姓名家乡住处,才知是自己的外甥。因此细细盘问,说我姐夫乘驴而来,故此寻至东山口外,见小榆树上拴着一花驴,小人以为是我姐夫骑来的。不料路上遇见个山西人,说此驴是他的,还合小人要他哥哥并银子,因此我二人去找地方。却见众人围着一人,这山西人一见说是他哥哥,向前相认。谁知他哥哥却是妇人的声音,不认他为兄弟,反将小人说是他的兄弟。求老爷与小人作主。”包公问道:“你姐夫叫什么名字?”白雄道:“小人姐夫叫范仲禹,乃湖广武昌府江夏县人氏。”包公听了,正与新科状元籍贯相同,点了点头,叫他且自下去。

带屈良上来。屈良跪下,禀道:“小人叫作屈良,哥哥叫屈申,在鼓楼大街开一座兴隆木厂。只因我哥哥带了四百两银子上万全山南批木料，去了一夜没有回来。是小人不放心，等城门开了，赶到东山口外，只见有个人拉着我哥哥的花驴。小人问他要驴，他不但不给驴，还合小人要他的什么姐夫，因此我二人去找地方，却见我哥哥坐在地下。不知他怎的改了形景，不认小人是他兄弟，反叫姓白的为兄弟。求老爷与我们明断明断。”包公问道：“你认明花驴是你的么？”屈良道：“怎的不认得呢！这个驴子有毛病儿，他见驴就追。”

包公叫他也暂且下去，叫把屈申带上来。左右便道：“带屈申！带屈申！”只见屈胡子他却不动。差役只得近前说道：“大人叫你上堂呢！”只见他羞羞惭惭，扭扭捏捏，走上堂来，临跪时先用手扶地，仿佛袅娜的了不得。两边衙役看此光景，由不得要笑，又不敢笑。只听包公问道：“你被何人谋害？诉上来。”只见屈申禀道：“小妇人白玉莲。丈夫范仲禹，上京科考。小妇人同定丈夫来京，顺便探亲。就于场后带领孩儿金哥，前往万全山寻问我母亲住处。我丈夫便进山访问去了，我母子在青石之上等候。忽然来了一只猛虎，将孩儿叼去。小妇人正在昏迷之际，只见一群人内有一官长，连忙说‘抢’，便将小妇人拉拽上马，到他家内，闭于楼中。是小妇人投缳自尽①。恍惚②之间，觉得凉风透体。睁眼看时，见围绕多人，小妇人改变了这般模样。”

包公看他形景，听他言语，心中纳闷，便将屈良叫上堂来，问道：“你可认得他么？”屈良道：“是小人的哥哥。”又问屈申道：“你可认得他么？”屈申道：“小妇人并不认得他是什么人。”包公叫屈良下去，又将白雄叫上堂来，问道：“你可认得此人么？”白雄回道：“小人并不认得。”忽听屈申道：“我是你嫡亲③姐姐，你如何不认得？岂有此理？”白雄惟有发怔而已。包公便知是魂错附了体了。只是如何办理呢？只得将他们俱各带下去。

只见愣爷赵虎上堂，便将跟了黑驴查看情形，述说了一遍。“所有一干人犯，俱各带到。”包公便叫将道士带上来。道士上堂跪下，禀道：“小道乃是给威烈侯看家庙的，姓叶名苦修。只因昨日侯爷府中抬了口薄皮材来，说是主管葛寿的母亲病故，叫小道即刻埋葬。小道因目下禁土，故

① 投缳(huán)自尽——上吊自杀。缳，绳索的套子。

② 恍惚(huǎnghū)——神志不清；精神不集中。

③ 嫡(dí)亲——血统最接近的亲属。

叫他们将此棺放在后院里。”包公听了，道：“你这狗头满口胡说！此时是什么节气，竟敢妄言禁土！左右，掌嘴！”那道士忙了，道：“老爷不必动怒，小道实说，实说。因听见是主管的母亲，料他棺内必有首饰衣服。小道一时贪财心胜，故谎言禁土，以便撬开棺盖，得些东西。不料刚将棺盖开起，那妇人他就活了，把小道按住一顿好打。他却是一口的山西话，并且力量很大。小道又是怕又是急，无奈喊叫‘救人’，便见有人从墙外跳进来，就把小道拴了来了。”包公便叫他画了招，立刻出签，拿葛寿到案。道士带下去。

叫带妇人。左右一叠连声道：“带妇人！带妇人！”那妇人却动也不动。还是差役上前，说道：“那妇人，老爷叫你上堂呢！”只听妇人道：“乐子是好朋友，谁是妇人？你不要玩笑呀！”差役道：“你如今是个妇人，谁和你玩笑呢！你且上堂说去。”妇人听了，便大叉步儿走上堂来，咕咚一声跪倒。包公道：“那妇人，你有何冤枉？诉上来。”妇人道：“我不是妇人，我名叫屈申。只因带着四百两银子到万全山批木头去，不想买卖不成。因回来晚咧，在道儿上见个没主儿的黑驴，又是四个牙儿，因此我就把我的花驴拴在小榆树儿上，我就骑了黑驴，以为是个便宜。谁知刮起大风来了，天又晚了，就在南坡上一个人家寻休儿。这个人名叫李保儿，他将我灌醉了，就把我勒死了。正在缓不过气儿来之时，忽见天光一亮，却是一个道士撬开棺盖。我也不知怎么跑到棺材里面去了。我又不见了四百两银子，因此我才把老道打了。不想刚出庙门，却见南坡上有个汲水①的，就是害我的李保儿。我便将他揪住，一同拴了来了。我们山西人千乡百里，也非容易。乐子是要定了四百两银子咧！弄的我这个样儿，这是怎么说呢？”

包公听了，叫把白雄带上来，道：“你可认的这个妇人么？”白雄一见，不觉失声道：“你不是我姐姐玉莲么？”刚要向前厮认，只听妇人道：“谁是你姐姐？乐子是好朋友哇！”白雄听了，反倒吓了一跳。包公叫他下去。把屈良叫上来，问妇人道：“你可认得他么？”此话尚未说完，只听妇人说道：“嗳哟！我的兄弟呀！你哥哥被人害了，千万想着咱们的银子要紧。”屈良道：“这是怎的了？我多久有这样儿的哥哥呢？”包公吩咐一齐带下去，心中早已明白是男女二魂错附了体了。

又叫带李保上堂来。包公一见正是逃走的恶奴，已往不究，单问他为

---

①　汲(jí)水——从下往上打水。

何图财害命。李保到了此时,看见相爷的威严,又见身后包兴、李才俱是七品郎官的服色,自己悔恨无地,惟求速死,也不推辞,他便从实招认。包公叫他画了招,即差人前去起赃,并带李氏前来。

刚然去后,差人禀道:"葛寿拿到。"包公立刻吩咐带上堂来,问道:"昨日抬到你家主的家庙内那一口棺材,死的是什么人?"葛寿一闻此言,登时惊慌失色,道:"是小人的母亲。"包公道:"你在侯爷府中当主管,自然是多年可靠之人。既是你母亲,为何用薄皮材盛殓?你即或不能,也当求求家主赏赐,竟是忍心,如此潦草完事。你也太不孝了!来!""有!""拉下去,先打四十大板。"两旁一声答应,将葛寿重责四十,打的满地乱滚。包公又问道:"你今年多大岁数了?"葛寿道:"今年三十六岁。"包公又问道:"你母亲多大年纪了?"一句话问的他张口结舌,半天说道:"小人不……不记得了。"包公怒道:"满口胡说!天下哪有人子不记得母亲岁数的道理!可见你心中无母,是个忤逆之子①。来!""有!""拉下去,再打四十大板。"葛寿听了,忙道:"相爷不必动怒,小人实说,实说。"包公道:"讲!"左右公人催促:"快讲!快讲!"恶奴到了此时,无可如何,只得说道:"回老爷,棺材里那个死人,小人却不认得。只因前日我们侯爷打围回来,在万全山看见一个妇人在那里啼哭,颇有姿色。旁边有个亲信之人,他叫刁三,就在侯爷跟前献勤,说了几句言语,便将那妇人抢到家中,闭于楼上,派了两仆妇劝慰于她。不想后来有个姓范的找他的妻子。也是刁三与侯爷定计,将姓范的请到书房好好看待,又应许给他找寻妻子。"包公便问道:"这刁三现在何处?"葛寿道:"就是那天夜里死的。"包公道:"想是你与他有仇,将他谋害了。来!""有!""拉下去打。"葛寿着忙道:"小人不曾害他,是他自己死的。"包公道:"他如何自己死的呢?"葛寿道:"小人索性说了罢。因刁三与我们侯爷定计,将姓范的留在书房。到三更时分,刁三手持利刃,前往书房,杀姓范的去。等到五更未回。我们侯爷又派人去查看,不料刁三自不小心,被门槛子绊了一跤,手中刀正在咽喉穿透而死。我们侯爷便另差家丁一同来到书房,说姓范的无故谋杀家人,一顿乱棍就把他打死了。又用一个旧箱子将尸首装好,趁着天未亮,就抬出去抛于山中了。"包公道:"这妇人如何又死了呢?"葛寿道:"这妇人被仆妇丫鬟劝慰的,却应了。谁知她是假的,眼瞅不见,她就上了吊

---

① 忤(wǔ)逆之子——不孝顺父母的人。

咧。我们侯爷一想,未能如意,枉自害了三条性命,因用棺木盛好女尸,假说是小人之母,抬往家庙埋葬。这是已往从前之事,小人不敢撒谎。”包公便叫他画了招,所有人犯俱各寄监。惟白氏女身男魂,屈申男身女魂,只得在女牢分监,不准亵渎①相戏。又派王朝、马汉前去,带领差役捉拿葛登云,务于明日当堂听审。分派已毕,退了堂,大家也就陆续散去。

此时惟有地方苦头儿最苦。自天亮时整整儿闹了一天,不但挨饿,他又看着两头驴,谁也不理他。此时有人来,他便搭讪着给人道辛苦,问:“相爷退了堂了没有?”那人应道:“退了堂了。”他刚要提那驴子,那人便走了。一连问了多少人,谁也不理他,只急得抓耳挠腮,嗐声叹气。好容易等着跟四爷的人出来,他便上前央求。跟四爷的人见他可怜,才叫他拉了驴到马号里去,偏偏的花驴又有毛病儿不走。还是跟四爷的人帮着他拉到号中,见了管号的交代明白,就在号里喂养,方叫地方回去,叫他明儿早早来听着。地方千恩万谢而去。

且说包公退堂用了饭,便在书房思索此案,明知是阴错阳差,却想不出如何办理的法子来。包兴见相爷双眉紧蹙,二目频翻,竟自出神,口中嘟哝嘟哝,说道:“阴错阳差,阴错阳差,这怎么办呢?”包兴不由得跪下,道:“此事据小人想来,非到阴阳宝殿查去不可。”包公问道:“这阴阳宝殿在于何处?”包兴道:“在阴司地府。”包公闻听,不由大怒,断喝一声:“哇!好狗才!为何满口胡说?”

未知如何,且听下回分解。

第二十七回

仙枕示梦古镜还魂　仲禹抡元熊飞祭祖

且说包公听见包兴说在阴司地府,便厉声道:“你这狗才,竟敢胡说!”包兴道:“小人如何敢胡说。只因小人去过,才知道的。”包公问道:“你几时去过?”包兴便将白家堡为游仙枕害了他表弟李克明,后来将此

① 亵渎(xièdú)——轻慢;不尊敬。

枕当堂呈缴,因相爷在三星镇歇马,小人就偷试此枕,到了阴阳宝殿,说小人冒充星主之名,被神赶了回来的话,说了一遍。包公听了“星主”二字,便想起:“当初审乌盆,后来又在玉宸宫审鬼冤魂,皆称我为星主。如此看来,竟有些意思。”便问:“此枕现在何处?”包兴道:“小人收藏。”连忙退出。不多时,将此枕捧来。包公见封固甚严,便叫:“打开我看。”包兴打开,双手捧至面前。包公细看了一回,仿佛一块朽木,上面有蝌蚪文字,却也不甚分明。包公看了,也不说用,也不说不用,只是点了点头。包兴早已心领神会,捧了仙枕,来到里面屋内,将帐钩挂起,把仙枕安放周正,回身出来,又递了一杯茶。包公坐了多时,便立起身来。包兴连忙执灯,引至屋内。包公见帐钩挂起,游仙枕已安放周正,暗暗合了心意,便上床和衣而卧。包兴放下帐子,将灯移出,寂寂无声,在外伺候。

包公虽然安歇,无奈心中有事,再也睡不着,不由翻身向里。头刚着枕,只觉自己在丹墀之上,见下面有二青衣牵着一匹黑马,鞍辔俱是黑的。忽听青衣说道:“请星主上马。”包公便上了马,一抖丝缰。谁知此马迅速如飞,耳内只听风响。又见所过之地,俱是昏昏惨惨,虽然黑暗,瞧的却又真切。只见前面有座城池,双门紧闭,那马竟奔城门而来。包公心内着急,说是不好,必要碰上。一转瞬间,城门已过,进了个极大的衙门。到了丹墀,那马便不动了。只见有二个红、黑判官迎出来,说道:“星主升堂。”包公便下了马,步上丹墀,见大堂之上有匾,大书“阴阳宝殿”四字,又见公位桌椅等项俱是黑的。包公不暇细看,便入公座。只听红判官道:“星主必是为阴错阳差之事而来。”便递过一本册子。包公打开看时,上面却无一字。才待要问,只见黑判官将册子拿起,翻上数篇,便放在公案之上。包公仔细看时,只见上面写着恭恭正正八句粗话,起首云:“原是丑与寅,用了卯与辰。上司多误事,因此错还魂。若要明此事,井中古镜存。临时滴血照,磕破中指痕。”当下包公看了,并无别的字迹。刚然要问,两判官拿了册子而去,那黑马也没有了。

包公一急,忽然惊醒,叫人。包兴连忙移灯近前。包公问道:“什么时候了?”包兴回道:“方交三鼓。”包公道:“取杯茶来。”忽见李才进来,禀道:“公孙主簿求见。”包公便下了床,包兴打帘,来至外面。只见公孙策参见,道:“范生之病,晚生已将他医好。”包公听了大悦,道:“先生用何方医治好的?”公孙回道:“用五木汤。”包公道:“何为五木汤?”公孙道:“用桑、榆、桃、槐、柳五木熬汤,放在浴盆之内,将他搭在盆上趁热烫洗;然后用被盖严,上露着面目,通身见汗为度。他的积痰瘀血化开,心内便觉明白,现在惟有软弱而已。"包公听了,赞道:"先生真妙手奇方也!即烦先生,好好将他调理便了。"公孙领命,退出。

包兴递上茶来。包公便叫他进内取那面古镜,又叫李才传外班在二堂伺候。包兴将镜取来。包公升了二堂,立刻将屈申并白氏带至二堂。此时包兴已将照胆镜悬挂起来,包公叫他二人分男左女右,将中指磕破,把血滴在镜上,叫他们自己来照。屈申听了,咬破右手中指,以为不是自己指头,也不心疼,将血滴在镜上。白氏到了此时,也无可如何,只得将左手中指咬破些须,把血也滴在镜上。只见血到镜面,滴溜溜乱转,将云翳俱各赶开,霎时光芒四射,照的二堂之上,人人二目难睁,各各心胆俱冷。包公吩咐男女二人,对镜细看。二人及至看时,一个是上吊,一个是被勒,正是那气堵咽喉、万箭攒心之时,那一番的难受,不觉气闷神昏,登时一齐跌倒。但见宝镜光芒渐收,众人打了个冷战,却仍是古镜一面。

包公吩咐将古镜、游仙枕并古今盆,俱各交包兴好好收藏。再看他二人时,屈申动手动脚的,猛然把眼一睁,说道:"好李保呀!你偷我四百两银子,我合你要定咧!"说着话,他便自己上下瞧了瞧。想了多时,忽把自己下巴一摸,欢喜道:"唔!是咧,是咧,这可是我咧!"便向上叩头:"求大人与我判判。银子是四百两呢,不是玩的咧!"此时白氏已然苏醒过来,便觉羞容凄惨。包公吩咐将屈申交与外班房,将白氏交内茶房婆子好生看待。包公退堂,歇息。

至次日清早起来,先叫包兴:"问问公孙先生,范生可以行动么?"去不多时,公孙便带领范生慢慢而来。到了书房,向前参见,叩谢大人再造之恩。包公连忙拦阻,道:"不可,不可。"看他形容虽然憔悴①,却不是先前疯癫之状。包公大喜,吩咐看座。公孙策与范生俱告了坐,略述梗概。又告诉他妻子无恙,只管放心调养,叫他无事时将场内文字抄录出来,"待本阁具本题奏,保你不失状元就是了。"范生听了,更加欢喜,深深地谢了。包公又嘱咐公孙,好好将他调理。二人辞了包公,出外面去了。

只见王朝、马汉进来,禀道:"葛登云今已拿到。"包公立刻升堂讯问。葛登云仗着势力人情,自己又是侯爷,就是满招了,谅包公也无可如何。他便气昂昂的一一招认,毫无推辞。包公叫他画了招。相爷登时把黑脸

---

① 憔悴(qiáocuì)——形容人瘦弱,面色不好看。

沉下来，好不怕人，说一声："请御刑！"王、马、张、赵早已请示明白了，请到御刑，抖去龙袱，却是虎头铡。此铡乃初次用，想不到拿葛登云开了张了。此时葛贼已经面如土色，后悔不来，竟死于铡下。又换狗头铡，将李保铡了。葛寿定了斩监侯；李保之妻李氏定了绞监侯；叶道士盗尸，发往陕西延安府充军；屈申、屈良当堂将银领去，因屈申贪便宜换驴，即将他的花驴入官；黑驴申冤有功，奉官喂养。范生同定白氏玉莲当堂叩谢了包公，同白雄一齐到八宝村居住，养息身体，再行听旨。至于范生与儿子相会，白氏与母亲见面，自有一番悲痛欢喜。不必细表。

且说包公完结此案，次日即具摺奏明：威烈侯葛登云作恶多端，已请御刑处死；并声明新科状元范仲禹因场后探亲，遭此冤枉，现今病未痊愈，恳恩展限十日，着一体金殿传胪①，恩赐琼林筵宴。仁宗天子看了摺子，甚是欢喜，深嘉包公秉正除奸，俱各批了依议。又有个夹片，乃是御前四品带刀护卫展昭因回籍祭祖，告假两个月。圣上也准了他的假。凡是包公所奏的，圣上无有不依从，真是君正臣良，太平景象。

且说南侠展爷既已告下假来，他便要起身。公孙策等给他饯行，又留住几日，才束装出了城门，到了幽僻之处，依然改作武生打扮，直奔常州府武进县遇杰村而来。到了门前，刚然击户，听得老仆在内说道："我这门从无人敲打的。我不欠人家账目，又不与人通来往，是谁这等敲门呢？"及至将门开放，见了展爷，他又道："原来大官人回来了。一去就不想回来，也不管家中事体如何，只管叫老奴经理。将来老奴要来不及了，那可怎么样呢？哎哟！又添了浇裹②了。又是跟人，又是两匹马，要买去也得一百五六十两银子。连人带牲口，这一天也耗费好些呢。"唠唠叨叨，聒絮不休。南侠也不理他，一来念他年老；二来爱他忠义持家；三来他说的句句皆是好话，又难以驳他。只得拿话岔他，说道："房门可曾开着么？"老仆道："自官人去后，又无人来，开着门预备谁住呢？老奴怕的丢了东西，莫若把它锁上，老奴也好放心。如今官人回来了，说不得书房又要开了。"又向伴当道："你年轻，腿脚灵便，随我进去取出钥匙，省得我奔波。"说着话，往里面去了。伴当随进，取出钥匙，开了书房，只见灰尘满案，积土多厚。伴当连忙打扫，安放行囊。

① 胪(lú)——陈列。

② 浇裹——浇，指饮食；裹，指衣服。泛指日常开销。

展爷刚然坐下，又见展忠端了一碗热茶来。展爷吩咐伴当接过来，口内说道："你也歇歇去罢。"原是怕他说话的意思。谁知展忠说道："老奴不乏。"又说道："官人也该务些正事了。每日在外闲游，又无日期归来，耽误了多少事体。前月开封府包大人那里打发人来请官人，又是礼物，又是聘金。老奴答言官人不在家，不肯收礼。那人哪里肯依，他将礼物放下，他就走了。还有书子一封。"说罢，从怀中掏出，递过去道："官人看看，作何主意？俗语说的好：'无功受禄，寝食不安。'也该奋志才是。"南侠也不答言，接过书来拆开，看了一遍，道："你如今放心罢，我已然在开封府作了四品的武职官了。"展忠道："官人又来说谎了，做官如何还是这等服色呢？"展爷闻听，道："你不信，看我包袱内的衣服就知道了。我告诉你说，只因我得了官，如今特地告假回家祭祖。明日预备祭礼，到坟前一拜。"此时伴当已将包袱打开。展忠看了，果有四品武职服色，不觉欢喜非常，笑嘻嘻道："大官人真个作了官了，待老奴与官人叩喜头。"展爷连忙搀住，道："你乃是有年纪之人，不要多礼。"展忠道："官人既然作了官，从此要早毕婚姻，成立家业要紧。"南侠趁机道："我也是如此想。前在杭州有个朋友，曾提过门亲事，过了明日，后日我还要往杭州前去联姻呢。"展忠听了，道："如此甚好，老奴且备办祭礼去。"他就欢天喜地去了。

到了次日，便有多少乡亲邻里前来贺喜帮忙，往坟上搬运祭礼。及至展爷换了四品服色，骑了高头大马到坟前，便见男女老少俱是看热闹的乡党。展爷连忙下马步行，伴当接鞭，牵马在后随行。这些人看见展爷衣冠鲜明，像貌雄壮，而且知礼，谁不羡慕，谁不欢喜。

你道如何有许多人呢？只因昨日展忠办祭礼去，乐的他在路途上逢人便说，遇人便讲，说："我们官人作了皇家四品带刀的御前侍卫了，如今告假回家祭祖。"因此一传十，十传百，所以聚集多人。

且说展爷到了坟上，展拜已毕，又细细周围看视了一番，见坟冢树木俱各收拾齐整，益信老仆的忠义持家；留恋多时，方转身乘马回去，便吩咐伴当帮着展忠，张罗这些帮忙乡亲。展爷回家后，又出来与众人道乏。一个个张口结舌，竟有想不出说什么话来的；也有见过世面的，展老爷长、展老爷短，尊敬个不了。

展爷在家一天，倒觉的分心劳神，定于次日起身上杭州，叫伴当收拾行李。到第二日，将马扣备停当，又嘱托了义仆一番，出门上马，竟奔杭州而来。

未知如何，且听下回分解。

第二十八回

许约期湖亭欣慨助　探底细酒肆巧相逢

且说展爷他哪里是为联姻。皆因游过西湖一次，他时刻在念，不能去怀，因此谎言，特为赏玩西湖的景致。这也是他性之所爱。一日，来至杭州，离西湖不远，将从者马匹寄在五柳居，他便慢慢步行至断桥亭上，徘徊瞻眺，真令人心旷神怡。正在畅快之际，忽见那边堤岸上有一老者将衣搂起，把头一蒙，纵身跳入水内。展爷见了，不觉失声道："哎哟！不好了！有人投了水了！"自己又不会水，急得他在亭子上搓手跺脚，无法可施。猛然见有一只小小渔舟，犹如弩箭一般，飞也似赶来。到了老儿落水之处，见个少年渔郎把身体向水中一顺，仿佛把水刺开的一般，虽有声息，却不咕咚。展爷看了，便知此人水势精通，不由的凝眸注视。不多时，见少年渔郎将老者托起身子，浮于水面，荡悠悠竟奔岸边而来。展爷满心欢喜，下了亭子，绕在那边堤岸之上，见少年渔郎将老者两足高高提起，头向下，控出多少水来。展爷且不看老者性命如何，他细细端详渔郎，见他年纪不过二旬光景，英华满面，气度不凡，心中暗暗称羡。又见少年渔郎将老者扶起，盘上双膝，在对面慢慢唤道："老丈醒来，老丈醒来。"此时展爷方看老者，见他白发苍髯，形容枯瘦，半日，方哼了一声，又吐了好些清水。哎哟了一声，苏醒过来，微微把眼一睁，道："你这人好生多事，为何将我救活？我是活不得的人了。"

此时已聚集许多看热闹之人，听老者之言，俱各道："这老头子竟如此无礼，人家把他救活了，他倒抱怨。"只见渔郎儿并不动气，反笑嘻嘻地道："老丈不要如此，蝼蚁尚且贪生，何况是人呢！有什么委曲，何不对小可说明？倘若真不可活，不妨我再把你送下水去。"旁人听了，俱悄悄道："只怕难罢！你既将他救活，谁又眼睁睁地瞅着，容你把他又淹死呢？"只听老者道："小老儿姓周名增，原在中天竺开了一座茶楼。只因三年前冬天大雪，忽然我铺子门口卧倒一人。是我慈心一动，叫伙计们将他抬到屋中，暖被盖好，又与他热姜汤一碗。他便苏醒过来，自言姓郑名新，父母俱亡，又无兄弟。因家业破落，前来投亲，偏又不遇。一来肚内无食，遭此大雪,故此卧倒。老汉见他说的可怜,便将他留在铺中,慢慢地将养好了。谁知他又会写,又会算,在柜上帮着我办理,颇觉殷勤。也是老汉一时错了主意。老汉有个女儿,就将他招赘为婿,料理买卖颇好。不料去年我女儿死了,又续娶了王家姑娘,就不像先前光景,也还罢了。后来因为收拾门面,郑新便向我说:'女婿有半子之劳。惟恐将来别人不服,何不将"周"字改个"郑"字,将来也免得人家讹赖。'老汉一想,也可以使得,就将周家茶楼改为郑家茶楼。谁知自改了字号之后,他们便不把我看在眼内了。一来二去,言语中渐渐露出说老汉白吃他们,他们倒养活我,是我赖他们了。一闻此言,便与他分争。无奈他夫妻二人口出不逊,就以周家卖给郑家为题,说老汉讹了他。因此老汉气忿不过,在本处仁和县将他告了一状。他又在县内打点通了,反将小老儿打了二十大板,逐出境外。渔哥你想,似此还有个活头儿么?不如死了,在阴司把他再告下来,出出这口气。"渔郎听罢笑了,道:"老丈,你错打了算盘了。一个人既断了气,如何还能出出气呢?再者他有钱使得鬼推磨,难道他阴司就不会打么?依我倒有个主意,莫若活着和他赌气,你说好不好?"周老道:"怎么和他赌气呢?"渔郎说:"再开个周家茶楼气气他,岂不好么?"周老者闻听,把眼一睁,道:"你还是把我推下水去。老汉衣不遮体,食不充饥,如何还能够开茶楼呢?你还是让我死了好。"渔郎笑道:"老丈不要着急。我问你,若要开这茶楼,可要用多少银两呢?"周老道:"纵省俭,也要耗费三百多银子。"渔郎道:"这不打紧。多了不能,这三四百银子,小可还可以巴结得来。"

展爷见渔郎说了此话,不由心中暗暗点头,道:"看这渔郎好大口气,竟能如此仗义疏财,真正难得。"连忙上前,对老丈道:"周老丈,你不要狐疑。如今渔哥既说此话,决不食言。你若不信,在下情愿作保,如何?"只见那渔郎将展爷上下打量了一番,便道:"老丈,你可曾听见了?这位公子爷,谅也不是谎言的。咱们就定于明日午时,千万千万,在那边断桥亭子上等我,断断不可过了午时。"说话之间,又从腰内掏出五两一锭银子来,托于掌上,道:"老丈,这是银子一锭,你先拿去作为衣食之资。你身上衣服皆湿,难以行走。我那边船上有干净衣服,你且换下来。待等明日午刻,见了银两,再将衣服对换,岂不是好!"周老儿连连称谢不尽。那渔郎回身一点手,将小船唤至岸边,便取衣服,叫周老换了。把湿衣服抛在船上,一拱手道:"老丈请了。千万明日午时,不可错过!"将身一纵,跳上小船,荡荡悠悠,摇向那边去了。周老攥定五两银子,向大众一揖,道:“多承众位看顾,小老儿告别了。”说罢,也就往北去了。

展爷悄悄跟在后面,见无人时,便叫道:“老丈明日午时,断断不可失信。倘那渔哥无银时,有我一面承管,准准地叫你重开茶楼便了。”周老回身作谢,道:“多承公子爷的错爱,明日小老儿再不敢失信的。”展爷道:“这便才是。请了。”急回身,竟奔五柳居而来,见了从人,叫他连马匹俱各回店安歇。“我因遇见知己邀请,今日不回去了。你明日午时在断桥亭接我。”从人连声答应。

展爷回身,直往中天竺,租下客寓,问明郑家楼,便去踏看门户路径。走不多路,但见楼房高耸,茶幌飘扬。来至切近,见匾额上字,一边是“兴隆斋”,一边是“郑家楼”。展爷便进了茶铺,只见柜堂竹椅上坐着一人,头戴摺巾,身穿华氅①,一手扶住磕膝,一手搭在柜上;又往脸上一看,却是形容瘦弱,尖嘴缩腮,一对眯缝眼,两个扎煞耳朵。他见展爷瞧他,他便连忙站起执手,道:“爷上欲吃茶,请登楼,又清净,又豁亮。”展爷一执手,道:“甚好,甚好。”便手扶栏杆,慢登楼梯。来至楼上一望,见一溜五间楼房,甚是宽敞,拣个座儿坐下。

茶博士过来,用代手擦抹桌面。且不问茶问酒,先向那边端了一个方盘,上面蒙着纱罩。打开看时,却是四碟小巧茶果,四碟精致小菜,极其齐整干净。安放已毕,方问道:“爷是吃茶?是饮酒?还是会客呢?”展爷道:“却不会客,是我要吃杯茶。”茶博士闻听,向那边摘下个水牌来,递给展爷道:“请爷吩咐,吃什么茶?”展爷接过水牌,且不点茶名,先问茶博士何名。茶博士道:“小人名字,无非是‘三槐’、‘四槐’,若遇客官喜欢,‘七槐’、‘八槐’都使得。”展爷道:“少了不好,多了不好,我就叫你‘六槐’罢。”茶博士道:“‘六槐’极好,是最合乎中的。”展爷又问道:“你东家姓什么?”茶博士道:“姓郑。爷没看见门上匾额么?”展爷道:“我听见说,此楼原是姓周,为何姓郑呢?”茶博士道:“以先原是周家的,后来给了郑家了。”展爷道:“我听见说,周、郑二姓还是亲戚呢。”茶博士道:“爷上知道底细。他们是翁婿,只因周家的姑娘没了,如今又续娶了。”展爷道:“续娶的可是王家的姑娘么?”茶博士道:“何曾不是呢。”展爷道:“想是续娶的姑娘不好;但凡好么,如何他们翁婿会在仁和县打官司呢?”茶博士

① 华氅(chǎng)——华丽的外套。

听至此，却不答言，惟有瞅着展爷而已。又听展爷道："你们东家住于何处？"茶博士道："就在这后面五间楼上。此楼原是钩连搭十间，在当中隔开。这里五间作客座，那里五间作住房，差不多的都知道离住房很近，承赐顾者到了楼上，皆不肯胡言乱道。"展爷道："这原是理当谨言。但不知他家内还有何人？"茶博士暗想道："此位是吃茶来咧？还是私访来咧？"只得答道："家中并无多人，惟有东家夫妻二人，还有个丫鬟。"展爷道："方才进门时，见柜前竹椅儿上坐的那人，就是你们东家么？"茶博士道："正是，正是。"展爷道："我看他满面红光，准要发财。"茶博士道："多谢老爷吉言。"展爷方看水牌，点了雨前茶。茶博士接过水牌，仍挂在原处。

方待下楼去泡一壶雨前茶来，忽听楼梯响处，又上来一位武生公子，衣服鲜艳，相貌英华，在那边拣一座，却与展爷斜对。茶博士不敢怠慢，显机灵，露熟识，便上前擦抹桌子，道："公子爷一向总没来，想是公忙。"只听那武生道："我却无事，此楼我是初次才来。"茶博士见言语有些不相合，也不言语，便向那边也端了一方盘，也用纱罩儿蒙着，依旧是八碟，安放妥当。那武生道："我茶酒尚未用着，你先弄这个作什么？"茶博士道："这是小人一点敬意。公子爷爱用不用，休要介怀。请问公子爷是吃茶？是饮酒？还是会客呢？"那武生道："且自吃杯茶，我是不会客的。"茶博士便向那边摘下水牌来，递将过去。

忽听下边说道："雨前茶泡好了。"茶博士道："公子爷先请看水牌，小人与那位取茶去。"转身不多时，擎了一壶茶，一个盅子，拿至展爷那边，又应酬了几句。回身又仍到武生桌前，问道："公子你吃什么茶？"那武生道："雨前罢。"茶博士便吆喝道："再泡一壶雨前来！"

刚要下楼，只听那武生唤道："你这里来。"茶博士连忙上前，问道："公子爷有什么吩咐？"那武生道："我还没问你贵姓？"茶博士道："承公子爷一问，足已够了，如何担得起'贵'字？小人姓李。"武生道："大号呢？"茶博士道："小人岂敢称大号呢，无非是'三槐'、'四槐'，或'七槐'、'八槐'，爷们随意呼唤便了。"那武生道："多了不可，少了也不妥，莫若就叫你'六槐'罢。"茶博士道："'六槐'就是'六槐'，总要公子爷合心。"说着话，他却回头望了望展爷。

又听那武生道："你们东家原先不是姓周么？为何又改姓郑呢？"茶博士听了，心中纳闷道："怎么今日这二位吃茶，全是问这些的呢？"他先望了望展爷，方对武生说道："本是周家的，如今给了郑家了。"那武生道：

"周、郑两家原是亲戚,不拘谁给谁都使得。大约续娶的这位姑娘有些不好罢?"茶博士道:"公子爷如何知道这等详细?"那武生道:"我是测度。若是好的,他翁婿如何会打官司呢?"茶博士道:"这是公子爷的明鉴。"口中虽如此说,他却望了望展爷。那武生道:"你们东家住在哪里?"茶博士暗道:"怪事!我莫若告诉他,省得再问。"便将后面还有五间楼房,并家中无有多人,只有一个丫鬟,合盘地全说出来。说完了,他却望了望展爷。那武生道:"方才我进门时,见你们东家满面红光,准要发财。"茶博士听了此言,更觉诧异,只得含糊答应,搭讪①着下楼取茶。他却回头,狠狠地望了望展爷。

未知后文如何,且听下回分解。

第二十九回

丁兆蕙茶铺偷郑新　展熊飞湖亭会周老

且说那边展爷自从那武生一上楼时,看去便觉熟识。后又听他与茶博士说了许多话,恰与自己问答的一一相对。细听声音,再看面庞,恰就是救周老的渔郎,心中踌躇道:"他既是武生,为何又是渔郎呢?"一壁思想,一壁擎杯,不觉出神,独自呆呆的看着那武生。忽见那武生立起,向着展爷一拱手,道:"尊兄请了。"展爷连忙放下茶杯,答礼道:"兄台请了。若不弃嫌,何不屈驾这边一叙?"那武生道:"既承雅爱,敢不领教。"于是过来,彼此一揖。展爷将前首座儿让与武生坐了,自己在对面相陪。

此时茶博士将茶取过来,见二人坐在一处,方才明白他两个敢是一路同来的,怨不得问的话语相同呢!笑嘻嘻将一壶雨前茶、一个茶杯也放在那边。那边八碟儿外敬,算他白安放了。刚然放下茶壶,只听武生道:"六槐,你将茶且放过一边。我们要上好的酒,拿两角来。菜蔬不必吩咐,只要应时配口的,拿来就是了。"六槐连忙答应,下楼去了。

那武生便问展爷道:"尊兄贵姓?仙乡何处?"展爷道:"小弟常州府

① 搭讪(shàn)——为了想跟人接近或把尴尬的局面敷衍过去而找话说。

武进县姓展名昭，字熊飞。”那武生道：“莫非新升四品带刀护卫，钦赐‘御猫’，人称南侠展老爷么？”展爷道：“惶恐，惶恐。岂敢，岂敢。请问兄台贵姓？”那武生道：“小弟松江府茉花村，姓丁名兆蕙。”展爷惊道：“莫非令兄名兆兰，人称为双侠丁二官人么？”丁二爷道：“惭愧，惭愧，贱名何足挂齿。”展爷道：“久仰尊昆仲①名誉，屡欲拜访。不意今日邂逅②，实为万幸。”丁二爷道：“家兄时常思念吾兄，原要上常州地面，未得其便。后来又听得吾兄荣升，因此不敢仰攀。不料今日在此幸遇，实慰渴想。”展爷道：“兄台再休提那封职，小弟其实不愿意。似乎你我弟兄疏散惯了，寻山觅水，何等的潇洒。今一旦为官羁绊③，反觉心中不能畅快，实实出于不得已也。”丁二爷道：“大丈夫生于天地之间，理宜与国家出力报效。吾兄何出此言？莫非言与心违么？”展爷道：“小弟从不撒谎。其中若非关碍着包相爷一番情意，弟早已挂冠远隐了。”说至此，茶博士将酒馔俱已摆上。丁二爷提壶斟酒，展爷回敬，彼此略为谦逊，饮酒畅叙。

展爷便问：“丁二兄，如何有渔郎装束？”丁二爷笑道：“小弟奉母命上灵隐寺进香，行至湖畔，见此名山，对此名泉，一时技痒，因此改扮了渔郎，原为遣兴作耍，无意中救了周老，也是机缘凑巧。兄台休要见笑。”正说之间，忽见有个小童上得楼来，便道：“小人打量二官人必是在此，果然就在此间。”丁二爷道：“你来作什么？”小童道：“方才大官人打发人来请二官人早些回去，现有书信一封。”丁二爷接过来看了，道：“你回去告诉他说，我明日即回去。”略顿了一顿，又道：“你叫他暂且等等罢。”展爷见他有事，连忙道：“吾兄有事，何不请去。难道以小弟当外人看待么？”丁二爷道：“其实也无什么事。既如此，暂告别。请吾兄明日午刻，千万到桥亭一会。”展爷道：“谨当从命。”丁二爷便将六槐叫过来，道：“我们用了多少，俱在柜上算账。”展爷也不谦逊，当面就作谢了。丁二爷执手告别，下楼去了。

展爷自己又独酌了一会，方慢慢下楼，在左近处找了寓所。歇至二更以后，他也不用夜行衣，就将衣襟拽了一拽，袖子卷了一卷，佩了宝剑，悄悄出寓所，至郑家后楼，见有墙角纵身上去。绕至楼边，又一跃到了楼檐之

---

① 昆仲——称人兄弟。

② 邂逅（xièhòu）——偶然遇见。

③ 羁（jī）绊——缠住了不能脱身；束缚。

下,见窗上灯光有妇人影儿,又听杯箸①声音。忽听妇人问道:“你请官人,如何不来呢?”丫鬟道:“官人与茶行兑银两呢,兑完了也就来了。”又停一会,妇人道:“你再去看看。天已三更,如何还不来呢?”丫鬟答应下楼。猛又听得楼梯乱响,只听有人唠叨道:“没有银子,要银子。及至有了银子,他又说黄夜之间难拿,暂且寄存,明日再拿罢。可恶的狠!上上下下,叫人费事。”说着话,只听唧叮咕咚一阵响,是将银子放在桌子上的光景。

展爷便临窗牖②偷看,见此人果是白昼在竹椅上坐的那人;又见桌上堆定八封银子,俱是西纸包妥,上面影影绰绰有花押。只见郑新一壁说话,一壁开那边的假门儿,口内说道:“我是为交易买卖。娘子又叫丫鬟屡次请我,不知有什么紧要事?”手中却一封一封将银收入槅子里面,仍将假门儿扣好。只听妇人道:“我因想起一宗事来,故此请你。”郑新道:“什么事?”妇人道:“就是为那老厌物,虽则逐出境外,我细想来,他既敢在县里告下你来,就保不住他在别处告你:或府里,或京控,俱是不免的。那时怎么好呢?”郑新听了,半晌,叹道:“若论当初,原受过他的大恩。如今将他闹到这步田地,我也就对不过我那亡妻了!”说至此,声音却甚惨切。

展爷在窗外听,暗道:“这小子尚有良心。”忽听有摔筷箸、掼酒杯之声;再细听时,又有抽抽噎噎之音,敢则是妇人哭了。只听郑新说道:“娘子不要生气,我不过是那么说。”妇人道:“你既惦着前妻,就不该叫她死呀!也不该又把我娶来呀!”郑新道:“这原是因话提话。人已死了,我还惦记作什么?再者她要紧,你要紧呢?”说着话,便凑过妇人那边去,央告道:“娘子,是我的不是,你不要生气。明日再设法出脱那老厌物便了。”又叫丫鬟烫酒,与奶奶换酒。一路紧央告,那妇人方不哭了。

且说丫鬟奉命温酒,刚然下楼,忽听哎哟一声,转身就跑上楼来,只吓得她张口结舌,惊慌失措。郑新一见,便问道:“你是怎么样了?”丫鬟喘吁吁,方说道:“了……了不得,楼……楼底下火……火球儿乱……乱滚。”妇人听了,便接言道:“这也犯得上吓的这个样儿。这别是财罢?想来是那老厌物攒下的私蓄,埋藏在哪里罢。我们何不下去瞧瞧,记明白了地方儿,明日慢慢的再刨。”一席话说的郑新贪心顿起,忙叫丫鬟点灯笼。丫鬟她却不敢下楼取灯笼,就在蜡台上见有个蜡头儿,在灯上对着,手里

① 箸(zhù)——筷子。

② 窗牖(yǒu)——窗户。

拿着,在前引路。妇人后面跟随,郑新也随在后,同下楼来。

此时窗外展爷满心欢喜,暗道:“我何不趁此时撬窗而入,偷取他的银两呢?”刚要抽剑,忽见灯光一晃,却是个人影儿,连忙从窗牖孔中一望,不禁大喜。原来不是别人,却是救周老儿的渔郎到了,暗暗笑道:“敢则他也是向这里挪借来了!只是他不知放银之处,这却如何能告诉他呢?”心中正自思想,眼睛却望里留神。只见丁二爷也不东瞧西望,他竟奔假门而来。将手一按,门已开放,只见他一封一封往怀里就揣。屋里在那里揣,展爷在外头记数儿,见他一连揣了九次,仍然将假门儿关上。展爷心中暗想:“银子是八封,他却揣了九次,不知那一包是什么?”正自揣度,忽听楼梯一阵乱响,有人抱怨,道:“小孩子家看不真切,就这么大惊小怪的。”正是郑新夫妇,同着丫鬟上楼来了。

展爷在窗外,不由的暗暗着急,道:“他们将楼门堵住,我这朋友,他却如何脱身呢?他若是持刀威吓,那就不是侠客的行为了。”忽然跟前一黑,再一看时,屋内已将灯吹灭了。展爷大喜,暗暗称妙。忽听郑新哎哟道:“怎么楼上灯也灭了。你又把蜡头儿掷了,灯笼也忘了捡起来,这还得下楼取火去。”展爷在外听的明白,暗道:“丁二官人真好灵机,借着灭灯他就走了,真正的爽快。”忽又自己笑道:“银两业已到手,我还在此作什么?难道人家偷驴,我还等着拔橛儿不成!”将身一顺,早已跳下楼来,复又上了墙角落,到了外面,暗暗回到下处。真是“神安梦稳”,已然睡去了。

再说郑新叫丫鬟取了火来一看,槅子门仿佛有人开了,自己过去开了一看,里面的银子一封也没有了,忙嚷道:“有了贼了!”他妻子便问:“银子失了么?”郑新道:“不但才拿来的八封不见了,连旧存的那一包二十两银子也不见了。”夫妻二人又下楼寻找了一番,哪里有个人影儿!两口子就只齐声叫苦。这且不言。

展熊飞直睡至次日红日东升,方才起来梳洗,就在客寓吃了早饭,方慢慢往断桥亭来。刚至亭上,只见周老儿坐在栏杆上打盹儿呢。展爷悄悄过去,将他扶住了,方唤道:“老丈醒来,老丈醒来。”周老猛然惊醒,见是展爷,连忙道:“公子爷来了。老汉久等多时了。”展爷道:“那渔哥还没来么?”周老道:“尚未来呢。”展爷暗忖道:“看他来时,是何光景?”正犯想间,只见丁二爷带着仆从二人,竟奔亭上而来。展爷道:“送银子的来了。”周老儿看时,却不是渔郎,也是一位武生公子。及至来到切近,细细看时,谁说不是渔郎呢!周老者怔了一怔,方才见礼。丁二爷道:“展兄早来了么？真信人也！”又对周老道：“老丈，银子已有在此。不知你可有地基么？”周老道：“有地基，就在郑家楼前一箭之地，有座书画楼，乃是小老儿相好孟先生的。因他年老力衰，将买卖收了，临别时就将此楼托付我了。”丁二爷道：“如此甚好。可有帮手么？”周老道：“有帮手，就是我的外甥乌小乙。当初原是与我照应茶楼，后因郑新改了字号，就把他撵了。”丁二爷道：“既如此，这茶楼是开定了，这口气也是要赌准了。如今我将我的仆人留下，帮着与你料理一切事体。此人是极可靠的。”说罢，叫小童将包袱打开。展爷在旁细细留神。

不知改换的如何，且听下回分解。

第三十回

济弱扶倾资助周老　交友投分邀请南侠

且说丁二爷叫小童打开包袱。仔细一看，却不是西纸，全换了桑皮纸，而且大小不同，仍旧是八包。丁二爷道：“此八包分量不同，有轻有重，通共是四百二十两。”展爷方明白，晚间揣了九次，原来是饶了二十两来。周老儿欢喜非常，千恩万谢。丁二爷道：“若有人问你银子从何而来，你就说镇守雄关总兵之子丁兆蕙给的，在松江府茉花村居住。”展爷也道：“老丈，若有人问谁是保人，你就说常州府武进县遇杰村姓展名昭的保人。”周老一一记了。又将昨日丁二爷给的那一锭银子拿出来，双手捧与丁二爷道：“这是昨日公子爷所赐，小老儿尚未敢动，今日奉还。”丁二爷笑道：“我晓得你的意思了。昨日我原是渔家打扮，给你银两，你恐使了被我讹诈。你如今放心罢。既然给你银两，再没有又收回来的道理。就是这四百多两银子，也不合你要利息。若日后有事到了你这里，只要好好的预备一碗香茶，那便是利息了。”周老儿连声应道：“当得，当得。”丁二爷又叫小童将昨日的渔船唤了来，将周老的衣服业已洗净晒干，叫他将渔衣换了。又赏了渔船上二两银子。就叫仆从帮着周老儿拿着银两，随去料理。周老儿便要跪倒叩头。丁二爷与展爷连忙搀起，又嘱咐道：“倘若茶楼开了之后，再不要粗心改换字号。”周老儿连说：“再不改了！再不改了！”随着仆人，欢欢喜喜而去。

此时展爷从人已到，拉着马匹，在一边伺候。丁二爷问道："那是展兄的尊骑么？"展爷道："正是。"丁二爷道："昨日家兄遣人来唤小弟。小弟叫来人带信回禀家兄，说与吾兄巧遇。家兄欲见吾兄，如渴想浆。弟要敦请①展兄到敝庄盘桓几日，不知肯光顾否？"展爷想了一想："自己原是无事，况假满尚有日期，趁此何不会会知己，也是快事。"便道："小弟久已要到宝庄奉谒，未得其便。今既承雅爱，敢不从命。"便叫过从人来，告诉道："我上松江府茉花村丁大员外、丁二员外那里去了。我们乘舟，你将马匹俱各带回家去罢。不过五六日，我也就回家了。"从人连连答应，拉着马匹，各自回去，不提。

且说展爷与丁二爷带领小童，一同登舟，竟奔松江府，水路极近。丁二爷乘舟惯了，不甚理会；惟有展爷今日坐在船上，玩赏沿途景致，不觉就神清气爽，快乐非常，与丁二爷说说笑笑，情投意合。彼此方叙明年庚，丁二爷小，展爷大两岁，便以大哥呼之，展爷便称丁二爷为贤弟。因叙话间，又提起周老儿一事。展爷问道："贤弟奉伯母之命，前来进香，如何带许多银两呢？"丁二爷道："原是要买办东西的。"展爷道："如今将此银赠了周老，又拿什么买办东西呢？"丁二爷道："弟虽不才，还可以借得出来。"展爷笑道："借得出来更好；他若不借，必然将灯吹灭，便可借来。"丁二爷听了，不觉诧异，道："展大哥，此话怎讲？"展爷笑道："莫道人行早，还有早行人。"便将昨晚之事说明。二人鼓掌大笑。

说话间，舟已停泊，搭了跳板，二人弃舟登岸。丁二爷叫小童先由捷径送信，他却陪定展爷慢慢而行。展爷见一条路径俱是三合土叠成，一半是天然，一半是人工，平平坦坦，干干净净。两边皆是密林，树木丛杂，中间单有引路树。树下各有一人，俱是浓眉大眼，阔腰厚背；头上无网巾，发挽高绺，戴定芦苇编的圈儿，身上各穿着背心，赤着双膊，青筋暴露，抄手而立；却赤着双足，也有穿着草鞋的，俱将裤腿卷在膝盖之上，不言不语。一对树下有两个人。展爷往那边一望，一对一对的实在不少，心中纳闷，便问丁二爷道："贤弟，这些人俱是做什么的？"丁二爷道："大哥有所不知，只因江中有船五百余只，常常械斗伤人。江中以芦花荡为界，每边各管船二百余只，十船一小头目，百船一大头目，又各有一总首领。奉府内明文，芦花荡这边俱是我弟兄二人掌管。除了府内的官用鱼虾，其下定行

---

① 敦请——诚恳地邀请。

市开秤,惟我弟兄命令是从。这些人俱是头目,特来站班朝面的。"展爷听罢,点了点头。

走过土基的树林,又有一片青石鱼鳞路,方是庄门。只见广梁大门,左右站立多少庄丁伴当。台阶之上,当中立着一人,后面又围随着多少小童执事之人。展爷临近,见那人降阶迎将上来,倒把展爷吓了一跳。原来兆兰弟兄乃是同胞双生,兆兰比兆蕙大一个时辰,因此面貌相同。从小儿兆蕙就淘气。庄前有卖吃食的来,他吃了不给钱,抽身就走。少时卖吃食的等急了,在门前乱嚷。他便同哥哥兆兰一齐出来,叫卖吃食的厮认。那卖吃食的竟会认不出来是谁吃的。再不然,他弟兄二人倒替着吃了,也竟分不出是谁多吃,是谁少吃。必须卖吃的着急央告,他二人方把钱文付给,以博一笑而已。如今展爷若非与丁二官人同来,也竟分不出是大爷来。

彼此相见,欢喜非常,携手刚至门前,展爷便从腰间把宝剑摘下来,递给旁边一个小童。一来初到友家,不当腰悬宝剑;二来又知丁家弟兄有老伯母在堂,不宜携带利刃:这是展爷细心处。三个人来至待客厅上,彼此又重新见礼。展爷与丁母太君请安。丁二爷正要进内请安去,便道:"大哥暂且请坐,小弟必替大哥在家母前禀明。"说罢,进内去了。厅上丁大爷相陪。又嘱咐预备洗面水,烹茗献茶。彼此畅谈。

丁二爷进内,有二刻的工夫,方才出来说:"家母先叫小弟问大哥好。让大哥歇息歇息,少时还要见面呢。"展爷连忙立起身来,恭敬答应。只见丁二爷改了面皮,不是路上的光景,嘻嘻笑笑,又是顽戏,又是刻薄,竟自放肆起来。展爷以为他到了家,在哥哥的面前娇痴惯了,也不介意。

丁二爷便问展爷道:"可是呀,大哥,包公待你甚厚,听说你救过他多少次,是怎么件事情呀?小弟要领教。何不对我说说呢!"展爷道:"其实也无要紧。"便将金龙寺遇凶僧、土龙岗逢劫夺、天昌镇拿刺客以及庞太师花园冲破邪魔之事,滔滔说了一回,道:"此事皆是你我行侠之人当作之事,不足挂齿。"二爷道:"倒也有趣,听着怪热闹的。"又问道:"大哥又如何面君呢?听说耀武楼试三绝技,敕赐'御猫'的外号儿,这又是什么事情呢?"展爷道:"此事便是包相爷的情面了。"又说包公如何递摺,圣上如何见面。"至于演试武艺,言之实觉可愧;无奈皇恩浩荡,赏了'御猫'二字,又加封四品之职。原是个潇洒的身子,如今倒弄的被官拘束住了。"二爷道:"大哥休出此言。想来是你的本事过的去,不然圣上如何加恩呢?大哥提起舞剑,请宝剑一观。"展爷道:"方才交付盛价了。"丁二爷回首,道:“你们谁接了展老爷的剑了?拿来我看。”只见一个小童将宝剑捧过来呈上。二爷接过来,先瞧了瞧剑鞘,然后拢住剑靶,将剑抽出,隐隐有钟磬之音,连说:“好剑,好剑!但不知此剑何名?”展爷暗道:“看他这半天,言语嘻笑于我。我何不叫他认认此宝,试试他的目力如何。”便道:“此剑乃先父手泽,劣兄虽然佩带,却不知是何名色,正要在贤弟跟前领教。”二爷暗道:“这是难我来了,倒要细细看看。”瞧了一会,道:“据小弟看,此剑仿佛是‘巨阙’。”说罢,递与展爷。展爷暗暗称奇道:“真好眼力!不愧他是将门之子。”便道:“贤弟说是‘巨阙’,想来是‘巨厥’无疑了。”便要将剑入鞘。二爷道:“好哥哥,方才听说舞剑,弟不胜钦仰。大哥何不试舞一番,小弟也长长学问。”展爷是断断不肯,二爷是苦苦相求。丁大爷在旁,却不拦挡,只说道:“二弟不必太忙,让大哥喝盅酒助助兴,再舞不迟。”说罢,吩咐道:“快摆酒来。”左右连声答应。

展爷见此光景不得不舞,再要推托,便是小家气了。只得站起身来,将袍襟掖了一掖,袖子挽了一挽,说道:“劣兄剑法疏略,倘有不到之处,望祈二位贤弟指教为幸。”大爷、二爷连说:“岂敢,岂敢!”一齐出了大厅,在月台之上,展爷便舞起剑来。丁大爷在那边恭恭敬敬,留神细看。丁二爷却靠着厅柱,跐着脚儿观瞧,见舞到妙处,他便连声叫“好”。展爷舞了多时,煞住脚步,道:“献丑,献丑!二位贤弟看看如何?”丁大爷连声道好称妙。二爷道:“大哥剑法虽好,惜乎此剑有些押手。弟有一剑,管保合式。”说罢,便叫过一个小童来,密密吩咐数语。小童去了。

此时丁大爷已将展爷让进厅来。见桌前摆列酒肴,丁大爷便执壶斟酒,将展爷让至上面,弟兄左右相陪。刚饮了几杯,只见小童从后面捧了剑来。二爷接过来噌唠一声,将剑抽出,便递与展爷,道:“大哥请看,此剑也是先父遗留,弟等不知是何名色。请大哥看看,弟等领教。”展爷暗道:“丁二真正淘气,立刻他也来难我了,倒要看看。”接过来,弹了弹,颠了颠,便道:“好剑!此乃‘湛卢’也。未知是与不是?”丁二爷道:“大哥所言不差。但不知此剑舞起来,又当何如?大哥尚肯赐教么?”展爷却瞧了瞧丁大爷,意思叫他拦阻。谁知大爷乃是个老实人,便道:“大哥不要忙,先请饮酒助助兴,再舞未迟。”展爷听了,道:“莫若舞完了,再饮罢。”出了席,来至月台,又舞一回。丁二爷接过来,道:“此剑大哥舞着,吃力么?”展爷满心不乐,答道:“此剑比劣兄的轻多了。”二爷道:“大哥休要多言。轻剑即是轻人。此剑却另有个主儿,只怕大哥惹他不起!”一句话激恼了南侠,便道:“老弟,你休要害怕。任凭是谁的,自有劣兄一面承管,怕他怎的?你且说出这个主儿来。”二爷道:“大哥悄言,此剑乃小妹的。”展爷听了,瞅了二爷一眼,便不言语了。大爷连忙递酒。

忽见丫鬟出来,说道:“太君来了。”展爷闻听,连忙出席,整衣向前参拜。丁母略略谦逊,便以子侄礼相见毕。丁母坐下。展爷将座位往侧座挪了一挪,也就告坐。此时丁母又细细留神,将展爷相看了一番,比屏后看的更真切了。见展爷一表人材,不觉满心欢喜,开口便以贤侄相称。这却是二爷与丁母商酌明白的:若老太太看了中意,就呼为贤侄;倘若不愿意,便以贵客呼之。再者男婚女配两下愿意,也须暗暗通个消息,妹子愿意方好。二爷见母亲称呼展爷为贤侄,就知老太太是愿意了,他便悄悄儿溜出,竟往小姐绣户而来。

未知说些什么,且听下回分解。

第三十一回

展熊飞比剑定良姻　钻天鼠夺鱼甘赔罪

且说丁二爷到了院中,只见丫鬟抱着花瓶,换水插花。见了二爷进来,丫鬟扬声道:“二官人进来了。”屋内月华小姐答言:“请二哥哥屋内坐。”丁二爷掀起绣帘,来至屋内,见小姐正在炕上弄针黹呢。二爷问道:“妹子做什么活计?”小姐说:“锁镜边上头口儿呢。二哥,前厅有客,你怎么进了里面来了呢?”丁二爷佯问道:“妹子如何知道前厅有客呢?”月华道:“方才取剑,说有客要领教,故此方知。”丁二爷道:“再休提剑!只因这人乃常州府武进县遇杰村姓展名昭,表字熊飞,人皆称他为南侠,如今现作皇家四品带刀的护卫。哥哥久已知道此人,但未会面。今日见了,果然好人品、好相貌、好本事、好武艺;未免才高必狂,艺高必傲,竟将咱们家的湛卢剑贬的不成样子。哥哥说此剑是另有个主儿的,他问是谁,哥哥就告诉他是妹子的,他便鼻孔里一笑,道:‘一个闺中弱秀,焉有本领!’”月华听至此,把脸一红,眉头一皱,便将活计放下了。丁二爷暗说:“有因,待我再激她一激。”又说道:“我就说:‘我们将门中岂无虎女?’他就说:‘虽是这么说哟,未必有真本领。’妹子,你真有胆量,何不与他较量较量呢？倘若胆怯，也只好由他说去罢。现在老太太也在厅上，故此我来对妹妹说说。”小姐听毕，怒容满面，道：“既如此，二哥先请，小妹随后就到。”

二爷得了这个口气，便急忙来到前厅，在丁母耳边悄悄说道：“妹子要与展哥比武。”话刚然说完，只见丫鬟报道：“小姐到。”丁母便叫过来与展爷见礼。展爷立起身来一揖，小姐还了万福。展爷见小姐庄静秀美，却是一脸的怒气。又见丁二爷转身过来，悄悄的道：“大哥，都是你褒贬人家剑，如今小妹出来，不依来了。”展爷道：“岂有此理？”二爷道：“什么理不理的。我们将门虎女，焉有怕见人的理呢！”展爷听了，便觉不悦。丁二爷却又到小姐身后，悄悄道：“展大哥要与妹子较量呢。”小姐点头首肯。二爷又转到展爷身后，道：“小妹要请教大哥的武艺呢。”展爷此时更不耐烦了，便道：“既如此，劣兄奉陪就是了。”

谁知此时，小姐已脱去外面衣服，穿着绣花大红小袄，系定素罗百褶单裙，头罩五色绫帕，更显得妩媚娉婷①。丁二爷已然回禀丁母，说：“不过是虚要假试，请母亲在廊下观看。”先挪出一张圈椅，丁母坐下。月华小姐怀抱宝剑，抢在东边上首站定。展爷此时也无可奈何，只得勉强掖袍挽袖。二爷捧过宝剑，展爷接过，只得在西边下首站了。说了一声“请”，便各拉开架式。兆兰、兆蕙在丁母背后站立。才对了不多几个回合，丁母便道：“算了罢，剑对剑俱是锋芒，不是玩的。”二爷道：“母亲放心，且再看看，不妨事的。”只见他二人比并多时，不分胜负。展爷先前不过搪塞虚架，后见小姐颇有门路，不由暗暗夸奖，反倒高起兴来，凡有不到之处俱各点到，点到却又抽回，来来往往。忽见展爷用了个垂花势，斜刺里将剑递进，即便抽回，就随着剑尖滴溜溜落下一物。又见小姐用了个风吹败叶势，展爷忙把头一低将剑躲过。才要转身，不想小姐一翻玉腕，又使了个推窗撵月势，将展爷的头巾削落。南侠一伏身跳出圈外，声言道：“我输了，我输了！”丁二爷过来，拾起头巾掸去尘土。丁大爷过来，捡起先落的物一看，却是小姐耳上之环，便上前对展爷道：“是小妹输了，休要见怪。”二爷将头巾交过。展爷挽发整巾，连声赞道：“令妹真好剑法也！”丁母差丫鬟即请展爷进厅。小姐自往后边去了。

丁母对展爷道：“此女乃老身侄女，自叔叔婶婶亡后，老身视如亲生儿女一般。久闻贤侄名望，就欲联姻，未得其便。不意贤侄今日降临寒

---

① 娉(pīng)婷——形容女子的姿态美。

舍,实乃彩丝系足,美满良缘。又知贤侄此处并无亲眷,又请谁来相看,必要推诿,故此将小女激诱出来比剑,彼此一会。”丁大爷也过来道:“非是小弟在旁不肯拦阻,皆因弟等与家母已有定算,故此多有亵渎。”丁二爷也赔罪,道:“全是小弟之过。惟恐吾兄推诿,故用此诡计诓哄仁兄,望乞恕罪。”展爷到此时方才明白。也是姻缘,更不推辞,慨然允许。便拜了丁母,又与兆兰、兆蕙彼此拜了,就将巨阙、湛卢二剑彼此换了,作为定礼。

二爷手托耳环,提了宝剑,一直来到小姐卧室。小姐正自纳闷:“我的耳环何时削去,竟不知道,也就险得很呢。”忽见二爷笑嘻嘻的手托耳环,道:“妹子耳环在这里。”掷在一边。又笑道:“湛卢剑也被人家留下了。”小姐才待发话,二爷连忙说道:“这都是太太的主意,妹子休要问我,少时问太太便知。大约妹子是大喜了。”说完,放下剑,笑嘻嘻的就跑了。小姐心下明白,也就不言语了。

丁二爷来至前厅,此时丁母已然回后去了。他三人重新入座,彼此说明,仍论旧交,不论新亲。大爷、二爷仍呼展爷为兄,脱了俗套,更觉亲热。饮酒吃饭,对坐闲谈。不觉展爷在茉花村住了三日,就要告别。丁氏昆仲哪里肯放。展爷再三要行。丁二爷说:“既如此,明日弟等在望海台设一席。你我弟兄赏玩江景,畅叙一日。后日大哥再去如何?”展爷应允。

到了次日早饭后,三人出了庄门,往西走了有一里之遥,弯弯曲曲,绕到土岭之上,乃是极高的所在,便是丁家庄的后背。上面盖了高台五间,甚是宽阔。遥望江面一带,水势茫茫,犹如雪练一般。再看船只往来,络绎不绝。郎舅三人观望江景,实实畅怀。不多时,摆上酒肴,慢慢消饮。正在快乐之际,只见来一渔人在丁大爷旁边悄语数言。大爷吩咐:“告诉头目办去罢。”丁二爷也不理会。展爷更难细问,仍然饮酒。迟不多时,又见来一渔人,甚是慌张,向大爷说了几句。此次二爷却留神,听了一半,就道:“这还了得!若要如此,以后还有个规矩么?”对那渔人道:“你把他叫来我瞧瞧。”

展爷见此光景,似乎有事,方问道:“二位贤弟,为着何事?”丁二爷道:“我这松江的渔船原分两处,以芦花荡为界。荡南有一个陷空岛,岛内有一个卢家庄。当初有卢太公在日,乐善好施,家中巨富。待至生了卢方,此人和睦乡党,人人钦敬,因他有爬杆之能,大家送了他个绰号,叫做钻天鼠。他却结了四个朋友,共成五义:大爷就是卢方。二爷乃黄州人,名叫韩彰,是个行伍出身,会做地沟地雷,因此他的绰号儿叫做彻地鼠。三爷乃山西人,名叫徐庆,是个铁匠出身,能探山中十八孔,因此绰号叫穿山鼠。至于四爷,身材瘦小,形如病夫,为人机巧伶便,智谋甚好,是个大客商出身,乃金陵人,姓蒋名平,字泽长,能在水中居住,开目视物,绰号人称翻江鼠。惟有五爷少年华美,气宇不凡,为人阴险狠毒,却好行侠作义,就是行事太刻毒,是个武生员,金华人氏,姓白名玉堂,因他形容秀美,文武双全,人呼他绰号为锦毛鼠。”展爷听说白玉堂,便道:“此人我却认得,愚兄正要访他。”丁二爷问道:“大哥如何认的他呢?”展爷便将苗家集之事,述说一回。

正说时,只见来了一伙渔户。其中有一人怒目横眉,伸出掌来,说道:“二位员外看见了。他们过来抢鱼,咱们拦阻,他就拒捕起来了。抢了鱼不算,还把我削去四指,光光的剩了一个大拇指头。这才是好朋友呢!”丁大爷连忙拦道:“不要多言。你等急唤船来,待我等亲身前往。”众人一听员外要去,嗯的一声,俱各飞跑去了。展爷道:“劣兄无事,何不一同前往。”丁二爷道:“如此甚好。”三人下了高台,一同来至庄前,只见从人伴当伺候多人,各执器械。丁家兄弟、展爷俱各佩了宝剑。来至停泊之处,只见大船两只是预备二位员外坐的。大爷独上了一只大船,二爷同展爷上了一只大船,其余小船,纷纷乱乱,不计其数,竟奔芦花荡而来。

才至荡边,见一队船皆是“荡南”的字号,便知是抢鱼的贼人了。大爷催船前进,二爷紧紧相随。来至切近,见那边船上立着一人,凶恶非常,手托七股鱼叉,在那里静候厮杀。大爷的大船先到,便说:“这人好不晓事。我们素有旧规,以芦花荡为交界。你如何擅敢过荡,抢了我们的鱼,还伤了我们的渔户,是何道理?”那边船上那人道:“什么交界不交界,咱全不管。只因我们那边鱼少,你们这边鱼多,今日暂且借用。你若不服咱,就比试比试。”丁大爷听了这话,有些不说理,便问道:“你叫什么名字?”那人道:“咱叫分水兽邓彪。你问咱怎的?”丁大爷道:“你家员外哪个在此?”邓彪道:“我家员外俱不在此,此一队船只就是咱管领的。你敢与咱合气么?”说着话,就要把七股叉刺来。丁大爷才待拔剑,只见邓彪翻身落水,这边渔户立刻下水,将邓彪擒住,托出水面,交到丁二爷船上。二爷却跳在大爷船上,前来帮助。

你道邓彪为何落水?原来大爷问答之际,丁二爷船已赶到,见他出言不逊,却用弹丸将他打落水中。你道什么弹丸?这是二爷自幼练就的。用竹板一块,长够一尺八寸,宽有二寸五分,厚五分,上面有个槽儿,用黄蜡搀铁渣子团成核桃大小,临用时安上。在数步中打出,百发百中。又不是弹弓,又不是弩弓,自己篡名儿叫做竹弹丸。这原是二爷小时玩耍的小玩艺儿,今日偌大的一个分水兽,竟会叫英雄的一个小小铁丸打下水去咧。可见本事不是吹的,这才是真本领呢。

且言邓彪虽然落水,他原是会水之人,虽被擒,不肯服气,连声喊道:“好呀,好呀! 你敢用暗器伤人,万不与你们干休!”展爷听至此句说用暗器伤人,方才留神细看,见他眉攒里肿起一个大紫包来,便喝道:“你既被擒,还喊什么! 我且问你,你家五员外他可姓白么?”邓彪答道:“姓白怎么样? 他如今已下山了。”展爷问道:“往哪里去了?”邓彪道:“数日之前上东京,找什么‘御猫’去了。”展爷闻听,不由的心下着忙。

只听得那边一人嚷道:“丁家贤弟呀! 看我卢方之面,恕我失察之罪。我情愿认罚呀!”众人抬头,只见一只小船飞也似赶来,嚷的声音渐近了。展爷留神细看来人,见他一张紫面皮,一部好胡须,面皮光而生亮,胡须润而且长,身量魁梧,气宇轩昂。丁氏兄弟也执手,道:“卢兄请了。”卢方道:“邓彪乃新收头目,不遵约束,实是劣兄之过。违了成约,任凭二位贤弟吩咐。”丁大爷道:“他既不知,也难谴责。此次乃无心之过也。”回头吩咐将邓彪放了。这边渔户便道:“他们还抢了咱们好些鱼罟①呢。”丁二爷连忙喝住:“休要多言!”卢方听见,急急吩咐:“快将那边鱼罟,连咱们鱼罟俱给送过去。”这边送人,那边送罟。卢方立刻将邓彪革去头目,即差人送往府里究治。丁大爷吩咐:“是咱们鱼罟收下,是那边的俱各退回。”两下里又说了多少谦让的言语,无非论交情,讲过节,彼此方执手,各自归庄去了。

未知后事如何,下回分解。

第三十二回

夜救老仆颜生赴考　晚逢寒士金客扬言

且说丁氏兄弟同定展爷来至庄中,赏了削去四指的渔户十两银子,叫他调养伤痕。展爷便提起:“邓彪说白玉堂不在山中,已往东京找寻劣兄

① 鱼罟(gǔ)——鱼和网。罟,捕鱼的网。

去了。刻下还望二位仁弟备只快船,我须急急回家,赶赴东京方好。”丁家兄弟听了展爷之言,再也难以阻留,只得应允,便于次日备了饯行之酒,殷勤送别,反觉得恋恋不舍。展爷又进内叩别了丁母。丁氏兄弟送至停泊之处,瞧着展爷上船,还要远送。展爷拦之再三,只得罢了,送至大路,方才分手作别。

展爷真是归心似箭。这一日天有二鼓,已到了武进县,以为连夜可以到家。刚走到一带榆树林中,忽听有人喊道:“救人呀!了不得了!有了打杠子的了!”展爷顺着声音,迎将上去,却是个老者背着包袱,喘的连嚷也嚷不出来。又听后面有人追着,却喊得洪亮道:“了不得!有人抢了我的包袱去了!”展爷心下明白,便道:“老者,你且隐藏,待我拦阻。”老者才往树后一隐,展爷便蹲下身去。后面赶的只顾往前,展爷将腿一伸,那人来的势猛,噗哧的一声,闹了个嘴吃屎。展爷赶上前按住,解下他的腰间搭包,寒鸦儿拂水的将他捆了。见他还有一根木棍,就从腰间插入,斜担的支起来。将老者唤出,问道:“你姓甚名谁?家住哪里?慢慢讲来。”老者从树后出来,先叩谢了。此时喘已定了,道:“小人姓颜名叫颜福,在榆林村居住。只因我家相公要上京投亲,差老奴到窗友金必正处借了衣服银两。多承金相公一番好意,留下小人吃饭,临走又交付老奴三十两银子,是赠我家相公作路费的。不想年老力衰,又加目力迟钝,因此来路晚了。刚走到榆树林之内,便遇见这人,一声断喝,要什么‘买路钱’。小人一听,哪里还有魂咧!一路好跑,喘的气也换不上来。幸亏大老爷相救,不然我这老命必丧于他手。”展爷听了,便道:“榆林村乃我必由之路,我就送你到家如何?”颜福复又叩谢。

展爷对那人道:“你这厮黄夜劫人,你还嚷人家抢了你的包袱去了。幸遇某家,我也不加害于你,你就在此歇歇,再等个人来救你便了。”说罢,叫老者背了包袱,出了林子,竟奔榆林村。到了颜家门首,老者道:“此处便是,请老爷里面待茶。”一壁说话,用手叩门。只听里面道:“外面可是颜福回来了么?”展爷听的明白,便道:“我不吃茶了,还要赶路呢。”说毕,迈开大步,竟奔遇杰村而来。

单说颜福听得是小主人的声音,便道:“老奴回来了。”开门处,颜福提包进来,仍然将门关好。你道这小主人是谁?乃是姓颜名查散,年方二十二岁。寡母郑氏,连老奴颜福,主仆三口度日。因颜老爷在日为人正直,作了一任县尹,两袖清风、一贫如洗、清如秋水、严似寒霜。可惜一病身亡，家业零落。颜生素有大志，总要克绍书香，学得满腹经纶，屡欲赴京考试。无奈家道寒难，不能如愿。因明年就是考试的年头，还是郑氏安人想出个计较来，便对颜生道："你姑母家道丰富，何不投托在彼？一来可以用功，二来可以就亲，岂不两全其美呢？"颜生道："母亲想的虽是，但姑母处已有多年不通信息。父亲在日还时常寄信问候，自父亲亡后遣人报信，并未见遣一人前来吊唁，至今音梗信杳①。虽是老亲，又是姑舅结下新亲；奈目下孩儿功名未成，如今时势，恐到哪里也是枉然。再者孩儿这一进京，母亲在家也无人侍奉；二来盘费短少，也是无可如何之事。"母子正在商议之间，恰恰的颜生窗友金生名必正特来探访。彼此相见，颜生就将母亲之意对金生说了。金生一力担当，慨然允许，便叫颜福跟了他去，打点进京的用度。颜生好生喜欢，即禀明老人家。安人闻听，感之不尽。母子又计议了一番。郑氏安人亲笔写了一封书信，言言哀恳，大约姑母无有不收留侄儿之理。

娘儿两个呆等颜福回来。天已二更，尚不见到。颜生劝老母安息，自己把卷独对青灯，等到四更，心中正自急躁，颜福方回来了，交了衣服银两。颜生大悦，叫老仆且去歇息。颜福一路劳乏，又受惊恐，已然支持不住，有话明日再说，也就告退了。

到了次日，颜生将衣服银两与母亲看了，正要商酌如何进京，只见老仆颜福进来，说道："相公进京，敢则是自己去么？"颜生道："家内无人，你须好好侍奉老太太，我是自己要进京的。"老仆道："相公若是一人赴京，是断断去不得的。"颜生道："却是为何？"颜福便将昨晚遇劫之事，说了一遍。郑氏安人听了颜福之言，说："是呀，若要如此，老身是不放心的！莫若你主仆二人同去方好。"颜生道："孩儿带了他去，家内无人，母亲叫谁侍奉？孩儿放心不下。"

正在计算为难，忽听有人叩门，老仆答应。开门看时，见是一个小童，一见面就说道："你老人家昨晚回来好呀？也就不早了罢。"颜福尚觑着眼儿瞧他，那小童道："你老人家瞧什么？我是金相公那里的，昨日给你老人家斟酒，不是我么？"颜福道："哦，哦！是，是！我倒忘了。你到此何事？"小童道："我们相公打发我见颜相公来了。"老仆听了，将他带至屋内，见了颜生，又参拜了安人。颜生便问道："你做什么来了？你叫什

---

① 音梗信杳(yǎo)——音信全无。梗，阻塞。杳，远得不见踪影。

么?”小童答道:“小人叫雨墨。我们相公知道相公无人,惟恐上京路途遥远不便,叫小人特来服侍相公进京。又说这位老主管有了年纪,眼力不行,可以在家伺候老太太,照看门户,彼此都可以放心。又叫小人带来十两银子,惟恐路上盘川不足,是要富余些个好。”安人与颜生听了,不胜欢喜,不胜感激。连颜福俱乐的了不得。安人又见雨墨说话伶俐明白,便问:“你今年多大了?”雨墨道:“小人十四岁了。”安人道:“你小儿家能够走路吗?”雨墨笑道:“回禀老太太得知,小人自八岁上,就跟着小人的父亲在外贸易。慢说走路,什么处儿的风俗,遇事眉高眼低,那算瞒不过小人的了。差不多的道儿,小人都认得。至于上京,更是熟路了。不然,我们相公会派我来跟相公么?”安人闻听,更觉喜欢放心。

颜生便拜别老母。安人未免伤心落泪,将亲笔写的书信交与颜生,道:“你到京中祥符县问双星巷,便知你姑父的居址了。”雨墨在旁道:“祥符县南有个双星巷,又名双星桥,小人认得的。”安人道:“如此甚好。你要好好服侍相公。”雨墨道:“不用老太太嘱咐,小人知道。”颜生又吩咐老仆颜福一番,暗暗将十两银子交付颜福,供养老母。雨墨已将小小包裹背起来。主仆二人出门上路。

颜生是从未出过门的,走了一二十里,便觉两腿酸疼,问雨墨道:“咱们自离家门,如今走了也有五六十里路了罢?”雨墨道:“可见相公没有出过门。这才离家有多大工夫,就会走了五六十里?那不成飞腿了么?告诉相公说,共总走了没有三十里路。”颜生吃惊,道:“如此说来,路途遥远,竟自难行的很呢!”雨墨道:“相公不要着急。走道儿有个法子:越不到越急,越走不上来;必须心平气和,不紧不慢,仿佛游山玩景的一般。路上虽无景致,拿着一村一寺皆算是幽景奇观,遇着一石一木也当做点缀的美景。如此走来走去,心也宽了,眼也亮了,乏也就忘了,道儿也就走的多了。”颜生被雨墨说的高起兴来,真果沿途玩赏。不知不觉,又走了一二十里,觉得腹中有些饥饿,便对雨墨道:“我此时虽不觉乏,只是腹中有点空空儿的,可怎么好?”雨墨用手一指,说:“那边不是镇店么?到了那里,买些饮食,吃了再走。”

又走了多会,到了镇市。颜相公见个饭铺,就要进去。雨墨道:“这里吃不现成,相公随我来。”把颜生带到二荤铺里去了。一来为省事,二来为省钱,这才透出他是久惯出外的油子手儿来了呢。主仆二人用了饭,再往前走了十多里,或树下,或道旁,随意歇息歇息再走。

到了天晚,来到一个热闹地方,地名双义镇。雨墨道:"相公,咱们就在此处住了罢。再往前走,就太远了。"颜生道:"既如此,就住了罢。"雨墨道:"住是住了。若是投店,相公千万不要多言,自有小人答复他。"颜生点头应允。

及至来到店门,挡槽儿的便道:"有干净房屋。天气不早了,再要走,可就太晚了。"雨墨便问道:"有单间厢房没有?或有耳房也使得。"挡槽儿的道:"请升进去看看就是了。"雨墨道:"若是有呢,我们好看哪;若没有,我们上那边住去。"挡槽儿的道:"请进去看看何妨。不如意,再走如何?"颜生道:"咱们且看看就是了。"雨墨道:"相公不知,咱们若进去,他就不叫出来了。店里的脾气我是知道的。"正说着,又出来了一个小二道:"请进去,不用游疑,讹不住你们两位。"颜生便向里走,雨墨只得跟随。只听店小二道:"相公请看,很好的正房三间,裱糊得又干净,又豁亮。"雨墨道:"是不是?不进来你们紧让,及至进来就是上房三间。我们爷儿两个又没有许多行李,住三间上房,你这还不讹了我们呢!告诉你,除了单厢房或耳房,别的我们不住。"说罢,回身就要走。小二一把拉住,道:"怎的了!我的二爷。上房三间,两明一暗。你们二位住那暗间,我们算一间的房钱,好不好?"颜生道:"就是这样罢。"雨墨道:"咱们先小人,后君子。说明了,我可就给一间的房钱。"小二连连答应。

主仆二人来至上房,进了暗间,将包裹放下。小二便用手擦外间桌子,道:"你们二位在外间用饭罢,不宽阔么?"雨墨道:"你不用诱。就是外间吃饭,也是住这暗间,我也是给你一间的房钱。况且我们不喝酒。早起吃的,这时候还饱着呢,我们不过找补点就是了。"小二听了,光景没有什么大来头,便道:"闷一壶高香片茶来罢?"雨墨道:"路上灌的凉水,这时候还满着呢,不喝。"小二道:"点个烛灯罢?"雨墨道:"怎么你们店里没有油灯吗?"小二道:"有啊!怕你们二位嫌油灯子气,又怕油了衣服。"雨墨道:"你只管拿来,我们不怕。"小二才回身,雨墨便道:"他倒会玩。我们花钱买烛,他却省油,敢则是里外里。"小二回头瞅了一眼,取灯取了半天,方点了来,问道:"二位吃什么?"雨墨道:"说了找补吃点。不用别的,给我们一个烩烙炸,就带了饭来罢。"店小二估量着,没有什么想头,抽身就走了,连影儿也不见了。等的急催他,他说:"没得。"再催他,他说:"就得,已经下了勺了。就得,就得。"

正在等着,忽听外面嚷道:"你这地方就敢小看人么?小菜碟儿一个大钱,吾是照顾你,赏你们脸哪。你不让我住,还要凌辱斯文。这等可恶!吾将你这狗店用火烧了。"雨墨道:"该!这倒替咱们出了气了。"又听店东道:"都住满了,真没有屋子了。难道为你现盖吗?"又听那人更高声道:"放狗屁不臭!满口胡说!你现盖?现盖也要吾等得呀!你就敢凌辱斯文。你打听打听,念书的人也是你敢欺负得的吗?"颜生听至此,不由的出了门外。雨墨道:"相公别管闲事。"刚然拦阻,只见院内那人向着颜生道:"老兄,你评评这个理。他不叫吾住使得,就将我这等一推,这不岂有此理么?还要与我现盖房去。这等可恶!"颜生答道:"兄台若不嫌弃,何不将就在这边屋内同住呢?"只听那人道:"萍水相逢,如何打搅呢?"雨墨一听,暗说:"此事不好,我们相公要上当。"连忙迎出,见相公与那人已携手登阶,来至屋内,就在明间,彼此坐了。

未知如何,下回分解。

第三十三回

真名士初交白玉堂　美英雄三试颜查散

且说颜生同那人进屋坐下,雨墨在灯下一看,见他头戴一顶开花儒巾,身上穿一件零碎蓝衫,足下穿一双无跟底破皂靴头儿,满脸尘土,实在不像念书之人,倒像个无赖。正思想却他之法,又见店东亲来赔罪。那人道:"你不必如此。大人不记小人过。饶恕你便了。"

店东去后,颜生便问道:"尊兄贵姓?"那人道:"吾姓金名懋①叔。"雨墨暗道:"他也配姓金?我主人才姓金呢,那是何等体面仗义。像他这个穷样子,连银也不配姓呀!常言说:'姓金没有金,一定穷断筋。'我们相公是要上他的当的。"又听那人道:"没领教兄台贵姓?"颜生也通了姓名。金生道:"原来是颜兄,失敬,失敬。请问颜兄,用过饭了没有?"颜生道:"尚未。金兄可用过了?"金生道:"不曾。何不共桌而食呢?叫小二来。"

---

① 懋——音 mào。

此时店小二拿了一壶香片茶来，放在桌上。金生便问道："你们这里有什么饭食？"小二道："上等饭食八两，中等饭六两，下等饭……"刚说至此，金生拦道："谁吃下等饭呢？就是上等饭罢。吾且问你，这上等饭是什么肴馔？"小二道："两海碗，两镟子，六大碗，四中碗，还有八个碟儿。无非鸡鸭鱼肉、翅子海参等类，调度的总要合心配口。"金生道："可有活鲤鱼么？"小二道："要活鲤鱼是大的，一两二钱银子一尾。"金生道："既要吃，不怕花钱。吾告诉你，鲤鱼不过一斤的叫做'拐子'，过了一斤的才是鲤鱼。不独要活的，还要尾巴像那胭脂瓣儿相似，那才是新鲜的呢。你拿来吾看。"又问："酒是什么酒"？小二道："不过随便常行酒。"金生道："不要那个。吾要喝陈年女贞陈绍。"小二道："有十年蠲下①的女贞陈绍，就是不零卖，那是四两银子一坛。"金生道："你好贫哪！什么四两五两，不拘多少，你搭一坛来当面开开，吾尝就是了。吾告诉你说，吾要那金红颜色浓浓香，倒了碗内要挂碗，犹如琥珀一般，那才是好的呢。"小二道："搭一坛来当面锥尝，不好不要钱，如何？"金生道："那是自然。"

说话间，已然掌上两支灯烛。此时店小二欢欣非常，小心殷勤，自不必说。少时端了一个腰子形儿的木盆来，里面欢蹦乱跳、足一斤多重的鲤鱼，说道："爷上请看，这尾鲤鱼何如？"金生道："鱼却是鲤鱼。你务必用这半盆水叫那鱼躺着，一来显大，二来水浅，他必扑腾，算是活跳跳的，卖这个手法儿。你不要拿着走，就在此处开了膛，省得抵换。"店小二只得当面收拾。金生又道："你收拾好了，把他鲜串着。可是你们加什么佐料？"店小二道："无非是香蕈口蘑，加些紫菜。"金生道："吾是要尖上尖的。"小二却不明白。金生道："怎么你不晓得？尖上尖就是那青笋尖儿上头的尖儿，总要嫩切成条儿，要吃那末咯吱、咯吱的才好。"店小二答应。不多时，又搭了一坛酒来，拿着锥子倒流儿，并有个磁盆。当面锥透，下上倒流儿，撒出酒来，果然美味真香。先舀一盅递与金生，尝了尝，道："也还罢了。"又舀了一盅递与颜生，尝了尝，自然也说好。便倒了一盆灌入壶内，略烫一烫，二人对面消饮。小二放下小菜，便一样一样端上来。金生连箸也不动，只是就佛手疙瘩慢饮，尽等吃活鱼。二人饮酒闲谈，越说越投机。颜生欢喜非常。少时用大盘盛了鱼来。金生便拿起箸子来，让颜生道："鱼是要吃热的，冷了就要发腥了。"布了颜生一块，自己便将

① 蠲（juān）下——积存下来。

鱼脊背拿筷子一划,要了姜醋碟。吃一块鱼,喝一盅酒,连声称赞:“妙哉,妙哉!”将这面吃完,筷子往鱼腮里一插,一翻手就将鱼的那面翻过来。又布了颜生一块,仍用筷子一划,又是一块鱼,一盅酒,将这面也吃了。然后要了一个中碗来,将蒸食双落一对掰在碗内,一连掰了四个。舀了鱼汤,泡了个稀糟,喊喽、喊喽吃了。又将碟子扣上,将盘子那边支起,从这边舀了三匙汤漏了,便道:“吾是饱了。颜兄自便,莫拘莫拘。”颜生也饱了。

二人出席。金生吩咐:“吾们就只一小童,该蒸的,该热的,不可与他冷吃。想来还有酒,他若喝时,只管给他喝。”店小二连连答应。说着说着话,他二人便进里间屋内去了。

雨墨此时见剩了许多东西全然不动,明日走路又拿不得,瞅着又是心疼。他哪里吃得下去,止于喝了两盅闷酒就算了,连忙来到屋内,只见金生张牙欠口,前仰后合,已有困意。颜生道:“金兄既已乏倦,何不安歇呢?”金生道:“如此,吾就要告罪了。”说罢,往床上一躺,呱哒一声,皂靴头儿掉了一只。他又将这条腿向膝盖一敲,又听噗哧一声,把那只皂靴头儿扣在地下。不一会,已然呼声震耳。颜生使眼色叫雨墨将灯移出,自己也就悄悄睡了。

雨墨移出灯来,坐在明间,心中发烦,哪里睡得着。好容易睡着,忽听有脚步之声,睁眼看时,天已大亮。见相公悄悄从里面出来,低言道:“取脸水去。”。雨墨取来,颜生净了面。忽听屋内有咳嗽之声,雨墨连忙进来,见金生伸懒腰,打哈声,两只脚却露着黑漆漆的底板儿,敢则是没袜底儿。忽听他口中念道:“大梦谁先觉?平生我自知。草堂春睡足,窗外日迟迟。”念完,一咕噜爬起来,道:“略略歇息,天就亮了。”雨墨道:“店家给金相公打脸水。”金生道:“吾是不洗脸的,怕伤水。叫店小二开开我们的帐,拿来吾看。”雨墨暗道:“有意思,他竟要会账。”只见店小二开了单来,上面共银十三两四钱八分。金生道:“不多,不多!外赏你们小二、灶上连打杂的二两。”店小二谢了。金生道:“颜兄,吾也不闹虚了。咱们京中再见,吾要先走了。”趿拉、趿拉竟自出店去了。

这里颜生便唤:“雨墨,雨墨。”叫了半天,雨墨才答应:“有。”颜生道:“会了银两走路。”雨墨又迟了多会,答应:“哦。”赌气拿了银子,到了柜上,争争夺夺,连外赏给了十四两银子,方同相公出了店。来到村外,到无人之处,便说:“相公,看金相公是个什么人?”颜生道:“是个念书的好人咧。"雨墨道:"如何?相公还是没有出过门,不知路上有许多奸险呢。有诓嘴吃的,有拐东西的,甚至有设下圈套害人的,奇奇怪怪的样子多着呢。相公如今拿着姓金的当好人,将来必要上他的当。据小人看来,他也不过是个篾片之流。"颜生正色嗔怪,道:"休得胡说!小小的人造这样的口过。我看金相公斯文中含着一股英雄的气概,将来必非等闲之人。你不要管,纵然他就是诓嘴,也无非多花几两银子,有甚要紧?你休再来管我。"雨墨听了相公之言,暗暗笑道:"怪道人人常言'书呆子',果然不错。我原来为好,倒嗔怪起来。只好暂且由他老人家,再做道理罢了。"

走不多时,已到打尖①之所。雨墨赌气,要了个热闹锅炸。吃了早饭又走。到了天晚,来到兴隆镇又住宿了,仍是三间上房,言给一间的钱。这个店小二比昨日的,却和气多了。刚然坐了未暖席,忽见店小二进来,笑容满面,问道:"相公是姓颜么?"雨墨道:"不错,你怎么知道?"小二道:"外面有一位金相公找来了。"颜生闻听,道:"快请,快请。"雨墨暗暗道:"这个得了!他是吃着甜头儿了。但只一件,我们花钱,他出主意,未免太冤。今晚我何不如此如此呢?"想罢,迎出门来,道:"金相公来了,很好,我们相公在这里恭候着呢。"金生道:"巧极,巧极!又遇见了。"颜生连忙执手相让,彼此就座,今日更比昨日亲热了。

说了数语之后,雨墨在旁道:"我们相公尚未吃饭,金相公必是未曾,何不同桌而食,叫了小二来先商议,叫他备办去呢?"金生道:"是极,是极。"正说时,小二拿了茶来,放在桌上。雨墨便问道:"你们是什么饭食?"小二道:"等次不同。上等饭是八两,中等饭是六两,下……"刚说了一个"下"字,雨墨就说:"谁吃下等饭呢?就是上等罢。我也不问什么肴馔,无非鸡鸭鱼肉、翅子海参等类。我问你,有活鲤鱼没有呢?"小二道:"有,不过贵些。"雨墨道:"既要吃,还怕花钱吗?我告诉你,鲤鱼不过一斤叫'拐子',总得一斤多那才是鲤鱼呢,必须尾巴要像胭脂瓣儿相似,那才新鲜呢。你拿来我瞧就是了。还有酒,我们可不要常行酒,要十年的女贞陈绍,管保是四两银子一坛。"店小二说:"是,要用多少?"雨墨道:"你好贫呀!什么多少,你搭一坛来当面尝。先说明,我可要金红颜色,浓浓香的,倒了碗内要挂碗,犹如琥珀一般。错过了,我可不要。"小二答应。

不多时,点上灯来。小二端了鱼来。雨墨上前,便道:"鱼可却是鲤

---

① 打尖——旅途中休息下来吃点东西。

鱼。你务必用半盆水躺着。一来显大,二来水浅,他必扑腾,算是欢蹦乱跳,卖这个手法儿。你就在此处开膛,省得抵换。把他鲜串着。你们佐料不过香菌口蘑紫菜,可有尖上尖没有?你管保不明白。这尖上尖就是青笋尖儿上头的尖儿,可要嫩切成条儿,要吃那末咯吱、咯吱的。"小二答应。又搭了酒来锥开。雨墨舀了一盅,递给金生,说道:"相公尝,管保喝的过。"金生尝了,道:"满好个,满好个。"雨墨也就不叫颜生尝了,便灌入壶中,略烫烫,拿来斟上。只见小二安放小菜,雨墨道:"你把佛手疙疸放在这边,这位相公爱吃。"金生瞅了雨墨一眼,道:"你也该歇歇了,他这里上菜,你少时再来。"雨墨退出,单等鱼来。小二往来端菜。不一时,拿了鱼来。雨墨跟着进来,道:"带姜醋碟儿。"小二道:"来了。"雨墨便将酒壶提起,站在金生旁边,满满斟了一盅,道:"金相公,拿起筷子来。鱼是要吃热的,冷了就要发腥了。"金生又瞅了他一眼。雨墨道:"先布我们相公一块。"金生道:"那是自然的。"果然布过一块。刚要用筷子再夹,雨墨道:"金相公,还没有用筷子一划呢?"金生道:"吾倒忘了。"重新打鱼脊背上一划,方夹到醋碟一蘸,吃了。端起盅来,一饮而尽。雨墨道:"酒是我斟的,相公只管吃鱼。"金生道:"极妙,极妙!吾倒省了事了。"仍是一盅一块。雨墨道:"妙哉,妙哉!"金生道:"妙哉的很,妙哉的很!"雨墨道:"又该把筷子往腮里一插了。"金生道:"那是自然的了。"将鱼翻过来。"吾还是布你们相公一块,再用筷子一划,省得你又提拔吾。"雨墨见鱼剩了不多,便叫小二拿一个中碗来。小二将碗拿到,雨墨说:"金相公,还是将蒸食双落儿掰上四个,泡上汤。"金生道:"是的,是的。"泡了汤,喊喽之时,雨墨便将碟子扣在那盘子上,那边支起来,道:"金相公,从这边舀三匙汤喝了,也就饱了,也不用陪我们相公了。"又对小二道:"我们二位相公吃完了,你瞧该热的,该蒸的,拣下去,我可不吃凉的。酒是有在那里,我自己喝就是了。"小二答应,便往下拣。忽听金生道:"颜兄这个小管家,叫他跟吾倒好,吾倒省话。"颜生也笑了。

今日雨墨可想开了,倒在外头盘膝稳坐,叫小二服侍,吃了那个,又吃这个。吃完了来到屋内,就在明间坐下,竟等呼声。少时闻听呼声震耳,进里间将灯移出,也不愁烦,竟自睡了。

至次日天亮,仍是颜生先醒,来到明间,雨墨伺候净面水。忽听金生咳嗽,连忙来到里间,只见金生伸懒腰打哈声。雨墨急念道:"大梦谁先觉?平生我自知。草堂春睡足,窗外日迟迟。"金生睁眼道:"你真聪明,都记得。好的,好的!”雨墨道:“不用给相公打脸水了,怕伤了水。叫店小二开了单来,算账。”一时开上单来,共用银十四两六钱五分。雨墨道:“金相公,十四两六钱五分不多罢?外赏他们小二、灶上、打杂的二两罢。”金生道:“使得的,使得的。”雨墨道:“金相公,管保不闹虚了。京中再见罢,有事只管先请罢。”金生道:“说的是,说的是,吾就先走了。”便对颜生执手告别,趿拉、趿拉出店去了。雨墨暗道:“一斤肉包的饺子,好大皮子!我打算今个扰他呢,谁知反被他扰去。”正在发笑,忽听相公呼唤。

未知如何,且听下回分解。

第三十四回

定兰谱颜生识英雄　看鱼书柳老嫌寒士

且说颜生见金生去了,便叫雨墨会账。雨墨道:“银子不够了,短的不足四两呢!我算给相公听,咱们出门时共剩了二十八两。两天两顿早尖连零用,共费了一两三钱。昨晚吃了十四两,再加今晚的十六两六钱五分,共合银三十一两九钱五分。岂不是短了不足四两么?”颜生道:“且将衣服典当几两银子,还了账目,余下的作盘费就是了。”雨墨道:“刚出门两天就当当。我看除了这几件衣服,今日当了,明日还有什么?”颜生也不理他。

雨墨去了多时,回来道:“衣服共当了八两银子,除还饭账,剩下四两有零。”颜生道:“咱们走路罢。”雨墨道:“不走还等什么呢?”出了店门,雨墨自言道:“轻松灵便,省得有包袱背着,怪沉的。”颜生道:“你不要多说了。事已如此,不过多费去些银两,有甚要紧。今晚前途,任凭你的主意就是了。”雨墨道:“这金相公也真真的奇怪。若说他是诓嘴吃的,怎的要了那些菜来,他连筷子也不动呢?就是爱喝好酒,也犯不上要一坛来,却又酒量不很大,一坛子喝不了一零儿,就全剩下了,白便宜了店家,就是爱吃活鱼,何不竟要活鱼呢?说他有意要冤咱们,却又素不相识,无仇无根。饶白吃白喝,还要冤人,更无此理。小人测不出他是什么意思来。”颜生道:“据我看来,他是个潇洒儒流,总有些放浪形骸之处。”主仆二人途次闲谈,仍是打了早尖,多歇息歇息,便一直赶到宿头。雨墨便出主意道:

“相公,咱们今晚住小店吃顿饭,每人不过花上二钱银子,再也没的耗费了。”颜生道:“依你,依你。”主仆二人竟投小店。

刚刚就座,只见小二进来道:“外面有位金相公找颜相公呢。”雨墨道:“很好,请进来。咱们多费上二钱银子,这个小店也没有什么主意出的了。”说话间,只见金生进来道:“吾与颜兄真是三生有幸,竟会到哪里,哪里就遇得着。”颜生道:“实实小弟与兄台缘分不浅。”金生道:“这么样罢。咱们两个结盟,拜把子罢。”雨墨暗道:“不好!他要出矿。”连忙上前,道:“金相公要与我们相公结拜,这个小店备办不出祭礼来,只好改日再拜罢。”金生道:“无妨,隔壁太和店是个大店口,什么俱有。慢说是祭礼,就是酒饭,回来也是那边要去。”雨墨暗暗顿足,道:“活该,活该!算是吃定我们爷儿们了。”

金生也不唤雨墨,就叫本店的小二将隔壁太和店的小二叫来。他便吩咐如何先备猪头三牲祭礼,立等要用;又如何预备上等饭,要鲜串活鱼;又如何搭一坛女贞陈绍:仍是按前两次一样。雨墨在旁,惟有听着而已。又看见颜生与金生说说笑笑,真如异姓兄弟一般,毫不介意。雨墨暗道:“我们相公真是书呆子,看明早这个饥荒怎么打算?”

不多时,三牲祭礼齐备,序齿烧香。谁知颜生比金生大两岁,理应先焚香。雨墨暗道:“这个定了,把弟吃准了把兄咧!”无奈何,在旁服侍。结拜完了,焚化钱粮后,便是颜生在上首坐了,金生在下面相陪,你称仁兄,我称贤弟,更觉亲热。雨墨在旁听着,好不耐烦。少时,酒至菜来,无非还是前两次的光景。雨墨也不多言,只等二人吃完,他便在外盘膝坐下,道:“吃也是如此,不吃也是如此,且自乐一会儿是一会儿。”便叫:“小二,你把那酒抬过来,我有个主意。你把太和店的小二也叫了来,有的是酒,有的是菜,咱们大伙儿同吃,算是我一点敬意儿。你说好不好?”小二闻听,乐不可言,连忙把那边的小二叫了来。二人一壁服侍着雨墨,一壁跟着吃喝,雨墨倒觉得畅快。吃喝完了,仍然进来等着,移出灯来也就睡了。

到了次日,颜生出来净面。雨墨悄悄道:“相公昨晚不该与金相公结义。不知道他家乡住处,知道他是什么人?倘若要是个篾片,相公的名头不坏了么?”颜生忙喝道:“你这奴才,休得胡说!我看金相公行止奇异,谈吐豪侠,决不是那流人物。既已结拜,便是患难相扶的弟兄了。你何敢在此多言!别的罢了,这是你说的吗?”雨墨道:“非是小人多言。别的罢了,回来店里的酒饭银两,又当怎么样呢?"

刚说至此,只见金生掀帘出来。雨墨忙迎上来,道:"金相公,怎么今日伸了懒腰,还没有念诗就起来呢?"金生笑道:"吾要念了,你念什么?原是留着你念的,不想你也误了,竟把诗句两耽搁了。"说罢,便叫:"小二,开了单来吾看。"雨墨暗道:"不好!他要起翅。"只见小二开了单来,上面写着连祭礼共用银十八两三钱。雨墨递给金生。金生看了,道:"不多,不多,也赏他二两。这边店里没用什么,赏他一两。"说完,便对颜生道:"仁兄呀!……"旁边雨墨吃这一惊不小,暗道:"不好,他要说'不闹虚了'。这二十多两银子又往哪里弄去?"谁知金生今日却不说此句,他却问颜生道:"仁兄呀!你这上京投亲,就是这个样子,难道令亲那里就不憎嫌么?"颜生叹气,道:"此事原是奉母命前来,愚兄却不愿意。况我姑父姑母又是多年不通音信的,恐到那里未免要费些唇舌呢。"金生道:"须要打算打算方好。"

雨墨暗道:"真关心呀!结了盟,就是另一样儿了。"正想着,只见外面走进一个人来。雨墨才待要问:"找谁的?"话未说出,那人便与金生磕头,道:"家老爷打发小人前来,恐爷路上缺少盘费,特送四百两银子,叫老爷将就用罢。"此时颜生听的明白。见来人身量高大,头戴雁翅大帽,身穿皂布短袍,腰束皮鞓带,足下登一双大曳拔靸靸鞋,手里还提着个马鞭子。只听金生道:"吾行路,焉用许多银两。既承你家老爷好意,也罢,留下二百两银子,下剩仍然拿回去。替吾道谢。"那人听了,放下马鞭,从褡裢鞁子里一封一封掏出四封,摆在桌上。金生便打开一包,拿了两个锞子,递与那人,道:"难为你大远的来,赏你喝茶罢。"那人又趴在地下,磕了个头,提了褡裢马鞭子。才要走时,忽听金生道:"你且慢着,你骑了牲口来了么?"那人道:"是。"金生道:"很好。索性'一客不烦二主',吾还要烦你辛苦一趟。"那人道:"不知爷有何差遣?"金生便对颜生道:"仁兄,兴隆镇的当票子放在哪里?"颜生暗想道:"我当衣服,他怎么知道了?"便问雨墨。雨墨此时看的都呆了,心中纳闷道:"这么个金相公,怎么会有人给他送银子来呢?果然我们相公眼力不差。从今我倒长了一番见识。"正在呆想,忽听颜生问他当票子。他便从腰间掏出一个包儿来,连票子和那剩下的四两多银子俱搁在一处,递将过来。金生将票子接在手中,又拿了两个锞子,对那人道:"你拿此票到兴隆镇,把他赎回来。除了本利,下剩的你作盘费就是了。你将这个褡裢子放在这里,回来再拿。

吾还告诉你,他回时不必到这里了,就在隔壁太和店,吾在那里等你。”那人连连答应,竟拿了马鞭子出店去了。

金生又重新拿了两锭银子,叫雨墨道:“你这两天多有辛苦,这银子赏你罢。吾也不是篾片了?”雨墨哪里还敢言语呢,只得也磕头谢了。金生对颜生道:“仁兄呀!咱们上那边店里去罢。”颜生道:“但凭贤弟。”金生便叫雨墨抱着桌子上的银子。雨墨又腾出手来,还要提那褡裢,金生在旁道:“你还拿那个,你不傻了么?你拿的动么?叫这店小二拿着,跟咱们送过那边去呀。你都聪明,怎么此时又不聪明了?”说的雨墨也笑了。便叫了小二拿了褡裢,主仆一同出了小店,来到太和店,真正宽阔。雨墨也不用说,竟奔上房而来,先将抱着的银子放在桌上,又接了小二拿的褡裢。颜生与金生在迎门两边椅子上坐了。这边小二殷勤沏了茶来。金生便出了主意,与颜生买马,治簇新的衣服靴帽,全是使他的银子。颜生也不谦让。到了晚间,那人回来,将当交明,提了褡裢去了。

这一天吃饭饮酒,也不像先前那样,止于拣可吃的要来。吃剩的,不过将够雨墨吃的。到了次日,这二百两银子,除了赏项买马、赎当治衣服等,并会了饭账,共费去银八九十两,仍余下一百多两,金生便都赠了颜生。颜生哪里肯受。金生道:“仁兄只管拿去。吾路上自有相知应付吾的盘费,吾是不用银子的。还是吾先走,咱们京都再会罢。”说罢,执手告别,趿拉趿拉出店去了。颜生倒觉得依恋不舍,眼巴巴的睁睁的目送出店。

此时雨墨精神百倍,装束行囊,将银两收藏严密,只将剩的四两有余带在腰间,叫小二把行李搭在马上,扣备停当,请相公骑马,登时阔起来了。雨墨又把雨衣包了,小小包袱背在肩头,以防天气不测。颜生也给他雇了一头驴,沿路盘脚。一日,来至祥符县,竟奔双星桥而来。到了双星桥,略问一问柳家,人人皆知,指引门户。主仆来到门前一看,果然气象不凡,是个殷实人家。

原来颜生的姑父名叫柳洪,务农为业,为人固执,有个悭吝①毛病,处处好打算盘,是个顾财不顾亲的人。他与颜老爷虽是郎舅,却有些冰火不同炉。只因颜老爷是个堂堂的县尹,以为将来必有发迹,故将自己的女儿柳金蝉自幼儿就许配了颜查散。不意后来颜老爷病故,送了信来,他就有

---

① 悭吝(qiānlìn)——吝啬。

些后悔,还关碍着颜氏安人不好意思。谁知三年前,颜氏安人又一病呜呼了,他就绝意的要断了这门亲事,因此连信息也不通知。他续娶冯氏,又是个面善心毒之人。幸喜她很疼爱小姐。她疼爱小姐,又有她的一番意思。只因员外柳洪每每提起颜生,便嗐声叹气,说当初不该定这门亲事,已露出有退婚之意。冯氏便暗怀着鬼胎。因她有个侄儿名唤冯君衡,与金蝉小姐年纪相仿。她打算着把自己侄儿作为养老的女婿,就是将来柳洪亡后,这一份家私也逃不出冯家之手,因此她却疼爱小姐,又叫侄儿冯君衡时常在员外跟前献些殷勤。员外虽则喜欢,无奈冯君衡的相貌不扬,又是一个白丁,因此柳洪总未露出口吻来。

一日,柳洪正在书房,偶然想起女儿金蝉年已及笄①,颜生那里杳无音信,闻得他家道艰窘,难以度日,惟恐女儿过去受罪,怎么想个法子,退了此亲方好。正在烦思,忽见家人进来禀道:"武进县的颜姑爷来了。"柳洪听了,吃惊不小,登时就会没了主意,半天,说道:"你就回复他,说我不在家。"那家人刚然回身,他又叫住,问道:"是什么形相来的?"家人道:"穿着鲜明的衣服,骑着高头大马,带着书僮,甚是齐整。"柳洪暗道:"颜生必是发了财了,特来就亲。幸亏细心一问,险些儿误了大事。"忙叫家人"快请",自己也就迎了出来。

只见颜生穿着簇新大衫,又搭着俊俏的容貌,后面又跟着个伶俐小童,拉着一匹润白大马,不由的心中羡慕,连忙上前相见。颜生即以子侄之礼参拜。柳洪哪里肯受,谦让至再至三,才受半礼。彼此就座,叙了寒暄,家人献茶已毕。颜生便渐渐的说到家业零落,"特奉母命投亲,在此攻书,预备明年考试,并有家母亲笔书信一封。"说话之间,雨墨已将书信拿出来,交与颜生。颜生呈与柳洪,又奉了一揖。此时柳洪却把那黑脸面放下来,不是先前那等欢喜。无奈何将书信拆阅已毕,更觉烦了,便吩咐家人,将颜相公送至花园幽斋居住。颜生还要拜见姑母,老狗才道:"拙妻这几日有些不大爽快,改日再见。"颜生看此光景,只得跟随家人上花园去了。幸亏金生打算替颜生治办衣服马匹,不然老狗才绝不肯纳。可见金生奇异。

殊不知柳洪是何主意,且听下回分解。

---

① 及笄(jī)——旧时称女子年达十五岁为"及笄",也指女子已到可以出嫁的年龄。

第三十五回

柳老赖婚狼心难测　冯生联句狗屁不通

话说柳洪便袖了书信来到后面,忧容满面。冯氏问道:“员外为着何事,如此的烦闷?”柳洪便将颜生投亲的原由,说了一遍。冯氏初时听了也是一怔,后来便假意欢喜,给员外道喜,说道:“此乃一件好事,员外该当做的。”柳洪闻听,不由的怒道:“什么好事!你往日明白,今日糊涂了。你且看书信,他上面写着叫他在此读书,等到明年考试。这个用度须耗费多少。再者若中了,还有许多的应酬;若不中,就叫我这里完婚。过一月后,叫我这里将他小两口儿送往武进县去。你自打算打算,这注财要耗费多少银子?归根我落个人财两空,你如何还说做得呢?这不岂有此理么!”冯氏趁机便探柳洪的口气,道:“若依员外,此事便怎么样呢!”柳洪道:“也没有什么主意,不过是想把婚姻退了,另找个财主女婿,省得女儿过去受罪,也免得我将来受累。”冯氏见柳洪吐出退婚的话来,她便随机应变,冒出坏包来了。对柳洪道:“员外既有此心,暂且将颜生在幽斋冷落几天。我保不出十日,管叫他自己退婚,叫他自去之计。”柳洪听了,喜道:“安人果能如此,方去我心头大病。”

两个人在屋中计议,不防被跟小姐的乳母田氏从窗外经过,将这些话一一俱各听去。她急急的奔到后楼,来到香闺,见了小姐,一五一十,俱各说了,便道:“小姐不可为俗礼所拘,仍作闺门之态。一来解救颜姑爷,二来并救颜老母。此事关系非浅,不可因小节而坏大事。小姐早早拿个主意。”小姐道:“总是我那亲娘去世,叫我向谁申诉呢?”田氏道:“我倒有个主意。他们商议原不出十天,咱们就在这三五日内,小姐与颜相公不论夫妻,仍论兄妹,写一字柬叫绣红约他在内书房夜间相会。将原委告诉明白了颜相公,小姐将私蓄赠些与他,叫他另寻安身之处。俟科考后功名成就,那时再来就亲,大约员外无有不允之理。”小姐闻听,尚然不肯。还是田氏与绣红百般开导解劝,小姐无奈,才应允了。

大凡为人各有私念。似乳母丫鬟这一番私念,原是为顾惜颜生,疼爱小姐,是一片好心。这个私念理应如此。竟有一等人无故一心私念,闹的他自己亡魂失魄,仿佛热地蚂蚁一般,行踪无定,居止不安:就是冯君衡这小子。自从听见他姑妈有意将金蝉小姐许配于他,他便每日跑破了门,不时的往来。若遇见员外,他便卑躬下气,假作斯文。那一宗胁肩谄笑,便叫人忍耐不得。员外看了,总不大合心。若是员外不在跟前,他便和他姑妈讪皮讪脸,百般的央告,甚至于屈膝,只要求冯氏早晚在员外跟前玉成其事。偏偏的有一日凑巧,恰值金蝉小姐给冯氏问安。娘儿两个正在闲谈,这小子他就一步儿跑进来了。小姐躲闪不及。冯氏便道:"你们是表兄妹,皆是骨肉,是见得的。彼此见了。"小姐无奈,把袖子福了一福。他便作下一揖去,半天直不起腰来。那一双贼眼,直勾勾地瞅着小姐。旁边绣红看不上眼,簇拥着小姐回绣阁去了。他就痴呆了半晌。他这一瞧直不是人,是人没有那末瞧的。

自那天见了小姐之后,他便谋求的狠了,恨不得立刻到手,天天来至柳家探望。这一天刚进门来,见院内拴着一匹白马,便问家人道:"此马从何而来?"家人回道:"是武进县颜姑爷骑来的。"他一闻此言,就犹如平空的打了个焦雷,只惊得目瞪痴呆,魂飞天外,半晌,方透过一口气来,暗想:"此事却怎么处?"只得来到书房见了柳洪。见员外愁眉不展,他知道必是为此事发愁,想来颜生必然穷苦之甚。"我何不见他,看看他倒是怎么的光景。如若真不像样,就当面奚落他一场,也出了我胸中恶气。"想罢,便对柳洪言明,要见颜生。

柳洪无奈,只得将他带入幽斋。他原打算奚落一场。谁知见了颜生,不但衣冠鲜明,而且相貌俊美,谈吐风雅,反觉得跼蹐①不安,自惭形秽,竟自无地可容,连一句整话也说不出来。柳洪在旁观瞧,也觉得妍媸②自分,暗道:"据颜生相貌才情,堪配吾女。可惜他家道贫寒,是一宗大病。"又看冯君衡耸肩缩背,挤眉弄眼,竟不知如何是可。柳洪倒觉不好意思,搭讪着道:"你二人在此攀话,我料理我的事去了。"说罢,就走开了。

冯君衡见柳洪去后,他便抓头不是尾,险些儿没急出毛病来,略坐一坐,便回书房去了。一进门来,自己便对穿衣镜一照,自己叫道:"冯君衡呀,冯君衡!你瞧瞧人家是怎么长来着,你是怎么长来着!我也不怨别的,怨只怨我那爹娘,既要好儿子,为何不下上点好好的工夫呢?教导教

---

① 跼蹐(jújí)——形容谨慎恐惧的样子。

② 妍媸(chī)——相貌的俊丑。妍,相貌好。媸,相貌丑。

导,调理调理,真是好好儿的,也不至于见了人说不出话来。”自己怨恨一番。忽又想道:“颜生也是一个人,我也是一个人,我又何必怕他呢?这不是我自损志气么?明日倒要仗着胆子与他盘桓盘桓,看是如何。”想罢,就在书房睡了。

到了次日,吃毕早饭,依然犹疑了半天。后来发了一个狠儿,便上幽斋而来。见了颜生,彼此坐了。冯君衡便问道:“请问你老高寿?”颜生道:“念有二岁。”冯君衡听了不明白,便“念”呀“念”的尽着念。颜生便在桌上写出来。冯君衡见了,道:“哦!敢则是单写的二十呀。若是这么说,我敢则是念了。”颜生道:“冯兄尊齿二十了么?”冯君衡道:“我的牙却是二十八个,连槽牙。我的岁数却是二十。”颜生笑道:“尊齿便是岁数。”冯君衡便知是自己答应错了,便道:“颜大哥,我是个粗人,你和我总别闹文。”颜生又问道:“冯兄在家作何功课?”冯君衡却明白“功课”二字,便道:“我家也有个先生,可不是瞎子,也是睁眼儿先生。他教给我作什么诗,五个字一句,说四句是一首,还有什么韵不韵的。我哪里弄得上来呢?后来作惯了,觉得顺溜了,就只能作半截儿。任凭怎么使劲儿,再也作不下去了。有一遭儿,先生出了个‘鹅群’叫我作,我如何作的下去呢?好容易作了半截儿。”颜生道:“可还记得么?”冯君衡道:“记得的很呢。我好容易作的,焉有不记得呢。我记是:‘远看一群鹅,见人就下河。’”颜生道:“底下呢?”冯君衡道:“说过就作半截儿,如何能够满作了呢?”颜生道:“待我与你续上半截如何?”冯君衡道:“那敢则好。”颜生道:“白毛分绿水,红掌荡清波。”冯君衡道:“似乎是好,念着怪有个听头儿的。还有一遭,因我们书房院子里有棵枇杷,先生以此为题。我作的是:‘有棵枇杷树,两个大槎丫。’”颜生道:“我也与你续上罢。‘未结黄金果,先开白玉花。’”

冯君衡见颜生又续上了,他却不讲诗,便道:“我最爱对对子。怎么原故呢?作诗须得论平仄押韵,对对子就平空的想出来。若有上句,按着那边字儿一对,就得了。颜大哥,你出个对子我对。”颜生暗道:“今日重阳,而且风鸣树吼。”便写了一联道:“九日重阳风落叶。”冯君衡看了半天,猛然想起,对道:“‘八月中秋月照台’。颜大哥,你看我对的如何?你再出个我对。”颜生见他无甚行止,便写一联道:“立品修身,谁能效子游子夏?”冯君衡按着字儿,扣了一会,便对道:“交朋结友,我敢比刘六刘七。”颜生便又写了一联,却是明褒暗贬之意。冯君衡接来一看,写的是:“三坟五典,你乃百宝箱。”便又想了,对道:“一转两晃,我是万花筒。”他又磨着颜生出对。颜生实在不耐烦了,便道:“愿安承教你无门。”这明是说他请教不得其门。冯君衡他却呆想,忽然笑道:“可对上了。”便道:“不敢从命我有窗。”他见颜生手中摇着扇子,上面有字,便道:“颜大哥,我瞧瞧扇子。”颜生递过来。他就连声夸道:“好字,好字,真写了个龙争虎斗。”又翻着那面,却是素纸,连声可惜,道:“这一面如何不画上几个人儿呢?颜大哥,你瞧我的扇子,却是画了一面,那一面却没有字。求颜大哥的大笔,写上几个字儿罢。”颜生道:“我那扇子是相好朋友写了送我的,现有双款为证,不敢虚言。我那拙笔焉能奉命,惟恐有污尊摇。”冯君衡道:“说了不闹文么,什么‘尊摇’不‘尊摇’的呢?我那扇子也是朋友送我的,如今再求颜大哥一写,更成全起来了。颜大哥,你看看那画的神情儿颇好。”颜生一看,见有一只船,上面有一妇人摇桨,旁边跪着一个小伙拉着桨绳。冯君衡又道:“颜大哥,你看那边岸上那一人拿着千里眼镜儿,哈着腰儿瞧的,神情儿真是活的一般。千万求颜大哥把那面与我写了。我先拿了颜大哥扇子去,等写得时再换。”颜生无奈,将他的扇子插入笔筒之内。

冯君衡告辞,转身回了书房,暗暗想道:“颜生他将我两次诗不用思索,开口就续上了。他的学问哪,比我强多咧,而且相貌又好,他若在此了呵,只怕我那表妹被他夺了去,这便如何是好呢?”他也不想想人家原是许过的,他却是要图谋人家的,可见这恶贼利欲熏心!他便思前想后,总要把颜生害了才合心意,翻来覆去,一夜不曾合眼,再也想不出计策来。到了次日,吃毕早饭,又往花园而来。

不知后文如何,下回分解。

第三十六回

园内赠金丫鬟丧命　厅前盗尸恶仆忘恩

且说冯君衡来至花园,忽见迎头来了个女子。仔细看时,却是绣红,心中陡然疑惑起来,便问道:“你到花园来做什么?”绣红道:“小姐派我来掐花儿。”冯君衡道:“掐的花儿在哪里?”绣红道:“我到那边看了花儿,尚未开呢,因此空手回来。你查问我做什么?这是柳家花园,又不是你们冯家的花园,用你多管闲事,好没来由呀!"说罢,扬长去了。气的个冯君衡直瞪瞪的一双贼眼,再也对答不出来。心中更加疑惑,急忙奔至幽斋。偏偏雨墨又进内烹茶去了,颜生拿着个字帖儿正要开看,猛抬头见了冯君衡,连忙让坐,顺手将字帖儿掖在书内,彼此闲谈。冯君衡道:"颜大哥,可有什么浅近的诗书,借给我看看呢?"颜生因他借书,便立起身来,向书架上找书去了。冯君衡便留神,见方才掖在书内字帖儿露着个纸角儿,他便轻轻抽出,暗暗的袖了。及至颜生找了书来,急忙接过,执手告别,回转书房而来。

进了书房,将书放下,便从袖中掏出字儿一看,只吓得惊疑不止,暗道:"这还了得!险些儿坏了大事。"原来此字正是前次乳母与小姐商议的,定于今晚二鼓在内角门相会,私赠银两,偏偏的被冯贼偷了来了。他便暗暗想道:"今晚他们若相会了,小姐一定身许颜生,我的姻缘岂不付之流水!这便如何是好?"忽又转念一想道:"无妨,无妨,如今字儿既落吾手,大约颜生恐我识破,他决不敢前去。我何不于二鼓时假冒颜生,倘能到手,岂不仍是我的姻缘。即便露出马脚,他若不依,就拿着此字作个见证。就是姑爷知道,也是他开门揖盗①,却也不能奈何于我。"心中越想,此计越妙,不由得满心欢喜,恨不得立刻就交二鼓。

且说金蝉小姐虽则叫绣红寄柬与颜生,她便暗暗打点了私蓄银两并首饰衣服,到了临期,却派了绣红,持了包袱银两去赠颜生。田氏在旁边劝道:"何不小姐亲身一往?"小姐道:"此事已是越理之举,再要亲身前去,更失了闺阁体统。我是断断不肯去的。"

绣红无奈,提了包袱银两,刚来到角门以外,见个人伛偻②而来,细看形色不是颜生,便问道:"你是谁?"只听那人道:"我是颜生。"细听话音却不对。忽见那人向前就要动手。绣红见不是势头,才嚷道"有贼"二字,冯君衡着忙,急伸手,本欲蒙嘴,不意蠢夫使的力猛,丫鬟人小软弱,往后仰面便倒。恶贼收手不及,扑跌在丫鬟身上,以至手按在绣红喉间一挤。及至强徒起来,丫鬟已气绝身亡,将包袱银两抛于地上。冯贼见丫鬟已死,急忙提了包袱,捡起银两包儿来,竟回书房去了。将颜生的扇子并字帖儿留于一旁。

---

① 揖(yī)盗——向强盗拱手行礼。

② 伛偻(yǔlǚ)——脊背向前弯曲。

小姐与乳母在楼上提心吊胆,等绣红不见回来,好生着急。乳母便要到角门一看,谁知此时巡更之人见丫鬟倒毙在角门之外,早已禀知员外安人了。乳母听了此信,魂飞天外,回身绣阁,给小姐送信。只见灯笼火把,仆妇丫鬟同定员外安人,竟奔内角门而来。柳洪将灯一照,果是小绣红,见她旁边撂着一把扇子,又见那边地上有个字帖儿。连忙俱各捡起,打开扇子却是颜生的,心中已然不悦;又将字帖儿一看,登时气冲牛斗,也不言语,竟奔小姐的绣阁。冯氏不知是何缘故,便随在后面。

柳洪见了小姐,说:"干的好事!"将字帖儿就当面掷去。小姐此时已知绣红已死,又见爹爹如此,真是万箭攒心,一时难以分辩,惟有痛哭而已。亏得冯氏赶到,见此光景,忙将字帖儿拾起,看了一遍,说道:"原来为着此事。员外,你好糊涂,焉知不是绣红那丫头干的鬼呢?她素来笔迹原与女儿一样。女儿现在未出绣阁,她却死在角门以外。你如何不分皂白,就埋怨女儿来呢?只是这颜姑爷既已得了财物,为何又将丫鬟掐死呢?竟自不知是什么意思?"一句话提醒了柳洪,便把一天愁恨俱搁在颜生身上。他就连忙写一张呈子,说颜生无故杀害丫鬟,并不提私赠银两之事,惟恐与自己名声不好听,便把颜生送往祥符县内。可怜颜生睡里梦里连个影儿也不知,幸喜雨墨机灵,暗暗打听明白,告诉了颜生。颜生听了,他便立了个百折不回的主意。

且说冯氏安慰小姐,叫乳母好生看顾,她便回至后边,将计就计,在柳洪跟前竭力撺掇,务将颜生置之死地,恰恰又暗合柳洪之心。柳洪等候县尹来相验了,绣红实是扣喉而死,并无别的情形。柳洪便咬定牙说是颜生谋害的,总要颜生抵命。

县尹回至衙门,立刻升堂,将颜生带上堂来。仔细一看,却是个懦弱书生,不像那杀人的凶手,便有怜惜他的意思,问道:"颜查散,你为何谋害绣红?从实招上来!"颜生禀道:"只因绣红素来不服呼唤,屡屡逆命。昨又因她口出不逊,一时气愤难当,将她赶至后角门。不想刚然扣喉,她就倒毙而亡。望祈老父母早早定案,犯人再也无怨的了。"说罢,向上叩头。县宰见他满口应承,毫无推诿,而且情甘认罪,决无异词,不由心下为难,暗暗思忖道:"看此光景,决非行凶作恶之人。难道他素有疯癫不成?或者其中别有情节,碍难吐露,他情愿就死,亦未可知。此事本县倒要细细访查,再行定案。"想罢,吩咐将颜生带下去寄监。县官退堂入后,自然另有一番思索。

你道颜生为何情甘认罪？只因他怜念小姐一番好心，不料自己粗心失去字帖儿，致令绣红遭此惨祸，已然对不过小姐了；若再当堂和盘托出，岂不败坏了小姐名节？莫若自己应承，省得小姐出头露面，有伤闺门的风范。这便是颜生的一番衷曲。他却哪里知道，暗中苦了一个雨墨呢。

且说雨墨从相公被人拿去之后，他便暗暗揣了银两赶赴县前，悄悄打听，听说相公满口应承，当堂全认了，只吓得他胆裂魂飞，泪流满面。后来见颜生入监，他便上前苦苦哀求禁子①，并言有薄敬奉上。禁子与牢头相商明白，容他在内服侍相公。雨墨便将银子交付了牢头，嘱托一切俱要看顾。牢头见了白花花一包银子，满心欢喜，满口应承。雨墨见了颜生，又痛哭，又是抱怨，说："相公不该应承了此事。"见颜生微微含笑，毫不介意，雨墨竟自不知是何缘故。

谁知此时柳洪那里俱各知道颜生当堂招认了，老贼乐得满心欢喜，仿佛去了一场大病一般。苦只苦了金蝉小姐，一闻此言，只道颜生决无生理，仔细想来，全是自己将他害了。"他既无命，我岂独生？莫若以死相酬。"将乳母支出去烹茶，她便倚了绣阁，投缳自尽身亡。及至乳母端了茶来，见门户关闭，就知不好，便高声呼唤，也不见应。再从门缝看时，见小姐高高的悬起，只吓得她骨软筋酥，踉踉跄跄，报与员外安人。柳洪一闻此言，也就顾不得了，先带领家人奔到楼上，打开绣户，上前便把小姐抱住。家人忙上前解了罗帕。此时冯氏已然赶到。夫妻二人打量还可以解救，谁知香魂已缈，不由地痛哭起来。更加着冯氏数数落落，一壁里哭小姐，一壁里骂柳洪道："都是你这老乌龟，老杀才！不分青红皂白，生生儿的要了你的女儿命了！那一个刚然送县，这一个就上了吊了。这个名声传扬出去才好听呢！"柳洪听了此言，咯噔的把泪收住，道："幸亏你提拔我。似此事如何办理？哭是小事，且先想个主意要紧。"冯氏道："还有别的什么主意吗？只好说小姐得了个暴病，有些不妥。先着人悄悄抬个棺材来，算是预备后事，与小姐冲冲喜。却暗暗的将小姐盛殓了，浮厝②在花园敞厅上。候过了三朝五日，便说小姐因病身亡，也就遮了外面的耳目，也省得人家谈论了。"柳洪听了，再也想不出别的高主意，只好依计而

---

① 禁子——旧时称在牢狱中看守罪犯的人。也说禁卒。

② 浮厝（cuò）——暂时把灵柩停放在地面上，周围用砖石等砌起来掩盖，以待改葬。

行,便嘱咐家人搭棺材去。"倘有人问,就说小姐得病甚重,为的是冲冲喜。"家人领命,去不多时,便搭了来了,悄悄抬至后楼。

此时冯氏与乳母已将小姐穿戴齐备,所有小姐素日惜爱的簪环首饰衣服俱各盛殓了。且不下简,便叫家人等暗暗抬至花园敞厅停放。员外安人又不敢放声大哭,惟有呜呜悲泣而已。停放已毕,惟恐有人看见,便将花园门倒锁起来。所有家人,每人赏了四两银子,以压口舌。

谁知家人之中有一人姓牛名唤驴子。他爹爹牛三原是柳家的老仆,只因双目失明,柳洪念他出力多年,便在花园后门外盖了三间草房,叫他与他儿子并媳妇马氏一同居住,又可以看守花园。这日牛驴子拿了四两银子回来。马氏问道:"此银从何而来?"驴子便将小姐自尽、并员外安人定计,暂且停放花园敞厅,并未下简的情由,说了一遍。"这四两银子便是员外赏的,叫我们严密此事,不可声张。"说罢,又言小姐的盛殓的东西实在的是不少,什么凤头钗,又是什么珍珠花,翡翠环,这个那个说了一套。马氏闻听,便觉唾涎,道:"可惜了儿的这些好东西!你就是没有胆子;你若有胆量,到了夜间,只隔着一段墙偷偷儿的进去……"刚说至此,只听那屋牛三道:"媳妇,你说的这是什么话!咱家员外遭了此事已是不幸,人人听见该当叹息,替他难受。怎么你还要就热窝儿去偷盗尸首的东西?人要天理良心,看昭彰报应要紧!驴儿呀,驴儿,此事是断断做不得的。"老头儿说罢,恨恨不已。谁知牛三刚说话时,驴子便对着他女人摆手儿。后来又听见叫他不可做此事,驴子便赌气子道:"我知道,也不过是那末说,哪里我就做了呢。"说着话,便打手式,叫他女人预备饭,自己便打酒去。少时,酒也有了,菜也得了。且不打发牛三吃,自己便先喝酒。女人一壁服侍,一壁跟着吃,却不言语,尽打手式。到吃喝完了,两口子便将家伙归着①起来。驴子便在院内找了一把板斧,掖在腰间。等到将有二鼓,他直奔到花园后门,拣了个地势高耸之处,扳住墙头纵将上去。他便往里一跳,直奔敞厅而来。

未知如何,下回分解。

---

① 归着——收拾。

第三十七回
小姐还魂牛儿遭报　幼童侍主侠士挥金

且说牛驴子于起更时来至花园，扳住墙头，纵身上去，他便往里一跳。只听噗咚一声，自己把自己倒吓了一跳。但见树林中透出月色，满园中花影摇曳，仿佛都是人影儿一般。毛手毛脚，贼头贼脑，他却认得路径，一直竟奔敞厅而来，见棺材停放中间。猛然想起小姐入殓之时形景，不觉从脊梁骨上一阵发麻灌海，登时头发根根倒竖，害起怕来，又连打了几个寒噤。暗暗说："不好，我别要不得！"身子觉软，就坐在敞厅栏杆踏板之上，略定了定神。回手拔出板斧。心里想道："我此来原为发财，这一上去打开棺盖，财帛便可到手。你却怕他怎的？这总是自己心虚之过。慢说无鬼；就是有鬼，也不过是闺中弱女，有什么大本事呢？"想至此，不觉的雄心陡起，提了板斧，便来到敞厅之上。对了棺木，一时天良难昧，便双膝跪倒，暗暗祝道："牛驴子实在是个苦小子。今日暂借小姐的簪环衣服一用，日后充足了，我再多多的给小姐烧些纸锞罢。"祝毕起来，将板斧放下，只用双手从前面托住棺盖，尽力往上一起，那棺盖就离了位了，他便往左边一跨。又绕到后边，也是用双手托住，往上一起，他却往右边一跨，那材盖便横斜在材上。才要动手，忽听"嗳哟"一声，便吓得他把脖子一缩，跑下厅来，格嗒嗒一个个整颤，半晌还不过气来。又见小姐挣扎起来，口中说道："多承公公指引。"便不言语了。驴子喘息了喘息，想道："小姐她会还了魂了。"又一转念："她纵然还魂，正在气息微弱之时，我这上去将她掐住咽喉，她依然是死。我照旧发财。有何不可呢？"想至此，又立起身来，从老远的就将两手比着要掐的式样。尚未来到敞厅，忽有一物飞来正打在左手之上。驴子又不敢嗳哟，只疼的他咬着牙，摔着手，在厅下打转。

只见从太湖石后来了一人，身穿夜行衣服，竟奔驴子而来。瞧着不好，刚然要跑，已被那人一个箭步，赶上就是一脚。驴子便跌倒在地，口中叫道："爷爷饶命！"那人便将驴子按在地上，用刀一晃，道："我且问你，棺木内死的是谁？"驴子道："是我家小姐，可是吊死的。"那人吃惊，道："你家小姐如何吊死呢？"驴子道："只因颜生当堂招认了，我家小姐就吊死了,不知是什么缘故?只求爷爷饶命!"那人道:"你初念贪财还可饶恕,后来又生害人之心,便是可杀不可留了。"说到"可杀"二字,刀已落将下来,登时驴子入了汤锅了。

你道此人是谁?他便是改名金懋叔的白玉堂。自从赠了颜生银两之后,他便先到祥符县将柳洪打听明白,已知道此人悭吝,必然嫌贫爱富。后来打听颜生到此,甚是相安,正在欢喜。忽听得颜生被祥符县拿去,甚觉诧异;故此黄夜到此,打听个水落石出。已知颜生负屈含冤,并不知小姐又有自缢之事。适才问了驴子,方才明白。既将驴子杀了,又见小姐还魂。本欲上前搀扶,又要避盟嫂之嫌疑。猛然心生一计:"我何不如此如此呢?"想罢,便高声嚷道:"你们小姐还了魂了!快来救人呀!"又向那角门上噔的一脚,连门带框,俱各歪在一边。他却飞身上房,竟奔柳洪住房去了。

且说巡更之人原是四个,前后半夜倒换。这前半夜的二人正在巡更,猛听得有人说小姐还魂之事,又听得咔嚓一声响亮。二人吓了一跳,连忙顺着声音,打着灯笼一照,见花园角门连门框俱各歪在一边。二人仗着胆子,进了花园,趁着月色,先往敞厅上一看,见棺材盖横在材上。连忙过去细看,见小姐坐在棺内,闭着双睛,口内尚在咕哝。二人见了,悄悄说道:"谁说不是活了呢。快报员外安人去。"刚然回身,只见那边有一块黑忽忽的,不知是什么。打过灯笼一照,却是一个人。内中有个眼尖的道:"伙计,这不是牛驴子么?他如何躺在这里呢?难道昨日停放之后,把他落在这里了?"又听那人道:"这是什么稀泞的?踩了我一脚。嗳哟!怎么他脖子上有个口子呢?敢则是被人杀了。快快报与员外,说小姐还魂了。"

柳洪听了,即刻叫开角门。冯氏也连忙起来,唤齐仆妇丫鬟,俱往花园而来。谁知乳母田氏一闻此言,预先跑来,扶着小姐呼唤,只听小姐嘟哝道:"多承公公指引,叫奴家何以报答?"柳洪、冯氏见了小姐果然活了,不胜欢喜。大家搀扶出来。田氏转身背负着小姐,仆妇帮扶,左右围随,一直来到绣阁安放妥协,又灌姜汤少许,渐渐的苏醒过来。容小姐静一静,定定神,只有乳母田氏与安人、小丫鬟等在左右看顾。柳洪就慢慢的下楼去了。只见更夫仍在楼门之外伺候。柳洪便道:"你二人还不巡更,在此作甚?"二人道:"等着员外回话。还有一宗事呢。"柳洪道:"还有什么事呢?不是要讨赏么?"二人道:"讨赏忙什么呢。咱们花园躺着一个死人呢。”柳洪闻听，大惊道：“如何有死人呢？”二人道：“员外随我们看看就知道了。不是生人，却是个熟人。”

柳洪跟定更夫进了花园，来至敞厅，更夫举起灯笼照看。柳洪见满地是血，战战兢兢看了多时，道：“这不是牛驴子吗？他如何被人杀了呢？”又见棺盖横着，旁边又有一把板斧，猛然省悟，道：“别是他前来开棺盗尸罢？如何棺盖横过来呢？”更夫说道：“员外爷想的不错。只是他被何人杀死呢？难道他见小姐活了，他自己抹了脖子？”柳洪无奈，只得派人看守，准备报官相验。先叫人找了地保来，告诉他此事。地保道：“日前掐死了一个丫鬟，尚未结案；如今又杀了一个家人。所有这些喜庆事情，全出在尊府。此事就说不得了，只好员外爷辛苦辛苦，同我走一趟。”柳洪知道是故意的拿捏，只得进内，取些银两给他们就完了。

不料来至套间屋内，见银柜的锁头落地，柜盖已开，这一惊非同小可，连忙查对散碎银两俱各未动，单单整封银两短了十封。心内这一阵难受，又不是疼，又不是痒，竟不知如何是好。发了会子怔，叫丫鬟去请安人，一面平了一两六钱有零的银算是二两，央求地保呈报。地保得了银子，自己去了。柳洪急回身来至屋内，不觉泪下。冯氏便问：“叫我有什么事？女儿活了，应当喜欢，为何反倒哭起来了呢？莫不成牛驴子死了，你心疼他吗？”柳洪道：“那盗尸贼，我心疼他做什么？”冯氏道：“既不为此，你哭什么？”柳洪便将银子失去十封的话，说了一遍。“因为心疼银子，不觉泪流。这如今意欲报官，故此请你来商议商议。”冯氏听了，也觉一惊。后来听柳洪说要报官，连说：“不可，不可，现在咱们家有两宗人命的大案，尚未完结。如今为丢银子又去报官。别的都不遗失，单单的丢了十封银子。这不是提官府的醒儿吗？可见咱家积蓄多金。他若往歪里一问，只怕再花上十封，也未必能结案。依我说，这十封银子只好忍个肚子疼，算是丢了罢。”柳洪听了此言，深为有理，只得罢了。不过一时时揪着心系子怪疼的。

且说马氏撺掇丈夫前去盗尸，以为手到成功，不想呆呆的等了一夜未见回来，看看的天已发晓，不由的埋怨道：“这王八蛋好生可恶！他不亏我指引明路，教他发财。如今得了手且不回家，又不知填还哪个小妈儿去了。少时他瞎爹若问起来，又该无故唠叨。”正在自言自语埋怨，忽听有人敲门，道：“牛三哥，牛三哥。”妇人答道：“是谁呀？这么早就来叫门。”说罢，将门开了一看，原来是捡粪的李二。李二一见马氏，便道：“侄儿媳妇,你烦恼呀?”马氏听了,啐道:“呸!大清早起的,也不嫌个丧气。这是怎么说呢?”李二说:“敢则是丧气。你们驴子叫人杀了。怎么不丧气?”牛三已在屋内听见,便接言道:“李老二,你进屋里来,告诉明白了我,这是怎么一件事情。”李二便进屋内,见了牛三,说:“告诉哥哥说,驴子侄儿不知为何被人杀死在那边花园子里了。你们员外报官了。少时就要来相验呢。”牛三道:“好呀!你们干的好事呀!有报应没有?昨日那么拦你们;你们不听,到底儿遭了报了。这不叫员外受累吗?李老二,你拉了我去,等着官府来了,我拦验就是了。这不是吗?我的儿子既死了,我那儿妇是断不能守的,莫若叫她回娘家去罢。这才应了俗语儿了:‘驴的朝东,马的朝西。’”说着话,拿了明杖,叫李二拉着他,竟奔着员外宅里来。见了柳洪,便将要拦验的话说了。柳洪甚是欢喜,又教导了好些话,哪个说的,哪个说不的,怎么具结领尸,编派停当。又将装小姐的棺木挪在闲屋,算是为他买的寿木。及至官府到来,牛三拦验,情愿具结领尸。官府细问情由,方准所呈。不必细表。

且说颜生在监。多亏了雨墨服侍,不至受苦。自从那日过下堂来,至今并未提审,竟不知定了案不曾,反觉得心神不定。忽见牢头将雨墨叫将出来,在狱神庙前,便发话道:“小伙子,你今儿得出去了,我不能只是替你担惊儿。再者你们相公,今儿晚上也该叫他受用受用了。”雨墨见不是话头,便道:“贾大叔,可怜我家相公负屈含冤。望大叔将就将就。”贾牢头道:“我们早已可怜过了。我们若遇见都像你们这样打官司,我们都饿死了。你打量里里外外费用轻呢。就是你那点子银子,一哄儿就结了。俗语说:‘衙门的钱,下水的船。’这总要现了现。你总得想个主意才好呢。难道你们相公就没个朋友吗?”雨墨哭道:“我们从远方投亲而来,这里如何有相知呢。没奈何,还是求大叔可怜我家相公才好。”贾牢头道:“你那是白说。我倒有个主意,你们相公有个亲戚,他不是财主吗。你为甚不弄他的钱呢?”雨墨流泪,道:“那是我家相公的对头,他如何肯资助呢?”贾牢头道:“不是那么说。你与相公商量商量,怎么想个法子将他的亲戚咬出来。我们弄他的银钱,好照应你们相公呀。是这么个主意。”雨墨摇头道:“这个主意却难,只怕我家相公做不出来罢。”贾牢头道:“既如此,你今儿就出去。直不准你在这里!”雨墨见他如此神情,心中好生为难,急得泪流满面,痛哭不止。恨不得跪在地下哀求。

忽见监门口有人叫:“贾头儿,贾头儿,快来哟。”贾牢头道:“是了。

我这里说话呢。”那人又道：“你快来，有话说。”贾牢头道：“什么事这么忙？难道弄出钱来我一人使吗？也是大家伙儿分。”那外面说话的，乃是禁子吴头儿。他便问道：“你又驳办谁呢？”贾牢头道：“就是颜查散的小童儿。”吴头儿道：“嗳哟！我的太爷。你怎么惹他呢？人家的照应到了。此人姓白，刚才上衙门口略一点染，就是一百两呀。少时就进来了。你快快好好儿的预备着，伺候着罢。”牢头听了，连忙回身，见雨墨还在那里哭呢。连忙上前道：“老雨呀，你怎么不禁呕呢？说说笑笑，嗽嗽呕呕，这有什么呢。你怎么就认起真来？我问问你，你家相公可有个姓白的朋友吗？”雨墨道：“并没有姓白的。”贾牢头道：“你藏奸。你还恼着我呢。我告诉你，如今外面有个姓白的，瞧你们相公来了。”

说话间，只见该值的头目陪着一人进来，头戴武生巾，身穿月白花氅，内衬一件桃红衬袍，足登官鞋，另有一番英雄气概。雨墨看了，很像金相公，却不敢认。只听那武生叫道：“雨墨，你敢是也在此么？好孩子！真正难为你。”雨墨听了此言，不觉的落下泪来，连忙上前参见，道：“谁说不是金相公呢！”暗暗忖道：“如何连音也改了呢？”他却哪里知道金相公就是白玉堂呢。白五爷将雨墨扶起，道：“你家相公在哪里？”

不知雨墨如何回答，且听下回分解。

第三十八回

替主鸣冤拦舆告状　因朋涉险寄柬留刀

且说白玉堂将雨墨扶起，道：“你家相公在哪里？”贾牢头不容雨墨答言，他便说：“颜相公在这单间屋内，都是小人们伺候。”白五爷道：“好。你们用心服侍，我自有赏赐。”贾牢头连连答应几个“是”。

此时雨墨已然告诉了颜生。白五爷来至屋内，见颜生蓬头垢面，虽无刑具加身，已然形容憔悴，连忙上前执手，道：“仁兄，如何遭此冤枉？”说至此，声音有些惨切。谁知颜生他却毫不动念，说道：“嗐！愚兄愧见贤弟。贤弟到此何干哪？”白五爷见颜生并无忧愁哭泣之状，惟有羞容满面，心中暗暗点头，夸道：“颜生真乃英雄也。”便问：“此事因何而起？”颜生道：“贤弟问他怎么？”白玉堂道：“你我知己弟兄，非泛泛可比。难道仁兄还瞒着小弟不成?”颜生无奈,只得说道:“此事皆是愚兄之过。”便说:“绣红寄柬,愚兄并未看明柬上是何言词。因有人来,便将柬儿放在书内。谁知此柬遗失。到了夜间,就生出此事。柳洪便将愚兄呈送本县。后来亏得雨墨暗暗打听,方知是小姐一片苦心,全是为顾愚兄。愚兄自恨遗失柬约,酿成祸端。兄若不应承,难道还攀扯闺阁弱质,坏她的清白?愚兄惟有一死而已!”白玉堂听了颜生之言,颇觉有理,复转念一想,道:“仁兄知恩报恩,舍己成人,原是大丈夫所为。独不念老伯母在家悬念乎?”一句话却把颜生的伤心招起,不由的泪如雨下。半晌,说道:“事成不改,命中所造,大料难逃。这也是前世冤孽,今生报应,奈何!奈何!愚兄死后,望贤弟照看家母,兄在九泉之下,也得瞑目。”说罢,痛哭不止。雨墨在旁也落泪。白玉堂道:“何至如此!仁兄且自宽心。凡事还要再思,虽则为人,也当为己。闻得开封府包相断事如神,何不到那里去申诉呢?”颜生道:“贤弟此言差矣。此事非是官府屈打成招的,乃是兄自行承认的,又何必向包公那里分辩去呢?”白玉堂道:“仁兄虽如此说,小弟惟恐本县详文若到开封,只怕包相就不容仁兄招认了,那时又当如何?”颜生道:“书云‘匹夫不可夺志也’,况愚兄乎?”

白玉堂见颜生毫无回转之心,他便另有个算计了,便叫雨墨将禁子牢头叫进来。雨墨刚然来到院中,只见禁子牢头正在那里嘁嘁喳喳,指手画脚。忽见雨墨出来,便有二人迎将上来,道:“老雨呀,有什么吩咐的吗?”雨墨道:“白老爷请你二人呢。”二人听得此话,便狗颠屁股垂儿似的跑向前来。白五爷叫伴当拿出四封银子,对他二人说道:“这是银子四封,赏你二人一封,分散众人一封,余下二封便是伺候颜相公的。从此后,颜相公一切事体,全是你二人照管。倘有不到之处,我若闻知,却是不依你们的。”二人屈膝谢赏,满口应承。

白五爷又对颜生道:“这里诸事妥协,小弟要借雨墨随我几日,不知仁兄叫他去否?”颜生道:“他也在此无事。况此处俱已安置妥协,愚兄也用他不着,贤弟只管将他带去。”谁知雨墨早已领会白五爷之意,便欣然叩辞了颜生,跟随白五爷出了监中。到了无人之处,雨墨便问白五爷道:“老爷将小人带出监来,莫非叫小人瞒着我家相公,上开封府呈控么?”一句话问的白五爷满心欢喜,道:“怪哉,怪哉!你小小年纪竟有如此聪明,真正罕有。我原有此意,但不知你敢去不敢去?”雨墨道:“小人若不敢去,也就不问了。自从那日我家相公招承之后,小人就要上京内开封府控告去。只因监内无人伺候,故此耽延至今。今日又见老爷话语之中,提拨我家相公,我家相公毫不省悟,故此方才老爷一说要借小人跟随几天,小人就明白了是为着此事。”白五爷哈哈大笑,道:“我的意思,竟被你猜着了。我告诉你,你相公入了情魔了,一时也化解不开。须到开封府告去,方能打破迷关。你明日到开封府,就把你家相公无故招承认罪原由申诉一番,包公自有断法。我在暗中给你安置安置。大约你家相公就可脱了此灾了。”说罢,便叫伴当给他十两银子。”雨墨道:“老爷前次赏过两个锞,小人还没使呢。老爷改日再赏罢。再者小人告状去,腰间也不好多带银子。”白五爷点头,道:“你说的也是。你今日就往开封府去,在附近处住下,明日好去伸冤。”雨墨连连称“是”,竟奔开封府去了。

谁知就是此夜,开封府出了一件诧异的事。包公每日五更上朝,包兴、李才预备伺候,一切冠带袍服、茶水羹汤俱各停当,只等包公一呼唤,便诸事整齐。二人正在静候,忽听包公咳嗽,包兴连忙执灯,掀起帘子,来至里屋内。刚要将灯往桌上一放,不觉骇目惊心,失声道:“哎哟!”包公在帐子内,便问道:“什么事?”包兴道:“这是哪里来的刀……刀……刀呀?”包公听见,急披衣坐起,撩起帐子一看,果见是明晃晃的一把钢刀横在桌上,刀下还压着柬帖儿,便叫包兴:“将柬帖拿来我看。”包兴将柬帖从刀下抽出,持着灯递给相爷。一看,见上面有四个大字写着“颜查散冤”。包公忖度①了一分,不解其意,只得净面穿衣,且自上朝,俟散朝后再慢慢的访查。

到了朝中,诸事已完,便乘轿而回。刚至衙门,只见从人丛中跑出个小孩子来,在轿旁跪倒,口称“冤枉”。恰好王朝走到,将他获住。包公轿至公堂,落下轿,立刻升堂,便叫:“带那小孩子。”该班的传出。此时王朝正在角门外问雨墨的名姓,忽听叫:“带小孩子。”王朝嘱咐道:“见了相爷,不要害怕,不可胡说。”雨墨道:“多承老爷教导。”王朝进了角门,将雨墨带上堂去。雨墨便跪倒,向上叩头。

包公问道:“那小孩子叫什么名字?为着何事?诉上来。”雨墨道:“小人名叫雨墨,乃武进县人。只因同我家主人到祥符县投亲,……”包公道:“你主人叫什么名字?”雨墨道:“姓颜名查散。”包公听了“颜查散”三字,暗暗道:“原来果有颜查散。”便问道:“投在什么人家?”雨墨道:“就

---

① 忖(cǔn)度——推测;揣度。

是双星桥柳员外家。这员外名叫柳洪,他是小主人的姑夫。谁知小主人的姑母三年前就死了,此时却是续娶的冯氏安人。只因柳洪膝下有个姑娘名柳金蝉,是从小儿就许与我家相公为妻。小人的主人原是奉母命前来投亲,一来在此读书,预备明年科考;二来又为的是完姻。谁知柳洪将我主仆二人留在花园居住,敢则是他不怀好意。住了才四天,那日清早,便有本县的衙役前来把我主人拿去了,说我主人无故将小姐的丫鬟绣红掐死在内角门以外。回相爷,小人与小人的主人时刻不离左右,小人的主人并未出花园的书斋,如何会在内角门掐死了丫鬟呢?不想小人的主人被县里拿去刚过一堂,就满口应承,说是自己将丫鬟掐死,情愿抵命。不知是什么缘故?因此小人到相爷台前,恳求相爷与小人的主人作主。"说罢,复又叩头。包公听了,沉吟半晌,便问道:"你家相公既与柳洪是亲戚,想来出入是不避的了?"雨墨道:"柳洪为人极其固执,慢说别人,就是这个续娶的冯氏也未容我家主人相见。主仆在那里四五天,尽在花园书斋居住。所有饭食茶水,俱是小人进内自取,并未派人服侍,很不像待亲戚的道理。菜里头连一点儿肉腥也没有。"包公又问道:"你可知道小姐那里,除了绣红还有几个丫鬟呢?"雨墨道:"听得说小姐那里,就只一个丫鬟绣红,还有个乳母田氏。这个乳母却是个好人。"包公忙问道:"怎见得?"雨墨道:"小人进内取茶饭时,她就向小人说:'园子空落,你们主仆在那里居住须要小心,恐有不测之事。依我说,莫若过一两天,你们还是离了此处好。'不想果然就遭了此事了。"包公暗暗地踌躇①道:"莫非乳母晓得其中原委呢?何不如此如此,看是如何。"想罢,便叫将雨墨带下去,就在班房听候。立刻吩咐差役:"将柳洪并他家乳母田氏分别传来,不许串供。"又吩咐:"到祥符县提颜查散到府听审。"

包公暂退堂,用饭毕,正要歇息,只见传柳洪的差役回来禀道:"柳洪到案。"老爷吩咐:"伺候升堂。"将柳洪带上堂来,问道:"颜查散是你什么人?"柳洪道:"是小老儿内侄。"包公道:"他来此作什么来了?"柳洪道:"他在小老儿家读书,为的是明年科考。"包公道:"闻听得他与你女儿自幼联姻,可是有的么?"柳洪暗暗的纳闷道:"怨不得人说包公断事如神,我家里事他如何知道呢?"至此无奈,只得说道:"是从小儿定下的婚姻。他此来一则为读书预备科考,二则为完姻。"包公道:"你可曾将他留下?"

---

① 踌躇(chóuchú)——犹豫。

柳洪道："留他在小老儿家居住。"包公道："你家丫鬟绣红，可是服侍你女儿的么？"柳洪道："是从小儿跟随小女儿，极其聪明，又会写，又会算，实实死的可惜。"包公道："为何死的？"柳洪道："就是被颜查散扣喉而死。"包公道："什么时候死的？死于何处？"柳洪道："及至小老儿知道已有二鼓之半。却是死在内角门以外。"包公听罢，将惊堂木一拍，道："我把你这老狗，满口胡说！方才你说，及至你知道的时节已有二鼓之半，自然是你的家人报与你知道的。你并未亲眼看见是谁掐死的，如何就知是颜查散相害？这明明是你嫌贫爱富，将丫鬟掐死，有意诬赖颜生。你还敢在本阁跟前支吾么？"柳洪见包公动怒，连忙叩头，道："相爷请息怒，容小老儿细细的说。丫鬟被人掐死，小老儿原也不知是谁掐死的。只因死尸之旁落下一把扇子，却是颜生的名款，因此才知道是颜生所害。"说罢，复又叩头。包公听了，思想了半晌："如此看来，定是颜生作下不才之事了。"

又见差役回道："乳母田氏传到。"包公叫把柳洪带下去，即将田氏带上堂来。田氏哪里见过这样堂威，已然吓得魂不附体，浑身抖衣而战。包公问道："你就是柳金蝉的乳母么？"田氏道："婆……婆子便是。"包公道："丫鬟绣红为何死的？从实说来。"田氏到了此时，哪敢撒谎，便把如何听见员外安人私语要害颜生、自己如何与小姐商议要救颜生、如何叫绣红私赠颜生银两等话说了。"谁知颜姑爷得了财物，不知何故，竟将绣红掐死了。偏偏的又落下了一把扇子，连那个字帖儿。我家员外见了气得了不得，就把颜姑爷送了县了。谁知我家的小姐就上了吊了。"包公听至此，不觉愕然，道："怎么柳金蝉竟自死了么？"田氏道："死了之后又活了。"包公又问道："如何又会活了呢？"田氏道："皆因我家员外安人商量此事，说颜姑爷是头一天进了监，第二天姑娘就吊死了。况且又是未过门之女，这要是吵嚷出去，这个名声儿不好听的。因此就说是小姐病的要死，买口棺材来冲一冲，却悄悄的把小姐装殓了，停放后花园内敞厅上。谁知半夜里有人嚷说：'你们小姐活了！还了魂了！'大家伙儿听见了，过去一看，谁说不是活了呢？棺材盖也横过来了，小姐在棺材里坐着呀。"包公道："棺材盖如何会横过来呢？"田氏道："听说是宅内的下人牛驴子偷偷儿盗尸去，他见小姐活了，不知怎么，他又抹了脖子了。"

包公听毕，暗暗思想道："可惜金蝉一番节烈，竟被无义的颜生辜负了。可恨颜生既得财物，又将绣红掐死，其为人的品行，就不问可知了。如何又有寄柬留刀之事，并有小童雨墨替他申冤呢？"想至此，便叫："带雨墨。”左右即将雨墨带上堂来。包公把惊堂木一拍,道:“好狗才!你小小年纪,竟敢大胆蒙混本阁,该当何罪?”雨墨见包公动怒,便向上叩头,道:“小人句句是实话,焉敢蒙混相爷。”包公一声断喝:“你这狗才,就该掌嘴!你说你主人并未离了书房,他的扇子如何又在内角门以外呢?讲!”

不知雨墨回答什么言语,且听下回分解。

第三十九回

铡斩君衡书生开罪　石惊赵虎侠客争锋

且说包公一声断喝:“哇!你这狗才,就该掌嘴!你说你主人并未离了书房,他的扇子如何又在内角门以外呢?”雨墨道:“相爷若说扇子,其中有个情节。只因柳洪内侄名叫冯君衡,就是现在冯氏安人的侄儿,那一天和我主人谈诗对对子。后来他要我主人扇子瞧,却把他的扇子求我主人写,我家主人不肯写。他不依,他就把我主人的扇子拿去,他说写得了再换。相爷不信,打发人取来,现时仍在笔筒内插着。那把画着船上妇人摇桨的扇子,就是冯君衡的。小人断不敢撒谎。”包公因问出扇子的根由,心中早已明白此事,不由哈哈大笑,十分畅快。立刻出签,捉拿冯君衡到案。

此时祥符县已将颜查散解到。包公便叫将田氏带下去,叫雨墨跪在一旁。将颜生的招状看了一遍,已然看出破绽,不由暗暗笑道:“一个情愿甘心抵命,一个以死相酬自尽,他二人也堪称为义夫节妇了。”便叫:“带颜查散。”

颜生此时镯镣加身,来至堂上,一眼看见雨墨,心中纳闷道:“他到此何干?”左右上来去了刑具。颜生跪倒。包公道:“颜查散抬起头来。”颜查散仰起面来。包公见他虽然蓬头垢面,却是形容秀美良善之人,便问:“你如何将绣红掐死?”颜生便将在县内口供,一字不改,诉将上去。包公点了点头,道:“绣红也真正的可恶。你是柳洪的亲戚,又是客居她家,她竟敢不服呼唤,口出不逊,无怪你愤恨。我且问你,你是什么时候出了书斋?由何路径到内角门?什么时候掐死绣红?她死于何处?讲!”颜生听包公问到此处,竟不能答,暗暗地道:“好利害!好利害!我何尝掐死绣红,不过是恐金蝉出头露面,名节攸关,故此我才招认掐死绣红。如今相爷细细地审问,何时出了书斋,由何路径到内角门,我如何说得出来?”正在为难之际,忽听雨墨在旁哭道:“相公此时还不说明,真个就不念老安人在家悬念么?”颜生一闻此言,触动肝腑,又是着急,又惭愧,不觉泪流满面,向上叩头,道:“犯人实实罪该万死,惟求相爷笔下超生。”说罢,痛哭不止。包公道:“还有一事问你。柳金蝉既已寄柬与你,你为何不去,是何缘故?”颜生哭道:“哎呀!相爷呀,千错万错在此处。那日绣红送柬之后,犯人刚然要看,恰值冯君衡前来借书,犯人便将此柬掖在案头书内。谁知冯君衡去后,遍寻不见,再也无有。犯人并不知柬中是何言词,如何知道有内角门之约呢?”包公听了,便觉了然。

只见差役回道:“冯君衡拿到。”包公便叫颜生主仆下去,立刻带冯君衡上堂。包公见他兔耳莺腮,蛇眉鼠眼,已知是不良之辈,把惊堂木一拍,道:“冯君衡,快将假名盗财、因奸致命,从实招来!”左右连声催吓:“讲!讲!讲!”冯君衡道:“没有什么招的。”包公道:“请大刑!”左右将三根木望堂上一撂。冯君衡害怕,只得口吐实情,将如何换扇,如何盗柬,如何二更之时拿了扇柬冒名前去,只因绣红要嚷,如何将她扣喉而死,又如何撇下扇柬,提了包袱银两回转书房,从头至尾,述说一遍。包公问明,叫他画了供,立刻请御刑。王、马、张、赵将狗头铡抬来,还是照旧章程,登时将冯君衡铡了。丹墀之下,只吓得柳洪、田氏以及颜生主仆不敢仰视。

刚将尸首打扫完毕,御刑仍然安放。堂上忽听包公道:“带柳洪。”这一声把个柳洪吓得胆裂魂飞,筋酥骨软,好容易挣扎爬至公堂之上。包公道:“我把你这老狗!颜生受害,金蝉悬梁,绣红遭害,驴子被杀,以及冯君衡遭刑,全由你这老狗嫌贫爱富而起,致令生者、死者、死而复生者受此大害。今将你废于铡下,大概不委屈你罢?”柳洪听了,叩头碰地,道:“实在不屈。望相爷开天地之恩,饶恕①小老儿,改过自新,以赎前愆。”包公道:“你既知要赎罪,听本阁吩咐。今将颜生交付与你,就在你家攻书,所有一切费用,你要好好看待。俟明年科考之后,中与不中,即便毕姻。倘颜查散稍有疏虞,我便把你拿来,仍然废于铡下。你敢应么?”柳洪道:“小老儿愿意,小老儿愿意。”

包公便将颜查散、雨墨叫上堂来,道:“你读书要明大义,为何失大义

① 饶恕(shù)——免于责罚。

而全小节？便非志士，乃系腐儒。自今以后，必须改过，务要好好读书。按日期将窗课送来，本阁与你看视。倘得寸进，庶不负雨墨一片为主之心。就是平素之间，也要将他好好看待。"颜生向上叩头，道："谨遵台命。"三个人又从新向上叩头。柳洪携了颜生的手，颜生携了雨墨的手，又是欢喜，又是伤心，下了丹墀，同了田氏一齐回家去了。此案已结。包公退堂，来至书房，便叫包兴："请展护卫。"

你道展爷几时回来的？他却来在颜查散、白玉堂之先，只因腾不出笔来不能叙写。事有缓急，况颜生之案是一气的文字，再也间断不得，如何还有工夫提展爷呢？如今颜查散之案已完，必须要说一番。展爷自从救了老仆颜福之后，那夜便赶到家中，见了展忠，将茉花村比剑联姻之事，述说一回。彼此换剑作了定礼，便将湛卢宝剑给他看了。展忠满心欢喜。展爷又告诉他，现在开封府有一件紧要之事，故此连夜赶回家中，必须早赴东京。展忠道："作皇家官，理应报效朝廷。家中之事全有老奴照管，爷自请放心。"展爷便叫伴当收拾行李备马，立刻起程，竟奔开封府而来。

及至到了开封府，便先见了公孙先生与王、马、张、赵等，却不提白玉堂来京，不过略问了问："一向有什么事故没有？"大家俱言无事，又问展爷道："大哥原告两个月的假，如何恁①早回来？"展爷道："回家祭扫完了，在家无事，莫若早些回来，省得临期匆忙。"也就遮掩过去。他却参见了相爷，暗暗将白玉堂之事回了。包公听了，吩咐严加防范，设法擒拿。展爷退回公所，自有众人与他接风掸尘，一连热闹了几天。展爷却每夜防范，并不见什么动静。

不想由颜查散案中，生出寄柬留刀之事。包公虽然疑心，尚未知虚实，如今此案已经断明，果系"颜查散冤"，应了柬上之言。包公想起留刀之人，退堂后来至书房，便请展爷。展爷随着包兴进了书房，参见包公。包公便提起："寄柬留刀之人，行踪诡密，令人可疑，护卫须要严加防范才好。"展爷道："卑职前日听见主管包兴述说此事，也就有些疑心。这明是给颜查散辨冤，暗里却是透信。据卑职想，留刀之人，恐是白玉堂了。卑职且与公孙策计议去。"包公点头。

展爷退出，来至公所，已然秉上灯烛。大家摆上酒饭，彼此就座。公孙便问展爷道："相爷有何见谕？"展爷道："相爷为寄柬留刀之事，叫大家

---

① 恁(nèn)——那么；那样。

防范些。”王朝道：“此事原为替颜查散明冤。如今既已断明，颜生已归柳家去了，此时又防什么呢？”展爷此时却不能不告诉众人白玉堂来京找寻之事，便将在茉花村比剑联姻，后至芦花荡方知白玉堂进京来找御猫，及一闻此言便急急赶来等情由，说了一遍。张龙道：“原来大哥定了亲了，还瞒着我们呢。恐怕兄弟们要喝大哥的喜酒。如今既已说出来，明日是要加倍的罚。”马汉道：“喝酒是小事，但不知锦毛鼠是怎么个人？”展爷道：“此人姓白名玉堂，乃五义之中的朋友。”赵虎道：“什么五义？小弟不明白。”展爷便将陷空岛的众人说出，又将绰号儿说与众人听了。公孙先生在旁听得明白，猛然省悟，道：“此人来找大哥，却是要与大哥合气的。”展爷道：“他与我素无仇隙①，与我合什么气呢？”公孙策道：“大哥，你自想想，他们五人号称五鼠，你却号称御猫，焉有猫儿不捕鼠之理？这明是嗔大哥号称御猫之故，所以知道他要与大哥合气。”展爷道：“贤弟所说似乎有理。但我这‘御猫’乃圣上所赐，非是劣兄有意称猫，要欺压朋友。他若真个为此事而来，劣兄甘拜下风，从此后不称御猫，也未为不可。”众人尚末答言。惟赵虎正在豪饮之间，听见展爷说出此话，他却有些不服气，拿着酒杯，立起身来道：“大哥，你老素昔胆量过人，今日何自馁②如此？这‘御猫’二字乃圣上所赐，如何改得？倘若是那个什么白糖咧、黑糖咧，他不来便罢；他若来时，我烧一壶开开的水把他冲着喝了，也去去我的滞气。”展爷连忙摆手，说：“四弟悄言，岂不闻窗外有耳？”刚说至此，只听拍的一声，从外面飞进一物，不偏不歪，正打在赵虎擎的那个酒杯之上，只听当啷啷一声，将酒杯打了个粉碎。赵爷吓了一跳，众人无不惊骇。

只见展爷早已出席，将槅扇虚掩，回身复又将灯吹灭。便把外衣脱下，里面却是早已结束停当的。暗暗的将宝剑拿在手中，却把槅扇假做一开，只听拍的一声，又是一物打在槅扇上。展爷这才把槅扇一开，随着劲一伏身窜将出去，只觉得迎面一股寒风，嗖的就是一刀。展爷将剑扁着往上一迎，随招随架。用目在星光之下仔细观瞧，见来人穿着簇青的夜行衣靠，脚步伶俐，依稀是前在苗家集见的那人。二人也不言语，惟听刀剑之声，叮当乱响。展爷不过招架，并不还手。见他刀刀逼紧，门路精奇，南侠暗暗喝采，又想道：“这朋友好不知进退。我让着你，不肯伤你，又何必赶

① 仇隙——仇恨。

② 馁(něi)——失掉勇气。

尽杀绝,难道我还怕你不成?”暗道:“也叫他知道知道。”便把宝剑一横,等刀临近,用个鹤唳长空势,用力往上一削,只听噌的一声,那人的刀已分为两段,不敢进步。只见他将身一纵已上了墙头,展爷一跃身也跟上去;那人却上了耳房,展爷又跃身而上;及至到了耳房,那人却上了大堂的房上;展爷赶至大堂房上,那人一伏身越过脊去。展爷不敢紧追,恐有暗器,却退了几步。从这边房脊刚要越过,瞥见眼前一道红光,忙说“不好”,把头一低,刚躲过面门,却把头巾打落。那物落在房上,咕噜噜滚将下去,方知是个石子。

原来夜行人另有一番眼力,能暗中视物,虽不真切,却能分别。最怕猛然火光一亮,反觉眼前一黑。犹如黑天在灯光之下,乍从屋内来,必须略站片时,方觉眼前光亮些。展爷方才觉眼前有火光亮一晃,已知那人必有暗器,赶紧把头一低,所以将头巾打落。要是些微力笨点的,不是打在面门之上,重点打下房来咧!此时展爷再往脊的那边一望,那人早已去了。此际公所之内,王、马、张、赵带领差役,灯笼火把,各执器械,俱从角门绕过,遍处搜查,哪里有个人影儿呢?惟有愣爷赵虎怪叫吆喝,一路乱嚷。

展爷已从房上下来,找着头巾,同到公所,连忙穿了衣服,与公孙先生来找包兴,恰遇包兴奉了相爷之命来请二人。二人即便随同包兴一同来至书房,参见了包公,便说方才与那人交手情形。“未能拿获,实卑职之过。”包公道:“黑夜之间焉能一战成功。据我想来,惟恐他别生枝叶,那时更难拿获,倒要大费周折呢。”又嘱咐了一番:“阖①署务要小心。”展爷与公孙先生连连答应。二人退出,来至公所,大家计议。惟有赵虎撅着嘴,再也不言语了。自此夜之后,却也无甚动静,惟有小心而已。

未知后事如何,且听下回分晓。

---

① 阖(hé)——同“阖”,全;总共。

第四十回

思寻盟弟遣使三雄　欲盗赃金纠合五义

且说陷空岛卢家庄那钻天鼠卢方，自从白玉堂离庄，算来将有两月，未见回来，又无音信，甚是放心不下，每日里嗐声叹气，坐卧不安，连饮食俱各减了。虽有韩、徐、蒋三人劝慰，无奈卢方实心忠厚，再也解释不开。

一日，兄弟四人同聚于待客厅上。卢方道："自我兄弟结拜以来，朝夕相聚，何等快乐。偏是五弟少年心性，好事逞强，务必要与什么'御猫'较量。至今去了两月有余，未见回来，劣兄好生放心不下。"四爷蒋平道："五弟未免过于心高气傲，而且不服人劝。小弟前次略略说了几句，险些儿与我反目。据我看来，惟恐五弟将来要从这上头受害呢。"徐庆道："四弟再休提起。那日要不是你说他，他如何会私自赌气走了呢？全是你多嘴的不好。那有你三哥也不会说话，也不劝他的好呢。"卢方见徐庆抱怨蒋平，惟恐他二人分争起来，便道："事已至此，别的暂且不必提了。只是五弟此去倘有疏虞①，那时怎了？劣兄意欲亲赴东京寻找寻找，不知众位贤弟以为如何？"蒋平道："此事又何必大哥前往。既是小弟多言，他赌气去了，莫若小弟去寻他回来就是了。"韩彰道："四弟是断然去不得的。"蒋平道："却是为何？"韩彰道："五弟这一去必要与姓展的分个上下，倘若得了上风，那还罢了；他若拜了下风，再想起你的前言，如何还肯回来。你是断去不得的。"徐庆接言道："待小弟前去如何？"卢方听了，却不言语，知道徐庆为人粗鲁，是个浑愣，他这一去，不但不能找回五弟，巧咧，倒要闹出事来。韩彰见卢方不语，心中早已明白了，便道："三弟要去，待劣兄与你同去如何？"卢方听韩彰要与徐庆同去，方答言道："若得二弟同去，劣兄稍觉放心。"蒋平道："此事因我起见，如何二哥、三哥辛苦，小弟倒安逸呢？莫若小弟也同去走一遭如何？"卢方也不等韩彰、徐庆说，便答言道："若是四弟同去，劣兄更觉放心。明日就与三位贤弟饯行便了。"

---

① 疏虞(yú)——疏忽。

忽见庄丁进来禀道:“外面有凤阳府柳家庄柳员外求见。”卢方听了,便问道:“此系何人?”蒋平道:“弟知此人,他乃金头太岁甘豹的徒弟,姓柳名青,绰号白面判官。不知他来此为着何事?”卢方道:“三位贤弟且先回避,待劣兄见见他,看是如何。”吩咐庄丁:“快请。”卢方也就迎了出去。柳青同了庄丁进来,见他身量却不高大,衣服甚是鲜明,白馥馥一张面皮,暗含着恶态,叠暴着环睛,明露着诡计多端。彼此相见,各通姓名。卢方便执手,让至待客厅上,就座献茶。

卢爷便问道:“久仰芳名,未能奉谒。今蒙降临,有屈台驾。不见有何见教?敢乞明示。”柳青道:“小弟此来不为别事。只因仰慕卢兄行侠尚义,故此斗胆前来,殊觉冒昧。大约说出此事,决不见责。只因敝处太守孙珍乃兵马司孙荣之子,却是太师庞吉之外孙。此人淫欲贪婪,剥削民脂,造恶多端,概难尽述。刻下为与庞吉庆寿,他备得松景八盆,其中暗藏黄金千两,以为趋奉献媚之资。小弟打听得真实,意欲将此金劫下。非是小弟贪爱此金,因敝处连年荒旱,即以此金变了价,买粮米赈济,以抒民困。奈弟独力难成,故此不辞跋涉,仰望卢兄帮助是幸!”卢方听了,便道:“弟蜗居山庄,原是本分人家。虽有微名,并非要结而得。至行劫窃取之事,更不是我卢方所为。足下此来,竟自徒劳。本欲款留盘桓几日,惟恐有误足下正事,反为不美。莫若足下早早另为打算。”说罢,一执手,道:“请了。”柳青听卢方之言,只气的满面通红,把个白面判官竟成了红面判官了,暗道:“真乃闻名不如见面,原来卢方是这等人!如此看来,义在哪里?我柳青来的不是路了。”站起身来,也说一个“请”字,头也不回,竟出门去了。

谁知庄门却是两个相连,只见那边庄门出来了一个庄丁,迎头拦住,道:“柳员外暂停贵步,我们三位员外到了。”柳青回头一看,只见三个人自那边过来。仔细留神,见三个人高矮不等,胖瘦不一,各具一种豪侠气概。柳青只得止步,问道:“你家大员外既已拒绝于我,三位又系何人?请言其详。”蒋平向前道:“柳兄不认得小弟了么?小弟蒋平。”指着二爷、三爷道:“此是我二哥韩彰,此是我三哥徐庆。”柳青道:“久仰,久仰!失敬,失敬!请了。”说罢,回身就走。

蒋平赶上前,说道:“柳兄不要如此,方才之事弟等皆知。非是俺大哥见义不为,只因这些日子心绪不定,无暇及此,诚非有意拒绝尊兄,望乞海涵。弟等情愿替大哥赔罪。”说罢,就是一揖。柳青见蒋平和容悦色,殷勤劝慰，只得止步转身，道："小弟原是仰慕众兄的义气干云，故不辞跋涉而来。不料令兄竟如此固执，使小弟好生的惭愧。"二爷韩彰道："实是大兄长心中有事，言语梗直，多有得罪。柳兄不要介怀。弟等请柳兄在这边一叙。"徐庆道："有话不必在此叙谈，咱们且到那边再说不迟。"柳青只得转步，进了那边庄门，也有五间客厅。韩爷将柳青让至上面，三人陪坐，庄丁献茶。蒋平又问了一番凤阳太守贪赃受贿、剥削民膏的过恶，又问："柳兄既有此举，但不知用何计策？"柳青道："弟有师傅的蒙汗药断魂香。到了临期，只须如此如此，便可成功。"蒋爷、韩爷点了点头，惟有徐爷鼓掌大笑，连说："好计，好计！"大家欢喜。

蒋爷又对徐、韩二位道："二位哥哥在此陪着柳兄，小弟还要到大哥那边一看。此事须要瞒着大哥。如今你我俱在这边，惟恐工夫大了，大哥又要烦闷。莫若小弟去到那里，只说二哥、三哥在这里打点行装。小弟在那里陪着大哥，二位兄长在此陪着柳兄，庶乎两便。"韩爷道："四弟所言甚是。你就过那边去罢。"徐庆道："还是四弟有算计。快去，快去。"蒋爷别了柳青，与卢方解闷去了。

这里柳青便问道："卢兄为着何事烦恼？"韩爷道："嗳！说起此事来，全是五弟任性胡为。"柳青道："可是呀。方才卢兄提白五兄进京去了，不知为着何事？"韩彰道："听得东京有个号称御猫姓展的，是老五气他不过，特特前去会他。不想两月有余，毫无信息。因此大哥又是思念，又是着急。"柳青听至此，叹道："原来卢兄特为五弟不耐烦。这样爱友的朋友，小弟几乎错怪了。然而大哥与其徒思无益，何不前去找寻呢？"徐庆道："何尝不是呢。原是俺要去找老五，偏偏的二哥、四弟要与俺同去。若非他二人耽搁，此时俺也走了五六十里路了。"韩爷道："虽则耽延程途，幸喜柳兄前来，明日正好同往，一来为寻五弟，二来又可暗办此事，岂不是两全其美么？"柳青道："既如此，二位兄长就打点行装，小弟在前途恭候，省得卢兄看见，又要生疑。"韩爷道："到此焉有不待酒饭之理。"柳青笑道："你我非酒肉朋友，吃喝是小事，还是在前途恭候的为是。"说罢，立起身来。韩爷、徐庆也不强留，定准了时刻地方，执手告别。

韩、徐二人送了柳青去后，也到这边来，见了卢方，却不提柳青之事。到了次日，卢方预备了送行的酒席，弟兄四人吃喝已毕。卢方又嘱咐了许多的言语，方将三人送出庄门，亲看他们去了，立了多时，才转身回去。他三人趱步①向前,竟赴柳青的约会去了。

他等只顾劫取孙珍的寿礼,未免耽延时日。不想白玉堂此时在东京,闹下出类拔萃的乱子来了。自从开封府夤夜与南侠比试之后,悄悄回到旅店,暗暗思忖道:"我看姓展的本领果然不差。当初我在苗家集曾遇夜行之人,至今耿耿在心。今见他步法形景,颇似当初所见之人,莫非苗家集遇见的就是此人?若真是他,倒是我意中朋友。再者南侠称猫之号,原不是他出于本心,乃是圣上所赐。圣上只知他的技艺巧于猫,如何能够知道锦毛鼠的本领呢。我既到了东京,何不到皇宫内走走?倘有机缘,略略施展施展,一来使当今知道我白玉堂;二来也显显我们陷空岛的人物;三来我做的事,圣上知道,必交开封府。既交到开封府,再没有不叫南侠出头的。那时我再设个计策,将他诓入陷空岛奚落他一场,是猫儿捕了耗子,还是耗子咬了猫?纵然罪犯天条,斧钺加身,也不枉我白玉堂虚生一世。哪怕从此倾生,也可以名传天下。但只一件,我在店中存身不大稳便。待我明日找个很好的去处隐了身体,那时叫他们望风捕影,也知道姓白的利害。"他既横了心,立下此志,就不顾什么纪律了。

单说内苑万代寿山有总管姓郭名安,他乃郭槐之侄。自从郭槐遭诛之后,他也不想想所做之事,该剐不该剐。他却自具一偏之见,每每暗想道:"当初咱叔叔谋害储君,偏偏的被陈林救出,以致久后事犯被戮。细细想来,全是陈林之过,必是有意与郭门作对。再者当初我叔叔是都堂,他是总管,尚且被他治倒,置之死地。何况如今他是都堂,我是总管。倘或想起前仇,咱家如何逃出他的手心里呢?以大压小,更是容易。怎么想个法子,将他害了,一来与叔叔报仇,二来也免得每日担心。"

一日晚间,正然思想,只见小太监何常喜端了茶来,双手捧至郭安面前。郭安接茶慢饮。这何太监年纪不过十五六岁,极其伶俐,郭安素来最喜欢他。他见郭安默默不语,如有所思,便知必有心事,又不敢问,只得搭讪着说道:"前日雨前茶,你老人家喝着没味儿。今日奴婢特向都堂那里,合伙伴们寻一瓶上用的龙井茶来,给你老人家泡了一小壶儿。你老人家喝着这个如何?"郭安道:"也还罢了。只是以后你倒要少往都堂那边去。他那里黑心人多,你小孩子家懂的什么。万一叫他们害了,岂不白白把个小命送了么?"何常喜听了,暗暗辗转道:"听他之言,话内有因。他

---

① 趱(zǎn)步——快步走。

别与都堂有什么拉拢罢？我何不就棍打腿探探呢！”便道：“敢则是这么着呢？若不是你老人家教导，奴婢哪里知道呢。但只一件，他们是上司衙门，往往的捏个短儿，拿个错儿，你老人家还担得起；若是奴婢，哪里搁得住呢，一来年轻，二来又不懂事。时常去到那里，叔叔长，大爷短，合他们鬼混，明是讨他们好儿，暗里却是打听他们的事情。就是他们安着坏心，也不过仗着都堂的威势欺人罢了。”郭安听了，猛然心内一动，便道：“你常去，可听见他们有什么事没有呢？”何常喜道：“却倒没有听见什么事。就是昨日奴婢寻茶去，见他们拿着一匣人参，说是圣上赏都堂的。因为都堂有了年纪，神虚气喘，咳声不止，未免是当初操劳太过，如今百病趁虚而入。因此赏参，要加上别的药味，配什么药酒。每日早晚喝些，最是消除百病，益寿延年。”郭安闻听，不觉发恨，道：“他还要益寿延年！恨不能他立刻倾生，方消我心头之恨。”

不知郭安怎生谋害陈林，下回分解。

第四十一回

忠烈题诗郭安丧命　开封奉旨赵虎乔妆

且说何太监听了一怔，说：“奴婢瞧都堂为人行事，却是极好的，而且待你老人家不错，怎么这样恨他呢？想来都堂是他跟的人不好，把你老人家闹寒了心咧！”郭安道：“你小人家不懂的圣人的道理。圣人说：‘父母之仇不共戴天。’他害了我的叔叔，就如父母一般，我若不报此仇，岂不被人耻笑呢？我久怀此心，未得其便。如今他既用人参作酒，这是天赐其便。”何太监暗暗想道：“敢则与都堂原有仇隙？怨不得他每每的如有所思呢。但不知如何害法？我且问明白了，再作道理。”便道：“他用人参，乃是补气养神的，你老人家怎么倒说天赐其便呢？”郭安道：“我且问你，我待你如何？”常喜道：“你老人家是最疼爱我的，真是吃虱子落不下大腿，不亚如父子一般，谁不知道呢！”郭安道：“既如此，我这一宗事也不瞒你。你若能帮着我办成了，我便另眼看待于你。咱们就认为义父子，你心下如何呢？”何太监听了，暗忖道：“我若不应允，必与别人商议。那时不但我不能知道，反叫他记了我的仇了。”便连忙跪下，道：“你老人家若不憎嫌，儿子与爹爹磕头。”郭安见他如此，真是乐的了不得，连忙扶起来，道：“好孩子，真令人可疼，往后必要提拔于你。只是此事须要严密，千万不可泄漏。”何太监道：“那是自然，何用你老人家嘱咐呢。但不知用儿子做什么？”郭安道：“我有个漫毒散的方子，也是当初老太爷在日，与尤奶奶商议的，没有用着。我却记下这个方子。此方最忌的是人参。若吃此药，误用人参，犹如火上浇油，不出七天，必要命尽无常。这都是‘八反’里头的。如今将此药放在酒里请他来吃。他若吃了，回去再一喝人参酒，毒气相攻，虽然不能七日身亡，大约他有年纪的人了，也就不能多延时日，又不露痕迹。你说好不好？”何太监说：“此事却用儿子做什么呢？”郭安道：“你小人家又不明白了。你想想，跟都堂的哪一个不是鬼灵精儿似的？若请他吃酒，用两壶斟酒，将来有个好歹，他们必疑惑是酒里有了毒了，那还了得么？如今只用一把壶斟酒，这可就用着你了。”何太监道：“一个壶里，怎么能装两样酒呢？这个闷杀人咧。”郭安道：“原是呀，为什么必得用你呢？你进屋里去，在博古阁子上，把那把洋錾填金的银酒壶拿来。”

何常喜果然拿来，在灯下一看，见此壶比平常酒壶略粗些，底儿上却有两个窟窿。打开盖一瞧，见里面中间却有一层隔膜圆桶儿。看了半天，却不明白。郭安道：“你瞧不明白，我告诉你罢。这是人家送我的玩意儿。若要灌人的酒，叫他醉了，就用着这个了。此壶名叫‘转心壶’。待我试给你看。”将方才喝的茶还有半碗，揭开盖，灌入左边。又叫常喜舀了半碗凉水，顺着右边灌入。将盖盖好，递与何常喜，叫他斟。常喜接过，斟了半天，也斟不出来。郭安哈哈大笑，道：“傻孩子，你拿来罢，别呕我了，待我斟给你看。”常喜递过壶去。郭安接来，道：“我先斟一杯水。”将壶一低，果然斟出水来。又道：“我再斟一杯茶。”将壶一低，果然斟出茶来。常喜看了纳闷，道：“这是什么缘故呢？好老爷子，你老细细告诉孩儿罢。”郭安笑道：“你执着壶靶，用手托住壶底。要斟左边，你将右边窟窿堵住；要斟右边，将左边窟窿堵住，再没有斟不出来的。千万要记明白了，你可知道了？”何太监道：“话虽如此说，难道这壶嘴儿他也不过味么？”郭安道：“灯下难瞧。你明日细细看来，这壶嘴里面也是有隔舌的，不过灯下斟酒，再也看不出来的。不然，如何人家能不犯疑呢？一个壶里吃酒还有两样么？哪里知道真是两样呢。这也是能人巧制，想出这蹊跷法子来。且不要说这些。我就写了帖儿，你此时就请去。明日是十五，约他在此赏月。他若果来,你可抱定酒壶,千万记了左右窟窿,好歹别斟错了,那可不是玩的。"何常喜答应,拿了帖子,便奔都堂这边来了。

刚过太湖石畔,只见柳荫中蓦然①出来一人,手中钢刀一晃,光华夺目。又听那人说道:"你要嚷,就是一刀!"何常喜吓得哆嗦作一团。那人悄悄道:"俺将你捆缚好了,放在太湖石畔柳树之下。若明日将你交到三法司或开封府,你可要直言申诉。倘若隐瞒,我明晚割你的首级。"何太监连连答应,束手就缚。那人一提,将他放在太湖石畔柳荫之下。又叫他张口,填了一块棉絮。执着明晃晃的刀,竟奔郭安屋中而来。

这里郭安呆等小太监何常喜,忽听脚步声响,以为是他回来,便问道:"你回来了么?"外面答道:"俺来也。"郭安一抬头,见一人持利刃,只吓得嚷了一声"有贼",谁知头已落地。外面巡更太监忽听嚷了一声,不见动静,赶来一看,但见郭安已然被人杀死在地。这一惊非同小可,急去回禀了执事太监,不敢耽延,回禀都堂陈公公,立刻派人查验。又在各处搜寻,于柳荫之下救了何常喜,松了绑背,掏出棉絮,容他喘息。问他,他却不敢说,止于说:"捆我的那个人曾说来,叫我到三法司或开封府方敢直言实说;若说错了,他明晚还要取我的首级呢!"众人见他说的话内有因,也不敢追问,便先回禀了都堂。都堂添派人好生看守,待明早启奏便了。

次日五鼓,天子尚未临朝。陈公公进内,请了圣安,便将万代寿山总管郭安不知被何人杀死,并将小太监何常喜被缚,一切言语,俱各奏明。仁宗闻奏,不由得诧异,道:"朕之内苑如何敢有动手行凶之人?此人胆量也就不小呢!"就将何常喜交开封府审讯。陈公公领旨,才待转身,天子又道:"今乃望日,朕要到忠烈祠拈香,老伴伴随朕一往。"陈林领旨出来,先传了将何常喜交开封府的旨意,然后又传圣上到忠烈祠拈香的旨意。

掌管忠烈祠太监知道圣上每逢朔望日②必要拈香,早已预备。圣上排驾到忠烈祠,只见杆上黄幡飘荡,两边鼓响钟鸣。圣上来至内殿,陈伴伴紧紧跟随。正面塑着忠烈寇承御之像,仍是宫妆打扮,却是站像;两边

---

① 蓦(mò)然——不经心地;猛然。

② 朔(shuò)望日——朔日和望日。朔日,指农历每月初一。望日,指月亮圆的那一天,即农历每月十五日,有时是十六或十七日,但通常指农历每月十五日。

也塑着随侍的四个配像。天子朝上默祝拈香,虽不下拜,那一番恭敬,也就至诚的很呢。拈香已毕,仰观金像。惟有陈公公在旁,见塑像面貌如生,不觉的滴下泪来,又不敢哭,连忙拭去。谁知圣上早已看见,便不肯注视,反仰面瞧了瞧佛门宝幡①。猛回头,见西山墙山花之内字迹淋漓,心中暗道:"此处却有何人写字?"不觉移步近前仰视。老伴伴见圣上仰面看视,心中也自狐疑:"此字是何人写的呢?"幸喜字体极大,看得真切,却是一首五言绝句诗。写的是:"忠烈保君王,哀哉杖下亡。芳名垂不朽,博得一炉香。"词语虽然粗俗,笔气极其纵横,而且言简意深,包括不遗。圣上便问道:"此诗何人所写?"陈林道:"奴婢不知,待奴婢问来。"转身将管祠的太监唤来,问此诗的来由。这人听了,只吓得惊疑不止,跪奏道:"奴婢等知道今日十五,圣上必要亲临。昨日带领多人细细掸扫,拂去浮尘,各处留神,并未见有此诗句。如何一夜之间,竟有人擅敢题诗呢?奴婢实系不知。"仁宗猛然省悟,道:"老伴伴,你也不必问了,朕却明白此事。你看题诗之处,非有出奇的本领之人,再也不能题写;郭安之死,非有出奇的本领之人,再也不能杀死。据朕想来,题诗的即是杀人的,杀人的就是题诗的。且将首相包卿宣来见朕。"

不多时,包公来到,参见了圣驾。天子便将题诗杀命的原由说了一番。包公听了,(正因白玉堂闹了开封府之后,这些日子并无动静,不想他却来在禁院来了。)不好明言,只得启奏:"待臣慢慢访查。"却又踏看了一番,并无形迹。便护从圣驾还宫,然后急急乘轿回衙,立刻升堂,将何常喜审问。何太监便将郭安定计如何要谋害陈林,"现有转心壶,还有茶水为证。"并将捆他那人如何形相面貌衣服,说的是何言语,一字不敢撒谎,从实诉将出来。包公听了,暂将何太监令人看守,便回转书房,请了展爷公孙策来,大家商酌一番。二人也说:"此事必是白玉堂所为无疑,须要细细查访才好。"二人别了包公,来到官厅,又与四义士一同聚议。

次日包公入朝,将审何常喜的情由奏明。天子闻听,更觉欢喜,称赞道:"此人虽是暗昧,他却秉公除奸,行侠作义,却也是个好人。卿家必须细细访查。不拘时日,务要将此人拿住,朕要亲览。"包公领旨,到了开封,又传与众人。谁不要建立此功,从此后处处留神,人人小心,再也毫无影响。

---

① 宝幡(fān)——一种窄长的旗子,垂直悬挂。

不料愣爷赵虎,他又想起当初扮化子访得一案实在的兴头,如今何不照旧再走一趟呢!因此叫小子又备了行头。此次却不隐藏,改扮停当,他就从开封府角门内,大摇大摆地出来,招得众人无不嘲笑。他却鼓着腮帮子,当正经事办,以为是私访不可亵渎。其中就有好性儿的跟着他,三三两两在背后指指戳戳。后来这三两个人见跟的人多了,他们却煞住脚步,别人却跟着不离左右。赵虎一想:"可恨这些人没有开过眼,连一个讨饭的也没瞧见过,真是可厌得很咧!"

要知如何,且听下回分解。

第四十二回

以假为真误拿要犯　将差就错巧讯赃金

且说赵虎扮做化子,见跟的人多了,一时性发,他便拽开大步,飞也似的跑了二三里之遥,看了看左右无人,方将脚步放缓了,往前慢步。谁知方才众人围绕着,自己以为得意,却不理会。及至剩了一人,他把一团高兴也过去了,就觉着一阵阵的风凉。先前还挣扎的住,后来便合着腰儿,渐渐握住胸脯。没奈何,又双手抱了肩头,往前颠跑。偏偏的日色西斜,金风透体,哪里还搁的住呢。两只眼睛东瞧西望,见那壁厢有一破庙,山门倒坏,殿宇坍塌,东西山墙孤立。便奔到山墙之下,蹲下身体,以避北风。自己未免后悔,不该穿着这样单寒行头,理应穿一分破烂的棉衣才是。凡事不可粗心。

正在思想,只见那边来了一人,衣衫褴褛,与自己相同,却夹着一捆干草,竟奔到大柳树之下,扬手将草顺在里面。却见他扳住柳枝,将身一纵,钻在树窟窿里面去了。赵虎此时见那人,觉得比自己暖和多了,恨不得也钻在里面暖和暖和才好,暗暗想道:"往往到了饱暖之时,便忘却了饥寒之苦。似我赵虎每日在开封府,饱食暖衣,何等快乐。今日为私访而来,遭此秋风,便觉得寒冷之甚。见他钻入树窟,又有干草铺垫,似这等看来,他那人就比我这六品校尉强多了。"心里如此想,身上更觉得打嗦儿。

忽见那边又来一人,也是褴褛不堪,却也抱着一捆干草,也奔了这棵枯树而来。到了跟前,不容分说,将草往里一抛。只听里面人哎哟道:

“这是怎么了?”探出头来一看,道:“你要留点神呀!为何闹了我一头干草呢?”外边那人道:“老兄恕我不知。敢则是你早来了。没奈何,匀便匀便。咱二人将就在一处,又暖和,又不寂寞。我还有话合你说呢。”说着话,将树枝扳住,身子一纵,也钻入树窟之内。只听先前那人道:“我一人正好安眠,偏偏的你又来了,说不得只好打坐功了。”又听后来那人道:“大厦千间,不过身眠七尺。咱二人虽则穷苦,现有干草铺垫,又温又暖,也算罢了,此时管保就有不如你我的。”

赵虎听了,暗道:“好小子!这是说我呢。我何不也钻进去,作个不速之客①呢?”刚然走到树下,又听那人道:“就以开封府说吧,堂堂的首相,他竟会一夜一夜大睁着眼睛,不能安睡。难道他老人家还短了暖床热被么?只因国事操心,日夜焦劳,把个大人愁的没有困了。”赵虎听了,暗暗点头。又听这个问道:“相爷为什么睡不着呢?”那人又道:“怎么你不知道么?只因新近宫内不知什么人在忠烈祠题诗,又在万寿山杀命,奉旨把此事交到开封府查问细访。你说这个无影无形的事情,往哪里查去?”忽听这个道:“此事我虽知道,我可没那么大胆子上开封府。我怕惹乱子,不是玩的。”那人道:“这怕什么呢?你还丢什么吗?你告诉我,我帮着你好不好?”这人道:“既是如此,我告诉你。前日咱们鼓楼大街路北,那不是吉升店么?来了一个人,年纪不大,好俊样儿,手下带着从人,骑着大马,将那么一个大店满占了,说要等他们伙伴,声势很阔。因此我暗暗打听,只是听说此人姓孙,他与宫中有什么拉拢,这不是这件事么?”赵爷听见,不由的满心欢喜,把冷付于九霄云外,一口气便跑回开封府,立刻找了包兴,回禀相爷,如此如此。

包公听了,不能不信,只得多派差役跟随赵虎,又派马汉、张龙一同前往,竟奔吉升店门。将差役安放妥当,然后叫开店门。店里不知为着何事,连忙开门。只见愣爷赵虎当先,便问道:“你这店内可有姓孙的么?”小二含笑道:“正是前日来的。”四爷道:“在哪里?”小二道:“现在上房居住,业已安歇了。”愣爷道:“我们乃开封府奉相爷钧谕,前来拿人。逃走了,惟你是问。”店小二听罢,忙了手脚。愣爷便唤差役人等,叫小二来,将上房门口堵住。叫小二叫唤,说:“有同事人找呢。”只听里面应道:“想是伙计赶到了,快请。”只见跟从之人开了槅扇,赵爷当先来到屋内。从

① 不速之客——指没有邀请而自己来的客人。速,邀请。

人见不是来头，往旁边一闪。愣爷却将软帘向上一掀，只见那人刚才下地，衣服尚在掩着。赵爷急上前一把抓住，说道："好贼呀！你的事犯了。"只听那人道："足下何人？放手，有话好说。"赵虎道："我若放手，你不跑了么？实对你说，我们乃开封府来的。"那人听了"开封府"三字，便知此事不妥。赵爷道："奉相爷钧谕，特来拿你。若不访查明白，敢拿人么？有什么话，你只好上堂说去。"说罢，将那人往外一拉，喝声："捆了！"又吩咐各处搜寻，却无别物，惟查包袱内有书信一包。赵爷却不认得字，将书信撂在一边。

此时马汉、张龙知道赵爷成功，连忙进来，正见赵爷将书信撂在一边。张龙忙拿起灯来一看，上写"内信两封"，中间写"平安家报"，后面有年月日，"凤阳府署密封"。张爷看了，就知此事有些舛错。当着大众不好明言，暗将书信揣起，押着此人，且回衙门再作道理。店家也不如何故，难免提心吊胆。

单言众人来到开封府，急速禀报了相爷。相爷立刻升堂。赵虎当堂交差，当面去缚。张龙却将书信呈上。包公看了，便知此事错了，只得问道："你叫何名？因何来京？讲！"左右连声催喝。那人磕头，碰地有声。他却早已知道开封府非别的衙门可比，战兢兢回道："小人乃……乃凤阳府太守孙……孙珍的家人，名唤松……松福，奉了我们老爷之命，押解寿礼给庞太师上寿。"包公道："什么寿礼？现在哪里？"松福道："是八盆松景。小人有个同伴之人名唤松寿，是他押着寿礼，尚在路上，还没到呢。小人是前站，故此在吉升店住着等候。"包公听了，已知此事错拿无疑，只是如何开放呢？此时赵爷听了松福之言，好生难受。

忽见包公将书皮往复看了，便问道："你家寿礼内，你们老爷可有什么夹带？从实诉上来！"只此一问，把个松福吓得抖衣而战，形色仓皇。包公是何等样人，见他如此光景，把惊堂木一拍，道："好狗才！你还不快说么？"松福连连叩头，道："相爷不必动怒，小人实说，实说。"心中暗想道："好利害！怨的人说开封府的官司难打，果不虚传。怪道方才拿我时，说我事犯了。'若不访查明白，如何敢拿人呢？'这些话明是知道，我如何隐瞒呢？不如实说了，省得皮肉受苦。"便道："实系八盆松景，内暗藏着万两黄金，惟恐路上被人识破，故此埋在花盆之内。不想相爷神目如电，早已明察秋毫，小人再不敢隐瞒。不信，老爷看书信便知。"包公便道："这里面书信二封，是给何人的？"松福道："一封是小人的老爷给小人的太老爷的,一封是给庞太师的。我们老爷原是庞太师的外孙。”包公听了点头,叫将松福带下去,好生看守。

你道包公如何知道有夹带呢?只因书皮上有“密封”二字,必有怕人知晓之事,故此揣度必有夹带。这便是才略过人,心思活泼之处。

包公回转书房,便叫公孙先生急缮奏摺,连书信一并封入。次日进朝,奏明圣上。天子因是包公参奏之摺,不便交开封审讯,只得着大理寺文彦博讯问。包公便将原供并松福俱交大理寺。文彦博过了一堂,口供相符,便派差役人等前去要截凤阳太守的礼物,不准落于别人之手。立刻抬至当堂,将八盆松景从板箱抬出一看,却是用松针扎成的“福如东海寿比南山”八个大字,却也做的新奇。此时也顾不的松景,先将“福”字拔出,一看里面并无黄金,却是空的。随即逐步看去,俱是空的,并无黄金。惟独“山”字盆内,有一个象牙牌子,上面却有字迹,一面写着“无义之财”,一面写着“有意查收”。文大人看了,便知此事诧异,即将松寿带上堂来,问他路上却遇何人。松寿禀道:“路上曾遇四个人带着五六个伴当,我们一处住宿,彼此投机,同桌吃饭饮酒。不知怎么沉醉,人事不知,竟被这些人将金子盗去。”文大人问明此事,连牙牌子回奏圣上。

圣上就将此事交包公访查,并传旨内阁发抄,说:“凤阳府知府孙珍年幼无知,不称斯职,着立刻解职来京。松福、松寿即行释放,着无庸议。”庞太师与他女婿孙荣知道此事,不能不递摺请罪。圣上一概宽免。惟独包公又添上一宗为难事,暗暗访查,一时如何能得。就是赵虎听了旁言误拿了人,虽不是此案,幸喜究出赃金,也可以减去老庞的威势。

谁知庞吉果因此事一烦,到了生辰之日,不肯见客,独自躲在花园先月楼中去了,所有客来,全托了他女婿孙荣照料。自己在园中,也不观花,也不玩景,惟有思前想后,叹气嗐声,暗暗道:“这包黑真是我的对头。好好一桩事,如今闹的黄金失去,还带累外孙解职。真也难为他,如何访查得来呢?实实令人气他不过!”正在暗恨,忽见小童上楼禀道:“二位姨奶奶特来与太师爷上寿。”老贼闻听,不由的满面堆下笑来,问道:“在哪里?”小童道:“小人方才在楼下看见,刚过莲花浦的小桥。”庞贼道:“既如此,她们来时,就叫她们上楼来罢。”小童下楼,自己却凭栏而望,果见两个爱妾姹紫、嫣红,俱有丫鬟搀扶。她二人打扮的袅袅娜娜,整整齐齐;又搭着满院中花红柳绿,更显得百媚千娇,把个老贼乐的老老家都忘了,在楼上手舞足蹈,登时心花大放,把一天的愁闷俱散在“哈密国”去了。

不多时,二妾来到楼上,丫鬟搀扶步上扶梯。这个说:“你踩了我的裙子咧。”那个说:“你碰了我的花儿了。”一阵咭咭呱呱,方才上楼来,一个个娇喘吁吁。先向太师万福,禀道:“你老人家会乐呀,躲在这里来了,叫我们两个好找!让我们歇歇,再行礼罢。”老贼哈哈笑道:“你二人来了就是了,又何必行什么礼呢?”姹紫道:“太师爷千秋,焉有不行礼的呢?”嫣红道:“若不行礼,显得我们来的不志诚了。”说话间,丫鬟已将红毡铺下。二人行礼毕,立起身来,又禀道:“今晚妾身二人在水晶楼备下酒肴,特与太师爷祝寿。务求老人家赏个脸儿,千万不可辜负了我们一片志诚。”老贼道:“又叫你二人费心,我是必去的。”二人见太师应允必去,方才在左右坐了。彼此嬉笑戏谑①,弄的个老贼丑态百出,不一而足。正在欢乐之际,忽听小童楼下咳嗽,扶梯响亮。

不知小童又回何事,下回分解。

第四十三回

翡翠瓶污羊脂玉秽　太师口臭美妾身亡

且说老贼庞吉正在先月楼与二妾欢语,只见小童手持着一个手本,上得楼来,递与丫鬟,口中说道:“这是咱们本府十二位先生特与太师爷祝寿,并且求见,要亲身觌面②行礼,还有寿礼面呈。”丫鬟接来,呈与庞吉。庞吉看了,便道:“既是本府先生前来,不得不见。”对着二妾道:“你二人只好下楼回避。”丫鬟便告诉小童先下楼去,叫先生们躲避躲避,让二位姨奶奶走后再进来。这里姹紫、嫣红立起身来,向庞吉道:“倘若你老人家不去,我们是要狠狠的咒得你老人家心神也是不定的。”老贼听了,哈哈大笑。二妾又叮嘱一回水晶楼之约。庞贼满口应承:“必要去的。”看着二妾下楼去远,方叫小童去请师爷们,自己也不出去迎,在太师椅上端然而坐。

不多时,只见小童引路来至楼下,打起帘栊,众位先生衣冠济楚,鞠躬

① 戏谑(xuè)——用有趣的引人发笑的话开玩笑。

② 觌(dí)面——见面;当面。

而入,外面随进多少仆从虞侯。庞吉慢慢立起身来,执手,道:“众位先生光降,使老夫心甚不安。千万不可行礼,只行常礼罢。”众先生又谦让一番,只得彼此一揖。复又各人递各人的寿礼,也有一画的,也有一对的,也有一字的,也有一扇的。无非俱是秀才人情而已。老庞一一谢了。此时仆从已将座位调开,仍是太师中间坐定,众师爷分列两旁。左右献茶,彼此叙话,无非高抬庞吉,说些寿言寿语吉祥话头。

谈不多时,仆从便放杯箸,摆上果品。众先生又要与庞吉安席,敬寿酒。还是老庞拦阻,道:“今日乃因老夫贱辰,有劳众位台驾,理应老夫各敬一杯才是。莫若大家免了,也不用安席敬酒。彼此就座,开怀畅饮,倒觉爽快。”众人道:“既是太师吩咐,晚生等便从命了。”说罢,各人朝上一躬,仍按次序入席。酒过三巡之后,未免脱帽露顶,舒手豁拳,呼么喝六,壶到杯干。

正饮在半酣之际,只见仆从搭进一个盆来,说是孙姑老爷孝敬太师爷的河豚鱼,极其新鲜,并且不少。众先生听说是新鲜河豚,一个个口角垂涎,俱各称赞道:“妙哉,妙哉!河豚乃鱼中至味,鲜美异常。”庞太师见大家夸奖,又是自己女婿孝敬,当着众人颇有得色,吩咐:“搭下去,叫厨子急速做来,按桌俱要。”众先生听了,个个喜欢,竟有立刻杯箸不动,单等吃河豚鱼的。

不多时,只见从人各端了一个大盘,先从太师桌上放起,然后左右挨次放下。庞吉便举箸向众人让了一声:“请呀。”众先生答应如流,俱各道:“请,请。”只听杯箸一阵乱响,风卷残云,立刻杯盘狼藉。众人舔嘴咂舌,无不称妙。忽听那边咕呼一声响亮。大家看时,只见麴①先生连椅儿栽倒在地,俱各诧异。又听那边米先生嚷道:“哇呀!了弗得,了弗得!河豚有毒,河豚有毒。这是受了毒了,大家俱要栽倒的,俱要丧命呀!这还了得!怎么一时吾就忘了有毒呢?总是口头馋的弗好。”旁边便有插言的道:“如此说来,吾们是没得救星的了。”米先生猛然想起,道:“还好,还好,有个方子可解,非金汁不可。如不然,人中黄也可。若要速快,便是粪汤更妙。”庞贼听了,立刻叫虞侯仆从:“快快拿粪汤来。”

一时间下人手忙脚乱,抓头不是尾,拿拿这个不好,动动那个不妥。还是有个虞侯有主意,叫了两个仆从将大案上摆的翡翠碧玉闹龙瓶,两边

① 麴——音 qū。

兽面衔着金环,叫二人抬起;又从多宝阁上拿起一个净白光亮的羊脂白玉荷叶式的碗交付二人,叫他们到茅厕里即刻舀来,越多越好。二人问道:"要多何用?"虞侯道:"你看人多吃的多,粪汤也必要多,少了是灌不过来的。"二人来到粪窖之内,握着鼻子,闭着气,用羊脂白玉碗连屎带尿一碗一碗舀了,往翡翠碧玉瓶里灌。可惜这两样古玩落在权奸府第,也跟着遭此污秽!足足灌了个八分满,二人提住金环,直奔到先月楼而来。虞侯上前先拿白玉碗盛了一碗,奉与太师。

庞吉若要不喝,又恐毒发丧命;若要喝时,其臭难闻,实难下咽。正在犹豫,只见众先生各自动手,也有用酒杯的;也有用小菜碟的;儒雅些的却用羹匙;就有卤莽的,扳倒瓶,嘴对嘴,紧赶一气,用了个不少。庞吉看了,不因不由,端起玉碗,一连也就饮了好几口。米先生又怜念同寅,将先倒的麹先生令人扶住,自己蹲在身旁,用羹匙也灌了几口,以尽他疾病扶持之谊。

迟了不多时,只见麹先生苏醒过来,觉得口内臭味难当,只道是自己酒醉,出而哇之,哪里知道别人用好东西灌了他呢?米先生便问道:"麹兄,怎么样呢?"麹先生道:"不怎的。为何吾这口边粪臭得紧哪?"米先生道:"麹兄,你是受了河豚毒了。是小弟用粪汤灌活吾兄,以尽朋友之情的。"哪知道这位麹先生,方才因有一块河豚被人抢去吃了,自己未能到口,心内一烦恼,犯了旧病,因此栽倒在地。今闻用粪汤灌了,他爬起来道:"哇呀!怪道——怪道臭得很!臭得很!吾是羊角疯呀,为何用粪汤灌吾?"说罢,呕吐不止。他这一吐不打紧,招的众人谁不恶心,一张口洋溢泛滥,吐不及的逆流而上,从鼻孔中也就开了闸了。登时之间,先月楼中异味扑鼻,连虞侯、伴当、仆从无不是嗦嗲喇叭,齐吹出"儿儿哇哇哇儿"的不止。好容易吐声渐止,这才用凉水漱口,喷的满地汪洋。米先生不好意思,抽空儿他就溜之乎也了。闹的众人走又不是,坐又不是。

老庞终是东人,碍不过脸去,只得吩咐:"往芍药轩敞厅去罢。大家快快离开此地,省得闻这臭味难当。"众人俱各来在敞厅,一时间心清目朗。又用上等雨前喝了许多,方觉的心中快活。庞贼便吩咐摆酒,索性大家痛饮,尽醉方休。众人谁敢不遵。不多时,秉上灯烛,摆下酒馔。大家又喝起来,依然是豁拳行令,直喝至二鼓方散。

庞贼醺醺酒醉,踏着明月,手扶小童,竟奔水晶楼而来,趔趔趄趄①的问道:“天有几鼓了?”小童道:“已交二鼓。”庞吉道:“二位姨奶奶等急了,不知如何盼望呢!到了那里,不要声张,听她们说些什么?你看那边为何发亮?”小童道:“前面是莲花浦,那是月光照的水面。”说话间过了小桥。老庞又吃惊,道:“那边好像一个人。”小童道:“太师爷忘了,那是补栽的河柳,趁着月色摇曳,仿佛人影儿一般。”

及至到了水晶楼,刚到楼下,见槅扇虚掩,不用窃听,已闻得里面有男女的声音,连忙止步。只听男子说道:“难得今日有此机会,方能遂你我之意。”又听女子说道:“趁老贼陪客,你我且到楼上欢乐片时,岂不美哉!”隐隐听的嘻嘻笑笑,上楼去了。庞吉听至此,不由气冲牛斗,暗叫小童将主管庞福唤来,叫他带领虞侯准备来拿人。自己却轻轻推开槅扇,竟奔楼梯。上得楼来,见满桌酒肴,杯中尚有余酒。又见烛上结成花蕊,忙忙剪了蜡花。回头一看,见绣帐金钩挂起,里面却是男女二人相抱而卧。老贼看了,一把无明火往上一攻,见壁间悬挂宝剑,立刻抽出,对准男子用力一挥,头已落地。嫣红睡眼朦胧,才待起来,庞贼也挥了一剑。可怜两个献媚之人,无故遭此摧折。谁知男子之头落在楼板之上,将头巾脱落,却也是个女子,仔细看时,却是姹紫。老贼哎哟了一声,当啷啷宝剑落地。

此时楼的下面,庞福带领多人俱各到了,听得楼上又是哎哟,又是响亮,连忙跑上楼来,一看见太师杀了二妾,已然哀不成音了。庞吉哭够多时,又气又恼又后悔,便吩咐庞福将二妾收拾盛殓。立即派人请他得意门生,乃乌台御史,官名廖天成,急速前来商议此事。自己带了小童离了水晶楼,来到前边大厅之上等候门生。

及至廖天成来时,天已三鼓之半。见了庞吉,师生就座。庞吉便将误杀二妾的情由,说了一遍。这廖天成原是个谄媚之人,立刻逢迎道:“若据门生想来,多半是开封府与老师作对。他那里能人极多,必是悄地差人探访。见二位姨奶奶酒后戏耍酣眠,他便生出巧智,特装男女声音,使之闻之,叫老师听见,焉有不怒之理!因此二位姨奶奶倾生。此计也就毒得狠呢。这明是搅乱太师家宅不安,暗里是与老师作对。”他这几句话说的个庞贼咬牙切齿,忿恨难当,气忿忿地问道:“似此如之奈何?怎么想个法子,以消我心头之恨?”廖天成犯想多时,道:“依门生愚见,莫若写个摺

① 趔(liè)趔趄(qiè)趄——身体歪斜,脚步不稳。

子，直说开封府遣人杀害二命，将包黑参倒，以警将来。不知老师钧意若何？”庞吉听了，道：“若能参倒包黑，老夫生平之愿足矣！即求贤契大才代拟。此处不大方便，且到内书房去。”说罢，师弟立起身来，小童持着灯，引至书房。现成笔墨，廖天成便拈笔构思。难为他凭空立意，竟敢直陈①。直是糊涂人对糊涂人，办的糊涂事。不多时，已脱草稿。老贼看了，连说：“妥当结实，就劳贤契大笔一挥。”廖天成又端端楷楷，缮写已毕。后面又将同党之人添上五个，算是联衔参奏。

庞吉一壁吩咐小童：“快给廖老爷倒茶。”小童领命，来至茶房，用茶盘托了两碗现烹的香茶，刚进了月亮门，只听竹声乱响，仔细看时，却见一人蹲伏在地，怀抱钢刀。这一吓非同小可，丢了茶盘，一叠连声嚷道：“有贼！”就往书房跑来，连声儿都嚷岔了。庞贼听见，连忙放下奏摺，赶出院内。廖天成也就跟了出来，便问小童：“贼在哪里？”小童道：“在那边月亮门竹林之下。”庞吉与廖天成竟奔月亮门而来。

此时仆从人等已然听见，即同庞福各执棍棒赶来一看。虽是一人，却是捆绑停当，前面腰间插着一把宰猪的尖刀，仿佛抱着相似。大家向前将他提出，再一看时，却是本府厨子刘三。问他不应，止于仰头张口。连忙松了绑缚，他便从口内掏出一块布来，干呕了半天，方才转过气来。庞福便问道：“倒是何人将你捆绑在此？”刘三对着庞吉叩头，道：“小人方才在厨房瞌睡，忽见嗖的进来一人，穿着一身青靠，年纪不过二十岁，眉清目朗，手持一把明晃晃的钢刀。他对小人说：‘你要嚷，我就是一刀！’因此小人不敢嚷。他便将小人捆了，又撕了一块布，给小人填在口内。他把小人一提，就来在此处。临走，他在小人胸前就把这把刀插上，不知是什么缘故？”庞贼听了，便问廖天成道：“你看此事，这明是水晶楼装男女声音之人了。”廖天成闻听，忽然心机一动，道：“老师且回书房要紧。”老贼不知何故，只得跟了回来。

进了书房，廖天成先拿起奏摺，逐行逐字细细看了，笔画并未改讹，也未沾污。看罢，说道：“还好，还好，幸喜摺子未坏。”即放在黄匣之内。庞吉在旁夸奖道：“贤契细心，想的周到。”又叫各处搜查，哪里有个人影。

不多时，天已五鼓，随便用了些点心羹汤。庞吉与廖天成一同入朝，敬候圣上临轩，将本呈上。仁宗一看，就有些不悦。你道为何？圣上知道

---

① 直陈——直接陈述。

包、庞二人不对,偏偏今日此本又是参包公的,未免有些不耐烦。"何故他二人冤仇再不解呢?"心中虽然不乐,又不能不看。见开笔写着"臣庞吉跪奏,为开封府遣人谋杀二命事",后面叙着二妾如何被杀。仁宗看到杀妾二命,更觉诧异。因此反复翻阅,见背后忽露出个纸条儿来。

抽出看时,不知上面写着是何言语,下回分解。

第四十四回

花神庙英雄救难女　开封府众义露真名

且说仁宗天子细看纸条上面写道:"可笑,可笑,误杀反误告。胡闹,胡闹,老庞害老包。"共十八个字。天子看了,这明是自杀,反要陷害别人;又看笔迹有些熟识,猛然想起忠烈祠墙上的字体,却与此字相同。真是聪明不过帝王,暗道:"此帖又是那人写的了。他屡次做的俱是磊磊落落之事,又为何隐隐藏藏,再也不肯当面呢?实在令人不解。只好还是催促包卿便了。"想罢,便将摺子连纸条儿俱各掷下,交大理寺审讯。庞贼见圣上从摺内翻出个纸条儿来,已然吓得魂不附体。联衔之人,俱各暗暗担惊。

一时散朝之后,庞贼悄向廖天成道:"这纸条儿从何而来?"廖乌台猛然醒悟,道:"是了,是了!他捆刘三者,正为调出老师与门生来。他就于此时放在摺背后的。实是门生粗心之过。"庞吉听了,连连点首,道:"不错,不错。贤契不要多心,此事如何料得到呢?"及至到了大理寺,庞吉一力担当,从实说了,惟求文大人婉转复奏。文大人只得将他畏罪的情形代为陈奏。圣上传旨:"庞吉着罚俸三年,不准抵销。联衔的罚俸一年,不准抵销。"圣上却暗暗传旨与包公,务必要题诗杀命之人,定限严拿。包公奉了此旨,回到开封,便与展爷公孙先生计议,无法可施,只得连王、马、张、赵俱各天天出去到处访查,哪里有个影响。偏又值隆冬年近,转瞬间又是新春,过了元宵佳节,看看到了二月光景,包公屡屡奉旨,总无影响。幸亏圣眷优渥,尚未嗔怪。

一日,王朝与马汉商议,道:"咱们天天出去访查,大约无人不知;人既知道,更难探访。莫若咱二人悄悄出城,看个动静。贤弟以为何如?"

马汉道："出城虽好，但不知往何方去呢？"王朝道："咱们信步行去，自然热闹丛中采访。难道反往幽僻之处去么？"二人说毕，脱去校尉的服色，各穿便衣，离了衙门，竟往城外而来。

一路上细细赏玩艳阳景色，见了多少人带着香袋的，执着花的，不知是往哪里去的。及至问人时，原来花神庙开庙，热闹非常，正是开庙正期。二人满心欢喜，随着众人来到花神庙，各处游玩。却见后面有块空地甚是宽阔，搭着极大的芦棚，内中设摆着许多兵器架子。那边单有一座客棚，里面坐着许多人。内中有一少年公子，年纪约有三旬，横眉立目，旁若无人。王、马二人见了，便向人暗暗打听，方知此人姓严名奇。他乃是已故威烈侯葛登云的外甥，极其强梁霸道，无恶不做。只因他爱眠花宿柳，自己起了个外号，叫花花太岁。又恐有人欺负他，便用多金请了无数的打手，自己也跟着学了些，以为天下无敌。因此庙期热闹非常，他在庙后便搭一芦棚，比试棒棍拳脚。谁知设了一连几日，并无人敢上前比试，他更心高气傲，自以为绝无对手。二人正观望，只见外面多少恶奴推推拥拥、搀搀架架的进来一人，却是一个女子，哭哭啼啼，被众人簇拥着过了芦棚，进了后面敞厅去了。王、马二人心中纳闷，不知为了何事。

忽又听从外面进来一个婆子，嚷道："你们这伙强盗！青天白日，就敢抢良家女子，是何道理？你们若将她好好还我，便罢；你们若要不放，我这老命就合你们拼了！"众恶奴一面拦挡，一面吆喝。忽见从棚内又出来两个恶奴，说道："方才公子说了，这女子本是府中丫鬟，私行逃走，总未找着，并且拐了好些东西。今日既然遇见，把她拿住，还要追问拐的东西呢。你这老婆子趁早儿走罢。倘若不依，公子说咧，就把你送县。"婆子闻听，只急的嚎啕痛哭，又被众恶奴往外面拖拽。这婆子如何支撑得住，便脚不沾地往外去了。

王朝见此光景，便与马汉送目。马汉会意，必是跟下去打听底细。二人随后也就出来，刚走到二层殿的夹道，只见外面进来一人，迎头拦住，道："有话好说。这是什么意思？请道其详。"声音洪亮，身材高大，紫微微一张面皮，黑漆漆满部髭须，又是军官打扮，更显得威严壮健。王、马二人见了，便暗暗喝采称羡。忽听恶奴说道："朋友，这个事你别管。我劝你有事治事，无事趁早儿请，别讨没趣儿。"那军官听了冷笑，道："天下人管天下事，哪有管不得的道理。你们不对我说，何不对着众人说说？你们如不肯说，何妨叫那妈妈自己说说呢？"众恶奴闻听，道："伙计，你们听见了，这个光景他是管定了。”

忽听婆子道：“军官爷爷，快救婆子性命呀！”旁边恶奴顺手就要打那婆子。只见那军官把手一隔，恶奴便倒退了好几步，呲牙咧嘴，把胳膊乱摔。王、马二人看了，暗暗欢喜。又听军官道：“妈妈不必害怕，慢慢讲来。”那婆子哭着，道：“我姓王，这女儿乃是我街坊。因她母亲病了，许在花神庙烧香。如今她母亲虽然好了，尚未复元，因此求我带了她来还愿，不想竟被他们抢去。求军官爷搭救搭救。”说罢，痛哭。只见那军官听了，把眉一皱，道：“妈妈不必啼哭，我与你找来就是了。”

谁知众恶奴方才见那人把手略略一隔，他们伙计就呲牙咧嘴，便知这军官手头儿沉。大约婆子必要说出根由，怕军官先拿他们出气，他们便一个个溜了，来到后面，一五一十，俱告诉花花太岁。这严奇一听，便气冲牛斗，以为今日若不显显本领，以后别人怎能甘心佩服呢？便一声断喝：“引路！”众恶奴狐假虎威，来至前面，嚷道：“公子来了！公子来了！”众人见严奇来到，一个个俱替军官担心，以为太岁不是好惹的。

此时王、马二人看的明白，见恶霸前来，知道必有一番较量，惟恐军官寡不敌众。“若到为难之时，我二人助他一膀之力。”哪知那军官早已看见，撇了婆子，便迎将上去。众恶奴指手画脚，道：“就是他，就是他！”严奇一看，不由的暗暗吃惊道：“好大身量！我别不是他的对手罢。”便发话道：“你这人好生无礼，谁叫你多管闲事？”只见那军官抱拳陪笑，道：“非是在下多管闲事，因那婆子形色仓皇①，哭的可怜。恻隐②之心，人皆有之，望乞公子贵手高抬，开一线之恩，饶他们去罢。”说毕，就是一揖。

严奇若是有眼力的，就依了此人，从此做个相识，只怕还有个好处。谁知这恶贼见军官谦恭和蔼，又是外乡之人，以为可以欺负，竟敢拿鸡蛋往鹅卵石上碰，登时把眼一翻，道：“好狗才，谁许你多管！”冷不防嗖的就是一脚，迎面踢来。这恶贼原想着是个暗算，趁着军官作下揖去，不能防备，这一脚定然鼻青脸肿。哪知那军官不慌不忙，瞧着脚临切近，略一扬手，在脚面上一拂，口中说道：“公子休得无礼！”此话未完，只见公子嗳呀一声，半天挣扎不起。众恶奴一见，便嚷道：“你这厮竟敢动手！”一拥齐上，以为好汉打不过人多。谁知那人只用手往左右一分，一个个便东倒西

① 仓皇——匆忙而带着慌张。

② 恻(cè)隐——对受苦难的人表示同情；不忍。

歪,哪个还敢上前。

忽听那边有人喊了一声:“闪开!俺来也!”手中木棍高扬,就照军官劈面打来。军官见来得势猛,将身往旁边一跨。不想严奇刚刚的站起,恰恰的太岁头就受了此棍,吧的一声,打了个脑浆迸裂。众恶奴发了一声喊道:“了不得了!公子被军汉打死了!快拿呀,快拿呀!”早有保甲地方并本县官役,一齐将军官围住。只听那军官道:“众位不必动手,俺随他们到县就是了。”众人齐说道:“好朋友,好朋友!敢作敢当,这才是汉子呢!”

忽见那边走过两个人来,道:“众位,事要公平。方才原是他用棍打人,误打在公子头上。难道他不随着赴县么?理应一同解县才是。”众人闻听,道:“讲得有理。”就要拿那使棍之人。那人将眼一瞪,道:“俺史丹不是好惹的!你们谁敢前来!”众人吓的往后倒退。只见两个人之中有一人道:“你慢说是史丹,就是屎蛋,也要推你一推。”说时迟,那时快,顺手一掠,将那棍也就逼住。拢过来往怀里一带,又向外一推,真成了屎蛋咧,咕哩咕噜滚在一边。那人上前按住,对保甲道:“将他锁了。”你道这二人是谁?原来是王朝、马汉。

又听军官说道:“俺遭逢此事所为何来,原为救那女子。如今为人不能为彻,这便如何是好?”王、马二人听了,满口应承:“此事全在我二人身上,朋友,你只管放心。”军官道:“既如此,就仰仗二位了。”说罢,执手随众人赴县去了。

这里王、马二人带领婆子到后面。此时众恶奴见公子已死,也就一哄而散,谁也不敢出头。王、马二人一直进了敞厅,将女子领出交付婆子,护送出庙,问明了住处姓名(恐有提问质对之事),方叫她们去了。二人不辞辛苦,直奔祥符县而来。到了县里,说明姓名。门上急忙回禀了县官。县官立刻请二位到书房坐了。王、马二人将始末情由,说了一遍。“此事皆系我二人目睹,贵县不必过堂,立刻解往开封府便了。”正说间,外面拿进个略节来,却是此案的名姓;死的名严奇,军官名张大,持棍的名史丹。县官将略节递与王、马二人,便吩咐将一干人犯多派衙役,立刻解往开封。

王、马二人先到了开封府,见了展爷、公孙先生,便将此事说明。公孙策尚未开言,展爷忙问道:“这军官是何形色?”王、马二人将脸盘儿身量儿说了一番。展爷听了大喜,道:“如此说来,别是他罢?”对着公孙先生伸出大指。公孙策道:“既如此,少时此案解来,先在外班房等候,悄悄叫展兄看看。若要不是那人,也就罢了;倘若是那人冒名,展兄不妨直呼其名,使他不好改口。”众人听了,俱各称善。

王、马二人又找了包兴,来到书房,回禀了包公,深赞张大的品貌,行事豪侠。包公听了,虽不是寄柬留刀之人,或者由这人身上也可以追出那人的下落,心中也自暗暗忖度。王、马又将公孙策先生叫南侠偷看,也回明了。包公点了点头,二人出来。

不多时,此案解到,俱在外班房等候。王、马二人先换了衣服,前往班房,见放着帘子。随后展爷已到,便掀起帘缝一瞧,不由的满心欢喜,对着王、马二人悄悄道:“果然是他。妙极,妙极!”王、马二人连忙问道:“此人是谁?”展爷道:“贤弟休问。等我进去呼出名姓,二位便知。二位贤弟即随我进来,劣兄给你们彼此一引见,他也不能改口了。”王、马二人领命。

展爷一掀帘子,进来道:“小弟打量是谁?原来是卢方兄到了。久违呀,久违!”说着,王、马二人进来。展爷给引见,道:“二位贤弟不认得么?此位便是陷空岛卢家庄,号称钻天鼠名卢方的卢大员外。二位贤弟快来见礼。”王、马急速上前。展爷又向卢方道:“卢兄,这便是开封府四义士之中的王朝、马汉两位老弟。”三个人彼此执手作揖。卢方到了此时,也不能说我是张大,不是姓卢的。人家连家乡住处俱各说明,还隐瞒什么呢?卢方反倒问展爷道:“足下何人?为何知道卢方的贱名。”展爷道:“小弟名唤展昭。曾在茉花村芦花荡为邓彪之事,小弟见过尊兄,终日渴想至甚,不想今日幸会。”卢方听了,方才知道便是号御猫的南侠。他见展爷人品气度和蔼之甚,毫无自满之意,便想起五弟任意胡为,全是自寻苦恼,不觉暗暗感叹,面上却陪着笑,道:“原来是展老爷。就是这二位老爷,方才在庙上多承垂青看顾,我卢方感之不尽。”三人听了,不觉哈哈大笑,道:“卢兄太外道了,何得以老爷相呼?显见得我等不堪为弟了。”卢方道:“三位老爷太言重了。一来三位现居皇家护卫之职,二来卢方刻下乃人命重犯,何敢以弟兄相称?岂不是太不知自量了么?”展爷道:“卢兄过于能言了。”王、马二人道:“此处不是讲话的所在,请卢兄到后面一叙。”卢方道:“犯人尚未过堂,如何敢蒙如此厚待?断难从命。”展爷道:“卢兄放心,全在小弟等身上。请到后面,还有众人等着要与老兄会面。”卢方不能推辞,只得随着三人来到后面公厅,早见张、赵、公孙三位随降阶而迎。展爷便一一引见,欢若平生。

来到屋内,大家让卢方上坐。卢方断断不肯,总以犯人自居,“理当侍立，能够不罚跪，足见高情。”大家哪里肯依。还是愣爷赵虎道：“彼此见了，放着话不说，且自闹这些个虚套子。卢大哥，你是远来，你就上面坐。”说着，把卢方拉至首座。卢方见此光景，只得从权①坐下。王朝道：“还是四弟爽快。再者卢兄从此什么犯人咧，老爷咧，也要免免才好，省得闹的人怪肉麻的。”卢方道：“既是众位兄台抬爱，拿我卢某当个人看待，我卢方便从命了。”

左右伴当献茶已毕。还是卢方先提起花神庙之事。王、马二人道：“我等俱在相爷台前回明，小弟二人便是证见。凡事有理，断不能难为我兄。”只见公孙先生和展爷，彼此告过失陪，出了公所，往书房去了。

未知相爷如何，下回分解。

第四十五回

义释卢方史丹抵命　误伤马汉徐庆遭擒

且说公孙先生同展爷去不多时，转来道：“相爷此时已升二堂，特请卢兄一见。”卢方闻听，只打量要过堂了，连忙立起身来，道：“卢方乃人命要犯，如何这样见得相爷？卢方岂是不知规矩的么？”展爷连声道：“好”，一回头吩咐伴当，快看刑具。众人无不点头称羡。少时，刑具拿到，连忙与卢方上好。大家围随，来至二堂以下。王朝进内禀道：“卢方带到。”忽听包公说道：“请。”

这一声连卢方都听见了，自己登时反倒不得主意了，随着王朝来至公堂，双膝跪倒，匍匐②在地。忽听包公一声断喝，道：“本阁着你去请卢义士，如何用刑具拿到？是何道理？还不快快卸去！”左右连忙上前，卸去刑具。包公道：“卢义士，有话起来慢慢讲。”卢方哪里敢起来，连头也不敢抬，便道：“罪民卢方身犯人命重案，望乞相爷从公判断，感恩不尽。”包公道：“卢义士休如此迂直，花神庙之事本阁尽知。你乃行侠尚义，济弱扶倾。就是严奇丧命，自有史丹对抵，与你什么相干？他等强恶助纣为

---

①　从权——采用权宜的手段。

②　匍匐(púfú)——趴。

虐,本阁已有办法,即将史丹定了误伤的罪名,完结此案。卢义士理应释放无事,只管起来,本阁还有话讲。”展爷向前悄悄道:“卢兄休要辜负相爷一片爱慕之心,快些起来,莫要违悖钧谕。”卢方到了此时,概不由己,朝上叩头。展爷顺手将他扶起。包公又吩咐看座。卢方哪里敢坐,鞠躬侍立,偷眼向上观瞧,见包公端然正坐,不怒而威,那一派的严肃正气,实令人可畏而又可敬,心中暗暗夸奖。

忽见包公含笑问道:“卢义士因何来京?请道其详。”一句话问的个卢方紫面上套着紫,半晌,答道:“罪民因寻盟弟白玉堂,故此来京。”包公又道:“是义士一人前来,还有别人?”卢方道:“上年初冬之时,罪民已遣韩彰、徐庆、蒋平三个盟弟一同来京。不料自去冬至今,杳无音信。罪民因不放心,故此亲身来寻。今日方到花神庙。”包公听卢方直言无隐,便知此人忠厚笃实①,遂道:“原来众义士俱各来了。义士既以实言相告,本阁也就不隐瞒了。令弟五义士在京中做了几件出类拔萃之事,连圣上俱各知道,并且圣上还夸他是个侠义之人,钦派本阁细细访查。如今义士既已来京,肯替本阁代为细细访查么?”卢方听至此,连忙跪倒,道:“白玉堂年幼无知,惹下滔天大祸,致干圣怒,理应罪民寻找擒拿到案,任凭圣上天恩,相爷的垂照。”包公见他应了,便叫:“展护卫。”“有。”“同公孙先生好生款待,恕本阁不陪。留去但凭义士,不必拘束。”卢方听了,复又叩头起来,同定展爷出来。

到了公所之内,只见酒肴早已齐备,却是公孙先生预先吩咐的。仍将卢方让至上座,众人左右相陪。饮酒之间,便提此事。卢爷是个豪爽忠诚之人,应了三日之内有与无必来复信,酒也不肯多饮,便告别了众人。众人送出衙外,也无赘话烦言,彼此一执手,卢方便扬长去了。

展爷等回至公所,又议论卢方一番,为人忠厚老诚豪侠。公孙策道:“卢兄虽然诚实,惟恐别人却不似他。方才听卢方之言,说那三义已于客冬之时来京,想来也必在暗中探访。今日花神庙之事,人人皆知解到开封府,他们如何知道立刻就把卢兄释放了呢?必以为人命重案,寄监收禁。他们若因此事夤夜前来淘气,却也不可不防。”众人听了,俱各称“是”,“似此如之奈何?”公孙策道:“说不得大家辛苦些,出入巡逻。第一保护相爷要紧。”

---

① 笃(dǔ)实——忠诚老实。

此时天已初鼓，展爷先将里衣扎缚停当，佩了宝剑，外面罩了长衣，同公孙先生竟进书房去了。这里四勇士也就各各防备，暗藏兵刃，俱各留神小心。

单言卢方离了开封府之时，已将掌灯，又不知伴当避于何处，有了寓所不曾。自己虽然应了找寻白玉堂，却又不知他落于何处，心内思索竟自无处可归。忽见迎面来了一人，天色昏黑看不真切。及至临近一看，却是自己伴当，满心欢喜。伴当见了卢方，反倒一怔，悄悄问道："员外如何能够回来？小人已知员外解到开封，故此急急进京城内，找了下处，安放了行李，带上银两，特要到开封府去与员外安置，不想员外竟会回来了。"卢方道："一言难尽，且到下处再讲。"伴当道："小人还有一事，也要告禀员外呢。"

说着话，伴当在前引路，主仆二人来到下处。卢方掸尘净面之时，酒饭已然齐备。卢方入座，一壁饮酒，一壁对伴当悄悄说道："开封府遇见南侠，给我引见了多少朋友，真是人人义气，个个豪杰。多亏了他们在相爷跟前竭力分析，全推在那姓史的身上，我是一点事儿没有。"又言："包公相待甚好，义士长、义士短的称呼，赐座说话。我便偷眼观瞧相爷，真好品貌，真好气度，实在是国家的栋梁，万民之福。后来问话之间，就提起五员外来了。相爷觌面吩咐，托我找寻，我焉有不应的呢。后来大家又在公所之内，设了酒肴。众朋友方说出五员外许多的事来，敢则他作的事不少，什么寄柬留刀，与人辨冤，夜间大闹开封，与南侠比试。这还庶乎可以，谁知他又到皇宫内苑题什么诗，又杀了总管太监。你说五员外胡闹不胡闹？并且还有奏摺内夹纸条儿，又是什么盗取黄金。我也说不了许多了。我应了三日之内，找的着找不着必去复信，故此我就回来了。你想，哪知五员外下落？我往哪里去找呢？你方才说还有一事，是什么事呢？"伴当道："若依员外说来，找五员外却甚容易。"卢方听了欢喜，道："在哪里呢？"伴当道："就是小人寻找下处之时，遇见了跟二爷的人。小人便问他：'众位员外在哪里居住？'他便告诉小人，说在庞太师花园后楼名叫文光楼，是个堆书籍之所，同五员外都在那里住着呢。小人已问明了庞太师的府第，却离此不远，出了下处，往西一片松林，高大的房子便是。"卢方听了，满心畅快，连忙用毕了饭。

此时天气已有初更，卢方便暗暗装束停当，穿上夜行衣靠，吩咐伴当看守行李，悄悄的竟奔了庞吉府的花园文光楼而来。到了墙外，他便施展飞檐走壁之能,上了文光楼,恰恰遇见白玉堂独自一人在那里。见面之时,不由得长者之心落下几点忠厚泪来,白玉堂却毫不在意。卢方述说了许多思念之苦,方问道:“你三个兄长往哪里去了?”白玉堂道:“因听见大哥遭了人命官司,解往开封府;他们哥儿三方才俱换了夜行衣服,上开封府了。”卢方听了,大吃一惊,暗道:“他们这一去必要生出事来,岂不辜负相爷一团美意?倘若有些差池①,我卢某何以见开封众位朋友呢?”想至此,坐立不安,好生的着急。直盼到交了三鼓,还不见回来。

你道韩彰、徐庆、蒋平为何去了许久?只因他等来到开封府,见内外防范甚严,便越墙从房上而入。刚来到跨所大房之上,恰好包兴由茶房而来,猛一抬头见有人影,不觉失声道:“房上有人!”对面便是书房,展爷早已听见,甩去长衣,拔出宝剑,一伏身斜刺里一个健步,往房上一望,见一人已到檐前。展爷看的真切,从囊中一伸手掏出袖箭,反背就是一箭钉去;只见那人站不稳身体,一歪掉下房来。外面王、马、张、赵已然赶进来了,赵虎紧赶一步按住那人,张龙上前帮助绑了。

展爷正要纵身上房,忽见房上一人把手一扬,向下一指。展爷见一缕寒光竟奔面门,知是暗器,把头一低,刚刚躲过。不想身后是马汉,肩头之下已中了弩箭。展爷一飞身已到房上,竟奔了使暗器之人。那人用了个风扫败叶势,一顺手就是一朴刀,一片冷光奔了展爷的下三路。南侠忙用了个金鸡独立回身势,用剑往旁边一削。只听当的一声,朴刀却短了一段。只见那人一转身,越过房脊。

又见金光一闪,却是三棱鹅眉刺,竟奔眉攒而来。展爷将身一闪,刚用宝剑一迎,谁知钢刺抽回,剑却使空。南侠身体一晃,几乎栽倒,忙一伏身,将宝剑一拄,脚下立住。用剑逼住面门,长起身来,再一看时,连个人影儿也不见了。展爷只得跳下房来,进了书房,参见包公。

此时已将捆缚之人带至屋内。包公问道:“你是何人?为何黌夜至此?”只听那人道:“俺乃穿山鼠徐庆,特为救俺大哥卢方而来,不想中了暗器遭擒。不用多言,只要叫俺见大哥一面,俺徐庆死也甘心瞑目。”包公道:“原来三义士到了。”即命左右松了绑,看座。徐庆也不致谢,也不逊让,便一屁股坐下,将左脚一伸,顺手将袖箭拔出,道:“是谁的暗器?拿了去。”展爷过来接去。徐庆道:“你这袖箭不及俺二哥的弩箭。他那

① 差池——意外的事。

弩箭有毒,若是着上,药性一发,便不省人事。”正说间,只见王朝进来,禀道:“马汉中了弩箭,昏迷不醒。”徐庆道:“如何？千万不可拔出,见血封喉,立刻即死。若不拔出,还可以多活一日,明日这时候,也就呜呼了。”包公听了,连忙问道:“可有解药没有?”徐庆道:“有呵！却是俺二哥带着,从不传人。受了此毒,总在十二个时辰之内用了解药,即刻复生。若过了十二个时辰,纵有解药,也不能好了。这是俺二哥独得的奇方,再也不告诉人的。”包公见他说话虽然粗鲁,却是个直爽之人,堪与赵虎称为伯仲。徐庆忽又问道:“俺大哥卢方在哪里?”包公便说:“昨晚已然释放,卢义士已不在此了。”徐庆听了,哈哈大笑,道:“怪道人称包老爷是个好相爷,忠正为民。如今果不虚传,俺徐庆倒要谢谢了。”说罢,扑通趴在地下,就是一个头,招的众人不觉要笑。

徐庆起来,就要找卢方去。包公见他天真烂漫,不拘礼法,只要合了心就乐,便道:“三义士,你看外面已交四鼓,黄夜之间哪里寻找？暂且坐下,我还有话问你。”徐庆却又坐下。包公便问白玉堂所作之事,愣爷徐庆一一招承。“惟有劫黄金一事,却是俺与二哥、四弟并有柳青,用蒙汗药酒将那群人药倒,我们盗取了黄金。”众人听了,个个点头舒指。徐庆正在高谈阔论之时,只见差役进来禀道:“卢义士在外求见。”包公听了,急着展爷请来相见。

不知卢方来此为了何事,下回分解。

第四十六回

设谋诓药气走韩彰　遣兴济贫忻逢赵庆

且说卢方又到开封府求见,你道却为何事？只因他在文光楼上盼到三更之后,方见韩彰、蒋平回来。二人见了卢方更觉诧异,忙问道:“大哥如何能在此呢?”卢方便将包相以恩相待、释放无事的情由,说了一遍。蒋平听了,对着韩、白二人道:“我说不用去,三哥务必不依。这如今闹的倒不成事了。”卢方道:“你三哥哪里去了?”韩彰把到了开封、彼此对垒的话,说了一遍。卢方听了,只急的搓手,半晌,叹了口气,道:“千不是,万不是,全是五弟不是。”蒋平道:“此事如何抱怨五弟呢?”卢方道:“他若不找什么姓展的,咱们如何来到这里?”韩彰听了,却不言语。蒋平道:“事已如此,也不必抱怨了。难道五弟有了英名,你我作哥哥的不光彩么?只是如今,依大哥怎么样呢?”卢方道:“再无别说,只好劣兄将五弟带至开封府,一来恳求相爷在圣驾前保奏,二来当面与南侠赔个礼儿,庶乎事有可圆。”白玉堂听了,登时气的双眉紧皱,二目圆睁,若非在文光楼上,早已怪叫吆喝起来,便怒道:“大哥,此话从何说起?小弟既来寻找南侠,便与他誓不两立。虽不能他死我活,总得要叫他甘心拜服于我,小弟方能出这口恶气。若非如此,小弟至死也是不从的。”蒋平听了,在旁赞道:“好兄弟!好志气!真与我们陷空岛争气!”韩彰在旁瞅了蒋平一眼,仍是不语。卢方道:“据五弟说来,你与南侠有仇么?”白玉堂道:“并无仇隙。”卢方道:“既无仇隙,你为何恨他到如此地步呢?”玉堂道:“小弟也不恨他,只恨这‘御猫’二字。我也不管他是有意,我也不管是圣上所赐,只是有个御猫,便觉五鼠减色,是必将他治倒方休。如不然,大哥就求包公回奏圣上,将南侠的‘御猫’二字去了,或改了,小弟也就情甘认罪。”卢方道:“五弟,你这不是为难劣兄么?劣兄受包相知遇之恩,应许寻找五弟。此今既已见着,我却回去求包公改‘御猫’二字,此话劣兄如何说得出口来?”白玉堂听了冷笑,道:“哦!敢则大哥受了包公知遇①之恩?既如此,就该拿了小弟去请功候赏呵!”

只这一句,又把个卢方噎的默默无言,站起身来出了文光楼,跃身下去,便在后面大墙以外走来走去,暗道:“我卢方交结了四个兄弟,不想为此事,五弟竟如此与我翻脸。他还把我这长兄放在心里么?”又转想包公相待的那一番情义,自己对众人说的话,更觉心中难受,左思右想,心乱如麻。一时间浊气上攻,自己把脚一跺,道:“嗳!莫若死了,由着五弟闹去,也省得我提心吊胆。”想罢,一抬头,只见那边从墙上斜插一枝杈丫,甚是老干,自己暗暗点头,道:“不想我卢方竟自结果在此地了!”说罢,从腰间解下丝绦往上一扔,搭在树上,将两头比齐。刚要解扣,只见这丝绦哧、哧、哧自己跑到树上去了。卢方怪道:“怪事!怎么丝绦也会活了呢?”

正自思忖,忽见顺着枝干下来一人,却是蒋四爷,说道:“五弟糊涂了,怎么大哥也背晦了呢?”卢方见了蒋平,不觉滴下泪来,道:“四弟,你看适才

① 知遇——旧指得到赏识或重用。

五弟是何言语？叫劣兄有何面目生于天地之间？”蒋平道：“五弟此时一味的心高气傲，难以治服。不然，小弟如何肯随和他呢？须要另设别法，折服于他便了。”卢方道：“此时你我往何方去好呢？”蒋平道：“赶着上开封府。就算大哥方才听见我等到了，故此急急前来赔罪，再者也打听打听三哥的下落。”卢方听了，只得接丝绦将腰束好，一同竟奔开封府而来。

见了差役，说明来历。差役去不多时，便见南侠迎了出来，彼此相见。又与蒋平引见。随即来到书房，刚一进门，见包公穿着便服在上面端坐，连忙双膝跪倒，口中说道：“卢方罪该万死，望乞恩相赦宥。”蒋平也就跪在一旁。徐庆正在那里坐着，见卢方与蒋平跪倒，他便顺着座儿一溜也就跪下了。包公见他们这番光景，真是豪侠义气，连忙说道：“卢义士，他等前来，原不知本阁已将义士释放，故此为义气而来。本阁也不见罪。只管起来，还有话说。”卢方等听了，只得向上叩头，立起身来。

包公见蒋平骨瘦如柴，形如病夫，便问：“此是何人？”卢方一一回禀包公，方知就是善泅水的蒋泽长，忙命左右看座，连展爷与公孙策俱各坐了。包公便将马汉中了毒药弩箭、昏迷不醒的话，说了一回。依卢方就要回去向韩彰取药，蒋平拦道：“大哥若取药，惟恐二哥当着五弟总不肯给的；莫若小弟使个计策将药诓来，再将二哥激发走了，剩了五弟一人，孤掌难鸣，也就好擒了。”卢方听说，便问计将安出。蒋平附耳道：“如此如此，二哥焉有不走之理。”卢方听了，道：“这一来，你二哥与我岂不又分散了么？”蒋平道：“目下虽然分别，日后自然团聚。现在外面已交五鼓，事不宜迟，且自取药要紧。”连忙向展爷要了纸笔墨砚，提笔一挥而就，折叠了叫卢方打上花押，便回明包公，仍从房上回去，又近又快。包公应允。蒋平出了书房，将身一纵，上房越脊，登时不见。众人无不称羡。

单说蒋爷来至文光楼，还听见韩彰在那里劝慰白玉堂。原来玉堂的余气还未消呢。蒋平见了二人，道：“我与大哥将三哥好容易救回，不想三哥中了毒药袖箭，大哥背负到前面树林，再也不能走了，小弟又背他不动。只得二哥与小弟同去走走。”韩爷听了，连忙离了文光楼。蒋平便问：“二哥，药在何处？”韩彰从腰间摘下个小荷包来，递与蒋平。蒋平接过，摸了摸却有两丸，急忙掏出；将衣边钮子咬下两个，咬去鼻儿，滴溜圆；又将方才写的字帖裹了裹，塞在荷包之内，仍递与韩彰。将身形略转了几转，他便抽身竟奔开封府而来。

这里韩爷只顾奔前面树林,以为蒋平拿了药去,先解救徐庆去了,哪里知道他是奔了开封府呢!韩二爷来到树林,四下里寻觅,并不见有大哥、三弟,不由心下纳闷;摸摸荷包,药仍二丸未动,更觉不解。四爷也不见了。只得仍回文光楼,来见了白玉堂,说了此事,未免彼此狐疑。韩爷回手又摸了摸荷包,道:“呀!这不像药。”连忙叫白玉堂敲着火种,隐着光亮一看,原来是字帖儿裹着钮子。忙将字儿打开观看,却有卢方花押,上面写着叫韩彰绊住白玉堂作为内应,方好擒拿。白玉堂看了,不由的设疑,道:“二哥就把小弟绑起,交付开封府就是了。”韩爷听了,急道:“五弟休出此言,这明是你四哥恐我帮助于你,故用此反间之计。好,好,好!这才是结义的好弟兄呢!我韩彰也不能作内应,也不能帮扶五弟,俺就此去也。”说罢,立起身来,出了文光楼,跃身去了。

这时蒋平诓了药,回转开封府,已有五鼓之半,连忙将药研好,一半敷伤口,一半灌将下去。不多时,马汉回转过来,吐了许多毒水,心下方觉明白。大家也就放心。略略歇息,天已大亮。到了次日晚间,蒋平又暗暗到文光楼,谁知玉堂却不在彼,不知投何方去了。

卢方又到下处,叫伴当将行李搬来。从此开封府又添了陷空岛的三义帮扶着访查此事,却分为两班:白日却是王、马、张、赵细细缉访,夜晚却是南侠同着三义暗暗搜寻。

不想这一日,赵虎因包公入闱,闲暇无事,想起王、马二人在花神庙巧遇卢方,暗自想道:“我何不也出城走走呢?”因此扮了个客人的模样,悄悄出城,信步行走。正走着,觉得腹中饥饿,便在村头小饭铺内,意欲独酌吃些点心。刚然坐下,要了酒,随意自饮。只见那边桌上有一老头儿,却是外乡形景,满面愁容,眼泪汪汪,也不吃,也不喝,只是瞅着赵爷。赵爷见他可怜,便问道:“你这老头儿瞅俺作甚?”那老者见问,忙立起身来,道:“非是小老儿敢瞧客官。只因腹中饥饿,缺少钱钞,见客官这里饮酒,又不好启齿,望乞见怜。”赵虎听了,哈哈大笑,道:“敢则是你饿了?这有何妨呢。你便过来,俺二人同桌而食,有何不可。”那老儿听了欢喜,未免脸上有些羞惭。及至过来,赵爷要了点心馍馍,叫他吃。他却一壁吃着,一壁落泪。赵爷看了,心中不悦,道:“你这老头儿好不晓事。你说饿了,俺给你吃,你又哭什么呢?”老者道:“小老儿有心事,难以告诉客官。”赵爷道:“原来你有心事,这也罢了。我且问你,你姓什么?”老儿道:“小老儿姓赵。”赵虎道：“嗳哟！原来是当家子。”老者又接着道：“小老儿姓赵名庆，乃是管城县的承差。只因包三公子太原进香……”赵虎听了，道：“什么包三公子？”老者道：“便是当朝丞相包相爷的侄儿。”赵虎道：“哦，哦！包三公子进香，怎么样？”老者道：“他故意的绕走苏州，一来为游山玩景，二来为勒索州县的银两。”赵虎道：“竟有这等事？你讲，你讲！”老者道：“只因路过管城县，我家老爷派我预备酒饭，迎至公馆款待。谁想三公子说铺垫不好，预备的不佳，他要勒索程仪三百两。我家老爷乃是一个清官，并无许多银两。又说小人借水行舟，希图这三百两银子，将我打了二十板子。幸喜衙门上下俱是相好，却未打着。后来见了包三公子，将我吊在马棚，这一顿马鞭子打的却不轻。还是应了另改公馆，孝敬银两，方将我放出来。小老儿一时无法，因此脱逃，意欲到京寻找一个亲戚。不想投亲不着，只落得有家难奔，有国难投。衣服典当已尽，看看不能糊口，将来难免饿死，作定他乡之鬼呀！”说罢，痛哭。赵爷听至此，又是心疼赵庆，又是气恨包公子，恨不得立刻拿来出这口恶气，因对赵庆道：“老人家，你负此沉冤，何不写个诉呈在上司处分析呢？”

未知赵庆如何答对，下回分解。

第四十七回

错递呈权奸施毒计　巧结案公子辨奇冤

且说赵虎暗道：“我家相爷赤心为国，谁知他的子侄如此不法。我何不将他指引到开封府，看我们相爷怎么办理，是秉公呵，还是徇私呢？”想罢，道：“你正该写个呈子分析。”赵庆道：“小老儿上京投亲，正为递呈分诉。”赵虎道：“不知你想在何处去告呢？”赵庆道：“小老儿闻得大理寺文大人那里颇好。”赵爷道：“文大人虽好，总不如开封府包太师那里好。”赵庆道：“包太师虽好，惟恐这是他本家之人，未免要有些袒护①，于事反为不美。”赵虎道：“你不知道，包太师办事极其公道，无论亲疏，总要秉正除

① 袒(tǎn)护——对错误的思想行为无原则地支持或保护。

奸。若在别人手里告了,他倒可托个人情,或者官府作个人情,那倒有的。你要在他本人手里告了,他便得秉公办理,再也不能偏向的。”赵庆听了有理,便道:“既承指教,明日就在太师跟前告就是了。”赵虎道:“你且不要忙。如今相爷现在场内,约于十五日后,你再进城,拦轿呈诉。”当下叫他吃饱了。却又在兜肚内摸出半锭银子来。道:“这还有五六天工夫呢,莫不成饿着么?拿去做盘费用罢。”赵庆道:“小老儿既蒙赏吃点心,如何还敢受赐银两?”赵虎道:“这有什么要紧,你只管拿去。你若不要,俺就恼了。”赵庆只得接过来,千恩万谢的去了。

赵虎见赵庆去后,自己又饮了几杯,才出了饭铺。也不访查了,便往旧路归来,心中暗暗盘算,倒替相爷为难:“此事若接了呈子,生气是不消说了,只是如何办法呢?”自己又嘱咐:“赵虎呀,赵虎!你今日回开封府,可千万莫露风声,这是要紧的呀!”他虽如此想,哪里知道凡事不可预料。他若是将赵庆带到开封府,倒不能错,谁知他又细起心来了,这才闹的错大发了呢。

赵虎在开封府等了几天,却不见赵庆鸣冤,心中暗暗辗转道:“那老儿说是必来,如何总未到呢?难道他是个诓嘴吃的?若是如此,我那半锭银子,花的才冤呢。”

你道赵庆为何不来?只因他过了五天,这日一早赶进城来。正走在热闹丛中,忽见两旁人一分,嚷道:“闪开,闪开!太师爷来了,太师爷来了!”赵庆听见“太师”二字,便煞住脚步,等着轿子临近,便高举呈词,双膝跪倒,口中喊道:“冤枉呀,冤枉!”只见轿已打杵,有人下马接过呈子,递入轿内。不多时,只听轿内说道:“将这人带到府中问去。”左右答应一声,轿夫抬起轿来,如飞的竟奔庞府去了。

你道这轿内是谁?却是太师庞吉。这老奸贼得了这张呈子,如拾珍宝一般,立刻派人请女婿孙荣与门生廖天成。及至二人来到,老贼将呈子与他等看了,只乐得手舞足蹈,屎滚尿流,以为此次可将包黑参倒了。又将赵庆叫到书房,好言好语,细细地问了一番,便大家商议,缮起奏摺,预备明日呈递。又暗暗定计,如何行文搜查勒索的银两,又如何到了临期,使他再不能更改。洋洋得意,乐不可言。

至次日,圣上临殿。庞吉出班,将摺子谨呈御览。圣上看了,心中有些不悦,立刻宣包公上殿,便问道:“卿有几个侄儿?”包公不知圣意,只得奏道:"臣有三个侄男,长、次俱务农;惟有第三个却是生员,名叫包世荣。"圣上又问道:"你这侄儿,可曾见过没有?"包公奏道:"微臣自在京供职以来,并未回家。惟有臣的大侄见过,其余二侄、三侄俱未见过。"仁宗天子点了点头,便叫陈伴伴将此摺递与包卿看。包公恭敬捧过一看,连忙跪倒,奏道:"臣子侄不肖,理应严拿,押解来京,严加审讯。臣有家教不严之罪,也当从重究治。仰恳天恩,依律施行。"奏罢,便匍匐在地。圣上见包公毫无遮饰之词,又见他惶愧至甚,圣心反觉不安,道:"卿家日夜勤劳王事,并未回家,如何能够知道家中事体?卿且平身。俟押解来京时,朕自有道理。"包公叩头,平身归班。圣上即传旨意,立刻行文,着该府州县无论包世荣行至何方,立即押解,驰驿来京。

此钞一发,如星飞电转,迅速之极。不一日,便将包三公子押解来京。刚到城内热闹丛中,见那壁厢一骑马飞也似跑来,相离不远,将马收住,滚鞍下来,便在旁边屈膝禀道:"小人包兴奉相爷钧谕,求众押解老爷略留情面,容小人与公子微述一言,再不能久停。"押解的官员听是包太师差人前来,谁也不好意思的,只得将马勒住,道:"你就是包兴么?既是相爷有命,容你与公子见面就是了。但你主仆在哪里说话呢?"那包兴道:"就在这边饭铺罢,不过三言两语而已。"这官员便吩咐将闲人逐开。此时看热闹的人山人海,谁不知包相爷的人情到了。又见这包三公子人品却也不俗,同定包兴进铺,自有差役暗暗跟随。不多会,便见出来。包兴又见了那位老爷,屈膝跪倒,道:"多承老爷厚情,容小人与公子一见,小人回去必对相爷细禀。"那官儿也只得说:"给相爷请安。"包兴连声答应,退下来,抓鬃上马,如飞的去了。

这里押解三公子的先到兵马司挂号,然后便到大理寺听候纶音。谁知此时庞吉已奏明圣上,就交大理寺,额外添派兵马司、都察院三堂会审。圣上准奏。你道此贼又添此二处为何?只因兵马司是他女婿孙荣,都察院是他门生廖天成,全是老贼心腹,惟恐文彦博审的袒护,故此添派二处。他哪里知道文老大人忠正办事,毫无徇私呢。

不多时,孙荣、廖天成来到大理寺与文大人相见。皆系钦命,难分主客。仍是文大人居了正位,孙、寥二人两旁侧坐。喊了堂威,便将包世荣带上堂来,便问他如何进香,如何勒索州县银两。包三公子因在饭铺听了包兴之言,说相爷已在各处托嘱明白,审讯之时不必推诿,只管实说,相爷自有救公子之法,因此三公子便道:"生员奉祖母之命太原进香,闻得苏杭名山秀水极多,莫若趁此进香就便游玩。只因路上盘川缺少,先前原是在州县借用。谁知后来他们俱送程仪,并非有意勒索。"文大人道:"既无勒索,那赵显谟如何休致①?"包世荣道:"生员乃一介儒生,何敢妄干国政?他休致不休致,生员不得而知,想来是他才力不佳。"孙荣便道:"你一路逢州遇县,到底勒索了多少银两?"包世荣道:"随来随用,也记不清了。"

正问至此,只见进来一个虞侯,却是庞太师寄了一封字儿,叫面交孙姑老爷的。孙荣接来看了,道:"这还了得!竟有如此之多。"文大人便问道:"孙大人,却是何事?"孙荣道:"就是此子在外勒索的数目,家岳已令人暗暗查来。"文大人道:"请借一观。"孙荣便道:"请看。"递将过去。文大人见上面有各州县的销耗数目,后面又见有庞吉嘱托孙荣极力参奏包公的话头。看完了也不递给孙荣,便笼入袖内,望着来人说道:"此系公堂之上,你如何擅敢妄传书信,是何道理?本当按照搅乱公堂办理,念你是太师的虞侯,权且饶恕。左右,与我用棍打出去!"虞侯吓了个心惊胆怕。左右一喊,连忙逐下堂去。文大人对孙荣道:"令岳做事太率意了。此乃法堂,竟敢遣人送书,于理说不过去罢?"孙荣连连称"是",字柬儿也不敢往回要了。

廖天成见孙荣理曲,他却搭讪着问包世荣道:"方才押解官回禀,包太师曾命人拦住马头要见你说话,可是有的?"包世荣道:"有的。无非告诉生员不必推诿,总要实说,求众位大人庇佑②之意。"廖天成道:"那人叫什么名字?"包世荣道:"叫包兴。"廖天成立刻吩咐差役,传包兴到案,暂将包世荣带下去。

不多时,包兴传到。孙荣一肚子闷气无处发挥,如今见了包兴,却做起威来,道:"好狗才!你如何擅敢拦住钦犯,传说信息!该当何罪?讲!"包兴道:"小人只知伺候相爷,不离左右,何尝拦住钦犯,又胆敢私传信息?此事包兴实实不知。"孙荣一声断喝,道:"好狗才!还敢强辩!拉下去,重打二十。"可怜包兴无故遭此惨毒,二十板打得死而复苏,心中想

---

① 休致——古时官员致仕退休称"休致"。

② 庇(bì)佑——保佑。

道："我跟了相爷多年，从来没受过这等重责。相爷审过多少案件，也从来没有这般的蛮打。今日活该，我包兴遇见对头了。"早已横了心，再不招认此事。孙荣又问道："包兴，快快招上来！"包兴道："实实没有此事，小人一概不知。"孙荣听了，怒上加怒，吩咐："左右，请大刑！"只见左右将三根木往堂上一撂。包兴虽是懦弱身躯，他却是雄心豪气，早已把死付于度外。何况这样刑具，他是看惯的了，全然不惧，反冷笑道："大人不必动怒。大人既说小人拦住钦犯，私传信息，似乎也该把我家公子带上堂来，质对质对才是。"孙荣道："哪有工夫与你闲讲。左右，与我夹起来！"

文大人在上实实看不过、听不上，便叫左右把包世荣带上，当面对证。包世荣上堂，见了包兴，看了半天，道："生员见的那人，虽与他相仿，只是黑瘦些，却不是这等白胖。"孙荣听了，自觉着有些不妥。

忽见差役禀道："开封府差主簿公孙策赍有文书，当堂投递。"文大人不知何事，便叫领进来。公孙策当下投了文书，在一旁站立。文大人当堂拆封，将来文一看，笑容满面，对公孙策道："他三个俱在此么？"公孙策道："是，现在外面。"文大人道："着他们进来。"公孙策转身出去。文大人方将来文与孙、廖二人看了，两个贼登时就目瞪痴呆，面目更色，竟不知如何是好。

不多时，只见公孙策领进了三个少年，俱是英俊非常，独有第三个尤觉清秀。三个人向上打恭。文大人立起身来，道："三位公子免礼。"大公子包世恩、二公子包世勋却不言语，独有三公子包世荣道："家叔多多上复文老伯，叫晚生亲至公堂，与假冒名的当堂质对。此事关系生员的名分，故敢冒昧直陈，望乞宽宥。"

不料大公子一眼看见当堂跪的那人，便问道："你不是武吉祥么？"谁知那人见了三位公子到来，已然吓得魂不附体；如今又听大爷一问，不觉的抖衣而战，哪里还答应的出来呢！文大人听了，问道："怎么，你认得此人么？"大公子道："他是弟兄两个，他叫武吉祥，他兄弟叫武平安。原是晚生家的仆从。只因他二人不守本分，因此将他二人撵出去了。不知他为何又假冒我三弟之名前来？"文大人又看了看武吉祥，面貌果与三公子有些相仿，心中早已明白，便道："三位公子请回衙署。"又向公孙策道："主簿回去，多多上复阁台，就说我这里即刻具本复奏，并将包兴带回，且听纶音便了。"三位公子又向上一躬，退下堂来。公孙策扶着包兴，一同回开封去了。

且说包公自那日被庞吉参了一本,始知三公子在外胡为,回到衙中,又气又恨又惭愧:气的是大老爷养子不教;恨的是三公子年少无知,在外闯此大祸,恨不能自己把他拿住,依法处治;所愧者自己励精图治①,为国忘家,不想后辈子侄不能恪守②家范,以致生出事来,使他在大廷之上碰头请罪,真真令人羞死。从此后,有何面目忝③居相位呢?越想越烦恼。这些日连饮食俱各减了。后来又听得三公子解到,圣上派了三堂会审,便觉心上难安。偏偏又把包兴传去,不知为着何事。正在踌躇不安之时,忽见差役带进一人,包公虽然认得,一时想不起来。只见那人朝上跪倒,道:"小人包旺,与老爷叩头。"包公听了,方想起果是包旺,心是暗道:"他必是为三公子之事而来。"暂且按住心头之火,问道:"你来此何事?"包旺道:"小人奉了太老爷太夫人、大老爷大夫人之命,带领三位公子前来与相爷庆寿。"包公听了,不觉诧异,道:"三位公子在哪里?"包旺道:"少刻就到。"包公便叫李才同定包旺在外立等:"三位公子到了,急刻领来。"二人领命去了。包公此时早已料到此事有些蹊跷了。

少时,只见李才领定三位公子进来。包公一见,满心欢喜。三位公子参见已毕。包公搀扶起来,请了父母的安好,候了兄嫂的起居。又见三人中,惟有三公子相貌清奇,更觉喜爱。便叫李才带领三位公子进内,给夫人请安。包公既见了三位公子,便料定那个是假冒名的了,立刻请公孙先生来,告诉了此事,急办文书,带领三位公子到大理寺当面质对。

此时展爷与三义士、四勇士俱各听见了,惟有赵虎暗暗更加欢喜。展南侠便带领三义、四勇来到书房,与相爷称贺。包公此时把连日闷气登时消尽,见了众人进来,更觉欢喜畅快,便命大家坐了,就此将此事测度了一番。然后又问了问这几日访查的光景,俱各回言并无下落。还是卢方忠厚的心肠,立了个主意,道:"恩相为此事甚是焦心,而且钦限又紧,莫若恩相再遇圣上追问之时,且先将卢方等三人奏知圣上,一来且安圣心,二来理当请罪。如能够讨下限来,岂不又缓一步么?"包公道:"卢义士说的也是,且看机会便了。"正说间,公孙策带领三位公子回来,到了书房

① 励精图治——振作精神,想办法把国家治理好。

② 恪(kè)守——谨慎而恭敬地遵守。

③ 忝(tiǎn)——谦辞,表示辱没他人,自己有愧。

参见。

未知后事如何，下回分解。

第四十八回

访奸人假公子正法　贬佞党真义士面君

且说公孙策与三位公子回来，将文大人之言，一一禀明。大公子又将认得冒名的武吉祥也回了。惟有包兴一瘸一拐，见了包公，将孙荣蛮打的情节，述了一遍。包公安慰了他一番，叫他且自歇息将养。众人彼此见了三位公子，也就告别了。来至公厅，大家设席与包兴压惊。里面却是相爷与三位公子接风掸尘，就在后面同定夫人、三位公子，叙天伦之乐。

单言文大人具了奏摺，连庞吉的书信与开封府的文书，俱各随摺奏闻。天子看了，又喜又恼：喜的是包卿子侄并无此事；恼的是庞吉屡与包卿作对，总是他的理亏。"如今索性与孙荣等竟成群党，全无顾忌，这不是有意要陷害大臣么？"便将文彦博原摺案卷人犯，俱交开封府问讯。

包公接到此旨，看了案卷，升堂。略问了问赵庆，将武吉祥带上堂来，一鞫①即服。又问他："同事者有多少人？"武吉祥道："小人有个兄弟名叫武平安，他原假充包旺，还有两个伴当。不想风声一露，他们就预先逃走了。"包公因庞吉私书上面，有查来各处数目，不得不问，果然数目相符。又问他："有个包兴曾给你送信，却在何处？说的是何言语？"武吉祥便将在饭铺内说的话，一一回明。包公道："若见了此人，你可认得么？"武吉祥道："若见了面，自然认得。"包公叫他画招，暂且收监。包公问道："今日当值的是谁？"只见下面上来二人，跪禀道："是小人江樊、黄茂。"包公看了，又添派了马步快头耿春、郑平二人，吩咐道："你四人前往庞府左右细细访查，如有面貌与包兴相仿的，只管拿来。"四个人领命去了。包公退堂来至书房，请了公孙先生来，商议具摺复奏，并定罪名处分等事，不表。

---

① 鞫(jū)——审问。

且言领了相谕的四人，暗暗来到庞府，分为两路细细访查。及至两下里四个人走个对头，俱各摇头。四人会意，这是没有的缘故。彼此纳闷，可往哪里去寻呢？真真事有凑巧，只见那边来了个醉汉，旁边有一人用手相搀，恰恰的仿佛包兴。四人喜不自胜，就迎了上来。只听那醉汉道："老二呀！你今儿请了我了，你算包兴兄弟了；你要是不请我呀，你可就是包兴的儿子了。"说罢，哈哈大笑。又听那人道："你满嘴里说的是什么？喝点酒儿混闹，这叫人听见是什么意思。"说话之间，四人已来到跟来，将二人一同获住，套上铁链，拉着就走。这人吓得面目焦黄，不知何事。那醉汉还胡言乱语的讲交情过节儿，四个人也不理他。

及至来到开封府，着二人看守，二人回话。包公正在书房与公孙先生商议奏折，见江樊、耿春二人进来，便将如何拿的，一一禀明。包公听了，立刻升堂，先将醉汉带上来，问道："你叫什么名字？"醉汉道："小人叫庞明，在庞府账房里写账。"包公问道："那一人他叫什么？"庞明道："他叫庞光，也在庞府账房里。我们俩是同手儿伙计。"包公道："他既叫庞光，为何你又叫他包兴呢？讲！"庞明说："这个……那个……他是什么件事情。他是那末……这末件事情呢。"包公吩咐："掌嘴！"庞明忙道："我说。我说。他原当过包兴，得了十两银子。小人才呕着他，喝了他个酒儿，就是说兄弟咧，儿子咧。我们原本玩笑，并没有打架拌嘴，不知为什么就把我们拿来了？"

包公吩咐，将他带下去，把庞光带上堂来。包公看了，果然有些仿佛包兴，把惊堂木一拍，道："庞光，你把假冒包兴情由，诉上来！"庞光道："并无此事呀！庞明是喝醉了，满口里胡说。"包公叫提武吉祥上堂当面认来。武吉祥见了庞光，道："合小人在饭铺说话的，正是此人。"庞光听了，心下慌张。包公吩咐："拉下去，重打二十大板。"打的他叫苦连天，不能不说，便将庞吉与孙荣、廖天成在书房如何定计，"恐包三公子不应，故此叫小人假扮包兴，告诉三公子只管应承，自有相爷解救。别的小人一概不知。"包公叫他画了供，同武吉祥一并寄监，俟参奏下来再行释放。庞明无事，叫他去了。

包公仍来至书房，将此事也叙入折内。定了武吉祥御刑处死。"至于庞吉与孙荣、廖天成私定阴谋，拦截钦犯，传递私信，皆属挟私陷害。臣不敢妄拟罪名，仰乞圣聪明示，睿鉴①施行。”此本一上，仁宗看毕，心中十分不悦，即明发上谕：“庞吉屡设奸谋，频施毒计，挟制首相，谗害大臣，理宜贬为庶民，以惩其罪；姑念其在朝有年，身为国戚，着仍加恩赏太师衔，赏食全俸，不准入朝从政，倘再不知自励，暗生事端，即当从重治罪。孙荣、廖天成阿附②庞吉结成党类，实属不知自爱，俱着降三级调用。余依议。钦此。”此旨一下，众人无不称快。包公奉旨，用狗头铡将武吉祥正法。庞光释放。赵庆也着他回去，额外赏银十两。立刻行文到管城县。赵庆仍然在役当差。

此事已结，包公便庆寿辰。圣上与太后俱有赏赉。至于众官祝贺，凡送礼者俱是璧回。众官也多有不敢送者，因知相爷为人忠梗无私。不必细述。

过了生辰，即叫三位公子回去。惟有三公子包公甚是喜爱，叫他回去禀明了祖父祖母与他父母，仍来开封府在衙内读书，自己与他改正诗文，就是科考也甚就近。打发他等去后，办下谢恩摺子，预备明日上朝呈递。

次日入内，递摺请安。圣上召见，便问访查的那人如何。包公趁机奏道：“那人虽未拿获，现有他同伙三人自行投到。臣已讯明，他等是陷空岛卢家庄的五鼠。”圣上听了，问道：“何以谓之五鼠？”包公奏道：“是他五个人的绰号：第一是盘桅鼠卢方，第二是彻地鼠韩彰，第三是穿山鼠徐庆，第四是混江鼠蒋平，第五是锦毛鼠白玉堂。”圣上听了，喜动天颜，道：“听他们这些绰号，想来就是他们本领了。”包公道：“正是，现今惟有韩彰、白玉堂不知去向，其余三人俱在臣衙内。”仁宗道：“既如此，卿明日将此三人带进朝内，朕在寿山福海御审。”包公听了，心下早已明白，这是天子要看看他们的本领，故意的以御审为名。若果要御审，又何必单在寿山福海呢？再者包公为何说盘桅鼠、混江鼠呢？包公为此筹划已久，恐说出“钻天”、“翻江”，有犯圣忌，故此改了。这也是怜才的一番苦心。

当日早朝已毕，回到开封，将此事告诉了卢方等三人；并着展爷与公孙先生等明日俱随入朝，为照应他们三人。又嘱咐了他三人多少言语，无非是敬谨小心而已。

到了次日，卢方等绝早的就披上罪衣罪裙。包公见了，吩咐：“不必，

---

① 睿(ruì)鉴——明鉴。睿，看得深远。

② 阿(ē)附——迎合，依附。

俟圣旨召见时再穿不迟。”卢方道:“罪民等今日朝见天颜,理宜奉公守法。若临期再穿,未免简慢,不是敬君上之理。”包公点头,道:“好,所论极是。若如此,本阁可以不必再嘱咐了。”便上轿入朝。展爷等一群英雄跟随来至朝房,照应卢方等三人,不时的问问茶水等项。卢方到了此时,惟有低头不语。蒋平也是暗自沉吟。独有愣爷徐庆东瞧西望,问了这里,又打听那边,连一点安顿气儿也是没有。忽见包兴从那边跑来,口内打哧,又点手儿。展爷已知是圣上过寿山福海那边去了,连忙同定卢方等,随着包兴往内里而来。包兴又悄悄嘱咐卢方道:“卢员外不必害怕。圣上要问话时,总要据实陈奏。若问别的,自有相爷代奏。”卢方连连点头。

刚来到寿山福海,只见宫殿楼阁,金碧交辉,宝鼎香烟,氤氲结彩;丹墀之上,文武排班。忽听钟磬之音嘹亮,一对对提炉,引着圣上,升了宝殿。顷刻,肃然寂静。却见包公牙笏①上捧定一本,却是卢方等的名字,跪在丹墀。圣上宣到殿上,略问数语。出来了老伴伴陈林,来到丹墀之上,道:“旨意带卢方、徐庆、蒋平。”此话刚完,早有御前侍卫将卢方等一边一个架起胳膊,上了丹墀。两边的侍卫又将他等一按,悄悄说道:“跪下。”三人匍匐在地。侍卫往两边一闪。圣上叫卢方抬起头来,卢方秉正向上。仁宗看了,点了点头,暗道:“看他相貌出众,武艺必定超群。”因问道:“居住何方?结义几人?作何生理?”卢方一一奏罢。圣上又问他因何投到开封府。卢方连忙叩首,奏道:“罪民因白玉堂年幼无知,惹下滔天大祸。全是罪民素日不能规箴②、忠告、善导,致令酿成此事。惟有仰恳天恩,将罪民重治其罪。”奏罢叩头。

仁宗见他情甘替白玉堂认罪,真不愧结盟的义气,圣心大悦。忽见那边忠烈祠旗杆上黄旗,被风刮得忽喇喇乱响;又见两旁的飘带,有一根绕在杆上,一根却裹住滑车。圣上却借题发挥,道:“卢方,你为何叫作盘桅鼠?”卢方奏道:“只因罪民船上篷索断落,罪民曾爬桅结索,因此叫为盘桅鼠,实乃罪民末技。”圣上道:“你看那旗杆上飘带缠绕不清,你可能够上去解开么?”卢方跪着,扭项一看,奏道:“罪民可以勉力巴结。”圣上命

---

① 牙笏(hù)——古代君臣在朝廷上相见时手中所拿的狭长板子,用玉、象牙或竹制成,上面可以记事。

② 规箴(zhēn)——劝告、劝诫。

陈林将卢方领下丹墀，脱去罪衣罪裙，来到旗杆之下。他便挽掖衣袖，将身一纵，蹲在夹杆石上。只用手一扶旗杆，两膝一拳，只听哧、哧、哧、哧犹如猿猴一般，迅速之极，早已到了挂旗之处，先将绕在旗杆上的飘带解开。只见他用腿盘旗杆，将身形一探，却把滑车上的飘带也就脱落下来。此时圣上与群臣看的明白，无不喝采。忽又见他伸开一腿，只用一腿盘住旗杆，将身体一平，双手一伸，却在黄旗一旁，又添上了一个顺风旗。众人看了，谁不替他担惊。忽又用了个拨云探月架式，将左手一甩，将那一条腿早离了杆。这一下把众人吓了一跳，及至看时，他早用左手单挽旗杆，又使了个单展翅。下面自圣上以下，无不喝采连声。猛见他把头一低，滴溜溜顺将下来，仿佛失手的一般。却把众人吓着了，齐说："不好！"再一看时，他却从夹杆石上跳将下来，众人方才放心。天子满心欢喜，连声赞道："真不愧'盘桅'二字。"陈林仍带卢方，上了丹墀，跪在旁边。

看第二名的叫彻地鼠韩彰，不知去向。圣上即看第三的名叫穿山鼠徐庆，便问道："徐庆。"徐庆抬起头，道："有。"他连声答应的极其脆亮。天子把他一看，见他黑漆漆的一张面皮，光闪闪两个环睛，卤莽①非常，毫无畏惧。

不知仁宗看了，问出什么话来，下回分解。

第四十九回

金殿试艺三鼠封官　佛门递呈双乌告状

话说天子见那徐庆卤莽非常，因问他如何穿山。徐庆道："只因我……"蒋平在后面悄悄拉他，提拨道："罪民，罪民。"徐庆听了，方说道："我罪民在陷空岛连钻十八孔，故此人人叫我罪民穿山鼠。"圣上道："朕这万寿山也有山窟，你可穿得过去么？"徐庆道："只要是通的，就钻的过去。"圣上又派了陈林，将徐庆领至万寿山下。徐庆脱去罪衣罪裙。陈林嘱咐他道："你只要穿山窟过去，应个景儿即便下来，不要耽延工夫。"徐

① 卤（lǔ）莽——说话做事不经过考虑；轻率。也作鲁莽。

庆只管答应。谁知他到了半山之间,见个山窟,把身子一顺,就不见了。足有两盏茶时,不见出来。陈林着急,道:“徐庆,你往哪里去了?”忽见徐庆在南山尖之上,应道:“唔! 俺在这里。”这一声连圣上与群臣俱各听见了。卢方在一旁跪着,暗暗着急,恐圣上见怪。谁知徐庆应了一声,又不见了。陈林更自着急,等了多回,方见他从山窟内穿出。陈林连忙招手,叫他下来。此时徐庆已不成模样,浑身青苔,满头尘垢。陈林仍把他带至丹墀,跪在一旁。圣上连连夸奖:“果真不愧‘穿山’二字。”

又见单上第四名混江鼠蒋平。天子往下一看,见他匍匐在地,身材渺小。及至叫他抬起头来,却是面黄肌瘦,形如病夫。仁宗有些不悦,暗想道:“看他这光景,如何配称混江鼠呢?”无奈何,问道:“你既叫混江鼠,想来是会水了?”蒋平道:“罪民在水中能开目视物,能在水中整个月住宿,颇识水性,因此唤作混江鼠。这不过是罪民小巧之技。”仁宗听说“颇识水性”四字,更不喜悦,立刻吩咐备船,叫陈林进内:“取朕的金蟾来。”少时,陈伴伴取到。天子命包公细看。只见金漆木桶之中,内有一个三足蟾,宽有三寸,长有五寸,两个眼睛如琥珀一般,一张大口恰似胭脂,碧绿的身子,雪白的肚儿,更衬着两个金眼圈儿,周身的金点儿,实实好看,真是希奇之物。包公看了,赞道:“真乃奇宝!”天子命陈林带着蒋平上一只小船。却命太监提了木桶,圣上带领首相及诸大臣,登在大船之上。

此时陈林看蒋平光景,惟恐他不能捉蟾,悄悄告诉他道:“此蟾乃圣上心爱之物。你若不能捉时,趁早言语,我与你奏明圣上,省得吃罪不起。”蒋平笑道:“公公但请放心,不要多虑。有水靠求借一件。”陈林道:“有,有。”立刻叫小太监拿几件来。蒋平挑了一身极小的,脱了罪衣罪裙,穿上水靠,刚刚合体。只听圣上那边大船上太监手提木桶,道:“蒋平,咱家这就放蟾了。”说罢,将木桶口儿向下,底儿向上,连蟾带水俱各倒在海内。只见那蟾在水皮之上发愣。陈林这里紧催蒋平:“下去,下去,快下去!”蒋平他却不动。不多时,那蟾灵性清醒,三足一晃,就不见了。蒋平方向船头,将身一顺,连个声息也无,也不见了。

天子那边看的真切,暗道:“看他入水势,颇有能为。只是金蟾惟恐遗失。”眼睁睁往水中观看,半天不见影响。天子暗说:“不好,朕看他懦弱身躯,如何禁得住在水中许久! 别是他捉不住金蟾,畏罪自溺死了罢? 这是怎么说! 朕为一蟾,要人一命,岂是为君的道理!”正在着急,忽见水中咕嘟嘟翻起泡来。此泡一翻,连众人俱各猜疑了:这必是沉了底儿了。仁宗好生难受。君臣只顾远处观望,未想到船头以前,忽然水上起波,波纹往四下一开,发了一个极大的圈儿,从当中露出人来,却是面向下,背朝上。圣上看了,不由的一怔。猛见他将腰一拱,仰起头来,却是蒋平在水中跪着,两手上下合拢。将手一张,只听金蟾在掌中呱呱的乱叫。天子大喜,道:"岂但颇识水性,竟是水势精通了。真是好混江鼠,不愧其称!"忙吩咐太监将木桶另注新水。蒋平将金蟾放在里面,跪在水皮上,恭恭敬敬向上叩了三个头。圣上及众人无不夸赞。见他仍然踏水奔至小船,脱了衣靠。陈林更喜,仍把他带往金銮殿来。

此时圣上已回转殿内,宣包公进殿,道:"朕看他等技艺超群,豪侠尚义。国家总以鼓励人才为重,朕欲加封他等职衔,以后也令有本领的各怀向上之心。卿家以为何如?"包公原有此心,恐圣上设疑,不敢启奏。今一闻此旨,连忙跪倒,奏道:"圣上神明,天恩浩荡。从此大开进贤之门,实国家之大幸也。"仁宗大悦,立刻传旨,赏了卢方等三人也是六品校尉之职,俱在开封供职。又传旨,务必访查白玉堂、韩彰二人,不拘时日。包公带领卢方等谢恩。天子驾转回宫。

包公散朝,来到衙署。卢方等三人从新又叩谢了包公。包公甚喜,却又谆谆嘱咐:"务要访查二义士、五义士,莫要辜负圣恩。"公孙策与展爷、王、马、张、赵俱各与三人贺喜。独有赵虎心中不乐,暗自思道:"我们辛苦了多年,方才挣得个校尉。如今他三人不发一刀一枪,便也是校尉,竟自与我等为伍。若论卢大哥,他的人品轩昂,为人忠厚,武艺超群,原是好的。就是徐三哥直直爽爽,就合我赵虎的脾气似的,也还可以。独有那姓蒋的三分不像人,七分倒像鬼,瘦的那个样儿,眼看着成了干儿了,不是筋连着也就散了。他还说动话儿,尖酸刻薄,怎么配与我老赵同堂办事呢?"心中老大不乐。因此每每聚谈饮酒之间,赵虎独独与蒋平不对。蒋爷毫不介意。

他等一壁里访查正事,一壁里彼此聚会,又耽延了一个月的光景。这一天,包公下朝,忽见两个乌鸦随着轿呱呱乱叫,再不飞去。包公心中有些疑惑。又见有个和尚迎轿跪倒,双手举呈,口呼"冤枉"。包兴接了呈子,随轿进了衙门。包公立刻升堂,将诉呈看毕,把和尚带上来,问了一堂。原来此僧名叫法明,为替他师兄法聪辨冤。即刻命将和尚暂带下去。

忽听乌鸦又来乱叫。及至退堂,来到书房。包兴递了一盏茶,刚然接过,那两个乌鸦又在檐前呱呱乱叫。包公放下茶杯,出书房一看,仍是那两个乌鸦。包公暗暗道:“这乌鸦必有事故。”吩咐李才,将江樊、黄茂二人唤进来。李才答应。不多时,二人跟了李才进来,到书房门首。包公就差他二人跟随乌鸦前去,看有何动静。江、黄二人忙跪下,禀道:“相爷叫小人跟随乌鸦往哪里去?请即示下。”包公一声断喝,道:“哇!好狗才!谁许你等多说?派你二人跟随,你就跟随。无论是何地方,但有形迹可疑的,即便拿来见我。”说罢,转身进了书房。

江、黄二人彼此对瞧了瞧,不敢多言,只得站起,对乌鸦道:“往哪里去?走呀!”可煞作怪,那乌鸦便展翅飞起,出衙去了。二人哪敢怠慢,赶出了衙门,却见乌鸦在前。二人不管别的,低头看看脚底下,却又仰面瞧瞧乌鸦,不分高低,没有理会,已到城外旷野之地。二人吁吁带喘,江樊道:“好差使!两条腿跟着带翅儿的跑。”黄茂道:“我可玩不开了,再要跑,我就要暴脱了。你瞧我这浑身汗都透了。”忽见那边飞了一群乌鸦来,连这两个裹住。江樊道:“不好咧!完了,咱们这两个呀呀儿哟了。好汉打不过人多。”说着话,两个便坐在地下,仰面观瞧。只见左旋右舞,飞腾上下,如何分得出来呢?江、黄二人为难:“这可怎么样呢?”猛听得那边树上呱呱乱叫。江樊立起身来一看,道:“伙计,你在这里呢。好呀!他两个会玩呀,敢则躲在树里藏着呢。”黄茂道:“知道是不是呢?”江樊道:“咱们叫他一声儿,老鸦呀!该走咧!”只见两个乌鸦飞起,向着二人乱叫,又往南飞去了。江樊道:“真奇怪。”黄茂道:“别管他,咱们且跟他到那里。”二人赶步向前,刚然来至宝善庄,乌鸦却不见了。见有两个穿青衣的,一个大汉,一个后生。江樊猛然省悟,道:“伙计,二青呀。”黄茂道:“不错,双皂呀。”二人说完,尚在游疑。

只见那二人从小路上岔走。大汉在前;后生在后,赶不上大汉,一着急却跌倒了,把靴子脱落了一只,却露出尖尖的金莲来。那大汉看见,转回身来将她扶起,又把靴子拾起叫她穿上。黄茂早赶过来,道:“你这汉子,要拐那妇人往哪里去?”一伸手就要拿人。哪知大汉眼快,反把黄茂腕子拢住,往怀里一领,黄茂难以挣扎,就顺水推舟的爬下了。江樊过来嚷道:“故意的女扮男装,必有事故。反将我们伙计摔倒。你这厮有多大胆?”说罢,才要动手。只见那大汉将手一晃,一转眼间右胁里就是一拳。

江樊往后倒退了几步，身不由己的也就仰面朝天的躺下了。他二人却好，虽则一个爬着，一个躺着，却骂不绝口，又不敢起来合他较量。只听那大汉对后生说："你顺着小路过去，有一树林；过了树林，就看见庄门了。你告诉庄丁们，叫他等前来绑人。"那假后生忙忙顺着小路去了。不多时，果见来了几个庄丁，短棍铁尺，口称："主管，拿什么人？"大汉用手往地下一指，道："将他二人捆了，带至庄中，见员外去。"庄丁听了，一齐上前，捆了就走。绕过树林，果见一个广梁大门。江、黄二人正要探听探听。一直进了庄门，大汉将他二人带至群房，道："我回员外去。"不多时，员外出来，见了公差江樊，只吓得惊疑不止。

不知为了何事，下回分解。

第五十回

彻地鼠恩救二公差　白玉堂智偷三件宝

且说那员外迎面见了两个公差，谁知他却认得江樊，连忙吩咐家丁快快松了绑缚，请到里面去坐。

你道这员外却是何等样人？他姓林，单名一个春字，也是个不安本分的。当初同江樊他两个人原是破落户①出身，只因林春发了一注外财，便与江樊分手。江樊却又上了开封府当皂隶②，暗暗的熬上了差役头目。林春久已听得江樊在开封府当差，就要仍然结识于他。谁知江樊见了相爷秉正除奸，又见展爷等英雄豪侠，心中羡慕，颇有向上之心。他竟改邪归正，将夙日③所为之事一想，全然不是在规矩之中，以后总要做好事当好人才是。不想今日被林春主管雷洪拿来，见了员外，却是林春。

林春连称"恕罪"，即刻将江樊、黄茂让至待客厅上。献茶已毕，林春欠身道："实实不知是二位上差，多有得罪，望乞看当初的分上，务求遮盖

① 破落户——指先前有钱有势而后来败落的人家。

② 皂隶——旧时衙门里的差役。

③ 夙(sù)日——平时；平常。

一二。”江樊道:“你我原是同过患难的,这有什么要紧,但请放心。”说罢,执手,别过头来就要起身。这本是个脱身之计。不想林春更是奸滑油透的,忙拦道:“江贤弟,且不必忙。”便向小童一使眼色。小童连忙端出一个盘子,里面放定四封银子。林春笑道:“些须薄礼,望乞笑纳。”江樊道:“林兄,你这就错了。似这点事儿有甚要紧,难道用这银子买嘱小弟不成?断难从命。”林春听了,登时放下脸来,道:“江樊,你好不知时务。我好意念昔日之情,赏脸给你银两,你竟敢推托,想来你是仗着开封府藐视①于我。好,好!”回头叫声:“雷洪,将他二人吊起来,给我着实拷打!立刻叫他写下字样,再回我知道。”

雷洪即吩咐庄丁捆了二人,带至东院三间屋内。江樊、黄茂也不言语,被庄丁推到东院,甚是宽阔。却有三间屋子,是两明一暗。正中柁上有两个大环,环内有链,链上有钩。从背缚之处伸下钩来,钩住腰间丝绦,往上一拉,吊的脚刚沾地,前后并无倚靠。雷洪叫庄丁搬个座位坐下,又吩咐庄丁用皮鞭先抽江樊。江樊到了此时,便把当初的泼皮施展出来,骂不绝口。庄丁连抽数下。江樊谈笑自若,道:“松小子!你们当家的惯会打算盘,一点荤腥儿也不给你们吃,尽与你们豆腐,吃的你们一点囊劲儿也没有。你这是打人呢?还是与我去痒痒呢?”雷洪闻听,接过鞭子来,一连抽了几下。江樊道:“还是大小子好,他到底儿给我抓抓痒痒,孝顺孝顺我呀。”雷洪也不理他,又抽了数下。又叫庄丁抽黄茂。黄茂也不言语,闭眼合睛,惟有咬牙忍疼而已。江樊见黄茂挨死打,惟恐他一哼出来,就不是劲儿了。他却拿话往这边领着,说:“你们不必抽他了。他的困大,抽着抽着,就睡着了。你们还是孝顺我罢。”雷洪听了,不觉怒气填胸,向庄丁手内接过皮鞭子来,又打江樊。江樊却是嬉皮笑脸,闹的雷洪无法,只得歇息歇息。

此时日已衔山,将有掌灯时候,只听小童说道:“雷大叔,员外叫你老吃饭呢。”雷洪叫庄丁等皆吃饭去。自己出来,将门带上,扣了了吊儿,同小童去了。这屋内江、黄二人,听了听外面寂静无声,黄茂悄悄说道:“江大哥,方才要不是你拿话儿领过去,我有点玩不开了。”江樊道:“你等着罢,回来他来了,这顿打那才够驼的呢!”黄茂道:“这可怎么好呢?”忽见

---

① 藐(miǎo)视——轻视;小看。

从里间屋内出来一人，江樊问道："你是什么人？"那人道："小老儿姓豆。只因同小女上汴梁投亲去，就在前面宝善庄打尖。不想这员外由庄上回来，看见小女就要抢掠。多亏了一位义士姓韩名彰，救了小老儿父女二人，又赠了五两银子。不料不识路径，竟自走入庄内，却就是这员外这里。因此被他仍然抢回，将我拘禁在此。尚不知我女儿性命如何？"说着，说着，就哭了。江、黄二人听了，说是韩彰，满心欢喜，道："咱们倘能脱了此难，要是找着韩彰，这才是一件美差呢！"

正说至此，忽听了吊儿一响，将门闪开一缝，却进来了一人。火扇一晃，江、黄二人见他穿着夜行衣靠，一色是青。忽听豆老儿说："这原来是恩公到了。"江、黄听了此言，知是韩彰，忙道："二员外爷，你老快救我们才好！"韩彰道："不要忙。"从背后抽出刀来，将绳缚割断，又把铁链钩子摘下，江、黄二人已觉痛快。又放了豆老儿。那豆老儿因捆他的工夫大了，又有了年纪，一时血脉不能周流。韩彰便将他等领出屋来，悄悄道："你们在何处等等？我将林春拿住，交付你二人，好去请功。再找找豆老的女儿在何处。只是这院内并无藏身之所，你们在何处等呢？"忽见西墙下有个极大的马槽，扣在那里，韩彰道："有了，你们就藏在马槽之下，如何呢？"江樊道："叫他二人藏在里面罢，我是闷不惯的。我一人好找地方，另藏在别处罢。"说着，就将马槽一头掀起，黄茂与豆老儿跑进去，仍然扣好。

二义士却从后面上房，见各屋内灯光明亮，他却伏在檐前往下细听。有一个婆子说道："安人，你这一片好心，每日烧香念佛的，只保佑员外平安无事罢。"安人道："但愿如此，只是再也劝不过来的。今日又抢了一个女子来，还锁在那边屋里呢。不知又是什么主意？"婆子道："今日不顾那女子了。"韩爷暗喜，幸而女子尚未失身。又听婆子道："还有一宗事最恶呢。原来咱们庄南有个锡匠叫什么季广，他的女人倪氏合咱们员外不大清楚。只因锡匠病才好了，咱们员外就叫主管雷洪定下一计，叫倪氏告诉他男人，说他病时曾许下在宝珠寺烧香。这寺中有个后院，是一块空地，并丘着一口棺材，墙却倒塌不整。咱们雷洪就在那里等他。"安人问道："等他作什么？"婆子道："这就是他们定的计策。那倪氏烧完了香，就要上后院子小解，解下裙子来，搭在丘子上。及至小解完了，就不见了，因此他就回了家了。到了半夜里，有人敲门，嚷道：'送裙子来了！'倪氏叫他男人出去,就被人割了头去了。这倪氏就告到祥符县说,庙内昨日失去裙子,夜间夫主就被人杀了。县官叫罢,就疑惑庙内和尚身上,即派人前去搜寻,却于庙内后院丘子旁边,见有浮土一堆。刨开看时,就是那条裙子,包着季广的脑袋呢!差人就把本庙的和尚法聪捉去,用酷刑审问。他如何能招呢?谁知法聪有个师弟名叫法明,募化①回来,听见此事,他却在开封府告了。咱们员外听见此信,恐怕开封府问事利害,万一露出马脚来,不大稳便,因此又叫雷洪拿了青衣小帽,叫倪氏改妆藏在咱们家里——就在东跨所,听说今晚成亲。你老人家想想,这是什么事?平白无故的生出这等毒计。"

韩爷听毕,便绕至东跨所,轻轻落下,只听屋内说道:"那开封府断事如神。你若到了那里,三言两语包管露出马脚来,那还了得!如今这个法子,谁想的到你在这里呢?这才是万年无忧呢。"妇人说道:"就只一宗,我今日来时遇见两个公差,偏偏的又把靴子掉了,露出脚来,喜的好在拿住了。千万别把他们放走了。"林春道:"我已告诉雷洪,三更时把他们结果了就完了。"妇人道:"若如此,事情才得干净呢。"韩二爷听至此,不由气往上撞,暗道:"好恶贼!"却用手轻轻的掀起帘栊,来至堂屋之内。见那边放着软帘,走至跟前,猛然将帘一掀,口中说道:"嚷,就是一刀!"却把刀一晃,满屋明亮。林春这一吓不小,见来人身量高大,穿着一身青靠,手持明亮亮的刀,借灯光一照,更觉难看,便跪倒哀告,道:"大王爷饶命!若用银两,我去取去。"韩彰道:"俺自会取,何用你去。且先把你捆了再说。"见他穿着短衣,一回头看见丝绦放在那里,就一伸手拿过来,将刀咬在口中,用手将他捆了个结实;又见有一条绢子,叫林春张开口给他塞上。再看那妇人时,已经哆嗦在一堆,顺手提将过来,却把拴帐钩的绦子割下来,将妇人捆了;又割下了一副飘带,将妇人的口也塞上。正要回身出来找江樊等,忽听一声嚷,却是雷洪到东院持刀杀人去了,不见江、黄、豆老,连忙呼唤庄丁搜寻,却在马槽下搜出黄茂、豆老,独独不见了江樊,只得来禀员外。韩爷早迎至院中,劈面就是一刀。雷洪眼快,用手中刀尽力一磕,几乎把韩爷的刀磕飞。韩彰暗道:"好力量!"二人往来多时。韩爷技艺虽强,吃亏了力软;雷洪的本领不济,便宜力大,所谓"一力降十会"。

① 募(mù)化——和尚、道士等求人施舍财物。

韩爷看看不敌。猛见一块石头飞来，正打在雷洪的脖项之上，不由的向前一栽。韩爷手快，反背就是一刀背，打在脊梁骨上。这两下才把小子闹了个嘴吃屎。韩爷刚要上前，忽听道："二员外，不必动手，待我来。"却是江樊，上前将雷洪绑了。

原来江樊见雷洪呼唤庄丁搜查，他却隐在黑暗之处。后见拿了黄茂、豆老，雷洪吩咐庄丁："好生看守，待我回员外去。"雷洪前脚走，江樊却后边暗暗跟随。因无兵刃，走着，就便拣了一块石头子儿在手内拿着。可巧遇韩爷同雷洪交手，他却暗打一石，不想就在此石上成功。韩爷又搜出豆女，交付与林春之妻，吩咐候此案完结时，好叫豆老儿领去。复又放了黄茂、豆老。江樊等又求韩爷护送，韩爷便把窃听设计谋害季广、法聪含冤之事，一一叙说明白。江樊又说："求二员外亲至开封府去。"并言卢方等已然受职。韩爷听了，却不言语，转眼之间，就不见了。

江、黄二人却无奈何，只得押解三人来到开封，把二义士解救以及拿获林春、倪氏、雷洪，并韩彰说的谋害季广、法聪冤枉之事，俱各禀明了。包公先差人到祥符县提法聪到案，然后立刻升堂，带上林春、倪氏、雷洪等一干人犯，严加审讯。他三人皆知包公断事如神，俱各一一招认。包公命他们俱画招具结收禁，按例定罪。仍派江樊、黄茂带了豆老儿到宝善庄，将他女儿交代明白。

及至法聪提到，又把原告法明带上堂来，问他等乌鸦之事。两人发怔，想了多时，方才想起。原来这两个乌鸦是宝珠寺庙内槐树上的，因被风雨吹落，两个乌鸦将翎摔伤。多亏法聪好好装在筐箩内将养，任其飞腾自去，不意竟有鸣冤之事。包公听了点头，将他二人释放无事。

此案已结。包公来到书房，用毕晚饭。将有初鼓之际，江、黄二人从宝善庄回来，将带领豆老儿将他女儿交代明白的话，回了一遍。包公念他二人勤劳辛苦，每人赏银二十两。二人叩谢，一齐立起。刚要转身，又听包公唤道："转来。"二人连忙止步，向上侍立。包公又细细询问韩彰，二人从新细禀一番，方才出来。

包公细想："韩彰不肯来，是何缘故？并且告诉他卢方等圣上并不加罪，已皆受职。他听了此言应当有向上之心，如何又隐避而不来呢？"猛然省悟，道："哦！是了，是了，他因白玉堂未来，他是决不肯先来的。"正在思索之际，忽听院内拍的一声，不知是何物落下。包兴连忙出去，却拾进一个纸包儿来,上写着“急速拆阅”四字。包公看了,以为必是匿名帖子,或是其中别有隐情。拆开看时,里面包定一个石子,有个字柬儿,上写着:“我今特来借三宝,暂且携归陷空岛。南侠若到卢家庄,管叫御猫跑不了。”包公看罢,便叫包兴前去看视三宝,又令李才请展护卫来。

不多时,展爷来到书房,包公即将字柬与展爷看了。展爷忙问道:“相爷可曾差人看三宝去了没有?”包公道:“已差包兴看视去了。”展爷不胜惊骇,道:“相爷中了他‘拍门投石问路’之计了。”包公问道:“何以谓之‘投石问路’呢?”展爷道:“这来人本不知三宝在于何处,故写此字令人设疑。若不使人看视,他却无法可施;如今已差人看视,这是领了他去了。此三宝必失无疑了。”正说到此,忽听那边一片声喧。展爷吃了一惊。

不知所嚷为何,下回分解。

第五十一回

寻猛虎双雄陷深坑　获凶徒三贼归平县

且说包公正与展爷议论石子来由,忽听一片声喧,乃是西耳房走火。展爷连忙赶至那里,早已听见有人嚷道:“房上有人!”展爷借火光一看,果然房上站立一人,连忙用手一指,放出一枝袖箭,只听噗哧一声。展爷道:“不好! 又中计了。”一眼却瞧见包兴在那里张罗救火,急忙问道:“印官看视三宝如何?”包兴道:“方才看了,纹丝没动。”展爷道:“你再看看去。”正说间,三义、四勇俱各到了。

此时耳房之火已然扑灭,原是前面窗户纸引着,无甚要紧。只见包兴慌张跑来,说道:“三宝真是失去不见了!”展爷即飞身上房。卢方等闻听,也皆上房。四个人四下搜寻,并无影响。下面却是王、马、张、赵,前后稽查也无下落。展爷与卢爷等仍从房上回来,却见方才用箭射的,乃是一个皮人子,脚上用鸡爪丁扣定瓦栊,原是吹膨了的。因用袖箭打透,冒了风,也就摊在房上了。愣爷徐庆看了,道:“这是老五的。”蒋爷捏了他一把。展爷却不言语。卢方听了,好生难受,暗道:“五弟做事太阴毒了。你知我等现在开封府,你却盗去三宝,叫我等如何见相爷? 如何对的起众位朋友?”他哪里知道相爷处还有个知照帖儿呢。四个下得房来,一同来至书房。

此时包兴已回禀包公,说三宝失去。包公叫他不用声张,恰好见众人进来参见包公,俱各认罪。包公道:"此事原是我派人瞧的不好了。况且三宝也非急需之物,有甚稀罕。你等莫要声张,俟明日慢慢访查便了。"

众英雄见相爷毫不介意,只得退出,来到公所之内。依卢方还要前去追赶。蒋平道:"知道五弟向何方而去?不是望风扑影么?"展爷道:"五弟回了陷空岛了。"卢方问道:"何以知之?"展爷道:"他回明了相爷,还要约小弟前去,故此知之。"便把方才字柬上的言语念出。卢方听了,好不难受,惭愧满面,半晌道:"五弟做事太任性了。这还了得,还是我等赶了他去为是。"展爷知道卢方乃是忠厚热肠,忙拦道:"大哥是断断去不得的。"卢方道:"却是为何?"展爷道:"请问大哥赶上五弟,合五弟要三宝不要?"卢方道:"焉有不要之理。"展爷道:"却又来!合他要,他给了便罢;他若不给,难道真个翻脸拒捕,从此就义断情绝了么?我想此事,还是小弟去的是理。"蒋平道:"展兄,你去了恐有些不妥,五弟他不是好惹的。"展爷听了不悦,道:"难道陷空岛是龙潭虎穴不成?"蒋平道:"虽不是龙潭虎穴,只是五弟做事令人难测,阴毒得狠。他这一去必要设下埋伏,一来陷空岛大哥路径不熟,二来不知道他设下什么圈套。莫若小弟明日回禀了相爷,先找我二哥。我二哥若来了,还是我等回到陷空岛将他稳住,做为内应,大哥再去,方是万全之策。"展爷听了,才待开言,只听公孙策道:"四弟言之有理。展大哥莫要辜负四弟一番好意。"展爷见公孙先生如此说,只得将话咽住,不肯往下说了,惟有心中暗暗不平而已。

到了次日,蒋平见了相爷,回明要找韩彰去。并因赵虎每每有不合之意,要同张龙、赵虎同去。包公听说要找韩彰,甚合心意,因问向何方去找。蒋平回道:"就在平县翠云峰。因韩彰的母亲坟墓在此峰下,年年韩彰必于此时拜扫,故此要到那里寻找一番。"包公甚喜,就叫张、赵二人同往。张龙却无可说。独有赵虎一路上合蒋平闹了好些闲话,蒋爷只是不理。张龙在中间劝阻。

这一日打尖吃饭,刚然坐下,赵虎就说:"咱们同桌儿吃饭,各自会钱,谁也不必扰谁,你道好么?"蒋爷笑道:"很好,如此方无拘束。"因此各自要的各自吃,我也不吃你的,你也不吃我的。幸亏张龙惟恐蒋平脸上下不来,反在其中周旋打和儿。赵虎还要说闲话,蒋爷只有笑笑而已。及至吃完,堂官算账,赵虎务必要分账。张龙道:“且自算算,柜上再分去。”到柜上问时,柜上说蒋老爷已然都给了。却是跟蒋老爷的伴当,进门时就把银包交付柜上,说明了如有人问,就说蒋老爷给了。天天如此,张龙好觉过意不去。蒋平一路上听闲话、受作践,不一而足。

好容易到了翠云峰,半山之上有个灵佑寺。蒋平却认得庙内和尚,因问道:“韩爷来了没有?”和尚答道:“却未到此扫墓。”蒋平听了,满心欢喜,以为必遇韩彰无疑,就与张、赵二人商议,在此庙内居住等候。赵虎前后看了一回,见云堂宽阔豁亮,就叫伴当将行李安放在云堂,同张龙住了。蒋平就在和尚屋内同居。偏偏的庙内和尚俱各吃素。赵虎他却耐不得,向庙内借了碗盏家伙,自己起灶,叫伴当打酒买肉,合心配口而食。

伴当这日提了竹筐,拿了银两,下山去了。不多时,却又转来。赵虎见他空手回来,不觉发怒,道:“你这厮向何方去了多时,酒肉尚未买来?”抡掌就要打。伴当连忙往后一退,道:“小人有事回爷。”张龙道:“贤弟且容他说。”赵虎掣回拳来,道:“快讲!说的不是,我再打。”伴当道:“小人方才下山,走到松林之内,见一人在那里上吊。见了是救呀,是不救呢?”赵虎说:“那还用问吗?快些救去,救去!”伴当道:“小人已救下来,将他带来了。”赵虎笑道:“好小子!这才是。快买酒肉去罢。”伴当道:“小人还有话回呢。”赵虎道:“好唠叨!还说什么?”张龙道:“贤弟且叫他说明,再买不迟。”赵虎道:“快,快快的!”伴当道:“小人问他为何上吊,他就哭了。他说他叫包旺。”赵虎听了,连忙站起身来,急问道:“叫什么?”伴当道:“叫包旺。”赵虎道:“包旺怎么样?讲,讲,讲!”伴当说:“他奉了太老爷太夫人、大老爷、大夫人之命,特送三公子上开封府衙内攻书。昨晚就在山下前面客店之中住下。因月色颇好,出来玩赏,行到松林,猛然出来了一只猛虎,就把他相公背了走了。”赵虎听到此,不由怪叫吆喝,道:“这还了得!这便怎么处?”张龙道:“贤弟不必着急,其中似有可疑。既是猛虎,为何不用口叼呢,却背了他去了?这个光景必然有诈。”叫伴当将包旺忙让进来。

不多时,伴当领进,赵虎一看果是包旺。彼此见了让坐,道受惊。包旺因前次在开封府见过张、赵二人,略为谦让,即便坐了。张、赵又细细盘问了一番,果是虎背了去了。此时包旺便说:“自开封回家,一路平安。因相爷喜爱三公子,禀明太老爷太夫人、大老爷大夫人,就命我护送赴署。

不想昨晚住在山下店里,公子要踏月,走至松林,出来一只猛虎把公子背了去。我今日寻找一天,并无下落,因此要寻自尽。"说罢,痛哭。张、赵二人听毕,果是虎会背人,事有可疑。他二人便商议晚间在松林搜寻,倘然拿获,就可以问出公子的下落来了。

此时伴当已将酒肉买来,收拾妥当。叫包旺且免愁烦,他三人一处吃毕饭,赵虎喝的醉醺醺的就要走。张龙道:"你我也须装束伶便,各带兵刃。倘然真有猛虎,也可除此一方之害。咱们这个样儿,如何与虎斗呢?"说罢,脱去外面衣服,将搭包勒紧。赵虎也就扎缚停当。各持了利刃,叫包旺同伴当在此等候。他二人下了山峰,来到松林之下,趁着月色,赵虎大呼小叫道:"虎在哪里?虎在哪里?"左一刀,右一晃,混砍乱晃。忽见那边树上跳下二人,咕噜噜的就往西飞跑。

原来有二人在树上隐藏,远远见张、赵二人奔入林中,手持利刃,口中乱嚷:"虎在哪里?"又见明亮亮的钢刀,在月光之下一闪一闪,光芒冷促。这两个人害怕,暗中计较道:"莫若如此如此,这般这般。"因此跳下树来,往西飞跑。张、赵二人见了,紧紧追来。却见前面有破屋二间,墙垣倒塌,二人奔入屋内去了。张、赵也随后追来。愣爷不管好歹,也就进了屋内,又无门窗户壁,四角俱空,哪里有个人影。赵虎道:"怪呀!明明进了屋子,为何不见了呢?莫不是见了鬼咧?或者是什么妖怪?岂有此理!"东瞧西望,一步凑巧,忽听哗啷一声,蹲下身一摸,却是一个大铁环钉在木板上边。张龙也进屋内,觉得脚下咕咚、咕咚的响,就有些疑惑。忽听赵虎说:"有了,他藏在这下边呢。"张龙说:"贤弟如何知道?"赵虎说:"我揪住铁环了。"张龙道:"贤弟千万莫揭此板。你就在此看守。我回到庙内将伴当等唤来,多拿火亮,岂不拿个稳当的。"赵虎却耐烦不得,道:"两个毛贼有甚要紧,且自看看再做道理。"说罢,一提铁环,将板掀起,里面黑洞洞任什么看不见。用刀往下一试探,却是土基台阶。"哼!里面必有蹊跷,待俺下去。"张龙道:"贤弟且慢!……"此话未完,赵虎已然下去。张龙惟恐有失,也就跟将下去。谁知下面台阶狭窄,而且赵爷势猛,两脚收不住,咕噜噜竟自滚下去了,口内连说:"不好,不好!"里面的二人早已备下绳索,见赵虎滚下来,哪肯容情,两人服侍一个人,登时捆了个结实。张爷在上面听见赵虎连说"不好,不好",不知何故,一时不得主意,心内一慌,脚下一跐,也就溜下去了。里面二人早已等候,又把张爷捆缚起来。这且不言。

再说包旺在庙内,自从张、赵二人去后,他方细细问明伴当,原来还有蒋平,他三人是奉相爷之命前来访查韩二爷的,因问:"蒋爷现在哪里?"伴当便说:"赵爷与蒋爷不睦,一路上把蒋爷欺负苦咧,到此还不肯同住。幸亏蒋爷有涵容,全不计较,故此自己在和尚屋内住了。"包旺听了,心下明白。直等到天有三更,未见张、赵回来,不由满腹狐疑,对伴当说:"你看已交半夜,张、赵二位还不回来,其中恐有差池。莫若你等随我同见蒋爷去。"伴当也因夜深不得主意,即领了包旺来见蒋爷。

此时蒋平已然歇息。忽听说包旺来到,又听张、赵二人捉虎未回,连忙起来,细问一番,方知他二人初鼓已去,自思:"他二人此来,原是我在相爷跟前撺掇。如今他二人若有失闪,我却如何复命呢?"忙忙束缚伶便,背后插了三棱鹅眉刺,吩咐伴当等:"好生看守行李,千万不准去寻我等。"别了包旺,来至庙外,一纵身先步上高峰峻岭,见月光皎洁,山色晶莹,万籁无声,四围静寂。

蒋爷侧耳留神,隐隐闻得西北上犬声乱吠,必有村庄。连忙下了山峰,按定方向奔去,果是小小村庄。自己蹑足潜踪,遮遮掩掩,留神细看,见一家门首站立二人,他却隐在一棵大树之后。忽见门开处,里面走出一人,道:"二位贤弟,黉夜到此何干?"只听那二人道:"小弟等在地窖子里拿了二人,问他却是开封府的校尉。我等听了不得主意,是放好?还是不放好呢?故此特来请示大哥。"又听那人说:"哎呀!竟有这等事!那是断断放不得的。莫若你二人回去,将他等结果,急速回来。咱三人远走高飞,趁早儿离开此地要紧。"二人道:"既如此,大哥就归着行李,我们先办了那宗事去。"说罢,回身竟奔东南。蒋泽长却暗暗跟随。二人慌慌张张的,竟奔破房而来。

此时蒋爷从背后拔出钢刺,见前面的已进破墙,他却紧赶一步,照着后头走的这一个人的肩窝就是一刺,往怀里一带;那人站不稳跌倒在地,一时挣扎不起。蒋爷却又窜入墙内,只听前面的问道:"外面什么咕咚一响?……"话未说完,好蒋平!钢刺已到,躲不及,右胁上已然着重,嗳呀一声,翻筋斗栽倒。四爷赶上一步,就势按倒,解他腰带,三环五扣的捆了一回。又到墙外,见那一人方才起来,就要跑。真好泽长!赶上前踢倒,也就捆缚好了,将他一提提到破屋之内。

事有凑巧,脚却扫着铁环。又听得空洞之中似有板盖,即用手提环,掀起木板,先将这个往下一扔。侧耳一听,只听咕噜、咕噜的落在里面,摔的哎呀一声。蒋爷又听,无甚动静,方用钢刺试步而下。到了里面一看,却有一间屋子大小,是一个瓮洞窖儿,那壁厢点着个灯挂子。再一看时,见张、赵二人捆在那里。张龙羞见,却一言不发。赵虎却嚷道:"蒋四哥,你来的正好!快快救我二人呀!"蒋平却不理他,把那人一提,用钢刺一指,问道:"你叫何名?共有几人?快说!"那人道:"小人叫刘豸①,上面那个叫刘獬②,方才邓家洼那一个叫武平安:原是我们三个。"蒋爷又问道:"昨晚你等假扮猛虎背去的人呢?放在哪里?"刘豸道:"那是武平安背去的,小人们不知。就知昨晚上他亲姐姐死了,我们帮着抬埋的。"蒋平问明此事,只听那边赵虎嚷道:"蒋四哥,小弟从此知道你是个好的了。我们两个人没有拿住一个,你一个人拿住二名。四哥敢则真有本事,我老赵佩服你了。"蒋平就过来,将他二人放起。张、赵二人谢了。蒋平道:"莫谢,莫谢,还得上邓家洼呢。二位老弟随我来。"三人出了地窖,又将刘獬提起,也扔在地窖之内,将板盖又压上一块石头。

蒋平在前,张、赵在后,来至邓家洼。蒋平指与门户,悄悄说:"我先进去,然后二位老弟叩门。两下一挤,没他的跑儿。"说着,一纵身体,一股黑烟,进了墙头,连个声息也无。赵虎暗暗夸奖。张龙此时在外叩门,只听里面应道:"来了。"门未开时,就问:"二位可将那二人结果了?"及至开门时,赵虎道:"结果了!"披胸就是一把,揪了个结实。武平安刚要挣扎,只觉背后一人揪住头发,他哪里还能支持,立时缚住。三人又搜寻一遍,连个人也无,惟有小小包裹放在那里。赵虎说:"别管他,且拿她娘的。"蒋爷道:"问他三公子现在何处。"武平安说:"已逃走了。"赵虎就要拿拳来打。蒋爷拦住,道:"贤弟,此处也不是审他的地方,先押着他走。"三人押定武平安到了破屋,又将刘豸、刘獬从地窖里提出,往回里便走,来到松林之内,天已微明。却见跟张、赵的伴当寻下山来,便叫他们好好押解。一同来到庙中,约了包旺,竟赴平县而来。

谁知县尹已坐早堂,为宋乡宦失盗之案。因有主管宋升,声言窝主是学究方善先生,因有金镯为证,正在那里审问方善一案,忽见门上进来,禀

---

① 豸——音 zhì。
② 獬——音 xiè。

道:“今有开封府包相爷差人到了。”县尹不知何事,一面吩咐“快请”,一面先将方善收监。

这里才吩咐,已见四人到了前面。县官刚然站起,只听有一矮胖之人说道:“好县官呀! 你为一方之主,竟敢纵虎伤人,并且伤的是包相爷的侄男。我看你这纱帽,是要戴不牢的了。”县官听了发怔,却不明白此话,只得道:“众位既奉相爷钧谕前来,有话请坐下慢慢的讲。”吩咐看座,坐了。包旺先将奉命送公子赴开封、路上如何住宿、因步月如何遇虎、将公子背去的话,说了一遍。蒋爷又将拿获武平安、刘豸、刘獬的话,说了一遍,并言俱已解到。

县官听得已将凶犯拿获,暗暗欢喜,立刻吩咐:“带上堂来。”先问武平安将三公子藏于何处。武平安道:“只因那晚无心中背了一个人来,回到邓家洼小人的姐姐家中。此人却是包相爷的三公子包世荣。小人与他有杀兄之仇,因包相审问假公子一案,将小人胞兄武吉祥用狗头铡铡死。小人意欲将三公子与胞兄祭灵。”赵虎听至此,站起来举手就要打,亏了蒋爷拦住。又听武平安道:“不想小人出去打酒买纸锞的工夫,小人姐姐就放三公子逃走了。”赵爷听到此,又哈哈的大笑,说:“放得好,放得好!底下怎么样呢?”武平安道:“我姐姐叫我外甥邓九如找我,说三公子逃走了。小人一闻此言,急急回家。谁知我姐姐竟自上了吊死咧! 小人无奈,烦人将我姐姐掩埋了。偏偏的我外甥邓九如,他也就死了。”

未知如何,下回分解。

第五十二回

感恩情许婚方老丈　投书信多亏宁婆娘

且说蒋平等来到平县。县官立刻审问武平安。武平安说他姐姐因私放了三公子后,竟自自缢身死。众人听了已觉可惜,忽又听说他外甥邓九如也死了,更觉诧异。县官问道:“邓九如多大了?”武平安说:“今年才交七岁。”县官说:“他小小年纪,如何也死了呢?”武平安道:“只因埋了他母亲之后,他苦苦的合小人要他妈。小人一时性起,就将他踢了一顿脚,他就死在山洼子里咧。"赵虎听到此,登时怒气填胸,站将起来,就把武平安尽力踢了几脚,踢的他满地打滚。还是蒋、张二人劝住。又问了问刘豸、刘獬,也就招认因贫起见,就帮着武平安每夜行劫度日,俱供是实,一齐寄监。县官又向蒋平等商议了一番,惟有赶急访查三公子下落要紧。

你道这三公子逃脱何方去了?他却奔到一家,正是学究方善,乃是一个饱学的寒儒。家中并无多少房屋,只是上房三间,却是方先生同女儿玉芝小姐居住,外有厢房三间做书房。那包世荣投到他家,就在这屋内居住。只因他年幼书生,自小娇生惯养,哪里受的这样辛苦,又如此惊吓,一时之间就染起病来。多亏了方先生精心调理,方觉好些。

一日,方善上街给公子打药,在路上拾了一只金镯,看了看拿到银铺内去瞧成色;恰被宋升看见,讹成窝家,扭到县内已成讼案。即有人送了信来。玉芝小姐一听她爹爹遭了官司,哪里还有主意咧!便哭哭啼啼。家中又无别人,幸喜有个老街坊,是个婆子,姓宁,为人正直爽快,爱说爱笑,人人皆称她为宁妈妈。这妈妈听见此事,有些不平,连忙来到方家,见玉芝已哭成泪人相似。宁妈妈好生不忍。玉芝一见如亲人一般,就央求她到监中看视。

那妈妈满口应承,即到了平县。谁知那些衙役快头俱与她熟识,众人一见,彼此玩玩笑笑,便领她到监中看视。见了方先生,又向众人说些浮情照应的话,并问官府审的如何。方先生说:"自从那时,刚要过堂,不想为什么包相爷的侄儿一事,故此未审。此时县官竟为此事为难,无暇及此。"方善又问了问女儿玉芝,就从袖中取出一封字柬递与宁妈妈,道:"我有一事相求:只因我家外厢房中住着个荣相公,名唤世宝,我见他相貌非凡,品行出众,而且又是读书之人,堪与我女儿配偶,求妈妈玉成其事。"宁婆道:"先生现遇此事,何必忙在此一时呢?"方善道:"妈妈不知,我家中并无多余的房屋,而且又无仆妇丫鬟,使怨女旷夫未免有瓜田李下①之嫌;莫若把此事说定了,他与我有翁婿之谊,玉芝与他有夫妻之分,他也可以照料我家中,别人也就没的说了。我的主意已定,只求妈妈将此封字柬与相公看了;倘若不允,就将我一番苦心向他说明,他再无不应之理。全仗妈妈玉成。"宁妈妈道:"先生只管放心,谅我这张口说了,此事

① 瓜田李下——比喻容易引起嫌疑的地方。

必应。”方善又嘱托照料家中，宁婆一一应允。

急忙回来，见了玉芝，先告诉她先生在监之事，又悄悄告诉她许婚之意。“现有书信在此，说这荣相公人品学问俱是好的，也活该是千里婚姻一线牵。”那玉芝小姐见有父命，也就不言语了。婆婆问道：“这荣相公在书房里么？”玉芝无奈，答道：“现在书房，因染病才好，尚未痊愈。”妈妈说：“待我看看去。”

来到厢房门口，故意高声问道：“荣相公在屋里么？”只听里面应道：“小生在此。不知外面何人？请进屋内来坐。”妈妈来到屋内一看，见相公伏枕而卧，虽是病容，果然清秀，便道：“老身姓宁，乃是方先生的近邻。因玉芝小姐求老身往监中探望她父亲，方先生却托我带了一个字柬给相公看看。”说罢，从袖中取出递过。三公子拆开看毕，说道：“这如何使得！我受方恩公莫大之恩尚未答报，如何趁他遇事，却又定他的女儿。这事难以从命。况且又无父母之命，如何敢做？”宁婆道：“相公这话就说差了。此事原非相公本心，却是出于方先生之意。再者他因家下无人，男女不便，有瓜李之嫌，是以托老身多多致意。相公既说受他莫大之恩，何妨应允了此事，再商量着救方先生呢？”三公子一想：“难得方老先生这番好心，而且又名分攸关，倒是应了的是。”宁婆见三公子沉吟，知他有些允意，又道：“相公不必游疑。这玉芝小姐谅相公也未见过，真是生的端庄美貌，赛画似的。而且贤德过人，又兼诗词歌赋，无不通晓，皆是跟她父亲学的。至于女工针黹，更是精巧非常。相公若是允了，真是天配良缘哪！”三公子道：“多承妈妈分心，小生应下就是了。”宁婆道：“相公既然应允，大小有点聘定，老身明日也好回复先生去。”三公子道：“聘礼尽有，只是遇难逃奔，不曾带在身边，这便怎么处？”宁婆婆道：“相公不必为难。只要相公拿定主意，不可食言就是了。”三公子道：“丈夫一言既出，如白染皂，何况受方夫子莫大之恩呢！”宁婆道：“相公实在说的不错。俗语说的好：‘知恩不报恩，枉为世上人。’再者女婿有半子之劳，想个什么法子救救方先生才好呢？”三公子说：“若要救方夫子，极其容易。只是小生病体甫愈①，不能到县。若要寄一封书信，又怕无人敢递去，事在两难。”宁妈妈说：“相公若肯寄信，待老身与你送去如何？就是怕你的信不中用。”

---

① 甫愈——刚刚好。

三公子说："妈妈只管放心，你要敢送这书信，到了县内叫他开中门，要见县官，面为投递；他若不开中门，县官不见，千万不可将此书信落于别人之手。妈妈，你可敢去么？"宁妈妈说："这有什么呢？只要相公的书信灵应，我可怕怎的？待我取笔砚来，相公就写起来。"说着话，便向那边桌上拿了笔砚，又在那书夹子里取了个封套笺纸，递与三公子。

三公子拈笔在手，只觉得手颤，再也写不下去。宁妈妈说："相公素日喝冷酒吗？"三公子说："妈妈有所不知，我病了两天，水米不曾进，心内空虚，如何提的起笔来？必须要进些饮食方可写，不然我实实写不来的。"宁婆道："既如此，我做一碗汤来，喝了再写如何？"公子道："多谢妈妈。"宁婆离了书房，来到玉芝小姐屋内，将话一一说了。"只是公子手颤不能写字，须进些羹汤，喝了好写。"玉芝听了此话，暗道："要开中门见官府亲手接信，此人必有来历。"忙与宁妈商议，又无荤腥，只得做碗素面汤，滴上点香油儿。宁妈妈端到书房，向公子道："汤来了。"公子挣扎起来，已觉香味扑鼻，连忙喝了两口，说："很好！"及至将汤喝完，两鬓额角已见汗，登时神清气爽，略略歇息，提笔一挥而就。宁妈妈见三公子写信不加思索，迅速之极，满心欢喜，说道："相公写完了，念与我听。"三公子说："是念不得的。恐被人窃听了去，走漏风声，那还了得。"

宁妈妈是个精明老练之人，不戴头巾的男子，惟恐书中有了舛错，自己到了县内是要吃眼前亏的。她便搭讪着，袖了书信，悄悄的拿到玉芝屋内，叫小姐看。小姐看了，不由暗暗欢喜，深服爹爹眼力不差，便把不是荣相公，却是包公子，他将名字颠倒瞒人耳目，以防被人陷害的话说了。"如今他这书上写着，奉相爷谕进京，不想行至松林，遭遇凶事，险些被害的情节。妈妈只管前去投递，是不妨事的。这书上还要县官的轿子接他呢。"婆子听了，乐的两手拍不到一块，急急来至书房，先见了三公子，请罪道："婆子实在不知是贵公子，多有简慢，望乞公子爷恕罪！"三公子说："妈妈悄言，千万不要声张！"宁婆道："公子爷放心。这院子内一个外人没有，再也没人听见。求公子将书信封妥，待婆子好去投递。"三公子这里封信，宁妈妈便出去了。

不多时，只见她打扮的齐整，虽无绫罗缎疋①，却也干净朴素。三公

① 疋(pǐ)——同"匹"。

子将书信递与她。她仿佛奉圣旨的一般,打开衫子,揣在贴身胸前拄腰子里。临行又向公子福了福,方才出门,竟奔平县而来。

刚进衙门,只见从班房里出来了一人,见了宁婆,道:“哟!老宁,你这个样怎么来了?别是又要找个主儿罢?”宁婆道:“你不要胡说。我问你,今儿个谁的班?”那人道:“今个是魏头儿。”一壁说着,叫道:“魏头儿,有人找你,这个可是熟人。”早见魏头出来。宁婆道:“原来是老舅该班呢吗。辛苦咧!没有什么说的,好兄弟,姐姐劳动劳动你。”魏头儿说:“又是什么事?昨日进监探老方,许了我们一个酒儿,还没给我喝呢。今日又怎么来了?”宁婆道:“口子大小总要缝,事情也要办。姐姐今儿来,特为此一封书信,可是要觌面见你们官府的。”魏头儿听了,道:“哎哟!你越闹越大咧。衙门里递书信,或者使得;我们官府,也是你轻易见得的?你别给我闹乱儿了。这可比不得昨日是私情儿。”宁婆道:“傻兄弟,姐姐是做什么的?当见的我才见呢,横竖不能叫你受热。”魏头儿道:“你只管这末说,我总有点不放心。倘或闹出乱子,那可不是玩的。”旁边有一人说:“老魏呀,你忒①胆小咧!她既这末说,想来有拿手,是当见的。你只管回去。老宁不是外人,回来可得喝你个酒儿。”宁婆道:“有咧,姐姐请你二人。”

说话间,魏头儿已回禀了出来,道:“走罢!官府叫你呢。”宁婆道:“老舅,你还得辛苦辛苦。这封信本人交与我时,叫我告诉衙内,不开中门不许投递。”魏头儿听了,将头一摇,手一摆,说:“你这可胡闹!为你这封信要开中门,你这不是搅么?”宁妈说:“你既不开,我就回去。”说罢,转身就走。魏头儿忙拦住,道:“你别走呀!如今已回明了,你若走了,官府岂不怪我?这是什么差事呢!你真这么着,我了不了呀!”宁婆见他着急,不由笑道:“好兄弟,你不要着急。你只管回去,你就说我说的,此事要紧,不是寻常书信,必须开中门方肯投递。管保官府见了此书不但不怪——巧咧,咱们姐们还有点彩头儿呢。”孙书吏在旁听宁婆之话有因,又知道她素日为人再不干荒唐事,就明白书信必有来历,是不能不依着他,便道:“魏头儿,再与她回禀一声,就说她是这末说的。”魏头儿无奈,复又进去,到了当堂。

---

① 忒(tuī)——太。

此时蒋、张、赵三位爷连包旺四个人,正与县官要主意呢。忽听差役回禀,有一婆子投书,依县官是免见。还是蒋爷机变,就怕是三公子的密信,便在旁说:"容她相见何妨。"去了半晌,差役回禀,又说:"那婆子要叫开中门方投此信,她说事有要紧。"县官闻听此言,不觉沉吟,料想必有关系,吩咐道:"就与她开中门,看她是何等书信。"差役应声开放中门,出来对宁婆道:"全是你缠不清。差一点我没吃上,快走罢!"宁婆不慌不忙,迈开半尺的花鞋,咯噔、咯噔进了中门,直上大堂,手中高举书信,来到堂前。县官见婆子毫无惧色,手擎书信,县官吩咐差役将书接上来。差役将要上前,只听婆子道:"此书须太爷亲接,有机密事在内,来人吩咐的明白。"县官闻听事有来历,也不问是谁,就站起来,出了公座,将书接过。婆子退在一旁。拆阅已毕,又是惊骇,又是欢悦。蒋平已然偷看明白,便向前道:"贵县理宜派轿前往。"县官道:"那是理当如此。"此时包旺已知有了公子的下落,就要跟随前往。赵虎也要跟,蒋爷拦住,道:"你我奉相谕,各有专司,比不得包旺,他是当去的,咱们还是在此等候便了。"赵虎道:"四哥说的有理,咱们就在此等罢。"差役、魏头儿听得明白,方才放心。只见宁婆道:"婆子回禀老爷,既叫婆子引路,他们轿夫腿快,如何跟的上?与其空轿抬着,莫若婆子坐上,又引了路,又不误事,又叫包公子看着,知是太爷敬公子之意。"县官见她是个正直稳实的老婆儿,即吩咐:"既如此,你即押轿前往。"

未识后文如何,下回分晓。

第五十三回

蒋义士二上翠云峰　展南侠初到陷空岛

且说县尹吩咐宁婆坐轿去接。那轿夫头儿悄悄说:"老宁呀,你太受用了。你坐过这个轿吗?"婆子说:"你夹着你那个嘴罢。就是这个轿子,告诉你说罢,姐姐连这回坐了三次了。"轿夫头儿听了也笑了,吩咐摘杆。宁婆迈进轿杆,身子往后一退,腰儿一哈,头儿一低,便坐上了。众轿夫俱各笑道:"瞧不起她,真有门儿。"宁婆道:"唔!你打量妈妈是个怯条子呢。孩子们给安上扶手,你们若走得好了,我还要赏你们稳轿钱呢。”此时包旺已然乘马,又派四名衙役跟随,簇拥着去了。

县官立刻升堂,将宋升带上,道他诬告良人,掌了十个嘴巴,逐出衙外。即吩咐带方善。方善上堂,太爷令去刑具,将话言明,又安慰了他几句。学究见县官如此看待,又想不到与贵公子联姻,心中快乐之极,满口应承:“见了公子,定当替老父台分解。”县官吩咐看座,大家俱各在公堂等候。

不多时,三公子来到,县官出迎,蒋、赵、张三位也都迎了出来。公子即要下轿,因是初愈,县官吩咐抬至当堂,蒋平等也俱参见。三公子下轿,彼此各有多少谦逊的言词。公子向方善又说了多少感激的话头。县官将公子让至书房,备办酒席,大家逊坐。三公子与方善上坐,蒋爷与张、赵左右相陪,县官坐了主位。包旺自有别人款待,饮酒叙话。县官道:“敝境出此恶事,幸将各犯拿获。惟邓九如虽说已死,尚有蹊跷,经派员前往山洼勘察,并无尸首下落,此事还须细查。相爷跟前,还望公子善言。”公子满口应承,却又托付照应方夫子并宁妈妈。惟有蒋平等因奉相谕访查韩彰之事,说明他三人还要到翠云峰探听探听,然后再与公子一同进京,就请公子暂在衙内将养。他等也不待席终,便先告辞去了。

这里方先生辞了公子,先回家看视女儿玉芝,又与宁妈妈道乏。他父女欢喜之至,自不必说。三公子处自有包旺精心服侍。县官除办公事有闲暇之时,必来与公子闲谈,一切周旋,自不必细表。

且说蒋平等三人复又来到翠云峰灵佑寺庙内,见了和尚,先打听韩二爷来了不曾。和尚说道:“三位来的不巧。韩二爷昨日就来与老母亲扫坟墓,今早就走了。”三人听了,不由的一怔。蒋爷道:“我二哥可曾提往哪里去么?”和尚说:“小僧已曾问过。韩爷说:‘丈夫以天地为家,焉有定踪。’信步行去,不知去向。”蒋爷听了,半晌,叹了一口气,道:“此事虽是我做的不好,然而皆因五弟而起,致令二哥飘蓬无定。如今闹的连一个居住之处也是无有,这便如何是好呢?”张龙说:“四兄不必为难,咱们且在这邻近左右访查访查,再做理会。”蒋平无奈,只得说道:“小弟还要到韩老伯母坟前看看,莫若一同前往。”说罢,三人离了灵佑寺,慢慢来到墓前,果见有新化的纸灰。蒋平对着荒丘,又叹息了一番,将身跪倒拜了四拜,真个是“乘兴而来,败兴而返”。赵虎说:“既找不着韩二哥,咱们还是早回平县为是。"蒋平道:"今日天气已晚,赶不及了,只好仍在庙中居住,明早回县便了。"三人复回至庙中,同住在云堂之内。次日即回平县而去。

你道韩爷果真走了么？他却仍在庙内,故意告诉和尚:"倘若他等找来,你就如此如此的答对他们。"他却在和尚屋内住了。偏偏此次赵虎务叫蒋爷在云堂居住,因此失了机会。不必细述。

且言蒋爷三人回到平县见了三公子,说明未遇韩彰,只得且回东京,定于明日同定三公子起身。县官仍用轿子送公子进京,已将旅店行李取来,派了四名衙役,却先到了方先生家叙了翁婿之情,言明到了开封禀明相爷,即行纳聘。又将宁妈妈请来道乏,那婆子乐个不了。然后大家方才动身,竟奔东京而来。

一日,来到京师,进城之时,蒋、张、赵三人一伸坐骑,先到了开封,进署见过相爷,先回明未遇韩彰,后言公子遇难之事,从头至尾,说了一遍。相爷叫他们俱各歇息去了。不多时,三公子来到,参见了包公。包公问他如何遇害。三公子又将已往情由,细述了一番。事虽凶险,包公见三公子面上毫不露遭凶逢险之态,惟独提到邓九如深加爱惜。包公察公子的神情气色,心地志向,甚是合心。公子又将方善被诬、情愿联姻、侄儿因受他大恩擅定姻盟的事,也说了一遍。包公疼爱公子,满应全在自己身上。三公子又赞"平县县官很为侄儿费心,不但备了轿子送来,又派了四名衙役护送"。包公听了,立刻吩咐赏随来的衙役轿夫银两,并写回信道乏道谢。

不几日间,平县将武平安、刘豸、刘獬一同解到。包公又审讯了一番,与原供相符,便将武平安也用狗头铡铡了,将刘豸、刘獬定了斩监候。此案结后,包公即派包兴赍了聘礼,即行接取方善父女,送到合肥县小包村,将玉芝小姐交付大夫人好生看待,候三公子考试之后,再行授室。自己具了禀帖,回明了太老爷太夫人、大兄嫂二兄嫂,联此婚姻,皆是自己的主意,并不提及三公子私定一节。三公子又叫包兴暗暗访查邓九如的下落。方老先生自到了包家村,独独与宁老先生合的来。包公又派人查买了一顷田,纹银百两,库缎四疋,赏给宁婆,以为养老之资。

且言蒋平自那日来到开封,到了公所,诸位英雄俱各见了,单单不见了南侠,心中就有些疑惑,连忙问道:"展大哥哪里去了?"卢方说:"三日前起了路引,上松江去了。"蒋爷听了着急,道:"这是谁叫展兄去的？大家为何不拦阻他呢?"公孙先生说:"劣兄拦至再三,展大哥断不依从。自己见了相爷,起了路引,他就走了。"蒋平听了跌足,道:"这又是小弟多说的不是了!"王朝问道:"如何是四弟多说的不是呢?"蒋平说:"大哥想前次小弟说的言语,叫展大哥等我等找了韩二哥回来做为内应,句句原是实话。不料展大哥错会了意,当做激他的言语,竟自一人前去。众位兄弟有所不知,我那五弟做事有些诡诈,展大哥此去若有差池,这岂不是小弟多说的不是了么?"王朝听了,便不言语。蒋平又说:"此次小弟没有找着二哥。昨在路上又想了个计较,原打算我与卢大哥、徐三哥,约会着展兄同到茉花村,找着双侠丁家二兄弟,大家商量个主意,找着老五,要了三宝,一同前来以了此案,不想展大哥竟自一人走了。此事倒要大费周折了。"公孙策说:"依四弟怎么样呢?"蒋爷道:"再无别的主意,只好我弟兄三人明日禀明相爷,且到茉花村,见机行事便了。"大家闻听,深以为然。这且不言。

原来南侠忍心耐性等了蒋平几天不见回来,自己暗想道:"蒋泽长说话带激,我若真个等他,显见我展某非他等不行。莫若回明恩相,起个路引,单人独骑前去。"于是展爷就回明此事,带了路引,来到松江府,投了文书,要见太守。太守连忙请到书房。展爷见这太守年纪不过三旬,旁边站一老管家。正与太守谈话时,忽见一个婆子把展爷看了看,便向老管家招手儿。管家退出,二人咬耳。管家点头后,便进来向太守耳边说了几句,回身退出。太守即请展爷到后面书房叙话。展爷不解何意,只得来到后面。刚然坐下,只见丫鬟仆妇簇拥着一位夫人,见了展爷,连忙纳头便拜,连太守等俱各跪下。展爷不知所措,连忙伏身还礼不迭,心中好生纳闷。忽听太守道:"恩公,我非别人,名唤田起元,贱内就是金玉仙,多蒙恩公搭救,脱离了大难,后因考试得中,即以外任擢用。不几年间,如今叨恩公福庇,已做太守,皆出于恩公所赐。"展爷听了,方才明白,即请夫人回避。连老管家田忠与妻杨氏俱各与展爷叩头,展爷并皆扶起。仍然到外书房,已备得酒席。

饮酒之间,田太守因问道:"恩公到陷空岛何事?"展爷便将奉命捉钦犯白玉堂,一一说明。田太守吃惊,道:"听得陷空岛道路崎岖,山势险恶,恩公一人如何去得?况白玉堂又是极有本领之人,他既归入山中,难免埋伏圈套,恩公须熟思之方好。"展爷道:"我与白玉堂虽无深交,却是道义相通,平素又无仇隙,见了他时,也不过以'义'字感化于他。他若省悟,同赴开封府了结此案,并不是谆谆①与他对垒,以死相拼的主意。”太守听了,略觉放心。展爷又道:“如今奉恳太守,倘得一人熟识路径,带我到卢家庄,足见厚情。”太守连连应允:“有,有。”即叫田忠将观察头领余彪唤来。不多时,余彪来到。见此人出五旬年纪,身量高大,参见了太守,又与展爷见了礼。便备办船只,约于初鼓起身。

展爷用毕饭,略为歇息,天已掌灯。急急扎束停当,别了太守,同余彪登舟,撑到卢家庄,到飞峰岭下将舟停住。展爷告诉余彪说:“你在此探听三日,如无音信,即刻回府禀告太守。候过旬日,我若不到,府中即刻详文到开封府便了。”余彪领命。

展爷弃舟上岭。此时已有二鼓,趁着月色来至卢家庄。只见一带高墙极其坚固,有个哨门是个大栅栏关闭,推了推却是锁着。折腰捡了一块石片,敲着栅栏,高声叫道:“里面有人么?”只听里面应道:“什么人?”展爷道:“俺姓展,特来拜访你家五员外。”里面说:“莫不是南侠称御猫、护卫展老爷么?”展爷道:“正是,你家员外可在家么?”里面的道:“在家,在家,等了展老爷好些日了。略为少待,容我禀报。”展爷在外呆等多时,总不见出来,一时性发,又敲又叫。忽听得从西边来了一个人,声音却是醉了的一般,嘟嘟囔囔道:“你是谁呀?半夜三更这末大呼小叫的,连点规矩也没有!你若等不得,你敢进来,算你是好的!”说罢,他却走了。

展爷不由的大怒,暗道:“可恶这些庄丁们,岂有此理!这明是白玉堂吩咐,故意激怒于我。谅他纵有埋伏,吾何惧哉!”想罢,将手扳住栅栏,一翻身两脚飘起,倒垂势用脚扣住,将手一松,身体卷起,斜刺里抓住墙头,两脚一拱上了墙头。往下窥看,却是平地。恐有埋伏,却又投石问了一问,方才转身落下,竟奔广梁大门而来。仔细看时,却是封锁,从门缝里观时,黑漆漆诸物莫睹。又到两旁房屋看了看,连个人影儿也无。只得复往西去,又见一个广梁大门,与这边的一样。上了台阶一看,双门大开,门沿底下天花板上高悬铁丝灯笼,上面有朱红的“大门”二字。迎面影壁上挂着一个绢灯,上写“迎祥”二字。展爷暗道:“姓白的必是在此了,待我进去看看如何?”一面迈步,一面留神,却用脚尖点地而行。转过影壁,早见垂花二门,迎面四扇屏风,上挂方角绢灯四个,也是红字“元”、“亨”、

① 谆(zhūn)谆——恳切。

“利”、“贞”。这二门又觉比外面高了些。展爷只得上了台阶，进了二门，仍是滑步而行。正中五间厅房却无灯光，只见东角门内隐隐透出亮儿来，不知是何所在。展爷即来到东角门内，又是台阶，比二门又觉高些。展爷猛然省悟，暗道：“是了，他这房子一层高似一层，竟是随山势盖的。”

上了台阶，往里一看，见东面一溜五间平台轩子，俱是灯烛辉煌，门却开在尽北头，展爷暗说：“这是什么样子？好好五间平台，如何不在正中间开门，在北间开门呢？可见山野与人家住房不同，只知任性，不论样式。”心中想着，早已来到游廊。到了北头，见开门处是一个子口风窗。将滑子拨开，往怀里一带，觉得甚紧，只听咯吱吱、咯吱吱乱响。开门时见迎面有桌，两边有椅，早见一人进里间屋去了，并且看见衣衿是松绿的花氅，展爷暗道：“这必是白老五，不肯见我，躲向里间去了。”连忙滑步跟入里间，掀起软帘，又见那人进了第三间，却露了半面，颇似玉堂形景。又有一个软帘相隔，展爷暗道：“到了此时，你纵然羞愧见我，难道你还跑的出这五间轩子去不成？”赶紧一步，已到门口，掀起软帘一看，这三间却是通柁，灯光照耀真切。见他背面而立，头戴武生巾，身穿花氅，露着藕色衬袍，足下官靴，俨然①白玉堂一般。展爷呼道：“五贤弟请了，何妨相见。”呼之不应，及至向前一拉，那人转过身来，却是一灯草做的假人。展爷说声：“不好！吾中计也！”

未知如何，下回分晓。

第五十四回

通天窟南侠逢郭老　芦花荡北岸获胡奇

且说展爷见了是假人，已知中计，才待转身，哪知早将锁簧踏着，登翻了木板，落将下去。只听一阵锣声乱响，外面众人嚷道：“得咧！得咧！”原来木板之下，半空中悬着一个皮兜子，四面皆是活套。只是掉在里面往下一沉，四面的网套儿往下一拢，有一根大绒绳总结扣住，再也不能挣扎。

① 俨（yǎn）然——形容很像。

原来五间轩子犹如楼房一般，早有人从下面东明儿开了槅扇，进来无数庄丁将绒绳系下，先把宝剑摘下来，后把展爷捆缚住了。捆缚之时，说了无数的刻薄挖苦话儿。展爷到了此时，只好置若罔闻①，一言不发。又听有个庄丁说："咱们员外同客饮酒，正入醉乡。此时天有三鼓，暂且不必回禀，且把他押在通天窟内收起来。我先去找着何头儿，将这宝剑交明，然后再去回话。"说罢，推推拥拥的往南而去。走不多时，只见有个石门，却是由山根开錾②出来的，虽是双门，却是一扇活的，那一扇是随石的假门，假门上有个大铜环。庄丁上前用力把铜环一拉，上面有消息将那扇活门撑开，刚刚进去一人，便把展爷推进去。庄丁一松手，铜环往回里一拽，那扇门就关上了。此门非从外面拉环，是再不能开的。展爷到了里面，觉得冷森森一股寒气侵人，原来里面是个嘎嘎形儿，全无抓手，用油灰抹亮，惟独当中却有一缝，望时可以见天。展爷明白叫通天窟。借着天光，又见有一小横匾，上写"气死猫"三个红字，匾是粉白地的。展爷到了此时，不觉长叹一声，道："哎！我展熊飞枉自受了朝廷的四品护卫之职，不想今日误中奸谋，被擒在此。"

刚然说完，只听有人叫"苦"，把个展爷倒吓了一跳，忙问道："你是何人？快说。"那人道："小人姓郭名彰，乃镇江人氏。只因带了女儿上瓜州投亲，不想在渡船遇见头领胡烈，将我父女抢至庄上，欲要将我女儿与什么五员外为妻。我说我女儿已有人家，今到瓜州投亲就是为完成此事。谁知胡烈听了，登时翻脸，说小人不识抬举，就把我捆起来，监禁在此。"展爷听罢，气冲牛斗，一声怪叫道："好白玉堂呀！你作的好事，你还称什么义士！你只是绿林③强寇一般。我展熊飞倘能出此陷阱，我与你誓不两立！"郭彰又问了问展爷因何至此，展爷便说了一遍。

忽听外面嚷道："带刺客！带刺客！员外立等。"此时已交四鼓。早见嘫噜噜石门已开。展爷正要见白玉堂，述他罪恶，替郭老辨冤，急忙出来，问道："你们员外可是白玉堂？我正要见他！"气忿忿的迈开大步，跟庄丁来至厅房以内。见灯烛光明，迎面设着酒筵，上面坐一人白面微须，

① 置若罔闻——放在一边不管，好像没听见一样。

② 开錾(zàn)——在砖石上开凿。

③ 绿(lù)林——泛指聚集山林间的反抗官府或抢劫财物的集团。

却是白面判官柳青，旁边陪坐的正是白玉堂。他明知展爷已到，故意的大言不惭，谈笑自若。

展爷见此光景，如何按纳得住，双眼一瞪，一声吆喝道："白玉堂！你将俺展某获住，便要怎么？讲！"白玉堂方才回过头来，佯①作吃惊，道："嗳呀！原来是展兄。手下人如何回我说是刺客呢？实在不知。"连忙过来，亲解其缚，又谢罪道："小弟实实不知展兄驾到，只说擒住刺客。不料却是'御猫'，真是意想不到之事！"又向柳青道："柳兄不认得么？此位便是南侠展熊飞，现授四品护卫之职，好本领，好剑法，天子亲赐封号'御猫'的便是。"展爷听了冷笑，道："可见山野的绿林，无知的草寇，不知法纪。你非君上，也非官长，何敢妄言'刺客'二字，说的无伦无理。这也不用苛责于你。但只是我展某今日误堕于你等小巧奸术之中，遭擒被获。可惜我展某时乖运蹇，未能遇害于光明磊落之场，竟自葬送在山贼强徒之手，乃展某之大不幸也！"白玉堂听了此言，心中以为展爷是气忿的话头，他却嘻嘻笑道："小弟白玉堂行侠尚义，从不打劫抢掠，展兄何故口口声声呼小弟为山贼盗寇？此言太过，小弟实实不解。"展爷恶唾一口，道："你此话哄谁！既不打劫抢掠，为何将郭老儿父女抢来，硬要霸占人家有婿之女？那老儿不允，你便把他囚禁在通天窟内。似此行为，非强寇而何？还敢大言不惭，说'侠义'二字，岂不令人活活羞死，活活笑死！"玉堂听了，惊骇非常，道："展兄，此事从何说起？"展爷便将在通天窟遇郭老的话，说了一遍。白玉堂道："既有胡烈，此事便好办了。展兄请坐，待小弟立剖此事。"急令人将郭彰带来。

不多时，郭彰带到，伴当对他指着白玉堂，道："这是我家五员外。"郭老连忙跪倒，向上叩头，口称："大王爷爷，饶命呀，饶命！"展爷在旁听了呼他大王，不由哈哈大笑，忿恨难当。白玉堂却笑着，道："那老儿不要害怕，我非山贼盗寇，不是什么大王寨主。"伴当在旁道："你称呼员外。"郭老道："员外在上，听小老儿诉禀。"便将带领女儿上瓜州投亲，被胡烈截住为给员外提亲，因未允将小老儿囚禁在山洞之内，细细说了一遍。玉堂道："你女儿现在何处？"郭彰道："听胡烈说，将我女儿交在后面去，不知是何去处。"白玉堂立刻叫伴当近前，道："你去将胡烈好好唤来，不许提

① 佯(yáng)——假装。

郭老者之事。倘有泄露,立追狗命!”伴当答应,即时奉命去了。

少时,同胡烈到来。胡烈面有得色,参见已毕。白玉堂已将郭老带在一边,笑容满面,道:“胡头儿,你连日辛苦了!这几日船上可有什么事情没有?”胡烈道:“并无别事。小人正要回禀员外,只因昨日有父女二人乘舟过渡,小人见他女儿颇有姿色,却与员外年纪相仿。小人见员外无家室,意欲将此女留下与员外成其美事,不知员外意下如何?”说罢,满面忻然①,似乎得意。白玉堂听了胡烈一片言语,并不动气,反倒哈哈大笑,道:“不想胡头儿你竟为我如此挂心。但只一件,你来的不多日期,如何深得我心呢?”

原来胡烈他是弟兄两个,兄弟名叫胡奇,皆是柳青新近荐过来的。只听胡烈道:“小人既来伺候员外,必当尽心报效;倘若不秉天良,还敢望员外疼爱?”胡烈说至此,以为必合了玉堂之心。他哪知玉堂狠毒至甚,耐着性儿,道:“好,好!真正难为你。此事可是我素来有这个意呀?还是别人告诉你的呢?还是你自己的主意呢?”胡烈此时惟恐别人争功,连忙道:“是小人自己巴结,一团美意,不用员外吩咐,也无别人告诉。”白玉堂回头向展爷道:“展兄可听明白了?”展爷已知胡烈所为,便不言语了。

白玉堂又问:“此女现在何处?”胡烈道:“已交小人妻子好生看待。”白玉堂道:“很好。”喜笑颜开,凑到胡烈跟前,冷不防用了个冲天炮泰山势,将胡烈踢倒,急掣宝剑,将胡烈左膀砍伤,疼的个胡烈满地打滚。上面柳青看了,白脸上青一块、红一块,心中好生难受,又不敢劝解,又不敢拦阻。只听白玉堂吩咐伴当:“将胡烈搭下去,明日交松江府办理。”立刻唤伴当到后面将郭老女儿增娇,叫丫鬟领至厅上,当面交与郭彰。又问他:“还有什么东西?”郭彰道:“还有两个棕箱。”白爷连忙命人即刻抬来,叫他当面点明。郭彰道:“钥匙现在小老儿身上,箱子是不用检点的。”白爷叫伴当取了二十两银子赏了郭老,又派了头领何寿带领水手二名,“用妥船将他父女二人连夜送到瓜州,不可有误。”郭彰千恩万谢而去。

此时已交五鼓,这里白爷笑盈盈地道:“展兄,此事若非兄台被擒在山窟之内,小弟如何知道胡烈所为,险些儿坏了小弟名头。但小弟的私事已结,只是展兄的官事如何呢?展兄此来必是奉相谕叫小弟跟随入都,但是我白某就这样随了兄台去么?”展爷道:“依你便怎么样呢?”玉堂道:

① 忻(xīn)然——“忻”同“欣”,高兴的样子。

“也无别的。小弟既将三宝盗来,如今展兄必须将三宝盗去。倘能如此,小弟甘拜下风,情愿跟随展兄上开封府去;如不能时,展兄也就不必再上陷空岛了。”此话说至此,明露着叫展爷从此后隐姓埋名,再也不必上开封府了。展爷听了,连声道:“很好,很好。我须要问明,在于何日盗宝?”白玉堂道:“日期近了,少了,显得为难展兄。如今定下十日限期,过了十日,展兄只可悄地回开封府罢。”展爷道:“谁与你斗口。俺展熊飞只定于三日内就要得回三宝,那时不要改口。”玉堂道:“如此很好。若要改口,岂是丈夫所为。”说罢,彼此击掌。白爷又叫伴当将展爷送到通天窟内。可怜南侠被禁在山洞之内,手中又无利刃,如何能够脱此陷阱。暂且不表。

再说郭彰父女跟随何寿来到船舱之内,何寿坐在船头顺流而下。郭彰悄悄向女儿增娇道:“你被掠之后,在于何处?”增娇道:“是姓胡的将女儿交与他妻子,看承的颇好。”又问:“爹爹如何见的大王,就能够释放呢?”郭老便说起在山洞内遇见开封府护卫展老爷号御猫的,“多亏他见了员外,也不知是什么大王,分析明白,才得释放”。增娇听了,感念展爷之至。正在谈论之际,忽听后面声言:“头里船不要走了,五员外还有话说呢,快些拢住呀!”何寿听了,有些迟疑,道:“方才员外吩咐明白了,如何又有话说呢?难道此时反悔了不成?若真如此,不但对不过姓展的,连姓柳的也对不住了;慢说他等,就是我何寿,以后也就瞧不起他了。”

只见那只船弩箭一般,及至切近,见一人噗的一声,跳上船来,趁着月色看时,却是胡奇,手持利刃,怒目横眉,道:“何头儿且将他父女留下,俺要替哥哥报仇。”何寿道:“胡二哥此言差矣。此事原是令兄不是,与他父女何干!再者我奉员外之命送他父女,如何私自留下与你?有什么话,你找员外去,莫要耽延我的事体。”胡奇听了,一瞪眼,一声怪叫道:“何寿!你敢不与我留下么?”何寿道:“不留便怎么样?”胡奇举起朴刀,就砍将下来。何寿却未防备,不曾带得利刃,一哈腰提起一块船板,将刀迎住。此时郭彰父女在舱内叠叠连声喊叫:“救人呀,救人!”胡奇与何寿动手,究竟跳板轮转太夯①,何寿看看不敌,可巧脚下一跐,就势落下水去。两个水手一见,噗咚、噗咚也跳在水内。胡奇满心得意,郭彰五内②着急。

---

① 夯(bèn)——同“笨”。

② 五内——五脏。

忽见上流头赶下一只快船,上有五六个人,已离此船不远,声声喝道:"你这厮不知规矩!俺这芦花荡从不害人。你是晚生后辈呀,如何擅敢害人,坏人名头?俺来也!你往哪里跑?"将身一纵,要跳过船来。不想船离过远,脚刚踏着船边,胡奇用朴刀一搠,那人将身一闪,只听噗咚一声,也落下水去。船已临近,上面嗖、嗖、嗖跳过三人,将胡奇裹住,各举兵刃。好胡奇!力敌三人,全无惧怯。谁知那个先落水的,探出头来偷看热闹。见三个伙伴逼住胡奇,看看离自己不远,他却用两手把胡奇的踝子骨揪住,往下一拢,只听噗咚掉在水内。那人却提定两脚不放,忙用篙钩搭住,拽上船来捆好,头向下,脚朝上,且自控水。众人七手八脚,连郭彰父女船只驾起,竟奔芦花荡而来。

原来此船乃丁家夜巡船,因听见有人呼救,急急向前,不料拿住胡奇,救了郭老父女。赶至泊岸,胡奇已醒,虽然喝了两口水,无甚要紧。大家将他扶在岸上,推拥进庄。又差一个年老之人背定郭增娇,差个少年有力的背了郭彰,一同到了茉花村,先差人通报大官人、二官人去。

此时天有五鼓之半。这也是兆兰、兆蕙素日吩咐的,倘有紧急之事,无论三更半夜,只管通报,决不嗔怪。今日弟兄二人听见拿住个私行劫掠谋害人命的,却在南荡境内,幸喜擒来,救了二人,连忙来到待客厅上。先把郭增娇交在小姐月华处,然后将郭彰带上来,细细追问情由。又将胡奇来历问明,方知他是新近来的,怨得不知规矩则例。正在讯问间,忽见丫鬟进来,道:"太太叫二位官人呢。"

不知丁母为着何事,下回分晓。

第五十五回

透消息遭困螺蛳轩　设计谋夜投蚯蚓岭

且说丁家弟兄听见丁母叫他二人说话,大爷道:"原叫将此女交在妹子处,惟恐夜深惊动老人家,为何太太却知道了呢?"二爷道:"不用猜疑,咱弟兄进去,便知分晓了。"弟兄二人往后而来。

原来郭增娇来到月华小姐处,众丫鬟围着她问。郭增娇便说起如何被掠，如何遭逢姓展的搭救。刚说到此，跟小姐的亲近丫鬟，就追问起姓展的是何等样人。郭增娇道："听说是什么御猫儿，现在也被擒困住了。"丫鬟听到展爷被擒，就告诉了小姐。小姐暗暗吃惊，就叫她悄悄回太太去，自己带了郭增娇来到太太房内。太太又细细的问了一番，暗自思道："展姑爷既来到松江，为何不到茉花村，反往陷空岛去呢？或者是兆兰、兆蕙明知此事，却暗暗的瞒着老身不成。"想到此，疼女婿的心盛，立刻叫他二人。

及至兆兰二人来到太太房中，见小姐躲出去了，丁母面上有些怒色，问道："你妹夫展熊飞来到松江，如今已被人擒获，你二人可知道么？"兆兰道："孩儿等实实不知。只因方才问那老头儿，方知展兄早已在陷空岛呢。他其实并未上茉花村来，孩儿等再不敢撒谎的。"丁母道："我也不管你们知道不知道。哪怕你们上陷空岛跪门去呢，我只要我的好好女婿便了。我算是将姓展的交给你二人了，倘有差池，我是不依的。"兆蕙道："孩儿与哥哥明日急急访查就是了，请母亲安歇罢。"二人连忙退出。

大爷道："此事太太如何知道的这般快呢？"二爷道："这明是妹子听了那女子言语，赶着回太太。此事全是妹子撺掇的。不然，见了咱们进去，如何却躲开了呢？"大爷听了，倒笑起来了。二人来到厅上，即派妥当伴当四名，另备船只，将棕箱抬过来，护送郭彰父女上瓜州，"务要送到本处，叫他亲笔写回信来。"郭彰父女千恩万谢的去了。

此时天已黎明。大爷便向二爷商议，以送胡奇为名，暗暗探访南侠的消息。丁二爷深以为然。次日，便备了船只，带上两个伴当，押着胡奇并原来的船只，来到卢家庄内。早有人通知白玉堂。白玉堂已得了何寿从水内回庄，说胡奇替兄报仇之信；后又听说胡奇被北荡的人拿去，将郭彰父女救了，料定茉花村必有人前来。如今听说丁大官人亲送胡奇而来，心中早已明白，是为南侠，不是专门的为胡奇。略为忖度，便有了主意，连忙迎出门来，各道寒暄，执手让到厅房，又与柳青彼此见了。丁大爷先将胡奇交代。白玉堂自认失察之罪，又谢兆兰护送之情，谦逊了半晌，大家就座。便吩咐将胡奇、胡烈一同送往松江府究治，即留丁大爷饮酒畅叙。兆兰言语谨慎，毫不露于形色。

酒至半酣，丁大爷问起："五弟一向在东京，作何行止？"白玉堂便夸张起来：如何寄柬留刀，如何忠烈祠题诗，如何万寿山杀命，又如何搅扰庞太师误杀二妾，渐渐说到盗三宝回庄。"不想目下展熊飞自投罗网，已被擒获。我念他是个侠义之人，以礼相待。谁知姓展的不懂交情，是我一怒，将他一刀……"刚说到此，只听丁大爷不由的失声道："哎哟！"虽然哎哟出来，却连忙收神，改口道："贤弟，你此事却闹大了。岂不知姓展的乃朝廷的命官，现奉相爷包公之命前来？你若真要伤了他的性命，便是背叛，怎肯与你甘休？事体不妥，此事岂不是你闹大了么？"白玉堂笑吟吟地道："别说朝廷不肯甘休，包相爷那里不依；就是丁兄昆仲，大约也不肯与小弟甘休罢！小弟虽然糊涂，也不至到如此田地，方才之言特取笑耳。小弟已将展兄好好看承，候过几日，小弟将展兄交付仁兄便了。"丁大爷原是个厚道之人，吃白玉堂这一番奚落，也就无话可说了。

白玉堂却将丁大爷暗暗拘留在螺蛳轩内，左旋右转，再也不能出来。兆兰却也无可如何，又打听不出展爷在于何处，整整的闷了一天。到了掌灯之后，将有初鼓，只见一老仆从轩后不知从何处过来，带领着小主约有八九岁，长的方面大耳，面庞儿颇似卢方。那老仆向前参见了丁大爷，又对小主说道："此位便是茉花村丁大员外，小主上前拜见。"只见这小孩子深深打了一恭，口称："丁叔父在上，侄儿卢珍拜见。奉母亲之命，特来与叔父送信。"丁兆兰已知是卢方之子，连忙还礼，便问老仆道："你主仆到此何事？"老仆道："小人名叫焦能。只因奉主母之命，惟恐员外不信，特命小主跟来。我的主母说道：'自从五员外回庄以后，每日不过早间进内请安一次，并不面见，惟有传话而已。所有内外之事，任意而为，毫无商酌。'我家主母也不计较于他。谁知上次五员外把护卫展老爷拘留在通天窟内，今闻得又把大员外拘留在螺蛳轩内。此处非本庄人不能出入，恐怕耽误日期，有伤护卫展老爷，故此特派小人送信。大员外须急急写信，小人即刻送到茉花村，交付二员外，早为计较方好。"又叫卢珍道："家母多多拜上丁叔父。此事须要找着我爹爹，大家共同计议，方才妥当。叫侄儿告诉叔父，千万不可迟疑，愈速愈妙。"丁大爷连连答应，立刻修起书来，交给焦能，连夜赶到茉花村投递。焦能道："小人须打听五员外安歇了，抽空方好到茉花村去。不然，恐五员外犯疑。"丁大爷点头，道："既如此，随你的便罢了。"又对卢珍道："贤侄回去，替我给母亲请安。就说一切事体，我已尽知，是必赶紧办理，再也不能耽延，勿庸挂念。"卢珍连连答应，同定焦能，转向后面，绕了几个蜗角，便不见了。

且说兆蕙在家,直等了哥哥一天不见回来。到掌灯后,却见跟去的两个伴当回来,说道:“大员外被白五爷留住了,要盘桓几日方回来。再者大员外悄悄告诉小人说:‘展姑爷尚然不知下落,须要细细访查。’叫告诉二员外,太太跟前就说展爷在卢家庄颇好,并没什么大事。”丁二爷听了,点了点头,道:“是了,我知道了。你们歇着去罢。”两个伴当去后,二爷细揣此事,好生的游疑,这一夜何曾合眼。

天未黎明,忽见庄丁进来报道:“今有卢家庄一个老仆名叫焦能,说给咱们大员外送信来了。”二爷道:“将他带进来。”不多时,焦能进来,参见已毕,将丁大爷的书信呈上。二爷先看书皮,却是哥哥的亲笔;然后开看,方知白玉堂将自己的哥哥拘留在螺蛳轩内,不由的气闷。心中一转,又恐其中有诈,复又生起疑来:“别是他将我哥哥拘留住了,又来诓我来了罢?”

正在胡思,忽又见庄丁跑进来,报道:“今有卢员外、徐员外、蒋员外俱各由东京而来,特来拜望,务祈一见。”二爷连声道:“快请。”自己也就迎了出来。彼此相见,各叙阔别之情,让到客厅。焦能早已上前参见。卢方便问道:“你如何在此?”焦能将投书前来,一一回明。二爷又将救了郭彰父女,方知展兄在陷空岛被擒的话,说了一遍。卢方刚要开言,只听蒋平说道:“此事只好众位哥哥们辛苦辛苦,小弟是要告病的。”二爷道:“四哥何出此言?”蒋平道:“咱们且到厅上再说。”

大家也不谦逊,卢方在前,依次来到厅上,归座献茶毕。蒋平道:“不是小弟推诿,一来五弟与我不对劲儿,我要露了面,反为不美;二来我这几日肚腹不调,多半是痢疾,一路上大哥、三哥尽知。慢说我不当露面,就是众哥哥们去也是暗暗去,不可叫老五知道。不过设着法子,救出展兄,取了三宝。至于老五不定拿的住他拿不住他,不定他归服不归服。巧咧,他见事体不妥,他还会上开封府自行投首呢。要是那末一行,不但展大哥没趣儿,就是大家都对不起相爷。那才是一网打尽,把咱们全着吃了呢。”二爷道:“四哥说的不差,五弟的脾气竟是有的。”徐庆道:“他若真要如此,叫他先吃我一顿好拳头。”二爷笑道:“三哥又来了,你也要摸得着五弟呀!”卢方道:“似此如之奈何?”蒋平道:“小弟虽不去,真个的连个主意也不出么?此事全在丁二弟身上。”二爷道:“四哥派小弟差使,小弟焉敢违命。只是陷空岛的路径不熟,可怎么样呢?”蒋平道:“这倒不妨。现有焦能在此，先叫他回去，省得叫老五设疑。叫他于二鼓时在蚯蚓岭接待丁二弟，指引路径如何？”二爷道：“如此甚妙。但不知派我什么差使？”蒋平道：“二弟，你比大哥、三哥灵便，沉重就得你担。第一先救展大哥，其次取回三宝。你便同展大哥在五义厅的东竹林等候，大哥、三哥在五义厅的西竹林等候，彼此会了齐，一拥而入。那时五弟也就难以脱身了。”大家听了，俱各欢喜。先打发焦能立刻回去，叫他知会丁大爷放心，务于二更时在蚯蚓岭等候丁二爷，不可有误。焦能领命去了。

这里众人饮酒吃饭，也有闲谈的，也有歇息的。惟有蒋平攒眉挤眼的，说肚腹不快，连酒饭也未曾好生吃。看看天色已晚，大家饱餐一顿，俱各装束起来。卢大爷、徐三爷先行去了。丁二爷吩咐伴当：“务要精心伺候四老爷，倘有不到之处，我要重责的。”蒋平道：“丁二贤弟只管放心前去。劣兄偶染微疾，不过歇息两天就好了，贤弟治事要紧。”

丁二爷约有初更之后，别了蒋平，来到泊岸，驾起小舟，竟奔蚯蚓岭而来。到了临期，辨了方向，与焦能所说无异。立刻弃舟上岭，叫水手将小船放到芦苇深处等候。兆蕙上得岭来，见蚰蜒小路，崎岖难行，好容易上到高峰之处，却不见焦能在此。二爷心下纳闷，暗道：“此时已有二更，焦能如何不来呢？”就在平坦之地，趁着月色往前面一望，便见碧澄澄一片清波，光华荡漾，不觉诧异，道：“原来此处还有如此的大水！”再细看时，汹涌异常，竟自无路可通，心中又是着急，又是懊悔，道：“早知此处有水，就不该在此约会，理当乘舟而入。又不见焦能，难道他们另有什么诡计么？”

正在胡思乱想，忽见顺流而下，有一人竟奔前来。丁二爷留神一看，早听见那人道：“二员外早来了么？恕老奴来迟。”兆蕙道：“来的可是焦管家么？”彼此相迎，来至一处。兆蕙道：“你如何踏水前来？”焦能道：“哪里的水？”丁二爷道：“这一带汪洋，岂不是水？”焦能笑道：“二员外看差了，前面乃青石潭，此是我们员外随着天然势修成的。慢说夜间看着是水，就是白昼之间远远望去，也是一片大水。但凡不知道的，早已绕着路往别处去了。惟独本庄俱各知道，只管前进，极其平坦，全是一片一片青石砌成。二爷请看，凡有波浪处全有石纹，这也是一半天然，一半人力凑成的景致，故取名叫做青石潭。”说话是，已然步下岭来。到了潭边，丁二爷慢步试探而行，果然平坦无疑，心下暗暗称奇，口内连说：“有趣，有趣。”又听焦能道:“过了青石潭,那边有个立峰石,穿过松林,便是上五义厅的正路。此路比进庄门近多了,员外记明白了。老奴也就要告退了,省得俺家五爷犯想生疑。”兆蕙道:“有劳管家指引,请治事罢。”只见焦能往斜刺里小路而去。

丁二爷放心前进,果见前面有个立峰石。过了石峰,但见松柏参天,黑黯黯的一望无际,隐隐的见东北一点灯光,嗯悠、嗯悠而来。转眼间,又见正西一点灯光也奔这条路来。丁二爷便测度必是巡更人,暗是隐在树后,正在两灯对面。忽听东北来的说道:“六哥,你此时往哪里去?”又听正西来的道:“什么差使呢,冤不冤咧,弄了个姓展的关在通天窟内。员外说李三一天一天的醉而不醒、醒而不醉的,不放心,偏偏的派了我帮着他看守。方才员外派人送了一桌菜、一坛酒给姓展的。我想他一个人也吃不了这些,也喝不了这些。我合李三儿商量商量,莫若给姓展的送进一半去,咱们留一半受用。谁知那姓展的不知好歹,他说菜是剩的,酒是浑的,坛子也摔了,盘子碗也砸了,还骂了个河涸①海干。老七,你说可气不可气?因此我叫李三儿看着,他又醉的不能动了,只得我回员外一声儿。这个差使,我真干不来。别的罢了,这个骂,我真不能答应。老七,你这时候往哪里去?”那东北来的道:“六哥,再休提起。如今咱们五员外也不知是什么咧。你才说弄了个姓展的,我还没细打听呢。我们那里还有个姓柳的呢,如今又添上茉花村的丁大爷,天天一块吃喝,吃喝完了把他们送往咱们那个瞒心昧己的窟儿里一关,也不叫人家出来,又不叫人家走,仿佛怕泄了什么天机似的。六哥,你说咱们五员外脾气儿改的还了得么?目下又合姓柳的、姓丁的喝呢。偏偏那姓柳的要瞧什么‘三宝’,故此我奉员外之命特上连环窟去。六哥,你不用抱怨了,此时差使,只好当到那儿是那儿罢。等着咱们大员外来了,再说罢。”正西的道:“可不是这么呢,只好混罢咧。”说罢,二人各执灯笼,分手散去。

不知他二人是谁,且听下回分解。

---

① 河涸(hé)——河水干涸。

第五十六回

救妹夫巧离通天窟　获三宝惊走白玉堂

且说那正西来的姓姚行六,外号儿摇晃山;那正东北来的姓费行七,外号儿叫爬山蛇。他二人路上说话,不提防树后有人窃听。姚六走的远了;这里费七被丁二爷追上,从后面一伸手将脖项掐住,按倒在地,道:“费七,你可认得我么?”费七细细一看,道:“丁二爷,为何将小人擒住?”丁二爷道:“我且问你,通天窟在于何处?”费七道:“从此往西去不远,往南一稍头,便看见随山势的石门,那就是通天窟。”二爷道:“既如此,我合你借宗东西,将你的衣服腰牌借我一用。”费七连忙从腰间递过腰牌,道:“二员外,你老让我起来,我好脱衣裳呀。”丁二爷将他一提,拢住发绺,道:“快脱。”费七无奈,将衣裳脱下。丁二爷拿了他的搭包,又将他拉到背眼的去处,拣了一棵合抱的松树,叫他将树抱住,就用搭包捆缚结实。费七暗暗着急,道:“不好!我别要栽了罢。”忽听丁二爷道:“张开口。”早把一块衣襟塞住,道:“小子,你在此等到天亮,横竖有人前来救你。”费七哼了一声,口中不能说,心里却道:“好德行!亏了这个天不甚凉,要是冷天,饶冻死了,别人远远的瞧着,拿着我还当做旱魃①呢。”

丁二爷此时已将腰牌掖起,披了衣服,竟奔通天窟而来。果然随山石门,那边又有草团瓢三间。已听见有人唱:“有一个柳迎春哪,他在那个井呵,井呵唔边哪,汲亦汲亦水哟!”丁二爷高声叫道:“李三哥,李三哥。”只听醉李道:“谁呀?让我把这个巧腔儿唱完了呵。”早见他趔趄趔趄地出来,将二爷一看,道:“嗳呀!少会呀,尊驾是谁呀?”二爷道:“我姓费行七,是五员外新挑来的。”说话间,已将腰牌取出,给他看了。醉李道:“老七,休怪哥哥说,你这个小模样子伺候五员外,叫哥哥有点不放心呀。”丁二爷连忙喝道:“休得胡说!我奉员外之命,因姚六回了员外,说姓展的挑眼将酒饭摔砸了,员外不信,叫我将姓展的带去,与姚六质对质对。”醉

① 旱魃(bá)——传说中引起旱灾的怪物。

李听了，道："好兄弟，你快将这姓展的带了去罢！他没有一顿不闹的，把姚六骂的不吐核儿，却没有骂我。什么缘故呢？我是不敢上前的。再者那个门我也拉不动他。"丁二爷道："员外立等，你不开门，怎么样呢？"醉李道："七兄弟，劳你的驾罢！你把这边假门的铜环拿住了，往怀里一带，那边的活门就开了。哥哥喝醉了，哪里有这样的力气呢？你拉门，哥哥叫姓展的，好不好？"丁二爷道："既是如此……"上前拢住铜环，往怀里一拉，轻轻的门就开了。醉李道："老七，好兄弟！你的手头儿可以。怨得五员外把你挑上呢。"他又扒着石门，道："展老爷，展老爷，我们员外请你老呢。"只见里面出来一人，道："夤夜之间，你们员外又请我作什么？难道我怕他有什么埋伏么？快走，快走！"

丁二爷见展爷出来，将手一松，那石门已然关闭。向前引路，走不多远，便煞住脚步，悄悄地道："展兄可认得小弟么？"展爷猛然听见，方细细留神，认出是兆蕙，不胜欢喜，道："贤弟从何而来？"二爷便将众兄弟俱各来了的话说了。又见迎面有灯光来了，他二人急闪入林后，见二人抬定一坛酒，前面是姚六，口中抱怨，道："真真的咱们员外，也不知是安着什么心。好酒好菜的供养着他，还讨不出好来。也没见这姓展的太不知好歹，成日家骂不绝口。"

刚说到此，恰恰离丁二爷不远。二爷暗暗将脚一钩，姚六往前一扑，口中哎呀道："不好！"咕咚——咔嚓——噗哧。咕咚，是姚六爬下了；咔嚓，是酒坛子砸了；噗哧，是后面的人躺在撒的酒上了。丁二爷已将姚六按住，展爷早把那人提起。姚六认得丁二爷，道："二员外，不干小人之事。"又见揪住那人的是展爷，连忙央告，道："展老爷，也没有他的事情。求二位爷饶恕。"展爷道："你等不要害怕，断不伤害你等。"二爷道："虽然如此，却放不得他们。"于是将他二人也捆缚在树上，塞住了口。

然后展爷与丁二爷悄悄来到五义厅东竹林内，听见白玉堂又派了亲信伴当白福，快到连环窟催取三宝。展爷便悄悄地跟了白福而来。到了竹林冲要之地，展爷便煞住脚步，竟等截取三宝。不多时，只见白福提着灯笼，托着包袱，嘴里哼哼着唱《滦州影》。他可一壁唱着，一壁回头往后瞧。越唱越瞧的利害，心中有些害怕，觉得身后呲拉、呲拉的响。将灯往身后一照，仔细一看，却是枳荆扎在衣襟之上，口中嘟囔道："我说是什么响呢？怪害怕的。原来是他呀！"连忙撂下灯笼，放下包袱，回身摘去枳荆。转脸儿一看,灯笼灭了,包袱也不见了。这一惊非小,刚要找寻,早有人从背后抓住,道:“白福,你可认得我么?”白福仔细看时,却是展爷,连忙央告,道:“展老爷,小人白福不敢得罪你老,这是何苦呢?”展爷道:“好小子,你放心,我断不伤害于你。你须在此歇息歇息,再去不迟。”说话间,已将他双手背剪。白福道:“怎么?我这么歇息么!”展爷道:“你这么着不舒服,莫若爬下。”将他两腿往后一撩,手却往前一按。白福如何站得住,早已爬伏在地。展爷见旁边有一块石头,端起来,道:“我与你盖上些儿,看夜静了着了凉。”白福嗳呀道:“展老爷,这个被儿太沉!小人不冷,不劳展老爷疼爱我。”展爷道:“动一动我瞧瞧,如若嫌轻,我再给你盖上一个。”白福忙接言道:“展老爷,小人就只盖一个被的命;若要再盖上一块,小人就折受死了。”展爷料他也不能动了,便奔树根之下来取包袱,谁知包袱却不见了。展爷吃这一惊,可也不小。

正在诧异间,只见那边人形儿一晃,展爷赶步上前。只听噗哧一声,那人笑了。展爷倒吓了一跳,忙问道:“谁?”一壁问,一壁看,原来是三爷徐庆。展爷便问:“三弟几时来的?”徐爷道:“小弟见展兄跟下他来,惟恐三宝有失,特来帮扶。不想展兄只顾给白福盖被,却把包袱抛露在此。若非小弟收藏,这包袱又不知落于何人之手了。”说话间,便从那边一块石下将包袱掏出,递给展爷。展爷道:“三弟如何知道此石之下,可以藏得包袱呢?”徐爷说:“告诉大哥说,我把这陷空岛大小去处,凡有石块之处或通或塞,别人皆不能知,小弟没有不知道的。”展爷点头道:“三弟真不愧穿山鼠了。”

二人离了松林,竟奔五义厅而来。只见大厅之上中间桌上设着酒席,丁大爷坐在上首,柳青坐在东边,白玉堂坐在西边,左胁下带着展爷的宝剑。见他前仰后合,也不知是真醉呀,也不知是假醉,信口开言道:“小弟告诉二位兄长说,总要叫姓展的服输到地儿,或将他革了职,连包相也得处分,那时节小弟心满意足,方才出这口恶气。我只看将来我那些哥哥们怎么见我?怎么对得过开封府?”说罢,哈哈大笑。上面丁兆兰却不言语。柳青在旁,连声夸赞。

外面众人俱各听见。惟独徐爷心中按捺不住,一时性起,手持利刃,竟奔厅上而来,进得门来,口中说道:“姓白的,先吃我一刀!”白玉堂正在那里谈的得意,忽见进来一人手举钢刀,竟奔上来了,忙取腰间宝剑,罢咧，不知何时失去。（谁知丁大爷见徐爷进来，白五爷正在出神之际，已将宝剑窃到手中。）白玉堂因无宝剑，又见刀临切近，将身向旁边一闪，将椅子举起往上一迎，只听拍的一声，将椅背砍得粉碎。徐爷又抡刀砍来。白玉堂闪在一旁，说道："姓徐的，你先住手，我有话说。"徐爷听了，道："你说，你说！"白玉堂道："我知你的来意，知道拿住展昭，你会合丁家兄弟前来救他。但我有言有先，已向展昭言明，不拘时日，他如能盗回三宝，我必随他到开封府去。他说只用三天，即可盗回。如今虽未满限，他尚未将三宝盗回。你明知他断不能盗回三宝，恐伤他的脸面，今仗着人多，欲将他救出，三宝也不要了，也不管姓展的怎么回复开封府，怎么觍颜见我。你们不要脸，难道姓展的也不要脸么？"徐爷闻听，哈哈大笑，道："姓白的，你还作梦呢！"即回身大叫："展大哥，快将三宝拿来！"早见展爷托定三宝，进了厅内，笑吟吟的道："五弟，劣兄幸不辱命。果然未出三日，已将三宝取回，特来呈阅。"

白玉堂忽然见了展爷，心中纳闷，暗道："他如何能出来呢？"又见他手托三宝，外面包的包袱还是自己亲手封的，一点也不差，更觉诧异。又见卢大爷、丁二爷在厅外站立，心中暗想道："我如今要随他们上开封府，又灭了我的锐气；若不同他们前往，又失却前言。"正在为难之际，忽听徐爷嚷道："姓白的，事到如今，你又有何说？"白玉堂正无计脱身，听见徐爷之言，他便拿起砍伤了的椅子向徐爷打去。徐爷急忙闪过，持刀砍来。白玉堂手无寸铁，便将葱绿氅脱下，从后身脊缝撕为两片，双手抡起，挡开利刃，急忙出了五义厅，竟奔西边竹林而去。卢方向前说道："五弟且慢，愚兄有话与你相商。"白玉堂并不答言，直往西去。丁二爷见卢大爷不肯相强，也就不好追赶。只见徐爷持刀紧紧跟随。白玉堂恐他赶上，到了竹林密处，即将一片葱绿氅搭在竹子之上。徐爷见了，以为白玉堂在此歇息，蹑足潜踪，赶将上去，将身子往前一窜，往下一按，一把抓住，道："老五呀！你还跑到哪里去？"用手一提，却是半片绿氅，玉堂不知去向。此时白玉堂已出竹林，竟往后山而去。看见立峰石，又将那片绿氅搭在石峰之上，他便越过山去。这里徐爷明知中计，又往后山追来，远远见玉堂在那里站立，连忙上前。仔细一看，却是立峰石上搭着半片绿氅，已知玉堂去远，追赶不及。暂且不表。

且说柳青正与白五爷饮酒，忽见徐庆等进来，徐爷就与白五爷交手，见他二人出了大厅就不见了,自己一想:“我若偷偷儿的溜了,对不住众人;若与他等交手,断不能取胜。到了此时,说不得仗着胆子,只好充一充朋友。”想罢,将桌腿子卸下来,拿在手中,嚷道:“你等既与白五弟在神前结盟,死生共之,既有今日,何必当初?真乃叫我柳某好笑!”说罢,抡起桌腿,向卢方就打。卢方一肚子的气正无处可出,见柳青打来,正好拿他出出气。见他临近,并不招架,将身一闪躲过,却使了个扫堂腿。只听噗通一声,柳青仰面跌倒。卢爷叫庄丁将他绑了。庄丁上前将柳青绑好。柳青白馥馥一张面皮,只羞得紫微微满面通红,好生难看。

卢方进了大厅,坐在上面。庄丁将柳青带到厅上。柳青便将二目圆睁,嚷道:“卢方!敢将柳某怎么样?”卢爷道:“我若将你伤害,岂是我行侠尚义所为!所怪你者,实系过于多事耳。至我五弟所为之事,无须与你细谈,叫庄丁将他放了去罢。”柳青到了此时,走也不好,不走也不好。卢方道:“既放了你,你还不走,意欲何为?”柳青道:“走可不走么?难道说我还等着吃早饭么?”说着话,搭搭讪讪的就溜之乎也。

卢爷便向展爷、丁家兄弟说道:“你我仍须到竹林里寻找五弟去。”展爷等说道:“大哥所言甚是。”正要前往,只见徐爷回来,说道:“五弟业已过了后山,去的踪影不见了。”卢爷跌足道:“众位贤弟不知,我这后山之下乃松江的江岔子。越过水面,那边松江极是捷径之路,外人皆不能到。五弟在山时,他自己练的独龙桥,时常飞越往来,行如平地。”大家听了,同声道:“既有此桥,咱们何不追了他去呢?”卢方摇头道:“去不得,去不得!名虽叫独龙桥,却不是桥;乃是一根大铁链,有桩二根,一根在山根之下,一根在那泊岸之上,当中就是铁链。五弟他因不知水性,他就生心暗练此桥,以为自己能够在水上飞腾越过,也是一片好胜之心。不想他闲时治下,竟为今日忙时用了。”众人听了,俱各发怔。

忽听丁二爷道:“这可要应了蒋四哥的话了。”大家忙问什么话。丁二爷道:“蒋四哥早已说过,五弟不是没有心机之人。巧咧,他要自行投到,把众兄弟们一网打尽。看他这个光景,当真的他要上开封府呢。”卢爷、展爷听了,更觉为难,道:“似此如之奈何?我们岂不白费了心么?怎么去见相爷呢?”丁二爷道:“这倒不妨。还好,幸亏将三宝盗回,二位兄长也可以交差,盖的过脸儿去。”丁大爷道:“天已亮了,莫若俱到舍下,与蒋四哥共同商量个主意才好。”

卢爷吩咐水手预备船只,同上茉花村;又派人到蚯蚓湾芦苇深处,告诉丁二爷昨晚坐的小船也就回庄,不必在那里等了;又派人到松林,将姚六、费七、白福等松放回来。丁二爷仍将湛卢宝剑交与展爷佩带。卢爷进内略为安置,便一同上船,竟奔茉花村去了。

且说白玉堂越过后墙,竟奔后山而来。到了山根之下,以为飞身越渡,可到松江,仔细看时,这一惊非小。原来铁链已断,沉落水底。玉堂又是着急,又是为难,又恐后面有人追来。忽听芦苇之中,咿呀、咿呀摇出一只小小渔船。玉堂满心欢喜,连忙唤道:"那渔船快向这边来,将俺渡到那边,自有重谢。"只见那船上摇橹的却是个年老之人,对着白玉堂道:"老汉以捕鱼为生,清早利市,不定得多少大鱼。如今渡了客官,耽延工夫,岂不误了生理?"玉堂道:"老丈,你只管渡我过去,到了那边,我加倍赏你如何?"渔翁说:"既如此,千万不可食言!老汉渡你就是了。"说罢,将船摇到山根。

不知白玉堂上船不曾,且听下回分解。

第五十七回

独龙桥盟兄擒义弟　开封府包相保贤豪

且说白玉堂纵身上船,那船就是一晃,渔翁连忙用篙点住,道:"客官好不晓事。此船乃捕鱼小船,俗名划子,你如何用猛力一趁?幸亏我用篙撑住,不然连我也就翻下水去了。好生的荒唐呀!"白玉堂原有心事,恐被人追上,难以脱身。幸得此船肯渡,他虽然叨叨数落,却也毫不介意。那渔翁慢慢的摇起船来,撑到江心,却不动了,便发话道:"大清早起的,总要发个利市。再者俗语说的是,'船家不打过河钱'。客官有酒资拿出来,老汉方好渡你过去。"白玉堂道:"老丈,你只管渡我过去,我是从不失信的。"渔翁道:"难,难,难,难!口说无凭,多少总要凭信的。"白玉堂暗道："叵耐[1]这厮可恶！偏我来的仓猝[2]，并未带得银两。也罢，且将我这件衬袄脱下给他。幸得里面还有一件旧衬袄，尚可遮体。候渡到那面，再作道理。"想罢，只得脱下衬袄，道："老丈，此衣足可典当几贯钱钞，难道你还不凭信么？"渔翁接过抖开来，看道："这件衣服若是典当了，可以比捕鱼有些利息了。客官休怪，这是我们船家的规矩。"

正说间，忽见那边飞也似的赶了一只渔船来，口中说道："好呀！清早发利市，见者有分，须要沽酒[3]请我的。"说话间，船已临近。这边的渔翁道："什么大利市，不过是件衣服。你看看，可典多少钱钞？"说罢，便将衣服掷过。那渔人将衣服抖开一看，道："别管典当多少，足够你我喝酒的了。老兄，你还不口头馋么？"渔翁道："我正在思饮，咱们且吃酒去。"只听嗖的一声，已然跳到那边船上。那边渔人将篙一支，登时飞也似的去了。

白玉堂见他们去了，白白的失去衣服，无奈何，自己将篙拿起来撑船。可煞作怪，那船不往前走，只是在江心打转儿。不多会，白玉堂累的通身是汗，喘吁不止，自己发恨，道："当初与其练那独龙桥的，何不下工夫练这渔船呢？今日也不至于受他的气了。"正在抱怨，忽见小小舱内出来一人，头戴斗笠，猛将斗笠摘下，道："五弟久违了！世上无有十全的人，也没有十全的事，你抱怨怎的？"白玉堂一看，却是蒋平，穿着水靠，不由的气冲霄汉，一声怪叫道："嗳哟！好病夫！哪个是你五弟？"蒋爷道："哥哥是病夫，好称呼呀！这也罢了。当初叫你练练船只，你总以为这没要紧，必要练那出奇的玩意儿。到如今，你那独龙桥哪里去了？"白玉堂顺手就是一篙，蒋平他就顺手落下水去。白玉堂猛然省悟，道："不好，不好！他善识水姓，我白玉堂必被他暗算。"两眼尽往水中注视。再将篙拨船时，动也不动，只急得他两手扎煞。

急见蒋平露出头来，把住船边，道："老五呀！你喝水不喝？"白玉堂未及答言，那船已然底儿朝天，把个锦毛鼠弄成水老鼠了。蒋平恐他过于喝多了水，不是当要的；又恐他不喝一点儿水，也是难缠的，"莫若叫他喝两三口水，趁他昏迷之际，将就着到了茉花村，就好说了。"他左手揪住发

---

① 叵(pǒ)耐——不可容忍。

② 仓猝(cù)——匆忙。也作仓促。

③ 沽(gū)酒——买酒。沽，买。

绺,右手托定腿洼,两足踏水,不多时,即到北岸,见有小船三四只在那里等候。这是蒋平临过河拆桥时,就吩咐下的。船上共有十数人,见蒋爷托定白玉堂,大家便嚷道:“来了,来了!四老爷成了功了!上这里来。”蒋爷来至切近,将白玉堂往上一举。众水手接过,便要控水。蒋爷道:“不消,不消。你们大家把五爷寒鸦赴水的背剪了,头面朝下,用木杠即刻抬至茉花村。赶到那里,大约五爷的水也控净了,就苏醒过来了。”众水手只得依命而行,七手八脚的捆了,用杠穿起,扯连、扯连抬着个水淋淋的白玉堂,竟奔茉花村而来。

且说展熊飞同定卢方、徐庆,兆兰、兆蕙相陪,来到茉花村内。刚一进门,二爷便问伴当道:“蒋四爷可好些了?”伴当道:“蒋四爷于昨晚二员外起身之后,也就走了。”众人诧异,道:“往哪里去了?”伴当道:“小人也曾问来,说:‘四爷病着,往何方去呢?’四爷说:‘你不知道,我这病是不要紧的;皆因有个约会等个人,却是极要紧的。’小人也不敢深问,因此四爷就走了。”众人听了,心中纳闷,惟独卢爷着急,道:“他的约会,我焉有不知的?从来没有提起,好生令人不解。”丁大爷道:“大哥不用着急,且到厅上坐下,大家再作商量。”说话间,来到厅上。丁大爷先要去见丁母。众人俱言:“代为叱名请安。”展爷说:“俟事体消停,再去面见老母。”丁大爷一一领命,进内去了。丁二爷吩咐伴当:“快快去预备酒饭。我们俱是闹了一夜的了,又渴又饥。快些,快些!”伴当忙忙的传往厨房去了。少时,丁大爷出来,又一一的替老母问了众人的好,又向展爷道:“家母听见兄长来了,好生欢喜,言事情完了,还要见兄长呢。”展爷连连答应。早见伴当调开桌椅,安放杯箸。上面是卢方,其次展昭、徐庆,兆兰、兆蕙在主位相陪。

刚然入座,才待斟酒,忽见庄丁跑进来,禀道:“蒋老爷回来了,把白五爷抬来了。”众人听了,又是惊骇,又是欢喜,连忙离座出厅,俱各迎将出来。到了庄门,果见蒋四爷在那里吩咐,把五爷放下抽杠解缚。此时白玉堂已然吐出水来,虽然苏醒,尚不明白。卢方见他面目焦黄,浑身犹如水鸡儿一般,不觉泪下。展爷早赶步上前,将白玉堂扶着坐起,慢慢唤道:“五弟醒来,醒来。”不多时,只见白玉堂微睁二目,看了看展爷,复又闭上,半晌,方嘟囔道:“好病夫呀!淹得我好,淹得我好!”说罢,哇的一声,又吐出许多清水,心内方才明白了。睁眼往左右一看,见展爷蹲在身旁,卢方在那里拭泪,惟独徐庆、蒋平二人,一个是怒目横眉,一个是嬉皮笑脸。白玉堂看见蒋爷,便要挣扎起来,道:“好病夫呀!我是不能与你干休的。”展爷连忙扶住,道:“五弟且看愚兄薄面,此事始终皆由展昭而起。五弟如有责备,你就责备展昭就是了。”丁家弟兄连忙上前扶起玉堂,说道:“五弟且到厅上去沐浴更衣后,有什么话再说不迟。”白玉堂低头一看,见浑身连泥带水好生难看,又搭着处处皆湿,遍体难受得很,至此时也没了法子了,只得说:“小弟从命。”

大家步入庄门,进了厅房。丁二爷叫小童掀起套间软帘,请白五爷进内。只见澡盆、堂布、香肥皂、胰子、香豆面。床上放着洋布汗遢①中衣、月白洋绉套裤、靴、袜、绿花氅、月白衬袄、丝绦、大红绣花武生头巾,样样俱是新的。又见小童端了一瓷盆热水来,放在盆架之上,请五老爷坐了,打开发纂,先将发内泥土洗去,又换水添上香豆面洗了一回,然后用木梳通开,将发纂挽好,扎好网巾。又见进来一个小童,提着一桶热水注在澡盆之内,请五老爷沐浴。两个小童就出来了。白玉堂即将湿衣脱去,坐在矮凳之上,周身洗了,用堂布擦干,穿了中衣等件。又见小童进来,换了热水,请五老爷净面。然后穿了衣服,戴了武生巾。其衣服靴帽尺寸长短,如同自己一样,心中甚为感激丁氏弟兄,只是恼恨蒋平,心中忿忿。

只见丁二爷进来,道:“五弟沐浴已毕,请到堂屋中谈话饮酒。”白玉堂只得随出,见他仍是怒容满面。卢方等立起身来,说:“五弟这边坐,叙话。”玉堂也不言语,见方才之人皆在,惟不见蒋爷,心中纳闷。只见丁二爷吩咐伴当摆酒。片时工夫,已摆得齐整,皆是美味佳肴。丁大爷擎杯,丁二爷执壶,道:“五弟想已饿了,且吃一杯暖一暖寒气。”说罢,斟上酒来,向玉堂说:“五弟请用。”白玉堂此时欲不饮此酒,怎奈腹中饥饿,不作脸的肚子咕噜噜的乱响,只得接杯一饮而尽。又斟了门杯。又给卢爷、展爷、徐爷斟了酒。大家入座。

卢爷道:“五弟已往之事,一概不必提了。无论谁的不是,皆是愚兄的不是。惟求五弟同到开封府,就是给为兄的作了脸了。”白玉堂闻听,气冲斗牛,不好向卢方发作,只得说:“叫我上开封府,万万不能!”展爷在旁插言道:“五弟不要如此,凡事必须三思而后行,还是大哥所言不差。”玉堂道:“我管什么‘三思’、‘四思’,横竖我不上开封府去。”展爷听了玉堂之言,有

① 汗遢(tā)——夏天贴身穿的中式小褂。

许多的话要问他，又恐他有不顺情理之言，还是与他闹是不闹呢？

正在思想之际，忽见蒋爷进来，说："姓白的，你别过于任性了。当初你向展兄言明盗回三宝，你就同他到开封府去；如今三宝取回，就该同他前往才是。即或你不肯同他前往，也该以情理相求，为何竟自逃走？不想又遇见我救了你的性命，又亏丁兄给你换了衣服，如此看待，为的是成全朋友的义气。你如今不到开封府，不但失信于展兄，而且对不住丁家弟兄。你义气何在？"白玉堂听了，气的喊叫如雷，说："好病夫呀！我与你势不两立了！"站起来，就奔蒋爷拼命。丁家弟兄连忙上前拦住，道："五弟不可，有话慢说。"蒋爷笑道："老五呀，我不与你打架。就是你打我，我也不还手。打死我，你给我偿命。我早已知道你是没见过大世面的，如今听你所说之言，真是没见过大世面。"白玉堂道："你说我没见过大世面，你倒要说说我听。"

蒋爷笑道："你愿听，我就说与你听。你说你到过皇宫内院，忠义祠题诗，万代寿山前杀命，奏折内夹带字条，大闹庞府杀了侍妾。你说这都是人所不能的。这原算不了奇特，这不过是你仗着有飞檐走壁之能，黑夜里无人看见，就遇见了皆是没本领之人。这如何算的是大能干呢？如何算得见过大世面呢？如若是见过世面，必须在光天化日之中，瞻仰过包相爷升堂问事，那一番的威严，令人可畏。未升堂之时，先是有名头的皂班、各项捕快、各项的刑具、各班的皂役，一班一班的由角门而进，将铁链夹棍各样刑具往堂上一放。又有王、马、张、赵将御铡请出。喊了堂威，左右排班侍立。相爷从屏风后步入公座。那一番赤胆忠心、为国为民一派的正气，姓白的，你见了也就威风顿减。这些话仿佛我薄你。皆因你所为之事都是黑夜之间，人皆睡着，由着你的性儿，该杀的就杀，该偷的就偷拿了走了；若在白昼之间，这样事全是不能行的。我说你没见过大世面，所以不敢上开封府去，就是这个缘故。"

白玉堂不知蒋爷用的是激将法，气得他三尸神暴出，五陵豪气飞空，说："好病夫！你把白某看作何等样人？慢说是开封府，就是刀山箭林，也是要走走的。"蒋爷笑嘻嘻道："老五哇，这是你的真话呀？还是仗着胆子说的呢？"玉堂嚷道："这也算不了什么大事，也不便与你撒谎。"蒋爷道："你既愿意去，我还有话问你。这一起身虽则同行，你万一故意落在后头，我们可不能等你；你若逃了，我们可不能找你。还有一件事更要说明,你在皇宫内院干的事情,这个罪名非同小可。到了开封府,见了相爷必须小心谨慎,听包相爷的钧谕,才是大丈夫所为。若是你仗着自己有飞檐走壁之能,血气之勇,不知规矩,口出胡言大话,就算不了行侠尚义英雄好汉,就是个浑小子,也就不必上开封府去了。你就请罢,再也不必出头露面了。"白玉堂是个心高气傲之人,如何能受得这些激发之言,说:"病夫!如今我也不合你论长论短。俟到了开封府,叫你看看白某是见过大世面,还是没有见过大世面,那时再与你算账便了。"蒋爷笑道:"结咧!看你的好好劲儿了。好小子!敢作敢当,才是好汉呢!"

兆兰等恐他二人说翻了,连忙说道:"放着酒不吃,说这些不要紧的话作什么呢?"丁大爷斟了一杯酒,递给玉堂;丁二爷斟了一杯酒,递与蒋平,二人一饮而尽。然后大家归座,又说了些闲话。白玉堂向着蒋爷道:"我与你有何仇何恨?将我翻下水去,是何缘故?"蒋爷道:"五弟,你说话太不公道。你想想你作的事哪一样儿不利害,哪一样儿留情分,甚至说话都叫人磨不开。就是今日,难道不是你先将我一篙打下水去么?幸亏我识水性,不然我就淹死了。怎么你倒恼我?我不冤死了么?"说的众人都笑起来了。丁二爷道:"既往之事,不必再说。莫若大家喝一回,吃了饭,也该歇息歇息了。"说罢,才要斟酒。

展爷道:"二位贤弟且慢,愚兄有个道理。"说罢,接过杯来,斟了一杯,向玉堂道:"五弟,此事皆因愚兄而起。其中却有区别。今日当着众位仁兄贤弟俱各在此,小弟说一句公平话,这件事实系五弟性傲之故,所以生出这些事来。如今五弟既愿到开封府去,无论何事,我展昭与五弟荣辱共之。如五弟信的,就饮此一杯。"大家俱称赞道:"展兄言简意深,真正痛快。"白玉堂接杯一饮而尽,道:"展大哥,小弟与兄台本无仇隙,原是义气相投的。诚然是小弟少年无知不服气的起见。如到开封府,自有小弟招承,断不累及吾兄。再者小弟屡屡唐突①冒昧,蒙兄长的海涵,小弟也要敬一杯,赔个礼才是。"说罢,斟了一杯,递将过来。大家说道:"理当如此。"展爷连忙接过,一饮而尽,复又斟上一杯,道:"五弟既不挂怀劣兄,五弟与蒋四兄也要对敬一杯。"蒋爷道:"甚是,甚是。"二人站起来,对敬了一杯。众人俱各大乐不止。然后归座,依然是兆兰、兆蕙斟了门杯,

---

① 唐突——乱闯;冒犯。

彼此畅饮。又说了一回本地风光的事体,到开封府应当如何的光景。

酒饭已毕,外面已备办停当。展爷进内与丁母请安禀辞,临别时留下一封谢柬,是给松江府知府的,求丁家弟兄派人投递。丁大爷、丁二爷送至庄外,眼看着五位英雄带领着伴当数人,蜂拥去了。一路无话。

及至到了开封府,展爷便先见公孙策商议,求包相保奏白玉堂;然后又与王、马、张、赵彼此见了。众人见白玉堂少年英雄,无不羡爱。白玉堂到此时也就循规蹈矩①,诸事仗卢大爷提拔。

展爷与公孙先生来到书房,见了包相,行参已毕,将三宝呈上。包公便吩咐李才送到后面收了。展爷便将自己如何被擒,多亏茉花村双侠打救,又如何蒋平装病,悄地里拿获白玉堂的话,说了一遍。"惟求相爷在圣上面前递折保奏。"包公一一应允,也不升堂,便叫将白玉堂带到书房一见。展爷忙到公所道:"相爷请五弟书房相见。"白玉堂站起身来就要走。蒋平上前拦住,道:"五弟且慢,你与相爷是亲戚?是朋友?"玉堂道:"俱各不是。"蒋爷道:"既无亲故,你身犯何罪,就是这样见相爷,恐于理上说不去。"白玉堂猛然省悟,道:"亏得四哥提拔,险些儿误了大事。"

未知如何,且听下回分解。

第五十八回

锦毛鼠龙楼封护卫　邓九如饭店遇恩星

且说白玉堂听蒋平之言,猛然省悟,道:"是呀!亏得四哥提拔,不然我白玉堂岂不成了叛逆了么?展兄快拿刑具来。"展爷道:"暂且屈尊五弟。"吩咐伴当:"快拿刑具来。"不多时,不但刑具拿来,连罪衣罪裙俱有。立刻将白玉堂打扮起来。此时卢方同着众人,连王、马、张、赵俱随在后面。展爷先到书房,掀起帘栊,进内回禀。

不多时,李才打起帘子,口中说道:"相爷请白义士。"只一句弄得白玉堂欲前不前,要退难退,心中反倒不得主意。只见卢方在那边打手式,

① 循规蹈矩——遵守规矩。

叫他屈膝。他便来到帘前,屈膝肘进,口内低低说道:“罪民白玉堂有犯天条,恳祈相爷笔下超生。”说罢,匍匐在地。包公笑容满面,道:“五义士不要如此,本阁自有保本。”回头吩咐展爷去了刑具,换了衣服,看座。白玉堂哪里肯坐。包相把白玉堂仔细一看,不由的满心欢喜。白玉堂看了包相,不觉的凛然敬畏。包相却将梗概略为盘诘。白玉堂再无推诿,满口应承。包相点了点头,道:“圣上屡屡问本阁要五义士者,并非有意加罪,却是求贤若渴之意。五义士只管放心。明日本阁保奏,必有好处。”外面卢方等听了,连忙进来,一齐跪倒。白玉堂早已的跪下。卢方道:“卑职等仰赖相爷的鸿慈。明日圣上倘不见怪,实属万幸;如若加罪时,卢方等情愿纳还职衔以赎弟罪,从此作个安善良民,再也不敢妄为了。”包公笑道:“卢校尉不要如此,全在本阁身上,包管五义士无事。你等不知圣上此时励精图治,惟恐野有遗贤,时常的训示本阁,叫细细访查贤豪俊义,焉有见怪之理。只要你等以后与国家出力报效,不负圣恩就是了。”说罢,吩咐众人起来。又对展爷道:“展护卫与公孙主簿,你二人替本阁好好看待五义士。”展爷与公孙先生一一领命,同定众人,退了出来。

到了公厅之内,大家就座。只听蒋爷说道:“五爷,你看相爷如何?”白玉堂道:“好一位为国为民的恩相!”蒋爷笑道:“你也知是恩相了。可见大哥堪称是我的兄长,眼力不差,说个‘知遇之恩’,诚不愧也。”几句话说的个白玉堂脸红过耳,瞅了蒋平一眼,再也不言语了。旁边公孙先生知道蒋爷打趣白玉堂,惟恐白玉堂年幼脸急,连忙说道:“今日我等虽奉相谕款待五弟,又算是我与五弟预为贺喜。候明日保奏下来,我们还要吃五弟喜酒呢。”白玉堂道:“只恐小弟命小福薄,无福消受皇恩。倘能无事,弟也当备酒与众位兄长酬劳。”徐庆道:“不必套话,大家也该喝一杯了。”赵虎道:“我刚要说,三哥说了。还是三哥爽快。”回头叫伴当,快快摆桌子端酒席。

登时进来几个伴当,调开桌椅,安放杯箸。展爷与公孙先生还要让白玉堂上坐,却是马汉、王朝二人拦住,说:“住了,卢大哥在此,五弟焉肯上坐。依弟等愚见,莫若还是卢大哥的首座,其下挨次而坐,倒觉爽快。”徐庆道:“好!还是王、马二兄吩咐的是。我是挨着赵四弟一处坐。”赵虎道:“三哥,咱两个就在这边坐,不要管他们。来,来,来,且喝一杯。”说罢,一个提壶,一个执盏,二人就对喝起来。众人见他二人如此,不觉大笑,也不谦让了,彼此就座,饮酒畅谈,无不倾心。

及至酒饭已毕,公孙策便回至自己屋内写保奏摺底,开首先叙展护卫一人前往陷空岛,拿获白玉堂,皆是展昭之功;次说白玉堂所作之事虽暗昧小巧之行,却是光明正大之事,仰恳天恩,赦宥封职,广开进贤之门等语。请示包相看了,缮写清楚,预备明日五鼓,谨呈御览。

至次日,包公派展爷、卢大爷、王爷、马爷随同白玉堂入朝。白五爷依然是罪衣罪裙,预备召见。到了朝房,包相进内递折。仁宗看了,龙心大悦,立刻召见包相。包相又密密保奏一番。天子即传旨,派老伴伴陈林晓示白玉堂,不必罪衣罪裙,只要平人服色带领引见。陈公公念他杀害郭安,有暗救自己之恩,见了白玉堂,又致谢了一番;然后明发上谕,叫白玉堂换了一身簇新的衣服,更显得少年英俊。乃至天子临朝,陈公公将白玉堂领至丹墀之上。仁宗见白玉堂一表人物,再想起他所作之事,真有人所不能的本领、人所不能的胆量,圣心欢喜非常,就依着包卿的密奏,立刻传旨:"加封展昭实受四品护卫之职。其所遗四品护卫之衔,即着白玉堂补授,与展昭同在开封府供职,以为辅弼①。"白玉堂到了此时,心平气和,惟有俯首谢恩。下了丹墀,见了众人,大家道喜,惟卢方更觉欢喜。

至散朝之后,随到开封府。此时早有报录之人报到,大家俱知白五爷得了护卫,无不快乐。白玉堂换了服色,展爷带到书房,与相爷行参。包公又勉励了多少言语,仍叫公孙先生替白护卫具谢恩折子,预备明早入朝代奏谢恩。一切事宜完毕。

白玉堂果然设了丰盛酒席,酬谢知己。这一日群雄豪聚:上面是卢方,左有公孙先生,右有展爷,这壁厢王、马、张,那壁厢赵、徐、蒋,白玉堂却在下面相陪。大家开怀畅饮,独有卢爷有些愀然②不乐之状。王朝道:"卢大哥,今日兄弟相聚,而且五弟封职,理当快乐,为何大哥郁郁不乐呢?"蒋平道:"大哥不乐,小弟知道。"马汉道:"四弟,大哥端的为着何事?"蒋平道:"二哥,你不晓得。我弟兄原是五人,如今四个人俱各受职,惟有我二哥不在座中,大哥焉有不想念的呢?"蒋平这里说着,谁知卢爷那里早已落下泪来,白玉堂便低下头去了。众人见此光景,登时的都默默

① 辅弼(bì)——辅佐。

② 愀(qiáo)然——形容神色变得严肃或不愉快。

无言。半晌,只听蒋平叹道:“大哥不用为难,此事原是小弟作的,我明日便找二哥去如何?”白玉堂忙插言道:“小弟与四哥同去。”卢方道:“这倒不消。你乃新受皇恩,不可远出。况且找你二哥,又不是私访缉捕,要去多人何用?只你四哥一人足矣。”白玉堂说:“就依大哥吩咐。”公孙先生与展爷又用言语劝慰了一番,卢方才把愁眉展放。大家豁拳行令,快乐非常。

到了次日,蒋平回明相爷去找韩彰,自己却扮了个道士行装,仍奔丹凤岭翠云峰而来。

且说韩彰自扫墓之后,打听得蒋平等由平县已然起身,他便离了灵佑寺竟奔杭州而来,意欲游赏西湖。一日,来到仁和县,天气已晚,便在镇店找了客寓住了。吃毕晚饭后,刚要歇息,忽听隔壁房中有小孩啼哭之声,又有个山西人唠哩唠叨,不知说什么,心中委决不下。只得出房来到这边,悄悄张望,见那山西人左一掌、右一掌,打那小孩子,叫那小孩子叫他父亲,偏偏的那小孩子却又不肯。韩二爷看了,心中纳闷,又见那小孩子捱打可怜,不由的迈步上前,劝道:“朋友,这是为何?他一个小孩子家,如何禁得住你打呢?那山西人道:“克(客)官,你不晓得。这怀(坏)小娃娃是哦(我)前途花了五两银子买来作干儿的。一炉(路)上哄着他迟(吃),哄着他哈(喝),他总叫哦大收(叔)。哦就说他:‘你不要叫哦大收,你叫哦乐子。大收与乐子没有什么坟(分)别。’可奈这娃娃到了店里,他不但不叫哦乐子,连大收也不叫了。”韩爷听了,不由的要笑。又见那小孩子眉目清秀,瞅着韩爷,颇有望救之意。韩爷更觉不忍,连忙说道:“人生各有缘分。我看这小孩子,很爱惜他。你要将他转卖于我,我便将原价奉还。”那山西人道:“既如此,微赠些利息,哦便卖给克官。”韩二爷道:“这也有限之事。”即向兜肚内摸出五六两一锭,额外又有一块不足二两,托于掌上,道:“这是五两一锭,添上这块算作利息,你道如何?”那山西人看着银子眼中出火,道:“求(就)是折(这)样罢!哦没有娃娃赘累,哦还要赶炉(路)呢。咱们仍蝇(人银)两交,各无反悔。”说罢,他将小孩子领过来交与韩爷,韩爷却将银子递过。这山西人接银在手,头也不回,扬长出店去了。

韩爷反生疑忌。只听小孩子道:“真便宜他,也难为他。”韩爷问道:“此话怎讲?”小孩子道:“请问伯伯,住于何处?”韩爷道:“就在隔壁房内。”小孩子道:“既如此,请到那边再为细述。”韩爷见小孩子说话灵变,满心欢喜，携着手来到自己屋内，先问他吃什么。小孩子道："前途已然用过，不吃什么了。"韩爷又给他斟了半盏茶，叫他喝了，方慢慢问道："你姓甚名谁？家住哪里？因何卖与山西人为子？"小孩子未语先流泪，道："伯伯听禀，我姓邓名叫九如，在平县邓家洼居住。只因父亲丧后，我与母亲娘儿两个度日。我有一个二舅名叫武平安，为人甚属不端。一日，背负一人寄居我们家中，说是他的仇人，要与我大舅活活祭灵。不想此人是开封府包相爷的侄儿，我母亲私行将他释放，叫我找我二舅去，趁空儿母亲就悬梁自尽了。"说至此，痛哭起来。韩爷闻听，亦觉惨然，将他劝慰多时，又问以后的情节。邓九如道："只因我二舅所作之事无法无天，况我们又在山环居住，也不报官，便用棺材盛殓，于次日烦了几个无赖之人帮着，抬在山洼掩埋。是我一时思念母亲死的苦情，向我二舅啼哭。谁知我二舅不加怜悯，反生怨恨，将我踢打一顿。我就气闷在地，不知魂归何处。不料后来苏醒过来，觉得在人身上，就是方才那个山西人。一路上多亏他照应吃喝，来到此店，这是难为他。所便宜他的缘故，他何尝花费五两银子，他不过在山洼将我捡来，折磨我叫他父亲，也不过是转卖之意。幸亏伯伯搭救，白白的叫他诈去银两。"韩爷听了，方知此子就是邓九如，见他伶俐非常，不由的满心欢喜，又是叹息。当初在灵佑寺居住时，听的不甚的确；如今听九如一说，心内方才明白。

只见九如问道："请问伯伯贵姓？因何到旅店之中？却要往何处去？"韩爷道："我姓韩名彰，要往杭州，有些公干。只是道路上带你不便，待我明日将你安置个妥当地方，候我回来，再带你上东京便了。"九如道："但凭韩伯伯处置。使小侄不至漂泊，那便是伯伯再生之德了。"说罢，流下泪来。韩爷听了，好生不忍，道："贤侄放心，休要忧虑。"又安慰了好些言语，哄着他睡了，自己也便和衣而卧。

到次日天明，算还了饭钱，出了店门。惟恐九如小孩子家吃惯点心，便向街头看了看，见路西有个汤圆铺，携了九如，来到铺内，拣了个座头坐了，道："盛一碗汤圆来。"只见有个老者端了一碗汤圆，外有四碟点心，无非是糖耳朵、蜜麻花、蜂糕等类，放在桌上，手持空盘，却不动身，两只眼睛直勾勾地瞅着九如，半晌，叹了一口气，眼中几乎落下泪来。韩二爷见此光景，不由的问道："你这老儿为何瞅着我侄儿？难道你认得他么？"那老者道："小老儿认却不认得，只是这位相公有些厮像……"韩爷道："他像谁？"那老儿却不言语，眼泪早已滴下。韩爷更觉犯疑，连忙道："他到底像谁？何不说来？”那老者拭了泪，道：“军官爷若不怪时，小老儿便说了。只因小老儿半生乏嗣，好容易生了一子，活到六岁上。不幸老伴死了，撂下此子，因思娘也就呜呼哀哉了。今日看见小相公的面庞儿颇颇的像我那……”说到这里，却又咽住不言语了。韩爷听了，暗暗忖度道：“我看此老颇觉诚实，而且老来思子；若九如留在此间，他必加倍疼爱小孩子，断不至于受苦。”想罢，便道：“老丈，你贵姓？”那老者道：“小老儿姓张，乃嘉兴府人氏，在此开汤圆铺多年。铺中也无多人，只有个伙计看火，所有座头俱是小老儿自己张罗。”韩爷道：“原来如此。我告诉你，他姓邓名叫九如，乃是我侄儿。只因目下我到杭州有些公干，带着他行路甚属不便，我意欲将这侄儿寄居在此，老丈你可愿意么？”张老儿听了，眉开目笑，道：“军官爷既有公事，请将小相公留居在此。只管放心，小老儿是会看承的。”韩爷又问九如道：“侄儿，你的意下如何？我到了杭州，完了公事，即便前来接你。”九如道：“伯伯既有此意，就是这样罢，又何必问我呢？”韩爷听了，知他愿意，又见老者欢喜无限。真是两下情愿，事最好办。韩爷也想不到如此的爽快，回手在兜肚内掏出五两一锭银子来，递与老者：“老丈，这是些须薄礼，聊算我侄儿的茶饭之资，请收了罢。”张老者哪里肯受。

不知说些什么话来，且听下回分解。

第五十九回

倪生偿银包兴进县　金令赠马九如来京

且说张老见韩爷给了一锭银子，连忙道：“军官爷，太多心了。就是小相公每日所费无几，何用许多银两呢。如怕小相公受屈，留下些须银两也就够了。”韩爷道：“老丈不要推辞，推辞便是嫌轻了。”张老道：“既如此说，小老儿从命。”连忙将银接过。韩爷又说道：“我这侄儿烦老丈务要分心的。”又对九如道：“侄儿耐性在此，我完了公事即便回来。”九如道：“伯父只管放心料理公事，我在此与张老伯盘桓，是不妨事的。”韩爷见九如居然大方，全无小孩子情态。不但韩二爷放心，而且张老者听见邓九如称他为张老伯，乐得他心花俱开，连称：“不敢，不敢！军官爷只管放心，小相公交付小老儿,理当分心,不劳吩咐的。”韩二爷执了执手,邓九如又打了一恭。韩爷便出了汤圆铺,回头屡屡,颇有不舍之意。从此韩二爷直奔杭州,邓九如便在汤圆铺安身,不表。

且说包兴自奉相谕送方善与玉芝小姐到合肥县小包村,诸事已毕,在太老爷太夫人前请安叩辞,赏银五十两;又在大老爷大夫人前请安禀辞,也赏了三十两;然后又替二老爷二夫人请安禀辞,无奈何,赏了五两银子。又到宁老先生处禀了辞,便吩咐伴当,扣备鞍马,牢拴行李,出了合肥县,迤逦行来。

一日,路过一庄,但见树木丛杂,房屋高大,极其凶险,包兴暗暗想道:“此是何等样人家,竟有如此的楼阁大厦?又非世胄,又非乡宦,到底是个什么人呢?正在思索,不提防咕咚的响了一枪。坐下马是极怕响的,嗯的一声往前一窜。包兴也未防备,身不由已,掉下马来。那马咆哮着,跑入庄中去了。幸喜包兴却未跌着,伴当连忙下马搀扶。包兴道:“不妨事,并未跌着。你快进庄去将马追来,我在此看守行李。”伴当领命,进庄去了。

不多时,喘吁吁跑了回来,道:“了不得,了不得!好厉害!世间竟有如此不讲理的。”包兴问道:“怎么样了?”伴当道:“小人追入庄中,见一人肩上捏着一杆枪,拉着咱的马。小人上前讨取,他将眼一瞪,道:‘你这厮如此的可恶!俺打的好好树头鸟,被你的马来,将俺的树头鸟俱各惊飞了,你还敢来要马!如若要马时,须要还俺满树的鸟儿,让俺打的尽了,那时方还你的马。’小人打量他取笑儿,向前赔礼央告,道:‘此马乃我主人所乘,只因闻枪怕响,所以惊窜起来,将我主人闪落,跑入贵庄。爷上休要取笑,尚乞赐还,是恳!’谁知那人道:‘什么恳不恳,俺全不管。你打听打听,俺太岁庄有空过的么?你去回复你主人,如要此马,叫他拿五十两银子来此取赎。’说罢,他将马就拉进去了。想世间哪有如此不说理的呢?”包兴听了,也觉可气,便问:“此处系何处所辖?”伴当道:“小人不知。”包兴道:“打听明白了,再作道理。”说罢,伴当牵了行李马匹先行,包兴慢慢在后步行。走不多路,伴当复道:“小人才已问明,此处乃仁和县地面,离衙有四里之遥。县官姓金名必正。”

你道县官是谁?他便是颜查散的好友,自服阕之后归部铨选,选了此处的知县。他已曾查访此处有此等恶霸,屡屡要剪除他,无奈吏役舞弊欺瞒,尚未发觉。不想包兴今日为失马,特特的要拜会他。

且说包兴暂时骑了伴当所乘之马,叫伴当牵着马垛子,随后慢慢来到县衙相见。果然走了三里来路,便到市镇之上,虽不繁华,却也热闹。只见路东巷内路南,便是县衙。包兴一伸马进了巷口,到了衙前下马。早有该值的差役,见有人在县前下马,迎将上去,说了几句。只听那差役唤号里接马,恭恭敬敬将包兴让进,暂在科房略坐,急速进内回禀。不多时,请至书房相见。

只见那位县官有三旬年纪,见了包兴,先述未得迎接之罪,然后彼此就座。献茶已毕,包兴便将路过太岁庄将马遗失、本庄勒掯不还的话,说了一遍。金令听了,先赔罪道:"本县接任未久,地方竟有如此恶霸,欺侮上差,实乃下官之罪。"说罢,一揖。包兴还礼。金令急忙唤书吏,派马快前去要马。书吏答应,下来。金公却与包兴提起颜查散是他好友。包兴道:"原来如此。颜相公乃是相爷得意门生,此时虽居翰苑,大约不久就要提升。"金相公又要托包兴寄信一封,包兴一一应允。

正说话间,只见书吏去不多时,复又转来,悄悄的请老爷说话。金公只得暂且告罪失陪。不多时,金爷回来,不等包兴再问,便开口道:"我已派人去了。诚恐到了那里,有些耽搁,贻误①公事,下官实实吃罪不起。如今已吩咐,将下官自己乘用之马备来,上差暂骑了去。俟将尊骑要来,下官再派人送去。"说罢,只见差役已将马拉进来,请包兴看视。包兴见此马比自己骑的马胜强百倍,而且鞍鞊鲜明,便道:"既承贵县美意,实不敢辞。只是太岁庄在贵县地面容留恶霸,恐于太爷官声是不相宜的。"金令听了,连连称"是",道:"多承指教,下官必设法处治。恳求上差到了开封,在相爷跟前代下官善为说辞。"包兴满口应承。又见差役进来,回道:"跟老爷的伴当牵着行李垛子,现在衙外。"包兴立起身来,辞了金公。差役将马牵至二堂之上。金令送至仪门,包兴拦住,不许外送。

到了二堂之上,包兴伴当接过马来,出了县衙,便乘上马。后面伴当拉着垛子。刚出巷口,伴当赶上一步,回道:"此处极热闹的镇店。从清早直到此时,爷还不饿么?"包兴道:"我也有些心里发空,咱们就在此找个饭铺打尖罢。"伴当道:"往北去路西里,会仙楼是好的。"包兴道:"既如

---

① 贻(yí)误——错误遗留下去,使受到坏的影响。

此,咱们就到那里去。"

不一时,到了酒楼门前。包兴下马,伴当接过去拴好。伴当却不上楼,就在门前走桌上吃饭。包兴独步登楼,一看见当门一张桌空闲,便坐在那里。抬头看时,见那边靠窗,有二人坐在那里,另具一番英雄气概,一个是碧睛紫髯,一个是少年英俊,真是气度不凡,令人好生的羡慕。

你道此二人是谁?那碧睛紫髯的,便是北侠,复姓欧阳名春,因是紫巍巍一部长须,人人皆称他为"紫髯伯"。那少年英俊的,便是双侠的大官人丁兆兰,奉母命与南侠展爷修理房屋,以为来春毕婚。丁大官人与北侠原是素来闻名,未曾见面的朋友,不期途中相遇,今约在酒楼吃酒。

包兴看了。堂官过来问了酒菜,传下去了。又见上来了主仆二人,相公有二十年纪,老仆却有五旬上下,与那二人对面坐了。因行路难以拘礼,也就叫老仆打横儿①坐了。不多时,堂官端上酒来,包兴慢慢的消饮。

忽听楼梯声响,上来一人,携着一个小儿。却见小儿眼泪汪汪,那汉子怒气昂昂,就在包兴坐的座头斜对面坐了。小儿也不坐下,在那里拭泪。包兴看了,又是不忍,又觉纳闷。早已听见楼梯响处,上来了一个老头儿,眼似銮铃,一眼看见那汉子,连忙上前跪倒,哭诉道:"求大叔千万不要动怒。小老儿虽然短欠银两,慢慢的必要还清,分文不敢少的。只是这孩子,大叔带他去不得的。他小小年纪又不晓事,又不能干,大叔带去怎么样呢?"那汉子端坐,昂然不理,半晌,说道:"俺将此子带去作个当头,俟你将账目还清,方许你将他领回。"那老头儿着急,道:"此子非是小老儿亲故,乃是一个客人的侄儿,寄在小老儿铺中的。倘若此人回来,小老儿拿什么还他的侄儿?望大叔开一线之恩,容小老儿将此子领回。缓至三日,小老儿将铺内折变,归还大叔的银子就是了。"说罢,连连叩头。只见那汉子将眼一瞪,道:"谁耐烦这些!你只管折变你的去,等三日后,到庄取赎此子。"

忽见那边老仆过来,对着那汉子道:"尊客,我家相公要来领教。"那汉子将眼皮儿一撩,道:"你家相公是谁?素不相识,见我则甚?"说至此,早有位相公来到面前,道:"尊公请了。学生姓倪名叫继祖。你与老丈为着何事?请道其详。"那汉子道:"他拖欠我的银两,总未归还。我今要将

① 打横儿——围着方桌坐时,坐在末座叫打横儿。

此子带去,见我们庄主,作个当头。相公,你不要管这闲事。”倪继祖道:“如此说来,主管是替主索账了。但不知老丈欠你庄主多少银两?”那汉子道:“他原借过银子五两,三年未还,每年应加利息银五两,共欠纹银二十两。”那老者道:“小老儿曾归还过二两银,如何欠的了许多?”那汉子道:“你总然归还过二两银,利息是照旧的。岂不闻‘归本不抽利’么?”只这一句话,早惹起那边两个英雄豪侠,连忙过来道:“他除归还过的,还欠你多少?”那汉子道:“尚欠十八两。”

倪继祖见他二人满面怒气,惟恐生出事来,急忙拦道:“些须小事,二兄不要计较于他。”回头向老仆道:“倪忠,取纹银十八两来。”只见老仆向那边桌上打开包袱,拿出银来,连整带碎约有十八两之数,递与相公。倪继祖接来,才待要递给恶奴,却是丁兆兰问道:“且慢!当初借银两时,可有借券?”恶奴道:“有,在这里。”回手掏出,递给相公。相公将银两付给,那人接了银两,下楼去了。

此时包兴见相公代还银两,料着恶奴不能带去小儿,忙过来将小儿带到自己桌上,哄着吃点心去了。

这边老者起来,又给倪继祖叩头。倪继祖连忙搀起,问道:“老丈贵姓?”老者道:“小老儿姓张,在这镇市之上开个汤圆铺生理。三年前曾借到太岁庄马二员外银五两,是托此人的说合。他名叫马禄。当初不多几月就归还他二两,谁知他仍按五两算了利息,生生的诈去许多,反累的相公妄费去银两,小老儿何以答报?请问相公意欲何往?”倪相公道:“些须小事,何足挂齿。学生原是欲上东京预备明年科考,路过此处打尖,不想遇见此事。这也是事之偶然耳。”

又见丁兆兰道:“老丈,你不吃酒么?相公既已耗去银两,难道我二人连个东道也不能么?”说罢,大家执手,道了个“请”字,各自归座。张老儿已瞧见邓九如在包兴那边吃点心呢,他也放了心了,就在这边同定欧阳春三人坐了。丁大爷一壁吃酒,一壁盘问太岁庄。张老儿便将马刚如何倚仗总管马朝贤的威势,强梁霸道,无所不为,每每竟有造反之心。丁大爷只管盘诘,北侠却毫不介意,置若罔闻。此时倪继祖主仆业已用毕酒饭,会了钱钞,又过来谦让北侠二人,各不相扰。彼此执手,主仆下楼去了。

这里张老儿也就辞了二人,向包兴这张桌上而来。谁知包兴早已问明了邓九如的原委，只乐得心花俱开，暗道："我临起身时，三公子谆谆嘱咐于我，叫我在邓家洼访查邓九如，务必带到京师，偏偏的再也访不着。不想却在此处相逢。若非失马，焉能到了这里。可见凡事自有一定的。"正思想时，见张老过来道谢。包兴连忙让坐，一同吃毕饭，会钞下楼，随到汤圆铺内。包兴悄悄将来历说明："如今要把邓九如带往开封，意欲叫老人家同去，不知你意下如何？"

要知张老儿说些什么，且听下回分解。

第六十回
紫髯伯有意除马刚　丁兆兰无心遇莽汉

且说包兴在汤圆铺内问张老儿："你这买卖一年有多大的来头？"张老道："除火食人工，遇见好年头，一年不过剩上四五十吊钱。"包兴道："莫若跟随邓九如上东京，见了三公子。那时邓九如必是我家公子的义儿，你就照看他，吃碗现成的饭如何？"张老儿听了，满心欢喜，又将韩爷将此子寄居于此的原因说了。"因他留下五两银子，小老儿一时宽裕，卸了一口袋面，被恶奴马禄看在眼里，立刻追索欠债。再也想不到有如此的奇遇。"包兴连连称"是"，又暗想道："原来韩爷也来到此处了。"一转想道："莫若仍找县令叫他把邓九如打扮打扮，岂不省事么？"因对张老道："你收拾起身的行李，我到县里去去就来。"说罢，出了汤圆铺上马，带着伴当，竟奔县衙去了。

这里张老儿与伙计合计，作为两股生理，年齐算账。一个本钱，一个人工，却很公道。自己将积蓄打点起来。不多时，只见包兴带领衙役四名赶来的车辆，从车上拿下包袱一个。打开看时，却是簇新的小衣服、大衫、衬衫，无不全备。是金公子的小衣服，因说是三公子的义儿，焉有不尽心的呢？何况又有太岁庄留马一事，借此更要求包兴在相爷前遮盖遮盖。登时将九如打扮起来，真是人仗衣帽，更显他粉妆玉琢，齿白唇红，把张老儿乐得手舞足蹈。伙计帮着把行李装好，然后叫九如坐好，张老儿却在车边。临别又谆嘱了伙计一番："倘若韩二爷到来，就说在开封府恭候。"包兴乘马，伴当跟随，外有衙役护送，好不威势热闹，一直往开封去了。

且说欧阳爷与丁大爷在会仙楼上吃酒，自张老儿去后，丁大爷便向北侠道："方才眼看恶奴的形景，又耳听豪霸的强梁，兄台心下以为何如？"北侠道："贤弟，咱们且吃酒，莫管他人的闲事。"丁大爷听了，暗道："闻得北侠武艺超群，豪侠无比。如今听他的口气，竟是置而不论了。或者他不知我的心迹，今日初遇，未免的含糊其词，也是有的。待我索性说明了，看是如何。"想罢，又道："似你我行侠尚义，理当济困扶危，剪恶除奸。若要依小弟主意，莫若将他除却，方是正理。"北侠听了，连忙摆手，道："贤弟休得如此。岂不闻窗外有耳？倘漏风声，不大稳便。难道贤弟醉了么？"丁大爷听了，便暗笑道："好一个北侠！何胆小到如此田地？真是'闻名不如见面'！惜乎我身边未带利刃；如有利刃，今晚马到成功，也叫他知道知道我双侠的本领、人物。"又转念道："有了，今晚何不与他一同住宿，我暗暗盗了他的刀且去行事。俟成功后，回来奚落他一场，岂不是件快事么？"主意已定，便道："果然小弟力不胜酒，有些儿醉了。兄台还不用饭么？"北侠道："劣兄早就饿了，特为陪着贤弟。"丁大爷暗道："我何用你陪呢。"便回头唤堂官，要了饭菜点心来。不多时，堂官端来，二人用毕，会钞下楼，天刚正午。

丁大爷便假装醉态，道："小弟今日懒怠行路，意欲在此住宿一宵，不知兄台意下如何？"北侠道："久仰贤弟，未获一见。今日幸会，焉有骤然就别之理。理当多盘桓几日为是，劣兄惟命是听。"丁大爷听了，暗合心意道："我岂愿意与你同住，不过要借你的刀一用耳。"正走间，来到一座庙宇门前。二人进内，见有个跛足道人，说明暂住一宵，明日多谢香资。道人连声答应，即引到一小院，三间小房，极其僻静。二人俱道："甚好，甚好。"放下行李，北侠将宝刀带着皮鞘子挂在小墙之上，丁大爷用目注视了一番，便彼此坐下，对面闲谈。

丁大爷暗想道："方才在酒楼上，惟恐耳目众多，或者他不肯吐实。这如今在庙内，又极僻静，待我再试探他一回，看是如何？"因又提起马刚的过恶，并怀造反之心。"你若举此义，不但与民除害，而且也算与国除害，岂不是件美事？"北侠笑道："贤弟虽如此说，马刚既有此心，他岂不加意防备呢？俗言'知己知彼，百战百胜'，岂可唐突？倘机不密，反为不美。"丁大爷听了，更不耐烦，暗道："这明是他胆怯，反说这些以败吾兴。

不要管他,俟夜间人静,叫他瞧瞧俺的手段。"

到了晚饭时,那瘸道人端了几碗素菜,馒首米饭,二人灯下囫囵①吃完。道人撤去。彼此也不谦让。丁大爷因瞧不起北侠,有些怠慢,所谓"话不投机半句多"了。谁知北侠更有讨厌处,他闹了个吃饱了食困,刚然喝了点茶,他就张牙咧嘴的哈气起来。丁大爷看了,更不如意,暗道:"这样的酒囊饭袋②之人,也敢称个'侠'字,真真令人可笑!"却顺口儿道:"兄台既有些困倦,何不请先安歇呢?"北侠道:"贤弟若不见怪,劣兄就告罪了。"说罢,枕了包裹,不多时,便呼声振耳。丁大爷不觉暗笑,自己也就盘膝打坐,闭目养神。

及至交了二鼓,丁大爷悄悄束缚,将大衫脱下来。未出屋子,先显了个手段,偷了宝刀,背在背后。只听北侠的呼声益发大了,却暗笑道:"无用之人,只好给我看衣服。少时事完成功,看他如何见我?"连忙出了屋门,越过墙头,竟奔太岁庄而来。一二里路,少刻就到。看了看墙垣极高,也不用软梯,便飞身跃上墙头。看时原来此墙是外围墙,里面才是院墙。落下大墙,又上里面院墙。这院墙却是用瓦摆就的古老钱,丁大爷窄步而行。到了耳房,贴墙甚近。意欲由房上进去,岂不省事。两手扳住耳房的边砖,刚要纵身,觉得脚下砖一跐。低头看时,见登的砖已离位。若一抬脚,此砖必落,心中暗道:"此砖一落,其声必响,那时惊动了人反为不美。"若要松手,却又赶不及了,只得用脚尖轻轻的碾力,慢慢的转动,好容易将那块砖稳住了。这才两手用力,身体一长,便上了耳房。又到大房,在后坡里略为喘息。只见仆妇丫鬟往来行走,要酒要菜,彼此传唤。丁大爷趁空儿到了前坡,爬伏在房檐窃听。

只听众姬妾卖俏争宠,道:"千岁爷,为何喝了捏捏红的酒,不喝我们挨挨酥的酒呢?奴婢是不依的。"又听有男子哈哈笑道:"你放心!你们八个人的酒,孤家挨次儿都要喝一杯。只是慢着些儿饮,孤家是喝不惯急酒的。"丁大爷听了,暗道:"怨得张老儿说他有造反之心;果然,他竟敢称孤道寡起来。这不除却,如何使得!"即用倒垂势,把住椽头,将身体贴在前檐之下,却用两手捏住椽头,倒把两脚撑住凌空,换步到了檐柱,用脚登

① 囫囵(húlún)——完整;整个儿。

② 酒囊饭袋——讥讽无能的人。

定。将手一撒,身子向下一顺,便抱住大柱,两腿一抽,盘在柱上。头朝下,脚向上,哧、哧、哧顺流而下,手已扶地。转身站起,瞧了瞧此时无人,隔帘往里偷看。见上面坐着一个人,年纪不过三旬向外,众姬妾围绕着,胡言乱语。丁大爷一见,不由"怒从心上起,恶向胆边生",回手抽刀。罢咧!竟不知宝刀于何时失去,只剩下皮鞘。猛然想起要上耳房之时,脚下一跐,身体往前一栽,想是将刀甩出去了。自己在廊下手无寸铁,难以站立。又见灯光照耀,只得退下。见迎面有块太湖石,暂且藏于后面,往这边偷看。

只见厅上一时寂静。见众姬妾从帘下一个一个爬出来,方嚷道:"了不得了!千岁爷的头被妖精取了去了!"一时间,鼎沸起来。丁大爷在石后听的明白,暗道:"这个妖精有趣。我也不必在此了,且自回庙再作道理。"想罢,从石后绕出,临墙将身一纵,出了院墙。又纵身上了外围墙,轻轻落下。脚刚着地,只见有个大汉奔过来,嗖的就是一棍。丁大爷忙闪身躲过。谁知大汉一连就是几棍。亏得丁大爷眼快,虽然躲过,然而也就吃力得很。正在危急,只见墙头坐着一人,掷下一物,将大汉打倒。丁大爷赶上一步按住。只见墙上那人飞身下来,将刀往大汉面前一晃,道:"你是何人?快说!"

丁大爷细瞧飞下这人,不是别个,却是那胆小无能的北侠欧阳春,手内刀就是他的宝刀,心中早已明白,又是欢喜,又是佩服。只听大汉道:"罢了,罢了!花蝶呀,咱们是对头,不想俺弟兄皆丧于你手!"丁大爷道:"这大汉好生无礼,哪个是什么花蝶?"大汉道:"难道你不是花冲么?"丁大爷道:"我叫兆兰,却不姓花。"大汉道:"如此说来,是俺错认了。"丁大爷也就将他放起。大汉立起,掸了尘土,见衣裳上一片血迹,道:"这是哪里的血呀?"丁大爷一眼瞧见那边一颗首级,便知是北侠取的马刚之首,方才打倒大汉,就是此物,连忙道:"咱们且离此处,在那边说去。"

三人一壁走着,大爷丁兆兰问大汉道:"足下何人?"大汉道:"俺姓龙名涛。只因花蝴蝶花冲将俺哥哥龙渊杀害,是俺怀仇在心,时刻要替兄报仇。无奈这花冲形踪诡秘,谲诈多端,再也拿他不着。方才是我们伙计夜星子冯七告诉于我,说有人进马刚家内。俺想马刚家中姬妾众多,必是花冲又相中了哪一个,因此持棍前来,不想遇见二位。方才尊驾提'兆兰'二字,莫非是茉花村丁大员外么?"兆兰道:"我便是丁兆兰。"龙涛道:"俺久要拜访,未得其便,不想今日相遇。又险些儿误伤了好人。"又问:"此位是谁?”丁大爷道:“此位复姓欧阳名春。”龙涛道:“哎呀!莫非是北侠紫髯伯么?”丁大爷道:“正是。”龙涛道:“妙极!俺要报杀兄之仇,屡欲拜访,恳求帮助,不期今日幸遇二位。没什么说的,求恳二位帮助小人则个。”说罢,纳头便拜。丁大爷连忙扶起,道:“何必如此。”龙涛道:“大官人不知,小人在本县当个捕快差使。昨日奉县尊之命,要捉捕马刚。小人昨奉此差,一来查访马刚的破绽;二来暗寻花蝶的形踪,与兄报仇。无奈自已本领不济,恐不是他的对手,故此求二位官人帮助帮助。”北侠道:“既是这等,马刚已死,你也不必管了。只是这花冲,我们不认得他,怎么样呢?”龙涛道:“若论花冲的形景,也是少年公子模样,却是武艺高强。因他最爱采花,每逢夜间出入,鬓边必簪一枝蝴蝶,因此人皆唤他是“花蝴蝶”。每逢热闹场中,必要去游玩,若见了美貌妇女,他必要下工夫,到了人家采花。这厮造孽多端,作恶无数,前日还闻得他要上灶君祠去呢。小人还要上那里去访他。”北侠道:“灶君祠在哪里?”龙涛道:“在此县的东南三十里,也是个热闹去处。”丁大爷道:“既如此,这时离开庙的日期尚有半个月的光景,我们还要到家中去。倘到临期,咱们俱在灶君祠会齐。如若他要往别处去,你可派人到茉花村给我们送个信,我们好帮助于你。”龙涛道:“大官人说的极是。小人就此告别,冯七还在那里等我听信呢。”

龙涛去后,二人离庙不远,仍然从后面越墙而入,来到屋中,宽了衣服。丁大爷将皮鞘交付北侠,道:“原物奉还。仁兄何时将刀抽去?”北侠笑道:“就是贤弟用脚稳砖之时,此刀已归吾手。”丁大爷笑道:“仁兄真乃英雄,弟弗如也!”北侠道:“岂敢,岂敢。”丁大爷又问道:“姬妾何以声言妖精取了千岁之头?此是何故?小弟不解。”北侠道:“凡你我侠义作事,不要声张,总要机密,能够隐讳①,宁可不露本来面目。只要剪恶除强,扶危济困就是了,又何必谆谆叫人知道呢。就是昨夕酒楼所谈及庙内说的那些话,以后劝贤弟再不可如此,所谓‘临事而惧,好谋而成’,方于事有裨益②。”丁兆兰听了,深为有理,连声道:“仁兄所言最是。”又见北侠从怀中掏出三个软搭搭的东西,递给丁大爷道:“贤弟请看妖怪。”兆兰接来一看,原是三个皮套做成皮脸儿,不觉笑道:“小弟从今方知仁兄是两面

① 隐讳(huì)——有所顾忌而隐瞒不说。
② 裨(bì)益——益处。

人了。”北侠亦笑道：“劣兄虽有两面，也不过逢场作戏，幸喜不失本来面目。”丁大爷道：“嗳哟！仁兄虽是作戏呀，然而逢着的也不是当耍的呢。”北侠听罢，笑了一笑，又将刀归鞘搁起，开言道：“贤弟有所不知，劣兄虽逢场作戏，杀了马刚，其中还有一个好处。”丁大爷道：“其中还有什么好处呢？小弟请教，望乞说明，以开茅塞。”

未知北侠说出什么话来，下回分晓。

第六十一回

大夫居饮酒逢土棍　卞家疃偷银惊恶徒

且说欧阳爷、丁大爷在庙中彼此闲谈。北侠说：“逢场作戏，其中还有好处。”丁大爷问道：“其中有何好处？请教。”北侠道：“那马刚既称孤道寡，不是没有权势之人。你若明明把他杀了，他若报官说他家员外被盗寇持械戕命①，这地方官怎样办法？何况又有他叔叔马朝贤在朝，再连催几套文书，这不是要地方官纱帽么？如今改了面目，将他除却。这些姬妾妇人之见，他岂不又有枝添叶儿，必说这妖怪青脸红发，来去无踪，将马刚之头取去。况还有个胖妾吓倒，她的痰向上来，十胖九虚，必也丧命。人家不说她是痰，必说是被妖怪吸了魂魄去了。他纵然报官，你家出了妖怪，叫地方官也是没法的事。贤弟想想，这不是好处么？”丁大爷听了，越想越是，不由的赞不绝口。二人闲谈多时，略为歇息，天已大亮，与了癞道香资，二人出庙。

丁大爷务必请北侠同上茉花村暂住几日，俟临期再同上灶君祠会齐，访拿花冲。北侠原是无牵无挂之人，不能推辞，同上茉花村去了。这且不言。

单说二员外韩彰，自离了汤圆铺，竟奔杭州而来。沿路行去，闻的往来行人尽皆笑说，以“花蝶设誓”当做骂话。韩二爷听不明白，又不知花蝶为谁。一时腹中饥饿，见前面松林内酒幌儿，高悬一个小小红葫芦。因

---

① 戕(qiāng)命——伤人性命。

此步入林中,见周围芦苇的花障,满架的扁豆秧儿勤娘子。正当秋令,豆花盛开,地下又种着些儿草花,颇颇有趣。来到门前上悬一匾,写着"大夫居"三字。韩爷进了门前,院中有两张高桌,却又铺着几领芦席,设着矮座。那边草房三间,有个老者在那里打盹。韩爷看了一番光景,正惬①心怀,便咳嗽一声。那老者猛然惊醒,拿了手巾,前来问道:"客官吃酒么?"韩爷道:"你这里有什么酒?"老者笑道:"乡居野况,无甚好酒,不过是白干烧酒。"韩爷道:"且暖一壶来。"老者去不多时,暖了一壶酒,外有四碟:一碟盐水豆儿,一碟豆腐干,一碟麻花,一碟薄脆。韩爷道:"还有什么吃食?"老者道:"没有别的,还有卤煮斜尖豆腐合热鸡蛋。"韩爷吩咐:"再暖一角酒来。一碟热鸡蛋,带点盐水儿来。"

老者答应,刚要转身,见外面进来一人,年纪不过三旬,口中道:"豆老丈,快暖一角酒来,还有事呢。"老者道:"呀!庄大爷往哪里去,这等忙?"那人叹道:"嗳!从哪里说起!我的外甥女巧姐不见了,我姐姐哭哭啼啼,叫我给姐夫送信去。"韩爷听了,便立起身来让坐。那人也让了。三言两语,韩爷便把那人让到一处。那人甚是直爽,见老儿拿了酒来,他却道:"豆老丈,我有一事。适才见屋外有几只雏鸡,在那里刨食吃。我与你同量,你肯卖一只与我们下酒么?"豆老笑道:"那有什么呢?只要大爷多给几钱银子就是了。"那人道:"只管弄去,做成了,我给你二钱银子如何?"老者听说"二钱银子",好生欢喜的去了。韩爷却拦道:"兄台又何必宰鸡呢。"那人道:"彼此有缘相遇,实是三生有幸,况我也当尽地主之谊。"说毕,彼此就座,各展姓字。原来此人姓庄名致和,就在村前居住。韩爷道:"方才庄兄说还有要紧事,不是要给令亲送信呢么?不可因在下耽搁了工夫。"庄致和道:"韩兄放心,我还要在就近处访查访查呢。就是今日赶急送信与舍亲,他也是没法子,莫若我先细细访访。"

正说至此,只见外面进来了一人,口中嚷道:"老豆呀!咱弄一壶热热的。"

他却一溜歪斜坐在那边桌上,脚登板凳,立愣着眼,瞅着这边。韩爷见他这样形景,也不理他。

豆老儿拧着眉毛,端过酒去。那人摸了一摸,道:"不热呀,我要热热

---

① 惬(qiè)——满足。

的。"豆老儿道:"很热了,吃不到嘴里,又该抱怨小老儿了。"那人道:"没事,没事,你只管烫去。"豆老儿只得重新烫了来,道:"这可热的很了。"那人道:"热热的很好,你给我斟上晾着。"豆老儿道:"这是图什么呢?"那人道:"别管!大爷是这末个脾气儿。我且问你,有什么荤腥儿拿一点我吃?"豆老儿道:"我这里是大爷知道的,乡村铺儿,那里讨荤腥来。无奈何,大爷将就些儿罢。"那人把醉眼一瞪,道:"大爷花钱,为什么将就呢?"说着话,就举起手来。豆老儿见势头不好,便躲开了。

那人却趔趄趔趄的来至草房门前,一嗅,觉得一股香味扑鼻,便进了屋内一看,见柴锅内煮着一只小鸡儿,又肥又嫩。他却说道:"好呀!现放着荤菜,你说没有。老豆,你可是猴儿拉稀,坏了肠子咧。"豆老忙道:"这是那二位客官花了二钱银两,煮着自用的。大爷若要吃时,也花二钱银子,小老儿再与你煮一只就是了。"那人道:"什么二钱银子!大爷先吃了,你再给他们煮去。"说罢,拿过方盘来,将鸡从锅内捞出,端着往外就走。豆老儿在后面说道:"大爷不要如此,凡事有个先来后到,这如何使得。"那人道:"大爷是嘴急的,等不得,叫他们等着去罢。"

他在这里说,韩爷在外面已听明白,登时怒气填胸,立起身来,走到那人跟前,抬腿将木盘一踢,连鸡带盘全合在那人脸上。鸡是刚出锅的,又搭着一肚子滚汤,只听那人哎呀一声,撒了手,栽倒在地,登时满脸上犹如尿泡里串气儿,立刻开了一个果子铺,满脸鼓起来了。韩爷还要上前,庄致和连忙拦住。韩爷气忿忿的坐下。那人却也知趣,这一烫酒也醒了,自己想了一想也不是理;又见韩爷的形景,估量着他不是个儿,站起身来就走,连说:"结咧,结咧!咱们再说再议。等着,等着!"搭讪着走了。这里庄致和将酒并鸡的银子会过,饶没吃成,反多与了豆老儿几分银子,劝着韩爷,一同出了大夫居。

这里豆老儿将鸡捡起来,用清水将泥土洗了去,从新放在锅里煮了一个开,用水盘捞出,端在桌上,自己暖了一角酒,自言自语:"一饮一啄,各有分定。好好一只肥嫩小鸡儿,那二位不吃,却便宜老汉开斋。这是从哪里说起。"

才待要吃,只见韩爷从外面又进来。豆老儿一见,连忙说道:"客官,鸡已熟了,酒已热了,好好放在这里。小老儿却没敢动,请客官自用罢。"韩爷笑道:"俺不吃了。俺且问你,方才那厮,他叫什么名字?在哪里居住?”豆老儿道:“客官问他则甚? 好鞋不粘臭狗屎,何必与他呕气呢。”韩爷道:“我不过知道他罢了,谁有工夫与他呕气呢。”豆老道:“客官不知,他父子家道殷实,极其悭吝,最是强梁。离此五里之遥,有一个卞家疃,就是他家。他爹爹名叫卞龙,自称是‘铁公鸡’,乃刻薄成家,真是一毛儿不拔。若非怕自己饿死,连饭也是不吃的。谁知他养的儿子更狠,就是方才那人,名叫卞虎,他自称外号‘癞皮象’。他为什么起这个外号儿呢? 一来是无毛可拔;二来他说当初他爹没来由,起手立起家业来,故此外号止于‘鸡’。他是生成的胎里红,外号儿必得大大的壮门面,故此称‘象’。又恐人家看不起,因此又加上‘癞皮’二字,说明他是家传的啬吝,也不是好惹的。自从他父子如此,人人把个卞家疃改成‘扁家团’了。就是他来此吃酒,也是白吃白喝,尽赊账,从来不知还钱。老汉又惹他不起,只好白填嗓他罢了。”韩爷又问道:“他那疃里可有店房么?”豆老儿道:“他那里也不过是个村庄,哪有店房。离他那里不足三里之遥,有个桑花镇,却有客寓。”

韩爷问明底细,执手别了豆老,竟奔桑花镇而来,找了寓所。到了晚间,夜阑人静,悄悄离了店房,来到卞家疃。到了卞龙门前,跃墙而入,施展他飞檐走壁之能,爬伏在大房之上,偷睛往下观看。见个尖嘴缩腮的老头子,手托天平在那里平银子,左平右平,却不嫌费事,必要银子比砝码微低些方罢。共平了二百两,然后用纸包了四封,用绳子结好,又在上面打了花押;方命小童抱定,提着灯笼,往后面送去。

他在那里收拾天平,韩爷趁此机会,却溜下房来,在卡子门垛子边隐藏。小童刚迈门槛,韩爷将腿一伸,小童往前一扑,唧哩咕咚,栽倒在地,灯笼也灭了。老头子在屋内声言道:“怎么了? 栽倒咧!”只见小童提着灭灯笼来对着了,说道:“刚迈门槛,不防就一交倒了。”老头子道:“小孩子家,你到底留神呀! 这一栽,管保把包儿栽破,洒了银渣儿,如何找寻呢? 我不管,拿回来再平,倘若短少分两,我是要扣你的工钱的。”说着话,同小童来至卡子门,用灯一照,罢咧! 连个纸包儿的影儿也不见了。老头子急的两眼冒火,小童儿吓的二目如灯,泪流满面。老头子暴躁道:“你将我的银子藏于何处了? 快快拿出来。如不然,就活活要了你的命。”

正说着,只见卞虎从后面出来,问明此事。小童哭诉一番。卞虎哪里肯信,将眼一瞪,道:“好囚攮的! 人小鬼大,你竟敢弄这样的戏法。咱们且向前面说来。”说罢,拉了小童,卞龙反打灯笼在前引路,来到大房屋内。早见桌上用砝码押着个字帖儿,上面字有核桃大小,写道:“爷爷今夕路过汝家,知道你刻薄成家,广有金银,又兼俺盘费短少,暂借银四封,改日再还。不可误赖好人。如不遵命,爷爷时常夜行此路,请自试爷爷的宝刀。免生后悔!”卞龙见了此帖,登时浑身乱抖。卞虎将小童放了,也就发起愣来。父子二人无可如何,只得忍着肚子疼,还是性命要紧,不敢声张,惟有小心而已。

要知后文如何,下回分晓。

第六十二回

遇拐带松林救巧姐　寻奸淫铁岭战花冲

且说韩二爷揣了四封银子回归旧路,远远听见江西小车,吱吱扭扭的奔了松林而来。韩爷急中生智,拣了一株大树,爬将上去,隐住身形。不意小车子到了树下,咯噔的歇住,听见一人说道:“白昼将货物闷了一天,此时趁着无人,何不将他过过风呢?”又听有人说道:“我也是如此想。不然闷坏了,岂不白费了工夫呢!”答言的却是妇人声音。只见他二人从小车上开开箱子,搭出一个小小人来,叫他靠在树木之上。

韩爷见了,知他等不是好人,暗暗的把银两放在槎丫之上,将朴刀拿在手中,从树上一跃而下。那男子猛见树上跳下一人,撒腿往东就跑。韩爷哪里肯舍,赶上一步,从后将刀一搠。那人嗳哟了一声,早已着了利刃,栽倒在地。韩爷撤步回身,看那妇人时,见她哆嗦在一堆儿,自己打的牙山响,犹如寒战一般。韩爷用刀一指,道:“你等所做何事?快快实说!倘有虚言,立追狗命。讲!”那妇人道:“爷爷不必动怒,待小妇人实说。我们是拐带儿女的。”韩爷问道:“拐来男女置于何地?”妇人道:“爷爷有所不知,只因襄阳王爷那里要讲演优伶歌妓,收录幼童弱女,凡有姿色的总要赏五六百两。我夫妻因穷所迫,无奈做此暗昧之事。不想今日遇见爷爷识破,只求爷爷饶命。”

韩爷又细看那孩儿,原来是个女孩儿,见她愣愣呵呵的,便知道其中有诈,又问道:“你等用何物迷了她的本性?讲!”妇人道:“她那泥丸宫有个药饼儿，揭下来，少刻就可苏醒。"韩爷听罢，伸手向女子头上一摸，果有药饼，连忙揭下，抛在道旁，又对妇人道："你这恶妇，快将裙绦解下来。"妇人不敢不依，连忙解下，递给韩爷。韩爷将妇人发髻一提，拣了一棵小小的树木，把妇人捆了个结实。翻身窜上树去，揣了银子，一跃而下。才待举步，只听那女孩儿哎呀了一声，哭出来了。韩爷上前问道："你此时可明白了？你叫什么？"女子道："我叫巧姐。"韩爷听了惊骇，道："你母舅可是庄致和么？"女子道："正是，伯伯如何知道？"韩爷听了，想道："无心中救了巧姐，省我一番事。"又见天光闪亮，惟恐有些不便，连忙说道："我姓韩，与你母舅认识。少时若有人来，你就喊'救人'，叫本处地方送你回家就完了。拐你的男女，我俱已拿住了。"说罢，竟奔桑花镇去了。

果然，不多时路上已有行人，见了如此光景，问了备细，知是拐带，立刻找着地方保甲，放下妇人，用铁锁锁了，带领女子同赴县衙。县官升堂，一讯即服。男子已死，着地方掩埋，妇人定案寄监。此信早已传开了。庄致和闻知，急急赴县，当堂将巧姐领回。路过大夫居，见了豆老，便将巧姐已有的话说了。又道："是姓韩的救的。难道就是昨日的韩客官么？"豆老听见，好生欢喜，又给庄爷暖酒作贺，因又提起："韩爷昨日复又回来，问卞家的底里。谁知今早闻听人说，卞家丢了许多的银两。庄大爷，你想这事诧异不诧异？老汉再也猜摸不出这位韩爷是个什么人来。"

他两个只顾高谈阔论，讲究此事。不想那边坐着一个道人，立起身来，打个稽首①，问道："请问庄施主，这位韩客官可是高大身躯，金黄面皮，微微的有点黄须么？"庄致和见那道人骨瘦如柴，仿佛才病起来的模样，却又目光如电，炯炯有神，声音洪亮，另有一番别样的精神，不由地起敬道："正是，道爷何以知之？"那道人道："小道素识此人，极其侠义，正要访他。但不知他向何方去了？"豆老儿听到此，有些不耐烦，暗道："这道人从早晨要了一角酒，直耐到此时，占了我一张座儿，仿佛等主顾的一般。如今听我二人说话，他便插言，想是个安心哄嘴吃的。"便没有好气的答道："我这里过往客人极多，谁耐烦打听他往哪里去呢。你既认得他，你就趁早儿找他去。"那道人见豆老儿说的话倔强，也不理他，索性就棍打腿，便对庄致和道："小道与施主相遇，也是缘分，不知施主可肯布施小道

① 稽(qǐ)首——古时一种跪拜礼。叩头到地，是九拜中最恭敬者。

两角酒么?”庄致和道:“这有什么。道爷请过来,只管用,俱在小可身上。”那道人便凑过来。庄致和又叫豆老暖了两角酒来。豆老无可奈何,瞅了道人一眼,道:“明明是个骗酒吃的,这可等着主顾了。”嘟嘟囔囔的温酒去了。

原来这道人就是四爷蒋平。只因回明包相访查韩彰,扮做云游道人模样,由丹凤岭慢慢访查至此。好容易听见此事,焉肯轻易放过。一壁吃酒,一壁细问昨日之事,越听越是韩爷无疑。吃毕酒,蒋平道了叨扰。庄致和会了钱钞,领着巧姐去了。

蒋平也就出了大夫居,逢村遇店,细细访查,毫无下落。看看天晚,日色西斜,来到一座庙宇前,匾上写着“铁岭观”三字,知是道士庙宇,便上前。才待击门,只见山门放开,出来一个老道,手内提定酒葫芦;再往脸上看时,已然喝的红扑扑的似有醉态。蒋平上前稽首,道:“小道行路天晚,意欲在仙观借宿一宵,不知仙长肯容纳否?”那老道乜斜①着眼,看了看蒋平,道:“我看你人小瘦弱,倒是个不生事的。也罢,你在此略等一等,我到前面沽了酒回来,自有道理。”蒋平接口道:“不瞒仙长说,小道也爱杯中之物。这酒原是咱们玄门中当用的。乞将酒器付与小道,待我沽来,奉敬仙长如何?”那老道听了,满面堆下笑来,道:“道友初来,如何倒要叨扰?”说着话,却将一个酒葫芦递给四爷。四爷接过葫芦,又把自己的渔鼓简板以及算命招子交付老道。老道又告诉他卖酒之家。蒋平答应,回身去不多时,提了满满的一葫芦酒,额外又买了许多的酒菜。老道见了,好生欢喜,道:“道兄初来,却破许多钱钞,使我不安。”蒋平道:“这有甚要紧。你我皆是同门,小弟特敬老兄。”

那老道更觉欢喜,回身在前引路,将蒋平让进,关了山门,转过影壁,便看见三间东厢房。二人来到屋内,进门却是悬龛供着吕祖,也有桌椅等物。蒋爷倚了招子,放下渔鼓简板,向上行了礼。老道掀起布帘,让蒋平北间屋内坐。蒋平见有个炕桌上面放着杯壶,还有两色残肴。老道开柜拿了家伙,把蒋爷新买的酒菜摆了。然后暖酒添杯,彼此对面而坐。蒋爷自称姓张,又问老道名姓,原来姓胡名和。观内当家的叫做吴道成,生的

---

① 乜(miē)斜——眼睛略眯而斜着看,多表示瞧不起或不满意。

黑面大腹,自称绰号铁罗汉,一身好武艺,惯会趋炎附势①。这胡和见了酒如命的一般,连饮了数杯,却是酒上加酒,已然醺醺。他却顺口开河,道:“张道兄,我有一句话告诉你,少时当家的来时,你可不要言语,让他们到后面去,别管他们做什么。咱们俩就在前边给他个痛喝,喝醉了,就给他个闷睡,什么全不管他。你道如何?”蒋爷道:“多承胡大哥指示。但不知当家的所做何事?何不对我说说呢?”胡和道:“其实告诉你也不妨事。我们这当家的,他乃响马出身,畏罪出家,新近有他个朋友找他来,名叫花蝶,更是个不尴不尬之人,鬼鬼祟祟不知干些什么。昨晚有人追下来,竟被他们拿住,锁在后院塔内,至今没放。你说,他们的事管得么?”蒋爷听了,心中一动,问道:“他们拿住是什么人呢?”胡和道:“昨晚不到三更,他们拿住人了。是如此如彼,这般这样。”蒋爷闻听,吓了个魂不附体,不由惊骇非常。

你道胡和说什么“如此如彼,这般这样”?原来韩二爷于前日夜救了巧姐之后,来到桑花镇,到了寓所,便听见有人谈论花蝶。细细打听,方才知道是个最爱采花的恶贼,是从东京脱案逃走的大案贼,怨不得人人以花蝶起誓。暗暗的忖度了一番,到了晚间,托言玩月,离了店房,夜行打扮,悄悄的访查。

偶步到一处有座小小的庙宇,借着月光初上,见匾上金字,乃“观音庵”三字,便知是尼庵。刚然转到那边,只见墙头一股黑烟落将下去。韩爷将身一伏,暗道:“这事奇怪!一个尼庵,我们夜行人到此做什么?必非好事,待我跟进去。”一飞身跃上墙头,往里一望,却无动静。便落下平地,过了大殿,见角门以外路西,单有个门儿虚掩,挨身而入,却是三间茅屋,惟有东间明亮。早见窗上影儿是个男子,巧在鬓边插的蝴蝶,颤巍巍的在窗上摇舞。韩爷看在眼里,暗道:“竟有如此的巧事!要找寻他,就遇见他。且听听动静,再做道理。”稳定脚尖,悄悄蹲伏窗外。只听花蝶道:“仙姑,我如此哀恳,你竟不从。休要惹恼我的性儿,还是依了好。”又听有一女子声音道:“不依你,便怎样?”又听花蝶道:“凡妇女入了花蝶之眼,再也逃不出去,何况你这女尼。我不过是爱你的容颜,不忍加害于你。再若不识抬举,你可怨我不得了。”又听女尼道:“我也是好人家的女儿,

① 趋炎附势——比喻奉承依附有权有势的人。

只因自幼多灾多病，父母无奈，将我舍入空门。不想今日遇到你这恶魔，好，好，好！惟有求其速死而已。”说着，说着，就哭起来了。忽听花蝶道：“你这贱人竟敢以死吓我，我就杀了你！”韩爷听到此，见灯光一晃，花蝶立起身来，起手一晃，想是抽刀。韩爷一声高叫道：“花蝶！休得无礼，俺来擒你！”

屋内花冲猛听外面有人叫他，吃惊不小，噗的一声，将灯吹灭，掀软帘奔到堂屋，刀挑帘栊，身体往斜刺里一纵。只听拍，早有一枝弩箭钉在窗棂之上。花蝶暗道：“幸喜不曾中了暗器。”二人动起手来。因院子窄小，不能十分施展，只是彼此招架。正在支持，忽见从墙头跳下一人，咕咚一声，其声甚重。又见他身形一长，是条大汉，举朴刀照花蝶劈来。花蝶立住脚，望大汉虚搠一刀。大汉将身一闪，险些儿栽倒。花蝶抽空跃上墙头，韩爷一飞身跟将出去。花蝶已落墙外，往北飞跑。韩爷落下墙头，追将下去。这里大汉出角门，绕大殿，自己开了山门，也就顺着墙往北追下去了。

韩爷追花蝶有三里之遥。又见有座庙宇，花蝶跃身跳进，韩爷也就飞过墙去。见花蝶又飞过里墙，韩爷紧紧跟随。追到后院一看，见有香炉角三座小塔，惟独当中的大些。花蝶便往塔后隐藏，韩爷步步跟随。花蝶左旋右转，韩爷前赶后拦。二人绕塔多时，方见那大汉由东边角门赶将进来，一声喊叫：“花蝶！你往哪里走？”花蝶扭头一看，故意脚下一跐，身体往前一栽。韩爷急赶一步，刚然伸出一手，只见花蝶将身一翻，手一撒。韩爷肩头已然着了一下，虽不甚疼，觉得有些麻木，暗说：“不好！必是药标。”急转身跃出墙外，竟奔回桑花镇去了。

这里花蝶闪身计打了韩彰，精神倍长，迎了大汉，才待举手，又见那壁厢来了个雄伟胖大之人，却是吴道成。因听见有人喊叫，连忙赶来，帮着花蝶，将大汉拿住，锁在后院塔内。

胡和不知详细，他将大概略述一番，已然把个蒋爷惊的目瞪痴呆。

未知如何，下回分晓。

第六十三回

救莽汉暗刺吴道成 寻盟兄巧逢桑花镇

且说蒋四爷听胡和之言,暗暗说道:“怨不得我找不着我二哥呢,原来被他们擒住了。”正在思索,忽听外面叫门。胡和答应着,却向蒋平摆手,随后将灯吹灭,方趔趄趔趄出来开放山门。只听有人问道:“今日可有什么事么?”胡和道:“什么事也没有。横竖也没有人找,我也没有吃酒。”又听一人道:“他已醉了,还说没有吃酒呢。你将山门好好的关了罢。”说着,二人向后边去了。

胡和关了山门,从新点上灯来,道:“兄弟,这可没了事咧。咱们喝罢,喝醉了给他个睡,什么事全不管他。”蒋爷道:“很好。”却暗暗算计胡和。不多时,将老道灌了个烂醉,人事不知。蒋爷脱了道袍,扎缚停当,来到外间,将招子拿起,抽出三棱鹅眉刺,熄灭了灯,悄悄出了东厢房,竟奔后院而来。果见有三座砖塔,见中间的极大。刚然走到跟前,忽听嚷道:“好呀!你们将老爷捆缚在此,不言不语,到底是怎样呀?快快给老爷一个爽利呀!”蒋爷听了不是韩爷的声音,悄悄道:“你是谁?不要嚷!我来救你。”说罢,走到跟前,把绳索挑去,轻轻将他二臂舒回。那大汉定了定神,方说道:“你是什么人?”蒋爷道:“我姓蒋名平。”大汉失声道:“嗳哟!莫不是翻江鼠蒋四爷么?”蒋平道:“正是,你不要高声。”大汉道:“幸会,幸会。小人龙涛,自仁和县灶君祠跟下花蝶来到此处,原要与家兄报仇,不想反被他们拿住。以为再无生理,谁知又蒙四爷知道搭救。”蒋爷听了,便问道:“我二哥在哪里?”龙涛道:“并不曾遇见什么二爷。就是昨晚也是夜星子冯七给小人送的信,因此得信到观音庵访拿花蝶,爬进墙去,却见个细条身子的与花蝶动手。是我跳下墙去帮助。后来花蝶跳墙,那人比我高多了,也就飞身跃墙,把花蝶追至此处。及至我爬进墙来帮助,不知那人为什么反倒越墙走了。我本不是花蝶对手,又搭上个黑胖老道,如何敌得住,因此就被他们擒住了。”蒋爷听罢,暗想道:“据他说来,这细条身子的倒像我二哥。只是因何又越墙走了呢?走了又往何处去呢?”

又问龙涛道："你方才可见二人进来么？往哪里去了？"龙涛道："往西一面竹林之后，有一段粉墙（想来有门），他们往那里去了。"蒋爷道："你在此略等一等，我去去就来。"

转身形来到林边一望，但见粉壁光华，乱筛竹影，借着月光浅淡，翠荫萧森，碧沉沉竟无门可入。蒋爷暗忖道："看此光景，似乎是板墙。里面必是个幽僻之所，且到临近看看。"绕过竹林，来到墙根，仔细留神，踱来踱去。结构斗榫处，果然有些活动。伸手一摸，似乎活的。摸了多时，可巧手指一按，只听咯噔一声，将消息滑开，却是个转身门儿。蒋爷暗暗欢喜，挨身而入，早见三间正房，对面三间敞厅，两旁有抄手游廊。院内安设着白玉石盆，并有几色上样的新菊花，甚觉清雅。正房西间内灯烛明亮，有人对谈。泽长蹑足潜踪，悄立窗外。只听有人嗐声叹气。旁有一人劝慰，道："贤弟，你好生想不开，一个尼姑有什么要紧？你再要如此，未免叫愚兄笑话你了。"这说话的却是吴道成。又听花蝶道："大哥，你不晓得，自从我见了她之后，神魂不定，废寝忘餐。偏偏的她那古怪性儿，决不依从。若是别人，我花冲也不知杀却了多少。惟独她，小弟不但舍不得杀她，竟会不忍逼她。这却如何是好呢？"说罢，复又长叹。吴道成听了，哈哈笑道："我看你竟自着了迷了。兄弟，既如此，你请我一请，包管此事必成。"花蝶道："大哥果有妙计，成全此事，慢说请你，就是叫我给你磕头，我都甘心情愿的。"说着话，咕咚一声，就跪下了。蒋爷在外听了，暗笑道："人家为媳妇拜丈母，这小子为尼姑拜老道。真是无耻，也就可笑呢。"只听吴道成说："贤弟请起。不要太急，我早已想下一计了。"花蝶问道："有何妙计？"吴道成道："我明日叫我们那个主儿假做游庙，到她那里烧香。我将蒙汗药叫她带上些。到了那里，无论饮食之间下上些，须将她迷倒，那时任凭贤弟所为。你道如何？"花冲失声大笑，道："好妙计，好妙计！大哥，你真要如此，方不愧你我是生死之交。"又听吴道成道："可有一宗，到了临期，你要留些情分，千万不可连我们那个主儿清浊不分，那就不成事体了。"花冲也笑道："大哥放心。小弟不但不敢，从今后，小弟竟把她当嫂子看待。"说罢，二人大笑。

蒋爷在外听了，暗暗切齿咬牙，道："这两个无耻无羞、无伦无礼的贼徒，又在这里设谋定计，陷害好人。"就要进去，心中一转想："不可，须要用计。"想罢，转身躯来到门前，高声叫道："无量寿佛！"他便抽身出来，往南赶行了几步,在竹林转身形隐在密处。此时屋内早已听见。吴道成便立起身来,到了院中,问道:"是哪个?"并无人应。却见转身门已开,便知有人,连忙出了板墙,左右一看,何尝有个人影,心中转省道:"是了,这是胡和醉了,不知来此做些什么。看见此门已开,故此知会我们,也未见得。"心中如此想,脚下不因不由的往南走去。可巧正在蒋爷隐藏之处,撩开衣服,腆着大肚,在那里小解。蒋爷在暗处看的真切,暗道:"活该小子前来送死。"右手攥定钢刺,复用左手按住手腕。说时迟,那时快,只听噗哧一声,吴道成腹上已着了钢刺,小水淋淋漓漓。蒋爷也不管他,却将手腕一翻,钢刺在肚子里转了一个身。吴道成哪里受得,嗳哟一声,翻筋斗栽倒在地。蒋爷趁势赶步,把钢刺一阵乱捣,吴道成这才成了道了。蒋爷抽出钢刺,就在恶道身上搽抹血渍,交付左手,别在背上,仍奔板墙门而来。

到了院内,只听花蝶问道:"大哥,是什么人?"蒋爷一言不发,好大胆!竟奔正屋。到了屋内软帘北首,右手二指轻轻掀起一缝,往里偷看。却见花蝶立起身来,走到软帘前一掀。蒋爷就势儿接着,左手腕一翻,明晃晃的钢刺,竟奔花蝶后心刺下来。只听哧的一声响,把背后衣服划开,从腰间至背,便着了钢刺。花蝶负痛难禁,往前一挣,登时跳到院内。也是这厮不该命尽,是蒋爷把钢刺别在背后,又是左手,且是翻起手腕,虽然刺着,却不甚重,只是划伤皮肉。蒋爷蹍步跟将出来。花蝶已出板墙,蒋爷紧紧追赶。花蝶却绕竹林,穿入深密之处。蒋爷有心要赶上,猛见花蝶跳出竹林,将手一扬。蒋四爷暗说"不好",把头一扭,觉的冷嗖嗖从耳边过去,板墙上拍的一声响。蒋爷便不肯追赶,眼见花蝶飞过墙去了。

蒋爷转身来到中间,往前见龙涛血脉已周,伸腰舒背,身上已觉如常,便将方才之事,说了一遍。龙涛不胜称羡。蒋爷道:"咱们此时往何处去方好?"龙涛道:"我与冯七约定在桑花镇相见。四爷何不一同前往呢?"蒋爷道:"也罢,我就同你前去,且到前面,取了我的东西,再走不迟。"二人来到东厢房内,见胡和横躺在炕上,人事不知。蒋爷穿上道袍,在外边桌上拿了渔鼓简板,旁边拿起算命招子,装了钢刺。也不管胡和明日如何报官,如何结案,二人离了铁岭观,一直竟奔桑花镇而来。

及至到时,红日已经东升。龙涛道:"四爷辛苦了一夜,此时也不觉饿吗?"蒋爷听了,知他这两日未曾吃饭,随答道:"很好,正要吃些东西。"

说着话,正走到饭店门前,二人进去,拣了一个座头。刚然坐下,只见堂官从水盆中提了一尾欢跳的活鱼来。蒋爷见了,连夸道:“好新鲜鱼!堂官,你给我们一尾。”走堂的摇手,道:“这鱼不是卖的。”蒋爷道:“却是为何?”堂官道:“这是一位军官爷病在我们店里,昨日交付小人的银两,好容易寻了数尾,预备将养他病的,因此我不敢卖。”蒋爷听了,心内辗转道:“此事有些蹊跷。鲤鱼乃极热之物,如何反用他将养病呢?再者我二哥与老五最爱吃鲤鱼,在陷空岛时往往心中不快,吃东西不香,就用鲤鱼氽汤,拿它开胃。难道这军官就是我二哥不成?但只是我二哥如何扮做军官呢?又如何病了呢?”蒋爷只顾犯想。旁边的龙涛也不管三七二十一,他先要了点心来,一上口就是五六碟,然后才问:“四爷,吃酒要什么菜?”蒋爷随便要了,毫不介意,总在得病的军官身上。

少时,见堂官端着一盘热腾腾、香喷喷的鲤鱼,往后面去了。蒋爷他却悄悄跟在后面,多时转身回来,不由笑容满面。龙涛问道:“四爷酒也不喝,饭也不吃,如何这等发笑?”蒋爷道:“少时你自然知道。”便把那堂官唤近前来,问道:“这军官来了几日了?”堂官道:“连今日四天了。”蒋爷道:“他来时可曾有病么?”堂官道:“来时却是好好的。只因前日晚上出店赏月,于四鼓方才回来,便得了病。立刻叫我们伙计三两个到三处打药,惟恐一个药铺赶办不来。我们想着军官爷必是紧要的症候,因此挡槽儿的、更夫,连小人分为三下里,把药抓了来。小人要与军官爷煎,他不用。小人见他把那三包药中拣了几味,先噙在口内,说道:‘你们去罢。有了药,我就无妨碍了。明早再来,我还有话说呢。’到了次日早起,小人过去一看,见那军官爷病就好了,赏了小人二两银子买酒吃。外又交付小人一个锞子,叫小人务必的多找几尾鲤鱼来,说:‘我这病非吃活鲤鱼不可。’因此昨日出去了二十多里路,方找了几尾鱼来。军官爷说:‘每日早饭只用一尾,过了七天后,便隔两三天再吃,也就无妨了。’也不知这军官爷得的什么病。”

蒋爷听了,点了点头,叫堂官且温酒去,自己暗暗踌躇道:“据堂官说来,我二哥前日夜间得病。不消说了,这是在铁岭观受了暗器,赶紧跑回来了。怨得龙涛他说:‘刚赶到,那人不知如何越墙走了。’只是叫人两三处打药,难道这暗器也是毒药喂的么?不然,如何叫人两三处打药。这明是秘不传方之意。二哥呀,二哥!你过于多心了,一个方儿什么要紧,自己性命也是当要的。当初大哥劝了多少言语，说：'为人不可过毒了。似乎这些小家伙称为暗器，已然有个"暗"字，又用毒药喂饱，岂不是狠上加狠呢？如何使得！'谁知二哥再也不听，连解药儿也不传人。不想今日临到自己头上，还要细心，不肯露全方儿。如此看来，二哥也太深心了。"又一转想，暗说："不好！当初在文光楼上我诓药之时，原是两丸全被我盗去。如今二哥想起来，叫他这般费事，未尝不恨我、骂我，也就未必肯认我罢。"想到此，只急得汗流满面。

龙涛在旁，见四爷先前欢喜，到后来沉吟纳闷，，此时竟自手足失措，便问道："四爷，不吃不喝，到底为着何事？何不对我说说呢？"蒋爷叹气，道："不为别的，就只为我二哥。"龙涛道："二爷在哪里？"蒋爷道："就在这店里后面呢。"龙涛忙道："四爷，大喜！这一见了二爷，又完官差，又全朋友义气，还犹豫什么呢？"说着话，堂官又过来。蒋爷唤住，道："伙计，这得病的军官可容人见么？"堂官开言说道："爷若不问，小人也不说。这位军官爷一进门，就嘱咐了，他说：'如有人来找，须问姓名。独有个姓蒋的，他若找来，就回复他说我不在这店里。'"四爷听了，便对龙涛道："如何？"龙涛闻听，便不言语了。蒋爷又对堂官道："此时军官的鲤鱼大约也吃完了。你作为取家伙去，我悄悄的跟了你去。到了那里，你合军官说话儿，我做个不期而遇①。倘若见了，你便溜去，我自有道理。"堂官不能不应。蒋爷别了龙涛，跟着堂官，来到后面院子之内。

不知二人见了如何，下回分晓。

第六十四回

论前情感化彻地鼠　观古迹游赏诛龙桥

且说蒋爷跟了堂官来到院子之内，只听堂官说道："爷上吃着这鱼可配口么？如若短什么调和，只管吩咐，明早叫灶上的多精点心。"韩爷道："很好，不用吩咐了，调和的甚好。等我好了，再谢你们罢。"堂官道："小

① 不期而遇——没有约定而意外地遇见。

人们理应伺候,如何担的起‘谢’字呢。”

刚说到此,只听院内说道:“哎哟!二哥呀!你想死小弟了。”堂官听罢,端起盘子,往外说走。蒋四爷便进了屋内,双膝跪倒。韩爷一见翻转身,面向里而卧,理也不理。蒋爷哭道:“二哥,你恼小弟,小弟深知。只是小弟委屈也要诉说明白了,就死也甘心的。当初五弟所做之事,自己逞强逞能,不顾国家法纪,急得大哥无地自容。若非小弟看破,大哥早已缢死在庞府墙外了。二哥,你老知道么?就是小弟离间二哥,也有一番深心。凡事皆是老五作成,人人皆知是锦毛鼠的能为,并不知有姓韩的在内。到了归结,二哥却跟在里头打这不明不白的官司,岂不弱了彻地鼠之名呢?再者小弟附和着大哥,务必要拿获五弟,并非忘了结义之情,这正是救护五弟之意。二哥难道不知他做的事么?若非遇见包恩相与诸相好,焉能保的住他毫无伤损,并且得官授职?又何尝委屈了他呢。你我弟兄五人自陷空岛结义以来,朝夕聚首,原想不到有今日。既有今日,我四人都受皇恩,相爷提拔,难道就忘却了二哥么?我兄弟四人在一处已经哭了好几场。大哥尤为伤怀,想会二哥。实对二哥说罢,小弟此番前来,一来奉旨钦命,二来包相钧谕,三来大哥的分派。故此装模作样,扮成这番光景,遍处找寻二哥。小弟原有一番存心,若是找着了二哥固好;若是寻不着时,小弟从此也就出家,做个负屈含冤的老道罢了。”说到此,抽抽噎噎地哭了起来。他却偷着眼看韩彰,见韩爷用巾帕抹脸,知是伤了心了,暗道:“有点活动了。”复又说道:“不想今日在此遇见二哥,二哥反恼小弟,岂不把小弟一番好心倒埋没了?总而言之,好人难作。小弟既见了二哥,把曲折衷肠诉明,小弟也不想活着了,隐迹山林,找个无人之处,自己痛哭一场,寻个自尽罢了。”说到此,声咽音哑,就要放声。

韩爷哪里受得,由不得转过身来,道:“你的心,我都知道了。你言我行事太毒,你想想,你做的事未尝不狠。”蒋爷见韩爷转过身来,知他心意已回,听他说“做事太狠”,便急忙问道:“不知小弟做什么狠事了?求二哥说明。”韩爷道:“你诓我药,为何将两丸俱各拿去?致令我昨日险些儿丧了性命。这不是做事太狠么?”蒋爷听了,噗哧一声笑了,道:“二哥若为此事恼我恨我,这可错怪小弟了。你老自想想,一个小荷包儿有多大地方,当初若不将二丸药掏出,如何装的下那封字柬呢?再者小弟又不是未卜先知,能够知道于某年某月某日某时,我二哥受药标,必要用此解药;若早知道,小弟偷时也要留个后手儿,预备给二哥救急儿,也省得你老恨我咧!”韩爷听了也笑了,伸手将蒋爷拉起来,问道:“大哥、三弟、五弟可好?”蒋爷道:“都好。”说毕,就在炕边上坐了。彼此提起前情,又伤感了一回。韩爷便说:“与花蝶比较,他用闪身计,是我一时忽略,故此受了他的毒标,幸喜不重。赶回店来,急忙配药,方能保得无事。”蒋爷听了,方才放心,也将铁岭观遇见胡道泄机,小弟只当是二哥被擒,谁知解救的却是龙涛;如何刺死吴道成,又如何反手刺伤了花蝶,他在钢刺下逃脱的话,说了一遍。韩爷听了,欢喜无限,道:“你这一刺,虽未伤他的性命,然而多少划他一下,一来惊他一惊,二来也算报了一标之仇了。”

二人正在谈论,忽听外面进来一人,扑翻身就给韩爷叩头,倒把韩爷吓了一跳。蒋爷连忙扶起,道:“二哥,此位便是捕快头目龙涛龙二哥。”韩二爷道:“久仰,久仰。恕我有贱恙,不能还礼。”龙涛道:“小人今日得遇二员外,实小人之万幸。务恳你老人家早早养好贵体,与小人报了杀兄之仇,这便是爱惜龙涛了。”说罢,泪如雨下。蒋爷道:“龙二哥,你只管放心,等我二哥好了,身体强健,必拿花贼与令兄报仇。我蒋平也是要助拿此贼的。”龙涛感谢不已。

从此蒋爷服侍韩爷,又有龙涛帮着,更觉周到。闹了不多几日,韩爷伤痕已愈,精神复原。

一日,三人正在吃饭之时,却见夜星子冯七满头是汗,进来说道:“方才打二十里堡赶到此间,已然打听明白,姓花的因吃了大亏,又兼本县出票捕缉甚紧,到处有线,难以住居,他竟逃往信阳,投奔邓家堡去了。”龙涛道:“既然如此,只好赶到信阳,再作道理。”便叫冯七参见了二员外,也就打横儿坐了,一同吃毕饭。韩爷问蒋爷道:“四弟,此事如何区处?”蒋爷道:“花蝶这厮万恶已极,断难容留。莫若二哥与小弟同上信阳将花蝶拿获,一来除了恶患,二来与龙兄报了大仇,三来二哥到开封也觉有些光彩。不知二哥意下如何?”韩爷点头,道:“你说的有理。只是如何去法呢?”蒋泽长道:“二哥仍是军官打扮,小弟照常道士形容。”龙涛道:“我与冯七做个小生意,临期看势作事。还有一事,我与欧阳爷、丁大官人原有旧约,如今既上信阳,须叫冯七到茉花村送信才是,省得他们二位徒往灶君祠奔驰。夜星子听了,满口应承,定准在诛龙桥西河神庙相见。龙涛又对韩、蒋二人道:“冯七这一去尚有几天工夫,明日我先赶赴信阳,容二员外多将养几日。就是你们二位去时，一位军官，一位道者，也不便同行，只好俱在河神庙会齐便了。”蒋爷深以为是。计议已定，夜星子收拾收拾，立刻起身，竟奔茉花村而来。

且言北侠与丁大爷来到茉花村，盘桓了几日，真是义气相投，言语投机。一日，提及花蝶，三人便要赴灶君祠之约。兆兰、兆蕙进内禀明了老母。丁母关碍着北侠，不好推托。老太太便立了一个主意，连忙吩咐厨房预备送行的酒席，明日好打发他等起身。北侠与丁氏弟兄欢天喜地，收拾行李，分派人跟随，忙乱了一天。到了掌灯时，饮酒吃饭。直到二鼓，刚然用完了饭，忽见丫鬟报来，道：“老太太方才说身体不爽，此时已然歇下了。”丁氏弟兄闻听，连忙跑到里面看视，见老太太在帐子内，面向里和衣而卧。问之不应，半晌，方说：“我这是无妨的，你们干你们的去。”丁氏弟兄那里敢挪寸步。伺候到四鼓之半，老太太方解衣安寝。二人才暗暗出来，来到待客厅。谁知北侠听说丁母欠安，也不敢就睡，独自在那里呆等音信，见了丁家弟兄出来，便问：“老伯母因何欠安？”大爷道：“家母有年岁之人，往往如此，反累吾兄挂心，不得安眠。”北侠道：“你我知己兄弟，非比外人家，这有什么呢。”丁二爷道：“此时家母业已安歇，吾兄可以安置罢。明日还要走路呢。”北侠道：“劣兄方才细想，此事也没甚要紧，二位贤弟原可以不必去。何况老伯母今日身体不爽呢。就是再迟两三日，也不为晚。总是老人家要紧。”丁氏昆仲连连称：“是，且到明日再看。”彼此问了安置，弟兄二人仍上老太太那里去了。

到了次日，丁大爷先来到厅上，见北侠刚然梳洗。欧阳爷先问道：“伯母后半夜可安眠否？”兆兰道：“托赖兄长庇荫，老母后半夜颇好。”正说话间，兆蕙亦到，便问北侠：“今日可起身么？”北侠道：“尚在未定。等伯母醒时，看老人家的光景，再做道理。”忽见门上庄丁进来，禀道：“外面有个姓冯的，要求见欧阳爷、丁大爷。”北侠道：“他来的很好，将他叫进来。”庄丁回身，不多时，见一人跟庄丁进来，自说道：“小人夜星子冯七参见。”丁大爷问道：“你从何处而来？”冯七便将龙涛追下花蝶，观中遭擒；如何遇蒋爷搭救，刺死吴道成，惊走花蝶；又如何遇见韩二爷，现今打听明白，花冲逃往信阳，大家俱定准在诛龙桥西河神庙相见的话，述说了一回。北侠道：“你几时回去？”冯七道：“小人特别前来送信，还要即刻赶到信阳，同龙二爷探听花蝶的下落呢。”丁大爷道：“既如此，也不便留你。”回头吩咐庄丁,取二两银子来赏与冯七。冯七叩谢道:“小人还有盘费,大官人如何又赏许多。如若没有什么吩咐,小人也就要走了。”又对北侠道:“爷们去时,就在诛龙桥西河神庙相见。”北侠道:“是了,我知道了。那庙里方丈慧海我是认得的,手谈是极高明的。”冯七听了,笑了一笑,告别去了。

谁知他们这里说话,兆蕙已然进内看视老太太出来。北侠问道:“二弟,今日伯母如何?”丁二爷道:“方才也替吾兄请了安了。家母说:‘多承挂念。’老人家虽比昨日好些,只是精神稍减。”北侠道:“莫怪劣兄说,老人家既然欠安,二位贤弟断断不可远离。况此事也没甚要紧。依我的主意,竟是我一人去到信阳,一来不至失约,二来我会同韩、蒋二人,再加上龙涛帮助,也可以敌得住姓花的了。二位贤弟以为何如?”兆兰、兆蕙原因老母欠安,不敢远离,今听北侠如此说来,连忙答道:“多承仁兄指教,我二人惟命是从。待老母大愈后,我二人再赶赴信阳就是。”北侠道:“那也不必。即便去时,也不过去一人足矣,总要一位在家伺候伯母要紧。”丁家弟兄点头称“是”。早见伴当搭抹桌椅,调开座位,安放杯箸,摆上丰盛的酒席。这便是丁母吩咐预备饯行的。酒饭已毕,北侠提了包裹,彼此珍重了一番,送出庄外,执手分别。

不言丁氏昆仲回庄,在家奉母。单说北侠出了茉花村,上了大路,竟奔信阳而来。沿途观览山水。一日,来到信阳境界,猛然想起人人都说诛龙桥下有诛龙剑。“我虽然来过,并未赏玩。今日何不顺便看看,也不枉再游此地一番。”想罢,来到河边泊船之处雇船。船家迎将上来,道:“客官要上诛龙桥看古迹的么?待小子伺候爷上赏玩一番何如?”北侠道:“很好,但不知要多少船价?须要说明。”船家道:“有甚要紧。只要客官畅快喜欢了,多赏些就是了。请问爷上是独游,还是要会客呢?可要火食不要呢?”北侠道:“也不会客,也不要火食,独自一人要游玩游玩,把我渡过桥西,河神庙下船,便完事了。”船家听了,没有什么想头,登时怠儿慢儿的道:“如此说来,是要单座儿了。我们从早晨到此时,并没开张,爷上一人,说不得走这一遭儿罢。多了也不敢说,破费爷上四两银子罢。”俗语说的“车船店脚牙”,极是难缠的。他以为拿大价儿把欧阳爷难住,就拉倒了。

不知北侠如何,下回分解。

第六十五回

北侠探奇毫无情趣　花蝶隐迹别有心机

且说北侠他乃挥金似土之人，既要遣兴赏奇，慢说是四两，就是四十两也是肯花的。想不到这个船家要价儿，竟会要在圈儿里头了。

北侠道："四两银子有甚要紧。只要俺看了诛龙剑，俺便照数赏你。"船家听了，又立刻精神百倍，满面堆下笑来，奉承道："小人看爷上是个慷慨怜下的，只要看看古迹儿，哪在我们穷小子身上打算盘呢。伙计快搭跳板，搀爷上船。到底灵便着些儿呀，吃饱了就发呆。"北侠道："不用忙，也不用搀，俺自己会上船。"看跳板搭平稳了，略一垫步，轻轻来到船上。船家又嘱咐道："爷上坐稳了，小人就要开船了。"北侠道："俺晓得。只是纤绳要拉的慢着些儿，俺还要沿路观看江景呢。"船家道："爷上放心。原为的是游玩，忙什么呢。"说罢，一篙撑开，顺流而下，奔到北岸。纤夫套上纤板，慢慢牵曳。船家掌舵，北侠坐在舟中。清波荡漾，芦花飘扬，衬着远山耸翠，古木撑青。一处处野店乡村，炊烟直上；一行行白鸥秋雁，掠水频翻。北侠对此三秋之景，虽则心旷神怡，难免几番浩叹，想人生光阴迅速，几辈英雄，而今何在？

正在观览叹惜之际，忽听船家说道："爷上请看，那边影影绰绰便是河神庙的旗杆，此处离诛龙桥不远了。"北侠听了，便要看古人的遗迹。"不知此剑是何宝物？不料我今日又得瞻仰瞻仰。"早见船家将篙一撑荡开，悠悠扬扬，竟奔诛龙桥而来。到此水势急溜，毫不费力，已从桥孔过去。北侠两眼左顾右盼，竟不见宝剑悬于何处。刚然要问，只见船已拢住，便要拉纤上河神庙去。北侠道："你等且慢！俺原为游赏诛龙剑而来，如今并没看见剑在哪里，如何就上河神庙呢？"船家道："爷上才从桥下过，宝剑就在桥的下面，如何不玩赏呢？"北侠道："方才左瞧右瞧，两旁并没有悬挂宝剑，你叫我玩赏什么呢？"船家听了，不觉笑道："原来客官不知古迹所在之处。难道也没听见人说过么？"北侠道："实实没有听见过。到了此时，倒要请教。"船家道："人人皆知：'诛龙桥，诛龙剑。若要看，须仰面。’爷上为何不往上看呢？”北侠猛省，也笑道：“俺倒忘了，竟没仰面观看。没奈何，你等还将船拨转。俺既到此，再没有不看看之理。”船家便有些作难道：“此处水急溜，而且回去是逆水，我二人又得出一身汗，岂不费工夫呢？”北侠心下明白，便道：“没甚要紧，俺回来加倍赏你们就是了。”船家听了，好生欢喜，便叫：“伙计，多费些气力罢，爷上有加倍赏呢。”二人踊跃非常，用篙将船往回撑起。

果然逆水难行，多大工夫，方到了桥下。北侠也不左右顾盼，惟有仰面细细观瞧。不看则可，看了时未免大扫其兴。你道什么诛龙剑？原来就在桥下石头上面刻的一把宝剑，上面有模模糊糊几个蝌蚪篆字，真是耳闻不如眼见。往往以讹传讹，说的奇特而又奇神，再遇个探奇好古的人，恨不得登时就要看看。及至身临其境，只落得“原来如此”四个大字，毫无一点的情趣。

就是北侠，他乃行侠作义之人，南北奔驰，什么美景没有看过。今日为个诛龙剑，白白的花了八两头，他算开了眼了，可瞧见石头上刻的暗八仙了。你说可笑不可笑？

又遇船家纤夫不懂眼，使着劲儿撑住了船，动也不动。北侠问道：“为何不走？”船家道：“爷上赏玩尽兴，小人听吩咐方好开船。”北侠道：“此剑不过一目了然，俺已尽兴了。快开船罢！咱们上河神庙去罢。”他二人复又拨转船头，一直来到河神庙下船。北侠在兜肚内掏出一个锞子，又加上多半个，合了八两之数，赏给船家去了。

北侠来到庙内，见有几个人围绕着一个大汉。这大汉地下放着一个笸箩，口中说道：“俺这煎饼，是真正黄米面的，又有葱，又有酱，咬一口，喷鼻香。赶热呀，赶热！”旁边也有买着吃的。再细看大汉时，却是龙涛。北侠暗道：“他敢则早来了。”便上前故意地问道：“伙计，借光问一声。”龙涛抬头见是北侠，他却笑嘻嘻地说道：“客官，你问什么？”北侠道：“这庙内可有闲房？俺要等一个相知的朋友。”龙涛道：“巧咧，对劲儿。俺也是等乡亲的，就在这庙内落脚儿。俺是知道的，这庙内闲房多着咧。好体面屋子，雪洞儿似的，俺就是住不起。俺合庙内的老道在厨房里打通腿儿。没有什么营生，就在柴锅里摊上了几张煎饼，作个小买卖。你老趁热，也闹一张尝尝，包管喷鼻香。”北侠笑道：“不用。少时你在庙内，摊几张新鲜的我吃。”龙涛道：“是咧！俺卖完了这个，再给你老摊几张去。你老要找这庙内当家的,他叫慧海,是个一等一的人儿,好多着咧。”北侠道:“承指教了。”转身进庙,见了慧海,彼此叙了阔情。本来素识,就在东厢房住下。到了下晚,北侠却暗暗与龙涛相会,言“花蝶并未见来,就是韩、蒋二位也该来了,等他们到来再做道理。”

这日北侠与和尚在方丈里下棋,忽见外面进来一位贵公子,衣服华美,品貌风流,手内提定马鞭,向和尚执手。慧海连忙问讯。小和尚献茶,说起话来。原是个武生,姓胡,特来暂租寓所,访探相知的。北侠在旁细看,此人面上一团英气,只是二目光芒甚是不佳,暗道:“可惜这样人物,被这一双眼带累坏了。而且印堂带煞,必是不良之辈。”正在思索,忽听外面嚷道:“王弟二的,王弟二的。”说着话,扒着门,往里瞧了瞧北侠,看了看公子。北侠早已看见是夜星子冯七。小和尚迎出来,道:“你找谁?”冯七道:“俺姓张行三,找俺乡亲王弟二的。”小和尚说:“你找卖煎饼的王二呀?他在后面厨房里呢。你从东角门进去,就瞧见厨房了。”冯七道:“没狗呀?”小和尚道:“有狗,也不怕,锁着呢。”冯七抽身往后去了。

这里贵公子已然说明,就在西厢房暂住,留下五两定银,回身走了,说:“迟会儿再来。”慧海送了公子回来,仍与北侠终局。北侠因记念着冯七,要问他花蝶的下落,胡乱下完。那盘棋却输与慧海七子。站起身来,回转东厢房,却见龙涛与冯七说着话,出庙去了。

北侠连忙做散步的形景,慢慢的来到庙外,见他二人在那边大树下说话。北侠一见,暗暗送目,便往东走,二人紧紧跟随。到了无人之处,方问冯七道:“你为何此时才来?”冯七道:“小人自离了茉花村,第三日就遇见了花蝶。谁知这厮并不按站走路,二十里也是一天,三十里也是一天。他到处拉拢,所以迟到今日。他也上这庙里来了。”北侠道:“难道方才那公子,就是他么?”冯七道:“正是。”北侠道:“怨不的!我说那样一个人,怎么会有那样的眼光呢?原来就是他呀!怨不的说姓胡,其中暗指着蝴蝶呢。只是他到此何事?”冯七道:“这却不知。就是昨晚在店内,他合店小二打听小丹村来着,不知他是什么意思?”北侠又问韩、蒋二位。冯七道:“路上却未遇见,想来也就该到了。”龙涛道:“今日这厮既来到此,欧阳爷想着如何呢?”北侠道:“不知他是什么意思,大家防备着就是了。”说罢,三人分散,仍然归到庙中。

到了晚间,北侠屋内却不点灯,从暗处见西厢房内灯光明亮。后来忽见灯影一晃,仿佛蝴蝶儿一般。又见噗的一声,把灯吹灭了。北侠暗道:“这厮又要闹鬼了,倒要留神。”迟不多会,见槅扇略起一缝,一条黑线相似,出了门,背立片时。原来是带门呢。见他脚尖滑地,好门道,好伶便,窦、窦往后面去了。北侠暗暗夸奖:“可惜这样好本事!为何不学好?”连忙出了东厢房,由东角门轻轻来到后面。见花蝶已上墙头,略一转身,落下去了。北侠赶到,飞身上墙,往下一望,却不见人。连忙纵下墙来,四下留神,毫无踪迹,暗道:“这厮好快腿!果然本领不错。”见那边树上落下一人,奔向前来,北侠一见,却是冯七。又见龙涛来道:“小子好快腿,好快腿!”三人聚在一处,再也测度不出花蝶往哪里去了。北侠道:“莫若你我仍然埋伏在此,等他回来。就怕他回来不从此走。”冯七道:“此乃必由之地,白昼已瞧明白了。不然,我与龙二爷怎会专在此处等他呢?”北侠道:“既如此,你仍然上树。龙头领,你就在桥根之下,我在墙内等他。里外夹攻,再无不成功之理。”冯七听了,说:“很好,就是如此。我在树上了高,如他来时,抛砖为号。”三人计议已定,内外埋伏。

谁知等了一夜,却不见花冲回来。天已发晓,北侠来到前面,开了山门,见龙涛与冯七来了。彼此相见,道:“这厮哪里去了?”于是同到西厢房,见槅扇虚掩。到了屋内一看,见北间床上有个小小包裹,打开看时,里面只一件花氅官靴与公子巾。北侠叫冯七拿着奔方丈①而来。

早见慧海出来,迎面问道:“你们三位如何起的这般早?”北侠道:“你丢了人了。你还不晓得吗?”和尚笑道:“我出家人吃斋念佛,恪守清规,如何会丢人?别是你们三位有了什么故典了罢?”龙涛道:“真是师傅丢了人咧。我三人都替师傅找了一夜。”慧海道:“王二,你的口音如何会改了呢?”冯七道:“他也不姓王,我也不姓张。”和尚听了,好生诧异。北侠道:“师傅不要惊疑,且到方丈细谈。”大家来到屋内,彼此就座。北侠方将龙涛冯七名姓说出。“昨日租西厢房那人,也不姓胡,他乃作孽的恶贼花冲,外号花蝴蝶。我们俱是为访拿此人,到你这里。”就将夜间如何埋伏,他自从二更去后至今并未回来的话,说了一遍。慧海闻听,吃了一惊,连忙接过包裹,打开一看,内有花氅一件、官靴、公子巾,别无他物。又到西厢房内一看,床边有马鞭子一把,心中惊异非常,道:“似此如之奈何?”

未知后文,下回分晓。

---

① 方丈——寺院的住持。此处指佛寺或道观中住持的房间。

第六十六回

盗珠灯花蝶遭擒获　救恶贼张华窃负逃

且说紫髯伯听和尚之言，答道："这却无妨。他决不肯回来了，只管收起来罢。我且问你，闻得此处有个小丹村，离此多远？"慧海道："不过三四里之遥。"北侠道："那里有乡绅富户以及庵观娼妓无有呢？"和尚道："有庵观，并无娼妓。那里不过是个庄村，并无镇店。若论乡绅，却有个勾乡宦。因告终养在家，极其孝母，家道殷实。因为老母吃斋念佛，他便盖造了一座佛楼，画栋雕梁，壮观之甚。慢说别的，就只他那宝珠海灯，便是无价之宝。上面用珍珠攒成缨络，排穗俱有宝石镶嵌。不用说点起来照彻明亮，就是平空看去也是金碧交辉，耀人二目。那勾员外只要讨老母的喜欢，自己好善乐施，连我们庙里一年四季皆是有香资布施①的。"北侠听了，便对龙涛道："听师傅之言却有可疑。莫若冯七你到小丹村暗暗探听一番，看是如何？"冯七领命，飞也似的去了。龙涛便到厨房收拾饭食。北侠与和尚闲谈。

忽见外面进来一人，军官打扮，金黄面皮，细条身子，另有一番英雄气概，别具一番豪杰精神。和尚连忙站起来相迎。那军官一眼看见北侠，道："足下莫非欧阳兄么？"北侠道："小弟欧阳春，尊兄贵姓？"那军官道："小弟韩彰，久仰仁兄，恨不一见，今日幸会。仁兄几时到此？"北侠道："弟来三日了。"韩爷道："如此说来，龙头领与冯七他二人也早到了。"北侠道："龙头领来在小弟之先，冯七是昨日才来。"韩爷道："弟因有小恙②，多将养了几日，故尔来迟，叫吾兄在此耐等，多多有罪。"说着话，彼此就座。却见龙涛从后面出来，见了韩爷，便问："四爷如何不来？"韩爷道："随后也就到了。因他道士打扮，故在后走，不便同行。"

正说之间，只见夜星子笑吟吟回来，见了韩彰，道："二员外来了么？

① 布施——把财物等施舍给人。

② 小恙(yàng)——小病。

来的正好,此事必须大家商议。”北侠问道:“你打听的如何?”冯七道:“欧阳爷料事如见。小人到了那里细细探听,原来这小子昨晚真个到小丹村去了。不知如何被人拿住,又不知因何连伤二命,他又逃脱走了。早间勾乡宦业已呈报到官,还未出签缉捕呢。”大家听了,测摸不出,只得等蒋爷来再做道理。

你道花蝶因何上小丹村?只因他要投奔神手大圣邓车,猛然想起邓车生辰已近,素手①前去,难以相见。早已闻得小丹村勾乡宦家有宝珠灯,价值连城。“莫若盗了此灯,献与邓车,一来祝寿,二来自觉有些光彩。”这全是以小人待小人的形景。他哪里知道此灯有许多的蹊跷。二更离了河神庙,一直奔到小丹村,以为马到成功,伸手就可拿来。谁知到了佛楼之上,见宝灯高悬,内注清油,明晃晃明如白昼。却有一根锁链,上边檩上有环,穿过去,将这一头儿压在鼎炉的腿下。细细端详,须将香炉挪开,方能提住锁链,系下宝灯。他便挽袖掖衣,来至供桌之前,舒开双手,攥住炉耳,运动气力往上一举。只听吱的一声,这鼎炉竟跑进佛龛去了。炉下桌子上却露出一个窟窿。系宝灯的链子也跑上房柁去了。花蝶暗说:“奇怪!”正在发呆,从桌上窟窿之内探出两把挠钩,周周正正将两膀扣住。花蝶一见,不由地着急,两膀才待挣扎。又听下面吱、吱、吱、吱连声响亮,觉的挠钩约有千斤沉重,往下一勒。花贼再也不能支持,两手一松,把两膀扣了个结实。他此时是手儿扶着,脖儿伸着,嘴儿拱着,身儿探着,腰儿哈着,臀儿蹶着,头上蝴蝶儿颤着,腿儿躬着,脚后跟儿跷着,膝盖儿合着,眼子是撅着,真是福相样儿!

谁知花蝶心中正在着急,只听下面哗啷、哗啷铃铛乱响,早有人嚷道:“佛楼上有了贼了!”从扶梯上来了五六个人,手提绳索,先把花蝶拢住。然后主管拿着钥匙,从佛桌旁边入了簧,吱噔、吱噔一拧,随拧随松,将挠钩解下。七手八脚,把花蝶捆住了,推拥下楼。主管吩咐道:“夜已深了,明早再回员外罢。你等拿贼有功,俱各有赏。方才是谁的更班儿?”却见二人说道:“是我们俩的。”主管一看,是汪明、吴升,便道:“很好。就把此贼押在你们更楼之上,好好看守。明早我单回员外,加倍赏你们两个。”又吩咐帮拿之人道:“你们一同送到更楼,仍按次序走更巡逻,务要小

---

① 素手——空手;不拿东西。

心。”众人答应，俱奔东北更楼上安置妥当，各自按拨走更去了。

原来勾乡宦庄院极大，四角俱有更楼。每楼上更夫四名，轮流巡更，周而复始。如今汪明、吴升拿贼有功，免其坐更，叫他二人看贼。他二人兴兴头头，喜欢无限，看着花蝶道：“看他年轻轻的，什么干不得，偏要做贼，还要偷宝灯。那个灯也是你偷的？为那个灯，我们员外费了多少心机，好容易安上消息，你就想偷去咧！”正在说话，忽听下面叫道：“主管叫你们去一个人呢。”吴升道：“这必是先赏咱们点酒儿吃食。好兄弟，你辛苦辛苦去一趟罢。”汪明道：“我去，你好生看着。”他回身便下楼去了。吴升在上面，忽听噗咚一声，便问道：“怎么咧？栽倒咧。没喝就醉，……”话未说完，却见上来一人，凹面金腮，穿着一身皂衣，手持钢刀。吴升才要嚷，只听咔嚓，头已落地。那人忽的一声，跳上炕来，道：“朋友，俺乃病太岁张华，奉了邓大哥之命，原为珠灯而来。不想你已入圈套，待俺来救你。”说罢，挑开绳索，将花蝶背在身上，逃往邓家堡邓车那里去了。

及至走更人巡逻至此，见更楼下面躺着一人，执灯一照，却是汪明被人杀死。这一惊非小，连忙报与主管，前来看视，便问：“吴升呢？”更夫说：“想是在更楼上面呢。”一叠连声唤道：“吴升！吴升！”哪里有人答应。大家说：“且上去看看。”一看——罢咧！见吴升真是无生了，头在一处，尸在一处。炕上挑的绳索不少，贼已不知去向。主管看了这番光景，才着了慌，也顾不得夜深了，连忙报与员外去了。员外闻听，急起来看，又细问了一番，方知道已先在佛楼上拿住一贼，因夜深未敢禀报。员外痛加申饬，言：“此事焉得不报？纵然不报，也该派人四下搜寻一回，更楼上多添人看守，不当如此粗心误事。”主管后悔无及，惟有伏首认罪而已。勾乡宦无奈，只得据实禀报：如何拿获鬓边有蝴蝶的大盗，如何派人看守，如何更夫被杀大盗逃脱的情节，一一写明，报到县内。

此事一吵嚷，谁人不知，哪个不晓。因此冯七来到小丹村，容容易易把此事打听回来。大家听了，说：“等四爷蒋平来时，再做道理。”果然是日晚间，蒋爷赶到。大家彼此相见了，就把花蝶之事，述说一番。蒋泽长道：“水从源流树从根。这厮既然有投邓车之说，还须上邓家堡去找寻。谁叫小弟来迟，明日小弟就到邓家堡探访一番。可有一层，如若掌灯时小弟不回来，说不得众位哥哥们辛苦辛苦，赶到邓家堡方妥。”众人俱各应允，饮酒叙话，吃毕晚饭，大家安息，一宿不提。

到了次日，蒋平仍是道家打扮，提了算命招子，拿上渔鼓简板，竟奔邓家堡而来。谁知这日正是邓车生日。蒋爷来到门前，踱来踱去，恰好邓车送出一人来，却是病太岁张华。因昨夜救了花蝶，听花蝶说，近来霸王庄马强与襄阳王交好，极其亲密，意欲邀同邓车前去。邓车听了，满心欢喜，就叫花冲写了一封书信，特差张华前去投递。不想花蝶也送出来，一眼瞧见蒋平，兜的心内一动，便道："邓大哥，把那唱道情的叫进来，我有话说。"邓车即吩咐家人，把那道者带进来。蒋四爷便跟定家丁进了门，见厅上邓车、花冲二人上坐。花冲不等邓车吩咐，便叫家人快把那老道带来。邓车不知何意。

少时，蒋四爷步上台阶，进入屋内，放下招子渔鼓板儿，从从容容的稽首，道："小道有礼了。不知施主唤进小道，有何吩咐？"花冲说："我且问你，你姓什么？"蒋平道："小道姓张。"花冲说："你是自小儿出家？还是半路儿呢？还是故意儿假扮出道家的样子，要访什么事呢？要实实说来。快讲！快讲！"邓车在旁听了，甚不明白，便道："贤弟，你此问却是为何？"花冲道："大哥有所不知，只因在铁岭观小弟被人暗算，险些儿丧了性命。后来在月光之下，虽然看不真切，见他身材瘦小，脚步伶便，与这道士颇颇相仿，故此小弟倒要盘问盘问他。"说毕，回头对蒋平道："你到底说呀，为何迟疑呢？"

蒋爷见花蝶说出真病，暗道："小子真好眼力，果然不错，倒要留神。"方说道："二位施主攀说，小道如何敢插言说话呢。小道原因家寒，毫无养赡，实实半路出家，仗着算命弄几个钱吃饭。"花蝶道："你可认得我么？"蒋爷假意笑道："小道刚到宝庄，如何认得施主？"花冲冷笑，道："俺的性命险些儿被你暗算，你还说不认得呢。大约束手问你，你也不应。"站起身走进屋内，不多时，手内提着一把枯藤鞭子来，凑到蒋平身边，道："你敢不说实话么？"

蒋爷知他必要拷打，暗道："小子，你这皮鞭，谅也打不动四太爷。瞧不的你四爷一身干肉，你觌面来试，够你小子啃个酒儿的。"这正是艺高人胆大，蒋爷竟不慌不忙的，答道："实是半路出家的，何必施主追问呢？"花冲听了，不由气往上冲，将手一扬，刷、刷、刷、刷就是几下子。蒋四爷故意的嗳哟道："施主，这是为何？平空把小道叫进宅来，不分青红皂白，就把小道乱打起来。我乃出家之人，这是什么道理？嗳哟！嗳哟！这是从哪里说起？"邓车在旁看不过眼，向前拦住，道："贤弟，不可，不可！"

不知邓车说出什么话来，下回分解。

第六十七回

紫髯伯庭前敌邓车　蒋泽长桥下擒花蝶

且说邓车拦住花冲，道："贤弟不可。天下人面貌相同的极多，你知他就是那刺你之人吗？且看为兄分上，不可误赖好人。"花蝶气冲冲的坐在那里。邓车便叫家人带道士出去。蒋平道："无缘无故，将我抽打一顿，这是哪里晦气。"花蝶听说"晦气"二字，站起身来又要打他，多亏了邓车拦住。旁边家人也向蒋平劝道："道爷，你少说一句罢，随我快走罢。"蒋爷说："叫我走，到底拿我东西来，难道硬留下不成？"家人道："你有什么东西？"蒋爷道："我的鼓板招子。"家人回身，刚要拿起渔鼓简板，只听花冲道："不用给他，看他怎么样！"邓车站起，笑道："贤弟既叫他去，又何必留他的东西，倒叫他出去说混话，闹的好说不好听的做什么！"一壁说着，一壁将招子拿起。

邓车原想不到招子有分两的，刚一拿，手一脱落，将招子摔在地下，心下转想道："呀！他这招子如何恁般沉重？"又拿起仔细一看，谁知摔在地下时，就把钢刺露出一寸有余。邓车看了，顺手往外一抽，原来是一把极锋芒的三棱鹅眉钢刺，一声哎呀道："好恶道呀！快与我绑了。"花蝶早已看见邓车手内擎着钢刺，连忙过来，道："大哥，我说如何？明明刺我之人，就是这个家伙。且不要性急，须慢慢的拷打他，问他到底是谁？何人主使，为何与我等作对。"邓车听了，吩咐家人拿皮鞭来。

蒋爷到了此时，只得横了心，预备挨打。花冲把椅子挪出，先叫家人乱抽一顿，只不要打他致命之处，慢慢地拷打他。打了多时，蒋爷浑身伤痕已然不少。花蝶问道："你还不实说么？"蒋爷道："出家人没有什么说的。"邓车道："我且问你，你既出家，要这钢刺何用？"蒋爷道："出家人随遇而安，并无庵观寺院，随方居住。若是行路迟了，或起身早了，难道就无个防身的家伙么？我这钢刺是防范歹人的，为何施主就迟疑了呢？"邓车暗道："是呀！自古吕祖尚有宝剑防身，他是个云游道人，毫无定止，难道就不准他带个防身的家伙么？此事我未免莽撞了。"

花蝶见邓车沉吟，惟恐又有反悔，连忙上前，道："大哥请歇息去，待小弟慢慢的拷他。"回头吩咐家人，将他抬到前面空房内，高高吊起，自己打了，又叫家人打。蒋爷先前还折辩，后来知道不免，索性不言语了。花蝶见他不言语，暗自想道："我与家人打的工夫也不小了，他却毫不承认。若非有本领的，如何禁得起这一顿打？"他只顾思索，谁知早有人悄悄的告诉邓车，说那道士打的不言语了。邓车听了，心中好生难安，想道："花冲也太不留情了。这又不是他家，何苦把个道士活活的治死。虽为出气，难道我也不嫌个忌讳①么？我若十分拦他，又恐他笑我，说我不担事，胆特小了。也罢，我须如此，他大约再也没有说的。"想罢，来到前面，只见花冲还在那里打呢。再看道士时，浑身抽的衣服狼藉不堪，身无完肤。邓车笑吟吟上前，道："贤弟，你该歇息歇息了。自早晨吃了些寿面，到了此时，可也饿了。酒筵已然摆妥。非是劣兄给他讨情，今日原是贱辰，难道为他耽误咱们的寿酒吗？"一番话把个花冲提醒，忙放下皮鞭，道："望大哥恕小弟忘神。皆因一时气忿，就把大哥的千秋②忘了。"转身随邓车出来，却又吩咐家人："好好看守，不许躲懒贪酒，候明日再细细的拷问。若有差错，我可不依你们，惟你们几个人是问。"二人一同往后面去了。

这里家人也有抱怨花蝶的，说他无缘无故，不知哪里的邪气；也有说给他们添差使，还要充二号主子，尽装蒜；又有可怜道士的，自午间揉搓到这时，浑身打了个稀烂，也不知是哪葫芦药。便有人上前，悄悄地问道："道爷，你喝点儿罢。"蒋爷哼了一声。旁边又有人道："别给他凉水喝，不是玩的。与其给他水喝，现放着酒热热的给他温一碗，不比水强么？"那个说："真个的。你看着他，我就给他温酒去。"不多时，端了一碗热腾腾的酒。二人偷偷的把蒋爷系下来，却不敢松去了绳绑，一个在后面轻轻的扶起，一个在前面端着酒喂他。蒋爷一连呷了几口，觉得心神已定，略喘息喘息，便把余酒一气饮干。

此时天已渐渐的黑上来了。蒋爷暗想道："大约欧阳兄与我二哥差不多的也该来了。"忽听家人说道："二兄弟，你我从早晨闹到这咱晚了，我饿得受不得了。"那人答道："大哥，我早就饿了。怎么他们也不来替换

① 忌讳(huì)——对某些可能产生不利后果的事力求避免。

② 千秋——敬辞，旧称人寿辰。

替换呢?”这人道:“老二,你想想,咱们共总多少人?如今他们在上头打发饭,还有空儿替换咱们吗?”蒋爷听了便插言,道:“你们二位只管吃饭。我四肢捆绑,又是一身伤痕,还跑的了么?”两个家人听了,道:“慢说你跑不了,你就是真跑了,这也不是我们正宗差使,也没甚要紧。你且养养精神,咱们回来再见。说罢,二人出了空房,将门倒扣,往后面去了。

谁知欧阳春与韩彰早已来了。二人在房上了望,不知蒋爷在于何处。欧阳春便递了暗号,叫韩彰在房上了望,自己却找寻蒋平。找到前面空房之处,正听见二人嚷饿。后来听他二人往后面去了,北侠便进屋内。蒋爷知道救兵到了。北侠将绳绑挑开,蒋爷悄悄道:“我这浑身伤痕却没要紧,只是四肢捆的麻了,一时血脉不能周流,须把我夹着,安置个去处方好。”北侠道:“放心,随我来。”一伸臂膀,将四爷夹起,往东就走。过了夹道,出了角门,却是花园。四下一望,并无可以安身的去处。走了几步,见那边有一葡萄架,幸喜不甚过高。北侠悄悄道:“且屈四弟在这架上罢。”说罢,左手一顺,将蒋爷双手托起,如举小孩子一般,轻轻放在架上,转身从背后皮鞘内将七宝刀抽出,竟奔前厅而来。

谁知看守蒋爷的二人吃饭回来,见空房子门已开了,道士也不见了,一时惊慌无措,忙跑到厅上,报与花蝶、邓车。他二人听了,就知不好,也无暇细问。花蝶提了利刃;邓车摘下铁靶弓,跨上铁弹子袋,手内拿了三个弹子。刚出厅房,早见北侠持刀已到。邓车扣上弹子,把手一扬,嗖的就是一弹。北侠知他弹子有工夫,早已防备,见他把手一扬,却把宝刀扁着一迎,只听当的一声,弹子落地。邓车见打不着来人,一连就是三弹,只听当、当、当响了三声,俱各打落在地。邓车暗暗吃惊说:“这人技艺超群。”便顺手在袋内掏出数枚,连珠发出,只听叮当、叮当犹如打铁一般。

旁边花蝶看的明白,见对面只一个人并不介意。他却脚下使劲,一个健步,以为帮虎吃食,可以成功。不想忽然脑后生风,觉着有人。一回头,见明晃晃的钢刀劈将下来,说声“不好”,将身一闪,翻手往上一迎。哪里知道韩爷势猛刀沉,他是翻腕迎的不得力。刀对刀只听咯当一声,他的刀早已飞起数步,当啷啷落在尘埃。花蝶哪里还有魂咧,一伏身奔了角门,往后花园去了。慌不择路,无处藏身,他便到葡萄架根下将身一蹲,以为他算是葡萄老根儿。他如何想得到架上头还有个人呢!

蒋爷在架上四肢刚然活动,猛听脚步声响,定眼细看,见一人奔到此处不动，隐隐头上有黑影儿乱晃，正是花蝶。蒋爷暗道："我的钢刺被他们拿去，手无寸铁。难道眼瞅着小子藏在此处，就罢了不成？有了，我何不砸他一下子，也出一出拷打的恶气。"想罢，轻拳两腿，紧抱双肩，往下一翻身，噗哧的一声，正砸在花蝶的身上，把花蝶砸的往前一扑，险些儿嘴按地。幸亏两手扶住，只觉两耳嘤的一声，双睛金星乱迸，说声："不好！此处有了埋伏了。"一挺身，踉里踉跄，奔那边墙根去了。

此时韩彰赶到，蒋爷爬起来道："二哥，那厮往北跑了。"韩彰嚷道："好贼！往哪里走？"紧紧赶来，看看追上。花蝶将身一纵，上了墙头。韩爷将刀一搠，花蝶业已跃下，咕嘟、咕嘟往东飞跑。跑过墙角，忽见有人嚷道："哪里走？龙涛在此！"嗖的就是一棍。好花蝶！身体灵便，转身复往西跑。谁知早有韩爷拦住。南面是墙，北面是护庄河，花蝶往来奔驰许久，心神已乱，眼光迷离，只得奔板桥而来。刚刚到了桥的中间，却被一人劈胸抱住，道："小子！你不洗澡吗？"二人便滚下桥去。花蝶不识水性，哪里还能挣扎。原来抱花蝶的就是蒋平，他同韩彰跃出墙来，便在此桥埋伏。到了水中，虽然不深，他却掐住花蝶的脖项，往水中一浸，连浸了几口水，花蝶已然人事不知了。

此时韩爷与龙涛、冯七俱各赶上。蒋爷托起花蝶，龙涛提上木桥，与冯七将他绑好。蒋爷窜将上来，道："好冷！"韩爷道："你等绕到前面，我接应欧阳兄去。"说罢，一跃身跳入墙内。

且说北侠刀磕铁弹。邓车心慌，已将三十二子打完，敌人不退，正在着急。韩爷赶到，嚷道："花蝶已然被擒，谅你有多大本领。俺来也！"邓车闻听，不敢抵敌，将身一纵，从房上逃走去了。北侠也不追赶，见了韩彰，言花蝶已擒，现在庄外。说话间，龙涛背着花蝶，蒋爷与冯七在后，来到厅前，放下花蝶。蒋爷道："好冷，好冷！"韩爷道："我有道理。"持着刀往后面去了。不多时，提了一包衣服来，道："原来姓邓的并无家小，家人们也藏躲了。四弟来换衣服。"蒋平更换衣服之时，谁知冯七听韩爷说后面无人，便去到厨房将柴炭抱了许多，登时点着烘起来。蒋平换了衣服出来，道："趁着这厮昏迷之际，且松了绑。那里还有衣服，也与他换了。天气寒冷，若把他噤①死了，反为不美。"龙涛、冯七听说有理，急忙与花蝶换妥，仍然绑缚。一壁

---

① 噤(jìn)——因寒冷而打哆嗦。

控他的水，一壁向着火，小子闹了个“水火既济”。

韩爷又见厅上摆着盛筵，大家也都饿了，彼此就座，快吃痛饮。蒋爷一眼瞧见钢刺，急忙佩在身边。只听花蝶呻吟道：“淹死我也！”冯七出来，将他搀进屋内。花蝶在灯光之下一看，见上面一人碧睛紫髯；左首一人金黄面皮；右首一人形容枯瘦，正是那个道士；下面还有个黑脸大汉，就是铁岭观被擒之人。看了半日，不解是何缘故。只见蒋爷斟了一杯热酒，来到花蝶面前，道：“姓花的，事已如此，不必迟疑。你且喝杯热酒暖暖寒。”花蝶问道：“你到底是谁？为何与俺作对？”蒋爷道：“你做的事，你还不知道么？玷污妇女，造孽多端，人人切齿，个个含冤，因此我等抱不平之气，才特别前来拿你。若问我，我便是陷空岛四鼠蒋平。”花蝶道：“你莫非称翻江鼠的蒋泽长么？”蒋爷道：“正是。”花蝶道：“好，好！名不虚传。俺花冲被你拿住，也不凌辱于我。快拿酒来！”蒋爷端到他唇边，花冲一饮而尽，又问道：“那上边的又是何人？”蒋爷道：“那是北侠欧阳春，那边是我二哥韩彰，这边是捕快头目龙涛。”花蝶道：“罢了，罢了！也是我花冲所行不正，所以惹起你等的义愤。今日被擒，正是我自作自受。你们意欲将我置于何地？”蒋爷道：“大丈夫敢作敢当，方是男子。明早将你解到县内，完结了勾乡宦家杀死更夫一案，便将你解赴东京，任凭开封府发落。”花冲听了，便低头不语。

此时天已微明，先叫冯七到县内呈报去了。北侠道：“劣兄有言奉告，如今此事完结，我还要回茉花村去，一来你们官事，我不便混在里面；二来因双侠之令妹于冬季还要与展南侠毕姻，面恳至再，是以我必须回去。”韩、蒋二人难以强留，只得应允。

不多时，县内派了差役，跟随冯七前来，起解花冲到县。北侠与韩、蒋二人出了邓家堡，彼此执手分别。北侠仍回茉花村。韩、蒋二人同到县衙。惟有邓车悄悄回家，听说花冲被擒，他恐官司连累，忙忙收拾收拾，竟奔霸王庄去了。后文再表。

不知花冲到县如何，且听下回分解。

第六十八回

花蝶正法展昭完姻　双侠饯行静修测字

且说蒋、韩二位来到县前，蒋爷先将开封的印票拿出，投递进去。县官看了，连忙请到书房款待，问明底细，立刻升堂。花冲并无推诿，甘心承认。县官急速办了详文，派差跟随韩、蒋、龙涛等，押解花冲起身。一路上小心防范，逢州过县，皆是添役护送。

一日，来到东京，蒋爷先到公厅，见了众位英雄，彼此问了寒暄。卢方先问："我的二弟如何？"蒋平便将始末，述说了一遍。"现今押解着花冲，随后就到。"大家欢喜无限。卢方、徐庆、白玉堂、展昭相陪，迎接韩彰。蒋爷连忙换了服色，来到书房，回禀包公。包公甚喜，即命包兴传出话来："如若韩义士到来，请到书房相见。"

此时卢方等已迎着韩彰，结义弟兄彼此相见了，自是悲喜交集。南侠见了韩爷，更觉亲热。暂将花冲押在班房。大家同定韩爷来到公所，各道姓名相见。独到了马汉，徐庆道："二哥，你老弩箭误伤的，就是此人。"韩爷听了，不好意思，连连谢罪。马汉道："三弟，如今俱是一家人了，你何必又提此事。"赵虎道："不知者不作罪，不打不成相与。以后谁要忌妒谁，他就不是好汉，就是个小人了。"大众俱各大笑。公孙先生道："方才相爷传出话来，如若韩兄到来，即请书房相见。韩兄就同小弟，先到书房要紧。"韩彰便随公孙先生去了。

这里南侠吩咐备办酒席，与韩、蒋二位接风。不多时，公孙策等出来，刚到茶房门前，见张老儿带定邓九如在那里恭候。九如见了韩爷，向前深深一揖，口称："韩伯伯在上，小侄有礼。"韩爷见是个宦家公子，连忙还礼，一时忘怀，再也想不起是谁来。张老儿道："军官爷，难道把汤圆铺的张老儿忘了么？"韩爷猛然想起，道："你二人为何在此？"包兴便将在酒楼相遇，带到开封，他家三公子奉相谕将公子认为义子的话，说了一遍。韩爷听了欢喜，道："真是福随貌转，我如何认得。如此说，公子请了。"大家笑着，来到公所之内，见酒筵业已齐备。大家谦逊，彼此就座。卢方便问：

“见了相爷如何?”公孙策道:“相爷见了韩兄,甚是欢喜,说了好些渴想之言。已吩咐小弟速办折子,就以拿获花冲,韩兄押解到京为题,明早启奏。大约此折一上,韩兄必有好处。”卢方道:“全仗贤弟扶持。”韩爷又叫伴当,将龙涛请进来,大家见了。韩爷道:“多承龙兄一路勤劳,方才已回禀相爷,待事毕之后,回去不迟。所有护送差役,俱各有赏。”龙涛道:“小人仰赖二爷、四爷拿获花冲,只要报仇雪根,龙涛生平之愿足矣。”话刚到此,只见包兴传出话来,道:“相爷吩咐,立刻带花冲二堂听审。”公孙先生、王、马、张、赵等听了,连忙到二堂伺候去了。

这里无执事的,暂且饮酒叙话。南侠便问花蝶事体。韩爷便述说一番,又深赞他人物本领。“惜乎一宗大毛病,把个人带累坏了。”正说之间,王、马、张、赵等俱各出来。赵虎连声夸道:“好人物!好胆量!就是他所做之事不端,可惜了。”众人便问:“相爷审的如何?”王朝、马汉道:“何用审问,他自己俱各通说了,实实罪在不赦。招已画了。此时相爷与公孙先生拟他的罪名,明日启奏。”不多时,公孙策出来,道:“若论他杀害人命实在不少,惟独玷污妇女一节较重,理应凌迟处死。相爷从轻,改了个斩立决。”龙涛听了,心内畅快。大家重新饮酒,喜悦非常。饮毕,各自安歇。

到了次日,包公上朝递折,圣心大悦,立刻召见韩彰,也封了校尉之职。花冲罪名依议。包相就派祥符县监斩,仍是龙涛、冯七带领衙役押赴市曹①行刑。回来到了开封,见众英雄正与韩彰贺喜。龙涛又谢了韩、蒋二人,他要回去。韩爷、蒋爷二位赠了龙涛百金,所有差役俱各赏赐。各回本县。龙涛从此也不在县内当差了。

这里众英雄欢喜,聚在一处,快乐非常。除了料理官事之外,便是饮酒作乐。卢方等又在衙门就近处置了寓所,仍是五人同居。自闹东京,弟兄分手,至此方能团聚。除了卢方一年回家几次,收取地租,其余四人就在此处居住,当差供职,甚是方便。

南侠原是丁大爷给盖的房屋,预备毕姻。因日期近了,也就张罗起来。不多几日,丁大爷同老母妹子来京,南侠早已预备了下处。众朋友俱各前来看望,都要会会北侠。谁知欧阳春再也不肯上东京,同丁二爷在家

---

① 市曹——商店集中的地方。

看家，众人也只得罢了。到了临期，所有迎妆嫁娶之事，也不必细说。南侠毕姻之后，就将丁母请来同居，每日与丁大爷会同众朋友欢聚。刚然过了新年，丁母便要回去。众英雄与丁大爷义气相投，恋恋难舍，今日你请，明日我邀，这个送行，那个饯别，聚了多少日期，好容易方才起身。

丁兆兰随着丁母回到家中，见了北侠说起："开封府的朋友人人羡慕大哥，恨不得见面，抱怨小弟不了。"北侠道："多承众位朋友的爱惜，实是劣兄不惯应酬。如今贤弟回来，诸事已毕，劣兄也就要告辞了。"丁大爷听了诧异，道："仁兄却是为何？难道小弟不在家时，舍弟有什么不到之处么？"北侠笑道："你我岂是那样的朋友？贤弟不要多心。劣兄有个贱恙，若要闲的日子多了便要生病。所谓劳人不可多逸，逸则便不消受①了。这些日见贤弟不来，已觉焦心烦躁。如今既来了，必须放我前行，庶免灾缠病绕。"兆兰道："既如此，小弟与仁兄同去。"北侠道："那如何使得。你非劣兄可比，现在老伯母在堂，而且妹子新嫁，更要二位贤弟不时的在膝下承欢，省得老人家寂寞。再者劣兄出去闲游，毫无定所，难道贤弟就忘了'游必有方'吗？"兆兰、兆蕙听见北侠之言是决意的要去，只得说道："既如此，再屈留仁兄两日，候后日起身如何？"北侠只得应允。这两日的欢聚，自不必说。到了第三日，兆兰、兆蕙备了酒席，与北侠饯行，并问："现欲何往？"北侠道："还是上杭州一游。"饮酒后提了包裹，双侠送到庄外，各道珍重，彼此分手。

北侠上了大路，散步逍遥，逢山玩山，遇水赏水，凡有古人遗迹，再没有不游览的。一日，来到仁和县境内，见一带松树稠密，远远见旗杆高出青霄。北侠想道："这必是个大寺院，何不瞻仰瞻仰。"来到庙前一看，见匾额上镌着"盘古寺"三字，殿宇墙垣，极其齐整。北侠放下包裹，拂去尘垢，端正衣襟，方携了包裹步入庙中。上了大殿，瞻仰圣像，却是"三皇"。才礼拜毕，只见出来一个和尚，年纪不足三旬，见了北侠问讯。北侠连忙还礼，问道："令师可在庙中么？"和尚道："在后面。施主敢是找师父么？"北侠道："我因路过宝刹，一来拜访令师，二来讨杯茶吃。"和尚道："请到客堂待茶。"说罢，在前引路。来到客堂，真是窗明几净，朴而不俗。和尚张罗煮茶。不多一会儿，茶已烹到。早见出来个老和尚，年纪约有七旬，

① 消受——忍受；禁(jīn)受。

面如童颜,精神百倍。见了北侠,问了姓名。北侠一一答对,又问:"吾师上下?"和尚答道:"上静下修。"二人一问一答,谈了多时,彼此敬爱。看看天已晚了,和尚献斋,北侠也不推辞,随喜吃了。和尚更觉欢喜,便留北侠多盘桓几日。北侠甚合心意,便住了。晚间无事,因提起手谈。谁知静修更是酷好。二人就在灯下较了一局,不相上下。萍水相逢,遂成莫逆。北侠一连住了几日。

这日早晨,北侠拿出一锭银来,交与静修,作为房金。和尚哪里肯受,道:"我这庙内香火极多,客官就是住上一年半载,这点薪水之用足以供的起,千万莫要多心。"北侠道:"虽然如此,我心甚是不安。权作香资,莫要推辞。"静修只得收了。北侠道:"吾师无事,还要领一局,肯赐教否?"静修道:"争奈老僧力弱,恐非敌手。"北侠道:"不吝教足矣,何必太谦。"二人放下棋枰①,对弈多时,忽见外面进来一个儒者,衣衫褴褛,形容枯瘦,手内持定几幅对联,望着二人一揖。北侠连忙还礼,道:"有何见教?"儒者道:"学生贫困无资,写得几幅对联,望祈居士资助一二。"和尚听了,便立起身来,接过对联,打开一看,不由地失声叫"好"。

未知静修说出什么话来,且听下回分解。

第六十九回

杜雍课读侍妾调奸　秦昌赔罪丫鬟丧命

且说静修和尚打开对联一看,见写的笔法雄健,字体遒媚②,不由的连声赞道:"好书法,好书法!"又往儒者脸上一望,见他虽然穷苦,颇含秀气,而且气度不凡,不由的慈悲心一动,便叫儒者将字放下,吩咐小和尚带到后面梳洗净面,款待斋饭。儒者听了,深深一揖,随着和尚后面去了。北侠道:"我见此人颇颇有些正气,决非假冒斯文。"静修道:"正是,老僧方才看他骨格清奇,更非久居人下之客。"说罢,复又下棋。

---

① 棋枰(píng)——棋子和棋盘。枰,棋盘。

② 遒(qiú)媚——雄健有力而又漂亮。

刚然终局,只见进来一人,年约四旬以外。和尚却认得是秦家庄员外秦昌,连忙让坐,道:“施主何来?这等高兴。”秦员外道:“无事不敢擅造①宝刹,只因我这几日心神有些不安,特来恳求吾师测一个字。”静修起初不肯,后来推辞不掉,只得说道:“既如此,这倒容易。员外就说一个字,待老僧测测看。说的是了,员外别喜欢;说的不是了,员外也别恼。”秦昌道:“君子问祸不问福。方才吾师说‘容易’,就是这个‘容’字罢。”静修写出来,端详了多时,道:“此字无偏无倚,却是个端正字体。按字意说来,‘有容德乃大’,‘无欺心自安’。员外作事光明,毫无欺心,这是好处。然则事须有涵容,不可急躁。未免急则生变,与事就不相宜了。员外以后总要涵容,遇事存在心里,管保转祸为福。老僧为何说这个话呢?只因此字拆开看,有些不妙。员外请看,此字若拆开看,是个穴下有人口。若要不涵容,惟恐人口不利。这也是老僧妄说,员外休要见怪。”员外道:“多承吾师指教,焉有见怪之理。”

说话间,秦昌屡盼桌上的对联。见静修将字测完,方立起身来,把对联拉开一看,连声夸赞:“好字,好字!这是吾师的大笔么?”静修道:“老僧如何写的来,这是方才一儒者卖的。”秦昌道:“此人姓甚名谁?现在何处?”静修道:“现在后面。他原是求资助的,并未问他姓名。”秦昌道:“如此说来,是个寒儒了。我为小儿屡欲延师训诲,未得其人。如今既有儒者,吾师何不代为聘请,岂不两便么?”静修笑道:“延师之道,理宜恭敬,不可因他是寒士,便藐视于他。似如此草率,非待读书人之礼。”秦昌立起身来,道:“吾师责备的甚是。但弟子惟恐错过机会,不得其人,故此觉得草率了。”连忙将外面家童唤进来,吩咐道:“你速速到家,将衣衫帽靴取来,并将马快快备两匹来。”静修见他延师心盛,只得将儒者请来,谁知儒者到了后面,用热水洗去尘垢,更觉满面光华,秀色可餐。秦昌一见,欢喜非常,连忙延至上座,自己在下面相陪。

原来此人姓杜名雍,是个饱学儒流,一生性气刚直,又是个落落寡合②之人。静修便将秦昌延请之意说了。杜雍却甚愿意,秦昌乐不可言。少时家童将衣衫帽靴取来,秦昌恭恭敬敬奉与杜雍。杜雍却不推辞,将通

① 擅(shàn)造——擅自造访。
② 落落寡合——形容跟别人合不来。

身换了，更觉落落大方。秦昌别了静修、北侠，便与杜雍同行。出了山门，秦昌便要坠镫，杜雍不肯，谦让多时，二人乘马，来到庄前下马。家童引路，来到书房，献茶已毕，即叫家人将学生唤出。

原来秦昌之子名叫国璧，年方十一岁。安人郑氏，三旬以外年纪。有一妾，名叫碧蟾。丫鬟仆妇不少，其中有个大丫鬟名叫彩凤，服侍郑氏的；小丫鬟名叫彩霞，服侍碧蟾的。外面有执事四人：进宝、进财、进禄、进喜。秦昌虽然四旬年纪，还有自小儿的乳母白氏，年已七旬。算来人丁也有三四十口。家道饶余。员外因一生未能读书，深以为憾，故此为国璧谆谆延师，也为改换门庭之意。

自拜了先生之后，一切肴馔甚是精美。秦昌虽未读过书，却深知敬先生，也就难为他。往往有那不读书的人，以为先生的饭食随便俱可，漫不经心的很多。哪似这秦员外拿着先生当天神敬的一般，每逢自己讨取账目之时，便嘱咐郑氏安人："先生饭食要紧，不可草率，务要小心。"即或安人不得暇，就叫彩凤照料，习以为常。谁知早已惹起侍妾的疑忌来了。

一日，员外又去讨账，临行嘱咐安人与大丫头："先生处务要留神，好好款待。"员外去后，彩凤照料了饭食，叫人送到书房。碧蟾也便悄悄随到书房，在窗外偷看，见先生眉清目秀，三旬年纪，儒雅之甚。不看则已，看了时邪心顿起。

也是活该有事。这日偏偏员外与国璧告了半天假，带他去探亲。碧蟾听了此信，暗道："许他们给先生做菜，难道我就不许么？"便亲手做了几样菜，用个小盒盛了，叫小丫头彩霞送到书房。不多时回来了，她便问："先生做什么呢？"彩霞道："在那里看书呢。"碧蟾道："说什么没有？"丫鬟道："他说，'往日俱是家童送饭，今日为何你来？快回去罢！'将盒放在那里，我就回来了。"碧蟾暗道："奇怪！为何不吃呢？"便叫彩霞看了屋子，她就三步两步来到书房，撕破窗纸，往里窥看，见盒子依然未动。她便轻轻咳嗽。杜先生听了，抬头看时，见窗上撕了一个窟窿，有人往里偷看，却是年轻妇女，连忙问道："什么人？"窗外答道："你猜是谁？"杜先生听这声音有些不雅，忙说道："这是书房，还不退了！"窗外答道："谅你也猜不着。我告诉你，我比安人小，比丫鬟大。今日因员外出门，家下无人，特来相会。"先生听了，发话道："不要唠叨，快回避了！"外面说道："你为何如此不知趣？莫要辜负我一片好心。这里有表记送你。"杜雍听了，登时紫涨面皮，气往上冲，嚷道："满口胡说！再不退，我就要喊叫起来。"一壁嚷，一壁拍案大叫。正在愤怒，忽见窗外影儿不见了。先生仍气忿忿的坐在椅子上面，暗想道："这是何说！可惜秦公待我这番光景，竟被这贱人带累坏了。我须得便点醒他，庶不负他待我之知遇。"

你道碧蟾为何退了？原来她听见员外回来，故此急忙退去。且言秦昌进内更换衣服，便来到书房，见先生气忿忿坐在那里，也不为礼。回头见那边放着一个小小元盒，里面酒菜极精，纹丝儿没动。刚要坐下问话，见地下黄澄澄一物，连忙毛腰捡起，却是妇女戴的戒指。一声儿没言语，转身出了书房。仔细一看，却是安人之物，不由的气冲霄汉，直奔卧室去了。你道这戒指从何而来？正是碧蟾隔窗抛入的表记。杜雍正在气忿喊叫之时，不但没看见，连听见也没有。

秦昌来到卧室之内，见郑氏与乳母正在叙话，不容分说，开口大骂，道："你这贱人，干的好事！"乳母不知为何，连忙上前解劝。彩凤也上来拦阻。郑氏安人看此光景，不知是哪一葫芦药。秦昌坐在椅上，半晌，方说道："我叫你款待先生，不过是饮馔精心，谁叫你跑到书房，叫先生瞧不起我，连理也不理。这还有个闺范么？"安人道："哪个上书房来？是谁说的？"秦昌道："现有对证。"便把戒指一扔，郑氏看时果是自己之物，连忙说道："此物虽是我的，却是两个，一个留着自戴，一个赏了碧蟾了。"秦昌听毕，立刻叫彩凤去唤碧蟾。

不多时，只见碧蟾披头散发，彩凤哭哭啼啼，一同来见员外。一个说："彩凤偷了我的戒指，去到书房，陷害于我。"一个说："我何尝到姨娘屋内。这明是姨娘去到书房，如今反来讹我。"两个你言我语，分争不休。秦昌反倒不得主意，竟自分解不清。自己却后悔，不该不分青红皂白，把安人辱骂一顿，忒莽撞了。倒是郑氏有主意，将彩凤吓唬住了，叫乳母把碧蟾劝回屋内。

秦昌不能分析此事，坐在那里发呆，生暗气。少时，乳母过来，安人与乳母悄悄商议，此事须如此如此，方能明白。乳母道："此计甚妙。如此行来，也可试出先生心地如何了。"乳母便一一告诉秦昌。秦昌深以为是。到了晚间，天到二鼓之后，秦昌同了乳母来到书房，只见里面尚有灯光，杜雍业已安歇。乳母叩门，道："先生睡了么？"杜雍答道："睡了，做什么？"乳母道："我是姨娘房内的婆子。因员外已在上房安歇了，姨娘派我前来请先生到里面,有话说。”杜雍道:“这是什么道理!白日在窗外聒絮①了多时,怪道她说比安人小,比丫鬟大,原来是个姨娘。你回去告诉她,若要如此的闹法,我是要辞馆的了。岂有此理呀,岂有此理!”外面秦昌听了,心下明白,便把白氏一拉,他二人抽身回到卧室。秦昌道:“再也不消说了,也不用再往下问。只这‘比安人小,比丫鬟大’一语,却是碧蟾贱人无疑了。我还留她何用!若不及早杀却她,难去心头之火。”乳母道:“凡事不可急躁。你若将她杀死,一来人命关天,二来丑声传扬,反为不美。”员外道:“似此如之奈何呢?”乳母道:“莫若将她锁禁在花园空房之内,或将她饿死,或将她囚死,也就完事了。”秦昌深以为是。次日黎明,便吩咐进宝将后花园收拾出了三间空房,就把碧蟾锁禁,吩咐不准给她饭食,要将她活活饿死。

不知碧蟾性命如何,下回分解。

第七十回

秦员外无辞甘认罪　金琴堂有计立明冤

且说碧蟾素日原与家人进宝有染,今将她锁禁在后花园空房,不但不能挨饿,反倒遂了二人私欲。他二人却暗暗商量计策。碧蟾说:“员外与安人虽则住在上房,却是分寝,员外在东间,安人在西间。莫若你黄夜持刀,将员外杀死,就说安人怀恨,将员外谋害。告到当官,那时安人与员外抵了命。我掌了家园,咱们二人一生快乐不尽,强如我为妾,你是奴呢。”说的进宝心活,半夜里持刀来杀秦昌。

且说员外自那日错骂了安人,至今静中一想,原是自己莽撞。如今既将碧蟾锁禁,安人前如何不赔罪呢。到了夜静更深,自己持灯来至西间,见郑氏刚然歇下,他便进去。彩凤见员外来了,不便在跟前,只得溜出来。她却进了东间,摸了摸卧具,铺设停当,暗自想道:“姨奶奶碧蟾,她从前原与我一样是丫头。员外拣了她,收作二房,我曾拟陪一次。如今碧蟾既

① 聒(guō)絮——絮絮叨叨说个不停,使人厌烦。

被员外锁禁，此缺已出，不消说了，理应是我坐补。”妄想得缺，不觉神魂迷乱，一歪身躺在员外枕上，竟自睡去。她却哪里知道进宝持刀前来，轻轻的撬门而入，黑暗之中，摸着脖项，狠命一刀。可怜，一个即要补缺的彩凤，竟被恶奴杀死。

进宝以为得意，回到本屋之中，见一身的血迹，刚然脱下要换，只听员外那里，一叠连声叫“进宝”。进宝听了，吃惊不小，方知员外未死，一壁答应，一壁穿衣，来到上房。只因员外由西间赔罪回来，见彩凤已被杀在卧具之上，故此连连呼唤。见了进宝，便告诉他彩凤被杀一节。进宝方知把彩凤误杀了。此时安人已知，连忙起来，大家商议。郑氏道：“事已如此，莫若将彩凤之母马氏唤进告诉她，多多给她银两，将她女儿好好殡殓就是了。”秦昌并无主意，立刻叫进宝告诉马氏去。谁知进宝见了马氏就挑唆，说她女儿是秦昌因奸不遂愤怒杀死的，叫马氏连夜到仁和县报官。

金必正金大老爷因是人命重案，立刻前来相验。秦昌出其不意，只得迎接官府。就在住房廊下，设了公案。金令亲到东屋看了，问道：“这铺盖是何人的？”秦昌道：“就是小民在此居住。”金令道：“这丫头她叫什么？”秦昌道：“叫彩凤。”金令道：“她在这屋里住么？”秦昌道：“她原是服侍小民妻子，在西屋居住的。”金令道：“如此说来，你妻子住在西间了。”秦昌答应：“是。”金令便叫仵作前来相验，果系刀伤。金令吩咐将秦昌带到衙中听审，暂将彩凤盛殓。

转到衙中，先将马氏细问了一番。马氏也供出秦昌与郑氏久已分寝，东西居住，她女儿原是服侍郑氏的。金令问明，才带上秦昌来，问他为何将彩凤杀死。谁知秦昌别的事没主意，他遇这件事倒有了主意，回道：“小民将彩凤诱至屋内，因奸不遂，一时忿恨，将她杀死。”你道他如何恁般承认？他想：“我因向与妻子东西分住，如何又说出与妻子赔罪呢？一来说不出口；二来惟恐官府追问‘因何赔罪’，又叨顿出碧蟾之事。那时闹得妻妾当堂出丑，其中再连累上一个先生，这个声名传扬出去，我还有个活头么？莫若我把此事应起，还有个辗转。大约为买的丫头因奸致死，也不至抵偿。总而言之，前次不该合安人急躁，这是我没有涵容处。彼时若有涵容，慢慢访查，也不必赔罪，就没有这些事了。可见静修和尚是个高僧，怨得他说人口不利，果应其言。”他虽如此想，不思索思索，若不赔罪，他如何还有命呢？金令见他满口应承，反倒疑心，便问他：“凶器藏在何处?”秦昌道:“因一时忙乱,忘却掷于何地。”其词更觉含浑。金令暗想道:“看他这光景,又无凶器,其中必有缘故,须要慢慢访查。”暂且悬案寄监。此时郑氏已派进喜暗里安置,秦昌在监不至受苦。他因家下无人,仆从难以靠托,仔细想来,惟有杜先生为人正直刚强,便暗暗写信托付杜雍,照管外边事体,一切内务全是郑氏料理。监中叫进宝四人,轮流值宿服侍。

一日,静修和尚到秦员外家取香火银两,顺便探访杜雍。刚然来到秦家庄,迎头遇见进宝。和尚见了,问道:“员外在家么?杜先生可好?”进宝正因外面事务如今是杜先生料理,比员外在家加倍严紧,一肚子的气无处发泄,听静修和尚问先生,他便进谗言道:“师傅还提杜先生呢!原来他不是好人,因与主母调奸,被员外知觉,大闹了一场。杜先生怀恨在心,不知何时暗暗与主母定计,将丫头彩凤杀死,反告了员外因奸致命,将员外下在南牢。我此时便上县内,瞧我们员外去。”说罢,扬长去了。

和尚听了,不胜惊骇诧异,大骂杜雍不止。回转寺中,见了北侠,道:“世间竟有这样人面兽心之人,实实可恶!”北侠道:“吾师为何生嗔?”静修和尚便将听得进宝之言,一一叙明。北侠道:“我看杜雍决不是这样人,惟恐秦员外别有隐情。”静修听了,好生不乐,道:“秦员外为人,老僧素日所知,一生原无大过,何至被囚。可恨这姓杜的竟自如此不堪,实实可恶!”北侠道:“我师还要三思。既有今日,何必当初。难道不是吾师荐的么?”这一句话问得个静修和尚面红过耳。所谓“话不投机半句多”,一言不发,站起来向后面去了。

北侠暗想道:“据我看来,杜雍去了不多日期,何得骤与安人调奸?此事有些荒唐。今晚倒要去探听探听。”又想:“老和尚偌大年纪,还有如此火性,可见贪嗔痴爱的关头,是难跳的出的。他大约因我拿话堵塞于他,今晚决不肯出来。我正好行事。”想罢,暗暗装束,将灯吹灭,虚掩门户,仿佛是早已安眠,再也想不到他往秦家庄来。

到了门前,天已初鼓。先往书房探访,见有两个更夫要蜡,书童回道:“先生上后边去了。”北侠听了,又暗暗来到正室房上。忽听乳母白氏道:“你等莫要躲懒,好好烹下茶。少时奶奶回来,还要喝呢?”北侠听了,暗想:“事有可疑。为何两个人俱不在屋内?且到后面看看再作道理。”刚然来到后面,见有三间花厅,槅扇虚掩。忽听里面说道:“我好容易得此机会,千万莫误良宵。我这里跪下了。”又听妇人道:“真正便宜了你,你可莫要忘了我的好处呀!”北侠听到此,杀人心陡起,暗道:“果有此事!且自打发他二人上路。”背后抽出七宝刀。说时迟,那时快,推开槅扇,手起刀落。可怜男女二人刚得片时欢娱,双魂已归地府。北侠将二人之头挽在一处,挂在槅扇屈戌①之上,满腔恶气全消,仍回盘古寺。他以为是杜雍与郑氏无疑,哪里知道他也是误杀了呢。

你道方才书童答应更夫,说先生往后边去了,是哪个后边?就是书房的后边。原来是杜先生出恭呢。杜雍出恭回来,问道:“你方才合谁说话?”书童道:“更夫要蜡来了。”杜雍道:“他们如何这么早就要蜡?昨夜五更时拿去的蜡,算来不过点了半支,应当还有半支,难道还点不到二更么?员外不在家,我是不能叫他们赚。如要赚,等员外回来,爱怎么赚,我是全不管的。”正说时,只见更夫跑了来道:“师老爷,师老爷!不好了!”杜雍道:“不是蜡不够了?犯不上这等大惊小怪的。”更夫道:“不是,不是。方才我们上后院巡更,见花厅上有两个扒着槅扇往外瞧。我们怕是歹人,拿灯笼一照,谁知是两个人头。”杜先生道:“是活的?是死的?”更夫道:“师老爷可吓糊涂了。既是人头,如何会有活的呢?”杜雍道:“我不是害怕,我是心里有点发怯。我问的是男的?是女的?”更夫道:“我们没有细瞧。”杜先生道:“既如此,你们打着灯笼在前引路,待我看看去。”更夫道:“师老爷既要去看,须得与我换蜡了。这灯笼里剩了个蜡头儿了。”杜先生吩咐书童拿几支蜡交与更夫,换好了,方打着灯笼,往后面花厅而来。

到了花厅,更夫将灯笼高高举起。杜先生战战哆嗦看时,一个耳上有环,道:“喂呀!是个妇人。你们细看是谁?”更夫看了半晌,道:“好像姨奶奶。”杜雍便叫更夫:“你们把那个头往外转转,看是谁?”更夫仗着胆子,将头扭一扭,一看,这个说:“这不是进禄儿吗?”那个道:“是不错,是他,是他!”杜先生道:“你们要认明白了。”更夫道:“我认的不差。”杜先生道:“且不要动。”更夫道:“谁动他做什么呢。”杜先生道:“你们不晓得,这是要报官的。你们找找四个管家,今日是谁在家?”更夫道:“昨日是进宝

① 屈戌(qūqu)——铜制或铁制的带两个脚的小环,钉在门窗边上或箱、柜正面,用来挂上钌铞或锁。或者成对地钉在抽屉正面或箱子侧面,用来固定V字形的环。

在监该班,今日应当进财该班。因进财有事去了,才进禄给进宝送信去叫他连班。不知进禄如何被人杀了？此时就剩进喜在家。”杜先生道:“你们把他叫来,我在书房等他。”更夫答应。一个去叫进喜,一个引着先生来到书房。

不多时,进喜来到。杜先生将此事告诉明白,叫他进内启知主母。进喜急忙进去,禀明了郑氏。郑氏正从各处检点回来,吓的没了主意,叫问先生,此事当如何办理。杜先生道:“此事隐瞒不得的,须得报官。你们就找地方去。”进喜立刻派人找了地方来,到后园花厅看了,也不动,道:“这要即刻报官,耽延不得了。只好管家你随我同去。”进喜吓得半晌无言。还是杜先生有见识,知是地方勒索,只得叫进喜从内要出二两银子来,给了地方,他才一人去了。

至次日,地方回来,道:“少时太爷就来,你们好好预备了。”不多时,金令来到,进喜同至后园。金令先问了大概情形,然后相验,记了姓名,叫人将头摘下。又进屋内去,看见男女二尸下体赤露,知是私情。又见床榻上有一字柬,金令拿起细看,拢在袖中。又在床下搜出一件血衣裹着鞋袜,问进喜道:“你可认得,此衣与鞋袜是谁的？”进喜瞧了瞧,回道:“这是进宝的。”金令暗道:“如此看来,此案全在进宝身上。我须如此如此,方能了结此事。”吩咐暂将男女盛殓,即将进喜带入衙中,立刻升堂。且不问进喜,也不问秦昌,吩咐:“带进宝。”两旁衙役答应一声,去提进宝。

此时进宝正在监中服侍员外秦昌,忽然听见衙役来说:“太爷现在堂上,呼唤你上堂,有话吩咐。”进宝不知何事,连忙跟随衙役,上了大堂。只见金令坐在上面,和颜悦色,问道:“进宝,你家员外之事,本县现在业已访查明白。你既是他家的主管,你须要亲笔写上一张诉呈来。本县看了,方好从中设法,如何出脱你家员外的罪名。”进宝听了,有些不愿意,原打算将秦昌谋死。如今听县官如此说,想是受了贿赂,无奈何,说道:“既蒙太爷恩典,小人下去写诉呈就是了。”金令道:“就要递上来,本县立等。”回头吩咐书吏:“你同他去,给他立个稿儿,叫他亲笔誊写,速速拿来。”书吏领命下堂。不多时,进宝拿了诉呈,当堂呈递。金令问道:“可是你自己写的？”进宝道:“是,求先生打的底儿,小人誊写的。”金令接来,细细一看,果与那字柬笔迹相同,将惊堂木一拍,道:“好奴才！你与碧蟾通奸设计,将彩凤杀死,如何陷害你家员外,还不从实招上来!”进宝一闻此言,顶梁骨上嘤的一声,魂已离壳,惊慌失色,道:“此……此……此事小……小……小人不知。”金令吩咐:“掌嘴!”刚然一边打了十个,进宝便嚷道:“我说呀,我说!”两边衙役道:“快招!快招!”进宝便将碧蟾如何留表记被员外捡着,错疑在安人身上;又如何试探先生,方知是碧蟾,将她锁禁花园;原是小人素与姨娘有染,因此暗暗定计要杀员外,不想秦昌那日偏偏的上西间去了,这才误杀了彩凤,一五一十,述了一遍。金令道:“如此说来,碧蟾与进禄昨夜被人杀死,想是你愤奸不平,将他二人杀了。”进宝碰头,道:“此事小人实实不知。昨夜小人在监内服侍员外,并未回家,如何会杀人呢?老爷详情。”金令暗暗点头道:“他这话却与字柬相符。只是碧蟾、进禄却被何人所杀呢?”

你道是何字柬?原来进禄与进宝送信,叫他多连一夜。进宝恐其负了碧蟾之约,因此悄悄写了一柬,托进禄暗暗送与碧蟾。谁知进禄久有垂涎之意,不能得手,趁此机会,方才入港。恰被北侠听见,错疑在杜雍、郑氏身上,故此将二人杀死。至于床下搜出血衫鞋袜,金令如何知道就在床下呢?皆因进宝字柬上,前面写今日不能回来之故;后面又嘱咐千万,前次血污之物,恐床下露人眼目,须改别处隐藏方妥。有此一语,故而搜出。是进喜识认,说出进宝。金令已知是进宝所为,又恐进禄栽赃陷害别人,故叫进宝写诉呈,对了笔迹,然后方问此事。以为他必狡赖,再用字柬衣衫鞋袜质证。谁知小子不禁打,十个嘴巴,他就通说了,却倒省事。

不知金令如何定罪,且听下回分解。

第七十一回

杨芳怀忠彼此见礼　继祖尽孝母子相逢

且说金公审明进宝,将他立时收监,与彩凤抵命;把秦昌当堂释放;惟有杀奸之人,再行访查缉获另结,暂且悬案。论碧蟾早就该死;进禄因有淫邪之行,致有杀身之祸。他二人既死,也就不必深究了。

且说秦昌回家，感谢杜雍不尽，二人遂成莫逆①。又想起静修之言，杜雍也要探望，因此二人同来到盘古寺。静修与北侠见了，彼此惊骇。还是秦昌直爽，毫无隐讳，将此事叙明。静修、北侠方才释疑，始悟进宝之言尽是虚假。四人这一番亲爱快乐，自不必言。盘桓了几日，秦昌与杜雍仍然回庄。

北侠也就别了静修，上杭州去了。沿路上闻人传说道："好了！杭州太守可换了，我们的冤枉可该诉了。"仔细打听，北侠却晓得此人。

你道此人是谁？听我慢慢叙来。只因春闱考试，钦命包大人主考，到了三场已毕，见中卷内并无包公侄儿，天子便问："包卿，世荣为何不中？"包公奏道："臣因钦命点为主考，臣侄理应回避，因此并未入场。"天子道："朕原为抡选人才，明经取士，为国求贤。若要如此，岂不叫包世荣抱屈么？"即行传旨，着世荣一体殿试。此旨一下，包世荣好生快乐。到了殿试之期，钦点包世荣的传胪，用为翰林院庶吉士②。包公叔侄碰头谢恩。赴琼林宴之后，包公递了一本给包世荣告假，还乡毕姻，三个月后仍然回京供职。圣上准奏，赏赍了多少东西。包世荣别了叔父，带了九如，荣耀还乡。至于与玉芝毕姻一节，也不必细述。

只因杭州太守出缺，圣上钦派了新中榜眼、用为编修的倪继祖。倪继祖奉了圣旨，不敢迟延，先拜老师，包公勉励了多少言语，倪继祖一一谨记，然后告假还乡祭祖。奉旨："着祭祖毕，即赴新任。"你道倪继祖可是倪太公之子么？就是仆人可是倪忠么？其中尚有许多的原委，直仿佛白罗衫的故事，此处不能不叙出。

且说扬州甘泉县有一饱学儒流，名唤倪仁，自幼定了同乡李太公之女为妻。什么聘礼呢？有祖传遗留的一枝并梗玉莲花，晶莹光润无比，拆开却是两枝，合起来便成一朵。倪仁视为珍宝，与妻子各佩一枝。只因要上

① 莫逆——彼时情投意合，非常相好。

② 庶吉士——明初置，始分设于六科，练习办事，永乐以后专属翰林院。清代沿其制，翰林院设庶常馆，选新进士中文学书法优异的人入馆学习，称为翰林院庶吉士。三年后（也有提前举行的）举行考试，成绩优良者分别授以翰林院编修、检讨等官，其余分发各部任主事等职，或以知县优先委用，称为"散馆"。庶吉士通常称为"庶常"。

泰州探亲，便雇了船只。这船户一名陶宗，一名贺豹，外有一个雇工帮闲的名叫杨芳。不料这陶宗、贺豹乃是水面上作生涯的，但凡客人行李辎重①露在他眼里，再没有放过去的。如今见倪仁雇了他的船，虽无沉重行李，却见李氏生的美貌，淫心陡起。贺豹暗暗的与陶宗商量，意欲劫掠了这宗买卖。他别的一概不要，全给陶宗，他单要李氏作个妻房。二人计议停当，又悄悄的知会了杨芳。杨芳原是雇工人，不敢多言。

一日，来到扬子江，到幽僻之处，将倪仁抛向水中淹死。贺豹便逼勒李氏。李氏哭诉道："因怀孕临迩，待分娩后再行成亲。"多亏杨芳在旁解劝，道："她丈夫已死，难道还怕她飞上天去不成？"贺豹只得罢了。杨芳暗暗想道："他等作恶，将来事犯，难免扳拉于我。再者看这妇人哭的可怜，我何不如此如此呢？"想罢，他便沽酒买肉，庆贺他二人一个得妻，一个发财。二人见他殷勤，一齐说道："何苦要叫你费心呢。你以后真要好时，我等按三七与你股分，你道好么？"杨芳暗暗道："似你等这样行为，慢说三七股分，就是全给老杨，我也是不稀罕的。"他却故意答道："如若二位肯提携②于我，敢则是好。"便殷勤劝酒。不多时，把二人灌的酩酊大醉，横卧在船头之上。杨芳便悄悄地告诉了李氏，叫她上岸，一直往东，过了树林，有个白衣庵，他姑母在这庙出家，那里可以安身。

此时天已五鼓，李氏上岸不顾高低，拼命往前奔驰。忽然一阵肚痛，暗说："不好！我是临月身体，若要分娩，可怎么好？"正思索时，一阵疼如一阵，只得勉强奔到树林，存身树下。不多时，就分娩了。喜得是个男儿。连忙脱下内衫，将孩儿包好，胸前就别了那半枝莲花。不敢留恋，难免悲戚，急将小儿放在树木之下。自己恐贼人追来，忙忙往东奔逃，上庙中去了。

且说杨芳放了李氏，心下畅快，一歪身也就睡了。刚然睡下，觉得耳畔有人唤道："你还不走，等待何时？"杨芳从梦中醒来，看了看四下无人，但见残月西斜，疏星几点，自己想道："方才明明有人呼唤，为何竟自无人呢？"再看陶、贺二人酣睡如雷，又转念道："不好！他二人若是醒来，不见了妇人，难道就罢了不成？不是埋怨于我，就是四下搜寻。那时将妇人访

① 辎(zī)重——泛指携带的东西。

② 提携(xié)——领着孩子走路，比喻提拔、扶植别人。

查出来,反为不美。有了,莫若我与他个溜之乎也。及至他二人醒来,必说我拐了妇人远走高飞,也免得他等搜查。”主意已定,东西一概不动,只身上岸,一直竟往白衣庵而来。

到了庵前,天已微明,向前叩门,出来了个老尼,隔门问道:“是哪个?”杨芳道:“姑母请开门,是侄儿杨芳。”老尼开了山门。杨芳来到客堂,尚未就座,便悄悄问道:“姑母,可有一个妇人投在庵中么?”老尼道:“你如何知道?”杨芳便将灌醉二贼,私放李氏的话,说了一遍。老尼合掌念一声“阿弥陀佛”,道:“救人一命,胜造七级浮屠。惜乎你为人不能为彻。错舛你也没什么错舛,只是她一点血脉失于路上,恐将来断绝了她祖上的香烟。”杨芳追问情由。老尼便道:“那妇人已投在庵中,言于树林内分娩一子,若被人捡去,尚有生路;倘若遭害,便绝了香烟,深为痛惜。是我劝慰再三,应许与她找寻,她方止了悲啼,在后面小院内将息。杨芳道:“既如此,我就找寻去。”老尼道:“你要找寻,有个表记。他胸前有枝白玉莲花,那就是此子。”杨芳谨记在心,离了白衣庵,到了树林,看了一番,并无踪迹;暗暗访查了三日,方才得了实信。

离白衣庵有数里之遥,有一倪家庄。庄中有个倪太公。因五更赶集,骑着个小驴儿来到树林,那驴便不走了。倪太公诧异,忽听小儿啼哭,连忙下驴一看,见是个小儿放在树木之下,身上别有一枝白玉莲花。这老半生无儿,见了此子好生欢喜,连忙打开衣襟将小儿揣好,也顾不得赶集,连忙乘驴转回家中。安人梁氏见了此子,问了情由。夫妻二人欢喜非常,就起名叫倪继祖。他哪里知道小儿的本姓却也姓倪呢。这也是天缘凑巧,姓倪的根芽就被姓倪的捡去。

俗言:“若要人不知,除非己莫为。”那日倪太公得了此子,早已就有人知道,道喜的不离门。又有荐乳母的。今日你来,明日我往,俱要给太公作贺。太公难以推辞,只得备了酒席请乡党父老。这些乡党父老也备了些须薄礼,前来作贺。正在应酬之际,只见又是两个乡亲领来一人,约有三旬年纪。倪太公却不认得,问道:“此位是谁?”二乡老道:“此人是我们素来熟识的。因他无处安身,闻得太公得了小相公,他情愿与太公作仆人。就是小相公大了,他也好照看。他为人最是朴实忠厚的。老乡亲看我二人分上,将他留下罢。”倪太公道:“他一人所费无几,何况又有二位老乡亲美意,留下就是了。”二乡老道:“还是老乡亲爽快。过来见了太公。太公就给他起个名儿。"倪太公道:"仆从总要忠诚,就叫他倪忠罢。"

原来此人就是杨芳。因同他姑母商量,要照应此子,故要投到倪宅。因认识此庄上的二人,就托他们趁着贺喜,顺便举荐。杨芳听见倪太公不但留下,而且起名倪忠,便上前叩头,道:"小人倪忠与太公爷叩头道喜。"倪太公甚是欢喜。倪忠便殷勤张罗诸事,不用吩咐,这日倪太公就省了好些心。从此倪忠就在倪太公庄上,更加小心留神。倪太公见他忠正朴实,诸事俱各托付于他,无有不尽心竭力的。倪太公倒得了个好帮手。

一日,倪忠对太公道:"小人见小官人年纪七岁,资性聪明,何不叫他读书呢?"太公道:"我正有此意。前次见东村有个老学究,学问颇好。你就拣个日期,我好带去入学。"于是定了日期,倪继祖入学读书。每日俱是倪忠护持接送。倪忠却时常到庵中看望,就只瞒过倪继祖。

刚念了有二三年光景,老学究便转荐了一个儒流秀士,却是济南人,姓程名建才。老学究对太公道:"令郎乃国家大器,非是老汉可以造就的。若是从我敝友训导训导,将来必有可成。"倪太公尚有些犹疑,倒是倪忠撺掇,道:"小官人颇能读书。既承老先生一番美意,荐了这位先生,何不叫小官人跟着学学呢?"太公听了,只得应允,便将程先生请来训诲继祖。继祖聪明绝顶,过目不忘,把个先生乐的了不得。

光阴荏苒,日月如梭,转眼间倪继祖已然十六岁。程先生对太公说,叫倪继祖科考。太公总是乡下人形景,不敢妄想成人。倒是先生着急,不知会太公,就叫倪继祖递名去赴考,高高的中了生员。太公甚喜,酬谢了先生。自然又是贺喜,应接不暇。

一日,先生出门。倪继祖也要出门闲游闲游,禀明了太公,就叫倪忠跟随。信步行来,路过白衣庵,倪忠道:"小官人,此庵有小人的姑母在此出家,请进去歇歇吃茶。小人顺便探望探望。"倪继祖道:"从不出门,今日走了许多的路,也觉乏了,正要歇息歇息。"倪忠向前叩门。老尼出来迎接,道:"不知小官人到来,未能迎接,多多有罪。"连忙让到客堂待茶。

原来倪忠当初访着时,已然与他姑母送信。老尼便告诉了李氏,李氏暗暗念佛。自弥月①后便拜了老尼为师,每日在大士前虔心忏悔,无事再也不出佛院之门。这一日正从大士前礼拜回来,忘记了关小院之门。恰

① 弥月——指初生婴儿满月。

好倪继祖歇息了片时,便到各处闲游,只见这院内甚是清雅,信步来到院中。李氏听得院内有脚步声响,连忙出来一看。不看时则已,看了时不由的一阵痛彻心髓,登时落下泪来,他因见了倪继祖的面貌举止,俨然与倪仁一般。谁知倪继祖见了李氏落泪,可煞作怪,他只觉的眼眶儿发酸,扑簌簌也就泪流满面,不能自解。正在拭泪,只见倪忠与他姑母到了。倪忠道:“官人你为何啼哭?”倪继祖道:“我何尝哭来?”嘴内虽如此说,声音尚带悲哽。倪忠又见李氏在那里呆呆落泪,看了这番光景,他也不言不语,拂袖拭起泪来。

只听老尼道:“善哉!善哉!此乃天性,岂是偶然。”倪继祖听了此言诧异,道:“此话怎讲?”只见倪忠跪倒道:“望乞小主人赦宥老奴隐瞒之罪,小人方敢诉说。”好倪继祖,见他如此,惊得目瞪痴呆。又听李氏悲切切道:“恩公快些请起,休要折受了他。不然,我也就跪了。”倪继祖好生纳闷,连忙将倪忠拉起,问道:“此事端的如何?快些讲来。”倪忠便把怎么长、怎么短,述说了一遍。他这里说,那里李氏已然哭了个声哽气噎。倪继祖听了,半晌,还过一口气来,道:“我倪继祖生了十六岁,不知生身父母受如此苦处!”连忙向前抱住李氏,放声大哭。老尼与倪忠劝慰多时,母子二人方才止住悲声。李氏道:“自蒙恩公搭救之后,在此庵中一十五载,不想孩儿今日长成。只是今日相见,为娘的如同睡里梦里,自己反倒不能深信。问吾儿,你可知当初表记是何物?”倪继祖听了此言,惟恐母亲生疑,连忙向那贴身里衣之中,掏出白玉莲花,双手奉上。李氏一见莲花,嗳哟了一声,身体往后一仰。

未知如何,且听下回分解。

第七十二回

认明师学艺招贤馆　查恶棍私访霸王庄

且说李氏一见了莲花,睹物伤情,复又大哭起来。倪继祖与倪忠商议,就要接李氏一同上庄。李氏连忙止悲,说道:“吾儿休生妄想!为娘的再也不染红尘了。原想着你爹爹的冤仇,今生再世也不能报了,不料倪氏门中有你这根芽。只要吾儿好好攻书,得了一官半职,能够与你爹爹报仇雪恨,为娘的平生之愿足矣。”倪继祖见李氏不肯上庄,便哭倒跪下,道:“孩儿不知亲娘便罢,如今既已知道,也容孩儿略尽孝心。就是孩儿养身的父母不依时,自有孩儿恳求哀告。何况我那父母也是好善之家,如何不能容留亲娘呢?”李氏道:“言虽如此,但我自知罪孽深重,一生忏悔不来。倘若再堕俗缘,惟恐不能消受,反要生出灾殃,那时吾儿岂不后悔?”倪继祖听李氏之言,心坚如石,毫无回转,便放声大哭道:“母亲既然如此,孩儿也不回去了,就在此处侍奉母亲。”李氏道:“你既然知道读书要明理,俗言‘顺者为孝’,为娘的虽未抚养于你,难道你不念劬劳①之恩,竟敢违背么?再者你那父母哺乳三年,好容易养的你长大成人,你未能报答于万一,又肯作此负心之人么?”一席话说的倪继祖一言不发,惟有低头哭泣。

李氏心下为难,猛然想起一计来:“须如此如此,这冤家方能回去。”想罢,说道:“孩儿不要啼哭。我有三件事,你要依从,诸事办妥,为娘的必随你去如何?”倪继祖连忙问道:“哪三件?请母亲说明。”李氏道:“第一件,你从今后须要好好攻书,务须要得了一官半职;第二件,你须将仇家拿获,与你爹爹雪恨;第三件,这白玉莲花乃祖上遗留,原是两个合成一枝,如今你将此枝仍然带去,须把那一枝找寻回来。三事齐备,为娘必随儿去。三事之中倘缺一件,为娘的再也不能随你去的。”说罢,又嘱咐倪忠道:“恩公一生全仗忠义,我也不用饶舌。全赖恩公始终如一,便是我倪氏门中不幸之大幸了。你们速速回去罢!省得你那父母在家盼望。”李氏将话说完,一摔手回后去了。

这里倪继祖如何肯走,还是倪忠连搀带劝,真是一步几回头,好容易搀出院子门来。老尼后面相送。倪继祖又谆嘱了一番,方离了白衣庵,竟奔倪家庄而来。主仆在路途之中,一个是短叹长吁,一个是婉言相劝。倪继祖道:“方才听母亲吩咐三件事,仔细想来,作官不难,报仇容易,只是那白玉莲花却往何处找寻?”倪忠道:“据老奴看来,物之隐现,自有定数,却倒不难。还是作官难。总要官人以后好好攻书要紧。”倪继祖道:“我有海样深的仇,焉有自己不上进呢?老人家休要忧虑。”倪忠道:“官人如

① 劬(qú)劳——劳累。

何这等呼唤？惟恐折了老奴的草料。”倪继祖道：“你甘屈人下，全是为我而起。你的恩重如山，我如何以仆从相待！”倪忠道：“言虽如此，官人若当着外人还要照常，不可露了形迹。”倪继祖道：“逢场作戏，我是晓得的。还有一宗，今日之事，你我回去千万莫要泄漏。待功成名就之后，大家再为言明，庶乎彼此有益。”倪忠道：“这不用官人嘱咐，老奴十五年光景皆未泄漏，难道此时倒隐瞒不住么？”二人说话之间，来到庄前。倪继祖见了太公、梁氏，俱各照常。

于是倪继祖一心想着报仇，奋志攻书。迟了二年，又举于乡，益发高兴，每日里讨论研求。看看的又过了二年。明春是大比①之年，倪继祖与先生商议，打点行装，一同上京考试。太公跟前俱已禀明。谁知到了临期，程先生病倒，竟自呜呼哀哉了。因此倪继祖带了倪忠，悄悄到白衣庵，别了亲娘，又与老尼留下银两，主仆一同进京。这才有会仙楼遇见了欧阳春、丁兆兰一节。

自接济了张老儿之后，在路行程非止一日，来到东京，租了寓所，静等明春赴考。及至考试已毕，倪继祖中了第九名进士；到了殿试，又钦点了榜眼，用为编修。可巧杭州太守出缺，奉旨又放了他。主仆二人好生欢喜。又拜别包公，包公又嘱咐了好些话。主仆衣锦还乡，拜了父母，禀明认母之事。太公、梁氏本是好善之家，听了甚喜，一同来到白衣庵，欲接李氏在庄中同住。李氏因孩儿即刻赴任，一来庄中住着不便；二来自己心愿不遂，决意不肯，因此仍在白衣庵与老尼同住。倪继祖无法，只得安置妥协，且去上任。“等接任后，倘能二事如愿，那时再来迎接，大约母亲也就无可推托了。”即叫倪忠束装就道，来到杭州，刚一接任，就收了无数的词状，细细看来，全是告霸王庄马强的。

你道这马强是谁？原来就是太岁庄马刚的宗弟，倚仗朝中总管马朝贤是他叔父，他便无所不为。他霸田占产，抢掠妇女。家中盖了个招贤馆，接纳各处英雄豪杰，因此无赖光棍投奔他家的不少。其中也有一二豪杰，因无处可去，暂且栖身，看他的动静。现时有名的便是黑妖狐智化、小诸葛沈仲元、神手大圣邓车、病太岁张华、赛方朔方貂，其余的无名小辈不计其数。每日里舞剑抡枪，比刀对棒，鱼龙混杂，闹个不了。一来二去，声

---

① 大比——泛指科举考试。

气大了,连襄阳王赵爵都与他交结往来。

独独有一个小英雄,心志高傲,气度不俗,年十四岁,姓艾名虎,就在招贤馆内作个馆童。他见众人之中,惟独智化是个豪杰,而且本领高出人上,便时刻小心,诸事留神,敬奉智化为师。真感得黑妖狐欢喜非常,便把他暗暗的收作徒弟,悄悄传他武艺。谁知他心机活变,一教便会,一点就醒,不上一年光景,学了一身武艺。他却时常悄悄的对智化道:"你老人家以后不要劝我们员外,不但白费唇舌,他不肯听;反倒招的那些人背地里抱怨,说你老人家忒胆小了。'抢几个妇女什么要紧。要是这么害起怕来,将来还能干大事么?'你老人家自己想想,这一群人都不成了亡命之徒了么?"智化道:"你莫多言,我自有道理。"他师徒只顾背地里闲谈。谁知招贤馆早又生出事来。

原来马强打发恶奴马勇前去讨账回来,说债主翟九成家道艰难,分文皆无。马强将眼一瞪,道:"没有就罢了不成?急速将他送县官追。"马勇道:"员外不必生气,其中却有个极好的事情。方才小人去到他家,将小人让进去,苦苦的哀求。不想炕上坐着个如花似玉的女子,小人问他是何人,翟九成说是他外孙女,名叫锦娘。只因他女儿女婿亡故,留下女儿毫无倚靠,因此他自小儿抚养,今年已交十七岁。这翟九成全仗着他作些针线,将就度日。员外曾吩咐过小人,叫小人细细留神打听,如有美貌妇女立刻回禀。据小人今日看见这女子,真算是少一无二的了。"一句话说的马强心痒难搔,登时乐的两眼连个缝儿也没有了,立刻派恶奴八名,跟随马勇到翟九成家将锦娘抢来,抵销欠账。

这恶贼在招贤馆立等,便向众人夸耀道:"今日我又大喜了。你等只说前次那女子生的美貌,哪里知道比她还有强的呢。少时来时,叫你们众人开开眼咧。"众人听了,便有几个奉承道:"这都是员外福田造化,我们如何敢比。这喜酒是吃定了。"其中就有听不上的,用话打趣他:"好虽好,只怕叫后面知道了,那又不好了。"马强哈哈笑道:"你们吃酒时,作个雅趣,不要吵嚷了。"

说话间,马勇回来禀道:"锦娘已到。"马强吩咐:"快快带上来。"果见个袅袅婷婷女子,身穿朴素衣服,头上也无珠翠,哭哭啼啼来到厅前。马强见她虽然啼哭,那一番娇柔妩媚,真令人见了生怜,不由的笑逐颜开,道:"那女子不要啼哭。你要好好依从于我,享不尽荣华,受不尽富贵。

你只管向前些,不要害羞。”忽听见锦娘娇呖呖道:“你这强贼,无故的抢掠良家女子,是何道理？奴今到此,惟有一死而已,还讲什么荣华富贵！我就向前些。”谁知锦娘暗暗携来剪子一把,将手一扬,竟奔恶贼而来。马强见势不好,把身子往旁一闪,刷的一声,把剪子扎在椅背上。马强嗳哟一声,“好不识抬举的贱人!”吩咐恶奴将她下在地牢。恶贼的一团高兴登时扫尽,无可释闷,且与众人饮酒作乐。

且说翟九成因护庇锦娘,被恶奴们拳打脚踢,乱打一顿,仍将锦娘抢去,只急得跺脚捶胸,嚎啕不止。哭够多时,检点了一下,独独不见了剪子,暗道:“不消说了,这是外孙女去到那里,一死相拼了。”忙到那里探望了一番,并无消息。又恐被人看见,自己倒要吃苦,只得垂头丧气的回来。见路旁有柳树,他便席地而坐,一壁歇息,一壁想道:“自我女儿女婿亡故,留下这条孽根。我原打算将她抚养大了,聘嫁出去,了却一生之愿。谁知平地生波,竟有这无法无天之事。再者锦娘一去,不是将恶贼一剪扎死,她也必自戕其生。她若死了,不消说了,我这抚养勤劳付于东流;她若将恶贼扎死,难道他等就饶了老汉不成？”越思越想,又是着急,又是害怕。忽然把心一横,道:“嗳！眼不见,心不烦,莫若死了干净!”站起身来,找了一株柳树,解下丝绦,就要自缢而死。

忽听有人说道:“老丈休要如此,有什么事何不对我说呢？”翟九成回头一看,见一条大汉碧眼紫髯,连忙上前哭诉情由,口口声声说自己无路可活,难以对去世的女儿女婿。北侠欧阳春听了,道:“他如此恶霸,你为何不告他去？”翟九成道:“我的爷！谈何容易。他有钱有势,而且声名在外,谁人不知,哪个不晓。纵有呈子,县里也是不准的。”北侠道:“不是这里告他,是叫你上东京开封府去告他。”翟九成道:“哎呀呀！更不容易了。我这里到开封府,路途遥远,如何有许多的盘费呢？”北侠道:“这倒不难。我这里有白银十两,相送如何？”翟九成道:“萍水相逢,如何敢受许多银两。”北侠道:“这有什么要紧呢。只要你拿定主意,若到开封,包管此恨必消。”说罢,从皮兜内摸出两个银锞,递与翟九成。翟九成便扑翻身拜倒,北侠搀起。

只见那边过来一人,手提马鞭,道:“你何必舍近而求远呢？新任太守极其清廉,你何不到那里去告呢？”北侠细看此人有些面善,一时想不起来。又听这人道:“你如若要告时,我家东人与衙中相熟,颇颇的可托。你不信,请看那边树林下坐的就是他。”北侠先挺身往那边一望,见一儒士坐在那里,旁边有马一匹。不看则可,看了时倒抽了口气,暗暗说:“这不好!他如何这般形景?霸王庄能人极多,倘然识破,那时连性命不保。我又不好劝阻,只好暗中助他一臂之力。”想罢,即对翟九成道:“既是新任太守清廉,你就托他东人便了。”说罢,回身往东去了。

你道那儒士与老仆是谁?原来就是倪继祖主仆。北侠因看见倪继祖,方想起老仆倪忠来。认明后,他却躲开。倪忠带了翟九成,见了倪继祖。太守细细地问了一番,并给他写了一张呈子。翟九成欢天喜地回家,五更天预备起身赴府告状。

谁知冤家路儿窄,马强因锦娘不从,下在地牢,饮酒之后,又带了恶奴出来,骑着高头大马,迎头便碰见了翟九成。翟九成一见,胆裂魂飞,回身就跑。马强一叠连声叫“拿”。恶贼抖起威风,追将下去。翟九成上了年纪之人,能跑多远,早被恶奴揪住,连拉带扯,来到马强的马前。马强问道:“我骂你这老狗!你叫你外孙女用剪子刺我,我已将她下在地牢,正要差人寻你。见了我,不知请罪,反倒要跑,你也就可恶的很呢!”恶贼原打算拿话威吓威吓翟九成,要他赔罪,好叫他劝他外孙女依从之意,不想翟九成喘吁吁道:“你这恶贼,硬抢良家之女,还要与你请罪。我恨不能立时青天报仇雪恨,方遂我心头之愿。”马强听了,圆瞪怪眼,一声呵叱:“嗳呀!好老狗!你既要青天,必有上告之心,想来必有冤状。”只听说了一声“搜”,恶奴等上前扯开衣襟,便露出一张纸来,连忙呈与马强。恶贼看了一遍,一言不发,暗道:“好利害状子!这是何人与他写的?倒要留神访查访查。”吩咐恶奴二名将翟九成送到县内,立刻严追欠债。正然吩咐,只见那边过来了一个也是乘马之人,后面跟定老仆。恶贼一见心内一动,眉一皱,计上心来。

未知如何,且听下回分解。

第七十三回

恶姚成识破旧伙计　美绛贞私放新黄堂

且说马强将翟九成送县，正要搜寻写状之人，只见那边来了个乘马的相公，后面跟定老仆。看他等形景，有些疑惑，便想出个计较来，将丝缰一抖，迎了上来，双手一拱，道："尊兄请了！可是上天竺进香的么？"原来乘马的就是倪继祖，顺着恶贼的口气答道："正是，请问足下何人？如何知道学生进香呢？"恶贼道："小弟姓马，在前面庄中居住。小弟有个心愿，但凡有进香的，必要请到庄中待茶，也是一片施舍好善之心。"说着话，目视恶奴。众家人会意，不管倪继祖依与不依，便上前牵住嚼环，拉着就走。倪忠见此光景，知道有些不妥，只得在后面紧紧跟随。不多时，来至庄前，过了护庄桥，便是庄门。马强下了马，也不谦让，回头吩咐道："把他们带进来。"恶奴答应一声，把主仆蜂拥而入。倪继祖暗道："我正要探访，不想就遇见他。看他这般权势，惟恐不怀好意。且进去看个端的怎样。"

马强此时坐在招贤馆，两旁罗列坐着许多豪杰光棍。马强便说："遇见翟九成搜出一张呈子，写的甚是利害，我立刻派人将他送县。正要搜查写状之人，可巧来了个斯文秀才公，我想此状必是他写的，因此把他诓来。"说罢，将状子拿出，递与沈仲元。沈仲元看了，道："果然写的好。但不知是这秀才不是？"马强道："管他是不是，把他吊起拷打就完了。"沈仲元道："员外不可如此。他既是读书之人，须要以礼相待，用言语套问他；如若不应，再行拷打不迟，所谓先礼而后兵①也。"马强道："贤弟所论甚是。"吩咐请那秀士。

此时恶奴等俱在外面候信，听见说请秀士，连忙对倪继祖道："我们员外请你呢，你见了要小心些。"倪继祖来到厅房，见中间廊下悬一匾额，写着"招贤馆"三字，暗暗道："他是何等样人，竟敢设立招贤馆，可见是不法之徒。"及至进了厅房，见马强坐在上位，傲不为礼。两旁坐着许多人

---

① 先礼而后兵——先讲礼貌，行不通时再使用强硬的手段。

物,看上去俱非善类。却有两个人站起,执手让道:“请坐。”倪继祖也只得执手,回答道:“恕坐。”便在下手坐了。

众人把倪继祖留神细看,见他面庞丰满,气度安详,身上虽不华美,却也整齐。背后立定一个年老仆人。只听东边一人问道:“请问尊姓大名?”继祖答道:“姓李名世清。”西边一人问道:“到此何事?”继祖答道:“奉母命前往天竺进香。”马强听了,哈哈笑道:“俺要不提进香,你如何肯说进香呢?我且问你,既要进香,所有香袋钱粮,为何不带呢?”继祖道:“已先派人挑往天竺去了,故此单带个老仆,赏玩途中风景。”马强听了,似乎有理。忽听沈仲元在东边问道:“赏玩风景,原是读书人所为;至于调词告状,岂是读书人干得的呢?”倪继祖道:“此话从何说起?学生几时与人调词告状来?”又听智化在西边问道:“翟九成,足下可认得么?”倪继祖道:“学生并不认得姓翟的。”智化道:“既不认得,且请到书房少坐。”便有恶奴带领主仆出厅房,要上书房。刚刚的下了大厅,只见迎头走来一人,头戴沿毡大帽,身穿青布箭袖,腰束皮带,足登薄底靴子,手提着马鞭,满脸灰尘。他将倪继祖略略的瞧了一瞧,却将倪忠狠狠的瞅了又瞅。谁知倪忠见了他,登时面目变色,暗说:“不好!这是对头来了。”

你道此人是谁?他姓姚名成,原来又不是姚成,却是陶宗。只因与贺豹醉后醒来,不见了杨芳与李氏,以为杨芳拐了李氏去了。过些时,方知杨芳在倪家庄作仆人,改名倪忠,却打听不出李氏的下落。后来他二人又劫掠一伙客商,被人告到甘泉县内,追捕甚急。他二人便收拾了一下,连夜逃到杭州,花费那无义之财,犹如粪土,不多几时精精光光。二人又干起旧营生来,劫了些资财。贺豹便娶了个再婚老婆度日。陶宗却认得病太岁张华,托他在马强跟前说了,改名姚成。他便趋炎附势的,不多几日,把个马强哄的心花俱开,便把他当作心腹之人,作了主管。因阅朝中邸报①,见有奉旨钦派杭州太守,乃是中榜眼用为编修的倪继祖,又是当朝首相的门生。马强心里就有些不得主意,特派姚成扮作行路之人,前往省城细细打听明白了回来,好作准备。因此姚成行路模样回来,偏偏的刚进门,迎头就撞见倪忠。

且说姚成到了厅上,参拜了马强,又与众人见了。马强便问:“打听

① 邸(dǐ)报——古代官府用以传知朝政的文书抄本。

的事体如何?"姚成道:"小人到了省城,细细打听,果是钦派榜眼倪继祖作了太守。自到任后,接了许多状子,皆与员外有些关碍。"马强听了,暗暗着慌,道:"既有许多状子,为何这些日并没有传我到案呢?"姚成道:"只因官府一路风霜,感冒风寒,现今病了,连各官禀见俱各不会。小人原要等个水落石出,谁知再也没有信息,因此小人就回来了。"马强道:"这就是了。我说呢,一天可以打两个来回儿,你如何去了四五天呢?敢则是你要等个水落石出。那如何等得呢?你且歇歇儿去罢。"姚成道:"方才那个斯文主仆是谁?"马强道:"那是我遇见诓了来的。"便把翟九成之事,说了一遍。"我原疑惑是他写的呈子。谁知我们大伙盘问了一回,并不是他。"姚成道:"虽不是他,却别放他。"马强道:"你有什么主意?"姚成道:"员外不知,那个仆人我认得,他本名叫做杨芳。只因投在倪家庄作了仆人,改名叫作倪忠。"

沈仲元在旁听了,忙问道:"他投在倪家庄有多年了?"姚成道:"算来也有二十多年了。"沈仲元道:"不好了!员外,你把太守诓了来了。"马强听罢此言,只吓得双睛直瞪,阔口一张,呵呵了半晌,方问道:"贤……贤……贤弟,你如何知……知……知道?"小诸葛道:"姚主管既认明老仆是倪忠,他主人焉有不是倪继祖的?再者问他姓名,说姓李名世清,这明明自己说我办理事情要清之意,这还有什么难解的?"马强听了,如梦方觉,毛骨悚然①。"这可怎么好?贤弟,你想个主意方好。"沈仲元道:"此事须要员外拿定主意。既已诓来,便难放出,暂将他等锁在空房之内。等到夜静更深,把他请至厅上,大家以礼相求,就说明知是府尊太守,故意的请府尊大老爷到庄,为分析案中情节。他若应了人情,说不得员外破些家私,将他买嘱,要张印信甘结,将他荣荣耀耀送到衙署。外人闻知,只道府尊接交员外,不但无人再敢告状,只怕以后还有些照应呢。他若不应时,说不得只好将他处死,暗暗知会襄阳王举事便了。"智化在旁听了,连忙夸道:"好计!好计!"马强听了,只好如此,便吩咐将他主仆锁在空房。

虽然锁了,他却踢蹭不安,坐立不宁。出了大厅,来到卧室,见了郭氏安人,嗐声叹气。原来他的娘子,就是郭槐的侄女,见丈夫愁眉不展,便问:"又有什么事了?这等烦恼。"马强见问,便把已往情由,述说一遍。

---

① 毛骨悚(sǒng)然——形容很害怕的样子。

郭氏听了,道:"益发闹的好了,竟把钦命的黄堂太守弄在家内来了。我说你结交的全是狗朋狗友,你再不信。我还听见说,你又抢了个女孩儿来,名叫锦娘,险些儿没被人家扎一剪子。你把这女子下在地窖里了,这如今又把个知府关在家里,可怎么样呢?"口里虽如此说,心里却也着急。马强又将沈仲元之计说了,郭氏方不言语。此时天已初鼓,郭氏知丈夫忧心,未进饮食,便吩咐丫鬟摆饭,夫妻二人对面坐了饮酒。

谁知这些话竟被服侍郭氏的心腹丫头听了去了。此女名唤绛贞,年方一十九岁,乃举人朱焕章之女。他父女原籍扬州府仪征县人氏,只因朱先生妻亡之后,家业凋零,便带了女儿上杭州投亲。偏偏的投亲不遇,就在孤山西冷桥租了几间茅屋,一半与女儿居住,一半立塾课读。只因朱先生有端砚一方,爱如至宝,每逢惠风和畅之际、窗明几净之时,他必亲自捧出赏玩一番,习以为常。不料半年前有一个馆童,因先生养赡不起,将他辞出,他却投在马强家中,无心中将端砚说出。登时的萧墙祸起①,恶贼立刻派人前去拍门硬要,遇见先生迂阔性情,不但不卖,反倒大骂一场。恶奴等回来枝上添叶,激得马强气冲牛斗,立刻将先生交前任太守,说他欠银五百两,并有借券为证。这太守明知朱先生被屈,而且又是举人,不能因账目加刑,因受了恶贼重贿,只得交付县内管押。马强趁此时便到先生家内,不但搜出端砚,并将朱绛贞抢来,竟欲收纳为妾。谁知作事不密,被郭氏安人知觉,将陈醋发出,大闹了一阵,把朱绛贞要去,作为身边贴已的丫鬟。马强无可如何,不知暗暗赔了多少不是,方才讨得安人欢喜。自那日起,马强见了朱绛贞,慢说交口接谈,就是拿正眼瞅她一瞅,却也是不敢的。朱绛贞暗暗感激郭氏。她原是聪明不过的女子,便把郭氏哄的犹如母女一般,所有簪环首饰、衣服古玩并锁钥,全是交她掌管。今日因为马强到了,她便隐在一边,将此事俱各窃听去了,暗自思道:"我爹爹遭屈已及半年,何日是个出头之日。如今我何不悄悄将太守放了,叫他救我爹爹,他焉有不以恩报恩的!"

想罢,打了灯笼,一直来到空房门前,可巧竟自无人看守。原来恶奴等以为是斯文秀士与老仆,有甚本领,全不放在心上,因此无人看守。朱绛贞见门儿倒锁,连忙将灯一照,认了锁门,向腰间掏出许多钥匙,拣了个

---

① 萧墙祸起——祸乱发生在家里,比喻内部发生祸乱。也作祸起萧墙。萧墙,照壁。

恰恰投簧,锁已开落。倪太守正与倪忠毫无主意,看见开门,以为恶奴前来陷害,不由的惊慌失色。忽见进来个女子将灯一照,恰恰与倪太守对面,彼此觑视,各自惊讶。朱绛贞又将倪忠一照,悄悄道:“快随我来。”一伸手,便拉了倪继祖往外就走。倪忠后面紧紧跟随。不多时,过了角门,却是花园。往东走了多时,见个随墙门儿,上面有锁,并有横闩。朱绛贞放下灯笼,用钥匙开锁。谁知钥匙投进去,锁尚未开,钥匙再也拔不出来。倪太守在旁着急,叫倪忠寻了一块石头,猛然一砸,方才开了,忙忙去闩开门。朱绛贞方说道:“你们就此逃了去罢。奴有一言奉问,你们到底是进香的?还是真正太守呢?如若果是太守,奴有冤枉。”

好一个聪明女子!她不早问,到了此时方问,全是一片灵机。何以见得?若在空房之中问时,他主仆必以为恶贼用软局套问来了,焉肯说出实话呢?再者朱绛贞她又惟恐不能救出太守,幸喜一路奔至花园并未遇人。及至将门放开,这已救人彻了,她方才问此句。你道是聪明不聪明?是灵机不是?倪太守到了此时,不得不说了,忙忙答道:“小生便是新任的太守倪继祖。姐姐有何冤枉?快些说来。”朱绛贞连忙跪倒,口称:“大老爷在上,贱妾朱绛贞叩头。”倪继祖连忙还礼,道:“姐姐不要多礼,快说冤枉。”朱绛贞道:“我爹爹名唤朱焕章,被恶贼误赖欠他纹银五百两,现在本县看押,已然半载。将奴家抢来,幸而马强惧内,奴家现在随他的妻子郭氏,所以未遭他手。求大老爷到衙后,务必搭救我爹爹要紧。别不多言,你等快些去罢!”倪忠道:“姑娘放心,我主仆俱各记下了。”朱绛贞道:“你们出了此门直往西北,便是大路。”主仆二人才待举步,朱绛贞又唤道:“转来,转来。”

不知有何言语,且听下回分解。

第七十四回

淫方貂误救朱烈女　贪贺豹狭逢紫髯伯

且说倪继祖又听朱烈女唤转来,连忙说道:“姐姐还有什么吩咐?”朱绛贞道:“一时忙乱,忘了一事。奴有一个信物,是自幼佩戴不离身的。倘若救出我爹爹之时,就将此物交付我爹爹,如同见女儿一般。就说奴誓以贞洁自守,虽死不辱,千万叫我爹爹不必挂念。”说罢,递与倪继祖,又道:“大老爷务要珍重。”倪继祖接来,就着灯笼一看,不由的失声道:“嗳哟!这莲花……”刚说至此,只见倪忠忙跑回来,道:“快些走罢!”将手往胳肢窝里一夹,拉着就走。倪继祖回头看来,后门已关,灯火已远。

且说朱绛贞从花园回来,芳心乱跳,猛然想起,暗暗道:“一不作,二不休,趁此时我何不到地牢将锦娘也救了,岂不妙哉?”连忙到了地牢。恶贼因这是个女子,不用人看守。朱小姐也是佩了钥匙,开了牢门,便问锦娘有投靠之处没有。锦娘道:“我有一姑母离此不远。”朱绛贞道:“我如今将你放了,你可认得么?”锦娘道:“我外祖时常带我往来,奴是认得的。”朱绛贞道:“既如此,你随我来。”两个人仍然来至花园后门。锦娘感恩不尽,也就逃命去了。

朱小姐回来静静一想,暗说:“不好!我这事闹的不小。”又转想:“自己服侍郭氏,她虽然嫉妒,也是水性杨花。倘若她被恶贼哄转,要讨丈夫欢喜,那时我难保不受污辱。哎!人生百岁,终须一死。何况我爹爹冤枉已有太守搭救,心愿已完,莫若自尽了,省得耽惊受怕。但死于何地才好呢?有了!我索性缢死在地牢。他们以为是锦娘悬梁,及至细瞧,却晓得是我。也叫他们知道是我放的锦娘,由锦娘又可以知道那主仆也是我放的。我这一死,也就有了名了。”主意已定,来到地牢之中,将绢巾解下,拴好套儿,一伸脖颈,觉的香魂缥缈,悠悠荡荡,落在一人身上。渐渐苏醒,耳内只听说道:“似你这毛贼,也敢打闷棍,岂不令人可笑。”

这话说的是谁?朱绛贞如何又在他身上?到底是上了吊了,不知是死了没死?说的好不明白,其中必有缘故,待我慢慢叙明。

朱绛贞原是自缢来着。只因马强白昼间在招贤馆将锦娘抢来,众目所观,早就引动了一人,暗自想道:“看此女美貌非常,惜乎便宜了老马。不然时,我若得此女,一生快乐,岂不胜似神仙?”后来见锦娘要刺马强,马强一怒,将她下在地牢,却又暗暗欢喜道:“活该这是我的姻缘。我何不如此如此呢?”

你道此人是谁?乃是赛方朔方貂。这个人且不问他出身行为,只他这个绰号儿,便知是个不通的了。他不知听谁说过东方朔偷桃,是个神贼,他便起了绰号叫赛方朔。他又何尝知道复姓东方名朔呢。如果知道,他必将“东”字添上,叫“赛东方朔”。不但念着不受听,而且拗口;莫若是赛方朔罢,管他通不通,不过是贼罢了。

这方貂因到二更之半,不见马强出来,他便悄悄离了招贤馆,暗暗到了地牢,黑影中正碰在吊死鬼身上,暗说:“不好!”也不管是锦娘不是,他却右手揽定,听了听喉间尚然作响,忙用左手顺着身体摸到项下,把巾帕解开,轻轻放在床上。他却在对面将左手拉住右手,右手拉住左手,往上一扬,把头一低,自己一翻身,便把女子两胳膊搭在肩头上;然后一长身,回手把两腿一拢,往上一颠,把女子背负起来,迈开大步,往后就走。谁知他也是奔花园后门,皆因素来瞧在眼里的。及至来到门前,却是双扇虚掩,暗暗道:“此门如何会开了呢?不要管他,且自走路要紧。”一气走了三四里之遥,刚然背到夹沟,不想遇见个打闷棍的,只道他背着包袱行李,冷不防就是一棍。方貂早已留神,见棍临近,一侧身把手一扬,夺住闷棍往怀里一带;又往外一耸,只见那打闷棍的将手一撒,咕咚一声,栽倒在地,爬起来就跑,因此方貂说道:“似你这毛贼,也敢打闷棍,岂不令人可笑!”可巧朱绛贞就在此时苏醒,听见此话。

谁知那毛贼正然跑时,只见迎面来了一条大汉拦住,问道:“你是作什么的?快讲!”真是贼起飞智,他就连忙跪倒,道:“爷爷救命呵!后面有个打闷棍的,抢了小人的包袱去了。”原来此人却是北侠,一闻此言,便问道:“贼在哪里?”贼说:“贼在后面。”北侠回手抽出七宝钢刀,迎将上来。

这里方貂背着朱绛贞往前,正然走着,迎面来了个高大汉子,口中吆喝着:“快将包袱留下!”方貂以为是方才那贼的伙计,便在树下将身体一蹲,往后一仰,将朱绛贞放下,就举起那贼的闷棍打来。北侠将刀只一磕,棍已削去半截。方貂道:“好家伙!”撒了那半截木棍,回手即抽出朴刀,斜刺里砍来。北侠一顺手,只听噌的一声,朴刀分为两段。方貂哎呀一声,不敢恋战,回身逃命去了。北侠也不追赶。

谁知这贼在旁边看热闹儿,见北侠把那贼战跑了,他早已看见树下黑黝黝一堆,他以为是包袱,便道:“多亏爷爷搭救。幸喜他包袱撂在树下。”北侠道:“既如此,随我来,你就拿去。”那贼满心欢喜,刚刚走到跟前,不防包袱活了,连北侠也吓了一跳,连忙问道:“你是什么人?”只听道:“奴家是遇难之人,被歹人背至此处。不想遇见此人,他也是个打闷棍的。”北侠听了,一伸手将贼人抓住,道:“好贼!你竟敢哄我不成?”贼人央告,道:“小人实实出于无奈。家中现有八旬老母,求爷爷饶命。”北侠道:“这女子从何而来?快说!”贼人道:“小人不知,你老问她。”

北侠揪着贼人,问女子道:“你因何遇难?”朱绛贞将已往情由,述了一遍。“原是自己上吊,不知如何被那人背出。如今无路可投,求老爷搭救搭救。”北侠听了,心中为难:“如何带着女子黑夜而行呢?”猛然省悟,道:“有了!何不如此如此。”回头对贼人道:“你果有老母么?”贼人道:“小人再不敢撒谎。”北侠道:“你家住在哪里?”贼人道:“离此不远,不过二里之遥,有一小村,北上坡就是。”北侠道:“我对你说,我放了你,你要依我一件事。”贼人道:“任凭爷爷吩咐。”北侠道:“你将此女背到你家中,我自有道理。”贼人听了,便不言语。北侠道:“你怎么不愿意?”将手一拢劲。贼人哎呀道:“我愿意,我愿意。我背,我背。”北侠道:“将她好好背起,不许回首。背的好了,我还要赏你。如若不好生背时,难道你这头颅,比方才那人朴刀还结实么?”贼人道:“爷爷放心,我管保背的好好的。”便背起来。北侠紧紧跟随,竟奔贼人家中而来。一时来在高坡之上,向前叩门。暂且不表。

再说太守被倪忠夹了胳膊,拉了就走。太守回头看时,门已关闭,灯光已远,只得没命的奔驰。一个懦弱书生,一个年老苍头①,又是黑夜之间,瞧的是忙,脚底下迈步却不能大。刚走一二里地,倪太守道:“容我歇息歇息。”倪忠道:“老奴也发了喘了。与其歇息,莫若款款而行②。”倪太守道:“老人家说的真是。只是这莲花从何而来?为何到了这女子手内?”倪忠道:“老爷说什么莲花?”倪太守道:“方才那救命姐姐说,她父亲有冤枉,恐不凭信,她给了我这一枝白玉莲花,作为信物。彼时就着灯光一看,合我那枝一样颜色一样光润。我才待要问,就被你夹着胳膊跑了。我心中好生纳闷。”倪忠道:“这也没有甚么可闷的。物件相同的颇多,且自收好了,再作理会。只是这位小姐搭救我主仆,此乃莫大之恩。而且老奴在灯下看这小姐,生得十分端庄美貌。老爷呀!为人总要知恩报恩,莫要因门楣③,辜负了她这番好意。”倪太守听了此话,叹道:“嗐!你我性命

---

① 苍头——奴仆。

② 款款而行——慢慢走。

③ 门楣——指门第。

尚且顾不来,还说什么门楣不门楣,报恩不报恩呢。”

谁知他主仆絮絮叨叨,奔奔波波,荒不择路,原是往西北,却忙忙误走了正西。忽听后面人马声嘶,猛回头见一片火光燎亮。倪忠着急,道:“不好了!有人追了来了。老爷且自逃生,待老奴迎上前去,以死相拼便了。”说罢,他也不顾太守,一直往东,竟奔火光而来。刚刚的迎了有半里之遥,见火光往西北去了。原来这火光走的是正路,可见他主仆方才走的岔了。

倪忠喘息了喘息,道:“敢则不是追我们的。”(何尝不是追你们的。若是走大路,也追上了。)他定了定神,仍然往西,来寻太守。又不好明明呼唤,他也会想法子,口呼:“同人!同人!同人在哪里?同人在哪里?”只见迎面来了一人,答道:“哪个唤同人?”却也是个老者声音。倪忠来至切近,道:“我因有个同行之人失散,故此呼唤。”那老者道:“既是同人失散,待我帮你呼唤。”于是也就“同人、同人”呼唤多时,并无人影。倪忠道:“请问老丈,是往何方去的?”那老者叹道:“嗐,只因我老伴儿有个侄女被人陷害,是我前去探听并无消息,因此回来晚了。又听人说前面有夹沟子有打闷棍的,这怎么处呢?”倪忠道:“我与同人也是受了颠险的,偏偏的到此失散。如今我这两腿酸疼,再也不能走了,如何是好?我还没问老丈贵姓。”那老者道:“小老儿姓王名凤山。动问老兄贵姓?”倪忠道:“我姓李。咱们找个地方,歇息歇息方好。”凤山道:“你看那边有个灯光,咱们且到那里。”

二人来到高坡之上,向前叩门,只听里面有妇人问道:“什么人叩门?”外面答道:“我们是遇见打闷棍的了,望乞方便方便。”里头答道:“等一等。”不多时,门已开放,却是一个妇人,将二人让进,仍然把门闭好。来至屋中,却是三间草屋,两明一暗。将二人让到床上坐了。倪忠道:“有热水讨杯吃。”妇人道:“水却没有,倒有村醪酒。”王凤山道:“有酒更妙了。求大嫂温的热热的,我们全是受了惊恐的了。”不一时,妇人暖了酒来,拿两个茶碗斟上。二人端起就喝。每人三口两气,就是一碗。还要喝时,只见王凤山说:“不好了!我为何天旋地转?”倪忠说:“我也有些头迷眼昏。”说话时,二人栽倒床上,口内流涎。妇人笑道:“老娘也是服侍你们的!这等受用,还叫老娘温的热热的。你们下床去罢,让老娘歇息歇息。”说罢,拉拉拽拽,拉下床来。她便坐在床上,暗想道:“好天杀忘八!

看他回来如何见我?"她这样害人的妇人,比那救人的女子真有天渊之别。

妇人正自暗想,忽听外面叫道:"快开门来!快开门来!"妇人在屋内答道:"你将就着,等等儿罢。来了就是这时候。要忙,早些儿来呀。不要脸的忘八!"北侠在外听了,问道:"这是你母亲么?"贼人道:"不是,不是,这是小人的女人。"忽又听妇人来到院内,埋怨道:"这是你出去打杠子呢!好么,把行路的赶到家里来。若不亏老娘用药将他二人迷倒,孩儿呀,明日打不了的官司呢。"北侠外面听了有气,道:"明是你母亲,怎么说是你女人呢?"贼人听了着急,恨道:"快开开门罢!爷爷来了。"

北侠已听见药倒二人,就知这妇人也是个不良之辈。开开门时,妇人将灯一照,只见丈夫背了个女子。妇人大怒道:"好呀!你敢则闹这个儿呢,还说爷爷来了。"刚说到此,忽然瞧见北侠身量高大,手内拿着明晃晃的钢刀,便不敢言语了。北侠进了门,顺手将门关好,叫妇人前面引路。妇人战战兢兢引到屋内,早见地下躺着二人。北侠叫贼人将朱绛贞放在床上。只见贼夫贼妇俱各跪下,说道:"只求爷爷开一线之路,饶我二人性命。"北侠道:"我且问你,此二人何药迷倒?"妇人道:"有解法,只用凉水灌下,立刻苏醒。"北侠道:"既如此,凉水在哪里?"贼人道:"那边坛子里就是。"北侠伸手拿过碗来,舀了一碗,递与贼人道:"快将他二人救醒。"贼人接过去灌了。

北侠见他夫妇俱不是善类,已定了主意,道:"这蒙汗酒只可迷倒他二人,若是我喝了决不能迷倒。不信,你等就对一碗来试试看如何?"妇人听了,先自欢喜,连忙取出酒与药来,加料的合了一碗,温了个热。北侠对贼妇说道:"与人方便,自己方便。你等既可药人,自己也当尝尝。"贼人听了慌张,道:"别人吃了,用凉水解。我们吃了,谁给凉水呢?"北侠道:"不妨事,有我呢。纵然不用凉水,难道药性走了,便不能苏醒么?"贼人道:"虽则苏醒,是迟的。须等药性发散尽了,总不如凉水醒的快。"

正说间,只见地下二人苏醒过来,一个道:"李兄,喝得一碗酒就醉了。"一个道:"王兄,这酒别有些不妥当罢?"说罢,俱各坐起来揉眼。北侠一眼望去,忙问道:"你不是倪忠么?"倪忠道:"我正是倪忠。"一回头看见了贼人,忙问道:"你不是贺豹么?"贼人道:"我正是贺豹。杨伙计,你因何至此?"王凤山便问倪忠道:"李兄,你到底姓什么?如何又姓杨呢?"

北侠听了,且不追问,立刻催逼他夫妇将药酒喝了。二人登时迷倒在地。方问倪忠:“太守哪里去了?”倪忠就把诓到霸王庄,被陶宗识破,多亏一个被抢的女子名唤朱绛贞这位小姐搭救他主仆逃生。不想见了火光只道是有人追来,却又失散的话,说了一遍。北侠尚未答言,只听床上的朱绛贞说道:“如此说来,奴是枉用了心机了。”倪忠听此话,往床上一看,道:“嗳哟!小姐如何也到这里?”朱绛贞便把地牢又释放了锦娘,自己自缢的话,也说了一遍。王凤山道:“这锦娘可是翟九成的外孙女么?”倪忠道:“正是。”王凤山道:“这锦娘就是小老儿的侄女儿。小老儿方才说打听遇难之女,正是锦娘,不料已被这位小姐搭救。此恩此德,何以报答!”北侠在旁听明此事,便道:“为今之计,太守要紧。事不宜迟,我还要上霸王庄上去呢。等候天明,务必雇一乘小轿,将朱小姐就送在王老丈家中。倪主管,你须要安置妥协了,即刻赶到本府,那时自有太守的下落。”倪忠与王凤山一一答应。

北侠又将贺豹夫妇提到里间屋内。惟恐他们苏醒过来,他二人又要难为倪忠等,那边有现成的绳子,将他二人捆绑了结实。倪忠等更觉放心。北侠临别,又谆谆嘱咐了一番,竟奔了霸王庄而来。

要知后文如何,且听下回分解。

第七十五回

倪太守途中重遇难　黑妖狐牢内暗杀奸

且说北侠与倪忠等分别之后,竟奔霸王庄而来。

更表前文。倪太守因见火光,倪忠情愿以死相拼,已然迎将上去,自己只得找路逃生。谁知黑暗之中,见有白亮亮一条蚰蜒小路儿,他便顺路行去。出了小路,却正是大路。见道旁地中有一窝棚,内有灯光,他却慌忙奔到跟前,竟欲借宿。谁知看窝棚之人不敢存留,道:“我们是有家主,天天要来稽查的。似你黄夜至此,知道是什么人呢?你且歇息歇息,另投别处去罢,省得叫我们跟着担不是。”倪太守无可如何,只得出了窝棚,另寻去处。刚刚才走了几步,只见那边一片火光,有许多人直奔前来。倪太守心中一急，不分高低，却被道埂绊倒，再也挣扎不起来了。此时火光业已临近，原来正是马强。

只因恶贼等到三鼓之时，从内出来到了招贤馆，意欲请太守过来，只见恶奴慌慌张张走来，报道："空房之中门已开了，那主仆二人竟自不知何处去了。"马强闻听，这一惊不小。独有黑妖狐智化与小诸葛沈仲元暗暗欢喜，却又纳闷："不知何人所为，竟将他二人就放走了。"马强呆了半晌，问道："似如此之奈何？"其中就有些光棍各逞能为，说道："大约他主仆二人也逃走不远，莫若大家骑马分头去赶；赶上拿回，再作道理。"马强听了，立刻吩咐备马，一面打着灯笼火把，从家内搜查一番。却见花园后门已开，方知道由内逃走。连忙带了恶奴光棍等，打着灯笼火把，乘马追赶，竟奔西北大路去了。追了多时，不见踪影，只得勒马回来。不想在道旁土坡之上有人躺卧，连忙用灯笼一照，恶奴道："有了，有了！在这里呢！"伸手轻轻慢慢提在马强的马前。马强问道："你如何竟敢开了花园后门，私自逃脱了？"倪太守听了，心中暗想："若说出朱绛贞来，岂不又害了难女，恩将仇报么？"只得厉声答道："你问我如何脱逃么？皆因是你家娘子怜我，放了我的。"恶贼听了，不由的暗暗切齿，骂道："好个无知贱人！险些儿误了大事。"吩咐带到庄上去。众恶奴拥护而行。

不多时，到了庄中，即将太守下在地牢，吩咐众恶奴："你们好好看着，不可再有失误。不是当耍的。"且不到招贤馆去，气忿忿的一直来到后面，见了郭氏，暴躁如雷地道："好呀！你这贱人，不管事情轻重，竟敢擅放太守！是何道理？"只见郭氏坐在床上，肘打磕膝，手内拿着耳挖剔着牙儿，连理也不理，半晌，方问道："什么太守？你合我嚷！"马道道："就是那斯文秀士与那老苍头。"郭氏啐道："瞎扯臊！满嘴里喷屁！方才不是我合你一同吃饭么，谁又动了一动儿？你见我离了这个窝儿了么？"马强听了，猛然省悟，道："是呀，自初鼓吃饭直到三更，她何尝出去了呢。"只得回嗔作喜，道："是我错怪你了。"回身就走。郭氏道："你回来。你就这样胡吹乱嚷的闹了一阵就走呀，还说点子什么？"马强笑道："是我暴躁了。等我们商量妥当，回来再给你赔不是。"郭氏道："你不用合我闹米汤。我且问你，你方才说放了太守，难道他们跑了么？"马强拍拍手道："何尝不是呢。是我们骑马四下追寻，好容易单单的把太守拿回来了。"郭氏听了冷笑，道："好吗！哥哥儿，你提防着官司罢。"马强问道："什么官司?”郭氏道:“你要拿,就该把主仆同拿回来呀。你为什么把苍头放跑了? 他这一去不是上告,就是调兵。那些巡检、守备、千把总听说太守被咱们拿了,他们不合咱们要人呀? 这个乱子才不小呢!”马强听了,急的搓搓手,道:“不好,不好! 我须合他们商量去。”说罢,竟奔招贤馆去了。

郭氏这里叫朱绛贞拿东西,竟不见了朱绛贞,连所有箱柜上钥匙都不见了,方知是朱绛贞把太守放走。她还不知连锦娘都放了。

且说马强到了招贤馆,便将郭氏的话对众人说了。沈仲元听了,并不答言。智化佯为不理,仿佛惊呆了的样子。只听众光棍道:“兵来将挡。事到头来,说不得了。莫若将太守杀掉,以灭其口。明日纵有兵来,只说并无此事,只要牙关咬的紧紧的,毫不应承,也是没有法儿的。太守怎的? 员外,你老要把这场官司滚出来,那才是一条英雄好汉! 既不然,还有我等众人齐心努力,将你老救出来,咱们一同上襄阳举事,岂不妙哉?”马强听了,登时豪气冲空,威风叠起,立刻唤马勇,付与钢刀一把,前到地牢将太守杀死,把尸骸撂于后园井内。黑妖狐听了,道:“我帮着马勇前去。”马强道:“贤弟若去更好。”

二人离了招贤馆,来到地牢。智化见有人看守,对着众恶奴道:“你们只管歇息去罢。我们奉员外之命来此看守,再有失闪,有我二人一面承管。”众人听了,乐得歇息,一哄而散。马勇道:“智爷为何叫他们散了?”智化道:“杀太守这是机密事,如何叫众人知得的呢?”马勇道:“倒是你老想的到。”进了地牢,智化在前,马勇在后。智化回身道:“刀来。”马勇将刀递过。智化接刀,一顺手先将马勇杀了,回头对倪太守道:“略等一等,我来救你。”说罢,提了马勇尸首,来到后园,撂入井内。急忙忙转到地牢一看,罢咧! 太守不见了。智化这一急非小,猛然省悟,道:“是了,这是沈仲元见我随了马勇前来,暗暗猜破,他必救出太守去了。”后又一转想道:“不好! 人心难测,焉知他不又献功去了? 且去看个端的。”

即跃身上房,犹如猿猴一般,轻巧非常,来到招贤馆房上,偷偷儿看了,并无动静,而且沈仲元正与马强说话呢。黑妖狐道:“这太守往哪里去了? 且去庄外看看。”抽身离了招贤馆。窜身越墙来到庄外,留神细看,却见有一个影儿,奔入树林中去了。智化一伏身追入树林之中,只听有人叫道:“智贤弟,劣兄在此。”黑妖狐仔细一看,欢喜道:“原来是欧阳兄么?”北侠道:“正是。”黑妖狐道:“好了,有了帮手了。太守在哪里?”北侠道:"那树木之下就是。"智化见了。三人计议,于明日二更拿马强,叫智化作为内应。倪太守道:"多承二位义士搭救。只是学生昨日起直到五更,昼夜辛勤,实实的骨软筋酥,而且不知道路,这可怎么好?"

正说时,只听得嗒嗒马蹄声响,来到林前,窜下一个人来,悄悄说道:"师父,弟子将太守马盗得来在此。"智化听了是艾虎的声音,说道:"你来的正好,快将马拉过来。"北侠问道:"这小孩子是何人?如何有此本领?"智化道:"是小弟的徒弟,胆量颇好。过来见过欧阳伯父。"艾虎唱了一个喏。北侠道:"你师徒急速回去,省得别人犯疑。我将太守送到衙署便了。"说罢,执手分别。

智化与小爷艾虎回庄,便问艾虎道:"你如何盗了马来?"艾虎道:"我因暗地里跟你老到地牢前,见你老把马勇杀了,就知要救太守。弟子惟恐太守胆怯力软,逃脱不了,故此偷偷的备了马来。原打算在树林等候,不想太守与师父来的这般快。"智化道:"你还不知道呢,太守还是你欧阳伯父救的呢。"艾虎道:"这欧阳伯父,不是师父常提的紫髯伯么?"智化道:"正是。"艾虎跌足,道:"可惜黑暗之中,未能瞧见他老的模样儿。"智化悄悄道:"你别忙。明晚二更,他还来呢。"艾虎听了,心下明白,也不往下追问。说话间,已到庄前。智化道:"自寻门路,不要同行。"艾虎道:"我还打那边进去。"说罢,飕的一声,上了高墙,一转眼就不见了。智化暗暗欢喜,也就越墙来到地牢,从新往招贤馆而来,说马勇送尸骸往后花园井内去了。

且说北侠护送倪太守,在路上已将朱绛贞、倪忠遇见了的话,说了一遍。一个马上,一个步下,走个均平。看看天亮,已离府衙不远,北侠道:"大老爷面前就是贵衙了,我不便前去。"倪继祖连忙下马,道:"多承恩公搭救。为何不到敝衙,略申酬谢?"北侠道:"我若随到衙门,恐生别议。大老爷只想着派人,切莫误了大事。"倪太守道:"定于何地相会?"北侠道:"离霸王庄南二里有个瘟神庙,我在那里专等。至迟,掌灯总要会齐。"倪太守紧记在心。北侠转身,就不见了。

太守复又扳鞍上马,迤逦行来,已到衙前。门上等连忙接了马匹,引到书房,有书房小童余庆参见。倪太守问:"倪忠来了不曾?"余庆禀道:"尚未回来。"伺候太守净面更衣吃茶时,余庆请示老爷,在那里摆饭。太守道:"饭略等等,候倪忠回来再吃。"余庆道:"老爷先用些点心,喝点汤儿罢。”倪太守点了点头。余庆去不多时，捧了大红漆盒，摆上小菜，极热的点心，美味的羹汤。太守吃毕，在书房歇息，盼望倪忠，见他不回来，心内有些焦躁。

好容易到了午刻，倪忠方才回来，已知主人先自到署，心中欢喜。及至见面时，虽则别离不久，然而皆从难中脱逃出来，未免彼此伤心，各诉失散之后的情由。倪忠便说：“送朱绛贞到王凤山家中，谁知锦娘先已到他姑母那里。娘儿两个见了朱绛贞，千恩万谢，就叫朱小姐与锦娘同居一室。王老者有个儿子极其儒雅，那老儿恐他在家不便，却打发他上县，一来与翟九成送信，二来就叫他在那里照应。老奴见诸事安置停当，方才回来。偏偏雇的骡儿又慢，要早到是再不能的，所以来迟，叫老爷悬心。”太守又将与北侠定于今晚捉拿马强的话也说了。倪忠快乐非常。

此时余庆也不等吩咐，便传了饭来，安放停当。太守就叫倪忠同桌儿吃饭毕，然后倪忠出来问：“今日该值头目是谁？”上来二人答道：“差役王恺、张雄。”倪忠道：“随我来，老爷有话分派。”倪忠带领二人来到书房。差役跪倒报名。太守吩咐道：“特派你二人带领二十名捕快，暗藏利刃，不准同行，陆续散走，全在霸王庄南二里之遥，有个瘟神庙那里聚齐。只等掌灯时，有个碧睛紫髯的大汉来时，你等须要听他调遣。如有敢违背者，回来我必重责。此系机密之事，不可声张，倘有泄露，惟你二人是问。”王恺、张雄领命出来，挑选精壮捕快二十名，悄悄的预备了。

且说马强虽则一时听了众光棍之言，把太守杀害，却不见马勇回来，暗想道：“他必是杀了太守，心中害怕逃走了，或者失了脚也掉在井里了。”胡思乱想，总觉不安，惟恐官兵前来捉捕要人，这个乱子实在闹的不小，未免短叹长吁，提心吊胆。无奈叫家人备了酒席，在招贤馆大家聚饮。众光棍见马强无精打采的，知道为着此事，便把那作光棍、闯世路的话头各各提起，什么“生而何欢，死而何惧”咧；又是什么“敢作敢当，才是英雄好汉”咧；又是什么“砍了脑袋去，不过碗大疤瘌”咧；又是什么“受得苦中苦，方为人上人”咧，但是受了刑咬牙不招，方算好的，称的起人上人。说的马强漏了气的干尿泡似的，那么一瓞一瓞的，却长不起腔儿来。

正说着，只见恶奴前来道：“回员外。”马强打了个冷战。“怎么，官兵来了？”恶奴道：“不是，南庄头儿交粮来了。”马强听了，将眼一瞪，道：“收了就是了，这也值的大惊小怪！”复又喝酒。偏偏的今儿事情多。正在讲交情,论过节,猛抬头见一个恶奴在那边站着,嘴儿一拱一拱的,意思要说话。马强道:“你不用说,可是官兵到了不是?”那家人道:“不是,小人才到东庄取银子回来了。”马强道:“嗐!好烦呀!交到账房里去就结了,这也犯的上挤眉弄眼的。”这一天似此光景,不一而足①。

不知到底如何,且听下回分解。

第七十六回

割帐绦北侠擒恶霸　对莲瓣太守定良缘

且说马强担了一天惊怕,到了晚间,见毫无动静,心里稍觉宽慰,对众人说道:“今日白等了一天,并没见有个人来,别是那老苍头也死了罢?”众光棍道:“员外说的是。一个老头子有多大气脉,连吓带累,准死无疑,你老可放心罢。”众人只顾奉承恶贼欢喜,也不想想朝廷家平空的丢了一个太守,也就不闻不问,焉有是理。其中独有两个人明白,一个是黑妖狐智化,心内早知就里,却不言语;一个是小诸葛沈仲元,瞧着事情不妥,说肚腹不调,在一边躲了。剩下些浑虫糊涂浆子浑吃浑喝,不说理,顺着马强的竿儿往上爬,一味的抱粗腿②,说的恶贼一天愁闷都抛于九霄云外,端起大杯来,哈哈大笑,左一巡,右一盏,不觉醺醺,便起身往后边去了。见了郭氏,未免讪讪的没说强说,没笑强笑,哄的郭氏脸上下不来,只得也说些安慰的话儿,又提拔着叫她寄信与叔父马朝贤暗里照应。马强更觉欢喜,喝茶谈话。不多时,已交二鼓,马强将大衫脱去,郭氏也把簪环卸了,脱去裙衫。二人刚要进帐安歇,忽见软帘唿的一响,进来一人,光闪闪碧睛暴露,冷森森宝刀生辉。恶贼一见,骨软筋酥,双膝跪倒,口中哀求:“爷爷饶命!”北侠道:“不许高声。”恶贼便不敢言语。北侠将帐子上丝绦割下来,将他夫妇捆了,用衣襟塞口。回身出了卧室,来到花园,将双手拍、拍、拍一阵乱拍,见王恺、张雄带了捕快俱各出来。

① 不一而足——不只一种或一次,而是很多。

② 抱粗腿——攀附有权势的人。

他等众人都是在瘟神庙会齐，见了北侠。北侠引着王恺、张雄，认了花园后门，叫他们一更之后俱在花园藏躲，听拍掌为号。一个个雄赳赳，气昂昂，跟了北侠来到卧室。北侠吩咐道："你等好生看守凶犯，待我退了众贼，咱们方好走路。"

说话间，只听前面一片人声鼎沸。原来有个丫鬟从窗下经过，见屋内毫无声响，撕破窗纸一看，见马强、郭氏俱各捆绑在地，只吓得胆裂魂飞，忙忙的告诉了众丫鬟，方叫主管姚成到招贤馆请众寇。神手大圣邓车、病太岁张华听了，带领众光棍，各持兵刃，打着亮子，跟随姚成往后面而来。

此时北侠在仪门那里持定宝刀，专等退贼。众人见了，谁也不敢向前。这个说："好大身量！"那个说："瞧那刀有多亮，必是锋快。"这个叫："贤弟，我一个儿不是他的对手，你帮帮哥哥一把儿。"那个唤："仁兄，你在前面虚招架，我绕到后面给他个冷不防。"邓车道："你等不要如此，待我来。"伸手向弹囊中掏出弹子，扣上弦，拽开铁靶弓。北侠早已看见，把刀扁着。只见发一弹来，北侠用刀往回里一磕。只听当啷一声，那边众贼之中有个就哎哟了一声，道："打了我了！"邓车连发，北侠连磕。此次非邓家堡可比，那是黑暗之中，这是灯光之下，北侠看的尤其真切，左一刀，右一刀，接连磕下弹子，也有打在众贼身上的，也有磕丢了的。

病太岁张华以为北侠一人可以欺负，他从旁边过去，嗖的就是一刀。北侠早已提防，见刀临近，用刀往对面一削，噌的一声，张华的刀飞起去半截。可巧落在一个贼人头上，外号儿叫做铁头浑子徐勇。这一下子把小子戳了一个窟窿。众贼见了，乱嚷道："了不得了！祭起飞刀来了。这可不是玩的呀！我可不来了！不是他的对手，趁早儿躲开罢，别叫他做了活。"七言八语，只顾乱嚷，谁肯上前。哄的一声，俱各跑回招贤馆，就把门窗户壁关了个结实，连个大气儿也不敢出。要咳嗽，俱用袖子捂着嘴，嗓子里憋着。不敢点灯，全在黑影儿里坐着。

此时黑妖狐智化已叫艾虎将行李收拾妥当了，师徒两个暗地里瞭高，瞧到热闹之处，不由暗暗叫好。艾虎见北侠用宝刀磕那弹子，迅速之极，只乐得他抓耳挠腮，暗暗夸道："好本事！好目力！"后来见宝刀削了张华的利刃，又乐得他手舞足蹈，险些儿没从房上掉下来。多亏智化将他揪住了。见众人一哄而散，他师徒方从房上跃下，与北侠见了，问马强如何。北侠道："已将他夫妻拿获。"智爷道："郭氏无甚大罪，可以免其到府，单拿恶贼去就是了。”北侠道：“吾弟所论甚是。”即吩咐王恺、张雄等单将马强押解到府。智化又找着姚成，叫他备快马一匹，与员外乘坐。姚成不敢违拗①，急忙备来。艾虎背上行李，跟定智化、欧阳春一同出庄，仿佛护送员外一般。

此时天已五鼓，离府尚有二十五六里之遥。北侠见艾虎甚是伶俐，且少年一团英气，一路上与他说话，他又乖滑②得很，把个北侠爱的个了不得。而且艾虎说他无父无母，孤苦之极，幸亏拜了师父，蒙他老人家疼爱，方学习了些武术，这也是小孩的造化③。北侠听了此话，更觉可怜他，回头便对智爷道：“令徒很好，劣兄甚是爱惜。我意欲将他认为义子螟蛉④，贤弟以为何如?”智化尚未答言，只见艾虎扑翻身拜倒，道：“艾虎原有此意。如今伯父既有此心，这更是孩儿的造化了。爹爹就请上，受孩儿一拜。”说罢，连连叩首在地。北侠道：“就是认为父子，也不是这等草率的。”艾虎道：“什么草率不草率，只要心真意真，比那虚文套礼强多了。”说的北侠、智爷二人都乐了。艾虎爬起来，快乐非常。智化道：“只顾你磕头认父，如今被他们落远了，快些赶上要紧。”艾虎道：“这值什么呢。”只见他一伏身，突、突、突登时不见了。北侠、智化又是欢喜，又是赞美，二人也就往前趱步。

看看天色将晚，马强背剪在马上，塞着口，又不能言语，心中暗暗打算：“所做之事，俱是犯款的情由，说不得只好舍去性命，咬定牙根，全给他不应，那时也不能把我怎样。”急的眼似銮铃，左观右看，就见智化跟随在后，还有艾虎随来，肩头背定包裹。马强心内叹道：“招贤馆许多宾朋，如今事到临头，一个个畏首畏尾，全不想念交情，只有智贤弟一人相送。可见知己朋友是难得的。可怜艾虎小孩子天真烂漫，他也跟了来，还背着包袱，想是我应换的衣服。若能够回去，倒要多疼他一番。”他哪里知道

---

① 违拗(niù)——固执；不随和；不驯服。

② 乖滑——伶俐；机警。

③ 造化——福气；运气。

④ 螟蛉(mínglíng)——螟蛉是一种绿色小虫，蜾蠃是一种寄生蜂。蜾蠃常捕捉螟蛉存放在窝里，产卵在它们身体里，卵孵化后就拿螟蛉作食物。古人误认为蜾蠃不产子，喂养螟蛉为子，因此用“螟蛉”比喻义子。

他师徒另存一番心呢。

北侠见离府衙不远,便与智爷、艾虎煞住脚步。北侠道:“贤弟,你师徒意欲何往?”智爷道:“我等要上松江府茉花村去。”北侠道:“见了丁氏昆仲,务必代劣兄致意。”智爷道:“欧阳兄何不一同前往呢?”北侠道:“刚从那里来的不久,原为到杭州游玩一番,谁知遇见此事。今已将恶人拿获,尚有招贤馆的余党,恐其滋事①。劣兄只得在此耽延几时,等结案无事,我还要在此处游览一回,也不负我跋涉之劳。后会有期,请了。”智化也执手告别。艾虎从新又与北侠行礼叩别,恋恋不舍,几乎落下泪来。北侠从此就在杭州。

再言招贤馆的众寇听了些时毫无动静,方敢掌灯,彼此查看,独不见了智化;又呼馆童艾虎,也不见了。大家暗暗商量。就有出主意:“莫若上襄阳王赵爵那里去。”又有说:“上襄阳去缺少盘川,如何是好?”又有说:“向郭氏嫂嫂借贷去。”又有说:“他丈夫被人拿去,还肯借给咱们盘川,叫奔别处去的么?”又有说:“依我,咱们如此如此,抢上前去。”众人听了,俱各欢喜,一个个登时抖起威风,出了招贤馆,到了仪门,呐一声喊道:“我等乃北侠带领在官人役,因马强陷害平民,刻薄成家,理无久享,先抢了他的家私,以泄众恨。”说到“抢”字,一拥齐入。

此时郭氏多亏了丫鬟们松了绑缚,哭够多时,刚入帐内安歇。忽听此言,哪里还敢出声,只用被蒙头,乱抖在一处。过一会儿不听见声响,方敢探出头来一看,好苦!箱柜抛翻在地。自己慢慢起来,因床下有两个丫鬟藏躲,将她二人唤出,战战兢兢,方将仆妇婆子寻来。到了天明,仔细查看,所丢的全是金银簪环,首饰衣服等物,别样一概没动。立刻唤进姚成。哪知姚成从半夜里逃在外边巡风,见没什么动静,等到天亮方敢出头,仍然溜进来。恰巧唤他,他便见了郭氏,商议写了失单,并声明贼寇自称北侠,带领官役,明火执仗。姚成急急报呈县内。郭氏暗想丈夫事体吉少凶多,须早早禀知叔父马朝贤,商议个主意,便细细写了书信一封,连被抢一节并失单,俱各封妥,就派姚成连夜赴京去了。

且说王恺、张雄将马强解到,倪太守立刻升堂,先追问翟九成、朱焕章两案。恶贼皆言他二人欠债不还,自己情愿以女为质,并无抢掠之事。又

---

① 滋(zī)事——惹事;制造纠纷。

问他："为何将本府诓到家中，下在地牢？讲！"马强道："大老爷乃四品黄堂①，如何能到小人庄内？既是大老爷被小民诓去，又说下在地牢，如何今日大老爷仍在公堂问事呢？似此以大压小的问法，小人实实吃罪不起。"倪太守大怒，吩咐打这恶贼。一边掌了二十嘴巴，鲜血直流。问他不招，又吩咐拉下去，打了四十大板。他是横了心，再也不招。又调翟九成、朱焕章到案，与马强当面对质。这恶贼一口咬定是他等自愿以女为质，并无抢掠的情节。

正在审问之间，忽见县里详文呈报马强家中被劫，乃北侠带领差役，明火执仗，抢去各物，现有原递失单呈阅。太守看了，心中纳闷："我看义士欧阳春决不至于如此，其中或有别项情弊。"吩咐暂将马强收监，翟九成回家听传，原案朱焕章留在衙中，叫倪忠传唤王恺、张雄问话。不多时，二人来到书房。太守问道："你等如何拿的马强？"他二人便从头至尾，述说一遍。太守又问道："他那屋内物件，你等可曾混动？"王恺、张雄道："小人们当差多年，是知规矩的。他那里一草一木，小人们是断不敢动的。"太守道："你等固然不能，惟恐跟去之人有些不妥。"王、张二人道："大老爷只管放心。就是跟随小人们当差之人，俱是小人们训练出来的。但凡有点毛手毛脚的，小人决不用他。"太守点头，道："只因马强家内失盗，如今县内呈报前来。你二人暗暗访查，回来禀我知道。"王、张领命去了。

太守又叫倪忠请朱先生。不多时，朱焕章来到书房，太守以宾客相待，先谢了朱绛贞救命之恩，然后把那枝玉莲花拿出。朱焕章见了，不由的泪流满面。太守将朱绛贞誓以贞洁自守的话说了，朱焕章更觉伤心。太守又将朱绛贞脱离了仇家，现在王凤山家中居住的话，说了一回，朱焕章反悲为喜。

太守便慢慢问那玉莲花的来由。朱焕章道："此事已有二十多年。当初在仪征居住之时，舍间后门便临着扬子江的江岔。一日，见漂来一男子死尸，约有三旬年纪，是我心中不忍，惟恐暴露，因此备了棺木，打捞上来。临殡葬时，学生给他整理衣服，见他胸前有玉莲花一枝，心中一想，何

① 黄堂——古时太守衙中的正堂，后称太守为黄堂。

不将此物留下,以为将来认尸之证,因此解下交付贱荆①收藏。后来小女见了爱惜不已,随身佩带,如同至宝。太尊何故问此?”倪太守听了,已然落下泪来。朱焕章不解其意。只见倪忠上前,道:“老爷何不将那枝对对,看是如何。”太守一边哭,一边将里衣解开,把那枝玉莲花拿出。两枝合来,恰恰成为一朵,而且精润光华,一丝也是不差。太守再也忍耐不住,手捧莲花,放声大哭。朱焕章到底不解是何缘故。倪忠将玉莲花的原委,略说梗概。朱先生方才明白,连忙劝慰太守,道:“此乃珠还璧返,大喜之兆。且无心中又得了先大人的归结下落,虽则可悲,其实可喜。”太守闻言,才止悲痛,复又深深谢了。就留下朱先生在衙内居住。

倪忠暗暗一力撺掇,说:“朱小姐有救命之恩,而且又有玉莲花为媒,真是千里婚姻一线牵定。”太守亦甚愿意。因此倪忠就托王凤山为冰人②,向朱先生说了。朱公乐从,慨然允许。王凤山又托了倪忠,向翟九成说合锦娘与儿子联姻,亲上作亲。翟九成亦欣然应允,霎时间都成了亲眷,更觉亲热。太守又打点行装,派倪忠接取家眷,把玉莲花一对交老仆好好收藏,到白衣庵见了娘亲,就言二事已齐备,专等母亲到任所,即便迁葬父亲灵柩③,拿获仇家报仇雪恨。候诸事已毕,再与绛贞完姻。

未知后文如何,下回分解。

第七十七回

倪太守解任赴京师　白护卫乔妆逢侠客

且说倪忠接取家眷去后,又生出无限风波,险些儿叫太守含冤。你道如何?只因由京发下一套文书,言有马强家人姚成进京上告太守倪继祖私行出游,诈害良民,结连大盗,明火执仗④。今奉旨:“马强提解来京,交

① 贱荆——古人称谓妻子。

② 冰人——旧指称媒人。

③ 灵柩(jiù)——死者已经入殓的棺材。

④ 明火执仗——点着火把,拿着武器,公开活动。多指抢劫。

大理寺严讯;太守倪继祖暂行解任,一同来京,归案备质。倪太守遵奉来文,将印信事件并代委署官员,即派差役押解马强赴京。倪太守将众人递的状子案卷俱各带好,止于派长班二人跟随来京。

一日,来到京中,也不到开封府,因包公有师生之谊,理应回避,就在大理寺报到。文老大人见此案人证到齐,便带马强过了一堂。马强已得马朝贤之信,上堂时一味口刁,说太守不理民情,残害百姓;又结连大盗黉夜打抢,现有失单报县尚未弋获①。文大人将马强带在一边,又问倪太守此案的端倪②原委。倪太守一一将前事说明:如何接状;如何私访被拿两次,多亏难女朱绛贞、义士欧阳春搭救;又如何捉拿马强恶贼,他家有招贤馆窝藏众寇,至五更将马强拿获立刻解到;如何升堂审讯,恶贼狡赖不应。"如今他暗暗使家人赴京呈控,望乞大人明鉴详查,卑府不胜感幸。"文彦博听了,说:"请太守且自歇息。"倪太守退下堂来。老大人又将众人冤呈看了一番,立刻又叫带马强,逐件问去,皆有强辞狡赖。文大人暗暗道:"这厮明仗着总管马朝贤与他作主,才横了心不肯招承。惟有北侠打劫一事真假难辨,须叫此人到案作个硬证,这厮方能服输。"吩咐将马强带去收禁。又叫人请太守,细细问道:"这北侠又是何人?"太守道:"北侠欧阳春,因他行侠尚义,人皆称他为北侠,就犹如展护卫有南侠之称一样。"文彦博道:"如此说来,这北侠决非打劫大盗可比。此案若结,须此人到案方妥。他现在哪里?"倪继祖道:"大约还在杭州。"文彦博道:"既如此,我明日先将大概情形复奏,看圣意如何。"就叫人将太守带到狱神庙好好看待。

次日,文大人递折之后,圣旨即下,钦派四品带刀护卫白玉堂访拿欧阳春,解京归案审讯。锦毛鼠参见包公。包公吩咐了许多言语,白玉堂一一领命。辞别出来,到了公所,大家与玉堂饯行③。饮酒之间,四爷蒋平道:"五弟此一去见了北侠,意欲如何?"白玉堂道:"小弟奉旨拿人,见了北侠,自然是秉公办理,焉敢徇情。"蒋平道:"遵奉钦命,理之当然。但北侠乃尚义之人,五弟若见了他,公然以钦命自居,惟恐欧阳春不受欺侮,反

---

① 弋(yì)获——射得。后也称缉获盗贼为弋获。

② 端倪(ní)——事情的眉目;头绪。

③ 饯(jiàn)行——设酒食送行。

倒费了周折。”白玉堂听了，有些不耐烦，没奈何，问道：“依四哥怎么样呢？”蒋爷道：“依劣兄的主意，五弟到了杭州，见署事的太守，将奉旨拿人的情节与他说了，却叫他出张告示，将此事前后叙明；后面就提五弟，虽则是奉旨，然因道义相通，不肯拿解，特来访请。北侠若果在杭州，见了告示，他必自己投到。五弟见了他，以情理相感，他必安安稳稳随你来京，决不费事。若非如此，惟恐北侠不肯来京，倒费事了。”五爷听了，暗笑蒋爷软弱，嘴里却说道：“承四哥指教，小弟遵命。”饮酒已毕，叫伴当白福备了马匹，拴好行李，告别众人。卢方又谆谆嘱咐：“路上小心。到了杭州，就按你四哥主意办理。”五爷只得答应。展爷与王、马、张、赵等俱各送出府门。白五爷执手道：“请。”慢慢步履而行。

出了城门，主仆二人扳鞍上马，竟奔杭州而来。在路行程，无非“晓行夜宿，渴饮饥餐”八个大字。沿途无事可记。

这一日来到杭州，租了寓所，也不投文，也不见官，止于报到，一来奉旨；二来相谕要访拿钦犯，不准声张。每日叫伴当出去暗暗访查，一连三四日不见消息。只得自己乔妆改扮了一位斯文秀才模样，头戴方巾，身穿方氅，足下登一双厚底大红朱履，手中轻摇泥金折扇，摇摇摆摆，出了店门。

时值残春，刚交初夏，但见农人耕于绿野，游客步于红桥，又见往来之人不断。仔细打听，原来离此二三里之遥，新开一座茶社，名曰玉兰坊，此坊乃是官宦的花园，亭榭桥梁，花草树木，颇可玩赏。白五爷听了，暗随众人前往，到了那里，果然景致可观。有个亭子，上面设着座位，四面点缀些巉岩怪石①，又有新篁②围绕。白玉堂到此，心旷神怡，便在亭子上泡了一壶茶，慢慢消饮，意欲喝点茶再沽酒。忽听竹丛中淅沥有声，出了亭子一看，霎时天阴，淋淋下起雨来。因有绿树撑空，阴晴难辨。白五爷以为在上面亭子内对此景致，颇可赏雨。谁知越下越大，游人俱已散尽，天色已晚。自己一想：“离店尚有二三里，又无雨具，倘然再大起来，地下泥泞，未免难行，莫若冒雨回去为是。”急急会钞下亭，过了板桥，用大袖将头巾一遮，顺着柳树行子冒雨急行。猛见红墙一段，却是整齐的庙宇。忙到山门下避雨，见匾额上题着“慧海妙莲庵”。低头一看，朱履已然踏的

---

① 巉（chán）岩怪石——高险且奇形怪状的山石。

② 篁（huáng）——竹林，泛指竹子。

泥污,只得脱下。才要收拾,只见有个小童手内托着笔砚,口呼“相公、相公”,往东去了。忽然见庙的角门开放,有一年少的尼姑悄悄答道:“你家相公在这里。”白五爷一见,心中纳闷。谁知小童往东,只顾呼唤相公,并没听见。这幼尼见他去了,就关上角门进去。

五爷见此光景,暗暗忖道:“他家相公在他庙内,又何必悄悄唤那小童呢?其中必有暗昧。待我来。”站起身来,将朱履后跟一倒,他拉脚儿穿上,来到东角门,敲户道:“里面有人么?我乃行路之人,因遇雨天晚,道路难行,欲借宝庵避雨,务乞方便。”只听里面答道:“我们这庙乃尼庵,天晚不便容留男客,请往别处去罢。”说完,也不言语,连门也不开放。白玉堂听了,暗道:“好呀!他庙内现有相公,难道不是男客么?既可容得他,如何不容我呢?这其中必有缘故了。我倒要进去看看。”转身来到山门,索性把一双朱履脱下,光着袜底,用手一搂衣襟,飞身上墙,轻轻跳将下去。在黑影中细细留神,见有个道姑,一手托定方盘,里面热腾腾的菜蔬;一手提定酒壶,进了角门。有一段粉油的板墙也是随墙的板门,轻轻进去。白玉堂也就暗暗随来,挨身而入,见屋内灯光闪闪,影射幽窗。五爷却暗暗立于窗外。

只听屋内女音道:“天已不早,相公多少用些酒饭,少时也好安歇。”又听男子道:“甚的酒饭!甚的安歇!你们到底是何居心,将我拉进庙来,又不放我出去,成个什么规矩,像个什么体统①!还不与我站远些。”又听女音说道:“相公不要固执。难得今日‘油然作云,沛然下雨’。上天尚有云行雨施,难道相公倒忘了云情雨意么?”男子道:“你既知‘油然作云,沛然下雨’,为何忘了‘男女授受不亲’呢?我对你说,‘读书人持躬如圭璧’,又道:‘心正而后身修’。似这无行之事,我是‘大旱之云霓’,想降时雨是不能的。”白五爷窗外听了,暗笑:“此公也是书痴,遇见这等人还合他讲什么书?论什么文呢?”又听一个女尼道:“云霓也罢,时雨也罢,且请吃这杯酒。”男子道:“唔呀!你要怎么样?”只听当啷一声,酒杯落地,砸了。尼姑嗔道:“我好意敬你酒,你为何不识抬举?你休要咬文嚼字的。实告诉你说,想走不能!不信,给你个对证看。现在我们后面,还有一个卧病在床的,那不是榜样么?”男子听了着急,道:“如此说来,你们

---

① 体统——指体制、格局、规矩等。

这里是要害人的,吾要嚷了呢!”尼姑道:“你要嚷,只要有人听的见。”男子便喊道:“了不得了!他们这里要害人呢。救人呀,救人!”

白玉堂趁着喊叫,连忙闯入,一掀软帘,道:“兄台为何如此猴急?想是她们奇货自居①,物抬高价了。”把两个女尼吓了一跳。那人道:“兄台请坐。她们这里不正经,了……了不得的。”白五爷道:“这有何妨。人生及时行乐,也是快事。她二人如此多情,兄台何如此之拘泥?请问尊姓。”那人道:“小弟姓汤名梦兰,乃扬州青叶村人氏,只因探亲来到这里,就在前村居住。可巧今日无事,要到玉兰坊闲步闲步,恐有题咏,一时忘记了笔砚,因此叫小童回庄去取。不想落下雨来,正在踌躇,承她一番好意,让我庙中避雨。我还不肯,他们便再三拉我到这里,不放我动身,甚的云咧雨咧,说了许多的混话。”白玉堂道:“这就是吾兄之过了。”汤生道:“如何是我之过?”白玉堂道:“你我读书人,待人接物,理宜从权达变②,不过随遇而安③,行云流水,过犹不及,其病一也。兄台岂不失于中道乎?”汤生摇头,道:“否,否。吾宁失于中道,似这样随遇而安,我是断断乎不能为也!请问足下安乎?”白玉堂道:“安。”汤生嗔怒,道:“汝安,则为之。我虽死不能相从!”白玉堂暗暗赞道:“我再三以言试探,看他颇颇正气,须当搭救此人。”

谁知尼姑见玉堂比汤生强多了,又见责备汤生,以为玉堂是个惯家,登时就把柔情都移在玉堂身上。他也不想想玉堂从何处进来的,可见邪念迷心,意忘其所以。白玉堂再看那两个尼姑,一个有三旬,一个不过二旬上下,皆有几分姿色。只见那三旬的连忙执壶,满斟了一杯,笑容可掬,捧至白五爷跟前,道:“多情的相公,请吃这杯合欢酒。”玉堂并不推辞,接过来一饮而尽,却哈哈大笑。那二旬的见了,也斟一杯近前,道:“相公喝了我师兄的,也得喝我的。”白玉堂也便在她手中喝了。汤生一旁看了,道:“岂有此理呀,岂有此理!”

二尼一边一个伺候玉堂。玉堂问他二人却叫何名,三旬的说:“我叫

---

① 奇货自居——指商人把难得的货物囤积起来,等待高价出售。比喻自以为有某种独特的技能或成就,拿它作为要求名位地位的本钱。

② 从权达变——采用权宜的手段随机应变。

③ 随遇而安——能适应各种环境,在任何环境中都能满足。

明心。"二旬的说:"我叫慧性。"玉堂道:"明心明心,心不明则迷;慧性慧性,性不慧则昏。你二人迷迷昏昏,何时是了?"说着话,将二尼每人握住一手,却问汤生道:"汤兄,我批的是与不是?"汤生见白五爷和二尼拉手,已气得低了头,正在烦恼;如今听玉堂一问,便道:"谁呀?呀!你还来问我。我看你也是心迷智昏了。这还了得,放肆!岂有呀,岂有此……"话未说完,只见两个尼姑口吐悲声,道:"嗳哟!哟!疼死我也。放手,放手!禁不起了。"只听白玉堂一声断喝,道:"我把你这两个淫尼!无端引诱人家子弟,残害好人,该当何罪!你等害了几条性命?还有几个淫尼?快快讲来!"二尼跪倒央告,道:"庵中就是我师兄弟两个,还有两个道婆,一个小徒。小尼等实实不敢害人性命。就是后面的周生,也是他自己不好,以致得了弱症。若都似汤相公这等正直,又焉敢相犯,望乞老爷饶恕。"

汤生先前以为玉堂是那风流尴尬之人,毫不介意;如今见他如此,方知他也是个正人君子,连忙敛容起敬。又见二尼哀声不止,疼得两泪交流,汤生一见,心中不忍,却又替她讨饶。白玉堂道:"似这等的贼尼,理应治死。"汤生道:"'恻隐之心,人皆有之'。请放手罢。"玉堂暗道:"此公孟子真熟,开口不离书。"便道:"明日务要问明周生家住哪里,现有何人,急急给他家中送信,叫他速速回去,我便饶你。"二尼道:"情愿,情愿,再也不敢阻留了。老爷快些放手,小尼的骨节都碎了。"五爷道:"便宜了你等。后日俺再来打听,如不送回,俺必将你等送官究办。"说罢,一松手。两个尼姑扎煞两只手,犹如卸了拶子的一般,踉踉跄跄,跑到后面藏躲去了。汤生又从新给玉堂作揖,二人复又坐下攀话。

忽见软帘一动,进来一条大汉,后面跟着一个小童,小童手内托着一双朱履。大汉对小童道:"哪个是你家相公?"小童对着汤生道:"相公为何来至此处?叫我好找。若非遇见这位老爷,我如何进得来呢。"大汉道:"既认着了,你主仆快些回去罢。"小童道:"相公穿上鞋走罢。"汤生一抬脚,道:"我这里穿着鞋呢。"小童道:"这双鞋是哪里来的呢?怎么合相公脚上穿着的那双一样呢?"白玉堂道:"不用犹疑,那双鞋是我的。不信,你看。"说毕,将脚一抬,果然光着袜底儿呢。小童只得将鞋放下。汤生告别,主仆去了。

未知大汉是谁,下回分解。

第七十八回

紫髯伯艺高服五鼠　白玉堂气短拜双侠

且说白玉堂见汤生主仆已然出庙去了，对那大汉执手，道："尊兄请了。"大汉道："请了。请问尊兄贵姓？"白玉堂道："不敢，小弟姓白名玉堂。"大汉道："嗳哟！莫非是大闹东京的锦毛鼠白五弟么？"玉堂道："小弟绰号锦毛鼠，不知兄台尊姓？"大汉道："劣兄复姓欧阳名春。"白玉堂登时双睛一瞪，看了多时，方问道："如此说来，人称北侠号为紫髯伯的就是足下了。请问到此何事？"北侠道："只因路过此庙，见那小童啼哭，问明，方知他相公不见了。因此我悄悄进来一看，原来五弟在这里窃听，我也听了多时。后来五弟进了屋子，劣兄就在五弟站的那里，又听五弟发落两个贼尼。劣兄方回身，开了庙门，将小童领进，使他主仆相认。"玉堂听了，暗道："他也听了多时，我如何不知道呢？再者我原为访他而来，如今既见了他，焉肯放过。须要离了此庙，再行拿他不迟。"想罢，答言："原来如此。此处也不便说话，何不到我下处一叙？"北侠道："很好，正要领教。"

二人出了板墙院，来到角门。白玉堂暗使促狭①，假作逊让，托着北侠的肘后，口内道："请了。"用力往上一托，以为能将北侠搡出。谁知犹如蜻蜓撼石柱一般，再也不动分毫。北侠却未介意，转一回手，也托着玉堂肘后，道："五弟请。"白玉堂不因不由，就随着手儿出来了，暗暗道："果然力量不小。"二人离了慧海妙莲庵。此时雨过天晴，月明如洗，星光朗朗，时有初鼓之半。北侠问道："五弟到杭州何事？"玉堂道："特为足下而来。"北侠便住步问道："为劣兄何事？"白玉堂就将倪太守与马强在大理寺审讯，供出北侠之事，说了一遍，说："是我奉旨前来，访拿足下。"北侠听玉堂这样口气，心中好生不乐，道："如此说来，白五老爷是钦命了。欧阳春妄自高攀，多多有罪。请问钦命老爷，欧阳春当如何进京，望乞明白指示。"北侠这一问，原是试探白爷懂交情不懂交情。白玉堂若从此拉回

① 促狭——捉弄人。

来，说些交情话，两下里合而为一，商量商量，也就完事了。不想白玉堂心高气傲，又是奉旨，又是相谕，多大的威风，多大的胆量；本来又仗着自己的武艺，他便目中无人，答道："此乃奉旨之事，既然今日邂逅①相逢，只好屈尊足下，随着白某赴京便了，何用多言。"欧阳春微微冷笑，道："紫髯伯乃堂堂男子，就是这等随你去，未免贻笑于人。尊驾还要三思。"北侠这个话虽是有气，还是耐着性儿，提拔白玉堂的意思。谁知五爷不辨轻重，反倒气往上冲，说道："大约合你好说，你决不肯随俺前去，必须较量个上下。那时被擒获，休怪俺不留情分了。"北侠听毕，也就按捺不住，连连说道："好，好，好！正要领教，领教。"

白玉堂急将花氅脱却，摘了儒巾，脱下朱履，仍然光着袜底儿，抢到上首，拉开架式。北侠从容不迫，也不赶步，也不退步，却将四肢略为腾挪，只是招架而已。白五爷抖擞精神，左一拳，右一脚，一步紧如一步。北侠暗道："我尽力让他，他尽力的逼勒，说不得叫他知道知道。"只见玉堂拉了个回马势，北侠故意的跟了一步。白爷见北侠来的切近，回身劈面就是一掌。北侠将身一侧，只用二指看准胁下轻轻的一点。白玉堂倒抽了一口气，登时经络闭塞，呼吸不通，手儿扬着落不下来，腿儿迈着抽不回去，腰儿哈着挺不起身躯，嘴儿张着说不出话语，犹如木雕泥塑一般，眼前金星乱滚，耳内蝉鸣，不由的心中一阵恶心迷乱，实实难受得很。那二尼禁不住白玉堂两手，白玉堂禁不住欧阳春两指。这比的虽是贬玉堂，然而玉堂与北侠的本领究有上下之分。北侠惟恐工夫大了，必要受伤，就在后心陡然击了一掌。白玉堂经此一震，方转过这口气来。北侠道："恕劣兄莽撞，五弟休要见怪。"白玉堂一语不发，光着袜底，呱咭、呱咭竟自扬长而去。

白玉堂来到寓所，他却不走前门，悄悄越墙而入，来到屋中。白福见此光景，不知为着何事，连忙递过一杯茶来。五爷道："你去给我烹一碗新茶来。"他将白福支开，把软帘放下，进了里间，暗暗道："罢了，罢了！俺白玉堂有何面目回转东京？悔不听我四哥之言！"说罢，从腰间解下丝绦，登着椅子，就在横楣之上拴了个套儿。刚要脖项一伸，见结的扣儿已开，丝绦落下，复又结好，依然又开。如是者三次。暗道："哼！这是何

---

① 邂逅（xièhòu）——偶然遇见。

故？莫非我白玉堂不当死于此地？”话尚未完，只觉后面一人手拍肩头，道：“五弟，你太想不开了。”只这一句，倒把白爷吓了一跳。忙回身一看，见是北侠，手中托定花氅，却是平平正正，上面放着一双朱履，惟恐泥污沾了衣服，又是底儿朝上。玉堂见了，羞得面红过耳，又自忖道：“他何时进来，我竟不知不觉。可见此人艺业比我高了。”也不言语，便存身坐在椅凳之上。

原来北侠算计玉堂少年气傲，回来必行短见，他就在后跟下来了。及至玉堂进了屋子，他却在窗外悄立。后听玉堂将白福支出去烹茶，北侠就进了屋内。见玉堂要行短见，正在他仰面拴套之时，北侠就从椅旁挨入，却在玉堂身后隐住。就是丝绦连开三次，也是北侠解的。连白玉堂久惯飞檐走壁的人，竟未知觉，于此可见北侠的本领。

当下北侠放下衣服，道：“五弟，你要怎么样？难道为此事就要寻死，岂不是要劣兄的命么？如果你要上吊，咱们俩就搭连搭罢。”白玉堂道：“我死我的，与你何干？此话我不明白。”北侠道：“老弟，你可真糊涂了。你想想，你若死了，欧阳春如何对得起你四位兄长？又如何去见南侠与开封府的众朋友？也只好随着你死了罢。岂不是你要了劣兄的命了么？”玉堂听了，低头不语。北侠急将丝绦拉下，就在玉堂旁边坐下，低低说道：“五弟，你我今日之事，不过游戏而已，有谁见来？何至于轻生？就是叫劣兄随你去，也该商量商量。你只顾你脸上有了光彩，也不想想把劣兄置于何地。五弟，岂不闻‘己所不欲，勿施于人’；又道‘我不欲人之加诸我者，吾也欲无加诸人’。五弟不愿意的，别人他就愿意么？”玉堂道：“依兄台怎么样呢？”北侠道：“劣兄倒有两全其美的主意。五弟明日何不到茉花村，叫丁氏昆仲出头，算是给咱二人说合的。五弟也不落无能之名，劣兄也免了被获之丑，彼此有益。五弟以为如何？”白玉堂本是聪明特达之人，听了此言，登时豁然，连忙深深一揖，道：“多承吾兄指教。实是小弟年幼无知，望乞吾兄海涵。”北侠道：“话已言明，劣兄不便久留，也要回去了。”说罢，出了里间，来到堂屋。白五爷道：“仁兄请了，茉花村再见。”北侠点了点头，又悄悄道：“那顶头巾合泥金折扇，俱在衣服内夹着呢。”玉堂也点了点头，刚一转眼，已不见北侠的踪影。五爷暗暗夸奖：“此人本领胜我十倍，我真不如也。”

谁知二人说话之间，白福烹了一杯茶来，听见屋内悄悄有人说话，打帘缝一看,见一人与白五爷悄悄低言。白福以为是家主途中遇见的夜行朋友,恐一杯茶难递。只得回身又添一盏。用茶盘托着两杯茶,来到里间,抬头看时,却仍是玉堂一人。白福端着茶,纳闷道:"这是什么朋友呢?给他端了茶来,他又走了。我这是什么差使呢?"白玉堂已会其意,便道:"将茶放下,取个灯笼来。"白福放下茶托,回身取了灯笼。白玉堂接过,又把衣服朱履夹起,出了屋门,纵身上房,仍从后面出去。

不多时,只听前边打的店门山响。白福迎了出去,叫道:"店家快开门,我们家主回来了。"小二连忙取了钥匙,开了店门。只见玉堂仍是斯文打扮,摇摇摆摆进来。小二道:"相公怎么这会才回来?"玉堂道:"因在相好处避雨,又承他待酒,所以来迟。"白福早已上前接过灯笼,引到屋内。茶尚未寒,玉堂喝了一杯,又吃了点饮食,吩咐白福于五鼓备马起身,上松江茉花村去。自己歇息,暗想:"北侠的本领,那一番和蔼气度,实然别人不能的。而且方才说的这个主意,更觉周到,比四哥说的出告示访请又高一等。那出告示众目所睹,既有'访请'二字,已然自馁,那如何对人呢?如今欧阳兄出的这个主意,方是万全之策。怨的展大哥与我大哥背地里常说他好,我还不信,谁知果然真好。仔细想来,全是我自作聪明的不是了。"他翻来覆去,如何睡的着。到了五鼓,白福起来,收拾行李马匹,到了柜上,算清了店账,主仆二人上茉花村而来。

话休烦絮。到了茉花村,先叫白福去回禀,自己乘马随后。离庄门不远,见多少庄丁伴当分为左右,丁氏弟兄在台阶上面立等。玉堂连忙下马,伴当接过。丁大爷已迎接上来。玉堂抢步,口称:"大哥,久违了,久违了。"兆兰道:"贤弟一向可好?"彼此执手。兆蕙却在那边垂手,恭敬侍立,也不执手,口称:"白五老爷到了,恕我等未能远迎虎驾,多多有罪。请老爷到寒舍待茶。"玉堂笑道:"二哥真是好玩,小弟如何担的起。"连忙也执了手。三人携手来到待客厅上,玉堂先与丁母请了安,然后归座。献茶已毕,丁大爷问了开封府众朋友好,又谢在京师叨扰盛情。丁二爷却道:"今日哪阵香风儿,将护卫老爷吹来,真是蓬荜生辉①,柴门有庆。然而老爷此来,还是专专的探望我们来了,还是有别的事呢?"一席话说的玉堂脸红。丁大爷恐玉堂脸上下不来,连忙瞅了二爷一眼,道:"老二,弟

---

① 蓬荜(bì)生辉——谦辞,表示由于别人到自己家里来而使自己非常光荣。

兄们许久不见，先不说说正经的，只是说这些作什么？”玉堂道：“大哥不要替二哥遮饰。本是小弟理短，无怪二哥恼我。自从去岁被擒，连衣服都穿的是二哥的。后来到京受职，就要告假前来，谁知我大哥因小弟新受职衔，再也不准动身。”丁二爷道：“到底是作了官的人，真长了见识了。惟恐我们说，老爷先自说了。我问五弟，你纵然不能来，也该写封信、差个人来，我们听见也喜欢喜欢。为什么连一纸书也没有呢？”玉堂笑道：“这又有一说。小弟原要写信来着。后来因接了大哥之信，说大哥与伯母送妹子上京与展大哥完姻。我想迟不多日，就可见面，又写什么信呢？彼时若真写了信来，管保二哥又说白老五尽闹虚文假套了，左右都是不是。无论二哥怎么怪小弟，小弟惟有伏首认罪而已。”丁二爷听了，暗道：“白老五，他竟长了学问，比先前乖滑多了。且看他目下这宗事怎么说法。”回头吩咐摆酒。玉堂也不推辞，也不谦让，就在上面坐了。丁氏昆仲左右相陪。

饮酒中间，问玉堂道：“五弟此次是官差？还是私事呢？”玉堂道：“不瞒二位仁兄，实是官差。然而其中有许多原委，此事非仁兄贤昆玉相助不可。”丁大爷便道：“如何用我二人之处？请道其详。”玉堂便将倪太守、马强一案供出北侠，小弟奉旨特为此事而来，说了一遍。丁二爷问道：“可见过北侠没有？”玉堂道：“见过了。”兆蕙道：“既见过，便好说了。谅北侠有多大本领，如何是五弟对手。”玉堂道：“二哥差矣！小弟在先原也是如此想，谁知事到头来不自由，方知人家之末技俱是自己之绝技。惭愧的很，小弟输与他了。”丁二爷故意诧异，道：“岂有此理！五弟焉能输与他呢！这话愚兄不信。”玉堂便将与北侠比试，直言无隐，俱各说了。“如今求二位兄台将欧阳兄请来，那怕小弟央求他呢，只要随小弟赴京，便叨爱多多矣。”丁兆蕙道：“如此说来，五弟竟不是北侠对手了。”玉堂道：“诚然。”丁二爷道：“你可佩服呢？”玉堂道：“不但佩服，而且感激。就是小弟此来，也是欧阳兄教导的。”丁二爷听了，连声赞扬叫好，道：“好兄弟！丁兆蕙今日也佩服你了。”便高声叫道：“欧阳兄，你也不必藏着了，请过来相见。”

只见从屏后转出三人来。玉堂一看，前面走的就是北侠，后面一个三旬之人，一个年幼小儿，连忙出座，道：“欧阳兄几时来到？”北侠道：“昨晚方到。”玉堂暗道：“幸亏我实说了，不然这才丢人呢。”又问：“此二位是谁？”丁二爷道：“此位智化，绰号黑妖狐，与劣兄世交通家相好。”（原来智爷之父,与丁总镇是同僚,最相契的。)智爷道:"此是小徒艾虎。过来,见过白五叔。"艾虎上前见礼。玉堂拉了他的手,细看一番,连声夸奖。彼此叙座。北侠坐了首座,其次是智爷、白爷,又其次是丁氏弟兄,下首是艾虎。大家欢饮。玉堂又提请北侠到京,北侠慨然应允。丁大爷、丁二爷又嘱咐白玉堂照应北侠。大家畅谈,彼此以义气相关,真是披肝沥胆,各明心志。惟有小爷艾虎与北侠有父子之情,更觉关切。酒饭已毕,谈至更深,各自安寝。到了天明,北侠与白爷一同赴京去了。

未知后文如何,下回分解。

第七十九回

智公子定计盗珠冠　裴老仆改妆扮难叟

且说智化、兆兰、兆蕙与小爷艾虎送了北侠、玉堂回来,在厅下闲坐,彼此闷闷不乐。艾虎一旁短叹长吁。只听智化道:"我想此事关系非浅。倪太守乃是为国为民,如今反遭诬害;欧阳兄又是济困扶危,遇了贼扳。似这样的忠臣义士负屈含冤,仔细想来,全是马强叔侄过恶。除非设法先将马朝贤害倒,剩了马强,也就不难除了。"丁二爷道:"与其费两番事,何不一网打尽呢?"智化道:"若要一网打尽,说不得却要作一件欺心的事,生生的讹在他叔侄身上,使他赃证俱明,有口难分。所谓'奸臣贼子人人得而诛之'。我虽想定计策,只是题目太大,有些难作。"丁大爷道:"大哥何不说出,大家计较计较呢?"智化道:"当初劣兄上霸王庄者,原为看马强的举动,因他结交襄阳王,常怀不轨之心。如今既为此事闹到这步田地,何不借题发挥,一来与国家除害,二来剪却襄阳王的羽翼。话虽如此,然而其中有四件难事。"丁二爷道:"哪四件?"智化道:"第一,要皇家紧要之物。这也不必推诿,全在我的身上。第二,要一个有年纪之人,一个或童男或童女随我前去,诓取紧要之物回来。要有胆量,又要有机变,又要受得苦。第三件,我等盗来紧要之物,还得将此物送到马强家,藏在佛楼之内,以为将来的真赃实犯。"丁二爷听了,不由的插言道:"此事小弟却能够。只要有了东西,小弟便能送去。这第三件算是小弟的了。第四件又是什么呢？”智化道：“惟有第四件最难，必须知根知底之人前去出首；不但出首，还要单上开封府出首去。别的事情俱好说，惟独这第四件是最要紧的，成败全在此一举。此一着若是错了，满盘俱空。这个人竟难得的很呢！”口里说着，眼睛却瞟着艾虎。艾虎道：“这第四件莫若徒弟去罢。”智化将眼一瞪，道：“你小孩家懂得什么，如何干得这样大事！”艾虎道：“据徒弟想来，此事非徒弟不可。徒弟去了有三益。”

丁二爷先前听艾虎要去，以为小孩子不知轻重。此时又见他说出三益，颇有意思，连忙说道：“智大哥不要拦他。”便问艾虎道：“你把三益说给我听听。”艾虎道：“第一，小侄自幼在霸王庄，所有马强之事小侄尽知。而且三年前马朝贤告假回家一次，那时我师父尚未到霸王庄呢。如今盗了紧要东西来，就说三年前马朝贤带来的，于事更觉有益。这是第一益。第二，别人出首，不如小侄出首。什么缘故呢？俗话说的好：‘小孩嘴里讨实话。’小侄要到开封府举发出来，叫别人再想不到这样一宗大事，却是个小孩子作个硬证。此事方是千真万真，的确无疑。这是第二益。第三益却没有什么，一来为小侄的义父，二来也不枉师父教训一场。小侄儿要借着这件事，也出场出场，大小留个名儿，岂不是三益么？”丁大爷、丁二爷听了，拍手大笑，道：“好！想不到他竟有如此的志向。”

智化道：“二位贤弟且慢夸他。他因不知开封府的利害，他此时只管说。到了身临其境，见了那样的威风，又搭着问事如神的包丞相，（他小孩子家有多大胆量，有多大智略，何况又有御赐铜铡，）倘若说不投机，白白地送了性命，那时岂不耽误了大事？”艾虎听了，不由的双眉倒竖，二目圆翻，道：“师父忒把弟子看轻了！难道开封府是森罗殿不成？他纵然是森罗殿，徒弟就是上剑树、登刀山，再也不能改口，是必把忠臣义士搭救出来，又焉肯怕那个御赐的铜铡呢！”兆兰、兆蕙听了，点头咂嘴，啧啧称羡。智化道：“且别说你到开封府。就是此时我问你一句，你如果答应的出来，此事便听你去；如若答应不来，你只好隐姓埋名，从此再别想出头了。”艾虎嘻嘻笑道：“待徒弟跪下，你老就审，看是如何。”说罢，他就直挺挺的跪在当地。

兆兰、兆蕙见他这般光景，又是好笑，又是爱惜。只听智爷道：“你员外家中犯禁之物，可是你太老爷亲身带来的么？”艾虎道：“回老爷，只因三年前小的太老爷告假还乡，亲手将此物交给小人的主人，小人的主人叫小人托着，收在佛楼之上，是小人亲眼见的。”智爷道：“如此说来，此物在你员外家中三年了。”艾虎道：“是三年多了。”智爷用手在桌上一拍，道：“既是三年，你如何今日才来出首①？讲！”丁家弟兄听了这一问，登时发怔，暗想道：“这当如何对答呢？”只听艾虎从从容容道：“回老爷，小人今年才十五岁。三年前小人十二岁，毫无知觉，并不知道知情不举的罪名。皆因我们员外犯罪在案，别人向小人说：‘你提防着罢，多半要究出三年前的事来。你就是隐匿不报的罪，要加等的；若出首了，罪还轻些。’因此小人害怕，急急赶来出首在老爷台下。”兆蕙听了，只乐得跳起来，道：“好对答！好对答！贤侄，你起来罢。第四件是要你去定了。”丁大爷也夸道：“果然对答的好。智大哥，你也可以放心。”智爷道：“言虽如此，且到临期再写两封信，给他也安置安置，方保无虞。如今算起来，就只第二件事不齐备，贤弟且开出个单儿来。”

丁二爷拿过笔砚，铺纸提笔。智爷念道：“木车子一辆，席篓子两个，旧布被褥大小两份，铁锅勺、黄磁大碗、粗碟家具俱全，老头儿一名，或幼男幼女俱可——一名，外有随身旧布衣服行头三份。”丁大爷在旁看了，问道：“智大哥，要这些东西何用？”智爷道：“实对二位贤弟说，劣兄要到东京盗取圣上的九龙珍珠冠呢。只因马朝贤他乃四值库的总管，此冠正是他管理。再者此冠乃皇家世代相传之物，轻易动不着的。为什么又要老头儿幼孩儿合这些东西呢？我们要扮作逃荒的模样，到东京安准了所在。劣兄探明白了四值库，盗此冠，须连冠并包袱等全行盗来。似此黄澄澄的东西，如何满路上背着走呢？这就用着席篓子了。一边装上此物，上用被褥遮盖，一边叫幼女坐着。人不知不觉，就回来了。故此必要有胆量能受苦的老头儿，合那幼女。二位贤弟想想，这二人可能有么？”丁大爷已然听得呆了。

丁二爷道：“却有个老头儿名叫裴福。他随着先父在镇时，多亏了他有胆量，又能受苦。只因他为人直性正气，而且当初出过力，到如今给弟等管理家务；如有不周不备，连弟等都要让他三分。此人颇可去得。”智化道：“伺候过老人家的，理应容让他几分。如此说来，这老管家却使得。”丁二爷道：“但有一件，若见了他切不可提出盗冠，须将马强过恶述说一番；然后再说倪太守、欧阳兄被害，他必愤恨。那时再说出此计来，他方没有什么说的，也就乐从了。”智化听了，满心欢喜，即吩咐伴当将裴福

① 出首——检举别人的犯罪行为。

叫来。

不多时,见裴福来到,虽则六旬年纪,却是精神百倍。先见了智爷,后又见了大官人,又见二官人。智爷叫伴当在下首预备个座儿,务必叫他坐了。裴福谢坐,便问:“呼唤老奴,有何见谕?”智爷说起马强作恶多端,欺压良善,如何霸占田地,如何抢掠妇女。裴福听了,气得他摩拳擦掌。智爷又说出倪太守私访遭害,欧阳春因搭救太守如今被马强京控,打了罣误①官司,不定性命如何。裴福听到此,便按捺不住,立起身来,对丁氏弟兄道:“二位官人终朝行侠尚义,难道侠义竟是嘴里空说的么?似这样的恶贼,何不早早除却!”丁二爷道:“老人家不要着急。如今智大爷定了一计,要烦老人家上东京走一遭,不知可肯去否?”裴福道:“老奴也是闲在这里。何况为救忠臣义士,老奴更当效劳了。”智爷道:“必须扮作逃荒的样子,咱二人权作父子,还得要个小女孩儿,咱们父子祖孙三辈儿逃荒。你道如何?”裴福道:“此计虽好。只是大爷受屈,老奴不敢当。”智爷道:“这有什么,逢场作戏罢咧。”裴福道:“这个小女儿却也现成,就是老奴的孙女儿,名叫英姐,今年九岁,极其伶俐,久已磨着老奴要上东京逛了,莫若就带了她去。”智爷道:“很好,就是如此罢。”

商议已定,定日起身。丁大爷已按着单子,预备停当,俱各放在船上。待客厅备了饯行酒席,连裴福、英姐不分主仆,同桌而食。吃毕,智爷起身,丁氏弟兄送出庄外,瞧着上了船,方同艾虎回来。

智爷不辞劳苦,由松江奔到镇江,再往江宁,到了安徽,过了长江,到河南境界弃舟登岸,找了个幽僻去处,换了行头。英姐伶俐非常,一教便会,坐在席篓之中。那边篓内装着行李卧具,挨着靶的横小筐内装着家伙,额外又将铁锅扣在席篓旁边,用绳子拴好。裴福跨绊推车,智爷背绳拉纤。一路行来,到了热闹丛中镇店集场,便将小车儿放下。智爷赶着人要钱,口内还说:“老的老,小的小,年景儿不济,实在的没有营生,你老帮帮吧!”裴福却在车子旁边一蹲,也说道:“众位爷们可怜吧!俺们不是久惯要钱的,那不是行好呢。”英姐在车上也不闲着,故意揉着眼儿,道:“怪饿的,俺两天没吃么儿呢。”口里虽然说着,她却偷着眼儿瞧热闹儿。真

① 罣(guà)误——被别人牵连而受到处分或损害。

正三个人装了个活脱儿①。

在路也不敢耽搁。一日,到了东京,白昼间仍然乞讨。到了日落西山,便有地面上官人对裴福道:“老头子,你这车子这里搁不住呀,趁早儿推开。”裴福道:“请问太爷,俺往哪里推呀?”官人道:“我管你呀,你爱往哪里推,就往哪里推。”旁边一人道:“何苦呀,哪不是行好呢。叫他推到黄亭上去罢。那里也僻静,也不碍事。”便对裴福道:“老头子你瞧,那不是鼓楼么?过了鼓楼,有个琉璃瓦的黄亭子,那里去好。”裴福谢了。智爷此时还赶着要钱。裴福叫道:“俺的儿呀,你不用跑,咱走罢。”智爷止步,问道:“爹爹呀,咱往哪去?”裴福道:“没有听见那位太爷说呀,咱上黄亭子那行行儿去。”智爷听了,将纤绳背在肩头拉着,往北而来。走不多时,到了鼓楼,果见那边有个黄亭子,便将车子放下。将英姐抱下来,也叫她跑跑,活动活动。

此时天已昏黑,又将被褥拿下来,就在黄亭子台阶上铺下。英姐困了,叫她先睡。智爷与裴福哪里睡得着,一个是心中有事,一个是有了年纪。到了夜静更深,裴福悄悄问道:“大爷,今已来到此地,可有什么主意?”智爷道:“今日且过一夜。明日看个机会,晚间俺就探听一番。”正说着,只听那边当当锣声响亮,原来是巡更的二人。智爷与裴福便不言语。只听巡更的道:“那边是什么?哪里来的小车子?”又听有人说道:“你忘了,这就是昨日那个逃荒的,地面上张头儿叫他们在这里。”说着话,打着锣,往那边去了。智爷见他们去了,又在席篓里面揭开底屉,拿出些细软饮食,与裴福二人吃了,方和衣而卧。

到了次日,红日尚未东升,见一群人肩头担着铁锹镢头,又有抬着大筐绳杠,说说笑笑,顺着黄亭子而来。他便迎了上去,道:“行个好罢,太爷们舍个钱罢。”其中就有人发话道:“大清早起,也不睁开眼瞧瞧,我们是有钱的么?我们还不知合谁要钱呢?”又有人说:“这样一个小伙子,什么干不得,却手背朝下合人要钱,也是个没出息的。”又听有人说道:“倒不是没出息儿,只因他叫老的老,小的小累赘了。你瞧他这个身量儿,管保有一膀子好活。等我合他商量商量。”

你道这个说话的是谁?且听下回分解。

---

① 活脱儿——相貌、举止跟脱胎一样十分相像。

第八十回

假作工御河挖泥土　认方向高树捉猴狲

话说智爷正向众人讨钱,有人向他说话,乃是个工头。此人姓王行大。因前日他曾见过有逃难的小车,恰好作活的人不够用,抓一个是一个,便对智爷道:“伙计,你姓什么?”智爷道:“俺姓王行二,你老贵姓?”王大道:“好,我也姓王。有一句话对你说,如今紫禁城内挖御河,我瞧你这个样儿怪可怜的,何不跟了我去作活呢?一天三顿饭,额外还有六十钱,有一天算一天。你愿意不愿意?”智爷心中暗喜,尚未答言。只见裴福过来道:“敢则好,什么钱不钱的,只要叫俺的儿吃饱了就完了。”王大把裴福瞧了瞧,问智爷道:“这是谁?”智爷道:“俺爹。”王大道:“算了罢,算了罢!你不用说了。”对着裴福道:“告诉你,皇上家不使白头工,这六十钱必是有的,你若愿意,叫你儿子去。”智爷道:“爹呀,你老怎么样呢?”裴福道:“你只管干你的去。身去口去,俺与小孙女哀求哀求,也就够吃的了。”王大道:“你只管放心。大约你吃饱了,把那六十钱拿回来买点子饽饽饼子,也就够他们爷儿俩吃的了。”智爷道:“就是这么着,咱就走。”王大便带了他,奔紫禁城而来。

一路上这些作工的人欺负他。这个叫:“王第二的!”智爷道:“怎样?”这个说:“你替我抗着这六把锹。”智爷道:“使得。”接过来抗在肩头。那个叫:“王第二的!”智爷道:“怎么?”那个说:“你替我抗着这五把镢头。”智爷道:“使得。”接过来也抗在肩头。大家捉呆子,你也叫抗,我也叫抗。不多时,智爷的两肩头犹如铁锹镢头山一般。王大猛然回头一看,发话道:“你们这是怎么说呢?我好容易找了个人来,你们就欺负。赶到明儿,你们挤跑了他,这图什么呢?也没见王第二的你这么傻,这堆的把脑袋都夹起来了。这是什么样儿呢?”智爷道:“抗抗罢咧!怕怎的!”说的众人都笑了,才各自把各自的家伙拿去。

一时来到紫禁门,王头儿递了腰牌,注了人数,按名点进。到了御河,大家按档儿做活。智爷拿了一把铁锹,撮的比人多,掷的比人远,而且又快。旁边作活的道:"王第二的!"智爷道:"什么?"旁边人道:"你这活计不是这么做。"智爷道:"怎么?挖的浅咧?做的慢咧?"旁边人道:"这还浅!你一锹,我两锹也不能那样深。你瞧,你挖了多大一片,我才挖了这一点儿。俗语说的:'皇上家的工,慢慢儿的蹭。'你要这么做,还能吃的长么?"智爷道:"做的慢了,他们给饭吃吗?"旁边人道:"都是一样慢了,他能不给谁吃呢?"智爷道:"既是这样,俺就慢慢的。"旁边人道:"是了。来罢,你先帮着我撮撮啵。"智爷道:"俺就替你撮撮。"哈下腰正替那人撮时,只见王头儿叫道:"王第二的!"智爷道:"怎么?"王大道:"上来罢,吃饭了。你难道没听见梆子响么?"智爷道:"没大理会。怎么刚作活就吃饭咧?"王大道:"我告诉你,每逢梆子响是吃饭,若吃完了一筛锣,就该做活了。天天如此,顿顿如此。"智爷道:"是了,俺知道了。"王大带他到吃饭的所在,叫他拿碗盛饭。智爷果然盛了碗饭,大口小口的吃了个喷鼻儿香。王大在旁见他尽吃空饭,便告诉他道:"王第二的,你怎么不吃咸菜呢?"智爷道:"怎么还吃那行行儿,不刨工钱呀?"王大道:"你只管吃,那不是买的。"智爷道:"俺不知道呢,敢则也是白吃的。哼!有咸菜,吃的更香。"一日三顿,皆是如此。

到晚散工时,王头儿在紫禁门按名点数出来,一人给钱一分。智化随着众人,回到黄亭子,拿着六十钱,见了裴福,道:"爹呀,俺回来了,给你这个。"裴福道:"吃了三顿饭还得钱,真是造化咧。"王头道:"明早我还从此过,你仍跟了我去。"智爷道:"是咧。"裴福道:"叫你老分心,你老行好得好罢。"王头道:"好说,好说。"回身去了。智爷又问道:"今日如何乞讨?"裴福告诉他:"今日比昨日容易多了。见你不在跟前,都可怜我们,施舍的多。"彼此欢喜。到了无人之时,又悄悄计议,说这一做工倒合了机会,只要探明了四值库便可动手了。

一宿晚景已过。到了次日,又随着进内做活。到了吃晌饭时,吃完了,略略歇息。只听人声一阵一阵的喧哗,智化不知为着何事,左右留神。只见那边有一群人都仰面往上观看。智爷也凑了过去,仰面一看,原来树上有个小猴儿,项带锁链,在树上跳跃。又见有两个内相公公,急的只是搓手,道:"可怎么好?算了罢,不用只是笑了。你们只顾大声小气的嚷,嚷的里头听见了,叫咱家担不是;叫主子瞧见了,那才是个大乱儿呢。这可怎么好呢?"智爷瞧着,不由的顺口儿说道:"那值吗呢,上去就拿下来了。”内相听了,刚要说话,只见王头儿道:“王第二的,你别呀!你就只作你的活就完了,多管什么闲事呢。你上去万一拿跑了呢?再者倘或摔了哪里呢?全不是玩的。”刚说至此,只听内相道:“王头儿,你也别呀!咱家待你洒好儿的。这个伙计,他既说能上去拿下来,这有什么呢?难道咱家还难为他不成?你要是这么着,你这头儿也就提防着罢。”王头儿道:“老爷别怪我。我惟恐他不能拿下来,那时拿跑了,倒耽误事。”内相道:“跑了就跑了,也不与你相干。”王头儿道:“是了,老爷。你老只管支使他罢,我不管了。”内相对智化道:“伙计,托付你上树给咱家拿下来罢。”智爷道:“俺不会上树呀。”内相回头对王头儿道:“如何?全是你闹的!他立刻不会上树咧。今晚上散工时,你这些家伙别想拿出去咧!”王头儿听了着急,连忙对智爷道:“王第二的,你能上树,你上去给他老拿拿罢。不然,晚上我的铁锹镢头不定丢多少,我怎么交的下去呢?”智爷道:“俺先说下,上去不定拿的住拿不住,你老不要见怪。”内相说:“你只管上去,跑了也不怪你。”

智爷原因挖河,光着脚儿,双手一搂树木,把两腿一拳,哧、哧、哧犹如上面的猴子一般。谁知树上的猴子见有人上来,他连窜带跳已到树梢之上。智爷且不管他,找了个大杈丫坐下,明是歇息,却暗暗的四下里看了方向。众人不知用意,却说道:“这可难拿了。那猴儿蹲的树枝儿多细儿,如何禁得住人呢?”王头儿捏着两把汗,又怕拿不住猴儿,又怕王第二的有失闪,连忙拦说:“众位瞧就是了,莫乱说。越说,他在上头越不得劲儿。”拦之再三,众人方压静了。智爷在上面见猴子蹲在树梢,他却端详,见有个斜楂丫,他便奔到斜枝上面。那树枝儿连身子乱晃。众人下面瞧着,个个耽惊。只见智爷喘息了喘息,等树枝儿稳住,他将脚丫儿慢慢的一抬,够着搭拉的锁链儿,将指头一扎煞,拢住锁链。又把头上的毡帽摘下来作个兜儿,脚指一拳,往下一沉。猴子在上面蹲不住,咭噹、咭噹一阵乱叫,掉将下来。他把毡帽一接,猴儿正掉在毡帽里面。连忙将毡帽沿儿一折,就用铁链捆好,衔在口内,两手倒爬顺流而下,毫不费力。众人无不喝采。

智爷将猴儿交与内相。内相眉开眼笑道:“叫你受乏了。你贵姓呀?”智爷道:“俺姓王行二。”内相回手在兜肚内掏出两个一两重的小元宝儿,递与智爷道:“给你这个,你别嫌轻,喝碗茶罢。”智爷接过来一看,道:“这是吗行行儿?”王头道:“这是银锞儿。”智爷道:“要他干吗呀?”王头儿道:“这个换得出钱来。”智爷道:“怎么这铅块块儿也换的出钱来?”内相听了,笑道:“那不是铅,是银子,那值好几吊钱呢。”又对王头儿道:“咱家看他真诚实。明日头儿给他找个轻松档儿,咱家还要单敬你一杯呢。”王头儿道:“老爷吩咐,小人焉敢不遵,何用赏酒呢。”内相道:“说给你喝酒,咱家再不撒谎。你可不许分他的。”王头道:“小人不至于那么下作。他登高爬梯,耽惊受怕的得的赏,小人也忍得分他的!”内相点了点头,抱着猴子去了。这里众人仍然作活。

到了散工,王头同他到黄亭子,把得银之事对裴福说了。裴福欢天喜地,千恩万谢。智化又装傻道:“爹呀,咱有了银子咧,治他二亩地,盖他几间房,再买他两只牛咧。”王头儿忙拦住,道:“够了,够了。算了罢!你这二两来的银子,干不了这些事怎么好呢?没见过世面。治二亩地,几间房子,还要买牛咧买驴的,统共拢儿够买个草驴旦子的,尽搅么!明日我还是一早来找你。”智爷道:“是了,俺在这里恭候。”王头道:“是不是,刚吃了两天饱饭,有了二两银子的家当儿,立刻就撇起京腔来了,你又恭候咧!”说笑着,就去了。

到了次日,一同进城。智爷仍然拿了铁锹,要作活去。王头道:“王第二的,你且搁下那个。”智爷道:“怎么你不叫俺奏咧?”王头道:“这是什么话!谁不叫你奏了!连前几个,我吃了你两三个乌涂的了。你这里来看堆儿罢。”智爷道:“俺看着这个不做活,也给饭吃呀?”王头道:“照旧吃饭,仍然给钱。”智爷道:“这倒好了,任么儿不干,吃饱了,竟墩膘,还给钱儿。这倒是钟鼓上雀儿成了鸽子咧。”王头道:“是不是,又说傻话了。我告诉你说,这是轻松档儿,省得内相老爷来了……”

刚说至此,只见他又悄悄的道:“来了,来了。”早见那边来的,恰是昨日的小内相,捧着一个金丝累就,上面嵌着宝石蟠桃式的小盒子,笑嘻嘻的道:“王老二,你来了吗?”智爷道:“早就来咧。”内相道:“今日什么档儿?”智爷道:“叫俺看着堆儿。”内相道:“这就是了。我们老爷怕你还作活,一来叫我来瞧瞧,二来给你送点心,你自尝尝。”智爷接过盒子,道:“这挺硬的怎么吃呀?”内相哈哈笑道:“你真呕人!你到底打开呀,谁叫你吃盒子呢?”智爷方打开盒子,见里面皆是细巧炸食,拿起来掂了掂,又闻了闻,仍然放在盒内,动也不动,将盒盖儿盖上。内相道:“你为什么不吃呢?”智爷道:“咱有爹,这样好东西,俺拿回去给咱爹吃去。”内相此时听了,笑着点头儿,道:"咱爹不咱爹的倒不挑你。你是好的,倒有孝心。既是这样,连盒子先搁着,少时咱家再来取。"

到了午间,只见昨日丢猴儿的内相,带着送吃食的小内相,二人一同前来。王头看见,连忙迎上来。内相道:"王头儿,难为你。咱家听说叫王第二的看堆儿,很好。来,给你这个。"王头儿接来一看,也是两个小元宝儿。王头儿道:"这有什么呢,又叫老爷费心。"连忙谢了。内相道:"什么话呢,说给你喝,焉有空口说白话的呢。王第二的呢?"王头儿道:"他在那里看堆儿呢。"连忙叫道:"王第二的!"智爷道:"做吗呀?俺这里看堆儿呢。"王头儿道:"你这里来罢。那些东西不用看着,丢不了。"智爷过来。内相道:"听说你很有孝心。早起那个盒子呢?"智爷道:"在那里放着没动呢。"内相道:"你拿来,跟了我去。"

智爷到那里拿了盒子,随着内相,到了金水桥上,只听内相道:"咱家姓张,见你洒好的。咱家给你装了一匣子小炸食,你拿回去给你爹吃。你把盒子里的先吃了罢。"小内相打开盒子,叫他拿衣襟兜着吃。智爷一壁吃,一壁说道:"好个大庙!盖的虽好,就只门口儿短个戏台。"内相听了,笑的前仰后合,道:"你呀,难道你在乡下就没听见说过皇宫内院么?竟会拿着这个当大庙!要是大庙,岂止短戏台,难道门口就不立旗杆么?"智爷道:"那边不是旗杆吗?"内相笑道:"那是忠烈祠合双义祠的旗杆。"智爷道:"这个大殿呢?"内相道:"那是修文殿。"智爷道:"那后稿阁呢?"内相道:"什么后稿阁呢,那是耀武楼。"智爷道:"那边又是吗去处呢?"内相道:"我告诉你,那边是宝藏库,这是四值库。"智爷道:"这是四值库。"内相道:"哦。"智爷道:"俺瞧着这房子全是盖的四直呀,并无有歪的呀,怎么单说他四值呢?"内相笑道:"那是库的名儿,不是盖的四直。你瞧那边是缎匹库,这边是筹备库。"智爷暗暗将方向记明,又故意的说道:"这些房子盖的虽好,就只短了一样儿。"内相道:"短什么?"智爷道:"各房上全没有烟筒,是不是?"内相听了,笑个不了,道:"你真呕死人,笑的我肚肠子都断了。你快拿了匣子去罢,咱家也要进宫去了。"

智爷见内相去后,他细细的端详了一番,方携了匣子回来。到了晚间散工,来到黄亭子,见了裴福,又是欢喜,又是担惊。及至天交二鼓,智爷扎缚停当,带了百宝囊,别了裴福,一直竟奔内苑而来。

不知后文如何,且听下回分解。

第八十一回

盗御冠交托丁兆蕙　拦相轿出首马朝贤

且说黑妖狐来到皇城,用如意绦越过皇墙,已到内围。他便施展生平武艺,走壁飞檐。此非寻常房舍墙垣可比:墙呢是高的,房子是大的,到处一层层皆是殿阁琉璃瓦盖成,脚下是滑的,并且各所在皆有上值之人,要略有响动,那是玩的吗?好智化!轻移健步,跃脊窜房,所过处皆留暗记,以便归路熟识。嗖、嗖、嗖一直来到四值库的后坡,数了数瓦栊,便将瓦揭开,按次序排好,把灰土扒在一边。到了锡被四周,用利刃划开望板,也是照旧排好,早已露出了椽子来。又在百宝囊中取出连环锯,斜岔儿锯了两根,将锯收起。用如意绦上的如意钩搭住,手握丝绦,刚倒了两三把,到了天花板,揭起一块,顺流而下。脚踏实地,用脚尖滑步而行,惟恐看出脚印儿来。

刚要动手,只见墙那边墙头露出灯光,跳下人来,道:"在这里,有了。"智爷暗说:"不好!"急奔前面坎墙,贴伏身体,留神细听。外边却又说道:"有了三个了。"智化暗道:"这是找什么呢?"忽又听说道:"六个都有了。"复又上了墙头,越墙去了。原来是隔壁值宿之人,大家掷骰子,要急了,隔墙儿把骰子扔过来了。后来说合了,大家圆场儿,故此打了灯笼,跳过墙来找。"有了三个",又"六个都有了",说的是骰子。

且言智爷见那人上墙过去了,方引着火扇一照,见一溜朱红槅子上面有门儿,俱各粘贴封皮,锁着镀金锁头。每门上俱有号头,写着"天字一号",就是九龙冠。即伸手掏出一个小皮壶儿,里面盛着烧酒,将封皮印湿了,慢慢揭下。又摸锁头儿,锁门是个"工"字儿的,即从囊中掏出皮钥匙,将锁轻轻开开。轻启朱门,见有黄包袱包定冠盒,上面还有象牙牌子,写着"天字第一号九龙冠一顶",并有"臣某跪进"。也不细看,智爷兢兢业业请出,将包袱挽手打开,把盒子顶在头上,两边挽手往自己下巴底下一勒,系了个结实;然后将朱门闭好,上了锁,恐有手印,又用袖子搽搽。回手百宝囊中掏出个油纸包儿,里面是浆糊,仍把封皮粘妥。用手按按,复用火扇照了一照，再无形迹。脚下却又滑了几步，弥缝脚踪，方拢了如意绦，倒爬而上。到了天花板上，单手拢绦，脚下绊住，探身将天花板放下安稳。翻身上了后坡，立住脚步，将如意绦收起。安放斜岔儿椽子，抹了油腻子，丝毫不错。搭了望板，盖上锡被，将灰土俱各按拢堆好，挨次儿稳了瓦。又从怀中掏出小笤帚扫了一扫灰土，纹丝儿也是不露。收拾已毕，离了四值库，按旧路归来，到处取了暗记儿。此时已五鼓天了。

他只顾在这里盗冠，把个裴福急的坐立不安，心内胡思乱想。由三更盼到四更，四更盼到五更，盼的老眼欲穿。好容易见那边影影绰绰①似有人影，忽听锣声震耳，偏偏的巡更的来了，裴福吓得胆裂魂飞。只见那边黑影一蹲，却不动了。巡更的问道："那是什么人？"裴福忙插口道："那是俺的儿子出恭②呢，你老歇歇去罢。"更夫道："巡逻要紧，不得工夫。"当、当、当打着五更，往北去了。裴福赶上一步。智爷过来，道："巧极了。巡更的又来了，险些儿误了大事。"说罢，急急解下冠盒。裴福将席篓子底屉儿揭开，智化安放妥当，盖好了屉子。自己脱了夜行衣，包裹好了，收藏起来，上面用棉被褥盖严。此时英姐尚在睡熟未醒。裴福悄悄问道："如何盗冠？"智化一一说了，把个裴福吓得半天做声不得。智爷道："功已成了，你老人家该装病了。"

到了天明，王头儿来时，智化假意悲啼，说："俺爹昨晚偶然得病，闹了一夜，不省人事，俺只得急急回去。"王头儿无奈，只得由他。英姐不知就里③，只当她祖父是真病呢，她却当真哭起来了。智爷推着车子，英姐跟步而行，哭哭啼啼。一路上有知道他们是逃荒的，无不嗟叹。出了城门，到了无人之处，智化将裴福唤起，把英姐抱上车去，背起绳绊，急急赶路。离了河南，到了长江，乘上船，一帆风顺。

一日，来到镇江口，正要换船之时，只见那边有一只大船出来了三人，却是兆兰、兆蕙、艾虎。彼此见了，俱各欢喜。连忙将小车搭跳上船，智爷等也上了大船。到了舱中，换了衣服，大家就座。双侠便问："事体如何？"智爷说明原委，甚是畅快。趁着顺风，一日，到了本府，在停泊之处

① 影影绰绰(chuō)——模模糊糊；不真切。
② 出恭——排泄大便。
③ 就里——内部情况。

下船,自有庄丁伴当接待,推小车。一同进庄,来至待客厅,将席篓搭下来,安放妥当。自然是饮酒接风。智化又问丁二爷如何将冠送去。兆蕙道:“小弟已备下钱粮筐了,一头是冠,一头是香烛钱粮,又洁净,又灵便。就说奉母命天竺进香,兄长以为何如?”智爷道:“好!但不知在何处居住?”二爷道:“现有周老儿名叫周增,他就在天竺开设茶楼,小弟素来与他熟识,且待他有好处。他那里楼上极其幽雅,颇可安身。”智爷听了,甚为放心。饮酒吃饭之后,到了夜静更深,左右无人,方将九龙珍珠冠请出供上。大家打开,瞻仰了瞻仰。此冠乃赤金累龙,明珠镶嵌。上面有九条金龙:前后卧龙,左右行龙,顶上有四条搅尾龙,捧着一个团龙。周围珍珠不计其数,单有九颗大珠,晶莹焕发,光芒四射。再衬着赤金明亮,闪闪灼灼,令人不能注目。大家无不赞扬,真乃稀奇之宝。好好包裹,放在钱粮筐内,遮盖严密。到了五鼓,丁二爷带了伴当,离了茉花村,竟奔中天竺而去。

迟不几日回来,大家迎到厅上,细问其详。丁二爷道:“到了中天竺,就在周老茶楼居住。白日进了香,到了晚间,托言身体困乏,早早上楼安歇。周老惟恐惊醒于我,再也不敢上楼。因此趁空儿到了马强家中佛楼之上,果有极大的佛龛三座。我将宝冠放在中间佛龛左边槅扇的后面,仍然放下黄缎佛帘,人人不能理会。安放妥当,回到周家楼上,已交五鼓。我便假装起病来,叫伴当收拾起身。周老哪里肯放,务必赶作羹汤暖酒。他又拿出四百两银子来要归还原银,我也没要,急急的赶回来了。”大家听了,欢喜非常。惟有智爷瞅着艾虎,一语不发。

但见小爷从从容容道:“丁二叔即将宝冠放妥,侄儿就该起身了。”兆兰、兆蕙听了此言,倒替艾虎为难,也就一语不发。只听智化道:“艾虎呀,我的儿,此事全为忠臣义士起见,我与你丁二叔方涉深行险,好容易将此事作成。你若到了东京,口齿中稍有含糊,不但前功尽弃,只怕忠臣义士的性命也就难保了。”丁氏弟兄极口答道:“智大哥此话是极,贤侄你要斟酌。”艾虎道:“师父与二位叔父但请放心。小侄此去,此头可断,此志不能回!此事再无不成之理。”智爷道:“但愿你如此。这有书信一封你拿去,找着你白五叔,自有安置照应。”小侠接了书信,揣在里衣之内,提了包裹,拜别智爷与丁大爷、丁二爷。他三人见他小小孩童干此关系重大之事,又是耽心,又是爱惜,不由的送出庄外。艾虎道:“师父与二位叔父不必远送,艾虎就此拜别了。”智化又嘱咐道:“金冠在佛龛中间左边槅扇的后面,要记明了!”艾虎答应,背上包裹,头也不回,扬长去了。请看艾虎如此的光景,岂是十五岁的小儿,差不多有年纪的也就甘拜下风。他人儿虽小,胆子极大,而且机变谋略俱有。这正是“有志不在年高,无志空活百岁”。

这艾虎在路行程,不过是饥餐渴饮。一日,来到开封府,进了城门,且不去找白玉堂,他却先奔开封府署,要瞧瞧是什么样儿。不想刚到衙门前,只见那边喝道之声,撵逐闲人,说:“太师来了。”艾虎暗道:“巧咧!我何不迎将上去呢?”趁着忙乱之际,见头踏已过,大轿看看切近,他却从人丛中钻出来,迎轿跪倒,口呼:“冤枉呀!相爷,冤枉!”包公在轿内见一个小孩子拦轿鸣冤,吩咐带进衙门。左右答应一声,上来了四名差役,将艾虎拢住,道:“你这小孩子淘气得很,开封府也是你戏耍的么?”艾虎道:“众位别说这个话,我不是玩来了,我真要告状。”张龙上前道:“不要惊吓于他。”问艾虎道:“你姓什么?今年多大了?”艾虎一一说了。张龙道:“你状告何人?为着何事?”艾虎道:“大叔,你老不必深问。只求你老带我见了相爷,我自有话回禀。”张龙听了此言,暗道:“这小孩子竟有些意思。”

忽听里面传出话来:“带那小孩子。”张龙道:“快快走罢,相爷升了堂了。”艾虎随着张龙,到了角门,报了门,将他带至丹墀上,当堂跪倒。艾虎偷偷往上观瞧,见包公端然正坐,不怒自威;两旁罗列衙役,甚是严肃,真如森罗殿一般。只听包公问道:“那小孩子姓甚名谁?状告何人?诉上来。”艾虎道:“小人名叫艾虎,今年十五岁,乃马员外马强的家奴。”包公听说马强的家奴,便问道:“你到此何事?”艾虎道:“小人特为出首一件事。小人却不知道什么叫出首。只因这宗事小人知情,听见人说:‘知情不举,罪加一等。’故此小人前来在相爷跟前言语一声儿,就完了小人的事了。”包公道:“慢慢讲来。”艾虎道:“只因三年前,我们太老爷告假还乡……”包公道:“你家太老爷是谁?”艾虎伸出四指,道:“就是四指库的马朝贤,他是我们员外的叔叔。”包公听了,暗想道:“必是四值库总管马朝贤了。小孩子不懂得四值,拿着当了四指了。”又问道:“告假还乡,怎么样了?”艾虎道:“小人的太老爷坐着轿到了家中,抬到大厅之上,下了轿,就叫左右回避了。那时小人跟着员外,以为是个小孩子,却不忌讳。

只见我们太老爷从轿内捧出一个黄龙包袱来，对着小人的员外悄悄说道：‘这是圣上的九龙冠，咱家顺便带来，你好好的供在佛楼之上。将来襄阳王爷举事，就把此冠呈献，千万不可泄露。’我家员外就接过来了，叫小人托着。小人端着沉甸甸的，跟着员外，上了佛楼。我们员外就放在中间龛的左边槅扇后面了。”包公听了，暗暗吃惊，连两旁的衙役无不骇然。只听包公问道：“后来便怎么样？”艾虎道：“后来也不怎么样。到一来二去，我也大些了，常听见人说：‘知情不举，罪加一等。’小人也不理会。后来又有人知道了，却向小人打听，小人也就告诉他们。他们都说：‘没事便罢，若有了事，你就是知情不举。’到了新近，小人的员外拿进京来，就有人合小人说：‘你提防着罢！员外这一到京，若把三年前的事儿说出来，你就是隐匿不报的罪名。’小人听了害怕。比不得三年前，人事不知、天日不懂的。如今也觉明白些了，越想越不是玩的。因此小人赶到京中，小人却不是出首，只是把此事说明了，就与小人不相干了。”包公听毕，忖度了一番，猛然将惊堂木一拍，道：“我骂你这狗才！你受了何人主使，竟敢在本阁跟前陷害朝中总管与你家主人？是何道理？还不与我从实招上来！”左右齐声吆喝，道：“快说！快说！”

未知艾虎如何答对，下回分解。

第八十二回

试御刑小侠经初审　遵钦命内宦会五堂

且说艾虎听包公问他是何人主使，心中暗道：“好利害！怪道人人说包相爷断事如神，果然不差。”他却故意惊慌道：“没有什么说的。这倒为了难了，不报罢，又怕罪加一等；报了罢，又说被人主使。要不，就算没有这宗事，等着我们员外说了，我再呈报如何？”说罢，站起身来，就要下堂。两边衙役见他小孩子不懂官事，连忙喝道：“转来，转来！跪下，跪下！”艾虎复又跪倒。包公冷笑道：“我看你虽是年幼玩童，眼光却甚诡诈。你可晓得本阁的规矩么？”艾虎听了，暗暗打个冷战，道：“小人不知什么规矩。”包公道：“本阁有条例，每逢以小犯上者，俱要将四肢铡去。如今你既出首你家主人，犯了本阁的规矩，理宜铡去四肢。来呵！请御刑！”只听两旁发一声喊，王、马、张、赵将狗头铡抬来，撂在当堂，抖去龙袱，只见黄澄澄、冷森森一口铜铡，放在艾虎面前。

小侠看了虽则心惊，暗暗自己叫着自己：“艾虎呀，艾虎！你为救忠臣义士而来，慢说铡去四肢，纵然腰断两截，只要成了名，千万不可露出马脚来。”忽听包公问道：“你还不说实话么？”艾虎故意颤巍巍地道：“小人实实害怕，惟恐罪加一等，不得已呈诉呀。相爷呀！”包公命去鞋袜。张龙、赵虎上前，左右一声呐喊，将艾虎丢翻在地，脱去鞋袜。张、赵将艾虎托起双足，入了铡口。王、马掌住铡刀，手拢鬼头靶，面对包公。只等相爷一摆手，刀往下落，不过咔嚓一声，艾虎的脚丫儿就结了。张龙、赵虎一边一个架着艾虎，马汉提了艾虎的头发，面向包公。包公问道：“艾虎，你受何人主使？还不快招么？”艾虎故意哀哀地道：“小人就知害怕，实实没有什么主使的。相爷不信，差人去取珠冠，如若没有，小人情甘认罪。”包公点头，道：“且将他放下来。”马汉松了头发，张、赵二人连忙将他往前一搭，双足离了铡口。王朝、马汉将御刑抬过一边。此时慢说艾虎心内落实，就是四义士等无不替艾虎侥幸的。

包公又问道：“艾虎，现今这顶御冠还在你家主佛楼之上么？”艾虎道：“现在佛楼之上。回相爷，不是玉冠，小人的太老爷说是珍珠九龙冠。”包公问实了，便吩咐将艾虎带下去。该值的听了，即将艾虎带下堂来。早有禁子郝头儿接下差使，领艾虎到了监中单间屋里，道：“少爷，你就在这里坐罢，待我取茶去。”少时取了新泡的盖碗茶来。艾虎暗道：“他们这等光景，别是要想钱罢？怎么打着官司的称呼少爷，还喝这样的好茶，这是什么意思呢？”只见郝头儿悄悄与伙计说了几句话，登时摆上菜蔬，又是酒，又是点心，并且亲自殷勤斟酒，闹的艾虎反倒不得主意了。

忽听外面有人，嗤、嗤的声音。郝头儿连忙迎了出来，请安道：“小人已安置了少爷，又孝敬了一桌酒饭。”又听那位官长说道：“好，难为你了。赏你十两银子，明日到我下处去取。”郝头儿叩头谢了赏。只听那位官长吩咐道：“你在外面照看，我合你少爷有句话说，呼唤时方许进来。”郝禁子连连答应，转身在监口拦人，凡有来的，他将五指一伸，努努嘴，摆摆手，那人见了急急退去。

你道此位官长是谁？就是玉堂白五爷。只因听说有个小孩子告状，他便连忙跑到公堂之上细细一看，认得是艾虎，暗道："他到此何事？"后来听他说出原由，惊骇非常。又暗暗揣度了一番，竟是为倪太守、欧阳兄而来，不由的心中踌躇道："这样一宗大事，如何搁在小孩子身上呢？"忽听公座上包公发怒，说："请御刑！"白五爷只急的搓手，暗道："完了！完了！这可怎么好？"自己又不敢上前，惟有两眼直勾勾瞅着艾虎。及至艾虎一口咬定，毫无更改，白五爷又暗暗夸奖道："好孩子！真是强将手下无弱兵。这要是从铡口里爬出来，方是男儿。"后来见包公放下艾虎，准了词状，只乐得心花俱开，便从堂上溜了下来，见了郝禁子，嘱咐道："堂上鸣冤的是我的侄儿，少时下来，你要好好照应。"郝禁子哪敢怠慢，故此以少爷称呼，伺候茶水酒饭，知道白五爷必来探监，为的是当好差使，又可于中取利。果然，白五爷来了，就赏了十两银子，叫他在外瞭望。

五爷便进了单屋。艾虎抬头见是白玉堂，连忙上前参见。五爷悄悄道："贤侄，你好大胆量！竟敢在开封府弄玄虚，这还了得！我且问你，这是何人主意？因何贤侄不先来见我呢？"艾虎见问，将始末情由，述了一遍，道："侄儿临来时，我师父原给了一封信，叫侄儿找白五叔。侄儿一想，一来恐事不密，露了形迹；二来可巧遇见相爷下朝，因此侄儿就喊了冤了。"。说着话，将书信从里衣内取出，递与玉堂。玉堂接来拆看，无非托他暗中调停，不叫艾虎吃亏之意。将书看毕，暗自忖道："这明是艾虎自逞胆量，不肯先投书信。可见高傲，将来竟自不可限量呢。"便对艾虎道："如今紧要关隘已过，也就可以放心了。方才我听说你的口供，打了折底，相爷明早就要启奏了。且看旨意如何，再做道理。你吃了饭不曾？"艾虎道："饭倒不消，就只酒……"说至此，便不言语。白五爷问道："怎么没有酒？"艾虎道："有酒，那点点儿刚喝了五六碗就没了。"白玉堂听了，暗道："这孩子敢则爱喝，其实五六碗也不为少。"便唤道："郝头儿呢？"只听外面答应，连忙进来。五爷道："再取一瓶酒来。"郝禁子答应去了。白五爷又嘱咐道："少时酒来，撙节①而饮，不可过于贪杯。知道明日是什么旨意呢，你也要留神提防着。"艾虎道："五叔说的是，侄儿再喝这一瓶，就不喝了。"白玉堂也笑了。郝头儿取了酒来，白五爷又嘱咐了一番，方才去了。

---

① 撙(zǔn)节——节约；节省。

果然,次日包公将此事递了奏折。仁宗看了,将折留中,细细揣度,偶然想起:"兵部尚书金辉曾具折二次,说朕的皇叔有谋反之意,是朕一时之怒将他谪贬①,如何今日包卿折内又有此说呢?事有可疑。"即宣都堂陈林密旨派往稽查四值库。老伴伴领旨,带领手下人等,传了马朝贤,宣了圣旨。马朝贤不知为着何事,见是都堂奉钦命而来,敢不懔遵②,只得随往一同上库,验了封,开了库门。就从朱槅天字一号查起,揭开封皮,开了锁,拉开朱门一看,罢咧!却是空的。陈公公问道:"这九龙珍珠冠哪里去了?"谁知马朝贤见没了此冠,已然吓得面目焦黄。如今见都堂一问,哪里还答应的上来,张着嘴,瞪着眼,半晌,说了一句:"不……不……不知道。"陈公公见他神色惊慌,便道:"本堂奉旨查库者,就是为查此冠。如今此冠既不见,本堂只好回奏,且听旨意便了。"回头吩咐道:"孩儿们,把马总管好好看起来。"陈公公即时复奏。圣上大怒,即将总管马朝贤拿问,就派都堂审讯。陈公公奏道:"现有马朝贤之侄马强在大理寺审讯。马朝贤既然监守自盗,他侄儿马强必然知情,理应归大理寺质对。"天子准奏,将原折并马朝贤俱交大理寺。天子传旨之后,恐其中另有情弊,又特派刑部尚书杜文辉、都察院总宪范仲禹、枢密院掌院颜查散,会同大理寺文彦博隔别严加审讯。

此旨一下,各部院堂官俱赴大理寺。惟有枢密院颜查散颜大人刚要上轿,只见虞侯手内拿一字柬,回道:"白五老爷派人送来,请大人即升。"颜查散接过拆阅,原来是白玉堂托付照应艾虎。颜大人道:"是了,我知道了,叫来人回去罢。"虞侯传出话去。颜大人暗暗想道:"此系奉旨交审的案件,难以徇情,只好临期看机会便了。"上轿来到大理寺。众位堂官会了齐,大家俱看了原折,方知马朝贤监守自盗,其中有襄阳王谋为不轨的话头。个个骇目惊心,彼此计议。范仲禹道:"少时都堂到来,固然先问这小孩子,真伪莫辨。莫若如此如此,先试探他一番如何?"大家深以为然。又都向文大人问了问马强一案,审的如何。文大人道:"这马强强梁霸道,俱已招承。惟独一口咬定倪太守结连大盗,抢掠他的家私一节,已将北侠欧阳春拿到。原来是个侠客义士,倪太守多亏他救出。至于抢掠之事,概不知情,坚不承认。下官问过几堂,见他为人正直,言语豪爽,

---

① 谪(zhé)贬——封建时代把高级官吏降职并调到边远地方做官。

② 懔(lǐn)遵——因畏惧、害怕而遵守。

决非劫掠大盗。下官已派人暗暗访查去了。如今既有艾虎,他是马强家奴,他家被劫,他自然知道的。此事也可以问他。"大家称"是"。

忽见禀道:"都堂到了。"众大人迎至丹墀。只见陈公公下轿,抢行几步,与众位大人见了,说道:"众位大人早到了,恕咱家来迟。只因圣上为此震怒,懒进饮食,还是我宛转进谏,圣上方才进膳。咱家伺候膳毕,急急赶到,所以来迟。"彼此到了公堂之上,见设着五堂公位,大家挨次而坐。陈公公道:"众位大人还没有问问么?"众人道:"等都堂大人。我等已计议了一番。"便将方才商酌的话说了。陈公公道:"众位大人高见不差。很好,就是如此罢。"吩咐先带艾虎。左右一声喊,接连不断:"带艾虎!带艾虎!"

小爷在开封府经过那样风波,如今到了大理寺,虽则是五堂会审,他却毫不介意,上得堂来,双膝跪倒,两只眼睛滴溜嘟噜东瞧西看。陈公公先就说道:"哎哟!咱家只道什么艾虎呢,原来是个小孩子。看他浑浑实实,却倒伶伶俐俐的。你今年多大了?"艾虎道:"小人十五岁了。"陈公公道:"你小小年纪有甚冤屈,竟敢告状呢?大着点声儿,说给众位大人听。"艾虎将昨日在开封府的口供,说了一遍,又说道:"包相爷要将小人四肢铡去,小人实在是畏罪之故,并不敢陷害主人,因此蒙相爷施恩,方准了小人的状子。"说罢,向上叩头。

陈公公听了,对着众人说道:"众位大人俱各听明了,有什么问的只管问。咱家虽是奉旨钦派,然而咱家只知进御当差,这案子上头甚不明白。"只听杜大人问道:"艾虎,你在马强家几年了?"艾虎道:"小人自幼就在那里。"杜大人道:"三年前你家太老爷交给你主人的九龙冠,是你亲眼见的么?"艾虎道:"亲眼见的。小人的太老爷先给小人的主人,小人的主人就叫小人捧着,一同到了佛楼,放在中间龛的左边槅扇后面。"杜大人道:"既是三年前之事,你为何今日才来出首?讲!"陈公公道:"是呀,三年前马总管告假,咱家还依稀记得,大约是为修理墓茔①,告了三个月的假,我们这里还有底账可考。既是那时候的事情,为何这时候才说出来呢?你说!"艾虎道:"小人三年前方交十二岁,天日不懂、人事不知。小人今年十五岁,到底明白点了。又因小人主人目下遭了官事,惟恐说出这

① 墓茔(yíng)——坟地。

件事情来，小人如何担的起知情不举、隐匿不报的罪名呢？”范大人道：“这也罢了。我且问你，当初你太老爷交付你主人九龙冠时，说些什么？”艾虎道：“小人就听我太老爷说：‘此冠好好收藏，等着襄阳王举事时，就把此冠献上，必得大大的爵位。’小人也不知举什么事。”范大人道：“如此说来，你家太老爷你自然是认得的了？”一句话问得艾虎张口结舌。

未知如何，下回分解。

第八十三回

矢口不移心灵性巧　真赃实犯理短情屈

且说艾虎听范大人问他可认得他家太老爷这一句话，艾虎暗暗道：“这可罢了我咧！当初虽见过马朝贤，我并未曾留心，何况又别了三年呢。然而又说不得我不认得。但这位大人如何单问我认得不认得，必有什么缘故罢？”想罢，答道：“小人的太老爷，小人是认得的。”范大人听了，便吩咐：“带马朝贤。”左右答应一声，朝外就走。

此时颜大人旁观者清，见艾虎沉吟后方才答应“认得”，就知艾虎有些恍惚，暗暗着急担惊，惟恐年幼一时认错了，那还了得。急中生智，便将手一指，大袍袖一遮，道：“艾虎，少时马朝贤来时，你要当面对明，休得袒护。”嘴里说着话，眼睛却递眼色，虽不肯摇头，然而纱帽翅儿也略动了一动。艾虎本因范大人问他认得不认得，心中有些疑心；如今见颜大人这番光景，心内更觉明白。只听外面锁镣之声，他却跪着偷偷往外观看，见有个年老的太监，虽然项带刑具，到了丹墀之上，面上尚微有笑容，及至到了公堂，他才敛容息气。而且见了大人们，也不下跪报名，直挺挺站在那里，一语不发。小爷更觉省悟。

只听范大人问道：“艾虎，你与马朝贤当面对来。”艾虎故意的抬头望了一望那人，道：“他不是我家太老爷，我家太老爷小人是认得的。”陈公公在堂上笑道：“好个孩子，真好眼力！”又望着范大人道：“似这等光景，这孩子真认得马总管无疑了。来呀！你们把他带下去，就把马朝贤带上来罢。”左右将假马朝贤带下。不多时，只见带上了个欺心背反，蓄意谋奸,三角眼含痛泪,一片心术不端的总管马朝贤来。左右当堂打去刑具,朝上跪倒。陈公公见这番光景,未免心生恻隐,无奈说道:“马朝贤,今有人告你三年前告假回乡时,你把圣上九龙珍珠冠擅敢私携至家,你要从实招上来。”马朝贤吓得胆裂魂飞,道:“此冠实是库内遗失,犯人概不知情呀!”只听文大人道:“艾虎,你与他当面对来。”艾虎便将口供述了一回,道:“太老爷,事已如此,也就不用推诿了。”马朝贤道:“你这小厮,着实可恶!咱家何尝认得你来?”艾虎道:“太老爷如何不认得小人呢?小人那时才十二岁,伺候了你老人家多少日子,太老爷还时常夸我很伶俐,将来必有出息,难道太老爷就忘了么?可见是‘贵人多忘事’。”马朝贤道:“我纵然认得你,我几时将御冠交给马强了呢?”文大人道:“马总管,你不必抵赖。事已如此,你好好招了,免得皮肉受苦;倘若不招,此乃奉旨案件,我们就要动大刑了。”马朝贤道:“犯人实无此事。大人如若赏刑,或夹或打,任凭吩咐。”颜大人道:“大约束手问他,决不肯招。左右,请大刑来!”两旁发一声喊,刚要请刑,只见艾虎哭着,道:“小人不告了!小人不告了!”陈公公便问道:“你为何不告了?”艾虎道:“小人只为害怕,怕担罪名,方来出首。不想如今害得我太老爷偌大年纪受如此苦楚,还要用大刑审问,这不是小人活活把太老爷害了么?小人实实不忍,小人情愿不告了。”陈公公听了,点了点头,道:“傻孩子!此事已经奉旨,如何由的你呢。”只见杜大人道:“暂且不必用刑,左右将马总管带下去。艾虎也下去。不可叫他们对面交谈。”左右分别带下。

颜大人道:“下官方才说请刑者,不过威吓而已。他有了年纪之人,如何禁得起大刑呢?”杜大人道:“方才见马总管不认得艾虎,下官有些疑心,焉知艾虎不是被人主使出来的呢?”颜大人听了,暗道:“此言利害。但是白五弟托我照应艾虎,我岂可坐视①呢?”连忙说道:“大人虑的虽是。但艾虎是个小孩子,如何担的起这样大事呢?且包太师已然测到此处,因此要用御刑铡他的四肢。他若果真被人主使,焉有舍去性命,不肯实说的道理呢?”杜大人道:“言虽如此,下官又有一个计较,莫若将马强带上堂来,如此如此追问一番,如何?”众人齐声说“是”。吩咐:“带马强,不许与马朝贤对面。”左右答应。

---

① 坐视——坐着看,指对该管的事故意不管或漠不关心。

不多时，将马强带到。杜大人道："马强，如今有人替你鸣冤，你认得他么？"马强道："但不知是何人？"杜大人道："带那鸣冤的当面认来。"只见艾虎上前跪倒。马强一看，暗道："原来是艾虎这孩子，倒有为主之心，真是好！"连忙禀道："他是小人的家奴，名叫艾虎。"杜大人道："他有多大岁数了？"马强道："他十五岁了。"杜大人道："他是你家世仆么？"马强道："他自幼就在小人家里。"恶贼只顾说出此话，堂上众位大人无不点头，疑心尽释。杜大人道："既是你家世仆，你且听他替你鸣的冤。艾虎，快将口供诉上来。"艾虎便将口供诉完，道："员外休怪，小人实实担不起罪名。"马强喝道："我骂你这狗才！满嘴里胡说！太老爷何尝交给我什么冠来？"陈公公喝道："此乃公堂上，岂是你喝呼家奴的所在？好不懂好歹，就该掌嘴！"马强跪爬了半步，道："回大人，三年前小人的叔父回家，并未交付小人九龙冠，这都是艾虎的谎言。"颜大人道："你说你叔父并未交付于你，如今艾虎说你把此冠供在佛楼之上；倘若搜出来时，你还抵赖么？"马强道："如果从小人家中搜出此冠，小人情甘认罪，再也不敢抵赖。"颜大人道："既如此，具结①上来。"马强以为断无此事，欣然具结。众位大人传递看了，叫把马强仍然带下去。又把马朝贤带上堂来，将结念与他听，问道："如今你侄儿已然供明，你还不实说么？"马朝贤道："犯人实无此事。如果从犯人侄儿家中搜出此冠，犯人情甘认罪，再无抵赖。"也具了一张结。将他带下去，分别寄监。

文大人又问艾虎道："你家主人被劫一事，你可知道么？"艾虎道："小人在招贤馆服侍我们主人的朋友。"文大人道："什么招贤馆？"艾虎道："小人的员外家大厅就叫招贤馆，有好些人在那里住着，每日里要枪弄棒，对刀比武，都是好本事。那日因我们员外诓了个儒流秀士带着一个老仆人，后来说是新太守，就把他主仆锁在空房之内。不知什么工夫，他们主仆跑了。小人的员外知道了，立刻骑马赶去，又把那秀士一人拿回来，就下在地牢里了。"文大人道："什么地牢？"艾虎道："是个地窖子，凡有紧要事情，都在地牢。回大人，这个地牢之中，不知害了多少人命。"陈公公冷笑道："他家竟敢有地牢，这还了得么！这秀士必被你家员外害了。"艾虎道："原要害来着，不知什么工夫，那秀士又被人救了去了，小人的员外就害起怕来。那些人劝我们员外说没事，如有事时，大伙儿一同上襄阳

① 具结——旧时对官署提出表示负责的文件。

去。就是那天晚上有二更多天,忽然来了个大汉,带领官兵,把我们员外和安人在卧室内就捆了。招贤馆众人听见,一齐赶到仪门前救小人的主人。谁知那些人全不是大汉的对手,俱各跑回招贤馆藏了。小人害怕,也就躲避了,不知如何被劫。"文大人道:"你可知道什么时候,将你家员外起解到府?"艾虎道:"小人听姚成说有五更多天。"文大人听了,对众人道:"如此看来,这打劫之事与欧阳春不相干了。"众大人问道:"何以见得?"文大人道:"他原失单上报的是黎明被劫。五更天大汉随着官役押解马强赴府,如何黎明又打劫了呢?"众位大人道:"大人高见不差。"陈公公道:"大人且别问此事,先将马朝贤之事复旨要紧。"文大人道:"此案与御冠相连,必须问明一并复旨,明日方好搜查提人。"说罢,吩咐带原告姚成。谁知姚成听见有九龙冠之事,知道此案大了,他却逃之夭夭了。差役去了多时,回来禀道:"姚成惧罪,业已脱逃,不知去向。"文大人道:"原告脱逃,显有情弊,这九龙冠之事益发真了,只好将大概情形复奏圣上便了。"大家共同拟了折底,交付陈公公,先行陈奏。

到了次日,奉旨立刻行文到杭州捉拿招贤馆的众寇,并搜查九龙冠,即刻赴京归案备质。过了数日,署事太守用黄亭子抬定龙冠,派役护送进京,连郭氏一并解到。你道郭氏如何解来?只因文书到了杭州,立刻知会巡检、守备带领兵弁①,以为捉拿招贤馆的众寇必要厮杀,谁知到了那里,连个人影儿也不见了,只得追问郭氏。郭氏道:"就于那夜俱各逃走了。"署事官先查了招贤馆,搜出许多书信,俱是与襄阳王谋为不轨的话头。又叫郭氏随同来到佛楼之上,果在中间龛的左边槅扇后面,搜出御冠帽盒来。署事官连忙打开验明,依然封好妥当,立刻备了黄亭子请了御冠,因郭氏是个要犯硬证,故此将她一同解京。

众位大人来到大理寺,先将御冠请出,大家验明,供在上面。把郭氏带上堂来,问她:"御冠因何在你家中?"郭氏道:"小妇人实在不知。"范大人道:"此冠从何处搜出来的?"郭氏道:"从佛楼中间龛内搜出。"杜大人道:"是你亲眼见的么?"郭氏道:"是小妇人亲眼见的。"杜大人叫她画招画供,吩咐带马强。马强刚至堂上,一眼瞧见郭氏,吃了一惊,暗说:"不好!她如何来到这里?"只得向上跪倒。范大人道:"马强,你妻子已然供

---

① 兵弁(biàn)——旧时称低级武职为兵弁。

出九龙冠来，你还敢抵赖么？快与郭氏当面对来。”马强听了，战战兢兢问郭氏道：“此冠从何处搜出？”郭氏道：“佛楼之上中间龛内。”马强道：“果是那里搜出来的？”郭氏道：“你如何反来问我？你不放在那里，他们就能从那里搜出来么？”文大人不容他再辩，大喝一声，道：“好逆贼！连你妻子都如此说，你还不快招么？”马强只吓得目瞪痴呆，叩头碰地，道：“冤孽罢了！小人情愿画招。”左右叫他画了招。颜大人吩咐将马强夫妻带在一旁，立刻带马朝贤上堂，叫他认明此冠并郭氏口供，连马强画的招俱各与他看了。只吓得他魂飞魄散，又当面问了郭氏一番，说道：“罢了，罢了！事已如此，叫我有口难分，犯人画招就是了。”左右叫他画了招。众位大人相传看了，把他叔侄分别带下去。文大人又问郭氏被劫一事。

忽听外面嘈杂，有人喊冤，只见衙役跪倒禀道：“外面有一老头子手持冤状，前来申诉。众人将他拦住，他那里喊声不止，小人不敢不回。颜大人道：“我们是奉旨审问要犯，何人胆大，擅敢在此喊冤？”差役禀道：“那老头子口口声声说是替倪太守鸣冤的。”陈公公道：“巧极了。既是替倪太守鸣冤的，何妨将老头儿带上来，众位大人问问呢？”吩咐：“带老头儿。”不多时，见一老者上堂跪倒，手举呈词，泪流满面，口呼：“冤枉”。颜大人吩咐将呈子接上来，从头至尾，看了一遍，道：“原来果是为倪太守一案。”将此呈传递众位大人看了，齐道：“此状正是奉旨应讯案件。如今虽将马朝贤监守自盗讯明，尚有倪太守与马强一案未能质讯。今既有倪忠补呈伸诉，理应将全案人证提到当堂审问明白，明日一并复旨。”陈公公道：“正当如此。”便往下问道：“你就叫倪忠么？”倪忠道：“是，小人叫倪忠，特为小人主人倪继祖前来伸冤。”陈公公道：“你不必啼哭，慢慢的诉上来。”

未知说些什么，下回分解。

第八十四回

复原职倪继祖成亲　观水灾白玉堂捉怪

且说倪忠在公堂之上，便说起奉旨上杭州接太守之任，如何暗暗私访，如何被马强拿去两次。“头一次多亏了一个难女，名叫朱绛贞，乃朱举人之女，被恶霸抢了去的，是她将我主仆放走。慌忙之际，一时失散，小人遇见个义士欧阳春，将此事说明。义士即到马强家中，打听小人的主人下落。谁知小人的主人又被马强拿去下在地牢，多亏义士欧阳春搭救出来。就定于次日，义士帮助捉拿马强，护送到府。我家主人审了马强几次，无奈恶霸总不招承。不想恶霸家中被劫，他就一口咬定，说小人的主人结连大盗，明火执仗，差遣恶奴进京呈控。可怜小人的主人堂堂太守，因此解任，遭这不明不白的冤枉。望乞众位大人明镜高悬，细细详查是幸。"范大人道："你主人既有此冤枉，你如何此时方来申诉呢？"倪忠道："只因小人奉家主之命，前往扬州接取家眷。及至到了任所，方知此事，因此急急赶赴京师，替主鸣冤。"说罢，痛哭不止。陈公公点头道："难为这老头儿。众位大人当怎么办呢？"文大人道："倪忠的呈词正与太守倪继祖、义士欧阳春、小童艾虎所供俱各相符。惟有被劫一案，尚不知何人，须问倪继祖、欧阳春，便见明白。"吩咐带倪太守与欧阳春。

不多时，二人上堂。文大人问太守道："你与欧阳春定于何时捉拿马强？又于何时解到本府？"倪继祖道："定于二更带领差役捉拿马强，于次日黎明方才到府。"文大人又问欧阳春道："既是二更捉拿马强，为何于次日黎明到府呢？"欧阳春道："原是二更就把马强拿住，只因他家招募了许多勇士与小人对垒，小人好容易将他等杀退，于五更时方将马强驮在马上。因霸王庄离府衙二十五六里之遥，小人护送到府时，天已黎明。"

文大人又叫带郭氏上来，问道："你丈夫被何人拿住？你可知道么？"郭氏道："被个紫髯大汉拿住，连小妇人一同捆缚的。"文大人道："你丈夫几时离家的？"郭氏道："天已五鼓。"文大人道："你家被劫是什么时候？"郭氏道："天尚未亮。"文大人道："我看失单内劫去许多物件，非止一人，你可曾看见么？"郭氏道："来的人不少，小妇人吓的以被蒙头，哪里还敢瞧呢。后来就听贼人说：'我们乃北侠欧阳春带领官役前来抢掠。'因此小妇人失单上有北侠的名字。"文大人道："你丈夫结交招贤馆的朋友，如何不见？"郭氏道："就是那一夜的早起，小妇人因查点东西，不但招贤馆内无人，连那里的东西也短了许多。回大人，我丈夫交的这些朋友，全不是好朋友。"文大人听了，笑对众人道："列位听见了，这明是众寇打劫，声言北侠与官役，移害于人之意无疑了。"众人道："大人高见不差。欧阳春五鼓护送马强，焉有黎明从新带领人役打劫之理？此是众寇打劫无疑了。"又把马强带上来，与倪忠当面质对。马强到了此时再无折辩，就一一招了。

文大人吩咐将太守主仆、北侠、艾虎另在一处候旨，其余案内之人分别收监。共同将复奏折子拟定，连招供并往来书信，预备明早谨呈御览。天子看了大怒，却将折子留中。你道为何？皆因仁宗为君，以孝治天下。其中并碍着皇叔赵爵不肯深究，止于发上谕，说："马朝贤监守自盗，理应处斩。马强抢掠妇女，私害太守，也定了斩立决。郭氏着勿庸议。"所有襄阳王之事，一概不提。"倪继祖官复原职。欧阳春义举无事。艾虎虽以小犯上，薄有罪名，因为御冠出首，着宽免。"

倪继祖具折谢恩。旨意问朱绛贞释放一节，倪继祖一一陈奏；又随了一个夹片，是叙说倪仁被害，李氏含冤，贼首陶宗、贺豹，义仆杨芳即倪忠，并有祖传并梗玉莲花，如何失而复得的情由，细细陈奏。天子看了，圣心大悦，道："卿家有许多的原委，可称一段佳话。"即追封倪仁五品官衔，李氏封诰随之。倪太公倪老儿也赏了六品职衔，随任养老。义仆倪忠赏了六品承义郎，仍随任服役。朱绛贞有玉莲花联姻之谊，奉旨毕姻。朱焕章恩赐进士。陶宗、贺豹严缉拿获，即行正法。倪继祖磕头谢恩，复又请训，定日回任，又到开封府拜见包公。此时北侠父子却被南侠请去，众英雄俱各欢聚一处。倪太守又到展爷寓所，一来拜望，二来敦请北侠、小侠务必随同到任。北侠难以推辞，只得同艾虎到了杭州。倪太守从新接了任后，即拜见了李氏夫人与太公夫妇。李氏夫人依然持斋，另在静室居住。倪太守又派倪忠随了朱焕章同去，迁了倪仁之柩，立刻提出贺豹正法祭灵后，安葬立茔。白事已完，又办红事，即与朱老先生定了吉日，方与朱绛贞完姻。自然是热闹繁华，也不必细述。北侠父子在任，太守敬如上宾。待诸事已毕，他父子便上茉花村去了。

且说仁宗天子自从将马朝贤正法之后，每每想起襄阳王来，圣心忧虑。偏偏的洪泽湖水灾连年为患，屡接奏折，不是这里淹了百姓，就是那里伤了禾苗，尽为河工消耗国课无数，枉自劳而无功。这日单单召见包相，商酌此事。包相便保举颜查散才识谙练①，有守有为，堪胜此任。圣上即升颜查散为巡按，稽查水灾，兼理河工民情。颜大人谢恩后，即到开封府，一来叩辞，二来讨教治水之法。包公说了些治水之法，"虽有成章，务必随地势之高低，总要堵泄合宜，方能成功。"颜查散又向包公要公孙

---

①　谙(ān)练——熟练；有经验。

策、白玉堂,同往帮办一切,包公应允。次日早期,包公奏明了主簿公孙策、护卫白玉堂随颜查散前去治水。圣上久已知道公孙策颇有才能,即封六品职衔;白玉堂的本领更是圣上素所深知之人,准其二人随往。颜巡按谢恩请训,即刻起程。

一日,来到泗水城,早有知府邹嘉迎接大人。颜大人问了问水势的光景,忽听衙外百姓喧哗,原来是赤堤墩的百姓控告水怪。颜大人吩咐把难民中有年纪的唤几个来问话。不多时,带进四名乡老,但见他等形容憔悴,衣衫褴褛,苦不可言,向上叩头,道:"救命呀! 大人。"颜大人问道:"你们到此何事?"乡老道:"小民连年遭了水灾,已是不幸,不想近来水中生了水怪,时常出来现形伤人。如遇腿快的跑了,他便将窝棚拆毁,东西掠尽,害得小民等时刻不能聊生,望乞大人捉拿水怪要紧。"颜大人道:"你等且去,本院自有道理。"众乡老叩头出衙去了,知会了众人,大家散去。颜大人与知府谈了多时,定于明日登西虚山观水。知府退后,颜大人又与公孙先生、白五爷计议了一番。

到了次日,乘轿到西虚山下,知府早已伺候。换了马匹,上到半山,连马也不能骑了,只得下马步行。好容易到了山头,但见一片白茫茫沸腾澎湃,由赤堤湾浩浩荡荡漫到赤墩,顺流而下,过了横塘,归于杨家庙。一路冲浸之处,不可胜数。慢说房屋四分五落,连树木也是七歪八扭。又见赤堤墩的百姓,全在水浸之处,搭了窝棚栖身,自命名曰"舍命村"。他等本应移在横塘,因路途遥远,难以就食,故此舍命在此居住。那一番惨淡形景,令人不堪注目。旁边的白五爷早动了恻隐之心,暗想道:"黎民遭此苦楚,连个准窝棚没有,还有水怪侵扰,可见是祸不单行。但只一件,他既不伤人,如何拆毁窝棚,抢掠东西呢? 事有可疑。俺今日夜间倒要看个动静。"他却悄悄的知会了颜巡按,带领四名差役,暗暗来到赤堤墩,假作奉命查验的光景。众百姓俱各上前叩头诉苦。白玉堂叫他们腾出一个窝棚,进去坐下。又叫几个老民,大家席地而坐,又细细问了水怪的来踪去迹。"可有什么声息没有?"众百姓道:"也没有什么声息,不过呕呕乱叫。"白玉堂道:"你们仍在各窝棚内隐藏。我就在这窝棚内存身,夜间好与你们捉拿水怪。你们切不可声张,惟恐水怪通灵,你们嚷嚷的他要知道了,他就不肯出来了。"众百姓听了,登时连个大气儿也不敢出,立刻悄语低言,努嘴,打手势。白玉堂看了,又要笑又可怜,想来被水怪吓得胆都破了。白玉堂回手在兜肚内摸出两个锞子，道："你们将此银拿去，备些酒来，余下的你们籴米买柴。大家吃饱了，夜间务必警醒。倘若水怪来时，你们千万不可乱跑。只要高声一嚷，就在窝棚内稳坐，不要动身，我自有道理。"众百姓听了，欢天喜地，选脚快的寻找酒食去，腿慢的整理现成的鱼虾，七手八脚，登时的你拿这个，我拿那个。白五爷看了，也觉有趣，仍叫这几个有年纪的同自己吃酒，并问他水势凶猛的情形，问他如何埽坝①再也打叠不起。众乡老道："惟有山根之下水势逆，到了那里是个旋涡，那点儿地方不知伤害了多少性命。虽有行舟来往，到了那里，没有不小心留神的。"白五爷道："旋涡那边是什么地方？"众乡老道："过了旋涡，那边二三里之遥，便是三皇庙了。"白老五暗记在心。

吃毕酒饭，早见一轮明月涌出，清光皎洁，衬着这满湖荡漾，碧浪茫茫，清波浩浩，真是月光如水水如天。大家闭气息声。锦毛鼠五爷踱来踱去，细细在水内留神。约有二鼓之半，只听水面唿喇喇一声响，白玉堂将身躯一伏，回手将石子掏出，见一物跳上岸来，是披头散发，面目不分，见他竟奔窝棚而去。白五爷好大胆，也不管妖怪不妖怪，有何本领，会什么法术，他便悄悄尾在后面。忽听窝棚内嚷了一声，道："妖怪来了！"白玉堂在那物的后面吼了一声，道："妖怪往哪里走！"嗖的一声，就是一石子，正打在那物后心之上。只听噗哧一声，那物往前一栽。猛见那物一回头，白五爷又是一石子飞来，不偏不歪，又打在那物面门之上。只听啪的一声响，那怪哎哟了一声，咕咚栽倒在地。白五爷急赶上前，将那妖怪按住。早有差役从窝棚出来，一齐涌上，将妖怪拿住，抬在窝棚一看，见他哼哼不止，原来是个人，外穿皮套。急将皮套扯去，见他血流满面，口吐悲声，道："求爷爷饶命呀！"刚说到此，只听那边窝棚嚷道："水怪来了！"白玉堂连忙出来，嚷道："在哪里？一并拿来审问。"只听那边喊道："跑了！跑了！"白五爷这里叱咤道："速速追上拿来，莫要叫他跑了。"早已听见水面上扑通、扑通跳下水去了。

众乡老聚在一处来看水怪，方知是人假扮水怪抢掠，一个个摩拳擦掌，全要打水怪，以消忿恨。白五爷拦道："你等不要如此，俺还要将他带到衙门，按院大人要亲审呢。你等既知是假水怪，以后见了务必齐心努力

---

① 埽(sào)把——用许多埽做成的水工建筑物。

捉拿,押解到按院衙门,自有赏赍。”众乡民道:“什么赏不赏的,只要大人与民除害,难民等就感恩不浅了。今日若非老爷前来识破,我等焉知他是假的呢?如今既知他是假的,还怕他什么!倒要盼他上来,拿他几个。”说到高兴,一个个精神百倍。就有沿岸搜寻水怪的,哪里有个影儿呢,安安静静过了一夜。

到了天明,众乡民又与白五爷叩头:“多亏老爷前来除害,众百姓难忘大恩。”白五老爷又安慰了众人一番,方带领差役,押解水贼,竟奔巡按衙门而来。

未知后文审办如何,下回分解。

第八十五回

公孙策探水遇毛生　蒋泽长沿湖逢邬寇

且说白玉堂到了巡按衙门,请见大人。颜大人自西虚山回来,甚是耽心,一夜未能好生安寝,如今听说白五爷回来,心中大喜,连忙请进相见。白玉堂将水怪说明。颜大人立刻升堂。审问了一番,原来是十三名水寇,聚集在三皇庙内,白日以劫掠客船为生,夜间假装水怪要将赤堤墩的众民赶散,他等方好施为作事。偏偏这些难民惟恐赤墩的堤岸有失,故此虽无房屋,情愿在窝棚居住,死守此堤,再也不肯远离。白玉堂又将乡老说的旋涡说了。公孙策听了,暗想道:“这必是别处有壅塞之处,发泄不通,将水攻激于此,洋溢泛滥,埽坝不能垒成。必须详查根源,疏浚①开了,水势流通,自无灾害。”想罢,回明按院,他要明日亲去探水。颜大人应允。玉堂道:“既有水寇,我想水内本领,非我四哥前来不可。必须急速具折写信,一面启奏,一面禀知包相,方保无虞。”颜大人连忙称“是”,即叫公孙策先生写了奏折,具了禀贴,立刻拜发起身。

到了次日,颜大人派了两名千总,一名黄开,一名清平,带了八名水手,两只快船,随了公孙先生前去探水。知府又来禀见。颜大人请到书房

① 疏浚(jùn)——清除淤塞或挖深河槽使水流通畅。

相见,商议河工之事。忽见清平惊惶失色,回来禀道:“卑职跟随公孙先生前去探水,刚至旋涡,卑职拦阻,不可前进。不想船头一低,顺水一转,将公孙先生与千总黄开俱各落水不见了。卑职难以救援,特来在大人跟前请罪。”颜大人听了,心里着忙,便问道:“这旋涡可有往来船只么?”清平道:“先前本有船只往来,如今此处成了汇水之所,船只再也不从此处走了。”颜大人道:“难道黄开他不知此处么?为何不极力的拦阻先生呢?”清平道:“黄开也曾拦阻再三,无奈先生执意不听,卑职等也是无法的。”颜大人无奈,叱退了清平,吩咐知府多派水手前去打捞尸首。知府回去派人,去了半天,再也不见踪影,回来禀知按院。颜大人只急得嗐声叹气。白玉堂道:“此必是水寇所为,只可等蒋四哥来了,再做道理。”颜大人无法,只好静听消息罢了。

过了几天,果然蒋平到了,见了按院。颜大人便将公孙策先生与千总黄开溺水之事,说了一遍。白玉堂将捉拿水怪一名,供出还有十二名水寇在旋涡那边三皇庙内聚集,作了窝巢的话,也一一说了。蒋平道:“据我看来,公孙先生断不至死。此事须要访查个水落石出,得了实迹,方好具折启奏。”即吩咐预备快船一只,仍叫清平带到旋涡。

蒋爷上了船,清平见他身躯瘦小,形如病夫,心中暗道:“这样人从京中特特调了来,有何用处?他也敢去探水?若遇见水寇,白白送了性命。”正在胡思,只见蒋爷穿了水靠,手提鹅眉钢刺,对清平道:“千总,将我送到旋涡。我若落水,你等只管在平坦之处,远远等候。纵然工夫大了,不要慌张。”清平不敢多言,惟有喏喏而已。水手摇撸摆桨,不多时,看看到了旋涡,清平道:“前面就是旋涡了。”蒋爷立起身来,站在船头上,道:“千总站稳了。”他将身体往前一扑,双脚把船往后一蹬。看他身虽弱小,力气却大。又见蒋爷侧身入水,仿佛将水刺穿了一个窟窿一般,连个大声气儿也没有,更觉罕然。

且说蒋平到了水中,运动精神,睁开二目。忽见那边来了一人,穿着皮套,一手提着铁锥,一手乱摸而来。蒋爷便知他在水中不能睁目。便将钢刺对准那人的胸前哧的一下,可怜那人在水中连个暧哟也不能嚷,便就哑巴呜呼了。蒋爷把钢刺往回里一抽,一缕鲜血,顺着钢刺流出,咕嘟一股水泡翻出水面,尸首也就随波浪去了。

话不重叙。蒋爷一连杀了三个,顺着他等来路搜寻下去,约有二三里之遥,便是堤岸。蒋平上得堤岸来,脱了水靠,拣了一棵大树,放在槎丫之上。迈步向前,果见一座庙宇,匾上题着"三皇庙"。蒋爷悄悄进来一看,连个人影儿也是没有,左寻右寻,又找到了厨下,只听里面呻吟之声。蒋爷向前一看,是个年老有病僧人。那僧人一见蒋爷,连忙说道:"不干我事,这都是我徒弟将那先生与千总放走,他却也逃走了,移害于我,望乞老爷见怜。"蒋爷听了,话内有因,连忙问道:"俺正为搭救先生而来。他等端的如何?你要细细说来。"老和尚道:"既是为搭救先生与千总的,想来是位官长了,恕老僧不能为礼了。只因数日前有二人在旋涡落水,众水寇捞来,将他二人控水救活。其中有个千总黄大老爷,不但僧人认得,连水寇俱各认得。追问那人,方知是公孙策老爷,是帮助按院奉旨查验水灾修理河工的。水寇听了着忙,大家商量,私拿官长不是当要的,便将二位老爷交与我徒弟看守,留下三人仍然劫掠行船。其余的俱各上襄阳王那里报信,或将二位官长杀害,或将二位官长解到军山,交给飞叉太保钟雄。自他等去后,老僧与徒弟商议,莫若将二位老爷放了。叫徒弟也逃走了,拼着僧家这条老命,又是疾病的身体不能脱逃,该杀该剐,任凭他等,虽死无怨。"蒋平连连点头:"难得这僧人一片好心。"连忙问道:"这头目叫什么名字?"老僧道:"他自称镇海蛟邬泽。"蒋爷又问道:"你可知那先生和千总往哪里去了?"老僧道:"我们这里极荒凉幽僻,一边临水,一边靠山,单有一条路崎岖难行,约有数里之遥,地名螺蛳湾。到了那里,便有人家。"蒋爷道:"若从水路到螺蛳湾,可能去得么?"老僧道:"不但去得,而且极近,不过二三里之遥。"蒋爷道:"你可晓得水寇几时回来?"老僧道:"大约一二日间就回来了。"蒋平问明来历,道:"和尚你只管放心,包管你无事。明日即有官兵到来捉拿水寇,你却不要害怕。俺就去也。"说罢,回身出庙,来到大树之下,穿了水靠,窜入水中。

不多时,过了旋涡,挺身出水,见清平在那边船上等候,连忙上了船,悄悄对清平道:"千总急速回去禀见大人。你明日带领官兵五十名,乘舟到三皇庙暗暗埋伏,如有水寇进庙,你等将庙团团围住,声声呐喊,不要进庙。等他们从庙内出来,你们从后杀进。倘若他等入水,你等只管换班巡查,俺在水中自有道理。"清平道:"只恐旋涡难过,如何能到得三皇庙呢?"蒋爷道:"不妨事,先前难以过去,只因水内有贼,用铁锥凿船。目下我将贼人杀了三名,平安无事了。"清平听了,暗暗称奇,又问道:"蒋老爷此时往何方去呢?”蒋平道:“我已打听明白,公孙先生与黄千总俱有下落,趁此时我去探访一番。”清平听说公孙先生与黄千总有了下落,心中大喜。只见蒋爷复又窜入水内,将头一扎,水面上瞧,只一溜风,波水纹分左右,直奔西北去了。清平这才心服口服,再也不敢瞧不起蒋爷了,吩咐水手拨转船头,连忙回转按院衙门,不表。

再说蒋爷在水内,欲奔螺蛳庄,连换了几口气,正行之间,觉得水面上刷的一声,连忙挺身一望,见一人站在筏子上,撒网捕鱼。那人只顾留神在网上面,反把那人吓了一跳。回头见蒋爷穿着水靠,身体瘦小,就如猴子一般,不由的笑道:“你这个样儿,也敢在水内为贼作寇,岂不见笑于人?我对你说,似你这些毛贼,俺是不怕的。何况你这点点儿东西,俺不肯加害于你,还不与我快滚么?倘再延捱,恼了我性儿,只怕你性命难保。”蒋爷道:“俺看你不像在水面上作生涯的,俺也不是那在水中为贼作寇的。请问贵姓?俺是特来问路的。”那人道:“你既不是贼寇,为何穿着这样东西?”蒋爷道:“俺素来深识水性,因要到螺蛳湾访查一人,故此穿了水靠,走这捷径路儿,为的是近而且快。”那人道:“你姓甚名谁?要访何人?细细讲来。”蒋爷道:“俺姓蒋名平。”那人道:“你莫非是翻江鼠蒋泽长么?”蒋爷道:“正是,足下如何知道贱号呢?”那人哈哈大笑,道:“怪道,怪道。失敬,失敬。”连忙将网拢起,从新见礼,道:“恕小人无知,休要见怪。小人姓毛名秀,就在螺蛳庄居住。只因有二位官长现在舍下居住,曾提尊号,说不日就到,命我捕鱼时留心访问。不想今日巧遇,曷胜幸甚。请到寒舍领教。”蒋爷道:“正要拜访,惟命是从。”毛秀撑篙,将筏子拢岸拴好,肩担鱼网,手提鱼篮。蒋爷将水靠脱下,用钢刺也挑在肩头,随着毛秀来到螺蛳庄中。举目看时,村子不大,人家不多,一概是草舍篱墙,柴扉竹牖,家家晾着鱼网,很觉幽雅。

毛秀到门前,高声唤道:“爹爹开门,孩儿回来了。有贵客在此。”只见从里面出来一位老者,须发半白,不足六旬光景,开了柴扉,问道:“贵客哪里?”蒋爷连忙放下挑的水靠,双手躬身道:“蒋平特来拜望老丈,恕我造次不恭。”老者道:“小老儿不知大驾降临,有失远迎,多多有罪。请到寒舍待茶。”他二人在此谦逊说话,里面早已听见。公孙策与黄开就迎出来,大家彼此相见,甚是欢喜。一同来到茅屋,毛秀后面已将蒋爷的钢刺水靠带来,大家彼此叙坐,各诉前后情由。蒋平又谢老丈收留之德。公孙先生代为叙明老丈名九锡,是位高明隐士,而且颇晓治水之法。蒋平听了,心中甚觉畅快。不多时,摆上酒席,虽非珍馐,却也整理的精美。团团围坐,聚饮谈心。毛家父子高雅非常,令人欣羡。蒋平也在此住了一宿。

次日,蒋平惦记着捉拿水寇,提了钢刺,仍然挑着水靠,别了众人,言明剿除水寇之后,再来迎接先生与千总,并请毛家父子。说毕,出了庄门,仍是毛秀引到湖边,要用筏子渡过蒋爷去。蒋爷拦阻,道:"那边水势汹涌,就是大船尚且难行,何况筏子。"说罢,跳上筏子,穿好水靠,提着钢刺,一执手,道:"请了。"身体一侧,将水面刺开,登时不见了。毛秀暗暗称奇,道:"怪不得人称翻江鼠,果然水势精通,名不虚传!"赞羡了一番,也就回庄中去了。

再说这里蒋四爷水中行走,直奔旋涡而来。约着离旋涡将近,要往三皇庙中去打听打听清平,水寇来否,再作道理。心中正然思想主意,只见迎面来了二人,看他身上并未穿着皮套,手中也未拿那铁锥,却各人手中俱拿着钢刀。再看他两个穿的衣服,知是水寇,心中暗道:"我要寻找他们,他们赶着前来送命。"手把钢刺,照着前一人心窝刺来。说时迟,那时快,这一个已经是倾生丧命。抽出钢刺,又将后来的那人一下,那一个也就呜呼哀哉了。这两个水寇,连个手儿也没动,糊里糊涂的都被蒋爷刺死,尸首顺流去了。蒋爷一连杀了二贼之后,刚要往前行走,猛然一枪顺水刺来。蒋爷看见也不磕迎拨挑,却把身体往斜刺里一闪,便躲过了这一枪。

原来水内交战,不比船上交战,就是兵刃来往,也无声息。而且水内俱是短兵刃来往,再没有长枪的。这也有个缘故。原来迎面之人就是镇海蛟邬泽,只因带了水寇八名仍回三皇庙,奉命把公孙先生与黄千总送到军山。进得庙来,坐未暖席,忽听外面声声呐喊:"拿水寇呀!拿水寇呀!好歹别放走一个呀!务要大家齐心努力。"众贼听了,哪里还有魂咧,也没个商量计较,各持利刃,一拥的往外奔逃。清平原命兵弁不许把住山门,容他们跑出来,大家追杀。清平却在树林等候,见众人出来,迎头接住。倒是邬泽还有些本领,就与清平交起手来。众兵一拥上前,先擒了四个,杀却两个。那两个瞧着不好,便持了利刃,奔到湖边,跳下水去。蒋爷才杀的就是这两个。后来邬泽见帮手全无,单单的自己一人,恐有失闪,虚点一枪,抽身就跑到湖边,也就跳下水去,故此提着长枪,竟奔旋涡。

他虽能够水中开目视物,却是偶然,见蒋爷从那边而来,顺手就是一枪。蒋爷侧身躲过,仔细看时,他的服色不比别个,而且身体雄壮,暗道:"看他这样光景,别是邬泽罢。倒要留神,休叫他逃走了。"邬泽一枪刺空,心内着忙,手中不能磨转长枪,立起重新端平方能再刺。只这点工夫,蒋爷已贴立身后,扬起左手,拢住网巾,右手将钢刺往邬泽腕上一点。邬泽水中不能哎哟,觉得手腕上疼痛难忍,端不住长枪,将手一撒,枪沉水底。蒋爷水势精通,深知诀窍,原在他身后拢住网巾,却用磕膝盖猛在他腰眼上一拱,他的气往上一凑,不由的口儿一张。水流线道,何况他张着一个大乖乖呢,焉有不进去点水儿的呢?只听咕嘟儿的一声,蒋爷知道他呛了水了。连连的咕嘟儿、咕嘟儿几声,登时把个邬泽呛的迷了,两手扎撒,乱抓乱挠,不知所以。蒋爷索性一翻手,身子一闪,把他的头往水内连浸了几口。这邬泽每日里淹人不当事,今日遇见硬对儿,也合他玩笑玩笑。谁知他不禁玩儿,不大的工夫,小子也就灌成水车一般。蒋爷知他没了能为,要留活口,不肯再让他喝了,将网巾一提,两足踏水,出了水面。邬泽嘴里还吸溜滑拉往外流水,忽听岸上嚷道:"在这里呢!"蒋爷见清平带领兵弁,果是沿岸排开。蒋爷道:"船在哪里?"清平道:"那边两只大船就是。"蒋爷道:"且到船上接人。"清平带领兵弁数人,将邬泽用挠钩搭在船上,即刻控水。

蒋爷便问擒拿的贼人如何。清平道:"已然擒了四名,杀了二名,往水内跑了二名。"蒋爷道:"水内二名俺已了却。但不知拿获这人,是邬泽不是?"便叫被擒之人前来识人,果是头目邬泽。蒋爷满心欢喜,道:"不肯叫千总在庙内动手者,一来恐污佛地,二来惟恐玉石俱焚。若都杀死,哪是对证呢?再者他既是头目,必然他与众不同,故留一条活路,叫他等脱逃。除了水路,就近无路可去,俺在水内等个正着。俺们水旱皆兵,令他等难测。"清平深为佩服,夸赞不已。吩咐兵弁,押解贼寇一同上船,俱回按院衙门而来。

要知详细,且听下回分解。

第八十六回

按图治水父子加封 好酒贪杯叔侄会面

且说蒋四爷与千总清平押解水寇上船，直奔按院衙门而来。此刻颜大人与白五爷俱各知道蒋四爷如此调度，必然成功，早已派了差人在湖边等候瞭望。见他等船只过了旋涡，荡荡漾漾回来，连忙跑回衙门禀报。白五爷迎了出来，与蒋爷、清千总见了，方知水寇已平，不胜大喜。同到书房，早见颜大人阶前立候。蒋爷上前见了，同到屋中坐下，将拿获水寇之事叙明；并提螺蛳庄毛家父子极其高雅，颇晓治水之道，公孙先生叫回禀大人，务必备礼聘请出来，帮同治水。颜大人听了甚喜，即备上等礼物，就派千总清平带领兵弁二十名，押解礼物，前到螺蛳庄，一来接取公孙先生，即请毛家父子同来。清平领命，带领兵弁二十名，押解礼物，只用一只大船，竟奔螺蛳湾而去。

这里颜大人立刻升堂，将镇海蛟邬泽带上堂来审问。邬泽不敢隐瞒，据实说了。原来是襄阳王因他会水，就派他在洪泽湖搅扰，所有拆埽毁坝，俱是有意为之，一来残害百姓，二来消耗国帑①。复又假装水怪，用铁锥凿漏船只，为的是乡民不敢在此居住，行旅不敢从此经过，那时再派人来占住了洪泽湖，也算是一个咽喉要地。可笑襄阳王无人！既有此意，岂是邬泽一人带领几个水寇就能成功，可见将来不能成其大事。

且说颜大人立时取了邬泽的口供，又问了水寇众人。水寇四名虽然不知详细，大约所言相同，也取了口供，将邬泽等交县寄监严押，候河工竣时一同解送京中，归部审讯。刚将邬泽等带下，只见清平回来，禀说："公孙先生已然聘请得毛家父子，少刻就到。"颜大人吩咐备马，同定蒋四爷、白五爷迎到湖边。不多时，船已拢岸，公孙先生上前参见，未免有才不胜任的话头。颜大人一概不提，反倒慰劳了数语。公孙策又说毛九锡因大人备送厚礼，心甚不安。早有备用马数匹，大家乘骑，一同来到衙署。进

① 国帑（tǎng）——国库里的钱财。

了书房，颜大人又要以宾客礼相待。毛九锡逊让至再至三，仍是钦命大人上面坐了，其次是九锡，以下是公孙先生、蒋爷、白爷，末座方是毛秀。千总黄开又进来请安请罪。颜大人不但不罪，并勉励了许多言语。“待河工报竣，连你等俱要叙功的。”黄开闻听，叩谢了，仍在外面听差。颜大人便问毛九锡治水之道。毛九锡不慌不忙，从怀中掏出一幅地理图来，双手呈献。颜大人接来一看，见上面山势参差，水光荡漾，一处处崎岖周折，一行行字迹分明，地址阔隘远近不同，水面宽窄深浅各异，何方可用埽坝，那里应当发泄，界画极清，宛然在目。颜大人看了，心中大喜，不胜夸赞。又递与公孙先生看了，更觉心清目朗，如获珍宝一般。就将毛家父子留在衙署，帮同治水，等候纶音。公孙先生与黄千总又到了三皇庙与老和尚道谢，布施了百金，令人将他徒弟找回，酬报他释放之恩。

不多几日，圣旨已下，即刻动工，按着图样，当泄当坝，果无差谬。不但国帑不致妄消，就是工程也觉省事。算来不过四个月光景，水平土平，告厥成功。颜大人工完回京，将镇海蛟邬泽并四名水寇俱交刑部审问，颜大人递折请安，额外随了夹片，声明毛九锡、毛秀并黄开、清平功绩。圣上召见，颜大人面奏叙功。仁宗甚喜，赏了毛九锡五品顶戴，毛秀六品职衔。黄开、清平俟有守备缺出，尽先补用。刑部尚书欧阳修审明邬泽果系襄阳王主使，启奏当今。原来颜查散升了巡按之后，枢密院的掌院就补放刑部尚书杜文辉；所遗刑部尚书之缺，就着欧阳修补授。

天子见了欧阳修的奏章，立刻召见包相计议，襄阳王已露形迹，须要早为剿除。包相又密奏道：“若要发兵，彰明较著，惟恐将他激起，反为不美。莫若派人暗暗访查，须剪了他的羽翼，然后一鼓擒之，方保无虞。”天子准奏，即加封颜查散为文渊阁大学士，特旨巡按襄阳，仍着公孙策、白玉堂随往。加封公孙策为主事，白玉堂实授四品护卫之职。所遗四品护卫之衔，即着蒋平补授，立即驰驿前往。

谁知襄阳王此时已然暗里防备，左有黑狼山金面神蓝骁督率旱路，右有飞叉太保钟雄督率水寨，与襄阳成了鼎足之势，以为羽翼，严密守汛。

且说圣上因见欧阳修的本章，由“欧阳”二字猛然想起北侠欧阳春，便召见包相，问及北侠。包相将北侠为人正直豪爽，行侠尚义，一一奏明。天子甚为称羡。包公见此光景，下朝回衙，来到书房，叫包兴请展护卫来，告诉此事。南侠回到公所，对众英雄述了一番。只见四爷蒋平说道：“要访北侠,还是小弟走一趟,庶不负此差。什么缘故呢？现今开封府内王、马、张、赵四位是再不能离了左右的,公孙兄与白五弟上了襄阳了。这开封府必须展大哥在此料理一切事务,如有不到之处,还有俺大哥可以帮同协办。至于小弟原是清闲无事之人,与其闲着,何不讨了此差,一来访查欧阳兄,二来小弟也可以疏散疏散,岂不是两便么?”大家计议停当,一同回了相爷。包公心中甚喜,即时吩咐起了开封府的龙边信票,交付蒋爷,用油纸包妥,贴身带好。别了众人,意欲到松江府茉花村。

行了几日,不过是饥餐渴饮。一日。天色将晚,到了来峰镇悦来店,住了西耳房单间。歇息片时,饮酒吃饭毕,又泡了一壶茶,觉得味香水甜,未免多喝了几碗。到了半夜,不由的要小解起来。刚刚的来到院内,只见那边有人以指弹门,却不声唤。蒋爷将身一隐,暗里偷瞧,见开门处那人挨身而入,仍将门儿掩闭。蒋爷暗道:“事有可疑,倒要看看。”也不顾小解,飞身上墙,轻轻跃下。原来是店东居住之所。

只听有人说道:“小弟求大哥帮助帮助。方才在东耳房我已认明,正是我们员外的对头,如何放得他过!”又听一人答道:“言虽如此,怎么替你报仇呢?”那人道:“小弟已见他喝了个大醉,莫若趁醉将他勒死,撇在荒郊,岂不省事?”又听答道:“索性等他睡熟了,再动不迟。”蒋爷听至此,抽身越墙出来,悄悄奔到东耳房,见挂着软布帘儿,屋内尚有灯光。从帘缝儿往里一看,见灯花结蕊,有一人头向里面而卧,身量却不甚大。蒋爷侧身来到屋内,剪了灯花,仔细看时,吓了一跳,原来是小侠艾虎,见他烂醉如泥,呼声震耳,暗道:“这样小小年纪,贪杯误事。若非我今日下在此店,险些儿把小命儿丧了。但不知那要害他的是何人？不要管他,俺且在这里等他便了。”扑,将灯吹灭,屏息而坐。偏偏急着要小解,再也忍不住,无可如何,将单扇门儿一掩,就在门后小解起来。因工夫等的大了,他就小解了个不少,流了一地。刚然解完,只听外面有些个声息,他却站在门后,只见进来一人,脚下一跳,往前一扑。后面那人紧步跟到,正撞在前面身上。蒋爷将门一掩,从后转出,也就压在二人身上,却高声先嚷道:“别打我！我是蒋平。底下的他俩才是贼呢!”

艾虎此时已醒,听是蒋爷,连忙起身。蒋爷抬身叫艾虎按住了二人。此时店小二听见有人嚷贼,连忙打着灯笼前来。蒋爷就叫他将灯点上一照,一个是店东,一个是店东朋友。蒋爷就把他拿的绳子捆了他二人。底下的那人衣服湿了好些,却是蒋爷撒的溺。

蒋爷坐下,便问店东道:“你为何听信奸人的言语,要害我侄儿?是何道理?讲!”店东道:“老爷不要生气。小人名叫曹标,我这个朋友名叫陶宗,因他家员外被人害却,事不随心,投奔我来。皆因这位小客人正在我店内,左一壶,右一壶,喝了许多的酒。是陶宗心内犯疑,一个小客官为何喝了许多的酒呢?况且又在年幼之间呢。他就悄悄的前来偷看,不想被他认出,说是他家员外的仇人。因此央烦小人陪了他来,作个帮手。”蒋爷道:“作帮手是叫你帮着来勒人,你就应他?”曹标道:“并无此事,不过叫小人帮着拿住他。”蒋爷道:“你们的事,如何瞒得过我呢?你二人商议明白,将他勒死,撇在荒郊。你还说:‘等他睡了,再动不迟。’你岂是尽为做帮手呢?”一席话说的曹标再也不敢言语,惟有心中纳闷而已。蒋爷道:“我看你决非良善之辈,包管也害的人命不少。”说着话,叫:“艾虎把那个拉过来,我也问问。”艾虎上前,将那人提起一看:“哎呀!原来是你么?”便对蒋爷道:“四叔,他不叫陶宗,他就是马强告状,脱了案的姚成。”蒋爷听了,连忙问道:“你既是姚成,如何又叫陶宗呢?”陶宗道:“我起初名叫陶宗,只因投在马员外家,就改名叫姚成。后来知道员外的事情闹大,惟恐连累于我,因此脱逃,又复了本名,仍叫陶宗。”蒋爷道:“可见你反覆不定,连自己姓名都没有准主意。既是如此,我也不必问了。”回头对店小二道:“你快去把地方保甲叫了来。我告诉你,此乃是脱了案的要犯。你家店东却没有什么要紧。你就说我是开封府差来拿人,叫他们快些来见,我这里急等。”店小二听了,哪敢怠慢。

不多时,进来了二人,朝上打了个千儿,道:“小人不知上差老爷到来,实在眼瞎,望乞老爷恕罪。”蒋爷道:“你们俩谁是地方?”只听一人道:“小人王大是地方。他是保甲,叫李二。”蒋爷道:“你们这里属哪里管?”王大道:“此处地面皆属唐县管。”蒋爷道:“你们官姓什么?”王大道:“我们太爷姓何,官名至贤。请问老爷贵姓?”蒋爷道:“我姓蒋,奉开封府包太师的钧谕,访查要犯,可巧就在这店内擒获,我已捆缚好了在这里。说不得你们辛苦看守,明早我与你们一同送县。见了你们官儿,是要即刻起解的。”二人同声说道:“蒋老爷只管放心,请歇息去罢,就交给小人们,是再不敢错的。别说是脱案要犯,无论什么事情,小人们断不敢徇私。”蒋爷道:“很好。”说罢,立起身,携着艾虎的手,就上西耳房去了。

要知后文如何,且听下回分解。

第八十七回
为知己三雄访沙龙　因救人四义撇艾虎

且说蒋爷吩咐地方保甲好好看守,二人连声答应,说了许多的小心话。蒋爷立起身来,携着艾虎的手,一步步就上西耳房而来。爷儿俩个坐下,蒋爷方问道:"贤侄,你如何来到这里?你师傅往哪里去了?"艾虎道:"说起来话长。只因我同着我义父在杭州倪太守那里住了许久,后来义父屡次要走,倪太守断不肯放。好容易等他完了婚之后,方才离了杭州,到茉花村给丁家二位叔父并我师傅道乏道谢,就在那里住下了。不想丁家叔父那里早已派人上襄阳打听事情去了,不多几日回来,说道:'襄阳王已知朝廷有些知觉,惟恐派兵征剿,他那里预为防备,左有黑狼山安排下金面神蓝骁把守旱路,右有军山安排下飞叉太保钟雄把守水路。这水旱两路皆是咽喉紧要之地,倘若朝廷有什么动静,即刻传檄飞报。'因此我师傅与我义父听见此信,甚是惊骇。什么缘故呢?因有个至好的朋友姓沙名龙,绰号铁面金刚,在卧虎沟居住。这卧虎沟离黑狼山不远,一来恐沙伯父被贼人侵害,二来又怕沙伯父被贼人诓去入伙。大家商量,我师父与义父还有丁二叔,他们三位俱各上卧虎沟去了,就把我交与丁大叔了。侄儿一想,这样的热闹不叫侄儿开开眼,反倒关在家里,我如何受得来呢!一连闷了好几日。偏偏的丁大叔时刻不离左右,急的侄儿没有法儿。无奈何,悄悄地偷了丁大叔五两银子,做了盘费,我要上卧虎沟看个热闹去。不想今日住在此店,又遇见了对头。"

蒋爷听了,暗暗点头道:"好小子!拿着厮杀对垒当热闹儿。真好胆量,好心胸!但只一件,欧阳兄、智贤弟既将他交给丁贤弟,想来是他去不得;若去得时,为什么不把他带了去呢?其中必有个缘故。如今我既遇见他,岂可使他单人独往呢!"正在思索,只听艾虎问道:"蒋叔父今日此来,是为拿要犯,还是有什么别的事呢?"蒋爷道:"我岂为要犯而来,原是为奉相谕,派我找寻你义父。只因圣上想起,相爷惟恐一时要人没个着落,如何回奏呢?因此派我前来。不想在此先得了姚成。"艾虎道:"蒋叔父如今意欲何往呢？”蒋爷道：“我原要上茉花村来着。如今既知你义父上了卧虎沟，明日只好将姚成送县起解之后，我也上卧虎沟走走。”艾虎听了欢喜，道：“好叔叔！千万把侄儿带了去！若见了我师父与义父，就说叔父把侄儿带了去的，也省得他二位老人家嗔怪。”蒋平听了，笑道：“你倒会推干净儿。难道久后你丁大叔也不告诉他们二人么？”艾虎道：“赶到日子多了，谁还记得这些事呢？即使丁大叔告诉了，事已如此，我师父与义父也就没有什么怪的了。”

蒋爷暗想道：“我看艾虎年幼贪酒，而且又是私逃出来的，莫若我带了他去，一来尽了人情，二来又可找欧阳兄。只是他这酒，必须如此如此。”想罢，对艾虎道：“我带虽把你带去，你只是要依我一件事。”艾虎听说带了他去，好生欢喜，便问道：“四叔，你老只管说是什么事，侄儿无有不应的。”蒋爷道：“就是你的酒，每顿只准你吃三角，多喝一角都是不能的，你可愿意么？”艾虎听了，半晌，方说道：“三角就是三角，吃荤强如吃素。到底有三角可以解解馋，也就是了。”叔侄两个整整的谈了半夜。不一时，到东耳房照看，惟听见曹标抱怨姚成不了；姚成到了此时一言不发，不过垂头叹气而已。

到了天色将晓，蒋爷与艾虎梳洗已毕，打了包裹。艾虎不用蒋爷吩咐，他就背起行李，叫地方保甲押着曹标、姚成，竟奔唐县而来。到了县衙，蒋爷投了龙边信票。不多时，请到书房相见。蒋爷面见何县令，将始末说明，因还要访查北侠，就着县内派差役押解赴京。县官即刻办了文书，并将护卫蒋爷上卧虎沟带了一笔。蒋爷辞了县官，将龙票仍用油纸包好，带在贴身，与艾虎竟自起身。

这里文书办妥起解到京，来至开封，投了文书。包公升堂，用刑具威吓的姚成一一供招，原是水贼，曾害过倪仁夫妇。又追问马强交通襄阳之事，姚成供出马强之兄马刚曾在襄阳交通信息。取了招供，即将姚成毙于铡下，曹标定罪充军。此案完结不表。

再说蒋平、艾虎自离了唐县，往湖广进发。果然，艾虎每顿三角酒。一日，来至濡口雇船，船家富三，水手二名。蒋爷在船上赏玩风景，心旷神怡，颇觉有趣。只见艾虎两眼朦胧，不似坐船，仿佛小孩子上了摇车儿，睡魔就来了。先前还前仰后合，挣扎着坐着打盹，到后来放倒头便睡。惟独到喝酒之时，精神百倍，又是说，又是笑。只要三角酒一完，咯噔的就打起哈气来了，饭也不能好生吃。蒋爷看了这番光景，又怕他生出病来，想了想在船上无妨，也只好见一半不见一半，由他去便了。

这日刚交申时光景，正行之间，忽见富三说道："快些撑船，找个避风的所在，风暴来了！"水手不敢怠慢，连忙将船撑在鹅头矶下。此处却是珍玉口，极其幽僻，将船湾住，下了铁锚。整顿饭食吃毕，已有掌灯之时，却是风平浪静，毫无动静。蒋爷暗道："并无风暴，为何船家他说有风呢？哦，是了，想是他心怀不善，别是有什么意思罢？倒要留神。"只听呼噜噜呼声振耳，原来是艾虎饮后食困，他又睡着了。蒋爷暗道："他这样贪杯好睡，焉有不误事的呢！"正在犯想，又听忽喇喇一阵乱响，连船都摆起来，万籁皆鸣。果然大风骤起，波涛汹涌，浪打船头。蒋爷方信富三之言不为虚谬。幸喜乱刮了一阵，不大工夫，天开月霁，衬着清平波浪荡漾，夜色益发皎洁，不肯就睡，独坐船头，赏玩多时。约有二鼓，刚要歇息，觉得耳畔有人声唤："救人呀，救人！"顺着声音，细着眼往西北一观，隐隐有个灯光闪闪灼灼，蒋爷暗道："此必有人暗算，我何不救他一救呢。"忙迫之中也不顾自己衣服，将鞋脱在船头，跳在水内，踏水面而行。忽见一人忽上忽下，从西北顺流漂来。蒋爷奔到跟前让他过去，从后将发揪住往上一提。那人两手乱抓乱挠，蒋爷却不叫他揪住。这就是水中救人的绝妙好法子。

但凡人落了水，慢说道是无心落水，就是自己情愿淹死，到了临危之际，再无有不望人救之理。他两手扎煞，见物就抓；若被抓住，却是死劲，再也不得开的。往往从水中救人，反被溺水的带累倾生，皆是救的不得门道之故。再者凡溺水的两手必抓两把淤泥，那就是挣命之时乱抓的。

如今蒋爷提住那人，容他乱抓之后，方一手提住头发，一手把住腰带，慢慢踏水奔到崖岸之上。幸喜工夫不大，略略控水，即便苏醒，哼哼出来。蒋爷方问他名姓。原来此人是个五旬以外的老者，姓雷名震。蒋爷听了，便问道："现今襄阳王殿前站堂官雷英可是本家么？"雷震道："那就是小老儿的儿子，恩公如何知道？"蒋爷道："我是闻名。有人常提，却未见过。请问老丈家住哪里？意欲何往？"雷震道："小老儿就在襄阳王的府衙后面，有二里半之遥，在八宝村居住。因女儿家内贫寒，是我备了衣服簪珥，前往陵县探望，因此雇了船只。谁知水手是弟兄二人，一个米三，一个米七。他二人不怀好意，见我有这衣服箱笼，他说有风暴船不可行，便藏在此处。他先把我跟的人杀了，小老儿喊叫‘救人’，他却又来杀我。是我一急将船窗撞开，跳在水中，自己也就不觉了。多亏恩公搭救。”蒋爷道：“大约船尚未开。老丈在此略等，我给你瞧瞧箱笼去。雷震听了，焉有不愿意的呢，连忙说道：“敢则是好，只是又要劳动恩公。”蒋爷道：“不打紧，你在此略等，俺去去就来。”说罢，跳在水内，一个猛子，来到有灯光的船边，只听二贼说道：“打开箱笼看看，包管兴头的。”蒋爷把住船边，身体一跃，道：“好贼！只顾你们兴头，却不管别人晦气了。”说着话，到船上。米七猛听见一人答言，提了刀钻出舱来，尚未立稳，蒋爷抬腿就是一脚。虽然未穿鞋，这一脚儿踢了个正着，恰恰踢在米七的腮颊之上，如何禁得起，身体一歪，栽在船上，手松刀落。蒋爷跟步，抢刀在手，照着米七一搠，登时了账。米三在船上看的明白，说声“不好”，就从雷老者破窗之处，窜入水内去了。蒋爷如何肯放，纵身下水，捉住贼的双脚往上一提，出了水面，犹如捣碓一般，立刻将米三提到船上，进舱找着绳子，捆缚好了，将他脸面向下控起水来。蒋爷复又跳在水内，来到崖岸，背了雷震送上船去，告诉他道：“此贼如若醒来，老丈只管持刀威吓他，不要害怕，已然捆缚好好的了。等天亮时，另雇船只便了。”说罢，翻身入水，来到自己湾船之处一看，罢了！踪影全无，敢则是富三见得了顺风，早已开船去了。

蒋爷无奈，只得仍然踏水面到雷震那里船上。正听雷老者颤巍巍的声音道：“你动一动，我就是一刀！”蒋爷知道他是害怕，远远就答言道：“雷老丈，俺又回来了。”雷震听了，一抬头见蒋爷已然上船，心中好生欢喜，道：“恩公为何去而复返？”蒋爷道：“只因我的船只不见，想是开船走了，莫若我送了老丈去如何？”雷震道：“有劳恩公，何以答报？”蒋爷道：“老丈有衣服，借一件换换。”雷震应道：“有，有，有，却是四垂八卦的。”蒋爷用丝绦束腰，将衣襟拽起。等到天明，用篙撑开，一脚将米三踢入水中。倒把老者吓了一跳，道：“人命关天，这还了得！”蒋爷笑道：“这厮在水中做生涯，不知劫了多少客商，害了多少性命。如今遇见蒋某，理应除却，还心疼他怎的？”雷震嗟叹不已。

且不言蒋爷送雷震上陵县。再说小爷艾虎整整的睡了一夜，猛然惊醒，不见了蒋平，连忙出舱问道：“我叔叔往哪里去了？”富三道：“你二人同舱居住，如何问我？”艾虎听了，慌忙出舱看视，见船头有鞋一双，不觉失声道：“哎哟！四叔掉在水内了。别是你等有意将他害了罢？”富三道：

“你这小客官，说话好不晓事。昨晚风暴将船湾住，我们俱是在后艄安歇的，前舱就是你二人。想是那位客官夜间出来小解，失足落水，或者有的，如何是我们害了他呢？”水手也说道：“我们既有心谋害，何不将小客官一同谋害？为何单单害那客官一人呢？”又一水手道：“别是你这小客官见那客官行李沉重，把他害了，反倒诬赖我们罢？”小爷听了，将眼一瞪，道：“岂有此理！满口胡说！那是我叔父，俺如何肯害他？”水手道：“那可难说。现在包裹行李都在你手内，你还赖谁呢？”小爷听了，揎拳掠袖①，就要打他们水手。富三忙拦道：“不要如此。据我看来，那位客官也不是被人谋害的，也不是失脚落水的，竟是自投在水内的。大家想想，若是被人谋害，或者失足落水，焉有两只鞋好好放在一边之理呢？”一句话说的众人省悟，水手也不言语了。艾虎也不生气，连忙回转舱内，见包裹未动，打开时衣服依然如故，连龙票也在其内；又把兜肚内看了一看，尚有不足百金，只得仍然包好，心中纳闷道：“蒋四叔往何处去了呢？难道[illegible]夜之间摸鱼去了？”正在思索，只听富三道：“小客官，已到停泊之处了。”艾虎无奈，束兜肚，背了包裹，搭跳上岸，迈步向前去了。船价是开船付给了，所谓“船家不打过河钱”。

不知后文如何，且听下回分解。

第八十八回

抢鱼夺酒少弟拜兄　谈文论诗老翁择婿

且说艾虎下船之后，一路上想起：“蒋爷在悦来店救了自己，蒙他一番好意，带我上卧虎沟。不想竟自落水，如今弄得我一人踽踽凉凉。”不由的凄惨落泪。正在哭啼，猛然想起蒋爷颇识水性，绰号翻江鼠，焉有淹死的呢。想到此，又不禁大乐起来。走着，走着，又转想道：“不好，不好！俗语说的好：‘惯骑马的惯跌跤，河里淹死是会水的。’焉知他不是艺高人

① 揎（xuān）拳掠（lüè）袖——捋袖子露出手臂。

胆大，阳沟里会翻船，也是有的。可怜一世英名，却在此处倾生。”想到此，不由的又痛哭起来。哭了多时，忽又想起那双鞋来，别是真个的下水摸鱼去了罢？若果如此，还有相逢之日。想到此，不禁又狂笑起来。他哭一阵，笑一阵。旁人看着皆以为他有疯魔之症，远远的躲开，谁敢招惹于他。

艾虎此时千端万绪，萦绕于心，竟自忘饥，因此过了宿头。看看天色已晚，方觉饥饿，欲觅饭食，无处可求。忽见灯光一闪，急忙奔到临近一看，原来是个窝铺，见有二人对面而坐，并听有豁拳之声。他却赶到跟前。一人刚叫了个“八马”，艾虎也把手一伸，道：“三元。”谁知豁拳的却是两个渔人，猛见艾虎进来，不分青红皂白硬要豁拳，便发话道：“你这后生好生无理，我们在此饮酒作乐，你如何前来混搅？”艾虎道：“实不相瞒，俺是行路的，只因过了宿头，一时肚中饥饿，没奈何将就将就，留个相与罢。”说着话，他就要端酒碗。那渔人忙拦道：“你要吃食，也等我们吃剩下了，方好周济于你。”艾虎道：“俺又不是乞儿化子，如何要你周济。俺有银两，买你几碗酒，你可肯卖么？”渔人道：“俺这里又不是酒市。你要买，前途买去，我这里是不卖的。”说罢，二人又脑袋摘巾儿豁起拳来。一人刚叫了个“对手”，艾虎又伸一拳，道：“元宝。”二渔人大怒，道：“你这小厮好生惫懒！说过不卖，你却歪厮缠则甚？”艾虎道：“不卖，俺就要抢了。”渔人冷笑，道：“你说别的罢了。你说要抢，只怕我们此处不容你放抢。”说罢，站起身来，出了窝棚，揎拳掠袖，道：“小厮，你抢个样儿我看！”艾虎将包袱放下，笑哈哈地道：“你不要忙，俺先与你说明。俺要输了，任凭你等；俺若赢了，不消说了，不但酒要够，还要管俺一饱。”那渔人也不答应，扬手就是一拳。艾虎也不躲闪，将手接住，往旁边一领，那渔人不知不觉爬伏在地。这渔人一见，气忿忿地道：“好小厮！竟敢动手！”抽后就是一脚。艾虎回身将脚后跟往上一托，好渔人仰巴叉栽倒在地。二人爬起来，一拥齐上。小侠只用两手左右一分，二人复又跌倒。一连三次，渔人知道不是对手，抱头鼠窜而去。

艾虎见他等去了，进了窝棚，先端起一碗酒饮干。又要端那碗酒时，方看见中间大盘内是一尾鲜串鲤鱼，刚吃了不多，满心欢喜。又饮了这碗酒，也不用筷箸，抓了一块鱼放在口内。又拿起酒瓶来斟酒，一碗酒，一块鱼，霎时间杯盘狼藉。正吃的高兴，酒却没了，他便端起大盘来，囫囵吞的连汤都喝了。虽未尽兴,也可搪饥。回首见有现成的鱼网,将手擦抹了擦抹,站起身来刚要走时,觉有一物将头碰了一下。回头看时,原来是个大酒葫芦,不由的满心欢喜,摘将下来。复又回身就灯一看,却是个锡盖。艾虎不知是转螺蛳的,左打不开,右打不开,一时性起,用力一掰,将葫芦嘴撅下来。他就嘴对嘴匀了四五气饮干,一松手,拍叉的一声,葫芦正落在大盘子上,砸了个粉碎,艾虎也不管他,提了包裹,出了窝铺,也不管东西南北,信步行去。谁知冷酒后犯,一来是吃的空心酒,二来吃的太急,又着风儿一吹,不觉的酒涌上来。晃里晃荡,才走了二三里的路,再也挣扎不来。见路旁有个破亭子,也不顾尘垢,将包袱放下,做了枕头,放倒身躯,呼噜噜酣睡如雷,真是"一觉放开心地稳,不知日出已多时"。

正在睡浓之际,觉得身上一阵乱响,似乎有些疼痛。慢闪二目,天已大亮,见五六个人各持木棒,将自己围绕,猛然省悟,暗道:"这是那两个渔人调了兵来了。"再一回想:"原是自己的不是,莫若叫他们打几下子出出气,也就完了事了。"谁知这些人俱是鱼行生理,因那两个渔人被艾虎打跑,他俩便知会了众渔人各各擎木棍奔了窝棚而来。大家看时,不独鱼酒皆无,而且葫芦掰了,盘子碎了,一个个气冲两胁,分头去赶。只顾奔了大路,哪知小侠醉后混走,倒岔在小路去了。众人追了多时不见踪影,俱说:"便宜他!"只得大家分散了。

谁知有从小路回家的,走到破亭子,忽听呼声振耳。此时天已黎明,看不真切,似乎是个年幼之人,急忙令人看守;复又知会就近的,凑了五六个人。其中便有窝棚中的渔人看了,道:"就是他。"众人就要动手。有个年老的道:"众位不要混打,惟恐伤了他的致命之处,不大稳便。须要将他肉厚处打,只是戒他下次就是了。"因此一阵乱响,又是打艾虎,又是棒磕棒。打了几下,见艾虎不动,大家犹疑,恐怕伤了性命。

哪知艾虎故意的不语,叫他打几下子出气呢。迟了半天,见他们不打了,方睁开眼,道:"你们为什么不打了?"一翻身爬起,提了包裹,掸了掸尘垢,拱了拱手,道:"请了,请了。"众人围绕着,哪里肯放。艾虎道:"你们为何拦我?"众人道:"你抢了我们的鱼酒,难道就罢了不成?"艾虎道:"你们不打我吗?打几下子出了气也就是了,还要怎么?"渔人道:"你掰了我的葫芦,砸了我的大盘,好好的还我。不然,想走不能。"艾虎道:"原来坏了你的葫芦盘子。不要紧,俺给你银子另买一份罢。"渔人道:"只要我的原旧东西,要银子作什么?”艾虎道:“这就难了。人有生死,物有毁坏。业已破了,还能整的上么?你不要银子,莫若再打几下,与你那东西报报仇,也就完了事了。”说罢,放下包裹,复又躺在地下,闹顽皮子。闹的众人生气不是,要笑不是,再打也不是。年老的道:“真这后生实在呕人,他倒闹起顽皮来了。”渔人道:“他竟敢闹顽皮。我把他打死,给他抵命。”年老的道:“休出此言,难道我们众人瞅着你在此害人不成?”

正说间,只见那边来了个少年的书生,向着众人道:“列位请了。不知此人犯了何罪,你等俱要打他?望乞看小生薄面,饶了他罢。”说罢,就是一揖。众人见是个斯文相公,连忙还礼,道:“叵耐这厮饶抢了嘴吃,还把我们的家伙毁坏,实实可恶。既是相公给他讨情,我们认个晦气罢了。”说罢,大家散去。

年少后生见众人散去,再看时,见他用袖子遮了面,仍然躺着不肯起来,向前将袖子一拉。艾虎此时臊的满面通红,无可搭讪,噗哧的一声,大笑不止。书生道:“不要发笑。端的为何?有话起来讲。”艾虎无奈站起,掸去尘垢,向前一揖,道:“惭愧,惭愧,实在是俺的不是。”便将抢酒吃鱼以及毁坏家伙的话,毫无粉饰,和盘托出。说罢,又大笑不止。书生听了,暗暗道:“听他之言,倒是个率真豪爽之人。”又看了看他的相貌,满面英风,气度不凡,不由的倾心羡慕,问道:“请问尊兄贵姓?”艾虎道:“小弟姓艾名虎。尊兄贵姓?”那书生道:“小弟施俊。”艾虎道:“原来是施相公。俺这不堪的形景,休要见笑。”施俊道:“岂敢,岂敢。‘四海之内,皆兄弟也。’焉有见笑之理。”艾虎听了“皆兄弟也”,以“皆”字当作“结”字,答道:“俺乃粗鄙之人,焉敢与斯文贵客结为兄弟。既蒙不弃,俺就拜你为兄。”施俊听了甚喜,知他是错会意了,以为他耿直可交,便问:“尊兄青春几何?”艾虎道:“小弟今年十六岁了。哥哥,你今年多大了?”施俊道:“比你长一岁,今年十七岁了。”艾虎道:“俺说是兄长,果然不差,如此,哥哥请上,受小弟一拜。”说罢,趴在地下就磕头。施俊连忙还礼。二人彼此搀扶。

小侠提了包裹。施俊一伸手携了艾虎,离了破亭,竟奔树林而来。早见一小童拉定两匹马在那里瞭望。施俊来到小童跟前,唤道:“锦笺过来,见过你二爷。”小童锦笺先前见二人说话,后来又见二人对磕头,心中早就纳闷。如今听见相公如此说,不敢怠慢,上前跪倒,道:“小人锦笺与二爷叩头。”艾虎从来没受过人的头,没听见人称呼过二爷,今见锦笺如此,喜出望外,不知如何是好,连忙说道:“起来,起来!”回身在兜肚内掏出两个锞子,递与锦笺道:“拿去买果子吃。”锦笺却不敢受,两眼瞅着施俊,施俊道:“二爷既赏你,你收了就是。”锦笺接过,复又叩头谢赏。艾虎心中暗道:“为何他又叩头?哦,是了,想是不够用的,还合我再讨些回手。”又向兜肚内要掏。(艾虎当初也是馆童,皆因在霸王庄上并没受过这些排场礼节,所以不懂,并非前后文不对。)施俊道:“二弟赏他一锭足矣,何必赏他许多呢?请问二弟,意欲何往?”一句话方把艾虎岔开,答道:“小弟要上卧虎沟,寻我师父与义父。请问兄长意欲何往呢?”施俊道:“愚兄要上湘阴县金伯父那里,一来看文章,二来就在那里用功。你我二人不能盘桓畅叙,如何是好?”艾虎道:“既然彼此有事,莫若各奔前程,后会有期。兄长请乘骑,待小弟送你一程。”施俊道:“贤弟不要远送。我是骑马,你是步下,如何赶得上?不如就此拜别了罢。”说罢,二人彼此又对拜了。锦笺拉过马来,施俊谦让多时,扳鞍上马。锦笺因艾虎在步下,他不肯骑马,拉着步行。艾虎不依,务必叫他骑上马,跟了前去。目送他主仆已远,自己方扛起包裹,迈开大步,竟奔大路去了。

且说施俊父名施乔,字必昌,曾作过一任知县,因害目疾失明,告假还乡。生平有两个结义的朋友,头一个便是兵部尚书金辉,因参襄阳王遭贬在家;第二个便是新调长沙太守邵邦杰。三个人虽是结义的朋友,却是情同骨肉。施老爷知道金老爷有一位千金小姐,自幼儿见过好几次,虽有联姻之说,却未纳聘。“如今施俊年已长成,莫若叫施俊去到那里,明是托金公看文章,暗暗却是为结婚姻。”这日施俊来到湘阴县九云山下九仙桥边,问着金老爷的家,投递书信。金老爷即刻请至书房,见施俊品貌轩昂,学问渊博,那一派谦让和蔼,令人羡慕。金公好生欢喜,而且看了来书,已知施乔之意,便问施俊道:“令尊目力可觉好些?”不然,如何能写书信呢?”施俊鞠躬答道:“家严止于通彻三光,别样皆不能视。此信乃家严谆嘱小侄代笔,望伯父海涵勿哂①。”金辉道:“如此看来,贤侄的书法是极妙的了。这上面还要叫老拙改正文章,如何当得。学业久已荒疏,拈笔犹如马箠②,还讲什么改正。只好贤侄在此用功,闲时谈谈讲讲,彼此教正,大

① 哂(shěn)——微笑。

② 马箠(chuí)——马鞭子。

家有益罢了。”说到此处,早见家人禀告:“饭已齐备,请示在哪里摆?”金公道:“在此摆。我同施相公一处用,也好说话。”饮酒之间,金公盘问了多少书籍,施俊一一对答如流,把个金辉乐得了不得。吃毕饭,就把施俊安置在书房下榻,自己洋洋得意往后面而来。

不知见了夫人有何话讲,且听下回分解。

第八十九回

憨锦笺暗藏白玉钗 痴佳蕙遗失紫金坠

且说金辉见了夫人何氏,盛夸施俊的人品学问。夫人听了,也觉欢喜。原来何氏夫人就是唐县何至贤之妹,膝下生得两个儿女,女名牡丹,今年十六岁;儿名金章,年方七岁。老爷还有一妾,名唤巧娘。

且说夫人见老爷夸施俊不绝口,知有许婚之意,便问:“施贤侄到此何事?”金老爷道:“施公双目失明,如今写信前来,叫施俊在此读书,从我看文章。虽是如此,书中却有求婚之意。”何氏道:“老爷意下如何呢?”金公道:“当初施贤弟也曾提过,因女儿尚幼,并未聘定。不想如今施贤侄年纪长成,不但品貌端好,而且学问渊博,堪与我女儿匹配。”何氏道:“既如此,老爷何不就许了这头亲事呢?”金公道:“且不要忙。他既在此居住,我还要细细看看他的行止如何。如果真好,慢慢再提亲不迟。”

老爷夫人只顾讲论此事,谁知有跟小姐的亲信丫头名唤佳蕙,是自幼儿服侍小姐的,(因她聪明伶俐,而且模样儿生的俏丽,又跟着小姐读书习字,文理颇通,故此起名用个“蕙”字,上面又加上个“佳”字,言她是香而且美。佳蕙既然如此,小姐的容颜学问可想而知了。)这日她正到夫人卧室,忽听见老夫妻讲论施俊才貌双全,有许婚之意,她便回转绣房,嘻嘻笑笑,道:“小姐大喜了!”牡丹小姐道:“你道的什么喜?”佳蕙道:“方才我从太太那里来,老爷正在讲究。原来施老爷打发小官人来在我们这里读书,从着老爷看文章。老爷说他不但学问好,而且品貌极美。老爷太太乐得了不得,有意将小姐许配与他,难道小姐不是大喜么?”牡丹正看书,听说至此,把书一放,嗔道:“你这丫头,益发愚顽了!这些事也是大惊小怪,对我说的么?越大越没出息了。还不与我退下!”

佳蕙一团高兴,被小姐申饬了一顿,脸上觉的讪讪的,羞答答回转自己屋内,细细思索道:“我与小姐虽是主仆,却是情同骨肉。为何今日听了此话,不但不喜,反到嗔怪呢?哦,是了,往往有才的必不能有貌,有貌的必不能有才,如何能够才貌兼全呢?小姐想来不能深信,仔细想来,倒是我莽撞了。理应替她探个水落石出,方不负小姐待我的深情。”想到此,踊躇不安,她便悄悄偷到书房,把施俊看了个十分仔细,回来暗道:“怨得老爷夸他,果然生的不错。据我看来,他既有如此的容貌,必有出奇的才情。小姐不知,若要固执起来,岂不把这样的好事耽搁了么?嗳!我何不如此如此,替他们成全成全,岂不是好?”想罢,连忙回到自己屋内,拿出一方芙蓉手帕,暗道:“这也是小姐给我的,我就拿它作个引线。”立刻提笔,在手帕上写了“关关雎鸠,在河之洲”二句,折叠了折叠,藏在一边。

到了次日,午间无事,抽空儿袖了手帕,来到书房。可巧施俊手倦抛书,午梦正长,锦笺也不在跟前。佳惠悄悄的临近桌边,把手帕一丢,转身时又将桌子一靠。施俊惊醒,朦胧二目,翻身又复睡了。谁知锦笺从外面回来,见相公在外面瞌睡,腕下却露着手帕,慢慢抽出,抖开一看,异香扑鼻,上面还有字迹,却是两句《诗经》,心中纳闷道:“这是什么意思?此帕从何来呢?不要管它,我且藏起来。相公如问我时,我再问相公,便知分晓。”及至施俊睡醒,也不找手帕,也不问锦笺。锦笺心中暗道:“看此光景,这手帕必不是我们相公的。若是我们相公的,焉有不找不问之理呢?但只一件,既不是我们相公的,这手帕从何而来呢?倒要留神查看。”

到了次日,锦笺不时的出入来往,暗里窥探。果然佳蕙从后面出来,到了书房,见相公正在那里开箱找书,不便惊动,抽身回来。刚要入后,只见一人迎面拦住,道:“好呀,你跑到书房作什么来了?快说!不然,我就嚷了。”佳蕙见是个小童,问道:“你是谁?”小童道:“我乃自幼服侍相公、时刻不离左右,说一是一,说二是二,言听计从的锦笺。你是谁?”佳蕙笑道:“原来是锦兄弟么。你问我,我便是自幼服侍小姐,时刻不离左右,说一是一,说二是二,言听计从的佳蕙。”锦笺道:“原来是佳姐姐么。”佳蕙道:“什么佳咧锦咧,叫着怪不好听的。莫若我叫你兄弟,你叫我姐姐,咱们把‘佳锦’二字去了,好不好?我问兄弟,昨日有块手帕,你家相公可曾瞧见了没有?”锦笺想道:“原来手帕是她的,可见她人大心大。我何不嘲笑她几句。”想罢,说道:“姐姐不要性急,事宽则圆。姐姐终久总要有女婿的,何必这末忙呢。”佳蕙红了脸,道:“兄弟休要胡说。只因我家小姐待我恩深义重,又有老爷太太愿意联婚之言,故此我才拿了手帕来知会你家相公,叫他早早求婚,莫要耽误了大事。难道《诗经》二句诗在手帕上写的,你还不明白?那明是韫玉待价①之意。”锦笺道:“姐姐,原来为此,我倒错会了意了。姐姐还不知道呢,我们相公此来原是奉老爷之命到此求婚。惟恐这里老爷不愿意,故此恳恳切切写了一封信,叫我们相公在此读书,是叫这里老爷知道我们相公的人品学问。如今姐姐既要知恩报恩,那手帕是不中用的,何不弄了真实的表记来!我们相公那里有我一面承管。”佳蕙听了,道:“兄弟放心,我们小姐那里有我一面承管,咱二人务必将此事作成,庶不负主仆的情意一场。”说罢,佳蕙往后面去了,锦笺也就回转书房。

且说佳蕙自与锦笺说明之后,处处留神,时刻在念。不料事有凑巧,牡丹小姐叫她收拾镜妆,她见有精巧玉钗一对,暗暗袖了一枝,悄悄递与锦笺。锦笺回转书房,得便开了书箱,瞧瞧无物可拿,见有一把扇子拴的个紫金鱼的扇坠,连忙解下来,就势儿将玉钗放在箱内。却把前次的芙蓉手帕打开,刚要包上紫金鱼,见帕上字迹分明,他又卖弄起才学来,急忙提笔写上“窈窕淑女,君子好逑”二句;然后将扇坠包裹,得意洋洋,来见佳蕙,道:“我说事成在我,姐姐不信。你看如何?”说罢,打开给佳蕙看了。佳蕙等的工夫大了,已然着急,见有个回礼,急急忙忙接了过来。“兄弟,改日听信罢。”回手向衣襟一掖,转身就去了。

刚走了不多时,只见巧娘的杏花儿年方十二岁,极其聪明,见了佳蕙,问道:“姐姐哪里去了?”佳蕙道:“我到花园掐花儿去来。”杏花儿道:“掐的花在哪里?给我几朵儿。”佳惠道:“花尚未开,因此空手而回。”杏花儿道:“我不信,可巧一朵儿没有吗?我要搜搜。”说罢,拉住佳蕙不放。佳蕙藏藏躲躲,道:“你这丫头,岂有此理!慢说没花儿,就是有花儿,也犯不上给你。难道你怕走大了脚,不会自己掐去么?拉拉扯扯什么意思!”说罢,将衣服一顿,扬长去了。杏花儿觉得不好意思,红涨了脸,发话道:

---

① 韫(yùn)玉待价——把玉暂时收藏起来以待好的价格。

"这有什么呢！明儿我们也掐去，单希罕你的咧！"说着话，往地下一看，见有一个包儿，连忙捡起，恰正是芙蓉手帕包着紫金鱼儿，急忙忙笼在袖内，气忿忿回转姨娘房内而来。巧娘问道："你往哪里去来？又合谁呕了气了？因为什么撅着嘴？"杏花儿道："可恶佳蕙，她掐了花来，我向她要一两朵，饶不给，还摔打我。姨娘自想想，可气不可气？偏偏的她掉了一个包儿，我是再也不给她的了。"巧娘听了，忙问道："你捡了什么了？拿来我看。"杏花儿将包儿递将过来。不想巧娘一看，便生出许多是非来了。

你道为何？只因金辉自从遭贬之后，将宦途看淡了，每日间以诗酒自娱。但凡有可以消遣处，不是十天，就是半月，乐而忘返。家中多亏了何氏夫人调度的井井有条。惟有巧娘水性杨花，终朝尽盼老爷回来。谁知金公是放浪形骸之外，又不在妇人身上用工夫的，她便急得犹如热地蚂蚁一般，如何忍耐得住，未免有些饥不择食，悄地里就与幕宾先生刮拉上了。俗语说："色胆大来，难保机关不泄。"一日，正与幕宾在花园厅上，刚然入港，恰值小姐与佳蕙上花园烧香，将好事冲散。偏这幕宾是个胆小的，惟恐事要发觉，第二日收拾收拾，竟自逃走了。巧娘失了心上之人，她既不思己过，反把小姐与佳蕙恨入骨髓，每每要将她二人陷害，又是无隙可乘。如今见了手帕，又有紫金鱼，正中心怀，便哄杏花儿："这个包儿既是捡的，你给我罢。我不白要你的，我给你作件衫子如何？"杏花儿道："罢哟！姨娘前次叫我给先生送礼送信，来回跑了多少次，应许给我作衫子，到如今何尝作了呢？还提衫子呢！没的尽叫我担个名儿罢。"巧娘道："往事休提。此次一定要与你作衫子的，并且两次合起来，我给你作件夹衫子如何？"杏花道："果真那样，敢则是好。我这里先谢谢姨娘。"巧娘道："不要谢。我还告诉你，此事也不可对别人说，只等老爷回来，你千万不要在跟前。我往后还要另眼看待你。"杏花儿听了欢喜，满口应承。

一日，金公因与人会酒，回来过晚，何氏夫人业已安歇。老爷怜念夫人为家计操劳，不忍惊动，便来到巧娘屋内。巧娘迎接就座，殷勤献茶毕，她便双膝跪倒，道："贱妾有一事禀老爷得知。"金公道："你有何事？只管说来。"巧娘道："只因贱妾捡了一宗东西，事关重大。虽然老爷知道，必须访查明白，切不可声张。"说着话，便把手帕拿出，双手呈上。金公接过来一看，见里面包着紫金鱼扇坠儿；又见手帕上字迹分明，写着诗经四句，笔迹却不相同,前二句写的轻巧妩媚,后二句写的雄健草率。金辉看毕,心中一动,便问:“此物从何处拾来?”巧娘道:“贱妾不敢说。”金辉道:“你只管说来,我自有道理。”巧娘道:“老爷千万不要生气。只因妾给太太请安回来,路过小姐那里,拾得此物。”金辉听了,登时苍颜改变,无名火起,暗道:“好贱人!竟敢作出这样事来。这还了得!”即将手帕金鱼包好,拢在袖内。巧娘又加言道:“老爷,此事与门楣有关,千不要声张,必须访查明白。据妾看来,小姐决无此事,或者是佳蕙那丫头也未可知。”老爷听了,点了点头,一语不发,便向书房安歇去了。

不知后来金公如何办理,且听下回分解。

第九十回

避严亲牡丹投何令　充小姐佳蕙拜邵公

且说金辉听了巧娘的言语,明是开脱小姐,暗里却是葬送佳蕙。佳蕙既有污行,小姐焉能清白呢?真是“君子可欺以其方”。哪知后来金公见了玉钗,便把佳蕙抛开,竟自追问小姐,生生的把个千金小姐险些儿丧了性命,可见她的计谋狠毒。言虽如此,巧娘说“焉知不是佳蕙那丫头”这句话,说的何尝不是呢?她却有个心思,以为要害小姐,必先剪除了佳蕙。佳蕙既除,然后再害小姐就容易了。偏偏的遇见个心急性拗的金辉,不容分说,又搭着个纯孝的小姐不敢强辩,因此这件事倒闹的蒙混了。

且说金辉到了内书房安歇,一夜不曾合眼。到了次日,悄悄到了外书房一看,可巧施俊今日又会文去了。金公便在书房搜查,就在书箱内搜出一枝玉钗,仔细留神,正是给女儿的东西。这一气非同小可,转身来到正室,见了何氏,问道:“我曾给过牡丹一对玉钗,现在哪里?”何氏道:“既然给了女儿,必是女儿收着。”金辉道:“要来,我看。”何氏便叫丫鬟到小姐那里去取。去不多时,只见丫鬟拿了一枝玉钗回来,禀道:“奴婢方才到小姐那里取钗,小姐找了半天,在镜箱内找了一枝。问佳蕙时,佳蕙病的昏昏沉沉,也不知那一枝哪里去了。小姐说:‘待找着那一枝,即刻送来。’”金辉听了,哼了一声,将丫鬟叱退,对夫人道:“你养的好女儿!岂有此理!”何氏道:“女儿丢了玉钗,容她慢慢找去,老爷何必生气?”金公冷笑,道:“再要找时,除非到书房找这一枝去。”何氏听了诧异,道:“老爷何出此言?”金公便将手帕扇坠掷与何氏,道:“这都是你养的好女儿作的!”便在袖内把那一枝玉钗取出,道:“现有对证,还有何言支吾。”何氏见了此钗,问道:“此钗老爷从何得来?”金辉便将施生书箱内搜出的话说了,又道:“我看父女之情,给她三日限期,叫她寻个自尽,休来见我!”说罢,气忿忿的上外面书房去了。

何氏见此光景,又是着急,又是伤心,忙忙来到小姐卧室,见了牡丹,放声大哭。牡丹不知其详,问道:“母亲,这是为何?”夫人哭哭啼啼,将始末原由,述了一遍。牡丹听毕,只吓得粉面焦黄,娇音软颤,也就哭将起来。哭了多时,道:“此事从何说起!女儿一概不知。叫乳母梁氏追问佳蕙去。”谁知佳蕙自那日遗失手帕扇坠,心中一急,登时病了,就在那日告假,躺在自己屋内将养。此时正在昏愦之际,如何答应得上来。梁氏无奈,回转绣房,道:“问了佳蕙,她也不知。”何氏夫人道:“这便如何是好!”复又痛哭起来。牡丹强止眼泪,说道:“爹爹既然吩咐孩儿自尽,孩儿也不敢违拗。只是母亲养了孩儿一场,未能答报,孩子虽死也不瞑目。”夫人听到此,上前抱住牡丹,道:“我的儿呀!你既要死,莫若为娘的也同你死了罢。”牡丹哭道:“母亲休要顾惜女儿。现在我兄弟方交七岁,母亲若死了,叫兄弟倚靠何人?岂不绝了金门之后么?”说罢,也抱住夫人,痛哭不止。

旁边乳母梁氏猛然想起一计,将母女劝住,道:“老奴倒有一事回禀。我家小姐自幼稳重,闺门不出,老奴敢保断无此事。未免是佳蕙那丫头干的也未可知。偏偏她又病的人事不知。若是等她好了再问,惟恐老爷性急,是再不能等的。若依着老爷逼勒小姐,又恐日后事明,后悔也就迟了。”夫人道:“依你怎么样呢?”梁氏道:“莫若叫我男人悄悄雇上船一只,两口子同着小姐带佳蕙,投到唐县舅老爷那里暂住几时。待佳蕙好了,求舅太太将此事访查,以明事之真假,一来暂避老爷的盛怒,二来也免得小姐倾生。只是太太担些干系,遇便再求老爷便了。”夫人道:“老爷跟前,我再慢慢说明。只是你等一路上,叫我好不放心。”梁氏道:“事已如此,无可如何了。”牡丹道:“乳娘此计虽妙,但只一件,我自幼儿从未离了母亲,一来抛头露面,我甚不惯;二来违背父命,我心不安,还是死了干净。”

何氏夫人道："儿呀，此计乃乳母从权之道。你果真死了，此事岂不是越发真了么？"牡丹哭道："只是孩儿舍不得母亲奈何？"乳娘道："此不过解燃眉之急。日久事明，依然团聚，有何不可？小姐如若怕出头露面，我更有一计在此。就将佳蕙穿了小姐的衣服，一路上说小姐卧病，往舅老爷那里就医养病。小姐却扮作丫鬟模样，谁又晓得呢？"何氏夫人听了，道："如此很好。你们就急急的办理去罢，我且安置安置老爷去。"牡丹此时心绪如麻，纵有千言万语，一字却也道不出来，只是说道："孩儿去了，母亲保重要紧！"说罢，大哭不止。夫人痛彻心怀，无奈何，狠着心去了。

这里梁氏将她男子汉找来，名叫吴能。既称男子汉，可又叫吴能，这说明是无能的男子汉。他但凡有点能为，如何会叫老婆作了奶子呢？可惜此事交给他，这才把事办坏了。（他不及他哥吴燕能有本事，打的很好的刀。）到了河边，不论好歹，雇了船只；然后又雇了小轿三乘，来到花园后门。奶娘梁氏带领小姐与佳蕙乘轿到河边上船，一篙撑开，飘然而去。

且说金辉气忿忿离了上房，来到了书房内。此时施生已回，见了金公，上前施礼。金辉洋洋不睬。施俊暗道："他如何这等慢待于我？哦，是了，想是嗔我在这里搅他了。可见人情险恶，世道浇薄，我又非倚靠他的门楣觅生活，如何受他的厌气！"想罢，便道："告禀大人得知，小生离家日久，惟恐父母悬望，我要回去了。"金辉道："很好，你早就该回去。"施俊听了这样口气，登时羞得满面红涨，立刻唤锦笺备马。锦笺问道："相公往哪里去？"施俊道："自有去处，你备马就是了。谁许你问！狗才，你仔细，休要讨打。"锦笺见相公动怒，一声儿也不敢言语，急忙备了马来。施生立起身来，将手一拱，也不拜揖，说声"请了"。金辉暗道："这畜生如此无礼，真正可恶！"又听施生发话道："可恶呀，可恶！真正岂有此理！"金辉明明听见，索性不理他了，以为他少年无状。又想起施老爷来，他如何会生出这样子弟，未免叹息了一番。然后将书箱看了看，依然照旧。又将书箱打开看了看，除了诗文之外，只有一把扇儿，是施生落下的，别无他物。

可惜施生忙中有错，来时原是孤然一身，所有书籍典章全是借用这里的。他只顾生气，却忘了扇儿放在书箱之内。彼时若是想起，由扇子追问扇坠，锦笺如何隐瞒？何况当着金辉再加一质证，大约此冤立刻即明。偏偏的施生忘了此扇，竟遗落在书箱之内。扇儿虽小，事关重大。若是此时就明白此事,如何又生出下文多少的事来呢?

且说金辉见施俊赌气走了,便回到内室,见何氏夫人哭了个泪人一般,甚是凄惨。金辉一语不发,坐在椅上叹气。忽见何氏夫人双膝跪倒,口口声声:“妾身在老爷跟前请罪。”老爷连忙问道:“端的为何?”夫人将女儿上唐县情由,述了一遍,又道:“老爷只当女儿已死,看妾身薄面,不必深究了。”说罢,哭瘫在地。金辉先前听了,急的跺脚,惟恐丑声播扬。后来见夫人匍匐不起,究竟是老夫老妻,情分上过意不去,只得将夫人搀起来,道:“你也不必哭了。事已如此,我只好置之度外便了。”

金辉这里不究,哪知小姐那里生出事来。只因吴能忙迫雇船,也不留神,却雇了一只贼船。船家弟兄二人,乃是翁大、翁二,还有一个帮手王三。他等见仆妇男女二人带领着两个俊俏女子,而且又有细软包袱,便起了不良之意,暗暗打号儿。走不多时,翁大忽然说道:“不好了!风暴来了。”急急将船撑到幽僻之处,先对奶公道:“咱们须要祭赛祭赛,方好。”吴能道:“这里那讨香蜡纸马去?”翁二道:“无妨,我们船上皆有,保管预备的齐整,只要客官出钱就是了。”吴能道:“但不知用多少钱?”翁二道:“不多,不多,只要一千二百钱足够了”。吴能道:“用什么,要许多钱?”翁二道:“鸡鱼羊头三牲,再加香蜡纸锞,这还多吗?敬神佛的事儿,不要打算盘。”吴能无奈,给了一千二百钱。不多时,翁大请上香。奶公出船一看,见船头上面放的三个盘子,中间是个少皮无脑的羊脑袋,左边是只折脖缺膀的鸡嫁妆,右边是一尾飞鳞凹目的鲤鱼干;再搭上四零五落的一挂元宝,还配着滴溜搭拉的几片千张。更可笑的,是少颜无色的三张黄钱;最可怜的,七长八短的一束高香。还有一高一矮的一对瓦灯台上,插的不红不白的两个蜡头儿。吴能一见,不由的气往上冲,道:“这就是一千二百钱办的么?”翁二道:“诸事齐备,额外还得酒钱三百。”吴能听了发急,道:“你们不是要讹呀!”翁大道:“你这人祭赛不虔,神灵见怪,理应赴水,以保平安。”说罢,将吴能一推,噗咚一声,落下水去。

乳母船内听着不是话头,刚要出来,正见她男子汉被翁大推下水去,心中一急,连嚷道:“救人呀,救人!”王三奔过来就是一拳。乳母站立不稳,摔倒船内,又嚷道:“救人呀,救人呀!”牡丹此时在船内知道不好,极力将竹窗撞下,随身跳入水中去了。翁大赶进舱来,见那女子跳入水内,一手将佳蕙拉住,道:“美人不要害怕,俺合你有话商量。”佳蕙此时要死不能死,要脱不能脱,只急的通身是汗,觉的心内一阵清凉,病倒好了多一半。外面翁二合王三每人一枝篙将船撑开。佳蕙在船内被翁大拉着,急的她高声叫喊:“救人呀,救人!”忽见那边飞也似的来了一只快船,上面站着许多人,道:“这船上害人呢,快上船进舱搜来。”翁二、王三见不是势头,将篙往水内一拄,嗖的一声,跳下水去。翁大在舱内见有人上船,说进舱搜来,他惟恐被人捉住,便从窗户窜出,赴水逃生去了。可恨他三人贪财好色,枉用心机,白白的害了奶公并小姐落水,也只得赤手空拳赴水而去。

且言众人上船,其中有个年老之人道:“我等莫忙。大约贼人赴水脱逃,且看船内是什么人。”说罢,进舱看时,谁知梁氏藏在床下,此时听见有人,方才从床下爬出。见有人进来,她便急中生智,道:“众位救我主仆一命。可怜我的男人被贼人陷害,推在水内淹死;丫鬟着急,窜出船窗投水也死了;小姐又是疾病在身,难以动转,望乞众位见怜。”说罢,泪流满面。这人听了,连说道:“不要啼哭,待我回老爷去。”转身去了。梁氏悄悄告诉佳蕙,就此假充小姐,不可露了马脚。佳蕙点头会意。

那人去不多时,只见来了仆妇丫鬟四五个搀扶假小姐,叫梁氏提了包裹,纷纷乱乱一阵,将祭赛的礼物踏了个稀烂。来到官船之上,只见有一位老爷坐在大圈椅上面,问道:“那女子家住哪里?姓什么?慢慢讲来。”假小姐向前万福,道:“奴家金牡丹,乃金辉之女。”那老爷问道:“哪个金辉?”假小姐道:“就是作过兵部尚书的。只因家父连参过襄阳王二次,圣上震怒,将我父亲休致在家。”只见那老爷立起身来,笑吟吟的道:“原来是侄女到了。幸哉,幸哉,何如此之巧呀!”假小姐连忙问道:“不知老大人为谁?因何以侄女呼之?请道其详。”那老爷笑道:“老夫乃邵邦杰,与令尊有金兰之谊。因奉旨改调长沙太守,故此急急带了家眷前去赴任。今日恰好在此停泊,不想救了侄女,真是天缘凑巧。”假小姐听了,复又拜倒,口称叔父。邵老爷命丫鬟搀起,设座坐了,方问道:“侄女为何乘舟?意欲何往?”

不知假小姐说些什么话来,且听下回分解。

第九十一回

死里生千金认张立　苦中乐小侠服史云

且说假小姐闻听邵公此问，便将身体多病，奉父母之命，前往唐县就医养病的话，说了一遍。邵老爷道："这就是令尊的不是了。你一个闺中弱质，如何就叫奶公奶母带领去赴唐县呢？"假小姐连忙答道："平素时常往来。不想此次船家不良，也是侄女命运不济。"邵老爷道："理宜将侄女送回，奈因钦限紧急，难以迟缓。与其上唐县，何不随老夫到长沙，现有老荆同你几个姊妹，颇不寂寞。待你病体好时，我再写信与令尊，不知侄女意下如何？"假小姐道："既承叔父怜爱，侄女敢不从命。但不知婶母在于何处？待侄女拜见。"邵老爷满心欢喜，连忙叫仆妇丫鬟搀着小姐，送到夫人船上。原来邵老爷有三个小姐，见了假小姐，无不欢喜。

从此佳蕙就在邵老爷处将养身体。她原没有什么大病，不多几日，也就好了。夫人也曾背地里问过她，有了婆家没有。她便答道："自幼与施生结亲。"夫人也悄悄告诉了老爷。自那日开船行到梅花湾的双岔口，此处却是两条路：一股往东南，却是上长沙；一股往东北，却是绿鸭滩。

且说绿鸭滩内有渔户十三家，内中有一人年纪四旬开外，姓张名立，是个极其本分的，有个老伴儿李氏。老两口儿无儿无女，每日捕鱼为生。这日张老儿夜间撒下网去，往上一拉，觉得沉重，以为得了大鱼，连唤："妈妈，快来，快来！"李氏听了，出来问道："大哥，唤我做什么？"（这老两口子素来就是这等称呼，男人管着女人叫妈妈，女人管着男人叫大哥。当初不知是怎么论的，如今惯了，习以为常。）张立道："妈妈，帮我一帮，这个行货子可不小，"李氏上前帮着拉上船来，将网打开，看时却是一个女尸，还有竹窗一扇托定。张立连连啐道："晦气，晦气！快些掷下水去。"李氏忙拦道："大哥不要性急，待我摸摸，还有气息没有。岂不闻'救人一命，胜造七级浮屠'吗？"果然摸了摸，胸前兀的乱跳，说道："还有气息，快些控水。"李氏又舒掌揉胸。不多时，清水流出不少，方才渐渐苏醒，哼哼出来。婆子又扶她坐起，略定定神，方慢慢呼唤，细细问明来历。

原来此女就是牡丹小姐。自落水之后，亏了竹窗托定，顺水而下，不计里数，漂流至此。自己心内明白，不肯说出真情，答言："是唐县宰的丫鬟，因要接金小姐去，手扶竹窗，贪看水面。不想竹窗掉落，自己随窗落水，不知不觉漂流至此。请问妈妈贵姓？"李氏一一告诉明白，又悄悄合张立商量道："你我半生无儿无女。我今看见此女生的十分俏丽，言语聪明，咱们何不将她认为女儿，将来岂不有靠么？"张立道："但凭妈妈区处。"李氏便对牡丹说了。牡丹连声应允。李氏见牡丹应了，欢喜非常。登时疼女儿的心盛，也不愿捕鱼，急急催大哥快快回庄，好与女儿换衣服。张立撑开船，来到庄内。李氏搀着牡丹进了茅屋，找了一身干净衣服，叫小姐换了。本是珠围翠绕，如今改了荆钗布裙。

李氏又寻找茶叶烧了开水，将茶叶放在锅内，然后用瓢和弄个不了，方拿过碗来，擦抹净了，吹开沫子，舀了半碗，擦了碗边，递与牡丹，道："我儿喝点热水，暖暖寒气。"牡丹见她殷勤，不忍违却，连忙接过来，喝了几口。又见她将叶掏出，从新刷了锅，舀上一瓢水，找出小米面，做了一碗热腾腾的白水小米面的疙瘩汤，端到小姐面前，放下一双黄油四棱竹箸，一个白沙碟儿腌萝卜条儿。牡丹过意不去，端起碗来，喝了点儿，尝着有些甜津津的，倒没有别的味儿，于是就喝了半碗；咬了一点萝卜条儿，觉着扎口的咸，连忙放下了。她因喝了半碗热汤，登时将寒气散出，满面香汗如沈。婆子在旁看见。连忙掀起衣襟，轻轻给牡丹拂拭，更露出本来面目，鲜妍非常。婆子越瞧越爱，越爱越瞧，如获至宝一般。又见张立进来。问道："闺女这时好些了？"牡丹道："请爹爹放心。"张立听小姐的音声改换，不像先前微弱，而且活了不足五十岁，从来没听见有人叫他"爹爹"二字。如今听了这一声，仿佛成仙了道，醍醐灌顶①，从心窝里发出一股至性达天的乐来，哈哈大笑，道："妈妈，好一个闺女呀！"李氏道："正是，正是。"说罢，二人大笑不止。此时天已发晓。李氏便合张立商议，说："女儿在县宰处，必是珍馐②美味惯了，千万不要委屈了她。你卖鱼回来时，千万买些好吃食回来。"张立道："既如此，我多秤些肥肉，再带些豆腐白

---

① 醍醐（tíhú）灌顶——醍醐，古时指从牛奶中提炼出来的精华，佛教比喻最高的佛法。醍醐灌顶，比喻灌输智慧，使人彻底醒悟。

② 珍馐（xiū）——珍奇贵重的食物。

菜,你道好不好?”李氏道:“很好,就是如此。”

乡下人不懂的珍馐,就知肥肉是好东西,若动了豆腐白菜便是开斋,这都是轻易不动的东西。其实所费几何?他却另有个算盘。他道有了好菜,必要多吃;既多吃,不但费菜,连饭也是费的,仔细算来,还是不吃好菜的好。如今他夫妻乍得了女儿,一来怕女儿受屈,二来又怕女儿笑话瞧不起,因此发着狠儿,才买肉买菜,调着样儿收拾出来。牡丹不过星星点点的吃些就完了。

一来二去,人人纳罕儿,说张老者老两口儿想开了,无儿无女,天天弄嘴吃。就有搭讪过来闻闻香味的意思,遇巧就要尝尝。谁知到了屋内一看,见床上坐着一位花枝招展,犹如月殿嫦娥、瑶池仙女似的一位姑娘。这一惊不小,各各追问起来,方知老夫妻得了义女,谁不欢喜,谁敢怠慢,登时传扬开了。十二家渔户俱各要前来驾喜。

其中有一个姓史名云,会些武艺,且胆量过人,是个见义敢为的男子。因此这些渔人们皆器重他,凡遇大小事儿,或是他出头,或是与他相商。他若定了主意,这些渔户们没有不依的。如今要与张老儿贺喜,这三一群、五一伙,陆陆续续俱各找了他去,告诉他张老儿得女儿的情由。

史云听了,拍手大乐,道:“张大哥为人诚实,忠厚有余,如今得了女儿,将来必有好报。这是他老夫妻一片至诚所感,列位到此何事?”众人道:“因要与他贺喜,故此我等特来计较。”史云道:“很好,咱们庄中有了喜事,理应作贺。但只一件,你我俱是贫苦之人,家无隔宿之粮,谁是充足的呢?大家这一去,人也不少,岂不叫张大哥为难么?既要与他贺喜,总要大家真乐方好。依我倒有个主意。咱们原是鱼行生理,乃是本地风光。大家以三日为期,全要辛苦辛苦,奋勇捕了鱼来,俱各交在我这里出脱。该留下咱们吃的留下吃,该卖的卖了钱买调和沽酒,全有我呢。”又对一人道:“弟老的,这两天你要常来。你到底认得几个字,也拿的起笔来,有可以写的须要帮着我记记方好。”原来这人姓李,满口应承道:“我天天早来就是了。”史云道:“更有一宗要紧的,是日大家去时,务必连桌凳俱要携了去方好。不然,张大哥那里,如何有这些凳子家伙桌子呢?咱们到了那里,大家动手,索性不用张大哥张罗,叫他夫妻安安稳稳乐一天。只算大家凑在一处,热热闹闹的吃喝一天就完了。别的送礼送物,皆是虚文,一概不用。众位以为何如?”众人听罢,俱各欢喜,道:“好极,好极!就是这样罢。但只一件,其中有人口多的,有少的,这怎么样呢?”史云道:“全有我呢,包管平允,谁也不能吃亏,谁也不能占便宜。其实乡里乡亲何在乎这上头呢,然而办事必得要公。大家就辛苦辛苦罢,我到张大哥那里给他送信去。”众人散了。

史云便到了张立的家中,将此事说明,又见了牡丹果真是如花似玉的女子,快乐非常。张立便要张罗起事来。史云道:“大哥不用操心,我已俱各办妥。老兄就张罗下烧柴就是了,别的一概不用。”张立道:“我的贤弟,这个是不容易,如何张罗下烧柴就是了呢?”史云道:“我都替老兄打算下了,样样俱全,就短柴火,别的全有了。我是再不撒谎的。”张立仍是半疑半信的,只得深深谢了。史云执手回家去了。

众渔人果然齐心努力,办事容易的很。真是争强赌胜,竟有出去二三十里地捕鱼去的,也有带了老婆孩儿去的,也有带了弟男子侄去的。刚到了第二天,交到史云处的鱼虾真就不少。史云裁夺着,各家平匀了,估量着够用的,便告诉他等道:“某人某人交的多,明日不必交了。某人某人交的少,明日再找补些来。”他立刻找着行头,公平交易,换了钱钞,沽酒买菜,全送到张立家中。张立见了这些东西,又是欢喜,又是着急:欢喜的是得了女儿,如此风光体面;着急的是这些东西,可怎么措置呢?史云笑道:“这有何难。我只问你,烧柴预备下了没有?”张立道:“预备下了。你看,靠着篱笆那两垛,可够了么?”史云瞧了瞧,道:“够了,够了,还用不了呢。烧柴既有,老兄,你就不必管了。今夜五鼓咱们乡亲都来这里,全是自己动手。你不用张罗,尽等着喝喜酒罢。”张立听了,哈哈大笑,道:“全仗贤弟分心,劣兄如何当得!”史云笑道:“有甚要紧,一来给老兄贺喜,二来大家凑个热闹,畅快畅快,也算是咱们渔家乐了。”

正说间,只见有许多人抗着桌凳的,挑着家伙的,背着大锅的,又有倒换挑着调和的,还有合伙挑着菜蔬的,纷纷攘攘送来,老儿接迎不暇,登时放满一院子。也就是绿鸭滩,若到别处,似这样行人情的也就少少儿的。全是史云张罗帮忙。却好李弟老的也来了,将东西点明记账,一一收下。张老儿惟恐错了,还要自己记了暗记儿。来一个,史云嘱咐一个,道:“乡亲,明日早到,不要迟了。千万,千万!”到黄昏时,俱已收齐,史云方同李弟老的回去了。

次日四鼓时,史云与李弟老的就来了。果是五鼓时,众乡亲俱各来到。张老儿迎着道谢。史云便分开脚色,谁挖灶烧火,谁做菜蔬,谁调座位,谁抱柴挑水,俱不用张立操一点心。乐的个老头儿出来进去,这里瞧瞧,那里看看,犹如跳圈猴儿一般,一会儿又进屋内问妈妈道:“闺女吃了什么没有?”李氏道:“大哥不用你张罗,我与女儿自会调停。”张立猛见李氏,笑道:“嗳呀!妈妈今日也高兴了,竟自洗了脸,梳了头了。”李氏笑道:“什么话呢。众乡亲贺喜,我若黑脸乌嘴的,如何见人呢?你看我这头还是女儿给我梳的呢。”张立道:“显见得你有了女儿,就支使我那孩子梳头。再过几时,你吃饭还得女儿喂你呢。”李氏听了,啐道:“呸!没的瞎说白道的了。”张立笑吟吟的出去了。

不多时,天已大亮,陆陆续续田妇村姑俱各来了。李氏连忙迎出,彼此拂袖道喜道谢,又见了牡丹,一个个咂嘴吐舌,无不惊讶。牡丹到了此时,也只好接待应酬,略为施展,便哄的这些人欢喜,不知如何是好。到了饭得之时,座儿业已调好。屋内是女眷,所有桌凳俱是齐全的,就是家伙也是挑秀气的。外面院子内是男客,也有高桌,也有矮座,大盘小碗,一概不拘。这全是史云的调度,真真也难为他。大家不论亲疏,以齿为序。我拿凳子,你拿家伙,彼此嘻嘻哈哈,团团围住,真是爽快。霎时杯盘狼藉。虽非嘉肴美味,却是鲜鱼活虾,荤素俱有,左添右换,以多为盛。大家先前慢饮,后来有些酒意,便呼么喝六豁起拳来。

恰好史云与张立豁拳。张立叫了个“七巧”,史云叫了个“全来”。忽听外面接声道:“可巧俺也来了,可不是全来吗?”史云便仰面往外侧听。张立道:“听他则甚?咱们且豁拳。”史云道:“老兄且慢。你我十三家俱各在此,外面谁敢答言?待我出去看来。”说罢,立起身来,启柴扉一看,见是个年幼之人,背着包裹,正在那里张望。史云咄的一声,道:“你这后生窥探怎的?方才答言的敢则是你么?”年幼的道:“不敢,就是在下。因见你们饮酒热闹,不觉口内流涎,俺也要沽饮几杯。”史云道:“此处又非酒肆①饭铺,如何说‘沽饮’二字?你妄自答言,俺也不计较于你,快些去罢。”说罢,刚要转身,只见少年人一伸手将史云拉住,道:“你说不是酒肆,如何有这些人聚饮?敢是你欺负我外乡人么!”史云听了,登时喝道:“你这小厮好生无礼!俺饶放你去,你反拉我不放。说欺负你,俺就欺负

---

① 酒肆(sì)——酒店。肆,铺子。

你,待怎么!”说着,扬手就是一掌打来。年少之人微微一笑,将掌接住往怀里一带,又往外一搡。只听咕咚一声,史云仰面栽倒在地,心中暗道:“好大力量! 倒要留神。”急忙起来,复又动手。只见张立出来劝道:“不要如此,有话慢说。”问了原由,便对年幼的道:“老弟休要错会了意。这真不是酒肆饭铺,这些乡亲俱是给老汉贺喜来的。老弟如要吃酒,何妨请进,待老汉奉敬三杯。”年幼的听见了酒,便喜笑颜开地道:“请问老丈贵姓?”张立答了姓名。他又问史云,史云答道:“俺史云,你待怎么?”年幼的道:“史云大哥恕小弟莽撞,休要见怪。”说罢,一揖到地。

未知如何,下回分晓。

第九十二回

小侠挥金贪杯大醉　老葛抢雉惹祸着伤

且说史云见年幼之人如此,闹的倒不好意思了,连忙问道:“足下贵姓?”年幼的道:“小弟艾虎。只因要上卧虎沟,从此经过,见众位在此饮酒作乐,不觉口渴。既蒙赐酒,感领厚情。请了。”说罢,迈步就进了柴门。

你道艾虎如何来到此处?只因他与施俊结拜之后,每日行程五里也是一天,十里也算一站。若遇见好酒,不定住三天五天,喝醉了就睡,睡醒了又喝。左右是蒋平不心疼的银子,由着他的性儿花罢了。当下众渔户见张立、史云同了个年幼之人进来,大家都不认得,只有一拱手而已。史云便将艾虎让在自己一处。张立拿起壶来,满满斟了一杯,递与艾虎。艾虎也不谦让,连忙接过来一饮而尽。史云接过来也斟上一杯,艾虎也就喝了。他又复与二人各斟一杯,自己也陪了一杯,然后慢慢问道:“方才老丈说府上贺喜,不知为着何事?”史云代为说明。艾虎哈哈大笑,道:“原来如此,理当贺的。”说罢,回手向兜肚内掏出两锭银子来,递与张立道:“些须薄礼,望乞笑纳。”张立如何肯接。艾虎强扭强捏的,揣在他怀内。

张立无奈,谢了又谢。转身来到屋内,叫声:“妈妈,这是方才一位小客官给女儿的贺礼,好好收了。”李氏接来一看,见是两锭五两的锞子,不由吃惊,道:“嗳哟！如何有这样的重礼呢?”正说间,牡丹过来,问道:“母亲,什么事?”张立便将客官送贺礼的事说了。牡丹道:“此人可是爹爹素来认得的么?”张立道:“并不认得。”牡丹道:“既不认得,萍水相逢,就受他如此厚礼,此人就令人难测,焉知他不是恶人暴客呢?据孩儿想来,还是不受他的为是。”李氏道:“女儿说的是,大哥趁早儿还他去。”张立道:“真是闺女想的周到,我就还他去。”仍将银子接过,出外面去了。

张立当下拿回银子,见了艾虎,说道:“方才老汉与我老伴并女儿一同言明,她母女说客官远道而来,我等理宜尽地主之情,酒食是现成的,如何敢受如此厚礼。仍将原银奉还,客官休要见怪。”艾虎道:“这有甚要紧。难道今日此举,老丈就不耗费资财么?权当做薪水之资就是了。”张立道:“好叫客官得知,今日此举全是破费众乡亲的。不信,只管问我们史乡亲。”史云在旁答道:“此话千真万真,决不欺哄。”艾虎道:“俺的银子已经拿出,如何又收回呢?也罢,俺就烦史大哥拿此银两,明日照旧预备。今日是俺扰了众乡亲,明日是俺作东回请众位乡亲。如若少了一位,俺是不依史大哥的。”史云见此光景,连忙说道:“我看艾客官是个豪爽痛快人,莫若张大哥从实收了罢,省得叫客官为难。”张立只得又谢了。

史云便陪着艾虎,左一碗,右一碗,把个史云也喝的愣了,暗道:“这样小小年纪,却有如此大量。”就是别人也往这边瞅着。喝来喝去,小侠渐渐醉了,前仰后合,身体乱晃,就靠着桌子,垂眉闭眼,史云知他酒深,也不惊动他。不多时,只听呼声振耳,已入梦乡。艾虎既是如此,众渔人也就醺醺,独有张立、史云喝的不多。张立是素来不能多饮的;史云酒量却豪,只因与张老儿张罗办事,也就不肯多喝了。张立仍是按座张罗。

忽听外面有人唤道:“张老儿在家么?”张立忙出来一看,不由的吃了一惊,道:“二位请了。到此何事?”二人道:“怎么你倒问我们?今日是谁的班儿了?”

你道此二人是谁?原来是黑狼山的喽啰。自从蓝骁占据了此山,知道绿鸭滩有十三家渔户,定了规矩,每日着一人值日。所有山上用的鱼虾,皆出在值日的身上。这日正是张立值日,他只顾贺喜,就把此事忘了。今日喽啰来了,方才想起,连忙告罪,道:“是老汉一时忽略,望乞二位在头领跟前方便方便,明日我多备鱼虾补还上就是了。”二喽啰道:“你这话竟是胡说！明日补还,今日大王先空一顿吗?我们全不管你,今日只好跟了我们去见头领,有什么说的,你自己去说罢。"

此时史云已然出来,连忙插言道:"二位不要如此,委是张伙计今日有事,务求包容包容。"就把他得女儿贺喜的话,说了一遍。二喽啰听了,道:"既是如此,我们瞧瞧你这闺女,回去见了头领,也好回话。"说罢,不容张立依不依,硬往里走。到了屋内见牡丹,暗暗喝彩。转身出来,一眼瞧见了艾虎,在那里端坐不动。原来众人见喽啰进来,知有事故,胆大的站起来在一旁听着,胆小的怕有连累也就溜了。独有艾虎坐在那里。这喽啰如何知道他是沉醉酣睡呢,大声嗔喝,道:"他是什么人?竟敢见了我傲不为礼,这等可恶!快快与我绑了,解上山去。"张立忙上前分解,道:"他不是本庄之人,而且吃醉了,求爷们宽恕。"史云在旁,也帮着说话。二喽啰方气忿忿的去了。

众人见喽啰去了,嘈嘈杂杂,议论不休。史云便合张立商议:"莫若将这客官唤醒,叫他早些去罢,省得连累了他。"张立听了,急急将艾虎唤醒,说明原由。艾虎不听则可,听了时一声怪叫道:"嗳哟哟!好山贼野寇。俺艾虎正要寻他,他反来捋虎须。待他来时,俺自对付他。"张立着急,只好苦劝。

忽听得人喊马嘶,早有渔户跑的张口结舌道:"不……不好了!葛头领带领人马入庄了。"张立听了,只吓得浑身乱抖。艾虎道:"老丈不要害怕,有俺在此。"说罢,将包袱递与张立,回头叫道:"史大哥,随俺来。"刚然出了柴扉,只见有二三十名喽啰簇拥着一个老头骑在马上,声声叫道:"张老儿,闻得你有个如花似玉的女儿,正好与俺匹配,俺如今特来求亲。"艾虎听了,一声叱咤道:"你这厮叫什么?快些说来!"马上的道:"谁不晓得俺葛瑶明,绰号蛤蜊蚌子吗?你是何人,竟敢前来多事?"艾虎道:"我只当是蓝骁那厮,原来是个无名的小辈。俺艾虎爷爷在此,你敢怎么?"葛瑶明听了,喝道:"好小厮!满口胡说!"吩咐喽啰将他绑了。嗯的上来了四五个。艾虎不慌不忙,两只臂膀往左右一分,先打倒了两个;一转身抬腿,又踢倒了一个。众喽啰见小爷勇猛,又上来了十数个,心想以多为胜。哪知小侠指东打西,窜南跃北,犹如虎荡羊群,不大的工夫,打了个落花流水。

史云在旁,见小爷英勇非常,不由喝彩,自己早托定五股鱼叉,猛然喊了一声,一个健步,竟奔葛瑶明而来。原来这些喽啰以为渔户好欺负,并未防备，皆是赤手而来。独葛瑶明腰间系着一把顺刀，见众喽啰不是艾虎对手，刚然拔刀，要上前相助，史云鱼叉已到，连忙用刀一迎。史云把叉往回里一抽，谁知叉上有倒须钩儿，早把顺刀拢住。史云力猛，葛瑶明在马上一晃，手不吃劲，呰啷啷顺刀落地，说声"不好"，将马一带，哧留的往庄外就跑。众喽啰见头领已跑，大家也抱头鼠窜而去。艾虎打的高兴，哪里肯放，上前将葛瑶明的刀捡起就追。史云也便大喊"赶呀"，手内托定五股鱼叉，也追下去了。艾虎追出庄外，见贼人前面乱跑，他便撒脚紧紧追赶。俗云："归师勿掩，穷寇莫追。"如今小侠真是初生的犊儿不怕虎，又仗着自己的本领，哪把这一众山贼放在眼里，又搭着史云也是一勇之夫，随后紧赶。看看来到山环之内，只见艾虎平空的栽倒在地，两边跑出多少喽啰，将艾虎按住，捆绑起来。史云见了，说声"不好"，急转身往回里就跑，给庄中送信去了。

你道艾虎如何栽倒？只因葛贼骑马跑的快，先进了山环，便有把守的喽兵，他就吩咐暗暗埋伏绊脚绳。小侠哪里理会，他是跑开了，冷不防，焉有不栽倒之理呢！众喽啰拿了艾虎。葛瑶明业已看见，忙将喽兵分为两路，着十五人押着艾虎同自己上山，着十五人回转庄中到张老儿家抢亲。葛贼洋洋得意将马驮了艾虎，忙忙的入山。

正走之间，只见一只野鸡打空中落下。葛瑶明上前捡起一看，见鸡胸流血，知是有人打的。复往前面一看，早见有人嚷道："快些将山鸡放下！那是我们打的。"葛贼仔细一看，原来是一个极丑的女子，约有十五六岁。葛瑶明道："这鸡是你的么？"丑女子道："是我的。"葛贼道："你休要哄我。既是你的，你手无寸铁，如何会打下野鸡来？"丑女子道："原是我姐姐打的。不信，你看那树下站的不是？"葛贼转脸一看，见一女子生的美貌非常，果然手握弹弓，在那里站着。葛贼暗暗欢喜道："我老葛真是红鸾星照命。张老儿那里有了一个，如今又遇见一个，这才是双喜临门呢！"想罢，对丑女子道："你说你姐姐打的，我不信。叫你姐姐跟了我去，我们山后头有鸡，叫她打一个我看看。"说罢，两只贼眼直勾勾的瞅着那边女子。丑女子大怒："你若不还，只怕你姑娘不容你过去，"说毕，拉开架式，就要动手。只听葛瑶明哎哟一声，仰面栽倒在地，挣扎着爬起来，早见两眉攒中流下血来。丑女子已知是姐姐用铁丸打的，不容他站稳，嗖的一声，照后心噔的就是一脚。葛瑶明他倒听教训，噗哧的一声，嘴吃屎又躺下了。

众喽啰一拥齐上。丑女子微微冷笑,抬了抬手,一个个东倒西歪;动了动脚,一个个呲牙咧嘴。此时葛贼知道女子利害,不敢抵敌,爬起来就跑。众人见头领跑了,谁还敢怠慢,也就唧噜咕噜的一齐跑了。丑女子正在赶打喽卒,忽听有人高声喝彩叫好。

不知后文如何,下回分解。

第九十三回

辞绿鸭渔猎同合伙　归卧虎姊妹共谈心

且说丑女子将众卒打散,单单剩下了捆绑的艾虎在马上驮着,又高阔,又得瞧,见那丑女子打这些人,犹如捕蝶捉蜂,轻巧至甚,看到痛快处,不由的高声叫好喝彩,扯开嗓子,哈哈大笑,道:“打的好!打的妙!”正在快乐,忽听丑女子问道:“你是什么人?”艾虎方住笑,说道:“俺叫艾虎,是被他们暗算拿住的。”丑女子道:“有个黑妖狐与北侠,你可认得么?”艾虎道:“智化是我师傅,欧阳春是我义父。”丑女子道:“如此说来,是艾虎哥哥到了。”连忙上前解了绳缚。艾虎下马,深深一揖,道:“请问姐姐贵姓?”丑女子道:“我名秋葵。沙龙是我义父。”艾虎道:“方才用弹弓打贼人的,那是何人?”秋葵道:“那是我姐姐凤仙,乃我义父的亲女儿。”说话间,便招手道:“姐姐这里来。”凤仙在树下见秋葵给艾虎解缚,心甚不乐,暗暗怪说:“妹子好不晓事,一个女儿家不当近于男子,这是什么意思!”后来见秋葵招手,方慢慢过来道:“什么事?”秋葵道:“艾虎哥哥到了。”凤仙听了“艾虎”二字,不由的将艾虎看了一看,满心欢喜,连忙向前万福。艾虎还了一揖。

忽听半山中一声叱咤道:“好两个无耻的丫头,如何擅敢与男子见礼!”凤仙、秋葵抬头一看,见山腰里有三人,正是铁面金刚沙龙,与两个义弟,一名孟杰,一名焦赤。秋葵便高声唤道:“爹爹与二位叔父这里来,艾虎哥哥在此。”右边的焦赤听了,道:“嗳呀!艾虎侄儿到了,大哥快快下山呀!”说着话,他就突、突、突、突跑下山来,嚷道:“哪个是艾虎侄儿?

想煞俺也!"

你道焦赤为何说此言语?只因北侠与智公子、丁二官人到了卧虎沟,叙话说到盗冠拿马朝贤一节,其中多亏了艾虎,如何年少英勇,如何胆量过人,如何开封首告亲身试铡,五堂会审,救了忠臣义士,从此得了个小侠之名。说得个孟杰、焦赤一壁听着,一壁乐了个手舞足蹈。惟有焦赤性急,恨不得立刻要见艾虎。自那日起,心里时刻在念。如今听说到了,他如何等得,立时要会,先跑下山来,乱喊乱叫,说:"想煞俺也!"艾虎听了,也觉纳闷道:"此人是谁呢?我从来未见过,他想我作什么?"

及至来到切近,焦赤扔了钢叉,双关子抱住艾虎,右瞧左看,左观右瞧。艾虎不知为何,挺着身躯,纹丝儿不动。只听焦赤哈哈大笑,道:"好呀!果然不错,这亲事做定了。"说着话,沙龙、孟杰俱各到了,焦赤便嚷道:"大哥,你看看相貌,好个人品,不要错了主意,这门亲事做定了。"沙龙忙拦道:"贤弟太莽撞了,此事也是乱嚷的么?"

原来北侠与智公子听见沙员外有个女儿名叫凤仙,一身的武艺,更有绝技是金背弹弓,打出铁丸百发百中。因此一个为义儿,一个为徒弟,转托丁二爷在沙员外跟前求亲。沙龙想了一想:"既是黑妖狐的徒弟,又是北侠的义儿,大约此子不错。"也就有些愿意了,彼时对丁二爷说道:"既承欧阳兄与智贤弟愿结秦晋,劣兄无不允从。但我有个心愿:秋葵乃劣兄受了托孤重任,认为义女。我疼她比凤仙尤甚,一来怜念她无父无母,孤苦伶仃;二来爱惜她两膀有五六百斤的膂力①,不过生的丑陋些。须将秋葵之事完结后,方能聘嫁凤仙,求贤弟与他二人说明方好。"丁二爷就将此事,暗暗告诉了北侠、智爷。二人听了,深为器重沙龙,说:"你我做事,理应如此。"又道:"艾虎年纪尚小,再过几年,也不为晚。"便满口应承了。谁知后来孟、焦二人听见有求亲之说,他俩便极力撺掇沙龙,道:"有这样好事,为何不早早的应允?"沙龙因他二人粗卤,不便细说,随意答道:"愚兄从来没有见过艾虎,知他品貌如何,儿女大事,也有这样就应得的么?"孟、焦二人无的可说,也就罢了。故此今日焦赤见了艾虎,先端详了品貌,他就嚷"这亲事做定了"。他只顾如此说,旁边把个凤仙羞的满面通红,背转身去了。秋葵方对艾虎道:"这是我爹爹,这是孟叔父与焦叔父。"艾

① 膂(lǚ)力——体力。

虎一一见了。沙龙见艾虎年少英雄，满心欢喜，便问道："贤侄为何来到此处？"艾虎一一说了，又道："他等又派人仍去抢亲，小侄还得回去搭救张老者的女儿。"焦赤听了，舒出大指，道："好的！正当如此，待俺同你走走。"从那边收起钢叉。沙龙见艾虎赤着双手，便把自己的齐眉棍递与小爷。

他二人迈开大步，转身迎来。方到山环，只见抢牡丹的喽啰抬定一个四方的东西，周围裹着布单，上面盖着块似红非红的袱子（敢则是个没顶儿的轿子），里面隐隐有哭泣之声。艾虎见了，抡开大棍，吼了一声，一路好打。焦赤托定钢叉，左右一晃，叉环乱响。喽啰等哪里还有魂咧，赶着放下轿子，四散的逃命去了。艾虎过来扯去红袱一看，原来是张桌子，腿儿朝上。再细看时，见里面绑着个女子，已然吓的人事不省，呼之不应。正在为难，只见山口外哭进一个婆子来，口中嚷道："天杀的呀！好好的还我女儿。如若不然，我也不活着了，我这老命合你们拼了罢！"正是李氏。艾虎唤道："妈妈不要啼哭，我已将你女儿截下了。"又见张立从那边踉里踉跄来了。彼此见了，好生欢喜。此时李氏将牡丹的绳绑松了，苏醒过来。

恰好沙龙父女与孟杰不放心，大家迎了上来，见将女子截下，喽啰逃脱。艾虎又带了张立，见过沙龙；李氏带了牡丹，见过凤仙、秋葵，也是前生缘份，彼此倾心爱慕。凤仙道："姐姐何不随我们上卧虎沟呢？大料山贼决不死心，倘若再来，怎生是好？"牡丹听了，甚是害怕。秋葵心直口快，转身去见沙龙，将此事说了。沙龙道："我也正为此事踌躇。"便问张立道："闻得绿鸭滩有渔户十三家，约有多少人口？"张立道："算来男妇老幼不足五六十口。"沙龙道："既是如此，老丈你急急回去告诉众人，陈说利害，叫他等急急收拾，俱各上卧虎沟便了。"艾虎道："小侄同张老丈回去，我还有个包袱要紧。"孟杰道："俺也随了去。"焦赤也要去，被沙龙拦住，道："贤弟随我回庄，且商议安置众人之处。"便向秋葵道："这母女二人就交给你姐儿两个，我们先回庄去了。"

谁知牡丹受了惊恐，又绑了一绳，如何转动得来。秋葵道："无妨，我背着姐姐。"凤仙道："妹子如何背的了这么远呢？"秋葵道："姐姐忘了，前面树上还拴着驮姐夫的马呢。"说罢，噗哧的一声笑了。凤仙脸一红，一声儿也不言语了。秋葵背起牡丹去了。走不多时，见那马仍拴在那里，秋葵放下牡丹。牡丹却不会骑马。凤仙过去将马拉过来，认镫乘上，走了几步，却无毛病，说道："姐姐只管骑上，我在旁边照拂着，包管无事。"还是秋葵将牡丹抱上马去。凤仙拢住嚼环，慢慢步行。牡丹心甚不安，只听秋葵道："妈妈走不动，我背你几步儿。"李氏笑道："婆子如何敢当？告诉姑娘说，我哪一天不走一二十里路呢？全是方才这些天杀的乱抢混夺，我又是急又是气，所以跑的两条腿软了。走了几步儿，溜开了就好了。姑娘放心，我是走得动的。"一路上说着话儿，竟奔卧虎沟而来。

你道卧虎沟的沙龙，为何不怕黑狼山的蓝骁呢？其中有个缘故。卧虎沟内原是十一家猎户，算来就是沙龙的年长，武艺超群，为人正直，因此这十家皆听他的调度。自蓝骁占据了黑狼山，他便将众猎户叫来，传授武艺，以防不测。后来又交结了孟杰、焦赤，更有了帮手。暗暗打听，知道绿鸭滩众渔户已然轮流上山，供给鱼虾。"焉知那贼不来合我们要野兽呢？俺卧虎沟既有沙龙，断断不准此例。众位入山，大家留神，倘有信息，自有俺应候他，你等不要惊慌。"众人遵命，谁也不肯献兽与山贼。不料蓝骁那里，已知卧虎沟有个铁面金刚沙龙。他却亲身来到卧虎沟，明是索取常例，暗里要会会沙龙。及至见面，蓝骁责备为何不上山纳兽。沙龙破口大骂，所有十一家猎户俱是他一人承当。蓝骁听了大怒，彼此翻脸，动起手来。一个步下，一个马上，走了几合，只听哓哧一声，沙龙一刀砍在蓝骁的马镫之上。沙龙道："俺手下留情，山贼你要明白。"蓝骁回马，一执手，道："沙员外，你的本领蓝骁晓得了。"说毕，竟自回山去了，暗暗写信与襄阳王，说沙龙本领高强，将来可做先锋。他有意要结交沙龙，所有猎户入山，一提"卧虎沟"三字，喽啰再也不敢惹，因此沙龙英名远振。如今又把绿鸭滩十三家渔户也归卧虎沟来，从此黑狼山交鱼虾的例也就免了。

再说沙龙同焦赤先到庄中，将西院数间房屋腾出安顿男子，又将里间跨所安顿妇女，俱是暂且存身。即日鸠工，随庄修盖房屋，等告成时，再按各家分住。不多时，牡丹母女与凤仙姐妹一同来到，听说在里间跨所安顿妇女，姐儿两个大喜。秋葵道："这等住法很好，咱们可热闹了。"凤仙道："就是将来房屋盖成，别人俱各挪出，使得；惟独张家的姐姐不许搬出去，就同张老伯仍住跨所，一来他是个年老之人，二来咱们姊妹也不寂寞。你说好不好？"牡丹道："只是搅扰府上，心甚不安。"凤仙道："姐姐以后千万不要说这些客套话，只求姐姐诸事包涵就完了。"秋葵听了一扭头，道：

"瞧你们这个俗气法,叫我听着怪牙碜的。走罢,咱们先见见爹爹去。"说着话,俱各来到厅上,见了沙龙。沙龙正然吩咐杀猪宰羊,预备饭食。只见她姐妹前来,后边跟定李氏、牡丹,上前从新见礼。沙龙还揖不迭。仔细瞧了牡丹,举止安详,礼数周到,而且与凤仙比起来尤觉秀美,心中暗忖道:"看此女气度体态,决非渔家女子,必是大家的小姐。"笑盈盈说道:"侄女到此,千万莫要见外。如若有应用的,只管合小女说声,千万不必拘束。"秋葵将房屋盖好,不许张家姐姐搬出去的话也说了。沙龙一一应允。李氏也上前致谢。凤仙方将她母女领到后边去了。原来沙员外并无妻室,就只凤仙姐妹同居。如今同定牡丹,且不到跨所,就在正室闲谈叙话。

未知后文如何,且听下回分解。

第九十四回

赤子居心寻师觅父　小人得志断义绝情

且说艾虎同了孟杰、张立回到庄中。史云正在那里与众商议,忽见艾虎等回来了,便问事体如何。张立一一说了。艾虎又将大家上卧虎沟避兵的话,说了一遍。众渔户听了,谁不愿躲了是非,一个个忙忙碌碌,俱各收拾衣服细软,所有粗重家伙都抛弃了,携男抱女,搀老扶少,全都在张立家会齐。此时张立已然收拾妥当。艾虎背上包裹,提了齐眉棍,在前开路。孟杰与史云做了合后,保护众渔户家口,竟奔卧虎沟而来。可怜热热闹闹的渔家乐,如今弄成冷冷清清的绿鸭滩!可是话又说回来,若不如此,后来如何有渔家兵呢?

一路嘈嘈杂杂,纷纷乱乱,好容易才到了卧虎沟。沙员外迎至庄门,焦赤相陪。艾虎赶步上前相见,先交代了齐眉棍。沙员外叫庄丁收起,然后对着众渔户道:"只因房屋窄狭,不能按户居住,暂且屈尊众位乡亲。男客俱在西院居住,所有堂客俱在后面与小女同居。待房屋造完时,再为分住。"众人同声道谢。

沙龙让艾虎同张立、史云、孟、焦等,俱各来到厅上。艾虎先就开言问道:“小侄师傅、义父、丁二叔在于何处?”沙员外道:“贤侄来晚了些,三日前他三人已上襄阳去了。”艾虎听了,不由的顿足,道:“这是怎么说!”提了包裹,就要趱路。沙龙拦道:“贤侄不要如此。他三人已走了三日,你此时即便去了,追不上了。何必忙在一时呢?”艾虎无可如何,只得将包裹仍然放下,原是兴兴头头而来,如今垂头丧气。自己又一想,全是贪酒的不好,路上若不耽延工夫,岂不早到了这里,暗暗好生后悔。

大家就座献茶。不多时,调开座位,放了杯箸,上首便是艾虎,其次是张立、史云、孟、焦二人左右相陪,沙员外在主位打横儿。饮酒之间,叙起话来。焦赤便先问盗冠情由,艾虎述了一回,乐的个焦赤狂呼叫好。然后沙员外又问:“贤侄如何来到这里?”艾虎止于答言:“特为寻找师傅、义父。”又将路上遇了蒋平,不意半路失散的话,说了一遍。只听史云道:“艾爷为何只顾说话,却不饮酒?”沙龙道:“可是呀,贤侄为何不饮酒呢?”艾虎道:“小侄酒量不佳,望伯父包容。”史云道:“昨日在庄上喝的何等痛快,今日为何吃不下呢?”艾虎道:“酒有一日之长。皆因昨日喝的多了,今日有些害酒,所以吃不下。”史云方不言语了。这便是艾虎的灵机巧辩,三五语就遮掩过去。

你道艾虎为何的忽然不喝酒了呢?他皆因方才转想之时,全是贪酒误事,自己后悔不置,此其一也;其次他又有存心,皆因焦赤声言这亲事做定了,他惟恐新来乍到,若再贪杯喝醉了,岂不被人耻笑么?因此他忍心耐性,忍而又忍,暂且断他两天儿再做道理。

酒饭已毕,沙龙便叫庄丁将众猎户找来,吩咐道:“你等明日入山,要细细打听蓝骁有什么动静,急急回来禀我知道。”又叫庄丁将器械预备手下,惟恐山贼知道绿鸭滩渔户俱归在卧虎沟,必要前来厮闹。等了一日,不见动静。到了第二日,猎户回来,说道:“蓝骁那里并无动静。我等细细探听,原来抢亲一节皆是葛瑶明所为,蓝骁一概不知。现今葛瑶明禀报山中,说绿鸭滩渔户不知为何俱各逃匿了,蓝骁也不介意。”沙龙听了,也就不防备了。

独有艾虎一连两日不曾吃酒,委实难受,决意要上襄阳,沙龙阻留不住,只得定于明日饯行起身。至次日,艾虎打开包裹,将龙票拿出交给沙龙,道:“小侄上襄阳不便带此,恐有遗失。此票乃蒋叔父的,奉的相谕,专为寻找义父而来。倘小侄去后，我那蒋叔父若来时，求伯父将此票交给蒋叔父便了。"沙龙接了，命人拿到后面，交凤仙好好收起。这里众人与艾虎饯行。艾虎今日却放大了胆，可要喝酒了。从沙龙起，每人各敬一杯，全是杯到酒干，把个焦赤乐的拍手大笑，道："怨得史乡亲说贤侄酒量颇豪，果然，果然。来，来，来，咱爷儿两个单喝三杯。"孟杰道："我陪着。"执起壶来，俱各溜溜斟上酒。这酒到唇边，吱的一声，将杯一照，"干！"沙龙在旁，不好拦阻。三杯饮毕，艾虎却提了包裹，与众人执手拜别。大家一齐送出庄来。史云、张立还要远送，艾虎不肯，阻之再三。彼此执手，目送艾虎去远了。大家方才回庄。

艾虎上襄阳，算是书中节目交代明白。然而仔细想来，其中落了一笔。是哪一笔呢？焦赤刚见艾虎，就嚷这亲事做定了，为何到了庄中，艾虎一连住了三日，焦赤却又一字不提？列位不知书中有明点，有暗过，请看前文便知。艾虎同张立回庄取包裹，孟杰随去，沙龙独把焦赤拦住，道："贤弟随我回庄。"此便是沙龙的用意。知道焦赤性急，惟恐他再提此事，故此叫他一同回庄。在路上就合他说明，亲事是定了，只等北侠等回来，觌面一说就结了，所以焦赤他才一字不提了，非是编书的落笔忘事。这也罢了。既说不忘事，为何蒋平总不提了？这又有一说。书中有缓急，有先后。叙事难，斗笋尤难。必须将通身理清，那里接着这里，是丝毫错不得的。稍一疏神，便说的驴唇不对马口，那还有什么趣味呢？编书的用心最苦，手里写着这边，眼光却注着下文。不但蒋平之事未提，就是颜大人巡按襄阳，何尝又提了一字呢。只好是按部就班，慢慢叙下去，自然有个归结。

如今既提蒋平，咱们就把蒋平叙说一番。蒋平自救了雷震，同他到了陵县。雷老丈心内感激不尽，给蒋平做了合体衣服，又赠了二十两银子盘费。蒋平致谢了，方告别起身。临别时，又谆谆嘱问雷英好。彼此将手一拱，道："后会有期，请了。"蒋平便奔了大路趱行。

这日天色已晚，忽然下起雨来，既无镇店，又无村庄，无奈何冒雨而行。好容易道旁有个破庙，便奔到跟前。天已昏黑，也看不出是何神圣，也顾不得至诚行礼，只要有个避雨之所。谁知殿宇颓朽，仰面可以见天，处处皆是渗漏。转到神圣背后，看了看尚可容身，他便席地而坐，屏气歇息。到了初鼓之后，雨也住了，天也晴了，一轮明月照如白昼。刚要动身，看看是何神圣。忽听脚步响,有二人说话,一个道:“此处可以避雨,咱们就在这里说话罢。”一个道:“我们亲弟兄有什么讲究呢,不过他那话说的太绝情了。”一个道:“老二,这就是你错了。俗语说的好,‘久赌无胜家’。大哥劝你的好话,你还不听说,拿话堵他,所以他才着急,说出那绝情的话来。你如何怨的他呢?”一人道:“丢了急的说快的,如今三哥是什么主意?该怎么样就怎么样,兄弟无不从命。”一人道:“皆因大哥应了个买卖颇有油水,叫我来找你来,请兄弟过去。前头勾了,后头抹了,任什么不用说,哈哈儿一笑就结了。张罗买卖要紧。”一人道:“什么买卖,这么要紧?”一人道:“只因东头儿玄月观的老道找了大哥来,说他庙内住着个先生,姓李名唤平山,要上湘阴县九仙桥去,托付老道雇船;额外还要找个跟役,为的是路上服侍服侍。大哥听了,不但应了船,连跟役也应了。”一人道:“大哥这就胡闹!咱们张罗咱们的船就完了,哪有那末大工夫替他雇人呢?”一人道:“老二,你到底不中用,没有大哥有算计。大哥早已想到了,明儿就将我算做跟役人,叫老道带了去。他若中了意,不消说了,咱们三人合了把儿更好;倘若不中意,难道老哥俩连个先生也服侍不住么?故此大哥叫我来找你去。打虎还得亲兄弟,老二,你别傻咧!”说罢,哈哈大笑的去了。

你道此二人是谁?就是害牡丹的翁二与王三。所提的大哥就是翁大。只因那日害了奶公,未能得手,俱各赴水逃脱;但逃在此处,恶心未改,仍要害人。哪知被蒋四爷听了个不亦乐乎呢。

到了黎明,出了破庙,访到玄月观中,口呼:“平山兄在哪里?平山兄在哪里?”李先生听了,道:“哪个唤吾呀?”说着话,迎了出来,道:“哪位?哪位?”见是个身量矮小,骨瘦如柴,年纪不过四旬之人,连忙彼此一揖,道:“请问尊兄贵姓?有何见教?”蒋爷听了,是浙江口音,他也打着乡谈,道:“小弟姓蒋,无事不敢造次①,请借一步如何?”说话间,李先生便让到屋内对面坐了。蒋爷道:“闻得尊兄要到九仙桥公干,兄弟是要到湘阴县找个相知,正好一路同行,特来附骥②,望乞尊兄携带如何?”李先生道:

① 造次——鲁莽。

② 附骥(jì)——蚊蝇附在好马的尾巴上,可以远行千里,比喻依附名人而出名。也说附骥尾。

"满好个。吾这里正愁一人寂寞,难得尊兄来到,你我同船是极妙的了。"二人正议论之间,只见老道带了船户来见,说明船价,极其便宜,老道又说:"有一人颇颇能干老成,堪以服侍先生。"李平山道:"带来吾看。"蒋爷笑道:"李兄,你我乘船,何必用人。到了湘阴县,那里还短了人么?"李平山道:"也罢,如今有了尊兄,咱二人路上相帮,可以行得。到了那里,再雇人也不为晚。"便告诉老道,服役之人不用了。蒋爷暗暗欢喜道:"少去了一个,我蒋某少费些气力。"言明于明日急速开船。蒋爷就在李先生处住了。李先生收拾行李,蒋爷帮着捆缚,甚是妥当。李先生大乐,以为这个伙计搭着了。

到了次日黎明,搬运行李下船,全亏蒋爷。李先生心内甚是不安,连连道乏称谢。诸事已毕。翁大兄弟撑起船来,往前进发。沿路上蒋爷说说笑笑,把个李先生乐的前仰后合,赞扬不绝,不住的摇头儿,咂嘴儿,拿脚画圈儿,酸不可耐。

忽听哗喇喇连声响亮。翁大道:"风来了!风来了!快找避风所在呀!"蒋爷立起身来,就往舱门一看,只当翁大等说谎,谁知果起大风。便急急的拢船,藏在山环的去处,甚是幽僻。李平山看了,惊疑不止,悄悄对蒋爷说道:"蒋兄,你看这个所在好不怕人嘘!"蒋爷道:"遇此大风,也是无法,只好听天由命罢了。"

忽听外面哐、哐、哐锣声大响。李平山吓了一跳,同蒋爷出舱看时,见几只官船从此经过,因风大难行,也就停泊在此。蒋爷看了,道:"好了,有官船在这里,咱们是无妨碍的了。"果然,二贼见有官船,不敢动手,自在船后安歇了。李平山同蒋爷在这边瞭望,猛见从那边官船内出来了一人,按船吩咐道:"老爷说了,叫你等将铁锚下的稳稳的,不可摇动。"众水手齐声答应。

李平山见了此人,不由的满心欢喜,高声呼道:"那边可是金大爷么?"那人抬头往这里一看,道:"那边可是李先生么?"李平山急答道:"正是,正是,请大爷往这边些。请问这位老爷是哪个?"那人道:"怎么先生不知道么?老爷奉旨升了襄阳太守了。"李平山听了,道:"哎呀!有这等事,好极,好极。奉求大爷在老爷跟前回禀一声,说吾求见。"那人道:"既如此……"回头吩咐水手搭跳板,把李平山接过大船去了。蒋爷看了,心中纳闷,不知此官是李平山的何人。

原来此官非别个,却正是遭过贬的、正直无私的兵部尚书金辉。因包公奏明圣上,先剪去襄阳王的羽翼。这襄阳太守是极要紧的,必须用个赤胆忠心之人方好。包公因金辉连上过两次奏章,参劾襄阳王,在驾前极力的保奏。仁宗天子也念金辉正直,故此放了襄阳太守。那主管便是金福禄。

蒋爷正在纳闷,只见李平山从跳板过来,扬着脸儿,鼓着腮儿,摇着膀儿,扭着腰儿,见了蒋平也不理,竟进舱内去了。蒋爷暗想:"这小子是什么东西!怎么这等的酸!"只得随后也进舱,问道:"那边官船,李兄可认得么?"李平山半晌,将眼一翻,道:"怎么不认得!那是吾的好朋友。"蒋爷暗道:"这酸是当酸的。"又问道:"是哪位呢?"李平山道:"当初做过兵部尚书,如今放了襄阳太守金辉金大人,哪个不晓得呢。吾如今要随他上任,也不上九仙桥了。明早就要搬行李到那边船上,你只好独自上湘阴去罢。"小人得志,立刻改样,就你我相称,把"弟兄"二字免了。

蒋爷道:"既如此,这船价怎么样呢?"李平山道:"你坐船,自然你给钱了,如何问吾呢?"蒋爷道:"原说是帮伙,彼此公摊,我一人如何拿得出来呢?"李平山道:"那白合吾说,吾是不管的。"蒋爷道:"也罢,无奈何,借给我几两银子就是了。"李平山将眼一翻,道:"萍水相逢,吾合你啥个交情,一借就是几两头。你不要瞎闹好不好?现有太守在这里,吾把你送官究治,那时休生后悔!"蒋爷听了,暗道:"好小子!翻脸无情,这等可恶!"忽听走的跳板响,李平山迎了出来。蒋爷却隐在舱门槅扇后面,侧耳细听。

不知说些什么,且听下回分解。

第九十五回

暗昧人偏遭暗昧害 豪侠客每动豪侠心

却说蒋爷在舱门侧耳细听,原来是小童(就是当初服侍李平山的),手中拿的个字简,道:"奉姨奶奶之命,叫先生即刻拆看。"李平山接过,映着月光看了，悄悄道："吾知道了。你回去上复姨奶奶说夜阑人静，吾就过去。"原来巧娘与幕宾相好就是他。蒋爷听在耳内，暗道："敢则这小子，还有这等行为呢。"又听见跳板响，知道是小童过去。他却回身歪在床上，假装睡着。李平山唤了两声不应。他却贼眉贼眼在灯下将字简又看了一番，乐得他抓耳挠腮，坐立不安。无奈何也歪在床上装睡，哪里睡得着，呼吸之气不知怎样才好。蒋爷听了，不由的暗笑，自己却呼吸出入，极其平匀，令人听着，直是真睡一般。

李平山耐了多时，悄悄的起来奔到舱门，又回头瞧了瞧蒋爷，犹疑了半晌，方才出了舱门。只听跳板咯噔、咯噔乱响。蒋爷这里翻身起来，脱了长衣，出了舱门，只听跳板咯噔一响跳上去。到了大船之上，将跳板轻轻扶起，往水内一顺。他方到三船上窗板外细听，果然听见有男女淫欲之声，又听得女音悄悄说："先生，你可想煞我也！"蒋爷却不性急，高高的嚷了两声："三船上有了贼了！有了贼了！"他便刺开水面下水去了。

金福禄立刻带领多人，各船搜查。到了第三船，正见李平山在那边着急，因没了跳板，不能够过在小船之上。金福禄见他慌张形景，不容分说，将他带到头船，回禀老爷。金公即叫带进来。李平山战战哆嗦，哈着腰儿，进了舱门，见了金公，张口结舌，立刻形景难画难描。金公见他哈着腰儿，不住的将衣襟儿遮掩，仔细看时，原来他赤着双脚。

金公已然会意，忖度了半晌，主意已定，叫福禄等看着平山。自己出舱，提了灯笼，先到二船，见灯光已息；即往三船一看，却有灯光，忽然灭了。金公更觉明白，连忙来到三船，唤道："巧娘睡了么？"唤了两声，里面答道："敢则是老爷么？"仿佛是睡梦初醒之声。金公将舱门一推，进来用灯一照，见巧娘云鬓蓬松，桃腮带赤，问道："老爷为何不睡？"金公道："原要睡来，忽听有贼，只得查看。"随手把灯笼一放，恰好床前有双朱履。巧娘见了，只吓得心内乱跳，暗说："不好！怎么会把他忘了呢！"原来巧娘一知将平山拿到船上，就怕有人搜查，她急急忙忙将平山的裤袜护膝等俱各收藏。真是忙中有错，她再也想不到平山是光着脚跑的，独独的把双鞋儿忘了，如今见金公照着鞋，好生害怕。谁知金公视而不见，置而不问，转说道："你如何独自孤眠？杏花儿哪里去了？"巧娘略定了定神，随机献媚，搭讪过来说道："贱妾惟恐老爷回来不便，因此叫她后舱去了。"上面说着话，下面却用脚把鞋儿向床下一踢。金公明明知道，却也不问，反言一句道："难为你细心，想的到。我同你到夫人那边。方才嚷有贼，你理应问问安，回来我也就在这里睡了。"说罢，携了巧娘的手，一同出舱，来到船头。金公猛然将巧娘往下一挤，噗咚的一声，落在水内，然后咕嘟嘟冒了几个泡儿。金公容她沉底，方才嚷道："不好了！姨娘落在水内了！"众人俱各前来叫水手，救已无及。

金公来到头船，见了平山道："我这里人多，用你不着，你回去罢。"叫福禄："带他去罢。"带到三船，谁知水手正为跳板遗失，在那里找寻。后来见水中漂浮，方从水中捞起，仍然搭好，叫平山过去，即将跳板撤了。

金公如何不处治平山，就这等放了平山呢？这才透出金公"忖度半晌，主意拿定"的八个字。他想："平山夤夜过船，非奸即盗。若真是盗，却倒好办；看他光景，明露着是奸。"因此独自提了灯笼，亲身查看，见三船灯明复灭，已然明白。不想又看见那一双朱履，又瞧见巧娘手足失措的形景。"此事已真，巧娘如何留得？"故诓出舱来，溺于水中。转想："平山倒难处治，惟恐他据实说出，丑声播扬，脸面何在？莫若含糊其词。"说："我这里人多，用你不着，你回去罢。"虽然便宜他，其中省却多少口舌，免得众人知觉。

且说李平山就如放赦一般，回到本船之上。进舱一看，见蒋平床上只见衣服，却不见人，暗道："姓蒋的哪里去了？难道他也有什么外遇么？"忽听后面嚷道："谁？准？谁？怎么掉在水里头了？到底留点神呀！这是船上，比不得下店，这是玩的么？来罢，我搀你一把儿。这是怎么说呢！"然后方听战战哆嗦的声音，进了舱来。平山一看，见蒋平水淋淋的一个整战儿，问道："蒋兄怎么样了？"蒋爷道："我上后面去小解，不想失足落水。多亏把住了后舵，不然险些儿丧了性命。"平山见他哆嗦乱战，自己也觉发起噤来了。连忙站起拿过包袱来，找出裤袜等件，又拣出了一份旧的给蒋平，叫他："换下湿的来晾干了，然后换了还吾。"他却拿出一双新鞋来。二人彼此穿的穿，换的换。蒋爷却将湿衣拧了，抖了抖，晾起来，只顾自己收拾衣服。猛回头见平山愣愣呵呵坐在那里，一会儿搓手，一会儿摇头，一会儿拿起巾帕来拭泪。蒋平知他为哪葫芦子药，也不理他。

蒋爷晾完了衣服，在床上坐下，见他这番光景，明知故问道："先生为着何事伤心呢？"平山道："吾有吾的心事，难以告诉别人。吾问蒋兄到湘阴县，是什么公干？”蒋爷道：“原先说过，吾到湘阴县找个相知的，先生为何忘了？”平山道：“吾此时精神恍惚，都记不得了。蒋兄既到湘阴县找相知，吾也到湘阴找个相知。”蒋爷道：“先生昨晚不是说跟了金太守上任么？为何又上湘阴呢？”平山道：“蒋兄为何先生、先生称起来呢？你吾还是弟兄，不要见外。吾对你说，他那里人吾看着有些不相宜，所以昨晚上吾又见了金主管，叫他告诉太守，回复了他，吾不去了。”蒋爷暗笑道：“好小子，他还合我撇大腔儿呢。似他这样反复小人，真正可杀不可留的。”复又说道：“如此说来，这船价怎么样呢？”平山道：“自然是公摊的了。”蒋爷道：“很好，吾这才放了心了。天已不早了，咱们歇息歇息罢。”平山道：“蒋兄只管睡，吾略略坐坐，也就睡了。”蒋爷说了一声“有罪了”，放倒头，不多时，竟自睡去。平山坐了多时，躺在床上，哪里睡得着，翻来复去，整整的一夜不曾合眼。后来又听见官船上鸣锣开船，心里更觉难受。蒋爷也就惊醒，即唤船家收拾收拾，这里也就开船了。

这一日平山在船上唉声叹气，无精打采，也不吃不喝，只是呆了的一般。到了日暮之际，翁大等将船藏在芦苇深处。蒋爷夸道：“好所在！这才避风呢。”翁大等不觉暗笑。平山道：“吾昨夜不曾合眼，今日有些困倦，吾要先睡了。”蒋爷道：“尊兄就请安置罢，包管今夜睡的安稳了。”平山也不答言，竟自放倒头睡了。

蒋平暗道：“按理应当救他。奈因他这样行为，无故的置巧娘于死地；我要救了他，叫巧娘也含冤于地下。莫若让翁家弟兄把他杀了与巧娘报仇，我再杀了翁家弟兄与他报仇，岂不两全其美么？”正在思索，只听翁大道：“弟兄，你了？我了？”翁二道：“有甚要紧，两个脓包，不管谁了都使得。”蒋平暗道：“好了，来咧！”他便悄地出来，爬伏在舱房之上。见有一物风吹摆动，原来是根竹杆，上面晾着件棉袄。蒋爷慢慢地抽下来，拢在怀内，往下偷瞧。见翁二持刀进舱，翁大也持刀把守舱门。忽听舱内竹床一阵乱响，蒋爷已知平山了结了。他却一长身将棉袄一抖，照着翁大头上放下来。翁大出其不意，不知何物，连忙一路混撕。也是活该，偏偏的将头裹住。蒋爷挺身上来，夺刀在手。翁大刚然露出头来，已着了利刃。蒋爷复又一刀，翁大栽下水去。翁二尚在舱内找寻瘦人，听得舱门外有响动，连忙回身出来，说：“大哥，那瘦蛮子不见了。”话未说完，蒋爷道：“吾在这里！”哧，就将刀一颤，正戳在翁二咽喉之上。翁二嗳哟了一声，他就两手一扎煞,一半截在舱内,一半截在舱外。蒋爷哈腰将发绺一揪,拉到船头一看,谁知翁二不禁戳,一下儿就死了。蒋爷将手一松,放在船头,便进舱内将灯剔亮,见平山扎手舞脚于竹床之上。蒋平暗暗的叹息了一番,便将平山的箱笼拧开,仔细搜寻,却有白银一百六十两。蒋平道声"惭愧",将银放在兜肚之内。算来蒋爷颇不折本,艾虎拿了他的一百两,他如今得了一百六十两,再加上雷震赠了二十两,里外里倒多了八十两。这才算是好利息呢。

且说蒋爷重新将灯照了,通身并无血迹。他又将雷老儿给做的大衫折叠了,又把自己的湿衣(也早干了)折好,将平山的包袱拿过来,拣可用的打了包裹。收拾停当,出舱,用篙撑起船来。出了芦苇深处,奔到岸边,连忙提了包裹,套上大衫,一脚踏定泊岸,这一脚往后尽力一蹬。只见那船哧的滴溜一声,离岸有数步多远,飘飘荡荡,顺着水面去了。

蒋爷迈开大步,竟奔大路而行。此时天光一亮,忽然刮起风来,扬土飞沙,难睁二目。又搭着蒋爷一夜不曾合眼,也觉得乏了,便要找个去处歇息。又无村庄,见前面有片树林。及至赶到跟前一看,原来是座坟头,院墙有倒塌之处。蒋爷心内想着:"进了围墙可以避风。"刚刚转过来往里一望,只见有个小童面黄肌瘦,满面泪痕,正在那小树上拴套儿呢。蒋平看了,嚷道:"你是谁家小厮,跑到我坟地里上吊来?这还了得吗?"那小童道:"我是小童,可怕什么呢?"蒋爷听了,不觉好笑,道:"你是小童原不怕。要是小童上吊,也就可怕了。"小童道:"若是这么说,我可上哪树上死去才好呢?"说罢,将丝绦解下,转身要走。蒋平道:"那小童,你不要走。"小童道:"你这茔地不叫上吊,你又叫我做什么?"蒋爷道:"你转身来,我有话问你。你小小年纪,为何寻自尽?来,来,来,在这边墙根之下,说与我听。"小童道:"我皆因活不得了,我才寻死呀。你要问,我告诉你。若是当死,你把这棵树让给我,我好上吊。"蒋爷道:"就是这等,你且说来我听。"小童未语,先就落下泪来,把已往情由,滔滔不断,述了一遍。说罢,大哭。蒋爷听了,暗道:"看他小小年纪,倒是个有志气的。"便道:"你原来如此,我如今赠你盘费,你还死不死呢?"小童道:"若有了盘费,我还死?我就不死了。真个的我这小命儿是盐换来的吗?"蒋爷回手在兜肚内摸出两个锞子,道:"这些可以够了么?"小童道:"足已够了,只有使不了的。"连忙接过来,趴在地下磕头,道:"多谢恩公搭救,望乞留下姓名。"蒋平道:"你不要多问,急早快赴长沙要紧。"小童去后,蒋爷竟奔卧虎沟去了。

不知小童是谁,且听下回分解。

第九十六回

连升店差役拿书生　翠芳塘县官验醉鬼

且说蒋爷救了小童,竟奔卧虎沟而来,这是什么原故?小童到底说的什么?蒋爷如何就给银子呢?列位不知,此回书是为交代蒋平。这回把蒋平交代完了,再说小童的正文,又省得后来再为叙写。

蒋爷到了卧虎沟,见了沙员外,彼此言明。蒋爷已知北侠等上了襄阳,自己一想:"颜巡按同了五弟前赴襄阳,我正愁五弟没有帮手。如今北侠等既上襄阳,焉有不帮五弟之理呢。莫若我且回转开封,将北侠现在襄阳的话回禀相爷,叫相爷再为打算。"沙龙又将艾虎留下的龙票当面交付明白。蒋爷便回转东京,见了包相,将一切说明。包公即行奏明圣上,说欧阳春已上襄阳,必有帮助巡按颜查散之意。圣上听了大喜,道:"他行侠尚义,实为可嘉。"又钦派南侠展昭同卢方等四人陆续前赴襄阳,俱在巡按衙门供职,等襄阳平定后,务必邀北侠等一同赴京,再为升赏。此是后话,慢慢再表。

蒋平既已交代明白,翻回头来再说小童之事。你道这小童是谁?原来就是锦笺。自施公子赌气离了金员外之门,乘在马上,越想越有气,一连三日,饮食不进,便病倒旅店之中。小童锦笺见相公病势沉重,即托店家请医生调治,诊了脉息,乃郁闷不舒,受了外感,竟是夹气伤寒之症。开方用药。锦笺衣不解带,昼夜服侍,见相公昏昏沉沉,好生难受。又知相公没多余盘费,他又把艾虎赏的两锭银子换了,请医生,抓药。好容易把施俊调治的好些了,又要病后的将养。偏偏的马又倒了一匹,正是锦笺骑的。他小孩子家心疼那马,不肯售卖,就托店家雇人掩埋。谁知店家悄悄的将马出脱了,还要合锦笺要工饭钱,这明是欺负小孩子。再加这些店用房钱,草料麸子,七折八扣,除了两锭银子之外,倒该下了五六两的账。锦笺连急带气,他也病了。先前还挣扎着服侍相公。后来施俊见他那个形景,竟是中了大病,慢慢的问他,他不肯实说;问的急了,他就哭了。施俊心中好生不忍,自己便挣扎起来,诸事不用他服侍,得便倒要服侍服侍锦笺。一来二去,锦笺竟自伏头不起。施俊又托店家请医生。医生道:“他这虽是传染,却比相公沉重,而且症候耽误了,必须赶紧调治方好。”开了方子却不走,等着马钱。施俊向柜上借。店东道:“相公账上欠了五六两,如何还借呢?很多了,我们垫不起。”施俊没奈何,将衣服典当了,开发了马钱并抓药。到了无事,自己到柜上重新算账,方知锦笺已然给了两锭银子,就知是他的那两锭赏银,又是感激,又是着急。因瞧见马工饭银,便想起他自己骑的那匹马来了,就合店东商量要卖马还账。店东乐得的赚几两银子呢,立刻会了主儿,将马卖了。除了还账,刚刚的剩了一两头。施俊也不计较,且调治锦笺要紧。

这日自己拿了药方出来抓药,正要回店,却是集场之日,可巧遇见了卖粮之人,姓李名存,同着一人姓郑名申,正在那里吃酒。李存却认识施俊,连声唤道:“施公子哪里去?为何形容消减了?”施俊道:“一言难尽。”李存道:“请坐,请坐。这是我的伙计郑申,不是外人。请道其详。”施俊无奈,也就入了座,将前后情由,述了一番,李存听了,道:“原来公子主仆都病了。却在哪个店里?”施俊道:“在西边连升店。”李存道:“公子初愈,不必着急。我这里现有十两银子,且先拿去,一来调治尊管,二来公子也须好生将养。如不够了,赶到下集,我再到店中送些银两去。”施生见李存一片志诚,赶忙站起,将银接过来,深深谢了一礼,也就提起药包要走。

谁知郑申贪酒有些醉了。李存道:“郑兄少喝些也好,这又醉了。别的罢了,你这银褡裢怎么好呢?”郑申醉言醉语道:“怕什么!醉了人,醉不了心。就是这一头二百两银子,算了事了!我还拿得动。何况离家不远呢。”施生问道:“在哪里住?”李存道:“远却不远,往西去不足二里之遥,地名翠芳塘就是。”施生道:“既然不远,我却也无事,我就送送他何妨。”李存道:“怎敢劳动公子。偏偏的我要到粮行算账——莫若还是我送了他回去,再来算账。”郑申道:“李贤弟,你胡闹么!真个的我就醉了么?瞧瞧我能走不能走?”说着话,一溜歪斜往西去了。李存见他如此,便托咐施生道:“我就烦公子送送他罢,务必,务必!等下了集,我到店中再道乏去。”施生道:“有甚要紧,只管放心,俱在我的身上。”说罢,赶上郑申,搭扶着郑申一同去了。真是“是非只为多开口,烦恼皆因强出头。”千不合,万不合,施生不应当送郑申。只顾觌面应了李存,后来便脱不了干系。

且说郑申见施生赶来,说道:“相公你干你的去,我是不相干的。”施生道:“那如何使得。我既受李伙计之托,焉有不送去之理呢。”郑申道:“我告诉相公说,我虽醉了,心里却明白,还带着都记得。相公,你不是与人家抓药吗?请问病人等着吃药,要紧不要紧?你只顾送我,你想想那个病人受得受不得?这是一。再者我家又不远,常来常去是走惯了的。还有一说,我哪一天不醉?天天要醉,天天得人送,那得用多少人呢。到咧,这不是连升店吗?相公请,你要不进店,我也不走了。”正说间,忽见小二说道:“相公,你家小主管找你呢。”郑申道:“巧咧,相公就请罢。”施生应允。郑申道:“结咧,我也走咧。”

施生进了店,问问锦笺,心内略觉好些。施生急忙煎了药,服侍锦笺吃了,果然夜间见了点汗,到了次日清爽好些。施生忙又托咐店家请医生去。锦笺道:“业已好了,还请医生做什么?哪有这些钱呢?”施生悄悄的告诉他道:“你放心,不用发愁,又有了银两了。”便将李存之赠,说了一遍。锦笺方不言语。不多时,医生来看脉开方,道:“不妨事了,再服两帖也就好了。”施生方才放心,仍然按方抓药,给锦笺吃了,果然见好。

过了两日,忽见店家带了两个公人进来,道:“这位就是施相公。”两个公人道:“施相公,我们奉太爷之命,特来请相公说话。”施生道:“你们太爷请我做什么呢?”公人道:“我们知道吗?相公到了那里,就知道了。”施生还要说话。只见公人哗啷一声,掏出索来,捆上了施生,拉着就走了。把个锦笺只吓得抖衣而战,细想:“相公为着何事,竟被官人拿去?”说不得只好挣扎起来,到县打听打听。

原来郑申之妻王氏因丈夫两日并未回家,遣人去到李存家内探问。李存说:“自那日集上散了,郑申拿了二百两银子已然回去了。”王氏听了,不胜骇异,连忙亲自到了李存家,面问明白。“现今人银皆无,事有可疑。”她便写了一张状子,此处攸县所管,就在县内击鼓鸣冤,说:“李存图财害命,不知把我丈夫置于何地。”县官即把李存拿在衙内,细细追问。李存方说出原是郑申喝醉了,他烦施相公送了去了,因此派役前来将施生拿去。

到了衙内,县官方九成立刻升堂,把施生带上来一看,却是个懦弱书生，不像害人的形景，便问道："李存曾烦你送郑申么？"施生道："是，因郑申醉了，李存不放心，烦我送他，我却没送。"方令道："他既烦你送去，你为何又不送呢？"施生道："皆因郑申拦阻再三，他说他醉也是常醉，路也是常走，断断不叫送，因此我就回了店了。"方令道："郑申拿的是什么？"施生道："有个大褡裢肩头搭着，里面不知是什么。李存见他醉了，曾说：'你这银褡裢要紧。'郑申还说：'怕什么，就是这一头二百两银子算了事了。'其实并没有见褡裢内是什么。"方令见施生说话诚实，问什么说什么，毫无狡赖推诿，不肯加刑，吩咐寄监，再行听审。

众衙役散去，锦笺上前问道："拿我们相公为什么事？"衙役见他是个带病的小孩子，谁有工夫与他细讲，只是回答道："为他图财害命。"锦笺吓了一跳，又问道："如今怎么样呢？"衙役道："好唠叨呀，怎么样呢，如今寄了监了。"锦笺听了寄监，以为断无生理，急急跑回店内，大哭了一场，仔细想来："必是县官断事不明。前次我听见店东说，长沙新升来一位太守，甚是清廉，断事如神，我何不去到那里给他鸣冤呢？"想罢，看了看又无可典当的，只得空身出了店，一直竟奔长沙。不料自己病体初愈，无力行走，又兼缺少盘费，偏偏的又遇了大风，因此进退两难。一时越想越窄，要在坟茔上吊。可巧遇见了蒋平，赠他银两锭。真是"钱为人之胆"，他有了银子，立刻精神百倍。好容易赶赴长沙，写了一张状子，便告到邵老爷台下。

邵老爷见呈子上面有施俊的姓名，而且叙事明白清顺，立刻升堂，将锦笺带上来细问，果是盟弟施乔之子。又问："此状是何人所写？"锦笺回道："是自己写的。"邵老爷命他背了一遍，一字不差，暗暗欢喜。便准了此状，即刻行文到攸县，将全案调来。就过了一堂，与原供相符。县宰方公随后乘马来到禀见。邵老爷面问："贵县审的如何？"方九成道："卑职因见施俊不是行凶之人，不肯加刑，暂且寄监。"邵太守道："贵县此案当如何办理呢？"方公道："卑职意欲到翠芳塘查看，回来再为禀复。"邵老爷点头，道："如此甚好。"即派差役仵作跟随方公到攸县。

来到翠芳塘，传唤地方。方令先看了一切地势，见南面是山，东面是道，西面有人家，便问："有几家人家？"地方道："八家。"方公道："郑申住在哪里？"地方道："就是西头那一家。"方公指着芦苇，道："这北面就是翠芳塘了？"地方道："正是。"方公忽见芦苇深处乌鸦飞起，复落下去。方公沉吟良久,吩咐地方下芦苇去看来。地方拉了鞋袜,进了芦苇,不多时出来,禀道:"芦苇塘之内有一尸首,小人一人弄他不动。"方公又派差役下去二名,一同拉上来,叫仵作相验。仵作回道:"尸首系死后入水,脖项有手扣的伤痕。"县宰即传郑王氏厮认,果是她丈夫郑申。方公暗道:"此事须当如此。"吩咐地方将那七家主人不准推诿,即刻同赴长沙候审。方公先就乘马到府,将郑申尸首禀明,并将七家邻舍带来,俱各回了。邵太守道:"贵县且请歇息。候七家到齐,我自有道理。"邵老爷将此事揣度一番,忽然计上心来。

这一日七家到齐,邵老爷升堂入座,方公将七家人名单呈上。邵老爷叫:"带上来,不准乱跪。"一溜排开,按着名单跪下。邵老爷从头一个看起,挨次看完,点了点头,道:"这就是了。怨得他说,果然不差。"便对众人道:"你等就在翠芳塘居住么?"众人道:"是。"邵老爷道:"昨夜有冤魂告到本府案下,名姓已然说明。今既有单在此,本府只用朱笔一点,便是此人。"说罢,提起朱笔,将手高扬,往下一落,虚点一笔,道:"就是他,再无疑了。无罪的只管起去,有罪的仍然跪着。"众人俱各起去。独有西边一人起来复又跪下,自己犯疑,神色仓皇。邵老爷将惊堂木一拍,道:"吴玉,你既害了郑申,还想逃脱么?本府纵然宽你,那冤魂断然不放你的。快些据实招上来!"左右齐声喝道:"快招!快招!"

不知吴玉招出什么话来,且听下回分解。

第九十七回

长沙府施俊遇丫鬟　黑狼山金辉逢盗寇

话说邵老爷当堂叫吴玉据实招上来。吴玉道:"小……小……小人没有招……招的。"邵老爷吩咐:"拉下去打。"左右呐了一声喊,将吴玉拖翻在地,竹板高扬,打了十数板。吴玉嚷道:"我招呀,我招!"左右放他起来,道:"快说!快说!"吴玉道:"人小原无生理,以赌为事。偏偏的时运不好,屡赌屡输。东干东不着,西干西不着,要账堆了门,小人白日不敢出门来,那日天色将晚,小人刚然出来,就瞧见郑申晃里晃荡由东而来。我就追上前去,见他肩头扛着个褡裢,里面鼓鼓囊囊的。小人就合他借贷,谁知郑申他不借,还骂小人。小人一时气忿,将他尽力一推,噗哧、咕咚就栽倒了。一个人栽倒了怎么两声儿呢?敢则郑申喝成酒泡儿了,栽在地下,噗哧的一声。倒是那大褡裢摔在地下,咕咚的一声。小人听的声音甚是沉重,知道里面必是财资,我就一屁股坐在郑申胸脯之上。郑申才待要嚷,我将两手向他咽喉一扣,使劲在地下一按。不大的工夫,郑申就不动了。小人把他拉入苇塘深处,以为此财是发定了,再也无人知晓,不想冤魂告到老爷台前。回老爷,郑申说的全是醉话,听不得呢。小人冤枉呀!"邵老爷问道:"你将银褡裢放在何处?"吴玉道:"那是二百两银子。小人将褡裢理好,埋在缸后头了,分文没动。

邵老爷命吴玉画了招,带下去,即请县宰方公将招供给他看了。叫方公派人将赃银起来,果然未动,即叫尸亲郑王氏收领。李存与翠芳塘住的众街坊释放回家。独有施生留在本府。吴玉定了秋后处决,派役押赴县内监收。方公一一领命,即刻禀辞,回本县去了。

邵老爷退堂,来到书房,将锦笺唤进来,问道:"锦笺,你在施宅是世仆呀?还是新去的呢?"锦笺道:"小人自幼就在施老爷家。我们相公念书,就是小人伴读。"邵老爷道:"既如此,你家老爷相知朋友有几位,你可知道么?"锦笺道:"小人老爷,有两位盟兄,是知己莫逆的朋友。"邵老爷道:"是哪两位?"锦笺道:"一位是做过兵部尚书的金辉金老爷,一位是现任太守邵邦杰邵老爷。"旁边书僮将锦笺衣襟一拉,悄悄道:"太老爷的官讳,你如何浑说?"锦笺连忙跪倒:"小人实实不知,求太老爷饶恕。"邵老爷哈哈笑道:"老夫便是新调长沙太守的邵邦杰。金老爷如今已升了襄阳太守。"锦笺复又磕头。邵老爷吩咐:"起来,本府原是问你,岂又怪你。"即叫书僮拿了衣巾,同锦笺到外面与施俊更换。锦笺悄悄告诉施俊,说:"这位太守就是邵老爷。方才小人已听邵老爷说,金老爷也升任襄阳府太守了。相公如若见了邵老爷,不必提与金老爷呕气一事,省的彼此疑忌。"施生道:"我提那些做什么,你只管放心。"就随了书僮,来至书房,锦笺跟随在后。

施生见了邵公,上前行礼参见。邵公站起相搀。施生又谢为案件多蒙庇佑。邵公吩咐看座,施生告坐。邵公便问已往情由。施生从头述了一遍,说到与金公呕气一节,改说:"因金公赴任不便在那里,因此小侄就要回家。不想走到攸县，我主仆便病了，生出这节事来。”邵公点了点头。

说话间，饭已摆妥。邵公让施生用饭，施生不便推辞。饮酒之间，邵公盘诘施生学问，甚是渊博，满心欢喜，就将施生留在衙门居住，无事就在书房谈讲。因提起亲事一节，施生言：“家父与金老伯提过，因彼此年幼，尚未纳聘。”此句暗暗与佳蕙之言相符。邵公听了大乐，便将路上救了牡丹的话，一一说了。“如今有老夫作主，一个盟兄之女，一个盟弟之子，可巧侄男侄女皆在老夫这里，正好成其美事。”施俊到了此时，也就难以推辞。

邵公大高其兴，来到后面与夫人商量，叫夫人向牡丹说起。一面派丁雄送信给金公，说明要将牡丹与施俊成婚。谁知夫人将假小姐唤来，这时佳蕙再难隐瞒，便将前后事情大概说明。她说到小姐溺水之苦，不由的泪流满面。夫人等倒可怜她，劝慰了多少言语，只得将婚事作罢。一面派人将丁雄追回，但已经赶不上了。

且说丁雄与金公送信，从水面迎来，已见有官船预备，问时，果是迎接襄阳太守的，丁雄打听了一下，说金太守由枯梅岭起旱而来，他便弃舟乘马，急急赶到枯梅岭。先见有驮轿行李过去，知是金太守的家眷，后面方是太守乘马而来。丁雄下马，抢步上前请安，禀道：“小人丁雄奉家主邵老爷之命，前来投书。”说罢，将书信高高举起。金太守将马位住，问了邵老爷起居。丁雄站起，一一答毕，将书信递过。金太守伸手接书，却问道：“你家太太好？小姐们可好？”丁雄一一回答。金公道：“管家乘上马罢。等我到驿，再答回信。”丁雄退后，一抖丝缰上了马，就在金公后面跟随。见了金福禄等，彼此各道辛苦，套叙言语，俱不必细表。

且说金公因是邵老爷的书信，非比寻常，就在马上拆看，见前面无非请安想念话头，看到后面有施俊与牡丹完婚一节，心中一时好生不乐，暗道：“邵贤弟做事荒唐！儿女大事，如何硬作主张？倒遂了施俊那畜生的私欲。此事太欠斟酌。”却又无可如何，将书信折叠折叠，揣在怀内。丁雄虽在后面跟随，却留神瞧，以为金公见了书信，必有话面问。谁知金公不但不问，反觉得有些不乐的光景。丁雄暗暗纳闷。

正走之间，离赤石崖不远。见无数的喽啰排开，当中有一个人，黄面金睛，浓眉凹脸，颔下满部绕丝的黄须（无怪绰号金面神），坐下骑着一匹黄骠马，手中拿着两根狼牙棒，雄赳赳，气昂昂，在那里等候。金公早已看见,不知山贼是何主意。猛见丁雄伏身撒马过去。话语不多,山贼将棒一举,连晃两晃,上来了一群喽啰,鹰拿燕雀,将丁雄掩翻,下马捆了。金公一见,暗说:“不好!”才待拨转马头,只见山贼忽喇喇纵马跑过来,一声叱咤道:“俺蓝骁特来请太守上山叙话。”说罢,将棒往后一摆,喽啰蜂拥上前,拉住金公坐下嚼环,不容分说,竟奔山中去了。金福禄等见了,谁敢上前,嗯的一声,大家没命的好跑。

且说蓝骁邀截了金公,正然回山,只见葛瑶明飞马近前来禀道:“启大王,小人奉命劫掠驮轿,已然到手。不想山凹窜出一只白狼,后面有三人追赶,却是卧虎沟的沙员外,带领孟杰、焦赤。三人见小人劫掠驮轿,心中大忿,急急上前,将喽啰赶散,仍将驮轿夺去,押赴庄中去了。”蓝骁听了大怒,道:“沙龙欺吾太甚!”吩咐葛瑶明押解金公上山,安置妥协,急急带喽啰前来接应。葛瑶明领命,只带数名喽啰,押解金公、丁雄上山。其余俱随蓝骁来到赤石崖下。早见沙龙与孟杰二人迎将上来。蓝骁道:“沙员外,俺待你不薄,你如何管俺的闲事?”沙龙道:“非是俺管你的闲事。只因听见驮轿内哭的惨切,母子登时全要自尽,俺岂有不救死之理?”蓝骁道:“员外不知,俺与金太守素有仇隙,知他从此经过,特特前来邀截,方才已然擒获上山。忽听葛瑶明说,员外将他家眷抢夺回庄,不知是何主意?”沙龙道:“这就是你的不是了。金太守乃国家四品黄堂,你如何擅敢邀截?再者你与太守有仇,却与他家眷何干?依俺说,莫若你将太守放下山来,交付与俺。俺与你在太守跟前说个分上,置而不理,免得你吃罪不起。”蓝骁听了,一声怪叫:“嗳哟!好沙龙!你真欺俺太甚,俺如今合你誓不两立!”说罢,催马抡棒打来。沙龙扯开架式抵敌,孟杰帮助相攻。蓝骁见沙、孟二人步下窜跃,英勇非常。他便使个暗令将棒往后一摆,众喽啰围裹上来。沙龙毫不介意,孟杰漠不关心,一个东指西杀,一个南击北搠。二人杀够多时,谁知喽啰益发多了,笸箩圈将沙龙、孟杰困在当中。二人渐渐的觉得乏了。

原来葛瑶明将金公解入山中,招呼众多喽啰下山。他却指拨喽啰层层叠叠的围裹,所以人益发多了。正在分派,只见那边来了个女子,仔细打量,却是前次打野鸡的。他一见了邪念陡起,一催马迎将上来,道:“娇娘,往哪里走?”这句话刚然说完,只听弓弦响处,这边葛瑶明眼睛内咕唧的一声,一个铁丸打入眼眶之内,生生把个眼珠儿挤出。葛瑶明嗳哟的一声，栽下马来。

原来焦赤押解驮轿到庄，叫凤仙、秋葵迎接进去，告诉明白，说："蓝骁现领喽啰在山中截战"。凤仙姐妹听了，甚不放心，就托张妈妈在里头照料，她等随焦赤前来救应沙龙。在路上言明，焦赤从东杀进，凤仙姐妹从西杀进。不料刚然上山，就被葛瑶明看见，伸马迎来。秋葵眼快嘴急，叫声："姐姐，前日抢野鸡的那厮又来了。"凤仙道："妹妹不要忙，待我打发他。前次手下留情，打在他眉攒中间，是个'二龙戏珠'。如今这厮又来，可要给他个'唤虎出洞'了。"列位自想想，葛瑶明眉目之间有多大的地方，搁的住闹个龙虎斗么？他从马上栽了下来，秋葵赶上将铁棒一扬，只听拍的一声，葛瑶明登时了账，琉璃珠儿砸碎了。

未知她姐妹如何，且听下回分解。

第九十八回

沙龙遭困母女重逢　智化运筹弟兄奋勇

且说凤仙、秋葵从西杀来。只见秋葵抡开铁棒，乒乒乓乓一阵乱响，打的喽啰四分五落；凤仙拽开弹弓，连珠打出，打的喽啰东躲西藏。忽又听东边呐喊，却是焦赤杀来，手托钢叉，连嚷带骂。里面沙龙、孟杰见喽啰一时乱散，他二人奋勇往外冲突，里外夹攻，喽啰如何抵挡得住，往左右一分，让开一条大路。却好凤仙、秋葵接住沙龙，焦赤却也赶到，彼此相见。沙龙道："凤仙，你姐妹到此做甚？"秋葵道："闻得爹爹被山贼截战，我二人特来帮助。"沙龙才要说话，只听山岗上咕噜噜鼓声如雷，所有山口外嘡、嘡、嘡锣声振耳，又听人声呐喊："拿呀！别放走了沙龙呀！大王说咧：'不准放冷箭呀！务要生擒呀！'姓沙的，你可跑不了呀！各处俱有埋伏呀！快些早些投降！"沙龙等听了，不由的骇目惊心。

你道如何？原来蓝骁暗令喽啰围困沙龙，只要诱敌，不准交锋，心想把他奈何乏了，一鼓而擒之，将他制伏，作为自己的膀臂，故此他在高山岗上瞭望。见沙龙二人有些乏了，满心欢喜。惟恐有失，又叫喽啰上山，调四哨头领按山口埋伏，如听鼓响，四面锣声齐鸣，一齐呐喊，惊吓于他。那时再为劝说，断无不归降之理。猛又见东西一阵披靡①，喽啰往左右一分，已知是沙龙的接应，他便擂起鼓来，果然各山口响应，呐喊扬威，声声要拿沙龙。他在高岗之上挥动令旗，沙龙投东，他便指东；沙龙投西，他便指西。沙龙父女、孟、焦二人跑够多时，不是石如骤雨，就是箭似飞蝗，毫无一个对手厮杀之人。跑来跑去，并无出路，只得五人团聚一处，歇息商酌。

且不言沙龙等被困。再说卧虎庄上自从焦赤押驮轿进庄，所有渔猎众家的妻女皆知救了官儿娘子来，谁不要瞧瞧官儿娘子是什么样，全当做希罕儿一般。你来我去，只管频频往来，却不敢上前，只有偷偷摸摸扒扒窗户，或又掀掀帘子。及到人家瞧见她，她又将身一撤。倒是张立之妻李氏受了凤仙之托，极力的张罗，却又一人张罗不过来。应酬了何夫人，又应酬小相公金章，额外还要应酬丫鬟仆妇，觉得累得很，出来便向众妇人道："众位大妈婶子，你们与其在这里张的望的，怎的不进去看看，陪着说说话儿呢？我也有个替换。"众人也不答言，也有摆手的，也有摇头的，又有扭扭捏捏躲了的，又有咭咭咕咕笑了的。李氏见了这番光景，赌气转身进了角门。

原来角门以内，就是跨所。当初凤仙、秋葵曾说过，如若房屋盖成，也不准张家姐姐搬出，故此张立夫妇带同牡丹仍在跨所居住。李氏见了牡丹，道："女儿，今有员外救了官儿娘子前来，妈妈一人张罗不过来。别人都不敢上前，女儿敢去也不敢呀？你若敢去，妈妈将你带过去，咱娘儿两个也有个替换。你不愿意，就罢。"牡丹道："母亲，这有什么呢，孩儿就过去。"李氏欢喜道："还是女儿大方。你把那头儿抿抿，把大褂子罩上。我这里烹茶，你就端过去。"牡丹果然将头儿整理整理，换衣系裙。

不多时，李氏将茶烹好，用茶盘托来，递与牡丹。见牡丹抿的头儿光光油油的，衬着脸儿红红白白的，穿着件翠森森的衫儿，系着条青簇簇的裙儿，真是娇娇娜娜，袅袅婷婷。虽是布裙荆钗，胜过珠围翠绕。李氏看了，乐得她眉花眼笑，随着出了角门。众妇女见了，一个个低言悄语，接耳

① 披靡（mǐ）——形容军队溃散。

交头。这个道："大妗子①，你看哟，张奶奶又显摆她闺女呢。"那个道："二娘儿，你听罢，看她见了官儿娘子说些吗耶，咱们也学些见识。"

说话间，李氏上前将帘掀起。牡丹端定茶盘，到屋内慢闪秋波一看，觉得肝连胆一阵心酸，忽听小金章说道："嗳哟！你不是我牡丹姐姐么？想煞兄弟了！"跑过来，抱膝跪倒，牡丹到了此时，手颤腕软，当啷啷茶杯落地，将金章抱住，瘫软在地。何氏夫人早已向前搂住牡丹，儿一声，肉一声，叫了半日，哇的一声，方哭出来了。真是"悲从心中出"。慢说他三人泪流满面，连仆妇丫鬟无不拭泪，在旁劝慰。窗外的田妇村姑不知为着何事，俱各纳闷。独有李氏张妈愣柯柯的劝又不是，不劝又不是，好容易将他母女三人搀起。

何氏夫人一手拉住牡丹，一手拉住了金章，哀哀切切的一同坐了，方问与奶公奶母赴唐县如何到此。牡丹哭诉遇难情由。刚说到张公夫妇捞救，猛听的李氏放声哭道："嗳哟！可坑了我了！"她这一哭，比方才她母女姐弟相识犹觉惨切。她想："没有儿女的怎生这样的苦法，索性没有也倒罢了。好容易认着一个，如今又被本家认去，这以后可怎么好？"越想越哭，越哭越痛。何氏夫人感念她救女儿之情，将她搀过来，一同坐了，劝慰多时，牡丹又说："妈妈只管放心，决不辜负厚恩。"李氏方住了声。

金章见他姐姐穿的是粗布衣服，立刻磨着何氏夫人要他姐姐的衣服。一句话提醒了李氏，即到跨所取衣服。见张立拿茶叶要上外边去，李氏道："大哥那是给人家的女儿预备茶叶，你如何拿出去？"张立道："外面来了多少二爷们，连杯茶也没有。说不得只好将这茶叶拿出，你如何又说人家女儿的话呢？"李氏便将方才母女相认的话说了。张立听了，也无可如何，且先到外面张罗。张立来到厅房，众仆役等见了道谢。张立急忙烹茶。

忽见庄客进来，说道："你等众位在此厅上坐不得了，且到西厢房吃茶罢，我们员外三位至厚的朋友到了。"众仆役听了，俱各出来躲避。只见外面进来了三人，却是欧阳春、智化、丁兆蕙。

原来他三人到了襄阳，探听明白：赵爵立了盟书，恐有人盗取，关系非浅。因此盖了一座冲霄楼，将此书悬于梁间，下面设了八卦铜网阵，处处

---

① 妗(jìn)子——妻兄、妻弟的妻子。此处是称呼跟自己年龄差不多的妇女。

设了消息,时时有人看守。原打算进去探访一番,后来听说圣上钦派颜大人巡按襄阳,又是白玉堂随任供职。大家计议,莫若仍回卧虎沟与沙龙说明,同去辅佐巡按,帮助玉堂,又为国家,又尽朋情,岂不两全其美,因此急急赶回来了。

来到庄中,不见沙龙,智化连忙问道:“员外哪里去了?”张立说:“救了太守的家眷,蓝骁劫战赤石崖,不但员外与孟、焦二位去了,连两位小姐也去了,打算救应,至今未回。”智化听了,说道:“不好! 此事必有舛错,不可迟疑。欧阳兄与丁贤弟务要辛苦辛苦。”丁二爷道:“叫我们上何方去呢?”智化道:“就解赤石崖之围。”丁二爷道:“我与欧阳兄都不认得,如何是好?”张立道:“无妨,现有史云,他却认得。”丁二爷道:“如此,快唤他来。”张立去不多时,只见来了七人,听说要上赤石崖,同史云全要去的。智化道:“很好,你等随了二位去罢。不许逞强好勇,只听吩咐就是了。欧阳兄专要擒获蓝骁,丁贤弟保护沙兄父女,我在庄中防备贼人分兵抢夺家属。”北侠与丁二官人急急带领史云七人,直奔赤石崖去了。这里智化叫张立进内,安慰众女眷人等不必惊怕,惟恐有着急欲寻自尽等情,又吩咐:“众庄客前后左右,探听防守。倘有贼寇来时,不要声张,暗暗报我知道,我自有道理。”登时把个卧虎庄安排的井井有条。可见他料事如神,机谋严密。

且说北侠等来到赤石崖的西山口,见有许多喽啰把守。这北侠招呼众人道:“守汛喽啰听真,俺欧阳春前来解围,快快报与你家山主知道。”西山口的头领不敢怠慢,连忙报与蓝骁。蓝骁问道:“来有多少人?”头领道:“来了二人,带领庄丁七人。”蓝骁暗道:“共有九人,不打紧。好便好,如不好时,连他等也困在山内,索性一网打尽。”想罢,传于头领,叫把他等放进山口。早见沙龙等正在那里歇息,彼此相见,不及叙话。北侠道:“俺见蓝骁去,丁贤弟小心呀!”说罢,带了七人,奔到山岗。

蓝骁迎了下来。问道:“来者何人?”北侠道:“俺欧阳春特来请问山主,今日此举是为金太守呀? 还是为沙员外呢?”蓝骁道:“俺原是为擒拿太守金辉,却不与沙员外相干。谁知沙员外从我们头领手内将金辉的家眷抢去不算,额外还要合我要金辉,这不是沙员外欺我太甚么? 所以将他困住,务要他归附方罢。”北侠笑道:“沙员外何等之人,如何肯归附于你?再者你无故的截了皇家的四品黄堂,这不成了反叛了么?”蓝骁听了大怒，道："欧阳春，你今此来，端的为何？"北侠道："俺今特来拿你。"说罢，抡开七宝刀照腿砍来。蓝骁急将铁棒一迎。北侠将手往外一削，噌的一声，将铁棒狼牙削去。蓝骁暗说"不好"，又将左手铁棒打来。北侠尽力往外一磕，又往外一削。迎的力猛，蓝骁觉的从手内夺的一般，嗖的一声，连磕带削，棒已飞出数步以外，蓝骁身形晃了两晃。北侠赶步，纵身上了蓝骁的马后，一伸左手攥住他的皮鞓带①，将他往上一提，蓝骁已离鞍心。北侠将身一转，连背带抗，往地下一跳，右肘把马跨一捣。那马咴的一声，往前一窜。北侠提着蓝骁，一松手，咕咚一声，栽倒尘埃。史云等连忙上前擒住，登时捆缚起来。

此一段北侠擒蓝骁，迥与别书不同，交手别致，迎逢各异。至于擒法更觉新奇，虽则是失了征战的规矩，却正是侠客的行藏，一味的巧妙灵活，决不是卤莽灭裂、好勇斗狠那一番的行为。

且说丁兆蕙等早望见高岗之上动手，趁他不能挥动令旗，失却眼目，大家奋勇杀奔西山口来。头领率领喽啰，如何抵挡的住一群猛虎，发了一声喊，各自逃出去了。丁兆蕙独自一人擎刀把住山口，先着凤仙、秋葵回庄，然后沙龙与兆蕙复又来到高岗。

此时北侠已追问蓝骁，金太守在于何处。蓝骁只得说出已解山中，即着喽啰将金辉、丁雄放下山来。北侠就着史云带同金太守先行回庄。到西山口，叫孟、焦二人也来押解蓝骁，上山剿灭巢穴去了。

要知后文如何，且听下回分解。

第九十九回

见牡丹金辉深后悔　提艾虎焦赤践前言

且说史云引着金辉、丁雄来到庄中，庄丁报与智化。智化同张立迎到大厅之上。金太守并不问妻子下落如何，惟有致谢搭救自己之恩。智化却先言夫人公子无恙，使太守放心。略略吃茶，歇息歇息，即着张立引太

① 皮鞓(tīng)带——皮革制成的腰带。

守来到后面,见了夫人公子。此时凤仙姊妹已知母女相认,正在庆贺,忽听太守进来,便同牡丹上跨所去了。

这些田妇村姑谁不要瞧瞧大老爷的威严。不多时,见张立带进一位戴纱帽的,翅儿缺少一个;穿着红袍,襟子搭拉半边;玉带系腰,因揪折闹的里出外进;皂靴裹足,不合脚弄的底绽帮垂;一部苍髯,揉得上头扎煞下头卷;满面尘垢,抹的左边添黑右边黄。初见时只当做走会的杠箱官,细瞧来方知是新印的金太守。众妇女见了这狼狈的形状,一个个握着嘴儿嘻笑。

夫人公子迎出屋来,见了这般光景,好不伤惨。金章上前请安,金公拉起,携手来到屋内。金公略述山主邀截的情由,何氏又说恩公搭救的备细。夫妻二人又是嗟叹,又是感激。忽听金章道:"爹爹,如今却有喜中之喜了。"太守问道:"此话怎讲?"何氏安人便将母女相认的事说出。太守诧异,道:"岂有此理?难道有两个牡丹不成?"说罢,从怀中将邵老爷书信拿出,递给夫人看了。何氏道:"其中另有别情。当初女儿不肯离却闺阁,是乳母定计将佳蕙扮做女儿,女儿改了丫鬟。不想遇了贼船,女儿赴水倾生。多亏张公夫妇捞救,认为义女。老爷不信,请看那两件衣服,方才张妈妈拿来,是当初女儿投水穿的。"金公拿起一看,果是两件丫鬟服色,暗暗忖度道:"如此看来,牡丹不但清洁,而且有智,竟能保金门的脸面,实属难得。"再一转想:"当初手帕金鱼原从巧娘手内得来。焉知不是那贱人作弄①的呢?就是书箱翻出玉钗,我看施生也并不惧怕,仍然一团傲气,仔细想来,其中必有情弊。我是一时着了气恼,不辨青红皂白,竟把他二人委屈了。"再想起逼勒牡丹自尽一节,未免太狠,心中愧悔难禁,便问何氏道:"女儿今在哪里?"何氏道:"方才在这里,听说老爷来了,他就上他干娘那边去了。"金公道:"金章,你同丫鬟将你姐姐请来。"

金章去后,何氏道:"据我想来,老爷不见女儿倒也罢了,惟恐见了时,老爷又要生气。"金公知夫人话内有讥诮②之意,也不答言,只有付之一笑。只见金章哭着回来道:"我姐姐断不来见爹爹,说惟恐爹爹见了又要生气。"金公哈哈笑道:"有其母必有其女,无奈何,烦夫人同我走走如何?"何氏见金公如此,只得叫张妈妈引路,老夫妻同进了角门,来到跨所

① 作(zuō)弄——捉弄。

② 讥诮(qiào)——冷言冷语地讥讽。

之内。凤仙姐妹知道太守必来,早已躲避。只见三间房屋,两明一暗,所有摆设颇颇的雅而不俗,这俱是凤仙在这里替牡丹调停的。张李氏将软帘掀起,道:“女儿,老爷亲身看你。”金公便进屋内,见牡丹面里背外,一言不答。金公见女儿的梳妆打扮,居然的布裙荆钗,回想当初珠围翠绕,不由的痛彻肺腑,道:“牡丹我儿,是为父的委屈了你了。皆由当初一时气恼,不加思索,无怪女儿着恼。难道你还嗔怪爹爹不成?你母亲也在此,快些见了罢。”张妈妈见牡丹端然不动,连忙上前,道:“女儿,你乃明理之人,似此非礼,如何使得?老爷太太是你生身父母,尚且如此;若是我夫妻得罪了你,那时岂不更难乎为情了么?快些下来。叩拜老爷罢。”

此时牡丹已然泪流满面,无奈下床,双膝跪倒,口尊:“爹爹,儿有一言告禀,孩儿不知犯了何罪,致令爹爹逼孩儿自尽?如今现为皇家太守,倘若遇见孩儿之事,爹爹断理不清,逼死女子是小事,岂不于德行有亏?孩儿无知顶撞,望乞爹爹宽宥。”金公听了,羞得面红过耳,只得陪笑,将牡丹搀起,道:“我儿说的是,以后爹爹诸事细心了。以前之事全是爹爹不是,再休提起了。”又向何氏道:“夫人,快些与女儿将衣服换了。我到前面致谢致谢恩公去。”说罢,抽身就走。

张立仍然引至大厅。智化对金公道:“方才主管带领众役们来央求于我,惟恐大人见责,望乞大人容谅。”金公道:“非是他等无能,皆因山贼凶恶,老夫怪他们则甚。”智化便将金福禄等唤来,与老爷磕头。众人又谢了智爷,智爷叫将太守衣服换来。

只见庄丁进来报道:“我家员外同众位爷们到了。”智化与张立迎到庄门。刚到厅前,见金公在那里立等,见了众人,连忙上前致谢。沙龙见了,便请太守与北侠进厅就座。智化问剿灭巢穴如何。北侠道:“我等押了蓝骁入山,将辎重俱散与喽啰,所有寨栅全行放火烧了。现时把蓝骁押来交在西院,叫众人看守,特请太守老爷发落。”太守道:“多承众位恩公的威力。既将贼首擒获,下官也不敢擅专。待到任所,即行具折,连贼首押赴东京,交到开封府包相爷那里,自有定见。”智化道:“既如此,这蓝骁倒要严加防范,好好看守,将来是襄阳的硬证。”复又道:“弟等三人去而复返者,因听见颜大人巡按襄阳,钦派白五弟随任供职。弟等急急赶回来,原欲会同兄长齐赴襄阳,帮助五弟,共襄此事。如今既有要犯在此,说不得须耽迟几日工夫。沙兄长、欧阳兄、丁贤弟,大家俱各在庄,留神照料蓝骁。惟恐襄阳王暗里遣人来盗取，却是要紧的。就是太守赴任，路上也要仔细。若要小弟护送前往，一到任所，急急具折。待折子到时，即行将蓝骁押赴开封。诸事已毕，再行赶到襄阳，庶乎于事有益。不知众位兄长以为如何？”众人齐声道：“好，就是如此。”金公道：“只是又要劳动恩公，下官心甚不安。”说话间，酒筵摆设齐备，大家入座饮酒。

只见张立悄悄与沙龙附耳。沙龙出席来到后面，见了凤仙、秋葵，将牡丹之事，一一叙明。沙龙道：“如何？我看那女子举止端方，决不是村庄的气度，果然不错。”秋葵道：“如今牡丹姐姐不知还在咱们这里居住？还是要随任呢？”沙龙道：“自然是要随任，跟了她父母去，岂有单单把她留在这里之理呢？”秋葵道：“我看牡丹姐姐她不愿意去，如今连衣服也不换，仿佛有什么委屈，擦眼抹泪的。莫若爹爹问问太守，到底带她去不带她去，早定个主意为是。”沙龙道：“何必多此一问。哪有她父母既认着了，不带了去，还把女儿留在人家的道理？这都是你们贪恋难舍，心生妄想之故。我不管，你牡丹姐姐如若不换衣服，我惟你们二人是问。少时我同太守还要进来看呢。”说罢，转身上厅去了。

凤仙听了，低头不语。惟有秋葵，将嘴一咧，哇的一声哭着，奔到后面，见了牡丹，一把拉住，道：“哎哟！姐姐呀，你可快走了！我们可怎么好呀！”说罢，放声痛哭。牡丹也就陪哭起来了。众人不知为着何故。随后凤仙也就来了，将此事说明。大家这才放了心了。何氏夫人过来拉住秋葵道：“我的儿，你不要啼哭。你舍不得你的姐姐，哪知我心里还舍不得你呢。等着我们到了任所，急急遣人来接你。实对你说，我很爱你这实心眼儿，为人憨厚。你若不憎嫌，我就认你为干女儿，你可愿意么？”秋葵听了，登时止住泪，道：“这话果真么？”何氏道：“有什么不真呢？”秋葵便立起身来，道：“如此，母亲请上，待孩儿拜见。”说罢，立时拜下去。何氏夫人连忙搀起。凤仙道：“牡丹姐姐，你不要哭了，如今有了傻妹子了。”牡丹噗哧的一声也笑了。凤仙道：“妹子，你只顾了认母亲。方才我爹爹说的话，难道你就忘了么？”秋葵道：“我何尝忘了呢。”便对牡丹道：“姐姐，你将衣服换了罢。我爹爹说了，如若不换衣服，要不依我们俩呢。你若拿着我当亲妹妹，你就换了；若你瞧不起我，你就不换。”张妈妈也来相劝。凤仙便吩咐丫鬟道：“快拿你家小姐的簪环衣服来。”彼此撺掇，牡丹碍不过脸去，只得从新梳洗起来。不多时，梳妆已毕，换了衣服，更觉鲜艳非常。牡丹又将簪珥赠了凤仙姊妹许多，二人深谢了。

且说沙龙来到厅上，复又执壶斟酒，刚然坐下，只见焦赤道："沙大哥，今日欧阳兄、智大哥俱在这里，前次说的亲事今日还不定规么？"一句话说的也有笑的，也有怔的。怔的因不知其中之事体，此话从何说起；笑的是笑他性急，粗莽之甚。沙龙道："焦贤弟，你忙什么？为女儿之事，何必在此一时呢？"焦赤道："非是俺性急。明日智大哥又要随太守赴任，岂不又是耽搁呢？还是早些规定了的是。"丁二爷道："众位不知。焦二哥为的是早些定了，他还等吃喜酒呢。"焦赤道："俺单等吃喜酒。这里现放着酒，来，来，来，咱们且吃一杯。"说罢，端起来一饮而尽。大家欢笑快饮。酒饭已毕，金公便要了笔砚来，给邵邦杰细细写了一信，连手帕并金鱼玉钗俱各封固停当。当面交与丁雄，叫他回去，就托邵邦杰将此事细细访查明白。匆忙之间，金公只说起牡丹投河自尽，却忘了说明牡丹已经遇救，以及父女重逢。赏了丁雄二十两银子，即刻起身，赶赴长沙去了。

沙龙此时已到后面，秋葵将何氏夫人认为干女儿之事说了；又说起牡丹小姐已然换了衣服，还要请太守与爹爹一同拜见。沙龙便来到厅上，请了金公，来到后面。牡丹出来，先拜了沙龙。沙龙见牡丹花团锦簇，满心喜欢。牡丹又与金公见礼。金公连忙搀起。见牡丹依然是闺阁妆扮，虽然欢喜，未免有些凄惨。牡丹又带了秋葵与义父见礼，金公连忙叫牡丹搀扶。沙龙也叫凤仙见了。金公又致谢沙龙："小女在此打搅，多蒙兄长与二位侄女照拂。"沙龙连说："不敢。"

他等只管亲的干的，见父认女，旁边把个张妈妈瞅的眼儿热了，眼眶里不由的流下泪来，用绢帕左搽右搽。早被牡丹看见，便对金公道："孩儿还有一事告禀。"金公道："我儿有话，只管说来。"牡丹道："孩儿性命，多亏干爹干娘搭救，才有今日。而且老夫妻无男无女，孤苦只身，求爹爹务必将他老夫妻带到任上，孩儿也可以稍为报答。"金公道："正当如此，我儿放心。就叫他老夫妻收拾收拾，明日随行便了。"张妈妈听了，这才破涕为笑。

沙龙又同金公来到厅上，金公见设筵丰盛，未免心甚不安。沙龙道："今日此筵，可谓四喜俱备。大家坐了，待我说来。"仍然太守首座，其次北侠、智公子、丁二官人、孟杰、焦赤，下首却是沙龙与张立。焦赤先道："大哥快说四喜。若说是了，有一喜俺喝一碗如何？"沙龙道："第一，太守今日一家团聚，又认了小姐，这个喜如何？"焦赤道："好！可喜可贺，俺喝这一碗。快说第二。”沙龙道：“这第二就是贤弟说的了。今日凑着欧阳兄、智贤弟在此，就把女儿大事定规了，从此咱三人便是亲家了。一言为定，所有纳聘的礼节再说。”焦赤道：“好呀！这才痛快呢。这二喜俺要喝两碗，一碗陪欧阳兄、智大哥，一碗陪沙兄长。你三人也要换盅儿才是。”说的大众笑了。果然北侠、智公子与沙员外彼此换杯。焦赤已然喝了两碗。沙龙道：“三喜是明日太守荣任高升，这就算饯行的酒席如何？”焦赤道：“沙兄长会打算盘，一打两副成。也倒罢了，俺也喝一碗。”孟杰道：“这第四喜不知是什么，倒要听听。”沙龙道：“太守认了小女为女，是干亲家，欧阳兄与智贤弟定了小女为媳，是新亲家；张老丈认了太守的小姐为女，是干亲家。通盘算来，今日乃我们三门亲家大会齐儿，难道算不得一喜么？”焦赤听了，却不言语，也不饮酒。丁二爷道：“焦二哥，这碗酒为何不喝？”焦赤道：“他们亲家闹他们的亲家，管俺什么相干？这酒俺不喝他。”丁二爷道：“焦二哥，你莫要打不开算盘，将来这里的侄女儿过了门时，他们亲家爹对亲家爷，咱们还是亲家叔叔呢。”说的大家全笑了。彼此欢饮。饭毕之后，大家歇息。

到了次日，金太守起身，智化随任，独有凤仙、秋葵与牡丹三人痛哭，不忍分别，好容易方才劝止。智化又谆谆嘱咐：“好生看守蓝骁，等折子到时即行押解进京。”北侠又提拔智化，一路小心。大家珍重，执手分别。上任的上任，回庄的回庄，俱各不表。

要知后文何事，且听下回分解。

第一百回

探形踪王府遣刺客　赶道路酒楼问书僮

且说小侠艾虎自从离了卧虎沟，要奔襄阳。他因在庄三日未曾饮酒，头天就饮了个过量之酒，走了半天就住了。次日也是如此。到了第三日，猛然省悟，道：“不好！若要如此，岂不像上卧虎沟一样么？”倘然再要误事，那就不成事了。从今后酒要检点才好。”自己劝了自己一番。因心里惦着走路,偏偏的起得早了,不辨路径,只顾往前进发。及至天亮,遇见行人问时,谁知把路走错了:理应往东,却岔到东北,有五六十里之遥。幸喜此人老成,的的确确告诉他由何处到何镇,再由何镇到何堡,过了何堡几里方是襄阳大路。艾虎听了,躬身道谢,执手告别,自己暗道:“这是怎么说!起了个五更,赶了个晚集,这半夜的工夫白走了。仔细想来,全是前两日贪酒之过。若不是那两天醉了,何至有今日之忙,何至有如此之错呢?可见酒之误事不小。”自己悔恨无及。

哪知他就在此一错上,便把北侠等让过去了,所以直到襄阳全未遇见。这日好容易到了襄阳,各处店寓询问,俱各不知。他哪知道北侠等三人再不住旅店,惟恐怕招人的疑忌,全是在野寺古庙存身。小侠寻找多时,心内烦躁,只得找个店寓住了。

次日便在各处访查,酒也不敢多吃了。到处听人传说:“新升来一位巡按大人姓颜,是包丞相的门生,为人精明,办事耿直。倘若来时,大家可要把冤枉伸诉伸诉。”又有悄悄低言讲论的,他却听不真切。他便暗暗生智,坐在那里,仿佛瞌睡,前仰后合,却是闭目合睛,侧耳细听,渐渐的听在耳内。原来是讲究如何是立盟书,如何是盖冲霄楼,如何设铜网阵。一连探访了三日,到处讲究的全是这些,心内早得了些主意。

因知铜网阵的利害,不敢擅入,他却每日在襄阳王府左右暗暗窥觑,或在对过酒楼瞭望。这日正在酒楼之上饮酒,却眼巴巴的瞧着对过,见府内往来行人出入,也不介意。忽然来了二人,乘着马,到了府前下马,将马拴在桩上,进府去了。有顿饭的工夫,二人出来,各解偏缰,一人扳鞍上马,一人刚才认镫。只见跑出一人一招手,那人赶到跟前,附耳说了几句,形色甚是仓皇。小侠见了,心中有些疑惑,连忙会钞下楼,暗暗跟定二人,来到双岔路口,只听一人道:“咱们定准在长沙府关外十里堡镇上会齐。请了。”各自加上一鞭,往东西而去。他二人只顾在马上交谈,执手告别,早被艾虎一眼看出,暗道:“敢则是他两个呀!”

你道此二人是谁?原来俱是招贤馆的旧相知。一个是陡起邪念的赛方朔方貂。自从在夹沟被北侠削了他的刀,他便脱逃,也不敢回招贤馆,他却直奔襄阳投在奸王府内。那一个是机谋百出的小诸葛沈仲元。只因捉拿马强之时,他却装病不肯出头。后来见他等生心抢劫,不由的暗笑:“这些没天良之人,什么事都干得出来。”又听见大家计议投奔襄阳,自己转想:

“赵爵久怀异心，将来国法必不赦宥。就是这些乌合之众，也不能成其大事。我何不将计就计，也上襄阳投在奸王那里，看个动静。倘有事关重大的，我在其中调停，一来与朝廷出力报效，二来为百姓剪恶除奸，岂不大妙？”

但凡侠客义士行止不同。若是沈仲元尤难，自己先担个从奸助恶之名，而且在奸王面前还要随声附和，逢迎献媚，屈己从人，何以见他的侠义呢？殊不知他仗着自己聪明，智略过人。他把事体看透，犹如掌上观文，仿佛逢场作戏。从游戏中生出侠义来，这才是真正侠义。即如南侠、北侠、双侠，甚至小侠，处处济困扶危，谁不知是行侠尚义呢？这是明露的侠义，却倒容易。若沈仲元决非他等可比。他却在暗中调停，毫不露一点声色，随机应变，谲诈多端，到了归结，恰在侠义之中，岂不是个极难的事呢！他的这一番慧心灵机，真不愧“小诸葛”三字。

他这一次随了方貂同来，却有一件重大之事。只因蓝骁被人擒拿之后，将辎重分散喽啰。其中就有无赖之徒，恶心不改，急急赶赴襄阳，禀报奸王。奸王听了，暗暗想道：“事尚未举，先折了一只臂膀，这便如何是好？”便来到集贤堂与大众商议，道：“孤家原写信一封与蓝骁，叫他将金辉邀截上山，说他归附。如不依从，即行杀害，免得来到襄阳，又要费手。不想蓝骁被北侠擒获。事到如今，列位可有什么主意？”其中却有明公说道：“纵然害了金辉，也不济事。现今圣上钦派颜查散巡按襄阳，而且长沙又改调了邵邦杰。这些人都有虎视眈眈之意。若欲加害，索性全然害了，方为稳便。如今却有一计害三贤的妙策。”奸王听了，满心欢喜，问道：“何谓‘一计害三贤’？请道其详。”这明公道：“金辉必由长沙经过。长沙关外十里堡，是个迎接官员的去处。只要派个有本领的去到那里，黉夜之间，将金辉刺死。倘若成功，邵邦杰的太守也就作不牢了。金辉原是在他那里住宿，既被人刺死了，焉有本地太守无罪之理。咱们把行刺之人深藏府内，却办一套文书，迎着颜巡按呈递。他做襄阳巡按，襄阳太守被人刺死，他如何不管呢？既要管，又无处缉拿行刺之人。事要因循起来，圣上必要见怪，说他办理不善。那时慢说他是包公的门生，就是包公也就难以回护了。”奸王听毕，哈哈大笑，道：“妙极，妙极！”就派方貂前往。

旁边早惊动了一个大明公沈仲元，见这明公说的得意扬扬，全不管行得行不得，不由的心中暗笑，惟恐“万一事成，岂不害一忠良？莫若我也走走”。因此上前说道:“启上千岁,此事重大,方貂一人惟恐不能成功,待微臣帮他同去如何?”奸王更加欢喜。方貂道:“为日有限,必须乘马,方不误事。”奸王道:“你等去到孤家御厩中,自己拣选马匹去。”二人领命,就到御厩选了好马,备办停当。又到府内,见奸王禀辞。奸王嘱咐了许多言语,二人告别出来。刚要上马,奸王又派亲随之人出来,吩咐道:“此去成功不成功,务要早早回来。”二人答应,骑上马,各要到下处收拾行李,所以来到双岔口,言明会齐的所在,这才分东西,各回下处去了。

所以艾虎听了个明白,看了个真切,急急回到店中,算还了房钱,直奔长沙关外十里堡而来。一路上酒也不喝,恨不得一步迈到长沙,心内想着:“他们是骑马,我是步行,如何赶的过马去呢?”又转想道:“他二人分东西而走,必然要带行李,再无有不图安逸的。图安逸的,必是夜宿晓行。我不管他,我给他个昼夜兼行,难道还赶不上他么?”真是“有志者事竟成”,却是艾虎预先到了。歇息了一夜,次日必要访查那二人的下落。出了旅店,在街市闲游,果然见个镇店之所,热闹非常。自己散步,见路东有接官厅,悬花结彩。仔细打听,原来是本处太守邵老爷与襄阳太守金老爷是至相好,皆因太守上襄阳赴任,从此经过,故此邵老爷预备的这样整齐。艾虎打听这金老爷几时方能到此,敢则是后日才到公馆。艾虎听在心里,猛然省悟,道:“是了,大约那两个人必要在公馆闹什么玄虚,后日我倒要早早的应候他。”

正在揣度①之间,忽听耳畔有人叫道:“二爷哪里去?”艾虎回头一看,瞧着认得,一时想不起来,连忙问道:“你是何人?”那人道:“怎么二爷连小人也认不得了呢?小人就是锦笺。二爷与我家爷结拜,二爷还赏了小人两锭银子。”艾虎道:“不错,不错,是我一时忘记了。你今到此何事?”锦笺道:“哎!说起来话长。二爷无事,请二爷到酒楼,小人再慢慢细禀。”艾虎即同锦笺上了路西的酒楼,拣个僻静的桌儿坐了。锦笺还不肯坐,艾虎道:“酒楼之上何须论礼,你只管坐了,才好讲话。”锦笺告坐,便在横头儿坐了。茶博士过来,要了酒菜。艾虎便问施公子。锦笺道:“好,现在邵老爷太守衙门居住。”艾虎道:“你主仆不是上九仙桥金老爷那里,为何又到这里呢?”锦笺道:“正因如此,所以话长。”便将投奔九仙桥始末原由,以及后来如何病

---

① 揣度(chuǎiduó)——估量,推测。

在攸县，说了一遍。"若不亏二爷赏了两个锞子，我家相公如何养病呢？"艾虎说："些须小事，何必提他。你且说，后来怎么样？"

锦笺初见面何以就提赏了小人两锭银子？只因艾虎给的银两恰恰与锦笺救了急，所以他深深感激，时刻在念。俗语说的好："宁给饥人一口，不送富人一斗。"是再不错的。

锦笺又说起遇了官司，如何要寻自尽，"却好遇见一位蒋爷，赏了两锭银子，方能奔到长沙。"艾虎听到此，便问道："姓蒋的是什么模样？"锦笺说了形状。艾虎不胜大喜，暗道："蒋叔父也有了下落了。"锦笺又说起："邵老爷要与我家爷完婚，派丁雄送信给金公，谁知小姐却是假的，婚事只好作罢。要追回丁雄，已经无及。昨日丁雄回来，金老爷那里写了一封信来，说他小姐因病上唐县就医，乘舟玩月，误堕水中。那个小姐是假冒的。"艾虎听了诧异，道："哪个呢？这是怎么一回事呢？"锦笺将以前自己同佳蕙做的事，一五一十的说了，接着道："邵老爷见信，将我家爷叫了过去，将信给他看了，额外还有一包东西。我家爷便唤佳蕙来，将这东西给她看了，佳蕙才哭了个哽气倒噎。"艾虎道："见什么东西，就这等哭？"锦笺道："就是芙蓉帕金鱼和玉钗。我家爷因见帕上有字，便问是谁人写的，佳蕙方才道，这前面是她写的。"艾虎问道："佳蕙如何冒称小姐呢？"锦笺又将对换衣服说了。艾虎说："这就是了。后来怎么样呢？"锦笺道："这佳蕙说：'前面字是妾写的，这后边字不是老爷写的么？'一句话倒把我家爷提醒了，仔细一看，认出是小人笔迹。立刻将小人叫进去，三曹对案，这才都说了，全是佳蕙与小人彼此偷对的，我家爷与金小姐一概不知。我家爷将我责备一番，便回明了邵老爷。邵老爷倒乐了。说小人与佳蕙两小无猜①，全是一片为主之心，倒是有良心的。只可惜小姐薄命倾生。谁知佳蕙自那日起痛念小姐，饮食俱废，我家爷也是伤感。因此叫小人备办祭礼，趁着明日邵老爷迎接金老爷去，他二人要对着江边遥祭。"艾虎听了，不胜悼叹。他哪知道绿鸭滩给张公贺得义女之喜，那就是牡丹呢。

锦笺说毕，又问小侠意欲何往。艾虎不肯明言，托言往卧虎沟去，又转口道："俺既知你主仆在此，俺倒要见见。你先去备办祭礼，我在此等你，一路同往。"锦笺下楼，去不多时回来。艾虎会了钱钞下楼，竟奔衙

① 两小无猜——男女小的时候在一起玩耍，没有猜疑。

署。相离不远,锦笺先跑去了,报知施生。施生欢喜非常,连忙来至衙外,将艾虎让至东跨所之书房内。彼此欢叙,自不必说。

到了次日,打听邵老爷走后,施生见了艾虎,告过罪,暂且失陪。艾虎已知为遥祭之事,也不细问。施生同定佳蕙、锦笺,坐轿的坐轿,骑马的骑马,来到江边,设摆祭礼,这一番痛哭,不想却又生出巧事来了。

欲知端底如何,且听下回分解。

第一百一回

两个千金真假已辨　一双刺客妍媸自分

且说施生同锦笺乘马,佳蕙坐了一乘小轿,私自来到江边,摆下祭礼,换了素服。施生拜奠,锦笺、佳蕙跟在相公后面行礼。佳蕙此时哀哀戚戚的痛哭至甚,施生也是惨惨凄凄泪流不止,锦笺在旁恳恳切切百般劝慰。痛哭之后,复又拈香。候香烬的工夫,大家观望江景,只见那边来了一帮官船,却是家眷行囊,船头上舱门口一边坐着一个丫鬟,里面影影绰绰有个半老的夫人同着一位及笄的小姐,还有一个年少的相公。船临江近,不由的都往岸边瞭望,见施生背着手儿远眺江景,瞧佳蕙手持罗帕,仍然拭泪。小姐看了多时,搭讪着对相公说道:“兄弟,你看那人的面貌好似佳蕙。”小相公尚未答言,夫人道:“我儿悄言,世间面貌相同者颇多。她若是佳蕙,那厢必是施生了。”小姐方不言语,惟有秋水凝眸而已。

原来此船就是金太守的家眷,何氏夫人带着牡丹小姐、金章公子。何氏夫人早已看见岸边有素服祭奠之人,仔细看来,正是施生与佳蕙。施生是自幼儿常见的,佳蕙更不消说了,心中已觉惨切之至。一来惟恐小姐伤心,现有施生,不大稳便;二来又因金公脾气不敢造次相认,所以说了一句“世间面貌相同者颇多”。

船已过去,到了停泊之处,早有丁雄、吕庆在那里伺候迎接。吕庆已从施公处回来,知是金公家眷到了,连忙伺候。仆妇丫鬟上前搀扶着,弃舟乘轿,直奔长沙府衙门去了。不多时,金老爷也到,丁雄、吕庆上前请安,说:“家老爷备的马匹在此,请老爷乘用。”金公笑吟吟地道:“你家老爷在哪里呢？”丁雄道：“在公馆恭候老爷。”金公忙接丝缰，吕庆坠镫，上了坐骑。丁雄、吕庆也上了马。吕庆在前引路，丁雄策着马在金公旁边。金公问他：“几时到的长沙？你家老爷见了书信说些什么？”丁雄道：“小人回来时极其迅速，不多几日就到了。家老爷见了老爷的书信，小人不甚明白。等老爷见了家老爷，再为细述。”金公点了点头。说话间，丁雄一伏身，叭喇喇马已跑开。又走了不多会，只见邵太守同定阖署官员，俱在那里等候。此时吕庆已然下马，急忙过来伺候。金公下马，二位太守彼此相见，欢喜不尽。同到公厅之上，众官员又从新参见。金公一一应酬了几句，即请安歇去罢。众官员散后，二位太守先叙了些彼此渴想的话头，然后摆上酒肴，方问及完婚一节。邵老爷将锦笺、佳蕙始末原由，述了一遍。金公方才大悟，全与施生、小姐毫无相干。二人畅饮叙阔。酒饭毕后，金老爷请邵老爷回署。邵老爷又陪坐多时，方才告别，坐轿回衙。

此时施生早已回来了，独独不见了艾虎，好生着急，忙问书僮。书僮说：“艾爷并未言语，不知向何方去了。”施生心中懊悔，暗自揣度道：“想是贤弟见我把他一人丢在此处，他赌气走了。明日却又往何方找寻去呢？”

忽听邵老爷回衙，连忙迎接，相见毕。邵老爷也不进内，便来至东跨所之内安歇，施生陪坐。邵老爷即将今日面见金公及牡丹遇救未死之事，说了一遍。“你金老伯不但不怪你，反倒后悔，还说明日叫贤侄随到任上与牡丹完婚。明日必到衙署回拜于我，贤侄理应见见为是。”施生喏喏连声，又与邵公拜揖，深深谢了。

且说金公在公馆大厅之内，请了智公子来谈了许久。智化惟恐金公劳乏，便告退了。原来智化随金公前来，处处留神，每夜人静，改换行装，不定内外巡查几次。此时天已二鼓，智爷扎抹停当，从公馆后面悄悄的往前巡来。刚至卡子门旁，猛抬头见倒厅有个人影往前张望。智爷一声儿也不言语，反将身形一矮，两个脚尖儿沾地，突、突、突顺着墙根，直奔倒座东耳房而来。到了东耳房，将身一躬，脚尖儿垫劲儿，嗖，便上了东耳房。抬头见倒座北耳房高着许多，也不惊动倒座上的人，且往对面观瞧。见厅上有一人爬伏，两手把住椽头，两脚撑住瓦陇，倒垂势往下观瞧。智爷暗道：“此人来的有些蹊跷，倒要看着。”忽见脊后又过来一人，短小身材，极其灵便。见他将爬伏那人的左脚登的砖一抽，那人脚下一松，猛然一蹴，急将身形一长,重新将脚按了一按,复又爬伏,本人却不理会,这边智化看得明白,见他将身一长,背的利刃已被那人抽去。智爷暗暗放心,只是防着对面那人而已。转眼之间,见爬伏那人从正房上翻转下来,赶步进前,回手刚欲抽刀,谁知剩了皮鞘,暗说"不好!"转身才待要走,只见迎面一刀砍来,急将脑袋一歪,身体一侧,噗哧左膀着刀,嗳呀一声,栽倒在地。艾虎高声嚷道:"有刺客!"早又听见有人接声,说道:"对面上房还有一个呢!"艾虎转身竟奔倒座,却见倒座上的人跳到西耳房,身形一晃,已然越过墙去。艾虎却不上房,就从这边一伏身,蹿上墙头,随即落下,脚底尚未站稳,觉得耳边凉风一股。他却一转身,将刀往上一迎。只听咯当一声,刀对刀,火星乱迸。只听对面人道:"好!真正灵便。改日再会,请了。"一个健步,脚不沾地,直奔树林去了。

艾虎如何肯舍,随后紧紧追来。到了树林,左顾右盼,不见个人形。忽听有人问道:"来的可是艾虎么?有我在此。"艾虎惊喜道:"正是,可是师傅么?贼人哪里去了呢?"智爷道:"贼已被擒。"艾虎尚未答言,只听贼人道:"智大哥,小弟若是贼,大哥,你呢?"智爷连忙追问,原来正是小诸葛沈仲元,即行释放,便问一问现在哪里。沈仲元将在襄阳王处说了。

艾虎早已过来见了智爷,转身又见了沈仲元。沈仲元道:"此是何人?"智化道:"怎么贤弟忘了么?他就是馆童艾虎。"沈爷道:"嗳呀!敢则是令徒么?怪道,怪道。所谓'强将手下无弱兵',好个伶俐身段。只他那抽刀的轻快与越墙的躲闪,真正灵通之至。"智化道:"好是好,未免还有些卤莽,欠些思虑。幸而树林之内是劣兄在此,倘若贤弟令人在此埋伏,小徒岂不吃了大亏么?"说的沈爷也笑了。艾虎却暗暗佩服。智爷又问道:"贤弟,你在襄阳王那里作甚?"沈爷道:"几个好去处,都被众位哥哥兄弟们占了,就剩了个襄阳王,说不得小弟任劳任怨罢了。再者他那里一举一动,若无小弟在那里,外面如何知道呢?"智化听了,叹道:"似贤弟这番用心,又在我等之上了。"沈爷道:"分什么上下。你我不能致君泽民,止于借'侠义'二字,了却终身而已,有甚讲究!"智爷连连点头称"是",又托沈爷倘有事关重大,务祈帮助。沈爷满口应承。彼此分手,小诸葛却回襄阳去了。

智化与艾虎一同来到公馆。此时已将方貂捆缚,金公正在那里盘问。方貂仗着血气之勇,毫无畏惧,一一据实说来。金公诓了口供,将他带下去,令人看守。然后智爷带了小侠拜见了金公,将来历说明。金公感激不尽。

等到了次日,回拜邵老爷,入了衙署,二位相见就座。金公先把昨夜智化、艾虎拿住刺客的话说了。邵老爷立刻带上方貂,略问了一问,果然口供相符,即行文到首县寄监,将养伤痕,严加防范,以备押解东京。邵老爷叫请智化、艾虎相见。金老爷请施俊来见。不多时,施生先到,拜见金公。金公甚觉赧颜①,认过不已,施生也就谦逊了几句。

刚刚说完,只见智爷同着小侠进来,参见邵老爷。邵公以客礼相待。施生见了小侠,欢喜非常,道:"贤弟,你往哪里去来?叫劣兄好生着急。"大家便问:"你二位如何认得?"施生先将结拜的情由述了一遍,然后小侠道:"小弟此来,非是要上卧虎沟,是为捉拿刺客而来。"大家骇异,问道:"如何就知有刺客呢?"小侠说:"私探襄阳府,听见二人说的话,因此急急赶来,惟恐预先说了,走漏风声。再者又恐兄长担心,故此不告辞而去,望祈兄长莫怪。"大家听了,慢说金公感激,连邵老爷与施生俱各佩服。

饮酒之际,金公就请施生随任完婚。施生道:"只因小婿离家日久,还要到家中探望双亲。待禀明父母后,再赴任所。不知岳父大人以为何如?"金公点点头,也倒罢了。智化道:"公子回去,难道独行么?"施生道:"有锦笺跟随。"智化道:"虽有锦笺,也不济事。我想公子回家固然无事,若禀明令尊令堂之后,赶赴襄阳,这几日的路程恐有些不便。"一句话提醒了金公,他乃屡次受了惊恐之人,连连说道:"是呀!还是恩公想得周到。似此如之奈何?"智化道:"此事不难,就叫小徒保护前去,包管无事。"艾虎道:"弟子愿往。"施生道:"又要劳动贤弟,愚兄甚是不安。艾虎道:"这劳什么。"大家计议已定。还是女眷先行起身。然后金公告别。邵老爷谆谆要送,金老爷苦苦拦住,只得罢了。

此时锦笺已备了马匹。施生送岳父送了几里,也就回去了。回到衙署的东院书房,邵老爷早吩咐丁雄备下行李盘费,交代明白,刚要转后,只见邵老爷出来,又与他二人饯别,谆谆嘱咐路上小心。施、艾二人深深谢了,临别叩拜。二人出了衙署,锦笺已将行李扣备停当,丁雄帮扶伺候。主仆三人乘马,竟奔长洛县施家庄去了。

---

① 赧(nǎn)颜——因害羞而脸红。

金牡丹事好容易收煞完了。后面虽有归结,也不过是施生到任完婚,再要叙说那些没要紧之事,未免耽误正文。如今就得由金太守提到巡按颜大人,说紧要关节为是。

想颜巡按起身在太守之先,金太守既然到任,颜巡按不消说了,固然是早到了。自颜查散到任,接了呈子无数,全是告襄阳王的,也有霸占地亩的;也有抢夺妻女的;甚至有稚子弱女之家无故被搜罗入府,稚子排演优伶,弱女教习歌舞。黎民遭此惨害,不一而足。颜大人将众人一一安置,叫他等俱各好好回去,不要声张,也不用再递催呈。"本院必要设法将襄阳王拿获,与尔等报仇雪恨。"众百姓叩头谢恩,俱各散去。谁知其中就有襄阳王那里暗暗派人前来,假作呈词告状,探听巡按言词动静。如今既有这样的口气,他等便回去,启知了襄阳王。

不知奸王如何,且听下回分解。

第一百二回

锦毛鼠初探冲霄楼　黑妖狐重到铜网阵

且说奸王听了探报之言,只气得怪叫如雷,道:"孤乃当今皇叔,颜查散他是何等样人,擅敢要捉拿孤家与百姓报仇雪恨!此话说得太大了,实实令人可气!他仗的包黑子的门生,竟敢藐视孤家。孤家要是叫他好好在这里为官,如何能够成其大事?必须设计将他害了,一来出了这口恶气,二来也好举事。"因此转想起:"俗言:'捉奸要双,拿贼要赃。'必是孤家声势大了,朝廷有些知觉。孤家只要把盟书放好,严加防范,不落他人之手,无有对证,如何诬赖孤家呢!"想罢,便吩咐集贤堂众多豪杰光棍,每夜轮流看守冲霄楼。所有消息线索,俱各安放停当。额外又用弓箭手、长枪手。倘有动静,鸣锣为号。"大家齐心努力,勿得稍为懈弛。"

奸王这里虽然防备,谁知早有一人暗暗探听了一番,你道是谁?就是那争强好胜不服气的白玉堂。自颜巡按接印到任以来,大人与公孙先生料理公事,忙忙碌碌,毫无暇晷①,而且案件中多一半是襄阳王的。白玉堂却悄地里访查,已将八卦铜网阵听在耳内。到了夜间人静之时,改扮行装,出了衙署,直奔襄阳府而来。先将大概看了,然后越过墙去,处处留神。在集贤堂窃听了多时,夜静无声。从房上越了几处墙垣,早见那边有一高楼,直冲霄汉,心中暗道:"怪道起名冲霄楼,果然巍耸,且自下去看看。"回手掏出小石子轻轻问路,细细听去却是实地,连忙飞身跃下,蹑足潜踪②,滑步而行。来到切近一立身,他却摸着木城板做的围城,下有石基,上有垛口,垛口上面全有锋芒。中有三门紧闭,用手按了一按,里面关的纹丝儿不能动。只得又走了一面,依然三个门户,也是双扇紧闭。一连走了四面,都是如此,自己暗道:"我已去了四面,大约那四面也不过如此。他这八面每面三门,想是从这门上分出八卦来。各门俱都紧紧关闭,我今日来得不巧了,莫若暂且回去,改日再来打探,看是如何。"想罢,刚要转身,只听那边有锣声,又是梆响,知是巡更的来了。他却留神一看,见那边有座小小更棚,连忙隐到更棚的后面,侧耳细听。

不多时,只听得锣梆齐鸣,到了更棚歇了。一人说道:"老王呀,你该当走走了,让我们也歇歇。"一人答道:"你们只管进来歇罢,今日没事。你忘了咱们上次该班,不是遇见了这么一天么。各处门全关着,怕什么呢?今儿又是如此。咱们仿佛是个歇班日子,偷点懒儿很使得。"又一人道:"虽然如此,上头传行的紧,锣梆不响,工夫大了,头儿又要问下来了,何苦呢?说不得王三、李八你们二位辛苦辛苦,回来我们再换你。"说罢,王、李二人就巡更去了。白玉堂趁着锣梆声音,暗暗离了更棚,窜房跃墙,回到署中,天已五鼓,悄悄进屋安歇。

到了次日,便接了金辉的手本。颜大人即刻相见。金辉说起赤石崖捉了盗首蓝骁,现在卧虎沟看守;十里堡拿了刺客方貂,交到长沙府监禁。"此二人系赵爵的硬证,必须解赴东京。"颜大人吩咐赶紧办了奏折,写了禀帖,派妥当差官先到长沙起了方貂,沿途州县俱要派役护送;后到卧虎沟押了蓝骁,不但官役护送,还有欧阳春、丁兆蕙暗暗防备。丁二爷因要到家中探看,所以约了北侠,待诸事已毕,仍要同赴襄阳。后文再表。

---

① 暇晷(guǐ)——空闲时间。晷,日影,比喻时光。

② 蹑足潜踪——轻手轻脚地追踪。

且说黑妖狐智化自从随金公到任,他乃无事之人,同张立出府闲步。见西北有一去处,山势砀岩,树木葱郁,二人慢慢顺步行去。询之土人,此山名叫方山。及至临近细细赏玩,山上有庙,朱垣碧瓦,宫殿巍峨;山下有潭,曲折回环,清水涟漪①。水曲之隈有座汉皋台,石径之畔又有解珮亭,乃是郑交甫遇仙之处。这汉皋就是方山的别名,而且房屋楼阁不少,虽则倾倒,不过略为修补,即可居住。似此妙境,却不知当初是何人的名园。智化端详了多时,暗暗想道:"好个藏风避气的所在!闻得圣上为襄阳之事,不肯彰明较著,要暗暗削去他的羽翼,将来必有乡勇文士归附。倘是聚集人也不少,难道俱在府衙居住么?莫若回明金公,将此处修理修理,以备不虞,岂不大妙?"想罢,同张立回来,见了太守,回明此事。金公深以为然,又禀明按院,便动工修理。智化见金公办事耿直,昼夜勤劳,心中暗暗称羡不已。

这日智化猛然想起:"奸王盖造冲霄楼,设立铜网阵,我与北侠、丁二弟前次来时,未能探访。如今我却闲在这里,何不悄地前去走走。"主意已定,便告诉了张立:"我找个相知,今夜惟恐不能回来。"暗暗带了夜行衣百宝囊,出了衙署,直奔襄阳王的府第而来,找了寓所安歇。到了二鼓之时,出了寓所,施展飞檐走壁之能,来到木城之下。留神细看,见每面三门,有洞开的,有关闭的,有中间开两边关的,有两边开中间闭的,又有两门连开单闭这头或那头的,又有单开这头或那头连闭两门的:八面开闭,全然不同,与白玉堂探访时全不相同。智化略定了定神,辨了方向,心中豁然明白,暗道:"是了,他这是按乾、坎、艮、震、巽、离、坤、兑的卦象排成。我且由正门进去,看是如何。"及至来到门内,里面又是木板墙,斜正不一,大小不同。门更多了,曲折弯转,左右往来。本欲投东,却是向西;及要往南,反倒朝北。而且门户之内,真的假的,开的闭的,迥不相同。就是夹道之中,通的塞的,明的暗的,不一而足。智化暗道:"好利害法子!幸亏这里无人隐藏,倘有埋伏,就是要跑,却从何处出去呢?"正在思索,忽听拍的一声,打在木板之上,呱哒又落在地下。仿佛有人掷砖瓦,却是在木板子那边。这边左右留神细看,又不见人。智化纳闷,不敢停步,随弯就弯。转了多时,刚到一个门前,只见嗖的一下,连忙一存身。那边木

① 涟漪(liányī)——细小的波纹。

板之上拍的一响，一物落地。智化连忙捡起一看，却是一块石子，暗暗道："这石子乃五弟白玉堂的技艺，难道他也来了么？且进此门看看去。"一伏身进门，往旁一闪，是提防他的石子。抬头看时，见一人东张西望，形色仓皇，连忙悄悄唤道："五弟，五弟，劣兄智化在此。"只见那人往前一凑，道："小弟正是白玉堂。智兄几时到来？"智化道："劣兄来了许久。叵耐这些门户闹得人眼迷心乱，再也看不出方向来。贤弟何时到此？"白玉堂道："小弟也来了许久了。果然的门户曲折，令人难测。你我从何处出去方好？"智化道："劣兄进来时，心内明明白白。如今左旋右转，闹的糊里糊涂，竟不知去向了。这便怎么处？"

只听木板那边有人接言道："不用忙，有我呢。"智化与白玉堂转身往门外一看，见一人迎面而来。智化细细留神，满心欢喜，道："原来是沈贤弟么？"沈仲元道："正是，二位既来至此——那位是谁？"智化道："不是外人，乃五弟白玉堂。"彼此见了。沈仲元道："索性随小弟看个水落石出。"二人道："好。"沈仲元在前引路，二人随后跟来。又过了好些门户，方到冲霄楼。只见此楼也是八面朱窗玲珑，周围玉石栅栏，前面丹墀之上，一边一个石象驼定宝瓶，别无他物。沈仲元道："咱们就在此打坐。此地可远观，不可近玩。"说罢，就在台基之上拂拭①了拂拭，三人坐下。

沈爷道："今日乃小弟值日之期。方才听得有物击木板之声，便知是兄弟们来了，所以才迎了出来。亏得是小弟，若是别位，难免声张起来。"白玉堂道："小弟因一时性急，故此飞了两个石子，探探路径。"沈爷道："二位兄长莫怪小弟说，以后众家兄弟千万不要到此，这楼中消息线索利害非常。奸王惟恐有人盗去盟书，所以严加防范，每日派人看守楼梯，最为要紧。"智化道："这楼梯却在何处？"沈爷道："就在楼底后面，犹如马道一般。梯底下面有一铁门，里面仅可存身。如有人来，只用将索簧上妥，尽等拿人。这制造的底细，一言难尽。二位兄长回去，见了众家兄弟，谆嘱一番，千万不要到此。倘若遇了圈套，惟恐性命难保。休怪小弟言之不早也。"白玉堂道："他既设此机关，难道就罢了不成？"沈仲元道："如何就罢了呢？不过暂待时日。待有机缘，小弟探准了诀窍，设法破了索簧，只要消息不动，那时就好处治了。"智化道："全仗贤弟帮助。"沈仲元道："小

① 拂拭——掸掉或擦掉尘土。

弟当得效劳,兄长只管放心。"智化道:"我等从何处出去呢?"沈仲元道:"随我来。"三人立起身来,下了台基。沈仲元带领二人,弯弯曲曲,过了无数的门户,俱是从左转。不多时,已看见外边的木城。沈仲元道:"二位兄长出了此门,便无事了。以后千万不要到此!恕小弟不送了。"智化二人谢了沈仲元,暗暗离了襄阳王府。智化又向白玉堂谆嘱了一番,方才分手。白玉堂回转按院衙门。智化悄地里到了寓所,到次日方回太守衙门,见了张立,无非托言找个相知未遇,私探一节毫不提起。

且说白玉堂自从二探铜网阵,心中郁郁不乐,茶饭无心。这日颜大人请到书房,与公孙先生静坐闲谈,雨墨烹茶伺候。说到襄阳王,所有收的呈词至今并未办理,奸王目下严加防范,无隙可乘。颜大人道:"办理民词,却是极易之事,只是如何使奸王到案呢?"公孙策道:"言虽如此,惟恐他暗里使人探听,又恐他别生枝节搅扰。他那里既然严加防范,我这里时刻小心。"白玉堂道:"先生之言甚是。第一做官以印为主。"便吩咐雨墨道:"大人印信要紧,从今后你要好好护持,不可忽略。"雨墨领命,才待转身,白玉堂唤住,道:"你往哪里去?"雨墨道:"小人护印去。"白玉堂笑道:"你别性急,提起印来,你就护印去;方才要不提起,你也就想不起印来了。何必忙在此时呢?再者还有一说,隔墙须有耳,窗外岂无人。焉知此时奸王那里不有人来窥探。你这一去,提拔他了。曾记当初俺在开封盗取三宝之时,原不知三宝放于何处,因此用了个拍门投石问路之计,多亏郎官包兴把俺领了去,俺才知三宝所在。你今若一去,岂不是'前车之鉴'么?不过以后留神就是了。"雨墨连连称"是"。白玉堂又将诓诱南侠入岛,暗设线网拿住展昭的往事,述了一番。彼此谈笑到二鼓之半,白玉堂辞了颜大人,出了书房,前后巡查。又吩咐更夫等,务要殷勤,回转屋内去了。

不知后来如何。且听下回分解。

第一百三回

巡按府气走白玉堂　逆水泉搜求黄金印

且说白五爷回到屋内,总觉心神不定,坐立不定,自己暗暗诧异,道:"今日如何眼跳耳鸣起来?"只得将软靠扎缚停当,跨上石袋,仿佛预备厮杀的一般。一夜之间,惊惊恐恐,未能好生安眠。到了次日,觉的精神倦怠,饮食懒进,而且短叹长吁,不时的摩拳擦掌。

及至到了晚间,自己却要早些就寝。谁知躺在床上千思万虑,一时攒在心头,翻来覆去,反倒焦急不宁。索性赌气起来,穿好衣服,跨上石袋,佩了利刃,来到院中,前后巡逻。由西边转到东边,猛听得人声嘈杂,嚷道:"不好了!西厢房失火了!"白玉堂急急从东边赶过来,抬头时见火光一片,照见正堂之上,有一人站立。回手从袋内取出石子,扬手打去,只听噗哧一声,倒而复立。白玉堂暗说:"不好!"此时众差役俱各看见,又嚷有贼,又要救火。白玉堂一眼看见雨墨在那里指手画脚,分派众人,连忙赶向前来,道:"雨墨,你不护印,张罗这些做什么?"一句话提醒了雨墨,跑到大堂里面一看,哎哟道:"不好了!印匣失去了!"

白玉堂不暇细问,转身出了衙署,一直追赶下去,早见前面有二人飞跑。白玉堂一壁赶,一壁掏出石子随手掷去,却好打在后面那人身上。只听咯当一声,却是木器声音。那人往前一扑,可巧跑的脚急,收煞不住,噗咚嘴吃屎,趴在尘埃。白玉堂早已赶至跟前,照着脑后连脖子呰的一下,跺了一脚。忽然前面那人抽身回来,将手一扬,弓弦一响,白玉堂跺脚伏身,眼光早已注定前面,那人回身扬手弦响,知有暗器,身体一蹲,那人也就凑近一步。好白玉堂!急中生智,故意的将左手一握脸。前面那人只打量白玉堂着伤,急奔前来。白玉堂觑定,将右手石子飞出。那人忙中有错,忘了打人一拳,防人一脚。只听拍,面上早已着了石子,哎哟了一声,顾不得救他的伙计,负痛逃命去了。白玉堂也不追赶,就将爬伏那人按住,摸了摸脊背上却是印匣,满心欢喜。随即背后灯笼火把,来了多少差役,因听雨墨说白五爷追赶贼,故此随后赶来帮助。见白五爷按住贼人,大家上前解下印匣，将贼人绑缚起来。只见这贼人满脸血迹，鼻口皆肿，却是连栽带踩的。差役捧了印匣，押着贼人，白五爷跟随在后，回到衙署。

此时西厢房火已扑灭，颜大人与公孙策俱在大堂之上，雨墨在旁乱抖。房上之人已然拿下，却是个吹气的皮人儿。差役先将印匣安放在公堂之上，雨墨一眼看见，他也不抖了。然后又见众人推拥着一个满脸血渍矮胖之人，到了公堂之上。颜大人便问："你叫什么名字？"那人也不下跪，声音洪亮，答道："俺号钻云燕子，又叫坐地炮申虎。那个高大汉子，他叫神手大圣邓车。"公孙策听了，忙问道："怎么，你们是两个同来的么？"申虎道："何尝不是，他偷的印匣却叫我背着的。"公孙策叫将申虎带将下去。

说话间，白五爷已到，将追贼情形，如何将申虎打倒，又如何用石子把邓车打跑的话说了。公孙策摇头，道："如此说来，这印匣须要打开看看，方才放心。"白五爷听了，眉头一皱，暗道："念书人这等腐气。共总有多大的工夫，难道他打开印匣，单把印拿了去么？若真拿去，印匣也就轻了，如何还能够沉重呢？就是细心，也到不了如此的田地。且叫他打开看了，我再奚落他一番。"即说道："俺是粗莽人，没有先生这样细心，想得周到，倒要大家看看。"回头吩咐雨墨将印匣打开。雨墨上前解开黄袱，揭起匣盖，只见雨墨又乱抖起来，道："不……不好咧！这……这是什么？"白玉堂见此光景，连忙近前一看，见黑漆漆一块东西，伸手拿起，沉甸甸的却是一块废铁，登时连急带气，不由的面目变色，暗暗叫着自己："白玉堂呀，白玉堂！你枉自聪明，如今也被人家暗算了。可见公孙策比你高了一筹，你岂不愧死？"颜查散惟恐白玉堂脸上下不来，急向前道："事已如此，不必为难。慢慢访查，自有下落。"公孙策在旁，也将好言安慰。无奈白玉堂心中委实难安，到了此时一语不发，惟有愧愤而已。公孙策请大人同白玉堂且上书房："待我慢慢诱问申虎。"颜大人会意，携了白玉堂的手，转后面去了。

公孙策又叫雨墨将印匣暂且包起，悄悄告诉他："第一白五爷要紧，你与大人好好看守，不可叫他离了左右。"雨墨领命，也就上后面去了。

公孙策吩咐差役带着申虎，到了自己屋内，却将申虎松了绑缚，换上了手镯①脚镣，却叫他坐下，以朋友之礼相待，先论交情，后讲大义，嗣后替申虎抱屈，说："可惜你这样一个人，竟受了人的欺哄了。"申虎道："此差原是奉王爷的钧谕而来，如何是欺哄呢？"公孙先生笑道："你真是诚实豪爽人，我不说明，你也不信。你想想同是一样差使，如何他盗印，你背印匣呢？果然真有印，也倒罢了。人家把印早已拿去请功，却叫你背着一块废铁，遭了擒获，难道你不是被人欺哄了么？"申虎道："怎么印匣内不是印么？"公孙策道："何尝是印呢。方才共同开看，只有一块废铁，印信②早被邓车拿去。所以你遭擒时，他连救也不救，他乐得一个人去请功呢。"几句话说得申虎如梦方醒，登时咬牙切齿，恨起邓车来。

公孙先生又叫人备了酒肴，陪着申虎饮酒，慢慢探问盗印的情由。申虎深恨邓车，便吐实说道："此事原是襄阳王在集贤堂与大家商议，要害按院大人，非盗印不可。邓车自逞其能，就讨了此差，却叫我陪了他来。我以为是大家之事，理应帮助。谁知他不怀好意，竟将我陷害。我等昨晚就来了，只因不知印放在何处。后来听见白五爷说，叫雨墨防守印信，我等听了，甚是欢喜。不想白五爷又吩咐雨墨不必忙在一时，惟恐隔墙有耳。我等深服白五爷精细，就把雨墨认准了，我们就回去了，故此今晚才来。可巧雨墨正与人讲究护印之事，他在大堂的里间，我们揣度印匣必在其中。邓车就安设皮人，叫我在西厢房放火，为的是惑乱众心，匆忙之际，方好下手。果然不出所料，众人只顾张罗救火，又看见房上有那皮人，登时鼎沸起来。趁此时，邓车到了里间，提了印匣，越过墙垣。我随后也出了衙署，寻觅了多时，方见邓车，他就把印匣交付于我。想来就在这个工夫，他把印拿去了，才放上废铁。可恨他为什么不告诉我呢？我若早知是块废铁，早已掷去，也不至于遭擒了。越想越是他有意捉弄我，实实令人可气可恨！"公孙策又问道："他们将印盗去，意欲何为？"申虎道："我索性告诉先生罢。襄阳王已然商议明白，如若盗了印去，要丢在逆水泉内。"公孙策暗暗吃惊，急问道："这逆水泉在哪里？"申虎道："在洞庭湖的山环之内，单有一泉，水势逆流，深不可测。若把印丢下去，是再也不能取出来的。"公孙策探问明白，饮酒已毕，叫人看守申虎。自己即来到书房见了

① 手镯(zhuó)——此处指手铐。
② 印信——官署的印玺。

颜大人，一五一十，将申虎的话说了。颜大人听了，虽则惊疑，却也无可如何。

公孙策左右一看，不见了白玉堂，便问："五弟哪里去了？"颜大人道："刚才出去，他说到屋中换换衣服就来。"公孙策道："嗐！不该叫他一人出去。"急唤雨墨："你到白五爷屋中，说我与大人有紧要事相商，请他快来。"雨墨去不多时，回来禀道："小人问白五爷伴当，说五爷换了衣服就出去了，说上书房来了。"公孙策摇头，道："不好了！白五弟走了。他这一去，除非有了印方肯回来；若是无印，只怕要生出别的事来。"颜大人着急，道："适才很该叫雨墨跟了他去。"公孙策道："他决意要去，就是派雨墨跟了去，他也要把他支开。我原打算问明了印的下落，将五弟极力的开导一番，再设法将印找回，不想他竟走了。此时徒急无益，只好暗暗访查，慢慢等他便了。"

自此日为始，颜大人行坐不安，茶饭无心，白日盼到昏黑，昏黑盼到天亮。一连就是五天，毫无影响，急得颜大人叹气嗐声，语言颠倒，多亏公孙策百般劝慰，又要料理官务。这日，只见外班进来，禀道："外面有五位官长到了，现有手本呈上。"公孙先生接过一看，满心欢喜，原来是南侠同定卢方四弟兄来了，连忙回了颜大人，立刻请到书房相见。外班转身出去，公孙策迎了出来，彼此各道寒暄。独蒋平不见玉堂迎接，心中暗暗辗转①。及至来到书房，颜大人也出公座见礼。展爷道："卑职等一来奉旨，二来相谕，特来在大人衙门供职。"要行属员之礼。颜大人哪里肯受，道："五位乃是钦命，而且是敝老师衙署人员，本院如何能以属员相待。"吩咐看座，"只行常礼罢了。"五人谢了坐。只见颜大人愁眉不展，面带赧颜。

卢方先问："五弟哪里去了？"颜大人听此一问，不但垂头不语，更觉满面通红。公孙策在旁答道："提起话长。"就将五日前邓车盗印情由，述了一遍。"五弟自那日不告而去，至今总未回来。"卢方等不觉大惊失色，道："如此说来，五弟这一去别有些不妥罢了？"蒋平忙拦道："有什么不妥呢。不过五弟因印信丢了，脸上有些下不来，暂且躲避几时，待有了印，也就回来了。大哥不要多虑。请问先生，这印信可有些下落？"公孙策道："虽有下落，只是难以求取。"蒋平道："端的如何？"公孙又将申虎说出逆

---

① 辗转——翻来覆去。

水泉的情节说了。蒋平说道:"既有下落,咱们先取印要紧。堂堂按院,如何没得印信?但只一件,襄阳王那里既来盗印,他必仍然暗里使人探听,又恐他别生事端①,须要严加防备方妥。明日我同大哥、二哥上逆水泉取印,展大哥同三哥在衙署守护。白昼间还好,独有夜间更要留神。"计议已定,即刻排宴饮酒,无非讲论这节事体,大家喝得也不畅快。囫囵吃毕饭后,大家安歇。展爷单住了一间,卢方四人另有三间一所,带着伴当居住。

展爷晚间无事,来到公孙先生屋内闲谈,忽见蒋爷进来,彼此就座。蒋爷悄悄道:"据小弟想来,五弟这一去凶多吉少。弟因大哥忠厚,心路儿窄;三哥又是莽卤,性子儿太急,所以小弟用言语儿岔开。明日弟等取印去后,大人前公孙先生须要善为解释。到了夜间,展兄务要留神。我三哥是靠不得的。再者五弟吉凶,千万不要对三哥说明。五弟倘若回来,就求公孙先生与展兄将他绊住,断不可再叫他走了;如若仍不回来,只好等我们从逆水泉回来,再作道理。"公孙先生与展爷连连点头应允,蒋平也就回转屋内安歇。

到了次日,卢方等别了众人,蒋爷带了水靠,一直竟奔洞庭湖而来。到了金山庙,蒋爷惟恐卢方跟到逆水泉瞅着害怕着急,便对卢方道:"大哥,此处离逆水泉不远了,小弟就在此改装。大哥在此专等,又可照看了衣服包裹。"说着话,将大衣服脱下,折了折,包在包裹之内,即把水靠穿妥,同定韩彰,前往逆水泉而去。这里卢爷提了包裹,进庙瞻仰了一番。原来是五显财神庙。将包裹放在供桌上,转身出来,坐在门槛之上,观看山景。

不知后文如何,且听下回分解。

第一百四回

救村妇刘立保泄机 遇豪杰陈起望探信

且说卢方出庙观看山景,忽见那边来了个妇人慌慌张张,见了卢方,说道:"救人呀,救人呀!"说着话,迈步跑进庙去了。卢方才待要问,又见

① 事端——事故;纠纷。

后面有一人穿着军卒服色，口内胡言乱语，追赶前来。卢方听了，不由的气往上冲，迎面将掌一晃，脚下一踢，那军卒栽倒在地。卢方赶步，脚踏胸膛，喝道："你这厮擅自追赶良家妇女，意欲何为？讲！"说罢，扬拳要打。那军卒道："你老爷不必动怒，小人实说。小人名叫刘立保，在飞叉太保钟大王爷寨内做了四等的小头目。只因前日襄阳王爷派人送来一个坛子，里面装定一位英雄的骨殖，说此人姓白名玉堂。襄阳王爷恐人把骨殖盗去，因此交给我们大王。我们大王说，这位姓白的是个义士好朋友，就把他埋在九截松五峰岭下。今日又派我带领一十六个喽啰抬了祭礼前来，与姓白的上坟。小人因出恭，落在后面，恰好遇见这个妇人。小人以为幽山荒僻，欺负她是个孤行的妇女，也不过是臊皮打哈哈儿，并非诚心要把她怎么样。就是这么一件事情，你老听明白了？"刘立保一壁说话，一壁偷眼瞅卢方，见卢方愣愣呵呵，不言不语，仿佛出神，忘其所以，后面说的话大约全没听见。刘立保暗道："这位别有什么症候罢？我不趁此时逃走，还等什么？"轻轻从卢方的脚下滚出，爬起来就往前追赶喽啰去了。

到了那里，见众人祭礼摆妥，单等刘立保。刘立保也不说长，也不道短，走到祭桌跟前，双膝跪倒。众人同声道："一来奉上命差遣，二来闻听说死者是个好汉。来，来，来，大家行个礼儿，也是应当的。"众人跪倒，刚磕下头去，只听刘立保哇的一声，放声大哭。众人觉得诧异，道："行礼使得，哭他何益？"刘立保不但哭，嘴里还数数落落的道："白五爷呀！我的白五爷！今日奉大王之命前来与你老上坟，差一点儿没叫人把我毁了。焉知不是你老人家的默佑保护，小人方才得脱。若非你老的阴灵显应，大约我这刘立保保不住，叫人家弄死了。哎呀！我那有灵有圣的白五爷呀！"众人听了，不觉要笑，只得上前相劝，好容易方才住声。众人原打算祭奠完了，大家团团围住，一吃一喝，不想刘立保余恸①尚在。众人见头儿如此，只得仍将祭礼装在食盒里面，大家抬起，也有抱怨的，辛苦了这半天，连个祭余也没尝着；也有纳闷的，刘立保今儿受了谁的气，来到这里借此发泄呢？俱各猜不出是什么缘故。

刘立保眼尖，见那边来了几个猎户，各持兵刃，知道不好，他便从小路

---

① 恸（tòng）——极悲哀。

溜之乎也。这里喽啰抬着食盒，冷不防劈叉拍叉一阵乱响，将食盒家伙砸了个稀烂。其中有两个猎户，一个使棍，一个托叉，问道："刘立保哪里去了？"众喽啰中有认得二人的，便说道："陆大爷、鲁二爷，这是怎么说？我等并没敢得罪尊驾，为何将家伙俱各打碎？我们如何回去交差呢？"只听使棍的说："你等休来问俺。俺只问你，刘立保在哪里？"喽啰道："他早已从小路逃走，大爷找他则甚？"使棍的冷笑，道："好呀！他竟逃走了，便宜这厮。你等回去上复你家大王，问他这洞庭之内，可有无故劫掠良家妇女的规矩么？而且他敢邀截俺的妻小，是何道理？"众喽啰听了，方明白刘立保所做之事，大约方才恸哭，想来是已然受了委屈了，便向前央告，道："大爷、二爷不要动怒，我们回去必禀知大王，将他重处，实实不干小人们之事。"使叉的还要抡叉动手，使棍的拦住，道："贤弟休要伤害他等，且见钟大王素日情面。"又对众喽啰道："俺若不看你家大王的份上，将你等一个也是不留。你等回去，务必将刘立保所做之恶说明，也叫你家大王知道俺等并非无故厮闹。且饶恕尔等去罢。"众喽啰抱头鼠窜而去。

原来此二人乃是郎舅，使棍的姓陆名彬，使叉的姓鲁名英。方才那妇人便是陆彬之妻、鲁英之姊，一身好武艺，时常进山搜罗禽兽。因在山上就看见一群喽啰上山，她便急急藏躲，惟恐叫人看见，不甚雅相，待众喽啰过去，她才慢慢下山，意欲归家，可巧迎头遇见刘立保胡言乱语，鲁氏故意惊慌，将他诱下，原要用袖箭打他，以戒下次。不想来到五显庙前，一眼看见卢方，倒不好意思，只得嚷道："救人呀，救人呀！"卢大爷方把刘立保踢倒，这妇人也就回家告诉陆、鲁二人，所以二人提了利刃，带了四个猎户前来，要拿刘立保出气。谁知他早已脱逃，只得找寻那紫面大汉，先到庙中寻了一遍，见供桌上有个包裹，却不见人。又吩咐猎户四下搜寻，只听那边猎户道："在这里呢。"陆、鲁二人急急赶到树后，见卢方一张紫面，满部髭髯，身材凛凛，气概昂昂，不由的暗暗羡慕，连忙上前致谢，道："多蒙恩公救拔，我等感激不尽，请问尊姓大名？"谁知卢方自从听了刘立保之言，一时恸彻心髓，迷了本性，信步出庙，来到树林之内，全然不觉。如今听陆、鲁二人之言，猛然还过一口气来，方才清醒，不肯说出名姓，含糊答道："些须小事，何足挂齿。请了。"陆、鲁二人见卢方不肯说出名姓，也不便再问，欲邀到庄上酬谢。卢方答道："因有同人在山下相待，碍难久停，改日再为拜访。"说罢，将手一拱，转身竟奔逆水泉而来。

此时已有薄暮之际。正走之间,只见前面一片火光,旁有一人往下注视。及至切近,却是韩彰,便悄悄问道:"二弟,怎么样了?"韩彰道:"四弟已然下去二次,言下面极深极冷,寒气彻骨,不能多延时刻。所以用干柴烘着,一来上来时可以向火暖寒,二来借火光以作水中眼目。大哥脚下立稳着,再往下看。"卢方登住顽石,往泉下一看,但见碧澄澄回环来往,浪滚滚上下翻腾,那一股冷飕飕寒气侵入肌骨。卢方不由的连打几个寒噤,道:"了不得,了不得!这样寒泉逆水,四弟如何受得,寻不着印信,性命却是要紧。怎么好,怎么好!四弟呀,四弟!摸的着摸不着,快些上来罢!你若再不上来,劣兄先就禁不起了。"嘴里说着,身体已然打起战来,连牙齿咯、咯、咯抖的山响。韩彰见卢方这番光景,惟恐有失,连忙过来搀住,道:"大哥且在那边向火去,四弟不久也就上来了。"卢方哪里肯动,两只眼睛直勾勾往水里紧瞅。半晌,只听忽喇喇水面一翻,见蒋平刚刚一冒,被逆水一滚,打将下去。转来转去,一连几次,好容易扒住沿石,将身体一长,出了水面。韩彰伸手接住,将身往后一仰,用力一提,这才把蒋平拉将上来,搀到火堆烘拷暖寒。迟了一会,蒋平方说出话来,道:"好利害!好利害!若非火光,险些儿心头迷乱了。小弟被水滚的已然力尽筋疲了。"卢方道:"四弟呀,印信虽然要紧,再不要下去了。"蒋平道:"小弟也不下去了。"回手在水靠内掏出印来,道:"有了此物,我还下去做什么?"

忽听那边有人答道:"三位功已成了,可喜可贺。"卢方抬头一看,不是别人,正是陆、鲁兄弟,连忙执手,道:"二位为何去而复返?"陆彬道:"我等因恩公竟奔逆水泉而来,甚不放心,故此悄悄跟随,谁知三位特为此事到此。果然这位本领高强,这泉内没有人敢下去的。"韩彰便问:"此二位是何人?"卢方就把庙前之事,说了一遍。蒋平此时却将水靠脱下,问道:"大哥,小弟很冷,我的衣服呢?"卢方道:"哟!放在五显庙内了。这便怎处?贤弟且穿愚兄的。"说罢,就要脱下。蒋平拦道:"大哥不要脱,你老的衣服,小弟如何穿得起来?莫若将就到五显庙再穿不迟。"只见鲁英早已脱下衣服来,道:"四爷且穿上这件罢,那包袱弟等已然叫庄丁拿回庄去了。"陆彬道:"再者天色已晚,请三位同到敝庄略为歇息,明早再行如何呢?"卢方等只得从命。蒋平问道:"贵庄在哪里?"陆彬道:"离此不过二里之遥,名叫陈起望,便是舍下。"说罢,五人离了逆水泉,一直来到陈起望。

相离不远,早见有多少灯笼火把迎将上来。火光之下看去,好一座庄院,甚是广阔齐整,而且庄丁人烟不少。进了庄门,来在待客厅上,极其宏敞煊赫①。陆彬先叫庄丁把包袱取出,与蒋平换了衣服。转眼间已摆上酒肴,大家叙座。方才细问姓名,彼此一一说了。陆、鲁二人本久已闻名,不能亲近,如今见了,曷胜敬仰。陆彬道:"此事我弟兄早已知道。只因五日前来了个襄阳王府的站堂官,此人姓雷,他把盗印之事,述说一番,弟等不胜惊骇。本要拦阻,不想他已将印信撂在逆水泉内,才到敝庄。我等将他埋怨不已,陈说利害。他也觉的后悔,惜乎事已做成,不能更改。自他去后,弟等好生的替按院大人忧心。谁知蒋四兄有这样的本领,弟等真不胜拜服之至!"蒋爷道:"岂敢,岂敢。请问这姓雷的,不是单名一个英字,在府衙之后二里半地八宝庄居住么?"陆彬道:"正是,正是。四兄如何认得?"蒋平道:"小弟也是闻名,却未会面。"卢方道:"请问陆兄,这里可有九截松五峰岭么?"陆彬道:"有,就在正南之上,卢兄何故问他?"卢方听见,不由的落下泪来,就将刘立保说的言语叙明。说罢,痛哭。韩、蒋二人听了,惊疑不止。蒋平惟恐卢方心路儿窄,连忙遮掩道:"此事恐是讹传,未必是真。若果有此事,按院那里如何连个风声也没有呢?据小弟看来,其中有诈。待明日回去,小弟细细探访就明白了。"陆、鲁二人见蒋爷如此说,也就劝卢方道:"大哥不要伤心。此一节我弟兄就不知道,焉知不是讹传呢?等四兄打听明白,自然有个水落石出。"卢方听了,也就无可如何,而且新到初交的朋友家内,也不便痛哭流涕,只得止住泪痕。

蒋平就将此事岔开,问陆、鲁如何生理。陆彬道:"小弟在此庄内以渔猎为生。我这乡邻有捕鱼的,有打猎的,皆是小弟二人评论市价。"三人听了,知他二人是丁家兄弟一流人物,甚是称羡。酒饭已毕,大家歇息。三人心内有事,如何睡得着。到了五鼓,便起身别了陆、鲁弟兄,离了陈起望。哪敢耽延,急急赶到按院衙门,见了颜大人,将印呈上。不但颜大人欢喜感激,连公孙策也是夸奖佩服。更有个雨墨暗暗高兴,殷殷勤勤,尽心服侍。

卢方便问:"这几日五弟可有信息么?"公孙策道:"仍是毫无影响。"卢方连声叹气,道:"如此看来,五弟死矣!"又将听见刘立保之言,说了一

---

① 煊(xuǎn)赫——声势很大。

遍。颜大人尚未听完,先就哭了。蒋平道:“不必犹疑,我此时就去细细打听一番,看是如何。”

要知白玉堂的下落,且听下回分解。

第一百五回

三探冲霄玉堂遭害　一封印信赵爵担惊

且说蒋平要去打听白玉堂下落,急急奔到八宝庄找着了雷震。恰好雷英在家,听说蒋爷到了,父子一同出迎。雷英先叩谢了救父之恩。雷震连忙请蒋爷到书房献茶,寒暄叙罢,蒋爷便问白玉堂的下落,雷英叹道:“说来实在可惨可伤。”便一长一短说出。蒋爷听了,哭了个哽气倒噎,连雷震也为之掉泪。

这段情节不好说,不忍说,又不能不说。你道白玉堂端的如何?自那日改了行装,私离衙署,找了个小庙存身,却是个小天齐庙,自己暗暗思索道:“白玉堂英名一世,归结却遭了别人的暗算,岂不可气可耻。按院的印信别人敢盗,难道奸王的盟书我就不敢盗么?前次沈仲元虽说铜网阵的利害,他也不过说个大概,并不知其中的底细,大约也是少所见而多所怪的意思,如何能够处处有线索,步步有消息呢?但有存身站脚之处,我白玉堂仗着一身武艺,也可以支持得来。倘能盟书到手,那时一本奏上当今,将奸王参倒,还愁印信没有么?”越思越想,甚是得意。

到了夜间二鼓之时,便到了木城之下。来过二次,门户已然看惯,毫不介意。端详了端详,就由坎门而入。转了几个门户,心中不耐烦,在百宝囊中掏出如意绦来。凡有不通闭塞之处,也不寻门,也不找户,将如意绦抛上去,用手理定绒绳,便过去。一阵几次,皆是如此,更觉爽快无阻,心中畅快,暗道:“他虽然设了疑阵,其奈我白玉堂何!”越过多少板墙,便看见冲霄楼。仍在石基之上歇息了歇息,自己犯想道:“前次沈仲元说过,楼梯在正北,我且到楼梯看看。”顺着台基,绕到楼梯一看,果与马道相似。才待要上,只见有人说道:“什么人?病太岁张华在此!”嗖的一刀砍来。白玉堂也不招架,将身一闪,刀却砍空。张华往前一扑,白玉堂就势一脚。张华站不稳栽将下来，刀已落地。白玉堂赶上一步，将刀一拿，觉着甚是沉重压手，暗道："这小子好大力气，不然如何使这样的笨物呢！"

他哪知道张华自从被北侠将刀削折，他却打了一把厚背的利刃，分量极大。他只顾图了结实，却忘了自己使它不动。自从打了此刀之后，从未对垒厮杀，不知兵刃累手。今日猛见有人上梯，出其不意，他尽力的砍来，却好白爷灵便，一闪身，他的刀砍空。力猛刀沉，是刀把他累的，往前一扑。再加上白爷一脚，他焉有不撒手掷刀，栽下去的理呢？

且说白爷提着笨刀，随后赶下，照着张华的哽嗓，将刀不过往下一按，真是兵刃沉重的好处，不用费力，只听噗哧的一声，刀会自己把张华杀了。白玉堂暗道："兵刃沉了也有趣，杀人真能省劲。"

谁知马道之下铁门那里，还有一人，却是小瘟癀徐敝，见张华丧命，他将身一闪，进了铁门，暗暗将索簧上妥，专等拿人的。白玉堂哪里知道，见楼梯无人拦挡，携着笨刀，就到冲霄楼上。从栏杆往上观瞧，其高非常，又见楼却无门，依然八面窗棂，左寻右找，无门可入。一时性起，将笨刀顺着窗缝往上一撬一撬，不多的工夫，窗户已然离槽。白爷满心欢喜，将左手把住窗棂，右手再一用力，窗户已然落下一扇，顺手轻轻的一放。楼内已然看见，却甚明亮，不知光从何生。回手掏出一块小小石子，往楼内一掷。侧耳一听，咕噜噜石子滚到那边不响了，一派木板之声。白玉堂听了放心，将身一纵，上了窗户台儿，却将笨刀往下一探，果真是实在的木板。轻轻跃下，来到楼内，脚尖滑步，却甚平稳。往亮处奔来一看，又是八面小小窗棂，里面更觉光亮，暗道："大约其中必有埋伏。我既来到此处，焉有不看之理。"又用笨刀将小窗略略的一撬，谁知小窗随手放开。白玉堂举目留神，原来是从下面一缕灯光照彻上面一个灯毬，此光直射到中梁之上，见有绒线系定一个小小的锦匣，暗道："原来盟书在此。"这句话尚未出口，觉得脚下一动，才待转步，不由将笨刀一扔，只见咕噜一声，滚板一翻。白爷说声："不好"，身体往下一沉，觉得痛彻心髓。登时从头上到脚下，无处不是利刃，周身已无完肤。

只见一阵锣声乱响，人声嘈杂，道："铜网阵有了人了。"其中有一人高声道："放箭！"耳内如闻飞蝗骤雨，铜网之上犹如刺猬一般，早已动不的了。这人又吩咐："住箭！"弓箭手下去，长枪手上来，打来火把照看，见铜网之内血渍淋漓，慢说面目，连四肢俱各不分了。小瘟瘟徐敝满心得意，吩咐："拔箭！"血肉狼藉，难以注目。将箭拔完之后，徐敝仰面觑视，不防有人把滑车一拉，铜网往上一起，那把笨刀就落将下来，不歪不斜正砍在徐敝的头上，把个脑袋平分两半，一张嘴往两下里一咧，一边是哎，一边是呀，身体往后一倒，也就呜呼哀哉了。

众人见了，不敢怠慢，急忙来到集贤堂。此时奸王已知铜网有人，大家正在议论，只见来人禀道："铜网不知打住何人。从网内落下一把笨刀来，将徐敝砍死。"奸王道："虽然铜网打住一人，不想倒反伤了孤家两条好汉。又不知此人是谁？孤家倒要看看去。"众人来到铜网之下，吩咐将尸骸抖下来，已然是块血饼，如何认得出来。旁边早有一人看见石袋，道："这是什么物件？"伸手拿起，里面尚有石子。这石袋未伤，是笨刀挡住之故。沈仲元骇目惊心，暗道："五弟呀，五弟！你为何不听我的言语，竟自遭此惨毒？好不伤感人也！"只听邓车道："千岁爷万千之喜！此人非别个，他乃大闹东京的锦毛鼠白玉堂，除他并无第二个用石子的，这正是颜查散的帮手。"奸王听了，心中欢喜，因此用坛子盛了尸首，次日送到军山，交给钟雄掩埋看守。

前天刘立保说的原非讹传，如今蒋爷又听雷英说得伤心惨目，不由的痛哭。雷震在旁拭泪，劝慰多时。蒋爷止住伤心，又问道："贤弟，如今奸王那里作何计较？务求明以告我，幸勿吝教。"雷英道："奸王虽然谋为不轨，每日以歌童舞女为事，也是个声色货利之徒。他此时刻刻不忘的，惟有按院大人，总要设法将大人陷害了，方合心意。恩公回去禀明大人，务要昼夜留神方好。再者恩公如有用着小可之时，小可当效犬马之劳，决不食言。"蒋爷听了，深深致谢，辞了雷英父子，往按院衙门而来，暗暗忖道："我这回去，见了我大哥，必须如此如此，索性叫他老死心塌地的痛哭一场，省得悬想出病来，反为不美。就是这个主意。"

不多时，到了衙中。刚到大堂，见雨墨从那边出来，便忙问道："大人在哪里？"雨墨道："大人同众位俱在书房，正盼望四爷。"蒋爷点头，转过二堂，便看见了书房，他就先自放声大哭，道："嗳呀！不好了！五弟叫人害了！死得好不惨苦呀！"一壁嚷着，一壁进了书房，见了卢方，伸手拉住，道："大哥，五弟真个死了也。"卢方闻听，登时昏晕过去。韩彰、徐庆连忙扶住，哭着呼唤。展爷在旁，又是伤心，又是劝慰。不料颜查散那里瞪着双睛,口中叫了一声:“贤弟呀!”将眼一翻,往后便仰,多亏公孙先生扶住。却好雨墨赶到,急急上前,也是乱叫。此时书房就如孝棚一般,哭的叫的,忙在一处。好容易卢大爷哭了出来,蒋四爷等放心。展爷又过来照看颜大人,幸喜也还过气来。这一阵悲啼,不堪入耳。展爷与公孙先生虽则伤心,到了此时,反要百般的解劝。卢大爷痛定之后,方问蒋平道:“五弟如何死的?”蒋平道:“说起咱五弟来,实在可怜。”便将误落铜网阵遭害的原因说了。说了又哭,哭了又说,分外的比别人闹的利害。后来索性要不活着了,要跟了老五去,急得个实心的卢方,倒把他劝解了多时。徐庆粗豪直爽人,如何禁得住揉磨,连说带嚷道:“四弟,你好胡闹!人死不能复生,只是哭他,也是无益。与其哭他,何不与他报仇呢?”众人道:“还是三弟想得开。”此时颜大人已被雨墨搀进后面歇息去了。

忽见外班拿进一角文书,是襄阳王那里来的官务。公孙先生接来,拆开看毕,道:“你叫差官略等一等,我这里即有回文答复。”外班回身出去传说。公孙策对众人道:“他这文书不是为官务而来。”众人道:“不为官事却是为何?”公孙策道:“他因这些日不见咱们衙门有什么动静,故此行了文书来,我这里必须答复。他明是移文,暗里却打听印信消息而来。”展爷道:“这有何妨。如今有了印信,还愁什么答复么?”蒋平道:“虽则如此,他若看见有了印信,只怕又要生别的事端了。”公孙策点头,道:“四弟虑的是极。如今且自答了回文,我这里严加防备就是了。”说罢,按着原文答复明白,叫雨墨请出印来用上,外面又打了封口,交付外班,即交原差领回。

官务完毕之后,大家摆上酒饭,仍是卢方首座,也不谦逊,大家团团围坐。只见卢方无精打采,短叹长吁,连酒也不沾唇,却一汪眼泪泡着眼珠儿,何曾是个干。大家见此光景,俱各闷闷不乐。惟独徐庆一言不发,自己把着一壶酒,左一杯,右一盏,仿佛拿酒煞气的一般。不多会,他就醉了,先自离席,一边躺着去了。众人因卢方不喝不吃,也就说道:“大哥如不耐烦,何不歇息歇息呢?”卢方顺口说道:“既然如此,众位贤弟,恕劣兄不陪了。”也就回到自己屋内去了。

这里公孙策、展昭、韩彰、蒋平四人饮酒之间,商议事体。蒋平又将雷英说奸王刻刻不忘要害大人的话说了。公孙策道:“我也正为此事踌躇。我想今日这套文书回去,奸王见了必是惊疑诧异,他如何肯善罢干休呢?

咱们如今有个道理，第一，大人处要个精细有本领的，不消说了，是展大哥的责任。什么事展兄全不用管，就只保护大人要紧。第二，卢大哥身体欠爽，一来要人服侍，二来又要照看，此差交给四弟。我与韩二兄、徐三弟今晚在书房，如此如此。倘有意外的事，随机应变，管保诸事不至遗漏。众位兄弟想想如何呢？”展爷等听了，道：“很好，就是如此料理罢。”酒饭已毕。展爷便到后面看了看颜大人，又到前面瞧了瞧卢大爷，两下里无非俱是伤心，不必细表。

且说襄阳王的差官领了回文，来到衙中，问了问奸王正同众人在集贤堂内，即刻来到厅前。进了厅房，将回文呈上。奸王接来一看，道：“嗳呀！按院印信既叫孤家盗来，他那里如何仍有印信？岂有此理？事有可疑。”说罢，将回文递与邓车。邓车接来一看，不觉的满面通红，道：“启上千岁，小臣为此印信原非容易，难道送印之人有弊么？”一句话提醒了奸王，立刻吩咐：“快拿雷英来。”

未知如何，且听下回分解。

第一百六回

公孙先生假扮按院　神手大圣暗中计谋

且说襄阳王赵爵因见回文上有了印信，追问邓车。邓车说：“必是送印之人舞弊。”奸王立刻将雷英唤来，问道：“前次将印好好交代托付于你，你送往哪里去了？”雷英道：“小臣奉千岁密旨，将印信小心在意撂在逆水泉内；并见此泉水势汹涌，寒气凛冽。王爷因何追问？”奸王道：“你既将印信撂在泉内，为何今日回文仍有印信？”说罢，将回文扔下。雷英无奈，从地下拾起一看，果见印信光明，毫无错谬①，惊得无言可答。奸王大怒，道：“如今有人扳你送印作弊，快快与我据实说来！”雷英道：“小臣实实将印送到逆水泉内，如何擅敢作弊？请问千岁，是谁说来？”奸王道：“方才邓车说来。”

① 错谬(miù)——错误；差错。

雷英听了,暗暗发恨,心内一动,妙计即生,不由的冷笑,道:"小臣只道哪个说的,原来是邓车。小臣启上千岁,小臣正为此事心中犯疑。我想按院乃包相的门生,智略过人,而且他那衙门里能人不少,如何能够轻易的印信叫人盗去?必是将真印藏过,故意的设一方假印,被邓车盗来。他以为干了一件少一无二的奇功,谁知今日真印现出,不但使小臣徒劳无益,额外还担个不白之冤,兀的①不委屈死人了。"一席话说得个奸王点头不语。邓车羞愧难当,真是羞恼便成怒,一声怪叫道:"哎哟!好颜查散!你竟敢欺负俺么!俺和你誓不两立!"雷英道:"邓大哥不要着急,小弟是据理而论。你既能以废铁倒换印信,难道不准人家提出真的换上假的么?事已如此,须要大家一同商议方好。"邓车道:"商议什么!俺如今惟有杀了按院,以泄欺侮之恨,别不及言。有胆量的随俺走走呀!"只见沈仲元道:"小弟情愿奉陪。"奸王闻听,满心欢喜,就在集贤堂摆上酒肴,大家畅饮。

到了初鼓之后,邓车与沈仲元俱各改扮停当,辞了奸王,竟往按院衙门而来。路途之间计议明白:邓车下手,沈仲元观风。及至到了按院衙门,邓车往左右一看,不见了沈仲元,并不知他何时去的,心中暗道:"他方才还和我说话,怎么转眼间就不见了呢?哦!是了!想来他也是个畏首畏尾②之人,瞧不得素常夸口,事到头来也不自由了。且看邓车的能为。待成功之后,再将他极力的奚落一场。"

想罢,纵身越墙,进了衙门。急转过二堂,见书房东首那一间灯烛明亮。蹑足潜踪,悄到窗下,湿破窗纸,觑眼偷看。见大人手执案卷,细细观看,而且时常掩卷犯想。虽然穿着便服,却是端然正坐,旁边连雨墨也不伺候。邓车暗道:"看他这番光景,却像个与国家办事的良臣,原不应将他杀却。奈俺老邓要急于成功,就说不得了。"便奔到中间门边一看,却是四扇槅扇,边槅有锁锁着,中间两扇关闭。用手轻轻一撼,却是竖着立闩,回手从背后抽出刀来,顺着门缝将刀伸进,右腕一挺,刀尖就扎在立闩之上。然后左手按住刀背,右手只用将腕子往上一拱,立闩的底下已然出槽,右手又往旁边一摆,左手往下一按,只听咯当的一声,立柱落实。轻轻

① 兀(wù)的——这。
② 畏首畏尾——怕这怕那,比喻疑虑过多。

把刀抽出,用口衔住,左右手把住了槅扇,一边往怀里一带,一边往外一推,微微有些声息,吱溜溜便开开了一扇。邓车回手拢住刀把,先伸刀,后伏身,斜跨而入,即奔东间的软帘,用刀将帘一挑,呼的一声,脚下迈步,手举钢刀,只听咯当一声。邓车口说"不好",磨转身往外就跑。早已听见哗啷一声,又听见有人道:"三弟放手,是我!"噗哧的一声,随后就追出来了。

你道邓车如何刚进来就跑了呢?只因他撬闩之时,韩二爷已然谆谆注视,见他将门推开,便持刀下来,尚未立稳,邓车就进来了。韩二爷知他必奔东间,却抢步先进东间。及至邓车掀帘迈步举刀,韩二爷的刀已落下。邓车借灯光一照,即用刀架开,咯当转身出来,忙迫中将桌上的蜡灯哗啷碰在地下。此时三爷徐庆赤着双足仰卧在床上,酣睡不醒,觉得脚下后跟上有人咬了一口,猛然惊醒,跳下地来就把韩二爷抱住。韩二爷说:"是我!"一摔身,恰好徐三爷脚踏着落下蜡灯的蜡头儿一滑,脚下不稳,噗哧趴伏在地。

谁知看案卷的不是大人,却是公孙先生。韩爷未进东间之先,他已溜了出来,却推徐爷,又恐徐爷将他抱住,见他赤着双足,没奈何才咬了他一口,徐爷这才醒了。因韩二爷摔脱追将出去,他却跌倒得快当,爬起来得剪绝,随后也就呱咭、呱咭追了出来。

且说韩二爷跟定邓车,窜房越墙,紧紧跟随,忽然不见了。左顾右盼,东张西望,正然纳闷,猛听有人叫道:"邓大哥!邓大哥!榆树后头藏不住,你藏在松树后头罢。"韩二爷听了,细细往那边观瞧,果然有一棵榆树,一棵松树,暗暗道:"这是何人呢?明是告诉我这贼在榆树后面,我还发呆么?"想罢,竟奔榆树而来。果真邓车离了榆树,又往前跑。韩二爷急急垫步紧赶,追了个嘴尾相连,差不了两步,再也赶不上。

又听见有人叫道:"邓大哥!邓大哥!你跑只管跑,小心着暗器呀!"这句话却是沈仲元告诉韩彰防着邓车的铁弹,不想提醒了韩彰,暗道:"是呀!我已离他不远,何不用暗器打他呢?这个朋友真是旁观者清。"想罢,左手一撑,将弩箭上上,把头一低,手往前一点,这边噌,那边拍,又听嗳呀。韩二爷已知贼人着伤,更不肯舍。谁知邓车肩头之上中了弩箭,觉得背后发麻,忽然心内一阵恶心,暗说:"不好!此物必是有毒。"又跑了一二里之遥,心内发乱,头晕眼花,翻筋斗栽倒在地。韩二爷已知药性发作,贼人昏晕过去,脚下也就慢慢的走了。

只听背后呱咭、呱咭的乱响,口内叫道:“二哥!二哥!你老在前面么?”韩二爷听声音是徐三爷,连忙答道:“三弟!劣兄在此。”说话间,徐庆已到,说:“怪道那人告诉小弟,说二哥往东北追下来了,果然不差。贼人在哪里?”韩二爷道:“已中劣兄的暗器栽倒了,但不知暗中帮助的却是何人?方才劣兄也亏了此人。”二人来到邓车跟前,见他四肢扎煞,躺在地下。徐爷道:“二哥将他扶起,小弟背着他。”韩彰依言,扶起邓车,徐庆背上,转回衙门而来。走不多几步,见有灯光明亮,却是差役人等前来接应。大家上前,帮同将邓车抬回衙去。

此时公孙策同定卢方、蒋平俱在大堂之上立等,见韩彰回来,问了备细,大家欢喜。不多时,把邓车抬来。韩二爷取出一丸解药,一半用水研开灌下,并立刻拔出箭来,将一半敷上伤口。公孙先生即吩咐差役拿了手镯脚镣,给邓车上好,容他慢慢苏醒。迟了半晌,只听邓车口内嘟囔道:“姓沈的!你如何是来帮俺,你直是害我来了。好呀!气死俺也!”嗳呀了一声,睁开二目往上一看,上面坐着四五个人,明灯亮烛,照如白昼。即要转动,觉着甚不得力。低头看时,腕上有镯,脚下有镣。自己又一犯想:“还记得中了暗器,心中一阵迷乱,必是被他们擒获了。”想到此,不由的五内往上一翻,咽喉内按捺不住,将口一张,哇的一声,吐了许多绿水涎痰,胸膈虽觉乱跳,却甚明白清爽。他却闭目,一语不发。

忽听耳畔有人唤道:“邓朋友,你这时好些了?你我作好汉的,决无儿女情态,到了哪里说哪里的话。你若有胆量,将这杯暖酒喝了!如若疑忌害怕,俺也不强让你。”邓车听了,将眼睁开看时,见一人身形瘦弱,蹲在身旁,手擎着一杯热腾腾的黄酒,便问道:“足下何人!”那人答道:“俺蒋平特来敬你一杯,你敢喝么!”邓车笑道:“原来是翻江鼠。你这话欺俺太甚!既被你擒来,刀斧尚且不怕,何况是酒!纵然是砒霜毒药,俺也要喝的,何惧之有!”蒋平道:“好朋友!真正爽快。”说罢,将酒杯送至唇边。邓车张开口,一饮而尽。又见过来一人,道:“邓朋友,你我虽有嫌隙,却是道义相通,各为其主。何不请过来大家坐谈呢?”邓车仰面看时,这人不是别人,就是在灯下看案卷的假按院,心内辗转道:“敢则他不是颜按院?如此看来,就是遭了他们圈套了。”便问道:“尊驾何人?”那人道:“在下公孙策。”回手又指卢方道:“这是钻天鼠卢方大哥,这是彻地鼠韩彰韩二哥，那边是穿山鼠徐庆徐三哥。还有御猫展大哥在后面保护大人，已命人请去了，少刻就到。”邓车听了，道：“这些朋友俺都知道，久仰，久仰！既承台爱，俺到要随喜随喜了。”蒋爷在旁伸手将他搀起，唏嚁哗啷蹭到桌边，也不谦逊，刚要坐下，只见展爷从外面进来，一执手，道：“邓朋友，久违了！”邓车久已知道展昭，无可回答，只是说道：“请了。”展爷与大众见了，彼此就座，伴当添杯换酒。邓车到了此时，讲不得砢碜，只好两手捧杯，缩头而饮。

只听公孙先生问道：“大人今夜睡得安稳么？”展爷道：“略觉好些，只是思念五弟，每每从梦中哭醒。”卢方听了，登时落下泪来。忽见徐庆瞪起双睛，擦摩两掌，立起身来，道：“姓邓的！你把俺五弟如何害了？快快说来！”公孙策连忙说道：“三弟，此事不关邓朋友相干，休要错怪了人。”蒋平道：“三哥，那全是奸王设下圈套。五弟争强好胜，自投罗网，如何抱怨得别人呢？”韩爷也在旁拦阻。展爷知道公孙先生要探问邓车，惟恐徐庆搅乱了事体，不得实信，只得张罗换酒，用言语岔开。徐庆无可如何，仍然坐在那里，气忿忿的一语不发。展爷换酒斟毕，方慢慢与公孙策你一言、我一语套问邓车，打听襄阳王的事件。邓车言：“襄阳王所仗的是飞叉太保钟雄为保障，若将此人收伏，破襄阳王便不难矣。”公孙策套问明白，天已大亮，便派人将邓车押到班房，好好看守。大家也就各归屋内，略为歇息。

且说卢方回到屋内，与三个义弟说道：“愚兄有一事与三位贤弟商议。想五弟不幸遭此荼毒，难道他的骨殖就搁在九截松五峰岭不成？劣兄意欲将他骨殖取来，送回原籍。不知众位贤弟意下如何？”三人听了，同声道：“正当如此，我等也是这等想。”只见徐庆道：“小弟告辞了。”卢方道：“三弟哪里去？”徐庆道：“小弟盗老五的骨殖①去。”卢方连忙摇头，道：“三弟去不得。”韩彰道：“三弟太莽撞了。就去，也要大家商议明白，当如何去法。”蒋平道：“据小弟想来，襄阳王既将骨殖交付钟雄，钟雄必是加意防守。事情若不预料，恐到了临期有了疏虞，反为不美。”卢方点头，道：“四弟所论甚是。当如何去法呢？”蒋平道：“大哥身体有些不爽，可以不去，叫二哥替你老去。三哥心急性躁，此事非冲锋打仗可比，莫若小弟替三哥去。大哥在家也不寂寞，就是我与二哥同去，也有帮助。大哥

① 骨殖（shi）——尸骨。

想想如何?”卢方道:“很好,就这样罢。”徐庆瞅了蒋平一眼,也不言语。只见伴当拿了杯箸放下,弟兄四人就座。卢方又问:“二位贤弟几时起身?”蒋平道:“此事不必匆忙,后日起身也不为迟。”商议已毕,饮酒用饭。

不知他等如何盗骨,且听下回分解。

第一百七回

愣徐庆拜求展熊飞　病蒋平指引陈起望

且说卢方自白玉堂亡后,每日茶饭无心,不过应个景而已。不多时,酒饭已毕,四人闲坐。卢方因一夜不曾合眼,便有些困倦,在一旁和衣而卧。韩彰与蒋平二人计议如何盗取骨殖,又张罗行李马匹。独独把个愣爷撇在一边,不瞅不睬,好生气闷,心内辗转道:“同是结义弟兄,如何他们去得,我就去不得呢?难道他们尽弟兄的情长,单不许我尽点心么?岂有此理!我看他们商量得得意,实实令人可气。”站起身来,出了房屋,便奔展爷的单间而来。

刚然进屋,见展爷方才睡醒,在那里擦脸。他也不管事之轻重,扑翻身跪倒,道:“嗳呀!展大哥呀!委屈煞小弟了,求你老帮扶帮扶呀!”说罢,痛哭。倒把展爷吓了一跳,连忙拉起他道:“三弟,这是为何?有话起来说。”徐庆更会撒泼,一壁抽泣,一壁说道:“大哥,你老若应了帮扶小弟,小弟方才起来;你老若不应,小弟就死在这里了!”展爷道:“是了,劣兄帮扶你就是了,三弟快些起来讲。”徐庆又磕了一个头,道:“大哥应了,再无反悔。”方立起身来,拭去泪痕,坐下道:“小弟非为别事,求大哥同小弟到五峰岭走走。”展爷道:“端的为着何事?”徐庆便将卢方要盗白玉堂的骨殖,说了一遍。“他们三个怎么拿着我不当人,都说我不好。我如今偏要赌赌这口气,没奈何,求大哥帮扶小弟走走。”展爷听了,暗暗思忖道:“原来为着此事。我想蒋四弟是个极其精细之人,必有一番见解。而且盗骨是机密之事,似他这卤莽烈性,如何使得呢?若要不去,已然应了他,又不好意思。而且他为此事屈体下礼,说不得了,好歹只得同他走走。”便问道:“三弟几时起身?”徐庆道:“就在今晚。”展爷道:“如何恁般忙呢?”徐庆道:“大哥不晓得,我二哥与四弟定于后日起身。我既要赌这口气,须早两天。及至他们到时,咱们功已成了,那时方出这口恶气。还有一宗,大哥千万不可叫二哥、四弟知道,晚间我与大哥悄悄的一溜儿,急急赶向前去,方妙。”展爷无奈何,只得应了。徐庆立起身来,道:“小弟还到那边照应去,大哥暗暗收拾行李器械马匹,起身以前,在衙门后墙专等。”展爷点头。

徐庆去后,展爷又好笑,又后悔。笑是笑他粗卤,悔是不该应他。事已如此,无可如何,只得叫过伴当来,将此事悄悄告诉他,叫他收拾行李马匹。又取过笔砚来,写了两封字儿藏好,然后到按院那里看了一番,又同众人吃过了晚饭。看天已昏黑,便转回屋中,问伴当道:“行李马匹俱有了?”伴当道:“方才跟徐爷的伴当来了,说他家爷在衙门后头等着呢,将爷的行李马匹也拢在一处了。”展爷点了点头,回手从怀中掏出两个字柬来,道:“此柬是给公孙老爷的,此柬是给蒋四爷的。你在此屋等着,候初更之后再将此字送去,就交与跟爷们的从人,不必面递。交代明白,急急赶赴前去,我们在途中慢慢等你。这是怕他们追赶之意,省得徐三爷抱怨于我。”伴当一一答应。

展爷却从从容容出了衙门,来到后墙,果见徐庆与伴当拉着马匹,在那里张望,上前见了。徐庆问道:“跟大哥的人呢?”展爷道:“我叫他随后来,惟恐同行叫人犯疑。”徐庆道:“很好。小弟还忘了一事,大哥只管同我的伴当慢慢前行,小弟去去就来。”说罢,回身去了。

且说跟展爷的伴当,在屋内候到起更,方将字柬送去。蒋爷的伴当接过字柬,来到屋内一看,只见卢方仍是和衣而卧,韩彰在那里吃茶,却不见四爷蒋平。只得问了问同伴,说在公孙先生那里。伴当即来到公孙策屋内,见公孙策拿过字柬,正在那里讲论,道:“展大哥嘱咐小心奸细刺客,此论甚是。然而不当跟随徐三弟同去。”蒋平道:“这必是我三哥磨着展大哥去的。”刚说,又见自己的伴当前来,便问道:“什么事件?”伴当道:“方才跟展老爷的人,给老爷送了个字柬来。”说罢,呈上。蒋爷接来打开看毕,笑道:“如何?我说是我三哥磨着展大哥去的,果然不错。”即将字帖递与公孙策。公孙策从头至尾看去,上面写着:“徐庆跪求,央及劣兄,断难推辞,只得暂时随去。贤弟见字,务于明日急速就到,共同帮助。千万不要追赶,惟恐识破了,三弟面上不好看。……”云云。公孙策道:“言虽如此,明日二位再要起身,岂不剩了卢大哥一人,内外如何照应呢?”蒋平道:“小弟回去,与大哥、二哥商量。既是展大哥与三哥先行,明日小弟一人足已够了,留下二哥如何?”公孙策道:“甚好,甚好。”

正说间,只见看班房的差人慌慌张张进来道:“公孙老爷,不好了!方才徐老爷到了班房,吩咐道:‘你等歇息,俺要与姓邓的说句机密话。’独留小人伺候。徐老爷进屋,尚未坐稳,就叫小人看茶去。谁知小人烹了茶来,只见屋内漆黑,急急唤人掌灯看时,嗳呀!老爷呀!只见邓车仰卧在床上,昏迷不省,满床血渍。原来邓车的双睛,被徐老爷剜去了。现时不知邓车的生死,特来回禀二位老爷知道。”公孙策与蒋平二人听了,惊骇非常,急叫从人掌灯,来至外面班房看时,多少差役将邓车扶起,已然苏醒过来,大骂徐庆不止。公孙策见此惨然形景,不忍注目。蒋平吩咐差人好生服侍将养,便同公孙策转身来见卢方,说了详细,不胜骇然。大家计议了一夜。

至次日天明,只见门上的进来,拿着禀帖递与公孙先生一看,欢喜道:“好,好,好。快请,快请。”原来是北侠欧阳春、双侠丁兆蕙,自从押解金面神蓝骁、赛方朔方貂之后,同到茉花村,本欲约会了兆兰同赴襄阳,无奈丁母欠安,双侠只得在家侍奉。北侠告辞,丁家弟兄苦苦相留,北侠也是无事之人,为人子者不可远离膝下,又恐北侠踽踽凉凉一人上襄阳,不好意思,而且因老母染病,晨昏问安,耽搁了多少日期,左右为难。只得仍叫丁二爷随着北侠同赴襄阳,留下了丁大爷在家奉亲,又可以照料家务。因此北侠与丁二爷起身。

在路行程,非止一日,来到襄阳太守衙门。可巧门上正是金福禄,上前参见,急急回禀了老爷金辉,立刻请至书房,暂为少待。此时黑妖狐智化早已接出来,彼此相见,快乐非常。不多时,金太守更衣出来,北侠与丁二官人要以官长见礼,金公哪里肯受,口口声声以恩公呼之。大家谦让多时,仍是以宾客相待。左右献茶已毕,寒温叙过,便提起按院衙门近来事体如何。黑妖狐智化连声叹气,道:“一言难尽!好叫仁兄贤弟得知,玉堂白五弟遭了害了。”北侠听了,好生诧异,丁二爷不胜惊骇,同声说道:“竟有这等事!请道其详。”智化便从访探冲霄楼说起,如何遇见白玉堂,将他劝回;后来又听得按院失去印信,想来白五弟就因此事拼了性命,误落在铜网阵中倾生丧命,滔滔不断,说了一遍。北侠与丁二爷听毕,不由的俱各落泪叹息。所谓“方以类聚,物以群分”,原是声应气求的弟兄,焉有不伤心的道理。因此也不在太守衙门耽搁,便约了智化急急赶到按院衙门而来。早见公孙策在前,卢方等随在后面,彼此相见。虽未与卢方道恼,见他眼圈儿红红的,面庞儿比先前瘦了好些,大家未免欷歔①一番。独有丁兆蕙拉着卢方的手,由不得泪如雨下。想起当初陷空岛与茉花村不过隔着芦花荡,彼此义气相投,何等的亲密,想不到五弟却在襄阳丧命,而且又在少年英勇之时,竟是如此夭寿,尤为可伤。二人哭泣多时,还亏了智化用言语劝慰。北侠也拦住丁二爷,道:"二弟,卢大哥全仗你我开导解劝,你如何反招大哥伤起心来呢?"说罢,大家来到卢方的屋内,就座献茶。北侠等三人又问候颜大人的起居,公孙策将颜大人得病的情由,述了一番,三人方知大人也是为念五弟欠安,不胜浩叹。

智化便问衙门近来事体如何。公孙策将已往之事,一一叙说,渐渐说到拿住邓车。蒋平又接言道:"不想从此又生出事来。"丁二爷问道:"又有何事?"蒋平便说:"要盗五弟的骨殖。谁知俺三哥暗求展大哥帮助,昨晚已然起身。起身也罢了,临走时俺三哥把邓车二目剜去。"北侠听了皱眉,道:"这是何意?"智化道:"三哥不能报仇,暂且拿邓车出气,邓车也就冤得很了。"丁二爷道:"若论邓车的行为伤天害理,失去二目也就不算冤。"公孙策道:"只是展大哥与徐二弟此去,小弟好生放心不下。"蒋平道:"如今欧阳兄、智大哥、丁二弟俱各来了,妥当得很,明日我等一同起身。衙中留下我二哥服侍大哥,照应内外。小弟仍是为盗五弟骨殖之事,欧阳兄三位另有一宗紧要之事。"智化问道:"还有什么事?"蒋平道:"只因前次拿获邓车之时,公孙先生与展大哥探访明白,原来襄阳王所仗者飞叉太保钟雄,若能收伏此人,则襄阳不难破矣。如今就将此事托付三位弟兄,不知肯应否?"智化、丁兆蕙同声说道:"既来之则安之。四弟不必问我等应与不应,到了那里,看势做事就是了,何能预为定准。"公孙先生在旁称赞道:"是极!是极!"

说话间,酒席早已摆开,大家略为谦逊,即便入席。却是欧阳春的首座,其次智化、丁兆蕙,又其次公孙策、卢方,下首是韩彰、蒋平。七位爷把酒谈心,不必细表。

到了次日,北侠等四人别了公孙策与卢、韩二人,四人在路行程。偏

① 欷歔(xīxū)——哭泣后不自主地急促呼吸;抽搭。

偏的蒋平肚泻起来，先前还可挣扎，到后来连连泻了几次，觉得精神倦怠，身体劳乏。北侠道：“四弟既有贵恙，莫若找个寓所暂为歇息，明日再做道理，有何不可呢。”蒋平道：“不要如此，你三位有要紧之事，如何因我一人耽搁。小弟想起来了，有个去处颇可为聚会之所。离洞庭湖不远，有个陈起望，庄上有郎舅二人，一人姓陆名彬，一人姓鲁名英，颇尚侠义。三位到了那里，只要提出小弟，他二人再无不扫榻相迎之理。咱们就在那里相会罢。”说着，拧眉攒目，又要肚泻起来。北侠等三人见此光景，只得依从。蒋平又叫伴当随去，“沿途好生服侍，不可怠慢。”伴当连连答应，跟随去了。

蒋爷这里左一次，右一次，泻个不了。看看的天色晚了，心内好生着急，只得勉强认镫，上了坐骑，往前进发。心急嫌马慢，又不敢极力的催它，恐自己气力不加，乘控不住，只得缓辔而行。此时天已昏黑，满天星斗，好容易来到一个村庄，见一家篱墙之上，高高挑出一个白纸灯笼。及至到了门前，又见柴门之旁，挂着个小小笊篱，知是村庄小店，满心欢喜，犹如到了家里一般。连忙下马，高声唤道：“里面有人么？”只听里面颤巍巍的声音答应。

不知果是何人，且听下回分解。

第一百八回

图财害命旅店营生　相女配夫闺阁本分

且说蒋平听得里面问道：“什么人？敢则是投店的么？”蒋平道：“正是。”又听里面答道：“少待。”不多时，灯光显露，将柴扉开放，道：“客官请进。”蒋平道：“我还有鞍马在此。”店主人道：“客官自己拉进来罢。婆子不知尊骑的毛病，恐有失闪。”蒋平这才留神一看，原来是个店妈妈，只得自己拉进了柴扉。见是正房三间，西厢房三间，除此并无别的房屋。蒋平问道：“我这牲口在哪里喂呢？”婆子道：“我这里原是村庄小店，并无槽头马棚。那边有个碾子，在那碾台儿上就可以喂了。”蒋平道：“也倒罢了，只是我这牲口就在露天地里了。好在夜间还不甚凉，尚可以将就。”说罢,将坐骑拴在碾台子桩柱上,将镫扣好,打去嚼子,打去后鞦①,把皮鞊拢起,用稍绳捆好;然后解了肚带,轻轻将鞍子揭下,屉却不动,恐鞍心有汗。

此时店婆已将上房掸扫,安放灯烛。蒋爷抱着鞍子,到了上房,放在门后,抬头一看,却是两明一暗。掀起旧布单帘,来到暗间,从腰间解下包裹,连马鞭俱放在桌子上面,掸了掸身上灰尘,只听店妈妈道:"客官是先净面后吃茶,是先吃茶后净面呢?"蒋平这才把店妈妈细看,却有五旬年纪,甚是干净利便,答道:"脸也不净,茶也不吃。请问妈妈贵姓?"店婆道:"婆子姓甘。请问客官尊姓?"蒋爷道:"我姓蒋。请问此处是何地名?"甘婆子道:"此处名叫神树岗。"蒋爷道:"离陈起望尚有多远?"婆子道:"陈起望在正西,此处却是西北。从此算起,要到陈起望,足有四五十里之遥。客官敢则是走差了路了?"蒋爷道:"只因身体欠爽,又在昏黑之际,不料把道路走错了。请问妈妈,你这里可有酒么?"甘婆子道:"酒是有的,就只得村醪,并无上样名酒。"蒋爷道:"村醪也好,你与我热热的暖一角来。"甘婆子答应,回身去了。

多时,果然暖了一壶来,倾在碗内。蒋爷因肚泻口燥,哪管好歹,端起来一饮而尽。真真是"沟里翻船"。想蒋平何等人物,何等精明,一生所作何事,不想他在妈妈店,竟会上了大当。可见为人艺高是胆大不得的。此酒入腹之后,觉得头眩目转。蒋平说声"不好",尚未说出口,身体一晃,咕咚栽倒尘埃。

甘婆子笑道:"我看他身材瘦弱,是个不禁酒的,果然。"伸手向桌子上拿起包裹一摸,笑容可掬。正在欢喜,忽听外面叫门,道:"里面有人么?"这一叫不由的心里一动,暗道:"忙中有错。方才既住这个客官,就该将门前灯笼挑了。一时忘其所以,又有上门的买卖来了。既来了,再没有往外推之理。且喜还有两间厢房,莫若让到那屋里去。"心里如此想,口内却应道:"来了,来了。"执了灯笼,来开柴扉,一看却是主仆二人。只听那仆人问道:"此间可是村店么?"甘婆道:"是便是,却是乡村小店,惟恐客官不甚合心。再者并无上房,只有厢房两间,不知可肯将就②么?"又

---

① 后鞦(qiū)——也作后鞧,套车时拴在驾辕牲口屁股周围的皮带、帆布带等。

② 将就——勉强适应不很满意的事物或环境。

听那相公道:“既有两间房屋,已足够了,何必定要正房呢。”甘婆道:“客官说得是,如此请进来罢。”主仆二人刚然进来。甘婆子却又出去,将那白纸灯笼系下来,然后关了柴扉,就往厢房导引。

忽听仆人说道:“店妈妈,你方才说没有上房,那不是上房么?”甘婆子道:“客官不知,这店并无店东主人,就是婆子带着女儿过活。这上房是婆子住家,只有厢房住客。所以方才说过,恐其客官不甚合心呢。”这婆子随机应变,对答得一些儿马脚不露。这主仆哪里知道上房之内,现时迷倒一个呢。

说话间,来到厢房,婆子将灯对上。这主仆看了看,倒也罢了,干干净净可以住得。那仆人将包裹放下,这相公却用大袖掸去灰尘。甘婆子见相公形容俏丽,肌肤凝脂,妩媚之甚,便问道:“相公用什么?趁早吩咐。”相公尚未答言,仆人道:“你这里有什么,只管做来,不必问。”甘婆道:“可用酒么?”相公道:“酒倒罢了。”仆人道:“如有好酒,拿些来也可以使得。”

甘婆听了笑了笑,转身出来,执着灯笼,进了上房,将桌子上包裹拿起,出了上房,却进了东边角门。原来角门以内仍是正房、厢房以及耳房,共有数间。只听屋内有人问:“母亲,前面又是何人来了?”婆子道:“我儿休问,且将这包裹收起,快快收拾饭食。又有主仆二人到了,老娘看这两个也是雏儿,少时将酒预备下就是了。”忽听女子道:“母亲,方才的言语难道就忘了么?”甘婆子道:“我的儿呀,为娘的如何忘了呢。原说过就做这一次,下次再也不做了。偏他主仆又找上门来,叫为娘的如何推出去呢?说不得,这叫做‘一不做,二不休’。好孩子,你帮着为娘再把这买卖做成了,从此后为娘的再也不干这营生了。可是你说的咧,伤天害理做什么。好孩子,快着些儿罢!为娘的安放小菜去。”说着话,又出去了。

原来这女子就是甘婆之女,名唤玉兰,不但女工针凿出众,而且有一身好武艺,年纪已有二旬,尚未受聘。只因甘婆作事暗昧,玉兰每每规谏,甘婆也有些回转。就是方才取酒药蒋平时,也央及了个再三,说过就作这一次,不想又有主仆二人前来。玉兰无奈何将菜蔬做妥,甘婆往来搬运,又称赞这相公极其俊美。玉兰心下踌躇。后来甘婆拿了酒去,玉兰就在后面跟来,在窗外偷看,见这相公面如傅粉,白而生光,唇似涂朱,红而带润,惟有双眉紧蹙,二目含悲,长吁短叹,似有无限的愁烦。玉兰暗道:“看此人不是俗子村夫,必是贵家公子。”再看那仆人坐在横头,粗眉大眼,虽则丑陋,却也有一番娇媚之态。只听说道:“相公早间打尖,也不曾吃些什么。此时这些菜蔬虽则清淡,却甚精美,相公何不少用些呢?”又听相公呖呖莺声说道:“酒肴虽美,无奈我吃不下咽。”说罢,又长叹了一声。忽听甘婆道:“相公既懒进饮食,何不少用些暖酒,开开胃口,管保就想吃东西了。”玉兰听至此,不由的发恨,道:“人家愁到这步田地,还要将酒害人,我母亲太狠心了!”忿忿回转房中去了。

不多时,忽听甘婆从外角门进来,拿着包裹,笑嘻嘻地道:“我的儿呀,活该我母女要发财了。这包裹比方才那包裹尤觉沉重,快快收起来,帮着为娘的打发他们上路。”口内说着,眼儿却把玉兰一看,见玉兰面向里,背朝外,也不答言,也不接包裹。甘婆连忙将包裹放下,赶过来将玉兰一拉,道:“我的儿,你又怎么了?”谁知玉兰已然哭的泪人儿一般。婆子见了,这一惊非小,道:“嗳哟!我的肉儿,心儿,你哭的为何?快快说与为娘的知道,不是心里又不自在了?”说罢,又用巾帕与玉兰拭泪。玉兰将婆子的手一推,悲切切的道:“谁不自在了呢!”婆子道:“既如此,为何啼哭呢?”玉兰方说道:“孩儿想爹爹留下的家业,够咱们娘儿两个过的了。母亲务要作这伤天害理的事作什么?况且爹爹在日,还有三不取:僧道不取,囚犯不取,急难之人不取。如今母亲一概不分,只以财帛为重。倘若事发,如何是好?叫孩儿怎不伤心呢。”说罢,复又哭了。

婆子道:“我的儿,原来为此。你不知道为娘的也有一番苦心,想你爹爹留下家业,这几年间坐吃山空,已然消耗了一半,再过一二年也就难以度日了。再者你也不小了,将来陪嫁妆奁①,哪不用钱呢。何况我偌大年纪,也不弄下个棺材本儿么?”玉兰道:“妈妈也是多虑。有说有的话,没说没的话。似这样损人利己,断难永享。而且人命关天的,如何使得?”婆子道:“为娘的就做这一次,下次再也不做了。好孩子!你帮了妈妈去。”玉兰道:“母亲休要多言,孩儿就知恪遵父命。那相公是急难之人,这样财帛是断取不得的。”甘婆听了,犯想道:“闹了半天,敢则是为相公,可见她人大心大了。”便问道:“我儿,你如何知那相公是急难之人呢?”玉兰道:“实对妈妈说知,方才孩儿已然悄到窗下看了,见他愁容满面,饮食不进,他是有急难之事的,孩儿实实不忍害他。孩儿问母亲将来倚靠何人?”甘婆道:“嗳哟!为

①　妆奁(lián)——原指女子梳妆用的镜匣,泛指嫁妆。

娘的又无多余儿女，就只生养了你一个，自然靠着你了，难道叫娘靠着别人不成么？”玉兰道：“虽然不靠别人，难道就忘了半子之劳么？”

一句话提醒了甘婆，心中恍然大悟，暗道：“是呀，我正愁女儿没有人家，如今这相公生的十分俊美，正可与女儿匹配。我何不把他作个养老女婿，又完了女儿终身大事，我也有个倚靠，岂不美哉？可见‘利令智昏’①，只顾贪财，却忘了正事。”便嘻嘻笑道：“亏了女儿提拔我，险些儿错了机会。如此说来，快快把他救醒，待为娘的与他慢慢商酌——只是不好启齿。”玉兰道：“这也不难。莫若将上房的客官也救醒了，只认做合他戏耍，就烦那人替说，也免得母亲碍口，岂不两全其美么？”甘婆哈哈笑道：“还是女儿有计算。快些走罢，天已三鼓了。”玉兰道：“母亲还得将包裹拿着，先还了他们。不然，他们醒来时不见了包裹，那不是有意图谋了么？”甘婆道：“正是，正是。”便将两个包裹抱着，执了灯笼，玉兰提了凉水。

母女二人出了角门，来到前院，先奔西厢房，将包裹放下，见相公伏几而卧，却是饮的酒少之故。甘婆上前轻轻扶起，玉兰端过水来，慢慢灌下，暗将相公着实的看了一番，满心欢喜。然后见仆人已然卧倒在地，也将凉水灌下。甘婆依然执灯笼，又提了包囊。玉兰拿着凉水，将灯剔亮了，临出门时，还回头望了一望，见相公已然动转。连忙奔到上房，将蒋平也灌了凉水。玉兰欢欢喜喜，回转后面去了。

且说蒋平饮的药酒工夫大了，已然发散，又加满了凉水，登时苏醒，拳手伸腿，揉了揉眼，睁开一看，见自已躺在地下。再看桌上灯光明亮，旁边坐着个店妈妈，嘻嘻的笑。蒋平猛然省悟，爬起来道：“好呀！你这婆子不是好人，竟敢在俺跟前弄玄虚，也就好大胆呢！”婆子噗哧的一声，笑道：“你这人好没良心，饶把你救活了，你反来嗔我。请问你既知玄虚，为何入了圈套呢？你且坐了，待我细细告诉你。老身的丈夫名唤甘豹，去世已三年了，膝下无儿，只生一女。”蒋平道：“且住！你提甘豹，可是金头太岁甘豹么？”甘婆道：“正是。”蒋平连忙站起，深深一揖，道：“原来是嫂嫂，失敬了。”甘婆道：“客官如何如此相称？请道其详。”蒋平道：“小弟翻江鼠蒋平。甘大哥曾在敝庄盘桓过数日。后来又与白面判官柳青劫掠生辰黄金，用的就是蒙汗药酒。他说还有五鼓鸡鸣断魂香，皆是甘大哥的传

① 利令智昏——贪图私利使头脑发昏，忘掉一切。

授。不想大哥竟自仙逝,有失吊唁,望乞恕罪。”说罢,又打一躬。甘婆连忙福了一福,道:“惭愧,惭愧!原来是蒋叔叔到了。恕嫂嫂无知,休要见怪。亡夫在日,曾说过陷空岛的五义,实实令人称羡不尽。方才叔叔提的柳青,他是亡夫的徒弟。自从亡夫去世,多亏他殡殓发送,如今还时常的资助银两。”蒋平道:“方才提膝下无儿,只生一女,侄女有多大了?”甘婆道:“今年十九岁,名唤玉兰。”蒋平道:“可有婆家没有?”甘婆道:“且无婆家。嫂嫂意欲求叔叔作个媒妁,不知可肯否?”蒋平道:“但不知要许何等样人家?”甘婆道:“好叫叔叔得知,远在天涯,近在咫尺。”就将投宿主仆已然迷倒的事说了。“是女儿不依,劝我救醒。看这相公甚是俊美,女儿年纪相仿。嫂嫂不好启齿,求叔叔作个保山如何?”蒋平道:“好呀!若不亏侄女劝阻,大约我等性命休矣。如今看着侄女分上,且去说说看。但只一件,小弟自进门来,蒙嫂嫂赐了一杯闷酒,到了此时也觉饿了,可还有什么吃的没有呢?”甘婆道:“有,有,有。待我给你收拾饭食去。”蒋平道:“且说下,说的事成与不成,事在两可。好歹别因不成了,嫂嫂又把那法子使出来了,那可不是玩的。”甘婆哈哈笑道:“岂有此理!叔叔只管放心罢。”甘婆子上后面收拾饭去了。

不知亲事说成与否,且听下回分解。

第一百九回

骗豪杰贪婪一万两　作媒妁认识二千金

且说甘婆去后,谁知他二人只顾在上房说话,早被厢房内主仆二人听了去了,又是欢喜,又是愁烦:欢喜的是认得蒋平,愁烦的是机关泄露。你道此二人是谁?原来是凤仙、秋葵姊妹两个,女扮男妆,来到此处。

自从沙龙沙员外拿住金面神蓝骁,后来起解了,也就无事了。每日与孟杰、焦赤、史云等游田射猎,甚是清闲。

一日,本县令尹忽然来拜,声言为访贤而来,襄阳王特请沙龙作个领袖,督率乡勇操演军务。沙员外以为也是好事,只得应允。到了县内,令尹待为上宾,优隆至甚,隔三日设一小宴,十日必是一大宴。慢说是沙员外自以为得意，连孟杰、焦赤俱是望之垂涎，真是“君子可欺以其方”，哪知这令尹是个极其奸猾的小人。皆因襄阳王知道沙龙本领高强，情愿破万两黄金，拿获沙龙，与蓝骁报仇。偏偏的遇见了这贪婪的赃官，他道：“拿沙龙不难，只要金银凑手，包管事成。”奸王果然如数交割，他便设计将沙龙诓上圈套。这日正是大宴之期，他又暗设牢笼，以殷勤劝酒为题，你来敬三杯，我来敬三杯，不多的工夫，把个沙龙喝的酩酊大醉，步履皆难，便叫伴当回去，说：“你家员外多吃了几杯，就在本县堂斋安歇，明早还要操演军务。”又赏了伴当几两银子，伴当欢欢喜喜回去。就是孟、焦二人也习以为常，全不在意。他却暗暗将沙龙交付来人，连夜押解襄阳去了。

后来焦、孟二人见沙龙许多日期不见回来，便着史云前去探望几次，不见信息，好生设疑。一时惹恼了焦赤性儿，便带了史云猎户人等闯到公堂厮闹。谁知人人皆说县宰因亲老告假还乡，已于三日前起身了。又问沙龙时，早已解到襄阳去了。焦赤听了，急得两手扎煞，毫无主意。纵要闹，正头乡主已走，别人全不管事的，只得急急回庄，将此情节告诉孟杰。孟杰也是暴跳如雷。登时传扬，里面皆知。凤仙、秋葵姊妹哭个不了。幸亏凤仙有主意，先将孟杰、焦赤二人安置，恐他二人粗卤生出别的事来，便对二人说道：“二位叔父不要着急。襄阳王既与我父作对，他必暗暗差人到卧虎沟前来图害，此庄却是要紧的。我父亲既不在家，全仗二位叔父支持，说不得二位叔父操劳，昼夜巡察，务要加意地防范，不可疏懈。”孟、焦二人满口应承，只有昼夜保护此庄，再也不生妄想了。

后来凤仙却暗暗使得用之人，到襄阳打听。幸喜襄阳王爱沙龙是一条好汉，有意收伏，不肯加害，惟有囚禁而已。差人回来将此情节说了，凤仙姊妹心内稍觉安慰，复又思忖道：“襄阳王作事这等机密，大约欧阳伯父与智叔父未必尽知其详，莫若我与妹子亲往襄阳走走，倘能见了欧阳伯父与智叔父，那时大家商议，搭救父亲便了。”主意已定，暗暗与秋葵商议。秋葵更是乐从，便说道：“很好。咱们把正事办完了，顺便到太守衙门再看看牡丹姐姐，我还要与干娘请请安呢。”凤仙道：“只要到了那里，那就好说了。但咱如何走法呢？”秋葵道：“这有何难呢！姐姐扮作相公，充作姐夫，就算艾虎；待妹子扮作个仆人跟着你，岂不妥当么？”凤仙道：“好是好，只是妹妹要受些屈了。”秋葵道：“这有什么呢。为救父亲，受些屈也是应当的，何况是逢场作戏呢。”二人商议明白，便请了孟、焦二位，一五一十，俱各说明，托他二人好好保守庄园。又派史云急急赶到茉花村，惟恐欧阳伯父还在那里，尚未起身，约在襄阳会齐。诸事分派停妥，她二人改扮起来，也不乘马，惟恐犯人疑忌，仿佛是闲游一般。亏得她姐妹二人虽是女流，却是在山中行围射猎惯的，不至于鞋弓袜小，寸步难行。在路行程，非止一日。这天恰恰行路迟了，在妈妈店内，虽被甘婆用药酒迷倒，多亏玉兰劝阻搭救。

且说凤仙饮水之后，即刻苏醒，睁眼看时，见灯光明亮，桌上菜蔬犹存，包裹照旧，自己纳闷道：“我喝了两三口酒，难道就喝醉了不成？”正在思索，只见秋葵张牙欠口，翻身起来，道：“姐姐，我如何醉倒了呢？”凤仙摆手道：“你满口说的是什么！”秋葵方才省悟，手把嘴一握，悄悄道：“幸亏没人。”凤仙将头一点。秋葵凑到跟前。凤仙低言道：“我醉得有些奇怪，别是这酒有什么缘故罢？”秋葵道：“不错。如此说来，这不是贼店么？”凤仙道：“你听！上房有人说话。咱们悄地听了，再做道理。”因此姊妹二人来至窗下，将蒋平与甘婆的说话，听了个不亦乐乎。急急回转厢房，又是欢喜，又是愁烦。忽听窗外脚步声响，是蒋爷与马添草料，奔了碾台儿去了。凤仙道：“等蒋叔父回来，便唤住，即速请进。”秋葵即倚门而待。

少时，蒋平添草回来，秋葵便唤道：“蒋叔请进内屋坐。”只这一句，把个蒋平吓了一跳，只得进屋。又见一个后生，迎头拜揖，道：“侄儿艾虎拜见。”蒋爷借灯光一看，虽不是艾虎，却也面善，更觉发起怔来了。秋葵在旁道：“她是凤仙，我是秋葵，在道上冒了艾虎的名儿来的。”蒋爷在卧虎沟住过，俱是认得的，不觉诧异，道：“你二人如何来到此处呢？”说罢，回身往外望一望。凤仙叫秋葵在门前站立，如有人来时咳嗽一声，方对蒋爷将父亲被获情节略说梗概，未免的泪随语下。蒋平道：“且不必啼哭。侄女仍以艾虎为名，同我到上房。”说毕，和凤仙来到明间坐下。秋葵一同来到上房。

忽见甘婆从后面端了小菜杯箸来，见蒋爷已将那厢房主仆让到上屋明间，知道为提亲一事，便嘻嘻笑道：“怎么叔叔在明间坐么？”蒋爷道：“明间宽阔豁亮。嫂嫂且将小菜放下，过来见了。这是我侄儿艾虎，他乃紫髯伯的义儿，黑妖狐的徒弟。”甘婆道：“呀！真是‘大水冲了龙王庙，一家人不认得一家人。’就是欧阳爷、智公子，亡夫俱是好相识。原来是他二位义儿高徒，怪道这样的英俊呢。相公休要见怪，恕我无知，失敬了！”

说罢,福了一福。凤仙只得还了一揖,连称:"好说!不敢!"秋葵过来,将桌子帮着往前搭了一搭。甘婆安放了小菜,却是两份杯箸,原来是蒋爷一份,自己陪的一份。如今见这相公过来,转身还要取去。蒋爷道:"嫂嫂不用取了,厢房中还有两份,拿过来岂不省事。不过是嫂嫂将酒杯洗净了,就不妨事了。"甘婆瞅了蒋平一眼,道:"多嘴讨人嫌呀!"蒋平道:"嫂嫂嫌我多嘴,回来我就一句话也不说了。"甘婆笑道:"好叔叔,你说罢,嫂嫂多嘴不是了。"笑着,端菜去了。这里蒋爷悄悄的问了一番。

不多时,甘婆端了菜来,果然带了两份杯箸,俱各安放好了。蒋爷道:"贤侄,你这尊管,何不也就叫他一同坐了呢?"甘婆道:"真个的又没有外人,何妨呢。就在这里打横儿,岂不省了一番事呢!"于是蒋平上座,凤仙次座,甘婆主座相陪,秋葵在下首打横。甘婆先与蒋爷斟了酒,然后挨次斟上,自己也斟上一杯。蒋平道:"这酒喝了,大约没有事了。"甘婆笑道:"你喝罢,不怪人家说你多嘴。你不信,看嫂嫂喝个样儿你看。"说着,端起来,吱的一声就是半杯子。蒋平笑道:"嫂嫂,你不要猴急,小弟情愿奉陪。"又让那主仆二人,端起杯来一饮而尽。凤仙、秋葵俱各喝了一口,甘婆复又斟上。这婆子一壁殷勤,一壁注意在相公面上,把个凤仙倒瞅的不好意思了。蒋平道:"嫂嫂,我与艾虎侄儿相别已久,还有许多言语细谈一番。嫂嫂不必拘泥,有事请自尊便。"甘婆听了,心下明白,顺口说道:"既是叔叔要与令侄攀话,嫂嫂在此反倒搅乱清谈。我那里还吩咐你侄女作的点心羹汤,少时拿来,外再烹上一壶新茶如何?"蒋平道:"很好。"甘婆又向凤仙道:"相公,夜深了,随意用些酒饭,休要作客。老身不陪了。"凤仙道:"妈妈请便,明日再为面谢。"甘婆道:"好说,好说!请坐罢。"秋葵送出屋门。甘婆道:"管家,让你相公多少吃些,不要饿坏了。"

秋葵答应,回身笑道:"这婆子竟有许多唠叨。"蒋爷道:"你二人可知她的意思么?"秋葵道:"不用细言,我二人早已俱听明白了。"凤仙努嘴道:"悄言,不要高声。"蒋平道:"既然听明,我也不必絮说。侄女的意下如何呢?"凤仙道:"侄女是个女子,怎么成呢?"蒋平道:"若论此女,我知道的。当初甘大哥在日,我们时常盘桓,提起此女来,不但品貌出众,而且家传的一口飞刀,甚是了得。原要与卢大哥攀亲,不如替卢珍侄儿定下罢。"正在谈论,果然甘婆端了羹汤点心来,又是现烹的一壶新茶,还问:"要什么不要?"蒋爷道:"已足够了,嫂嫂歇歇罢。"甘婆方转身回到后面去了。凤仙问蒋平因何到此，蒋爷将往事说了一遍，又言："与侄女在此，遇得很巧。明日同赴陈起望，你欧阳伯父、智叔父、丁二叔父等俱在那里，大家商议搭救你父亲便了。"凤仙、秋葵深深谢了，真是事多话长，整整说了一夜。

天光发晓，甘婆早已出来张罗。蒋平把艾虎已经定了亲，想替卢珍侄儿定下这头婚事，对甘婆说了。"待向卢爷谈过后即来纳聘。"甘婆听了，也自欣喜。又见蒋爷打开包囊，取出了二十两银，道："大哥仙逝，未能吊唁①，些须薄意，聊以代楮②。"甘婆不能推辞，欣然受了。凤仙叫秋葵拿出白银一封，道："妈妈将此银收下，作为日用薪水之资，以后千万不要做此暗昧之事了。"一句话说得甘婆满面通红，无言可答，只是说道："相公放心。如此厚贶，却之不恭，受之有愧，权且存留就是了。"说罢，就福了一福。此时蒋平已将坐骑备妥，连凤仙的包裹俱各扣备停当，拉出柴扉。彼此叮咛一番。甘婆又指引路径，蒋平等谨记在心，执手告别，直奔陈起望的大路而来。

未知后文如何，且听下回分解。

第一百十回

陷御猫削城入水面　救三鼠盗骨上峰头

且说蒋平因他姊妹没有坐骑，只得拉着马一同步行。刚走了数里之遥，究竟凤仙柔弱，已然香汗津津，有些娇喘吁吁。秋葵却好，依然行有余力。蒋平劝着凤仙骑马歇息。凤仙也就不肯推辞，搂过丝缰，上马缓辔而行。蒋爷与秋葵慢慢随后步履。又走了数里之遥，秋葵步下也觉慢了。蒋爷是昨日泻了一天肚，又熬了一夜，未免也就出汗。因此找了个荒村野店，一壁打尖，一壁歇息。问了问陈起望，尚有二十多里。随意吃了些饮食，喂了坐骑，歇息足了，天将挂午，复又起身，仍是凤仙骑马。及至到了陈起望，日已斜西。来到庄门，便有庄丁问了备细，连忙禀报。

---

① 吊唁(yàn)——到丧家祭奠死者。

② 楮——音 chǔ。

只见陆彬、鲁英迎接出来，见了蒋平，彼此见礼。鲁英便问道："此位何人？"蒋爷道："不必问，且到里面自然明白。"于是大家进了庄门，早见北侠等正在大厅的月台之上恭候。丁二爷问道："四哥如何此时才来？"蒋爷道："一言难尽。"北侠道："这后面是谁？"蒋爷道："兄试认来。"只见智化失声道："哎哟！侄女儿为何如此装束？"丁二爷又说道："这后面的也不是仆人，那不是秋葵侄女儿么？"大家诧异。陆、鲁二人更觉愕然。蒋爷道："且到厅上，大家坐了好讲。"进了厅房，且不叙座，凤仙就把父亲被获，现在襄阳王那里囚禁："侄女等特特改装来寻伯父叔父，早早搭救我的爹爹要紧。"说罢，痛哭不止。大家惊骇非常，劝慰了一番。陆彬急急到了后面，告诉鲁氏，叫她预备簪环衣服。又叫仆妇丫鬟将凤仙姊妹请至后面，梳洗更衣。

这里众人方问蒋爷道："如何此时方到？"蒋平笑道："更有可笑事，小弟却上了个大当。"大家问道："又是什么事？"蒋爷便将妈妈店之事，述说一番，众人听了，笑个不了。其中多有认得甘豹的，听说亡故了，未免又叹息一番。蒋爷往左右一看，问道："展大哥与我三哥怎么还没到？"智化道："并未曾来。"

正说之间，只见庄丁进来，禀道："外面有二人说是找众位爷们的。"大家说道："他二人如何此时方到呢？快请。"庄丁转身去不多时，众人才要迎接，谁知是跟展爷、徐爷的伴当，形色仓皇。蒋爷见了，就知不妥，连忙问道："你家爷为何不来？"伴当道："四爷，不好了！我家爷们被钟雄拿去了。"众人问道："如何会拿了去呢？"展爷的伴当道："只因昨晚徐三爷要到五峰岭去，是我家爷拦之再三，徐三爷不听，要一人单去。无奈何，我家爷跟随去了，却暗暗吩咐叫小人二人暗暗瞧望：'倘能将五爷骨殖盗出，事出万幸；如有失错之时，你二人收拾马匹行李，急急奔陈起望便了。'谁知到了那里，徐三爷不管高低，硬往上闯，我家爷再也拦挡不住。刚然到了五峰岭上，徐三爷往前一跑，不想落在堑坑里面。是我家爷心中一急，原要上前解救，不料脚下一跐，也就落下去了。原来是梅花堑坑。登时出来了多少喽兵，用挠钩套索将二位爷搭将上来，立刻绑缚了。众喽兵声言必有余党，快些搜查，我二人听了，急跑回寓所，将行李马匹收拾收拾，急急来到此处。众位爷们早早设法搭救二位爷方好。"众人听了，俱各没有主意。智化道："你二人且自歇息去罢。"二人退了下来。

此时厅上已然调下桌椅，摆上酒饭，大家入座，一壁饮酒，一壁计议。智化问陆彬道："贤弟，这洞庭水寨广狭可有几里？"陆彬道："这水寨在军山内，方圆有五里之遥。虽称水寨，其中又有旱寨，可以屯积粮草。似这九截松五峰岭，俱是水寨之外的去处。"智化又问道："这水寨周围可有什么防备呢？"陆彬道："防备得甚是坚固。每逢通衢之处，俱有碗口粗细的大竹栅一座竹城。此竹见水永无损坏，纵有枪炮，却也不怕，倒是有纯钢利刃可削的折，余无别法。"蒋平道："如此说来，丁二弟的宝剑却是用着了。"智化点了点头，道："此事须要偷进水寨，探个消息方好。"蒋平道："小弟同丁二弟走走。"陆彬道："弟与鲁二弟情愿奉陪。"智化道："好极。就是二位贤弟不去，劣兄还要劳烦。什么缘故呢？因你二位地势熟识。"陆彬道："当得，当得。"回头吩咐伴当预备小船一只，水手四名，于二鼓起身。伴当领命，传话去了。

蒋平又道："还有一事，沙员外又当怎么样呢？"智化道："据我想来，奸王囚禁沙大哥，无非使他归服之意，绝无杀害之心。我明日写封书信暗暗差人知会沈仲元，叫他暗中照料，待有机缘，得便救出，也就完事了。"大家计议已定。饮酒吃饭已毕，时已初鼓之半。

丁、蒋、陆、鲁四位收拾停当，别了众人，乘上小船。水手摇桨，荡开水面，竟奔竹城而来。此时正在中秋，淡云笼月，影映清波，寂静至甚，越走越觉幽僻，水面更觉宽了。陆彬吩咐水手往前摇，来到了竹城之下。陆彬道："住桨。"水手四面撑住。陆彬道："蒋四兄，这外面水势宽阔，竹城以内却甚狭隘。不远即可到岸，登岸便是旱寨的境界了。"鲁英向丁二爷要过剑来，对着竹城抡开就劈，只听唴吱一声。鲁二爷连声称："好剑，好剑！"蒋爷看时，但见大竹斜岔儿已然开了数根。丁二爷道："好是好，但这一声真是爆竹相似，难道里面就无人知觉么？"陆彬笑道："放心，放心。此处极其幽僻的所在，里面之人轻易不得到此的。"蒋平道："此竹虽然砍开，只是如何拆法呢？"鲁二爷道："何用拆呢，待小弟来。"过去伸手将大竹拈住，往上一挺。一挺，上面的竹梢儿就比别的竹梢儿高有三尺，底下却露出一个大洞来。鲁英道："四兄请看，如何？"蒋平道："虽则开了便门，只是上下斜尖锋芒，有些不好过。又恐要过时，再落下一根来，扎上一下，也就不轻呢。"陆彬道："不妨事，此竹落不下来。竹梢之上有竹枝，彼此攀绕，是再也不能动的。实对四兄说，我们渔户往往要进内偷鱼，就用此法,万无一失。"

蒋爷听了,急急穿了水靠,又将丁二爷的宝剑掖在背后,说声"失陪",一伏身,嗖的一声,只见那边扑通的一响,就是一个猛子。不用换气,便抬起头来一看,已然离岸不远,果然水面狭窄。急忙奔到岸上,顺堤行去。只见那边隐隐有个灯光,忽忽悠悠而来。蒋爷急急奔到树林,跃身上树,坐在槎丫之上,往下觑视①。

可巧那灯也从此条路经过,却是两个人,一个道:"咱们且商量商量。刚才回了大王,叫咱们把那黑小子带了去。你想想他那个样子,咱们服侍得住么?告诉你说,我先干不了。"那一个道:"你站站,别推干净呀!你要干不了,谁又干得了呢?就是回,不是你要回的么?怎么如今叫带了去,你就不管了呢?这是什么话呢?"这一个道:"我原想着,他要酒要菜闹得不像,回回大王,或者赏下些酒菜,咱们也可以润润喉,抹抹嘴。不想要带了去,要收拾。早知叫带了去,我也就不回了。"那人道:"我不管。你既回了,你就带了去。我全不管。"这一个道:"好兄弟,你别着急,我倒有个主意。你得帮着我说。见了黑小子,咱们就说替他回了,可巧大王正在吃酒。听说他要喝酒,甚是欢喜,立刻请他去,要与他较较酒量。他听见这话,包管欢欢喜喜,跟着咱们走。只要诓到水寨,咱们把差事交代了,管他是怎么着呢。你想好不好?"那人道:"这倒使得,咱们快着去罢。"二人竟奔旱寨去了。

蒋爷见他们去远,方从树上下来,暗暗跟在后面,见路旁有一块顽石颇可藏身,便隐住身体等候。不多时,见灯光闪烁而来。蒋爷从背后抽出剑来,侧身而立。见灯光刚到跟前,只将脚一伸,打灯笼的不防栽倒在地。蒋爷回手一剑,已然斩讫。后面那人还说:"大哥走得好好的,怎么躺下了?……"话未说完,钢锋已到,也就呜呼哀哉了。此时徐庆却认出是四爷蒋平,连声唤道:"四弟!四弟!"蒋爷见徐庆锁铐加身,急急用剑砍断。徐庆道:"展大哥现在水寨,我与四弟救他去。"蒋平闻听,心内辗转暗道:"水寨现有钟雄,如何能够救得出来?若说不去救,知道徐爷的脾气,他是决意不肯一人出去的,何况又是他请来的呢。"只得扯谎,道:"展大哥已然救出,先往陈起望去了。还是听见展大哥说三哥押旱寨,所以小弟特

① 觑(qū)视——把眼睛合成一条细缝,注意地看。

特前来。”徐庆道:“你我从何处出去?”蒋爷道:“三哥随我来。”他仍然绕到河堤。可巧那边有个小小的划子,并且有个招子,是个打鱼小船。蒋爷道:“三哥少待。”他便跳下水去,上了划子摇起招子,来到堤下,叫徐庆坐好。奔到竹洞之下,先叫徐庆窜出,自己随后也就出来,却用脚将划子登开。陆彬且不开船,叫鲁英仍将大竹一根一根按斜岔儿对好。收拾已毕,方才开船回庄,此时已有五鼓之半了。

大家相见。徐庆独独不见展熊飞。便问道:“展大哥在哪里?”蒋爷已悄悄的告诉丁二爷了。丁二爷见问,即接口道:“因听见沙员外之事,急急回转襄阳去了。”真是粗鲁之人好哄,他听了此话,信以为真,也就不往下问了。

到了次日,智爷又嘱陆、鲁二人派精细渔户数名,以打鱼为由,前到湖中探听,这里众人便商量如何收伏钟雄之计。智化道:“怎么能够身临其境,将水寨内探访明白,方好行事。似这等望风捕影,实在难以预料。如今且商量盗五弟的骨殖要紧。”正在议论,只见数名渔户回来,禀道:“探得钟雄那里因不见了徐爷,各处搜查,方知杀死喽兵二名,已知有人暗到湖中。如今各处添兵防守,并且将五峰岭的喽兵俱各调回去了。”智化听了,满心欢喜,道:“如此说来,盗取五弟的骨殖不难了。”便仍嘱丁、蒋、鲁、陆四位道:“今晚务将骨殖取回。”四人欣然愿往。智化又与北侠等商议,备下灵幡祭礼,等到取回骨殖,大家共同祭奠一番,以尽朋友之谊。众人见智化处事合宜,无不乐从。

且说蒋、丁、陆、鲁四人到了晚间初鼓之后,便上了船,却不是昨日晚间去的路径。丁二爷道:“陆兄为何又往南去呢?”陆彬道:“丁二哥却又不知,小弟原说过这九截松五峰岭不在水寨之内,昨日偷进水寨,故从那里去;今晚要上五峰岭,须向这边来。再者他虽然将喽兵撤去,那梅花堑坑必是依然埋伏。咱们与其涉险,莫若绕远。俗语说得好:‘宁走十步远,不走一步险。’小弟意欲从五峰岭的山后上去,大约再无妨碍。”丁、蒋二人听了,深为佩服。

一时来到五峰岭山后,四位爷弃舟登岸。陆彬吩咐水手留下两名看守船只,叫那两名水手扛了锹镢,后面跟随。大家攀藤附葛,来到山头。原来此山有五个峰头,左右一边两个俱各矮小,独独这个山头高而大。衬着这月朗星稀,站在峰头往对面一看,恰对着青簇簇、翠森森的九株松树。

丁二爷道："怪道唤作九截松五峰岭，真是天然生成的佳景。"蒋平到了此时，也不顾细看景致，且向地基寻找埋玉堂之所。才下了峻岭，走未数步，已然看见一座荒丘，高出地上。蒋平由不得痛彻肺腑，泪如雨下，却又不敢放声，惟有悲泣而已。陆、鲁二人便吩咐水手动手。片刻工夫，已然露出一个磁坛。蒋平却亲身扶出土来。丁二爷即叫水手小心运到船上，才待转身，却见一人在那边啼哭。

不知此人是谁，且听下回分解。

第一百十一回

定日盗簪逢场作戏　先期祝寿改扮乔妆

且说丁、蒋、陆、鲁四位将白玉堂骨殖盗出，又将埋葬之处仍然堆起土丘，收拾已毕，才待回身，只听那边有人啼哭。蒋爷这里也哭道："敢则是五弟含冤，前来显魂么?"说着话，往前一凑，仔细看来，是个樵夫。虽则明月之下，面庞儿却有些个熟识，一时想不起来，心内思忖道："五弟在日并未结交樵夫，何得黉夜来此啼哭呢?"再细看时，只见那人哭道："白五兄为人一世英名，智略过人，惜乎你这一片血心，竟被那忘恩负义之人欺哄了。什么叫结义，什么叫立盟，不过是虚名具文而已。何能似我柳青三日一次乔妆，哭奠于你。哎呀！白五兄呀，你的那阴灵有知，大约妍媸也就自明了。"蒋爷听说柳青，猛然想起果是白面判官，连忙上前，劝道："柳贤弟少要悲痛。一向久违了。"柳青登时住声，将眼一瞪，道："谁是你的贤弟！也不过是陌路罢了。"蒋爷道："是，是！柳员外责备的甚是。但不知我蒋平有什么不到处，倒要说说。"鲁英在旁，见柳青出言无状，蒋平却低声下气，心甚不平。刚要上前，陆彬将他一拉，丁二爷又暗暗送目，鲁英只得忍住。又听柳青道："你还问我！我先问你，你们既结了生死之交，为何白五兄死了许多日期，你们连个仇也不报，是何道理?"蒋平笑道："员外原来为此。这'报仇'二字岂是性急的呢。大丈夫作事，当行则行，当止则止。我五弟既然自作聪明，轻身丧命，他已自误，我等岂肯再误。故此今夜前来，先将五弟骨殖取回，使他魂归原籍，然后再与他慢慢的报仇，何晚之有？若不分事之轻重，不知先后，一味的邀虚名儿，毫无实惠，那又是徒劳无益了。所谓'运筹帷幄①，决胜千里'，员外何得怪我之深呀？"柳青听了此言大怒，而且听说白玉堂自作聪明、枉自轻生，更加不悦，道："俺哭奠白五兄是尽俺朋友之谊，要那虚名何用？俺也不和你巧辩饶舌。想白五兄生平作了多少惊天动地之事，谁人不知，哪个不晓。似你这畏首畏尾，躲躲藏藏，不过作鼠窃狗盗之事，也算得运筹与决胜，可笑呀，可笑呀！"旁边鲁英听到此，又要上前。陆彬拦道："贤弟，人家说话，又非拒捕，你上前作甚？"丁二爷也道："且听四兄说什么。"鲁英只得又忍住了。蒋爷道："我蒋平原无经济学问，只这鼠窃狗盗，也就令人难测。"柳青冷笑，道："一技之能，何至难测呢。你不过行险，一时侥幸耳。若遇我柳青，只怕你讨不出公道。"蒋平暗想道："若论柳青，原是正直好人，我何不将他制伏，将来以为我用，岂不是个帮手。"想罢，说道："员外如不相信，你我何不戏赌一番，看是如何。"柳青道："这倒有趣。"即回手向头上拔下一枝簪来，道："就是此物，你果能盗了去，俺便服你。"蒋爷接来，对月光细细看了一番，却是玳瑁别簪，光润无比，仍递与柳青，道："请问员外定于何时？又在何地呢？"柳青道："我为白五兄设灵遥祭，尚有七日的经忏。诸事完毕，须得十日工夫。过了十日后，我在庄上等你。但止一件，以三日为期。倘你若不能，以后再休要向柳某夸口，你也要甘拜下风了。"蒋平笑道："好极，好极！过了十日后俺再到庄，问候员外便了。请。"彼此略一执手，柳青转身下岭而去。

这里陆彬、鲁英道："蒋四兄如何就应了他？知他设下什么埋伏呢？"蒋平道："无妨，我与他原无仇隙，不过同五弟生死一片热心。他若设了埋伏，岂不怕别人笑话他么？"陆彬又道："他头上的簪儿，吾兄如何盗得呢？"蒋平道："事难预料，到他那里还有什么刁难呢，且到临期再作道理。"说罢，四人转身下岭。此时水手已将骨殖坛安放好了，四人上船，摇起桨来。

不多一会，来到庄中，时已四鼓，从北侠为首，挨次祭奠，也有垂泪的，也有叹息的。因在陆彬家中，不便放声举哀。惟有徐庆咧着个大嘴痛哭，蒋平哽咽悲泣不止。众人奠毕，徐庆、蒋平二人深深谢了大家。重新又饮

① 运筹帷幄(wò)——比喻在后方决定作战策略。

了一番酒,吃夜饭,方才安歇。

到了次日,蒋爷与大众商议,即着徐爷押着坛子先回衙署,并派两名伴当沿途保护而去。这里众人调开桌椅饮酒,丁二爷先说起柳青与蒋爷赌戏。智化问道:"这柳青如何?"蒋爷就将当日劫掠黄金,述说一番。"因他是金头太岁甘豹的徒弟,惯用蒙汗药酒,五鼓鸡鸣断魂香。"智化道:"他既有这样东西,只怕将来倒用得着。"

正说之间,只见庄丁拿着一封字柬,向陆大爷低言说了几句。陆彬即将字柬接过,拆开细看。陆彬道:"是了,我知道了。告诉他修书不及,代为问好。这些日如有大鱼,我必好好收存。等到临期,不但我亲身送去,还要拜寿呢。"庄丁答应,刚要转身,智化问道:"陆大弟,是何事?我们可以共闻否?"陆彬道:"无甚大事,就是钟雄那里差人要鱼。"说着话,将字柬递与智化。智化看毕,笑道:"正要到水寨探访,不想来了此柬,真好机会也。请问陆贤弟,此时可有大鱼?"陆彬道:"早间渔户报到,昨夜捕了几尾大鱼,尚未开篗。"智化道:"妙极。贤弟吩咐管家,叫他告诉来人,就说大王既然用鱼,我们明日先送几尾,看看以为如何。如果使得,我们再照样捕鱼就是了。"陆彬向庄丁道:"你听明白了?就照着智老爷的话告诉来人罢。"庄丁领命,回复那人去了。

这里众人便问智化有何妙策。智化道:"少时饭毕,陆贤弟先去到船上拣大鱼数尾,另行装篗。待明日我与丁二弟改扮渔户二名,陆贤弟与鲁二弟仍是照常,算是送鱼。额外带水手二名,只用小船一只足矣。咱们直入水寨,由正门而入,劣兄好看他的布置如何。到了那里,二位贤弟只说:'闻得大王不日千秋,要用大鱼。昨接华函,今日捕得几尾,特请大王验看。如果用得,我等回去告诉渔户,照样搜捕。大约有数日工夫,再无有不敷之理。'不过说这冠冕言语,又尽人情,又叫他不怀疑忌,劣兄也就可以知道水寨大概情形了。"众人听了,欢喜无限,饮酒用饭。陆、鲁二人下船拣鱼。这里众人又细细谈论了一番。当日无事。

到了次日,智爷叫陆爷问渔户要了两身衣服,不要好的,却叫陆、鲁二人打扮齐整,定于船上相见。智爷与丁二爷惟恐众人瞧看发笑,他二人带着伴当,携了衣服,出了庄门,找了个幽僻之处改扮起来。脱了华衣,抹了面目,带了斗笠,穿了渔服,拉去鞋袜,将裤腿卷到磕膝之上。然后穿上裤衩儿,系上破裙,登上芒鞋,腿上抹了污泥。丁二爷更别致,发边还插了一枝野花。二人收拾已毕,各人的伴当已将二位爷的衣服鞋袜包好,问明下船所在。到了那里,却见陆、鲁二人远远而来,见他二人如此妆束,不由的哈哈大笑。鲁英道:"猛然看来,直仿佛怯王二与俏皮李四。"智化道:"很好,我就是王二,丁二弟就是俏皮李四,你们叫着也顺口。"吩咐水手,就以王二、李四相称。陆、鲁二人先到船上。智、丁二人随后上船,却守着渔篗,一边一个,真是卖艺应行,干何事,司何事,是再不错的。陆、鲁二人只得在船头坐了,依然是当家的一般。水手开船,直奔水寨而来。

一叶小舟,悠悠荡荡。一时过了五孔大桥,却离水寨不远,但见旌旗密布,剑戟①森严。又到切近看时,全是大竹扎缚,上面敌楼,下面瓮门,也是竹子做成的水栅。小船来到寨门,只听里面隔着竹栅问道:"小船上是何人?快快说明。不然,就要放箭了。"智化挺身来到船头,道:"你放吗箭呀?俺们陈起望的当家的弟兄都来了,特特给你家大王送鱼来了。官儿还不打送礼的呢,你又放箭做吗呢?"里面的道:"原来是陆大爷、鲁二爷么?请少待,待我回禀。"说罢,乘着小船不见了。

这里智化细细观看寨门,见那边挂着个木牌,字有碗口大小,用目力觑视,却是一张招募贤豪的榜文。智化暗暗道:"早知有此榜文,我等进水寨多时矣,又何必费此周折。"正在犯想,忽听鼓楼咕噜、咕噜的一阵鼓响,下面接着噹、噹、噹几棒锣鸣,立刻落锁抬闩,吱喽喽门分两扇。从里面冲出一只小船,上面有个头目,躬身道:"我家大王请二位爷进寨。"说罢将船一拨,让出正路。只见左右两边却有无数船只一字儿排开,每船上有二人带刀侍立,后面隐隐又有弓箭手埋伏。船行未到数武,只见路北有接官厅一座,摆设无数的兵器利刃,早有两个头目迎接上来,道:"请二位爷到厅上坐。"陆、鲁二人只得下船,到厅上逊座献茶。头目道:"二位到此何事?"陆彬道:"只因昨日大王差人到了敝庄,寄去华函一封,言不日就是大王寿诞之期,要用大鱼。我二人既承钧命,连夜叫渔户照样搜捕。难道头领不知,大王也没传行么?"那头目道:"大王业已传行。这是我们规矩,不得不问,再者也好给跟从人的腰牌,二位休要见怪。"

原来此厅是钟雄设立,盘查往来行人的。虽是至亲好友进了水寨,必要到此厅上。虽不能挂号,他们也要暗暗记上门簿,记上年月日时,进寨

---

① 剑戟(jǐ)——泛指兵器。

为着何事，总要写个略节。今日陆、鲁之来，钟雄已然传令知会了。他们非是不知道，却故意盘查盘查，一来好登门簿，二来查看随从来几名，每人给腰牌一个。待事完回来时，路过此处，再将腰牌缴回。一个水贼竟有如此规矩！

且说头目问明了来历，此时水手渔户既然给了腰牌，又有一个头目陪着陆、鲁二人重新上了船，这才一同来到钟雄住居之所。好大一所宅子，甚是煊赫，犹如府第一般，竟敢设立三间宫门，有多少带刀虞侯两旁侍立。头目先跑上台阶，进内回禀，陆、鲁二人在阶下恭候。智爷与丁二爷抬着鱼篓，远远而立，却是暗暗往四下偷看。见周围水绕住宅，惟中间一条直路却甚平坦，正南面一座大山正是军山，正对宫门，其余峰岭不少，高低不同。原来这水寨在军山山环之间，真是山水汇源之地。再往那边看去，但见树木丛杂，隐隐的旗幡招展，想来那就是旱寨了。

此时却听见传梆击点，已将陆、鲁弟兄请进。迟不多会，只见跑出三四人来，站在台阶上点手，道："将鱼抬到这里来。"智爷听见，只得与丁二爷抬过来，就要上台阶儿，早有一人跑过来道："站住！你们是进不去的。"智化道："俺怎么进不去呢？"有一人道："朋友，告诉你，这个地方大王传行得紧，闲杂人等是进不去的了。"智化道："怎么着？难道俺们是闲杂人？你们是干吗的呢？"那人道："我们是跟着头目当散差使，俗名叫作打杂儿的。"智爷道："哦！这就是了。这么说起来，你们是不闲尽杂了。"那人听了，道："好呀！真正会说。"又有一个道："你本来胡闹，张口就说人家闲杂人，怎么怨得人家说呢？快着罢。忙忙接过来，抬着走罢。"说罢，二人接过来，将鱼篓抬进去了。

不知后文如何，且听下回分解。

第一百十二回

招贤纳士准其投诚　合意同心何妨结拜

且说智爷、丁爷见他等将鱼篓抬进去了，得便又望里面望了一望，见楼台殿阁，画栋雕梁，壮丽非常，暗道："这钟雄也就僭越得很呢！"二人在台基之上等候。又见方才抬鱼那人出来，叫："王哥哥，王哥哥，你真会吃个巧儿。我告诉你，这是两包银子，每包二两，大王赏你们俩的。"智爷接过道："回去替俺俩谢赏。"又将包儿颠了一颠。那人道："你颠他做什么？"智爷道："俺颠着，你可别打俺们的脖子拐呀。"那人笑道："岂有此理！你也太知道得多了。你看你们伙计，怎么不言语呢？"智爷道："你还不知道他呢，他叫俏皮李四。他要闹起俏皮来，只怕你更架不住。"

刚说到此，只见陆、鲁二人从内出来，两旁人俱各垂手侍立。仍是那头目跟随，下了台阶。智、丁二人也就一同来到船边，乘舟摇桨，依然由旧路回来。到了接官厅，将船拢住。那头目还让厅上待茶，陆、鲁二人不肯。那人纵身登岸，复又执手。此时早有人将智、丁与水手的腰牌要去。水手摇桨，离寨门不远，只见方才迎接的那只小船，有个头目将旗一展，又是一声锣鼓齐鸣，开了竹栅。小船上的头目送出陆、鲁的船来，即拨转船头，进了竹栅，依然锣鼓齐鸣，寨门已闭。真是法令森严，甚是齐整。智化等深加称赞。

及至过了五孔桥，忽听丁二爷噗嗤的一笑，然后又大笑起来。陆、鲁二人连忙问道："丁二哥，笑什么？"兆蕙道："实实憋得我受不的了。这智大哥装什么像什么，真真呕人。"便将方才的那些言语，述了一遍，招得陆、鲁二人也笑了。丁二爷道："我彼时如何敢答言呢，就只自己忍了又忍。后来智大哥还告诉那人说我俏皮，哪知我俏皮的都不俏皮了。"说罢，复又大笑。智化道："贤弟不知，凡事到了身临其境，就得搜索枯肠，费些心思，稍一疏神，马脚毕露。假如平日原是你为你，我为我，若到今日，你我之外又有王二、李四，他二人原不是你我；既不是你我，必须将你之为你、我之为我俱各撇开，应是他之为他。既是他之为他，他之中绝不可有你，也不可有我。能够如此设身处地的做法，断无不像之理。"丁二爷等听了，点头称是，佩服之至。

说话间，已到庄中。只见北侠等俱在庄门瞭望，见陆、鲁等回来，彼此相见。忽见智化、兆蕙这样形景，大家不觉大笑。智化却不介意，回手从怀中掏出两包儿银子，赏了两个水手，叫他不可对人言讲。众人说说笑笑，来到客厅上。智爷与丁爷先梳洗改装，然后大家就座，方问探的水寨如何。智爷将寨内光景说了，又道："钟雄是个有用之材，惜乎缺少辅佐，竟是用而不当了。再者他那里已有招贤的榜文，明日我与欧阳兄先去投诚,看是如何。”蒋平失惊,道:“你二位如何去得？现今展大哥尚且不知下落,你二人再若去了,岂不是自投罗网呢?”智化道:“无妨,既有招贤的榜,决无陷害之心。他若怀了歹意,就不怕阻了贤路么?”而且不入虎穴,焉能伏得钟雄。众位弟兄放心,成功直在此一举,料得定的是真知。”计议已定,大家饮酒吃饭。是日无话。

到了次日,北侠扮作个赳赳的武夫,智化扮作个翩翩公子,各自佩了利刃一把,找了个买卖渡船,从上流头慢慢的摇曳,到了五孔桥下。船家道:“二位爷往那里去?”智爷道:“从桥下过去。”船家道:“那里到了水寨了。”智爷道:“我等正要到水寨。”船家慌道:“他那里如何去得？小人不敢去的。”北侠道:“无妨,有我们呢,只管前去。”船家尚在犹疑,智化道:“你放心,那里有我的亲戚朋友,是不妨事的。”船家无奈何,战战哆嗦,撑起篙来。过了桥,更觉的害起怕来。好容易刚到寨门,只听里面吱的一声,船家就堆缩了一块。又听得里面道:“什么人到此？快说！不然,就要放箭了。”智化道:“里面听真,我们因闻得大王招募贤豪,我等特来投诚①。若果有此事,烦劳通禀一声;如若挂榜是个虚文,你也不必通报,我们也就回去了。”里面的答道:“我家大王求贤若渴,岂是虚文。请少待,我们与你通禀去。”不多时,只听敌楼一阵鼓响,又是三棒锣鸣,水寨竹栅已开。从里面冲出一只小船,上面有个头目道:“既来投诚,请过此船,那只船是进去不得的。”这船家听了,犹如放赦一般,连忙催道:“二位快些过去罢。”智化道:“你不要船价么?”船家道:“爷,改日再赏罢,何必忙在一时呢。”智爷笑了一笑,向兜肚中摸出一块银子,道:“赏你吃杯酒罢。”船家喜出望外。二位爷跳在那边船上,这船家不顾性命的连撑几篙,直奔五孔桥去了。

且说北侠、黑妖狐进了水寨,门就闭了。一时来到接官厅,下来两个头目,智化看时却不是昨日那两个头目。而且昨日自己未到厅上,今日见他等迎了上来,连忙弃舟登岸,彼此执手。到了厅上,逊座献茶。这头目谦恭和蔼的问了姓名,以及来历备细,着一人陪坐,一人通报。不多时,那头目出来,笑容满面,道:“适才禀过大王。大王闻得二位到来,不胜欢喜,并且问欧阳爷可是碧睛紫髯的紫髯伯么?”智化代答道:“正是,我这

① 投诚——敌人、叛军等诚心归附。

兄长就是北侠紫髯伯。”头目道:“我家大王言欧阳爷乃当今名士,如何肯临贱地,总有些疑似之心。忽然想起欧阳爷有七宝刀一口,堪作实验。意欲借宝刀一观,不知可肯赐教否?”北侠道:“这有何难。刀在这里,即请拿去。”说罢,从里衣取下宝刀,递与头目。头目双手捧定,恭恭敬敬的去了。迟不多时,那头目转来道:“我家大王奉请二位爷相见。”智化听头目之言,二位下面添了个“爷”字,就知有些意思,便同北侠下船,来到泊岸,到了宫门。北侠袒腹挺胸,气昂昂英风满面;智化却是一步三扭,文绉绉①酸态周身。

进了宫门,但见中间一溜花石甬路,两旁嵌着石子直达月台。再往左右一看,俱有配房五间,衬殿七间,俱是画栋雕梁,金碧交辉。而且有一块闹龙金匾,填着洋蓝青字,写着“银安殿”三字。刚到廊下,早有虞侯高挑帘栊,只见有一人身高七尺,面如獬豸②,头戴一顶闹龙软翅绣盖巾,身穿一件闹龙宽袖团花紫氅,腰系一条香色垂穗如意丝绦,足登一双元青素缎时款官靴。钟雄略一执手,道:“请了。”吩咐看座献茶。北侠也就执了一执手,智爷却打一躬,彼此就座。钟雄又将二人看了一番,便对北侠道:“此位想是欧阳公了。”北侠道:“岂敢。仆欧阳春闻得寨主招贤纳士,特来竭诚奉谒。素昧平生③,殊深冒渎。”钟雄道:“久仰英名,未能面晤,曷胜怅望。今日幸会,实慰鄙怀。适才瞻仰宝刀,真是稀世之物,可羡呀可羡!”

智化见他二人说话,却无一语道及自己,未免有些不自在。因钟雄称羡宝刀,便说道:“此刀虽然是宝,然非至宝也。”钟雄方对智化道:“此位想是智公了。如此说来,智公必有至宝。”智化道:“仆孑然④一身之外,并无他物,何至宝之有?”钟雄道:“请问至宝安在?”智爷道:“至宝在在皆有,处处皆是。为善以为宝,仁亲以为宝,土地、人民、政事又是三宝。寨主何得舍正路而不由,啧啧以刀为宝乎?再者仆等今日之来,原是投诚,并非献刀。寨主只顾称羡此刀,未免重物轻人。惟望寨主贱货而贵德,庶

① 文绉(zhōu)绉——形容人谈吐、举止文雅的样子,多含贬义。
② 獬豸(xièzhì)——古代传说中的异兽,能辨曲直,见人争斗就用角去顶坏人。
③ 素昧平生——一向不认识。
④ 孑(jié)然——形容孤独。

不负招贤的那篇文字。”钟雄听智化咬文嚼字的背书，不由地冷哂，道：“智公所论虽是，然而未免过于腐气了。”智化道：“何以见得腐气？”钟雄道：“智公所说的全是治国为民道理。我钟雄原非三台卿相，又非世胄功勋，要这些道理何用？”智化也就微微冷哂，道：“寨主既知非三台卿相，又非世胄功勋，何得穿闹龙服色，坐银安宝殿？此又智化所不解也。”一句话说得钟雄哑口无言，半晌，忽然向智化一揖，道：“智兄大开茅塞，钟雄领教多多矣。”重新复又施礼，将北侠、智化让到客位，分宾主坐了。即唤虞侯等看酒宴伺候，又悄悄吩咐了几句。虞侯转身不多时，拿了一个包袱来，连忙打开。钟雄便脱了闹龙紫氅，换了一件大领天蓝花氅，除去闹龙头巾，戴一顶碎花武生头巾。北侠道：“寨主何必忙在一时呢？”钟雄道：“适才听智兄之言，觉得背生芒刺，还是早些换的好。”

此时酒宴已摆设齐备。钟雄逊让再三，仍是智爷、北侠上座，自己下位相陪。饮酒之间，钟雄又道：“既承智兄指教，我这殿上……”刚说至此，自己不由的笑了，道：“还敢忝颜称殿。我这厅上匾额应当换个名色方好。”智爷道：“若论匾额名色极多，若是晦了不好，不贴切也不好，总要雅俗共赏，使人一见即明，方觉恰当。”仰面想了一想，道：“却倒有个名色，正对寨主招募贤豪之意。”钟雄道：“是何名色？”智化道：“就是‘思齐堂’三字，虽则俗些，却倒现在。‘见贤思齐焉’，此处原是待贤之所，寨主却又求贤若渴。既曰思齐，是已见了贤了。必思与贤齐，然后不负所见，正是说寨主已得贤豪之意。然而这‘贤’字弟等却担不起。”钟雄道：“智兄太谦了。今日初会，就教导弟归于正道，非贤而何？我正当思齐，好极，妙极！清而且醒，容易明白。”立刻吩咐虞侯即到船场，取木料改换匾额。三人传杯换盏，互应议论，无非是行侠尚义，把个钟雄乐的手舞足蹈，深恨相见之晚，情愿与北侠、智化结为异姓兄弟。智化因见钟雄英爽，而且有意收伏他，只得应允。哪知钟雄是个性急人，登时叫虞侯备了香烛，叙了年庚，就在神前立盟。北侠居长，钟雄次之，智化第三。结拜之后，复又入席，你兄我弟，这一番畅快，乐不可言。钟雄又派人到后面把世子唤出来。原来钟雄有一男一女，女名亚男，年方十四岁；子名钟麟，年方七岁。

不多时，钟麟来到厅上。钟雄道：“过来拜了欧阳伯父。”北侠躬身还礼，钟雄断断不依。然后又道：“这是你智叔父。”钟麟也拜了。智化拉着钟麟细看，见他方面大耳，目秀眉清，头戴束发金冠，身穿立水蟒袍；问了几句言语,钟麟应答如流。智化暗道:“此子相貌非凡,我今既受了此子之拜,将来若负此拜,如何对得过他呢!”便叫虞侯送入后面去了。钟雄道:“智贤弟,看此子如何?”智化道:“好则好矣。小弟又要直言了。方才侄儿出来,吓了小弟一跳,真不像吾兄的儿郎,竟仿佛守缺的太子,似此如何使得?再者世子之称,也属越礼,总宜改称公子为是。”钟雄拍手大乐,道:“贤弟见教,是极,是极!劣兄从命。”回头便吩咐虞侯等人,从此改称公子。

你道钟雄既能言听计从,说什么就改什么,智化何不劝他弃邪归正,岂不省事,又何必后文费许多周折呢?这又有个缘故。钟雄占据军山非止一日,那一派的骄侈倨傲①,同流合污,已然习惯性成,如何一时能够改得来呢?即或悛改②,稍不如意,必至依然照旧,那不成了反覆小人了么?就是智化今日劝他换了闹龙服色,除了银安匾额,改了世子名号,也是试探钟雄服善不服善。他要不服善,情愿以贼寇叛逆终其身,那就另有一番剿灭的谋略。谁知钟雄不但服善,而且勇于改悔。知时务者,呼为俊杰。他既是好人,智化焉有不劝他之理。所以后文智化委曲婉转,务必叫钟雄归于正道,方见为朋友的一番苦心。是日三人饮酒谈心,至更深夜静方散。北侠与智爷同居一处。智爷又与北侠商议如何搭救沙龙、展昭,便定计策,必须如此如此方妥。商议已毕,方才安歇。

不知如何救他二人,且听下回分解。

第一百十三回
钟太保贻书招贤士　蒋泽长冒雨访宾朋

且说北侠、智化二人商议已毕,方才安歇。到了次日,钟雄将军务料理完时,便请北侠、智爷在书房相会。今日比昨日更觉亲热了。闲话之间,又提起当今之世谁是豪杰,哪个是英雄。北侠道:“劣兄却知一个人,

① 骄侈(chǐ)倨(jù)傲——夸大而骄傲。
② 悛(quān)改——悔改。

惜乎他为宦途羁绊,再也不能到此。”钟雄道:“是何等人物? 姓甚名谁?”北侠道:“就是开封府的四品带刀护卫展昭字熊飞,为人行侠尚义,济困扶危,人人都称他为南侠,敕封号为御猫,他乃当世之豪杰也。”钟雄听了,哈哈大笑,道:“此人现在小弟寨中,兄长如何说他不能到此?”北侠故意吃惊,道:“南侠如何能够到此地呢? 劣兄再也不信。”钟雄道:“说起来话长。襄阳王送了一个坛子来,说是大闹东京锦毛鼠白玉堂的骨殖,交到小弟处。小弟念他是个英雄,将他葬在五峰岭上,小弟还亲身祭奠一回。惟恐有人盗去此坛,就在那坟冢前刨了个梅花堑坑,派人看守,以防不虞。不料迟不多日,就拿了二人,一个是徐庆,一个是展昭。那徐庆已然脱逃。展昭弟也素所深知,原要叫他作个帮手,不想他执意不肯,因此把他囚在碧云崖下。”北侠暗暗欢喜,道:“此人颇与劣兄相得,待明日作个说客,看是如何。”智化接言道:“大哥既能说南侠,小弟还有一人,也可叫他投诚。”钟雄道:“贤弟所说之人为谁呢?”智化道:“说起此人也是有名的豪杰。他就在卧虎沟居住,姓沙名龙。”钟雄道:“不是拿蓝骁的沙员外么?”智化道:“正是,兄何以知道?”钟雄道:“劣兄想此人久矣! 也曾差人去请过,谁知他不肯来。后来闻得黑狼山有失,劣兄还写一信与襄阳王,叫他把此人收伏,就叫他把守黑狼山,却是人地相宜。至今未见回音,不知事体如何。”智化道:“既是兄长知道此人,小弟明日就往卧虎沟便了。大约小弟去了,他没有不来之理。”钟雄听了大乐。三个人就在书房饮酒用饭,不必细表。

到次日,智化先要上卧虎沟。钟雄立刻传令开了寨门,用小船送出竹栅,过了五孔桥。他却不奔卧虎沟,竟奔陈起望而来。进了庄中,庄丁即刻通报。众人正在厅上,便问投诚事体如何。智爷将始末原由,说了一遍,深赞钟雄是个豪杰,“惜乎错走了路头,必须设法将这朋友提出苦海方好。”又将与欧阳兄定计搭救展大哥与沙大哥之事说了。蒋平道:“事有凑巧,昨晚史云到了。他说因找欧阳兄,到了茉花村,说与丁二爷起身了。他又赶到襄阳,见了张立,方知欧阳兄、丁二弟与智大哥俱在按院那里。他又急急赶到按院衙门,卢大哥才告诉他说,咱们都上陈起望了。他重新又到这里来,所以昨晚才到。”智化听了,即将史云叫来,问他按院衙门可有什么事。史云道:“我也曾问了。卢大爷叫问众位爷们好,说衙门中甚是平安,颜大人也好了,徐三爷也回去了,诸事妥当,请诸位爷们放心。”智化道：“你来得正好。歇息两日，即速回卧虎沟，告诉孟、焦二人，叫他将家务派妥当人管理，所有渔户猎户人等，凡有本领的，齐赴襄阳太守衙门。”丁二爷道：“金老爷那里如何住得许多人呢？”智化笑道：“劣兄早已预料，已在汉皋那里修葺下些房屋。”陆彬道：“汉皋就是方山，在府的正北上。”智化道：“正是此处，张立尽知。到了那里，见了张立，便有居住之处了。”说罢，大家入席饮酒。蒋平问道：“钟雄到底是几时生日？”智化道：“前者结拜时已叙过了，还早呢，尚有半月的工夫。我想要制服他，就在那生日，趁着忙乱之时，必要设法把他请到此处。你我众兄弟以大义开导他，一来使他信服，二来把圣旨相谕说明，他焉有不倾心向善之理。”丁二爷道：“如此说来，不用再设别法，只要四哥到柳员外庄上赢了柳青，就请带了断魂香来。临期如此如此，岂不大妙？”智化点头，道：“此言甚善，不知四弟几时才去？”蒋平道：“原定于十日后，今刚三日。再等四五天，小弟再去不迟。”智化道：“很好，我明日回去，先将沙大哥救出，然后暗暗探他的事件，掌他的权衡，那时就好说了。”这一日，大家聚饮欢呼，至三鼓方散。

第二日智化别了众人，驾一小舟，回至水寨，见了钟雄。钟雄问道：“贤弟为何回来的这等快？”智化道：“事有凑巧，小弟正往卧虎沟进发，恰好途中遇见卧虎沟来人。问沙员外，原来早被襄阳王拿去，囚在王府了。因此急急赶回，与兄长商议。”钟雄道：“似此如之奈何？”智化道：“据小弟想来，襄阳王既囚沙龙，必是他不肯顺从。莫若兄长写书一封，就说咱们这里招募了贤豪，其中颇有与沙龙至厚的；若要将他押到水寨，叫这些人劝他归降，他断无不依的。不知兄长意下如何？”钟雄道：“此言甚善，就求贤弟写封书信罢。”智化立刻写了封恳切书信，派人去了。

智化又问：“欧阳兄说的南侠如何？”钟雄道：“昨日去说，已有些意思。今日又去了。”正说间，虞侯报：“欧阳老爷回来了。”钟雄、智化连忙迎出来，问道：“南侠如何不来？”北侠道：“劣兄说至再三，南侠方才应允，务必叫亲身去请，一来见贤弟诚心，二来他脸上觉得光彩。”智化在旁帮衬道：“兄长既要招募贤豪，理应折节下士，此行断不可少。”钟雄慨然应允，于是大家乘马到了碧云崖。这原是北侠作就活局。重新给他二人见了，彼此谦逊了一番，方一同回转思齐堂。四个人聚饮谈心，欢若平生。

再说那奉命送信之人到了襄阳王那里，将信投递府内。谁知襄阳王看了此书,暗暗合了自己心意,恨不得沙龙立时归降自己,好作帮手,急急派人押了沙龙送到军山。送信人先赶回来,报了回信。智化便对钟雄道:"沙员外既来了,待小弟先去迎接。仗小弟舌上钝锋,先与他陈说利害,再以交谊规劝,然后述说兄长礼贤下士。如此谆谆劝勉,包管投诚无疑矣。"钟雄听了大悦,即刻派人备了船只,开了竹栅。他只知智化迎接沙龙递信,哪知他们将圈套细说明白。一同进了水寨,把沙龙安置在接官厅上。智化却先来,见了钟雄道:"小弟见了沙员外,说到再三。沙员外道,他在卧虎沟虽非簪缨,却乃清白的门楣。只因误遭了赃官骗局,以致被获遭擒,已将生死置于度外。既不肯归降襄阳王,如何肯投诚钟太保呢。"钟雄道:"如此说来,这沙员外是断难收伏的了。"智化道:"亏了小弟百般的苦劝,又述说兄长的大德,他方说道:'为人要知恩报恩。既承寨主将俺救出囹圄①之中,如何敢忘大德。话要说明了,俺若到了那里,情愿以客自居,所有军务之事概不与闻,止如是相好朋友而已。倘有急难之处用着俺时,必效犬马之劳,以报今日之德。'小弟听他这番言语,他是怕堕了家声,有些留恋故乡之意。然而既肯以朋友相许,这是他不肯归伏之归伏了。若再谆谆,又恐怕他不肯投诚。因此安置他在接官厅上,特来禀兄长得知。"北侠在旁答道:"只要肯来便好说了,什么客不客呢,全是好朋友罢了。"钟雄笑道:"诚哉是言也!还是大哥说得是。"南侠道:"咱们还迎他不迎呢?"智化道:"可以不必远迎,止于在宫门接接就是了。小弟是先要告辞了。"

不多时,智化同沙龙到来,上了泊岸,望宫门一看,见多少虞候侍立宫门之下,钟太保与南、北两侠等候。智化导引在前,沙龙在后,登台阶,两下彼此迎凑。智化先与钟雄引见。沙龙道:"某一介鲁夫,承寨主错爱,实实叨恩不浅。"钟雄道:"久慕英名,未能一见。今日幸会,何乐如之!"智化道:"此位是欧阳兄,此位是展大哥。"沙龙一一见了,又道:"难得南、北二侠俱各在此,这是寨主威德所致,我沙龙今得附骥,幸甚呀,幸甚!"钟雄听了,甚为得意。彼此来到思齐堂,分宾主坐定。钟雄又问沙龙,如何到了襄阳王那里。沙龙便将县宰的骗局说了。"若不亏寨主救出囹圄,俺沙某不复见天,实实受惠良多,改日自当酬报。"钟雄道:"你我作豪

---

① 囹圄(língyǔ)——监狱。

杰的,乃是常事,何足挂齿。"沙龙又故意地问了问南、北二侠,彼此攀话。酒宴已摆设下,钟雄让沙龙,沙龙谦让再三,寨主长、寨主短。钟雄是个豪杰,索性叙明年庚,即以兄长呼之,真是英雄的本色。沙龙也就磊磊落落,不闹那些虚文。

饮酒之间,钟雄道:"难得今日沙兄长到此,足慰平生。方才智贤弟已将兄长的豪杰大度说明,沙兄长只管在此居住,千万莫要拘束,小弟决不有费清心。惟有欧阳兄、展兄小弟还要奉托,替小弟操劳。从今后水寨之事求欧阳兄代为管理;旱寨之事原有妻弟姜铠料理,恐他一个照应不来,求展兄协同经理;智贤弟作个统辖,所有两寨事务全要贤弟稽查。众位兄弟如此分劳,小弟就可以清闲自在,每日与沙大哥安安静静的盘桓些时,庶不负今日之欢聚,素日之渴想。"智化听了,甚合心意,也不管南、北二侠应与不应,他就满口应承。是日四人尽欢而散。

到了次日,钟雄传谕大小头目:所有水寨事务俱回北侠知道;旱寨事务俱回南侠与姜爷知道;倘有两寨不合宜之事,俱各会同智化参酌。不上五日工夫,把个军山料理得益发整齐严肃,所有大小头目兵丁无不欢呼颂扬。钟雄得意洋洋,以为得了帮手,乐不可言。哪知这些人全是算计他的呢!

且说蒋平在陈起望,到了日期,应当起身,早别了丁二爷与陆、鲁二人,竟奔柳家庄而来。此时正在深秋之际,一路上黄花铺地,落叶飘飘,偏偏阴云密布,淅淅泠泠下起雨来。蒋爷以为深秋没有什么大雨,因此冒雨前行。谁知细雨濛濛,连绵不断,刮来金风瑟瑟,遍体清凉。低头看时,浑身皆湿。再看天光,已然垂暮。又算计柳家庄尚有四十五里之遥,今日断不能到。幸亏今日是十日之期,就是明日到,也不为迟。因此要找个安身之处,且歇息避雨。往前又趱行了几里,好容易看见那边有座庙宇,急急奔到山门,敲打声唤,再无人应。心内甚是踌躇,更兼浑身皆湿,秋风吹来,冷不可当,自己说道:"利害!真是'一场秋雨一场寒'。这可怎么好呢?"只见那边柴扉开处,出来一老者,打着一把半零不落的破伞。见蒋平瘦弱身躯,犹如水鸡儿一般唏唏呵呵的,心中不忍,便问道:"客官,想是走路远了,途中遇雨。如不憎嫌,何不到我豆腐房略为避避呢?"蒋平道:"难得老丈大发慈悲。只是小可素不相识,怎好搅扰!"老丈道:"有甚要紧。但得方便地,何处不为人。休要拘泥,请呀。"蒋平见老丈诚实,只得随老丈进了柴扉。

不知老丈是谁,且听下回分解。

第一百十四回

忍饥挨饿进庙杀僧　少水无茶开门揖盗

且说蒋平进了柴扉一看,却是三间茅屋,两明间有磨与屉板罗槅等物,果然是个豆腐房。蒋平将湿衣脱下,拧了一拧,然后抖晾。这老丈先烧了一碗热水,递与蒋平。蒋平喝了几口,方问道:"老丈贵姓?"老丈道:"小老儿姓尹,以卖豆腐为生,膝下并无儿女,有个老伴儿,就在这里居住。请问客官贵姓?要往何处去呢?"蒋平道:"小可姓蒋,要上柳家庄找个相知,不知此处离那里还有多远?"老丈道:"算来不足四十里之遥。"说话间,将壁灯点上,见蒋平抖晾衣服,即回身取了一捆柴草来,道:"客官就在那边空地上将柴草引着,又向火,又烘衣,只是小心些就是了。"蒋平深深谢了,道:"老丈放心,小可是晓得的。"尹老儿道:"老汉动转一天也觉乏了,客官烘干衣服也就歇息罢,恕老汉不陪了。"蒋平道:"老丈但请尊便。"尹老儿便向里屋去了。

蒋平这里向火烘衣,及至衣服快干,身体暖和,心里却透出饿来了,暗道:"自我打尖后只顾走路,途中再加上雨淋,竟把饿忘了,说不得只好忍一夜罢了。"便将破床撣了撣,倒下头,心里想着要睡,哪知肚子不作劲儿,一阵阵咕噜噜的乱响,闹得心里不得主意,突、突、突的乱跳起来,自己暗道:"不好!索性不睡的好。"将壁灯剔了一剔,悄悄开了屋门,来到院内,仰面一看,见满天星斗,原来雨住天晴。正在仰望之间,耳内只听乒乒乓乓犹如打铁一般。再细听时,却是兵刃交架的声音,心内不由的一动,思忖道:"这样荒僻去处,如何黉夜比武呢?倒要看看。"登时把饿也忘了,纵身跳出土墙,顺着声音一听,恰好就在那边庙内。急急紧行几步,从庙后越墙而过,见那边屋内灯光明亮,有个妇人啼哭,连忙挨身而入。

妇人一见,吓得惊慌失色。蒋爷道:"那妇人休要害怕。快些说明,为何事来，俺好救你。”那妇人道：“小妇人姚王氏，只因为与兄弟回娘家探望，途中遇雨，在这庙外山门下避雨，被僧人开门看见，将我等让到前面禅堂。刚刚坐下，又有人击户①，也是前来避雨的，僧人道：‘前面禅堂男女不便。’就将我等让在这里。谁知这僧人不怀好意，到了一更之后，提了利刃进来时，先将我兄弟踢倒，捆缚起来，就要逼勒于我。是小妇人着急喊叫，僧人道：‘你别嚷！俺先结果了前面那人，回来再和你算账。’因此提了利刃，他就与前面那人杀起来了，望乞爷爷搭救搭救。”蒋爷道：“你不必害怕，待俺帮那人去。”说罢，回身见那边立着一根门闩，拿在手中，赶到跟前，见一大汉左右躲闪，已不抵敌；再看和尚，上下翻腾，堪称对手。蒋爷不慌不忙将门闩端了个四平，仿佛使枪一般，对准那僧人的肋下，一言不发尽力的一戳。那僧人只顾赶杀那人，哪知他身后有人戳他呢，冷不防觉得左肋痛彻心髓，翻筋斗栽倒尘埃。前面那人见僧人栽倒，赶上一步，抬脚往下一跺，只听的拍的一声，僧人的脸上已然着重。这僧人好苦，临死之前先挨一戳，后挨一跺，嗳哟一声，手一扎煞，刀已落地。蒋爷撇了门闩，赶上前来，抢刀在手，往下一落，这和尚登时了账。叹他身入空门，只因一念之差，枉自送了性命。

且说那人见蒋平杀了和尚，连忙过来施礼，道：“若不亏恩公搭救，某险些儿丧在僧人之手。请问尊姓大名？”蒋平道：“俺姓蒋名平。足下何人？”那人道：“嗳呀！原来是四老爷么。小人龙涛。”说罢，拜将下去。蒋四爷连忙搀起，问道：“龙兄为何到此？”龙涛道：“自从拿了花蝶与兄长报仇，后来回转本县缴了回批，便将捕快告退不当，躲了官的辖制，自己务了农业，甚是清闲。只因小人有个姑母别了三年，今日特来探望，不料途中遇雨，就到此庙投宿。忽听后面声嚷救人，正欲看视，不想这个恶僧反来寻找小人，与他对垒，不料将刀磕飞。可恶僧人好狠，连搠几刀，皆被我躲过，正在危急，若不亏四老爷前来，性命必然难保，实属再生之德。”蒋平道：“原来如此。你我且到后面，救那男女二人要紧。”

蒋平提了那僧人的刀在前，龙涛在后跟随，来到后面，先将那男人释放，姚王氏也就出来叩谢。龙涛问道：“这男女二人是谁？”蒋爷道：“他是

① 击户——敲门。

姊弟二人,原要回娘家探望,也因避雨,误被恶僧诓进。方才我已问过,乃是姚王氏。”龙涛道:“俺且问你,你丈夫他可叫姚猛么?”妇人道:“正是。”龙涛道:“你婆婆可是龙氏么?”妇人道:“益发是了。不幸婆婆已于去年亡故了。”龙涛听说他婆婆亡故了,不觉放声大哭,道:“嗳呀!我那姑母呀!何得一别三年,就作了故人了。”姚王氏听如此说,方细看了一番,猛然想起,道:“你敢是表兄龙涛哥哥么?”龙涛此时哭得说不上话来,止于点头而已。姚王氏也就哭了。蒋平见他等认了亲戚,便劝龙涛止住哭声。龙涛便问道:“表弟近来可好?”叙了多少话语。龙涛又对蒋爷谢了,道:“不料四老爷救了小人,并且救了小人的亲眷,如此恩德,何以答报!”蒋爷道:“你我至契好友,何出此言。龙兄,你且同我来。”

龙涛不知何事,跟着蒋爷左寻右找,到了厨房,现成的灯烛,仔细看时,不但菜蔬馒首,而且有一瓶好烧酒。蒋爷道:“妙极,妙极!我实对龙兄说罢,我还没吃饭呢。”龙涛道:“我也觉得饿了。”蒋爷道:“来罢,来罢,咱们搬着走。大约他姐儿两个也未必吃饭呢。”龙涛见那边有个方盘,就拿出那当日卖煎饼的本事来了,端了一方盘。蒋爷提了酒瓶,拿了酒杯碗碟筷子等,一同来到后面。他姐儿两个果然未进饮食,却不喝酒,就拿了菜蔬点心在屋内吃。蒋爷与龙涛在外间,一壁饮酒,一壁叙话。龙涛便问蒋爷何往?蒋爷便叙述已往情由,如今要收伏钟雄,特到柳家庄找柳青要断魂香的话,说了一遍。龙涛道:“如此说来,众位爷们俱在陈起望。不知有用小人处没有?”蒋爷道:“你不必问哪。明日送了令亲去,你就到陈起望去就是了。”龙涛道:“既如此,我还有个主意。我这表弟姚猛,身量魁梧,与我不差上下,他不过年轻些。明日我与他同去如何?”蒋平道:“那更好了。到了那里,丁二爷你是认得的,就说咱们遇着了。还有一宗,你告诉丁二爷,就求陆大爷写一封荐书,你二人直奔水寨,投在水寨之内。现有南、北二侠,再无有不收录的。”龙涛听了,甚是欢喜。

二人饮酒多时,听了听已有鸡鸣,蒋平道:“你们在此等候我,我去去就来。”说罢,出了屋子,仍然越过后墙,到了尹老儿家内。又越了土墙,悄悄来到屋内,见那壁上灯点得半明不灭的,重新剔了一剔,故意的咳嗽。将尹老儿惊醒,伸腰欠口,道:“天是时候了,该磨豆腐了。”说罢,起来,出了里屋,见蒋爷在床上坐着,便问道:“客官起来的恁早?想是夜静有些寒凉。”蒋平道：“此屋还暖和，多承老丈挂心。天已不早了，小可要赶路了。”尹老儿道：“何必忙呢？等着热热的喝碗浆，暖暖寒，再去不迟。”蒋爷道：“多承美意，改日叨扰罢，小可还有要紧事呢。”说着话，披上衣服，从兜中摸出一块银子，足有二两重，道：“老丈，些须薄礼，望乞笑纳。”老丈道：“这如何使得？客官在此屈尊一夜，费了老汉什么，如何破费许多呢？小老儿是不敢受的。”蒋爷道：“老丈休要过谦。难得你一片好心，再要推让，反觉得不诚实了。”说着话，便掖在尹老儿袖内。尹老儿还要说话，蒋爷已走到院内，只得谢了又谢，送出柴扉。彼此执手。那尹老儿还要说话，见蒋爷已走出数步，只得回去，掩上柴扉。

蒋爷仍然越墙进庙。龙涛便问：“上何方去了？”蒋平将尹老儿留住的话，说了一遍。龙涛点头，道：“四老爷作事真个周到。”蒋平道：“咱们也该走了。龙兄送了令亲之后，便与令表弟同赴陈起望便了。”龙涛答应。四人来到山门，蒋爷轻轻开了山门，往外望了一望，悄悄道：“你三人快些去罢。我还要关好山门，仍从后面而去。”龙涛点头，带领着姊弟二人扬长去了。

蒋爷仍将山门闭妥，又到后面检点了一番，就撂下这没头脑的事儿让地面官办去。他仍从后墙跳出，溜之乎也。一路观看清景，走了二十余里，打了早尖。及至到了柳家庄，日将西斜，自己暗暗道：“这么早到那里作什么，且找个僻静的酒肆沽饮几杯。知他那里如何款待呢？别像昨晚饿得抓耳挠腮。若不亏那该死的和尚预备下，我如何能够吃到十二分。”心里想着，早见有个村居酒市，仿佛当初大夫居一般，便进去，拣了座头坐下。酒保儿却是个少年人，暖了酒。蒋爷慢慢消饮，暗听别的座上三三两两，讲论柳员外这七天的经忏费用了不少。也有说他为朋友尽情，真正难得的；也有说他家内充足，耗财买脸儿的；又有那穷小子苦混混儿说：“可惜了儿的！交朋友不过是了就是了。人在人情在，哪里犯的上呢。若把这七天费用帮了苦哈哈，包管够过一辈子的。”蒋爷听了暗笑，酒饮够了，又吃了些饭。

看看天色已晚，会了钱钞，离了村居，来到柳青门首已然掌灯，连忙击户。只见里面出来了个苍头，问道：“什么人？”蒋爷道：“是我，你家员外可在家么？”苍头将蒋爷上下打量一番，道：“俺家员外在家等贼呢。请问尊驾贵姓?”蒋爷听了苍头之言有些语辣,只得答道:“我姓蒋,特来拜望。”苍头道:“原来是贼爷到了,请少待。”转身进去。蒋爷知道这是柳青吩咐过了,毫不介意,只得等候。

不多时,只见柳青便衣便帽出来,执手道:“姓蒋的,你竟来了!也就好大胆呢!”蒋平道:“劣兄既与贤弟定准日期,劣兄若不来,岂不叫贤弟呆等么?”柳青说:“且不要论兄弟。你未免过于不自量了。你既来了,只好叫你进来。”说罢,也不谦让,自己却先进来。蒋爷听了此话,见此光景,只得忍耐。刚要举步,只见柳青转身奉了一揖,道:“我这一揖你可明白?”蒋爷笑道:“你不过是‘开门揖盗’罢了,有甚难解。”柳青道:“你知道就好。”说着,便引到西厢房内。

蒋爷进了西厢房一看,好样儿,三间一通连,除了一盏孤灯,一无所有,止于迎门一张床,别无他物。蒋爷暗道:“这是什么意思?”只听柳青道:“姓蒋的,今日你既来了,我要把话说明了。你就在这屋内居住,我在对面东屋内等你。除了你我,再无第三人,所有我的仆妇人等早已吩咐过了,全叫他们回避。就是前次那枝簪子,你要偷到手内,你便隔窗儿叫一声,说:‘姓柳的,你的簪子我偷了来了。’我在那屋里在头上一摸,果然不见了,这是你的能为。不但偷了来,还要送回去。再迟一回,你能够送去,还是隔窗叫一声:‘姓柳的,你的簪子我还了你了。’我在屋内向头上一摸,果然又有了。若是能够如此,不但你我还是照旧的弟兄,而且甘心佩服,就是叫我赴汤蹈火,我也是情愿的。”蒋爷点头,笑道:“就是如此。贤弟到了那时,别又后悔。”柳青道:“大丈夫说话,焉有改悔?”蒋爷道:“很好,很好!贤弟请了。”

不知果能否,且听下回分解。

第一百十五回

随意戏耍智服柳青　有心提防交结姜铠

且说柳青出了西厢房,高声问道:“东厢房炭烛茶水酒食等物,俱预备妥当了没有？”只听仆从应道：“俱已齐备了。”柳青道：“你们俱各回避了，不准无故的出入。”又听妇人声音说道：“婆子丫鬟，你们惊醒些！今晚把贼关在家里，知道他净偷簪子，还偷首饰呢！”早有个快嘴丫鬟接言道：“奶奶请放心罢，奴婢将裤腿带子都收拾过了，外头任吗儿也没有了。”妇人嗔道：“多嘴的丫头子！进来罢，不要混说了。”这说话的原来是柳娘子。蒋爷听在心内，明知是说自己，置若罔闻。

此时已有二鼓。柳青来到东厢房内，抱怨道：“这是从哪里说起！好好的美寝不能安歇，偏偏的这盆炭火也不旺了，茶也冷了，这还要自己动转。也不知是什么时候才偷，真叫人等得不耐烦。”忽听外面他拉、他拉的声响，猛见帘儿一动，蒋爷从外面进来，道：“贤弟不要抱怨。你想你这屋内，又有火盆，又有茶水，而且裱糊得严紧，铺设得齐整。你瞧瞧我那屋子，犹如冰窖一般，八下里冒风，连个铺垫也没有，方才躺了一躺，实在的难受。我且在这屋里暖和暖和。”柳青听了此话，再看蒋爷头上只有网巾，并无头巾，脚下趿拉着两只鞋，是躺着来着，便说道：“你既嚷冷，为什么连帽子也不戴？”蒋爷道：“那屋里什么全没有。是我刚才摘下头巾枕着来，一时寒冷，只顾往这里来，就忘了戴了。”柳青道：“你坐坐，也该过去了。你有你的公事，早些完了，我也好歇息。”蒋爷道：“贤弟，你真个不讲交情了。你当初到我们陷空岛，我们是何等待你！我如今到了这里，你不款待也罢了，怎么连碗茶也没有呢？”柳青笑道：“你这话说得可笑。你今日原是偷我来了。既是来偷我，我如何肯给你预备茶水呢？你见世界上有给贼预备妥当了，再等着他来偷的道理么？”蒋平也笑道：“贤弟说得也是。但只一件，世界上有这么明灯蜡烛等贼偷的么？你这不是‘开门揖盗’，竟是‘对面审贼’了。”柳青将眼一瞪，道：“姓蒋的，你不要强辩饶舌。你纵能说，也不能说了我的簪子去。你趁早儿打主意便了。”蒋爷道：“若论盗这簪子原不难，我只怕你不戴在头上那就难了。”

柳青登时生起气来，道：“那岂是大丈夫所为！”便摘下头巾，拔下簪子，往桌上一掷，道：“这不是簪子？说还哄你不成！你若有本事，就拿去！”蒋平老着脸，伸手拿起，揣在怀内，道：“多谢贤弟。”站起来就要走。柳青微微冷哂，道：“好个翻江鼠蒋平！俺只当有什么深韬广略，原来只会撒赖！可笑呀，可笑！”蒋平听了，将小眼一瞪，瘦脸儿一红，道：“姓柳的,你不要信口胡说!俺蒋平堂堂男子,要撒赖做什么?”回手将簪子掏出,也往桌上一掷,道:“你提防着,待我来偷你。”说罢,转身往西厢房去了。

柳青自言自语道:“这可要偷了,须当防备。”连忙将簪子别在头上,戴上头巾,两只眼睛睁睁的往屋门瞅着,以为看他如何进来,怎么偷法。忽听蒋爷在西厢房说道:“姓柳的,你的簪子我偷了来了。”柳青吓了一跳,急将头巾摘下,摸了一摸,簪子仍在头上,由不的哈哈大笑,道:“姓蒋的,你是想簪子想疯了心了。我这簪子好好还在头上,如何被你偷去?”蒋平接言道:“那枝簪子是假的,真的在我这里。你不信,请看那枝簪子背后没有暗‘寿’字儿。”柳青听了,拔下来仔细一看,宽窄长短分毫不错,就只背后缺少“寿”字儿。柳青看了暗暗吃惊,连说“不好”,只得高声嚷道:“姓蒋的,偷算你偷去,看你如何送来?”蒋爷也不答言。

柳青在灯下赏玩那枝假簪,越看越像自己的,心中暗暗罕然道:“此簪自从在五峰岭上,他不过月下看了一看,如何就记得恁般真切?可见他聪明至甚。而且方才他那安安详详的样儿行所无事,想不到他抵换如此之快。只他这临事好谋,也就令人可羡。”复又一转念,猛然想起:“方才是我不好了!绝不该和他生气,理应参悟他的机谋,看他如何设法儿才是。只顾暴躁,竟自入了他的术中。总而言之,是我量小之故。且看他将簪子如何送回。千万再不要动气了!等了些时不见动静,便将火盆拨开,温暖了酒,自斟自饮,怡然自得。

忽听蒋爷在那屋张牙欠口打哈气,道:“好冷!夜静了,更觉凉了。”说着话,趿拉、趿拉又过来了,恰是刚睡醒了的样子,依然没戴帽子。柳青拿定主意,再也不动气,却也不理蒋爷。蒋爷道:“好呀,贤弟会乐呀!屋子又暖和,又喝着酒儿,敢则好呀!劣兄也喝盅儿,使得使不得呢?”柳青道:“这有什么呢?酒在这里,只管请用,你可别忘了送簪子。”蒋爷道:“实对贤弟说,我只会偷,不会送。”说罢,端起酒盅一饮而尽,复又斟上,道:“我今日此举不过游戏而已,劣兄却有紧要之事奉请贤弟。”柳青道:“只要送回簪子来,叫我哪里去,我都跟了去。”蒋爷道:“咱们且说正经事。”他将大家如何在陈起望聚义,欧阳春与智化如何进的水寨,怎么假说展昭,智诓沙龙,又怎么定计在钟雄生辰之日收伏他,特着我来请贤弟用断魂香的话，哩哩啰啰，说个不了。柳青听了，唯唯喏喏，毫不答言。蒋爷又道："此乃国家大事。我等钦奉圣旨，谨遵相谕，捉拿襄阳王，必须收伏了钟雄，奸王便好说了。说不得贤弟随劣兄走走。"柳青听了这一番言语："这明是提出圣旨相谕押派着，叫我跟了他去"，不由的气往上冲。忽然转念道："不可，不可！这是他故意的惹我生气，他好于中取事，行他的谲诈。我有道理。"便嘻嘻笑道："这些事都是他们为官做的，与我这草民何干？不要多言，还我的簪子要紧。"蒋爷见说不动，赌气带上桌上头巾，趿拉、趿拉出门去了。

柳青这里又奚落他道："那帽子当不了被褥，也挡不了寒冷。原来是个抓帽子贼，好体面哪！"蒋爷回身进来，道："姓柳的，你不要嘲笑刻薄，谁没个无心错呢！这也值得说这些没来由的话？"说罢，将他的帽子劈面摔来。柳青笑嘻嘻，双手接过，戴在头上，道："我对你说，我再也不生气的。慢说将我的帽子摔来，就是当面唾我，我也是容他自干，决不生气。看你有什么法子？"蒋爷听了此言，无奈何的样儿，转回西厢房内去了。

柳青暗暗欢喜，自以为不动声色，是绝妙的主意了。又将酒温了一温，斟上刚要喝，只听蒋爷在西厢房内说道："姓柳的，你的簪子我还回去了。"柳青连忙放下酒盅，摘去头巾，摸了一摸，并无簪子。又见那枝假的仍在桌上放着。又听蒋爷在那屋内说道："你不必犹疑，将帽子里儿看看就明白了。"柳青听了，即将帽子翻过看时，那枝簪子恰好别在上面，不由的倒抽了一口气，道："好呀！真真令人不测。"再细想时，更省悟了。"敢则他初次光头过来，就为二次还簪地步。这人的智略机变，把我的喜怒全叫他体谅透了，我还和他闹什么？"

正在思索，只见蒋爷进来，头巾也戴上了，鞋也不趿拉着了，早见他一躬到地。柳青连忙站起，还礼不迭。只听蒋爷道："贤弟，诸事休要挂怀。恳请贤弟跟随劣兄走走，成全朋友要紧。"柳青道："四兄放心！小弟情愿前往。"于是把蒋爷让到上位，自己对面坐了。蒋爷道："钟雄为人豪侠，是个男子，因众弟兄计议，务要把他劝化回头，方是正理。"柳青道："他既是好朋友，原当如此。但不知几时起身？"蒋爷道："事不宜迟，总要在他生日之前赶到方好。"柳青道："既如此，明早起身。"蒋平道："妙极！贤弟就此进内收拾去，劣兄还要歇息歇息。实对贤弟说，劣兄昨日一夜不曾合眼,此时也觉乏得很了。"柳青道:"兄长只管歇着,天还早呢,足可以睡一觉。恕小弟不陪了。"柳青便进内去了。

到了天亮,柳青背了包裹出来,又预备羹汤点心吃了。二人便离了柳家庄,竟奔陈起望而来。

且说智化作了军山的统辖,所有水旱二寨之事俱各料理得清清楚楚。这日,忽见水寨头目来,报道:"今有陈起望陆大爷那里来了二人,投书信一封。"说罢,将书呈上。智爷接来拆阅毕,吩咐道:"将他二人放进来。"头目去不多时,早见两个大汉晃里晃荡而来,见了智爷,参见道:"小人龙涛、姚猛,望乞统辖老爷收录。"智爷见他二人循规蹈矩,颇有礼教,便知是丁二爷教的。不然,他两个卤莽之人,如何懂得"统辖"与"收录"呢?内心甚是欢喜,却又故意问了几句,二人应答得颇好,智爷更觉放心,便将二人带到思齐堂。智爷将书呈上,说明来历,钟雄便要看看来人,智化即唤龙涛、姚猛,二人答应,声若巨雷。及至到了厅上,参见大王,那一番腾腾杀气,凛凛威风,真个是"方相"一般。钟雄看了大乐,道:"难得他二人的身材体态竟能一样,很好。我这厅上正缺两个领班头目,就叫他二人充当此差,妙不可言。"龙涛、姚猛听了,连忙叩谢,甚是恭谨。旁边北侠早已认得龙涛,见他举止端详,言语得当,心内也就明白了。是日沙龙等同钟雄把酒谈心,尽一日之长,到晚方散。

智化、北侠暗暗与龙涛打听,如何能够到此。龙涛将避雨遇见蒋爷一节说了,又道:"蒋爷不日也就要回来了。自从小人送了表弟妹之后,即刻同着姚猛上路,前日赶到陈起望。丁二爷告诉我等备细,教导了言语。陆大爷写了荐书,所以今日就来了。"智爷道:"你二人来的正好,而且又在厅上,更就近了。到了临期,自有用处,千万不要多言,惟有小心谨慎而已。"龙涛道:"我等晓得。倘有用我等之处,自当效力。"智化点头,叫他二人去了;然后又与北侠计议一番,方才安歇。

到了次日,他又不惮①勤劳,各处稽查。但有不明不知的,必要细细询问。因此这军山之内,由哪里到何处,至何方,俱已晓得。他见大小头目虽有多人,皆没甚要紧。惟有姜夫人之弟姜铠甚是了得,极其梗直,生

① 不惮(dàn)——不怕。

得凹面金腮,两道浓眉,一张阔口,微微有些髭须,绰号小二郎。他单会使一般器械,名叫三截棍,中间有五尺长短,两头俱有铁叶打就,铁环包定,两根短棒足有二尺多。每逢对垒,施展起来,远近都可打得,英勇非常。智化把他看在眼里。又因他是钟雄的亲戚,因此待他甚好,极其亲近。这二郎见智化志广才高,料事精详,更加喜悦。除了姜铠之外,还有钟雄两个亲信之人,却是同族兄弟武伯南、武伯北。此二人专管料理家务,智化也时常的与他等亲密。

他又算计钟雄生日,不过三日就到了。他便托言查阅,悄悄的又到陈起望。恰好蒋爷正与柳青刚到,彼此见了,各生羡慕,喜爱非常。蒋爷便问:"龙涛、姚猛到了不曾?"丁二爷道:"不但到了,谨遵兄命,已然进了水寨门了。"智化道:"昨日他二人去了,我甚忧心。后来见他等的光景甚是合宜,我就知是二弟的传授了。"智化又问蒋爷道:"四弟,前次所论之事,想柳兄俱已备妥了。今日我就同柳兄进水寨。"柳青道:"小弟惟命是从。但不知如何进水寨法?"智化道:"我自有道理。"

不知用何计策,且听下回分解。

第一百十六回

计出万全极其容易　算失一着甚是为难

且说智化要将柳青带入水寨,柳青因问如何去法。智化便问柳青可会风鉴①,柳青道:"小弟风鉴不甚明白,却会谈命。"智化道:"也可以使得。柳兄扮作谈命的先生,到了那里,不过奉承几句,只要混到他的生辰,便完了事了。"柳青依允。

智化又向陆、鲁二人道:"二位贤弟,大鱼可捕妥了?"陆彬道:"早已齐备,俱各养在那里。"智化道:"很好。明日就给他送去,只用大船一只,带了渔户去。到那里二位贤弟自然是住下的,却将船只泊在幽僻之处。

① 风鉴——旧指相术。

到了临期,如此如此。"又对丁二爷、蒋四爷说道:"二位贤弟务于后日夜间,要快船二只,每船水手四名,就在前次砍断竹城之处专等,千万莫误!"

计议已定。智化与柳青来到水寨见了钟雄,说柳青是算命先生,笔法甚好。"小弟因一人事繁,难以记载,故此带了他来,帮着小弟作个记室。"钟雄见柳青人物轩昂,意甚欢喜。

到次日,陆彬、鲁英来到水寨送鱼,钟雄迎到思齐堂,深深谢了。陆彬、鲁英又提写信荐龙涛、姚猛二人。钟雄笑道:"难得他二人身体一般,雄壮一样,我已把他二人派了领班头目。"陆彬道:"多蒙大王收录。"也就谢了。陆、鲁二人又与沙龙、北侠、南侠、智化见了,彼此欢悦。就将他二人款留住下,为的明日好一同庆寿。

到了次日,智爷早已办的妥协,各处结彩悬花,点缀灯烛,又有笙肃鼓乐,杂剧声歌,较比往年生辰不但热闹,而且整齐。所有头目兵丁,俱有赏赐,并传令今日概不禁酒,纵有饮醉者也不犯禁。因此人人踊跃,个个欢欣,无有不称羡统辖之德的。

思齐堂上排开花筵,摆设寿礼,大家衣冠鲜明,独有展爷却是四品服色,更觉出众。及至钟雄来到,见众人如此,不觉大乐,道:"今日小弟贱辰,敢承诸位兄弟如此的错爱,如此的费心,我钟雄何以克当!"说话间,阶下奏起乐来。就从沙龙让起,不肯受礼,彼此一揖。次及欧阳春,也是如此。再又次就是展熊飞,务要行礼。钟雄道:"贤弟乃皇家栋梁,相府的辅弼,劣兄如何敢当?还是从权行个常礼罢了。"说毕,先奉下揖去。展爷依旧从命,连揖而已。只见陆彬、鲁英二人上前相让。钟雄道:"二位贤弟是客,劣兄更不敢当。"也是常礼,彼此奉揖不迭。此时智化谆谆要行礼。钟雄托住,道:"若论你我兄弟,劣兄原当受礼;但贤弟代劣兄操劳,已然费心,竟把这礼免了罢。"智化只得行个半礼,钟雄连忙搀起。忽见外面进来一人,扑翻身跪下,向上叩头,原来是钟雄的妻弟姜铠。钟雄急急搀起,还揖不迭。姜铠又与众人一一见了。然后是武伯南、武伯北与龙涛、姚猛,率领大小头目,一起一起,拜寿已毕。复又安席入座,乐声顿止。堂上觥筹交错,阶前彩戏俱陈。智爷吩咐放了赏钱。早饭已毕,也有静坐闲谈的,也有料理事务的。独有小二郎姜铠却到后面与姜夫人谈了多时，便回旱寨去了。

到了午酒之时，大家俱要敬起寿星酒来。从沙龙起，每人三杯。钟雄难以推却，只得杯到酒干，真是大将必有大量。除了姜铠不在座，现时座中六人俱各敬毕。然后团团围住，刚要坐下，只见白面判官柳青从外面进来，手持一卷纸札，道："小可不知大王千秋华诞，未能备礼。仓促之间，无物可敬，方才将诸事记载已毕，特特写得条幅对联，望乞大王笑纳。"说罢，高高奉上。钟雄道："先生初到，如何叨扰厚赐？"连忙接过，打开看时，是七言的对联，乃："惟大英雄能本色，是真名士自风流。"写的颇好，满口称赞道："先生真好书法也！"说罢，奉了一揖。柳青还要拜寿，钟雄断断不肯。智化在旁道："先生礼倒不消，莫若敬酒三杯，岂不大妙！"柳青道："统辖吩咐极是。但只一件，小可理应早间拜祝，因事务冗繁①，须要记载，早间是不得闲的。而且条幅对联俱未能写就，及至得暇写出，偏又不干，所以迟到此时，未免太不恭敬。若要敬酒，须要加倍，方见诚心。小可意欲恭敬三斗，未知大王肯垂鉴否？"钟雄道："适才诸位兄弟俱已赐过，饮的不少了，先生赐一斗罢。"柳青道："酒不喝单，小可奉敬两斗如何？"沙龙道："这却合中，就是如此罢。"欧阳春命取大斗来。柳青斟酒，双手奉上。钟雄匀了三气饮毕。复又斟上，钟雄接过来也就饮了。大家方才入座，彼此传壶告干。七个人算计一个人，钟雄如何敌得住。天未二鼓，钟雄已然酩酊大醉，先前还可支持，次后便坐不住了。

智化见此光景，先与柳青送目，柳青会意去了。此时展爷急将衣服头巾脱下，转眼间出了思齐堂，便不见了。智化命龙涛、姚猛两个人将太保钟雄搀到书房安歇。两个大汉一边一个，将钟雄架起，毫不费力，搀到书房榻上。此时虽有虞侯伴当，也有饮酒过量的，也有故意偷闲的。柳青暗藏了药物来到思齐堂一看，见座中只有沙龙与欧阳春，连陆、鲁二人也不见了。刚要问时，只见智化从后边而来，看了看左右无人，便叫沙龙、欧阳春道："二位兄长少待，千万不可叫人过去。"即拿起南侠的衣服头巾，便同柳青来到书房，叫龙涛、姚猛把守门口，就说："统辖吩咐，不准闲人出入。"柳青又给了每人两丸药，塞住鼻孔；然后进了书房，二人也用药塞住

① 冗(rǒng)繁——烦琐，繁杂。

鼻孔;柳青便点起香来。

你道此香是何用法?原来是香子面。却有二个小小古铜造就的仙鹤,将这香面装在仙鹤腹内,从背后下面有个火门,上有螺蛳转的活盖,拧开点着,将盖盖好。等腹内香烟装足,无处发泄,只见一缕游丝,从仙鹤口内喷出。人若闻见此烟,香透脑髓,散于四肢,登时体软如绵,不能动转。须到五鼓鸡鸣之时,方能渐渐苏醒,所以叫作“鸡鸣五鼓断魂香”。

彼时柳青点了此香,正对钟雄鼻孔。酒后之人呼吸之气是粗的,呼的一声已然吸进,连打两个喷嚏,钟雄的气息便微弱了。柳青连忙将鹤嘴捏住,带在身边,立刻同智化将展昭衣服与钟雄换了。龙涛背起,姚猛紧紧跟随,来到大厅。智化、柳青也就出来,会同沙龙、北侠,护送到宫门。智化高声说道:“展护卫醉了,你等送到旱寨,不可有误。”沙龙道:“待我随了他们去。”北侠道:“莫若大家走走,也可以散酒。”说罢,下了台阶。这些虞侯人等,一来是黑暗之中不辨真假,二来是大家也有些酒意,三来白日看见展昭的服色,他们如何知道飞叉太保竟被窃负而逃呢。

且说南侠原与智化定了计策,特特地穿了护卫服色,炫人眼目,为的是临期人人皆知,不能细查。自脱了衣巾之后,出了厅房,早已踏看了地方,按方向从房上跃出,竟奔东南犄角。正走之间,猛听得树后悄声道:“展兄这里来,鲁英在此。”展爷问道:“陆贤弟呢?”鲁二爷道:“已在船上等候。”展爷急急下了泊岸。陆彬接住,叫水手摇起船来,却留鲁英在此等候众人。水手摇到砍断竹城之处,击掌为号,外面应了,只听大竹嗤、嗤、嗤全然挺起。丁二爷先问道:“事体如何?”陆爷道:“功已成了。今先送展兄出去,少时众位也就到了。”外面的即将展爷接出。陆彬吩咐将船摇回,刚到泊岸之处,只见姚猛背了钟雄前来。自从书房到此,都是龙涛、姚猛倒换背来。欧阳春、沙龙先跳在船上,接下钟雄,然后柳青、龙涛、姚猛俱各上船。鲁英也要上船,智化拉住,道:“二弟,咱们仍在此等。”鲁英道:“众兄弟俱在此,还等何人?”智化道:“不是等人,是等船回来。你我同陆贤弟,还是出水寨为是。”鲁英只得煞住脚步。不多工夫,船回来了。鲁二爷与智化跳到船上,也不细问,便招动令旗,开了竹栅,出了水寨,竟奔陈起望而来。

及至到了庄门,那两只船早已到了。三个人下船进庄,早见沙龙等迎出来,道:"方才何不一同来呢？务必绕了远儿则甚？"智化道:"小弟若不出水寨,少时如何进水寨呢？岂不自相矛盾么？"丁二爷道:"智大哥还回去作什么？"智化道:"二弟极聪明之人,如何一时忘起神来？我等只顾将钟太保诓来,他们那里如何不找呢？别人罢了,现有钟家嫂嫂、两个侄儿侄女,难道他们不找么？若是知道被咱们诓来,这一惊骇,不定要生出什么事来。咱们原为收伏钟太保,要叫妻子儿女有了差池,只怕他也就难乎为情了。"众人深以为然。智化来到厅上,见把钟雄安放在榻上,却将展爷衣服脱了,又换了一身簇新的渔家服色。智爷点头,见诸事已妥,便对沙龙、北侠道:"如到五更大哥苏醒之后,全仗二位兄长极力的劝谏,以大义开导,保管他倾心佩服。天已不早了,小弟要急急回去。"又对众人嘱咐一番:"务必帮衬着,说降了钟雄要紧。"智爷转身出庄,陆彬送到船上。智爷催着水手赶进水寨,时已三鼓之半。

这一回去不甚紧要,智爷险些儿性命难保。你道为何？只因姜氏夫人带领着儿女在后堂备了酒筵,也是要与钟雄庆寿。及至天已二鼓,不见大王回后,便差武伯南到前厅看视,得便请来。武伯南领命,到到大厅一看,静悄悄寂无人声。好容易找着虞侯等,将他们唤醒,问:"大王哪里去了？"这虞侯酒醉醺醺、睡眼朦胧,道:"不在厅上,就在书房。难道还丢了不成？"武伯南也不答言,急急来到书房,但见大王的衣冠在那里,却不见人。这一惊非同小可,连忙拿了衣冠,来到后堂禀报。姜夫人听了,惊得目瞪痴呆。这亚男、钟麟听说父亲不见了,登时哭了起来。姜夫人定了定神,又叫武伯南到宫门问问:"众位爷们出来不曾？"武伯南到了宫门,方知展护卫醉了,俱各送入旱寨。武伯南立刻派人到旱寨迎接,转身进内回禀。姜夫人心内稍安。迟不多时,只见上旱寨的回来,说道:"不但众位爷们不见,连展爷也未到旱寨。现时姜舅爷也带领兵丁,各处搜查去了。"姜夫人已然明白了八九,暗道:"南侠他乃皇家四品官员,如何肯归服大王？如此看来,不但南侠,大约北侠等都是故意前来,安心设计,要捉拿我夫主的。我丈夫既被拿去,岂不绝了钟门之后？"思忖至此,不由的胆战心惊。正在害怕,忽见姜铠赶来,说道:"不好了！兄弟方才到东南角上,见竹城砍断,大约姐夫被他等拿获,从此逃走的。这便如何是好？"

谁知姜铠是一勇之夫,毫无一点儿主意。姜夫人听了,正合自己心思,想了想再无别策,只好先将儿女打发他们逃走了,然后自己再寻个自尽罢。就叫姜铠把守宫门,立刻将武伯南、武伯北兄弟唤来,道:“你等乃大王亲信之人。如今大王遭此大变,我也无可托付,惟有这双儿女交给你二人,趁早逃生去罢!”亚男、钟麟听了,放声大哭,道:“孩儿舍不得娘呀!莫若死在一处罢。”姜夫人狠着心,道:“你们不要如此,事已紧急,快些去罢!若到天亮,官兵到来围困,想逃生也不能了。”武伯南急叫武伯北备一匹马。姜夫人问道:“你们从何处逃走?”武伯南道:“前面走着,路远费事。莫若从后寨门逃去,不过荒僻些儿。”姜夫人道:“事已如此,说不得了。快去!快去!”武伯南即将亚男搀扶上马,叫武伯北保护,自己背了钟麟。奔到后寨门,开了封锁,主仆四人竟奔山后逃生去了。

未知后文如何,且听下回分解。

第一百十七回

智公子负伤追儿女　武伯南逃难遇豺狼

且说姜铠把守宫门。他派人到接官厅上,打听有何人出去。不多时,回来说道:“就只二鼓之半,智统辖送出陆、鲁二人去未回。”姜铠心内思忖道:“当初投诚时,原是欧阳春、智化一同来的,为何他们做此勾当,他也在其内呢?事有可疑。”正在思忖,忽有人报道:“智统辖回来了。”姜铠听了,不分好歹,手提三截棍迎了上来;智化刚上台阶,不容分说,哗啷的一声,他就是一棍。智爷连忙将身闪开,刚刚躲过,尚未立稳;姜铠的棍梢落地也不抽回,顺势横着一扫。智化腾开右脚,这左脚略慢了些,已被棍上的短棒撩了一下。这一棍错过,若非智爷伶便,几乎丧了性命。智化连声嚷道:“姜贤弟,不要动手!我是报紧急军情的。”姜铠听了“军情”二字,方将三截棍收住,道:“报何军情?快说!”智化道:“此事机密,须要面见夫人,方好说得。”姜铠听说要见夫人,这必是大王有了下落。他这才把棍放下,过来拉着智化,道:“可是大王有了信息了么?”智化道:“正是,为何贤弟见面就是一棍？幸亏是我，若是别人，岂不登时毙于棍下？”姜铠道：“我只道大哥也是他们一党，不料是个好人。恕小弟卤莽，莫怪，莫怪。可打着哪里了？”智化道：“无妨，幸喜不重。快见夫人要紧。”二人开了宫门，来至后面。姜铠先进去通报。

姜夫人正在思念儿女落泪，自己横了心，要悬梁自缢。听说智化求见，必是丈夫有了信息，连忙请进，以叔嫂之礼相见。智化到了此时，不肯隐瞒，便将始末原由，据实说出。“原为大哥是个豪杰，惟恐一身淹埋污了美名，因此特特定计救大哥，脱离了苦海，全是一番好意，并无陷害之心。倘有欺负，负了结拜，天地不容！请嫂嫂放心。”姜夫人道：“请问叔叔，此时我丈夫是在何处？”智化道：“现在陈起望，所有众相好全在那里。务要大哥早早回头，方不负我等一番苦心。”姜夫人听了，如梦方醒，却又后悔起来，不该打发儿女起身，便对智化道：“叔叔，是嫂嫂一时不明，已将你侄儿侄女交付武伯南、武伯北带往逃生去了。”智化听了，急得跌足，道：“这可怎么好？这全是我智化失于检点。我若早给嫂嫂送信，如何会有这些事？请问嫂嫂，可知武家兄弟领侄儿侄女往何方去了呢？”姜夫人道：“他们是出后寨门，由后山去的。”智化道：“既如此，待我将他等追赶回来。”便对姜铠道：“贤弟送我出寨。”站起身来，一瘸一点，别了姜氏，一直到了后门。又嘱咐姜铠：“好好照看嫂嫂。”

好智化，真是为朋友尽心，不辞劳苦，出了后寨门，竟奔后山而来。走了五六里之遥，并不见个人影，只急的抓耳挠腮。猛听的有小孩子说话道：“伯南哥，你我往哪里去呢？”又听有人答道：“公子不要着急害怕。这沟是通着水路的，待我歇息歇息再走。”智化听的真切，顺着声音找去，原来是个山沟，音出于下，连忙问道：“下面可是公子钟麟么？”只听有人应道：“正是，上面却是何人？”智化应道：“我是智化，特来寻找你等。为何落在山沟之内？”钟麟道：“上面可是智叔父么？快些救我姐姐去要紧。”智化道：“你姐姐往何处去了？”又听应道：“小人武伯南背着公子，武伯北保护小姐。不想伯北陡起不良之心，欲害公子小姐，我痛加谴责。不料正走之间，他说沟内有人说话，仿佛大王声音。是我探身觑视，他却将我主仆推落沟中，驱着马往西去了。”智化问道：“你主仆可曾跌伤没有？”武伯南道：“幸亏苍天怜念，这沟中腐草败叶极厚，绵软非常，我主仆毫无损伤。”钟麟又说道:“智叔父不必多问了,快些搭救我姐姐去罢。”

智爷此时把脚疼付于度外,急急向西而去。又走三五里,迎头遇见二人采药的,从那边愤恨而来。智化向前执手,问道:“二位因何不平?”采药的人道:“实实可恶!方才见那边有一人将马拴在树上,却用鞭子狠狠的打那女子。是我二人劝阻,他不但不依,反要拔刀杀那女子。天下竟有这样狠毒人,岂有此理!”智化连忙问道:“现在哪里?带我前去。”采药的人听了甚喜,道:“我二人情愿导引。相离不远,快走快走。”智化手无利刃,随路拣了几块石头拿着。只听采药人道:“那边不是么?”智化用目力留神,却见武伯北手内执刀在那里威吓亚男,不由的杀人心陡起。赶行几步,来的切近,将手一扬,喊了一声。武伯北刚要扭头,拍的一声,这块石头不歪不偏,正打在脸上。武伯北嗳哟一声,往后便倒。智化赶上一步,夺过刀来,连搠了几下。采药人在旁看见,是个便宜,二人抽出药锄,就帮着一阵好刨。

智化连忙扶起亚男,叫道:“侄女苏醒,苏醒。”半晌,亚男哭了出来。智爷这才放心了,便问伯北毒打为何。亚男道:“他要叫我认他为父亲,前去进献襄阳王。侄女一闻此言,刚要嗔责,他便打起来了。除了头脸,已无完肤。侄女拼着一死,再也不应,便拔刀要杀。不想叔父赶到,救了性命。侄女好不苦也!”说罢,又哭。智化劝慰多时,便问:“侄女还可以乘马不能呢?”亚男说道:“请问叔父,往哪里去?”智化道:“往陈起望去。”即便将大家为劝谏你父亲,今日此举都是计策的话说了。亚男听见爹爹有了下落,便道:“侄女方才将生死付于度外,何况身子疼痛,没甚要紧。而且又得了爹爹信息,此时颇可挣扎骑马。”采药人听了,在旁赞叹称羡不已。

智化将亚男慢慢扶在马上,便问采药二人道:“你二人意欲何往?”采药人道:“我等虽则采药为生,如今见姑娘受这苦楚,心实不忍,情愿帮着爷上送到陈起望,心里方觉安贴。”智爷点头,暗道:“山野之处竟有这样好人。”连忙说道:“有劳二位了。但不知从何方而去?”采药人道:“这山中僻径,我们却是晓得的。爷上放心,有我二人呢。”智爷牵住马,拉着嚼环,慢慢步履,跟着采药人,弯弯曲曲,下下高高,走了多少路程,方到陈起望。智爷将亚男抱下马来,取出两锭银来,谢了采药人。两个感谢不尽,欢欢喜喜而去。智爷来到庄中,暗暗叫庄丁请出陆彬,嘱将亚男带到后面,与鲁氏、凤仙、秋葵相见,等找着钟麟时,再叫他姊弟与钟太保相会。慢慢再表。

且说武伯南在沟内歇息了歇息,背上公子,顺沟行去。好容易出了山沟,已然力尽筋疲。耐过了小溪桥,见有一只小船上,有二人捕鱼。一轮明月,照彻光华。连忙呼唤,要到神树岗。船家摆过舟来。船家一眼看见钟麟,好生欢喜,也不计较船资,便叫他主仆上船。偏偏钟麟觉得腹中饥饿,要吃点心。船家便拿出个干馒首。钟麟接过,啃了半天,方咬下一块来。不吃是饿,吃罢咬不动,眼泪汪汪,囫囵吞的咽了一口,噎的半晌还不过气来。武伯南在旁观瞧,好生难受,却又没法。只见钟麟将馒首一掷,嘴儿一咧。武伯南只当他要哭,连忙站起。刚要赶过来,冷不防的被船家用篙一拨,武伯南站立不稳,扑通一声,落下水去。船家急急将篙撑开,奔到停泊之处,一个抱起钟麟,一人前去叩门。只见里面出来一个妇人,将他二人接进,仍把双扉紧闭。

你道此家是谁?原来船上二人,一人姓怀名宝,一人姓殷名显。这殷显孤身一口,并无家小,吃喝嫖赌,无所不为,却与怀宝脾气相合。往往二人搭帮赚人,设局诓骗,弄了钱来,也不干些正经事体,不过是胡抡混闹,不二不三地花了。其中怀宝又有个毛病,处处爱打个小算盘,每逢弄了钱来,他总要绕着弯子,多使个三十五十一百八十的;偏偏殷显又是个马马虎虎的人,这些小算盘上全不理会,因此二人甚是相好,他们也就拜了把子了。怀宝是兄,殷显是弟。这怀宝却有个女人陶氏,就在这小西桥西北娃娃谷居住。自从结拜之后,怀宝便将殷显让到家中,拜了嫂嫂,见了叔叔。怀陶氏见殷显为人虽则谲诈,幸银钱上不甚悭吝,她就献出百般殷勤的愚哄,不多几日工夫,就把个殷显刮搭上了。三个人便一心一计地过起日子来了。可巧的这夜捕鱼,遇见倒运的武伯南背了钟麟,坐在他们船上。殷显见了钟麟,眼中冒火,直仿佛见了元宝一般,暗暗与怀宝递了暗号。先用馒头迷了钟麟,顺手将武伯南拨下水去,急急赶到家中。怀陶氏迎接进去,先用凉水灌了钟麟,然后摆上酒肴。怀宝、殷显对坐,怀陶氏打横儿,三人慢慢消饮家中随便现成的酒席。

不多时,钟麟醒来,睁眼看见男女三人在那里饮酒,连忙起来,问道:

“我伯南哥在哪里?”殷显道:“给你买点心去了。你姓什么?”钟麟道:“我姓钟名钟麟。”怀宝道:“你在哪里住?”钟麟道:“我在军山居住。”

殷显听了,登时吓得面目焦黄,暗暗与怀宝送目,叫陶氏哄着钟麟吃饮食,两个人来至外间。殷显悄悄地道:“大哥,可不好了。你才听见了他姓钟,在军山居住。不消说了,这必是山大王钟雄儿郎,多半是被那人拐带出来,故此他夤夜逃走。”怀宝道:“贤弟你害怕做什么?这是老虎嘴里落下来,叫狼吃了。咱们得了个狼葬儿,岂不是大便宜呢?明日你我将他好好送入水寨,就说夤夜捕鱼,遇见歹人背出世子,是我二人把世子救下。那人急了,跳在河内,不知去向,因此我二人特特将世子送来。难道不是一件奇功?岂不得一份重赏?”殷显摇头,道:“不好,不好!他那山贼形景,翻脸无情。倘若他合咱们要那拐带之人,咱们往何处去找呢?那时无人,他再说是咱们拐带的,只怕有性命之忧。依我说个主意,与其等着铸钟,莫若打现钟。现成的手到拿银子,何不就把他背到襄阳王那里?这样一个银娃娃的孩子,还怕卖不出一二百银子么?就是他赏,也赏不了这些。”怀宝道:“贤弟的主意,甚是有理。”殷显道:“可有一宗,咱们此处却离军山甚近。若要上襄阳,必须要趁这夜静就起身,省得白日招人眼目。”怀宝道:“既如此,咱们就走。”便将陶氏叫出,一一告诉明白。

陶氏听说卖娃娃,虽则欢喜,无奈他二人都去,却又不乐,便悄悄儿的将殷显拉了一把。殷显会意,立刻攒眉挤眼,道:“了不得!了不得!肚子疼得很,这可怎么好?”怀宝道:“既是贤弟肚腹疼痛,我背了娃娃先走。贤弟且歇息,等明日慢慢再去。咱们在襄阳会齐儿。”殷显故意哼哼,道:“既如此,大哥多辛苦辛苦罢。”怀宝道:“这有什么呢。大家饭大家吃。”说罢,进了屋里,对钟麟道:“走呀,咱们找伯南哥去。怎么他一去就不来了呢?”转身将钟麟背起,陶氏跟随在后,送出门外去了。

不知后来如何,且听下回分解。

第一百十八回
除奸淫错投大木场　救急困赶奔神树岗

且说陶氏送他二人去后，瞅着殷显，笑道："你瞧这好不好？"殷显笑嘻嘻地道："好的，你真是个行家。我也不愿意去，乐得的在家陪着你呢。"陶氏道："你既愿陪着我，你能够常常儿陪着我么？"殷显道："那有何难，我正要与你商量。如今这宗买卖要成了，至少也有一百两。我想有这一百两银子，还不够你我快活的吗？咱们设个法儿，远走高飞如何？"陶氏道："你不用合我含着骨头，露着肉的。你既有心，我也有意。咱们索性把他害了，你我做个长久夫妻，岂不死心塌地么？"两个狗男女正在说的得意之时，只见帘子一掀，进来一人，伸手将殷显一提，摔倒在地，即用裤腰带捆了个结实。殷显还百般哀告："求爷爷饶命。"此时陶氏已然吓得哆嗦在一处。那人也将妇人绑了，却用那衣襟塞了口，方问殷显道："这陈起望却在何处？"殷显道："陈起望离此有三四十里。"那人道："从何处而去？"殷显道："出了此门往东，过了小溪桥，到了神树岗往南，就可以到了陈起望。爷爷若不认得去，待小人领路。"那人道："既有方向，何用你领。俺再问你，此处却叫什么地名？"殷显道："此处名唤娃娃谷。"那人笑道："怨得你等要卖娃娃，原来地名就叫娃娃谷。"说罢，回手扯了一块衣襟，也将殷显口塞了。一手执灯，一手提了殷显，到了外间一看，见那边放着一盘石磨，将灯放下，把殷显安放在地，端起磨来，哪管死活，就压在殷显身上。回手进屋，将妇人提出，也就照样的压好。那人执灯看了一看，见那边桌上放着个酒瓶，提起来复进屋内。拿大碗斟上酒，也不坐下，端起来一饮而尽。见桌上放着菜蔬，拣可口的就大吃起来了。

你道此人是谁？真真令人想拟不到，原来正是小侠艾虎。自从送了施俊回家，探望父亲，幸喜施老爷施安人俱各安康。施老爷问："金伯父那里可许联姻了？"施俊道："姻虽联了，只是好些原委。"便将始末情由，述了一番。又将如何与艾虎结义的话，俱各说了。施老爷立刻将艾虎请进来相见。虽则施老爷失明，看不见艾虎，施安人却见艾虎年幼，英风满面，甚是欢喜。施老爷又告诉施俊道："你若不来，我还叫你回家；只因本县已有考期，我已然给你报过名。你如今来的正好，不日也就要考试了。"施生听了，正合心意，便同艾虎在书房居住。迟不多日，到了考试之日，施生高高中了案首，好生欢喜，连艾虎也觉高兴。本要赴襄阳去，无奈施生总要过了考期，或中或不中，那时再为定夺起身。艾虎没法儿，只得依从。每日无事，如何闲得住呢，施生只好派锦笺跟随艾虎出外游玩。这小爷不吃酒时还好，喝起酒来，总是尽醉方休。锦笺不知跟着受了多少的怕。好容易盼望府考，艾虎不肯独自在家，因此随了主仆到府考试。及至揭晓，施俊却中了第三名的生员，满心欢喜。拜了老师，会了同年；然后急急回来，祭了祖先，拜过父母，又是亲友贺喜，应接不暇。诸事已毕，方商议起身赶赴襄阳，待毕姻之后，再行赴京应试，因此耽误日期。及至到了襄阳，金公已知施生得中，欢喜无限，便张罗施生与牡丹完婚。

艾虎这些事他全不管，已问明了师傅智化在按院衙门，他便别了施俊，急急奔到按院那里，方知白玉堂已死。此时卢方已将玉堂骨殖安置妥协，设了灵位，待平定襄阳后，再将骨殖送回原籍。艾虎到灵前大哭一场，然后参见大人与公孙先生、卢大爷、徐三爷，问起义父和师傅来，始知俱已上了陈起望了。

他是生成的血性，如何耐的，便别了卢方等，不管远近，竟奔陈起望而来。只顾贪赶路程，把个道儿走差了，原是往西南，他却走到正西。越走越远，越走越无人烟，自己也觉乏了，便找了个大树之下歇息。因一时困倦，枕了包裹，放倒头便睡。及至一觉睡醒，恰好皓月当空，亮如白昼。自己定了定神，只觉得满腹咕噜噜乱响，方想起昨日不曾吃饭，一时饥渴难当。又在夜阑人静之时，哪里寻找饮食去呢？无奈何，站起身来，掸了掸土，提了包裹，一步捱一步，慢慢行来。猛见那边灯光一晃，却是陶氏接进怀、殷二人去了。艾虎道："好了！有了人家，就好说了。"趱行几步，来到跟前，却见双扉紧闭，侧耳听时，里面有人说话。艾虎才待击户，又自忖道："不好！半夜三更，我孤身一人，他们如何肯收留呢？且自悄悄进去看来，再做道理。"将包裹斜扎在背在，飞身上墙，轻轻落下，来到窗前，他就听了个不亦乐乎。后来见怀宝走了，又听殷显与陶氏定计要害丈夫，不由的气往上冲,因此将外屋门撬开,他便掀帘硬进屋内,这才把狗男女捆了,用石磨压好,他就吃喝起来了。酒饭已毕,虽不足兴,颇可充饥。执灯转身出来,见那男女已然翻了白眼,他也不管,开门直往正东而来。

走了多时,不见小溪桥,心中纳闷道:"那厮说有桥,如何不见呢?"趁月色往北一望,见那边一堆一堆,不知何物,自己道:"且到那边看看。"哪知他又把路走差了。若往南来便是小溪桥,如今他往北去,却是船场堆木料之所。艾虎暗道:"这是什么所在?如何有这些木料?要他做甚?"正在纳闷,只见那边有个窝棚,灯光明亮。艾虎道:"有窝棚必有人,且自问问。"连忙来到跟前,只听里面有人道:"你这人好没道理,好意叫你向火,你如何磨我要起衣服来?我一个看窝棚的,哪里有敷余衣服呢?"艾虎轻轻掀起席缝一看,见一人犹如水鸡儿一般,战兢兢说道:"不是俺合你要,只因浑身皆湿,纵然向火,也解不过这个冷来。俺打量你有衣服,哪怕破的烂的呢,只要俺将湿衣服换下拧一拧,再向火,俺缓过这口气来,即便还你。那不是行好呢。"看窝棚的道:"谁耐烦这些,你好好的便罢再要多说时,连火也不给你向了。搅的我连觉也不得睡,这是从哪里说起。"艾虎在外面答言道:"你既看窝棚,如何又要睡觉呢?你真睡了,俺就偷你。"说着话,嗯的一声,将席帘掀起。

看窝棚的吓了一跳,抬头看时,见是个年幼之人,胸前斜绊着一个包袱,甚是雄壮,便问道:"你是何人?黄夜到此何事?"艾虎也不答言,一存身将包袱解下打开,拿出几件衣服来,对着那水鸡儿一般的人道:"朋友,你把湿衣脱下来,换上这衣服。俺有话问你。"那人连连称谢,急忙脱去湿衣,换了干衣。又与艾虎执手,道:"多谢恩公一片好心。请略坐坐,待小可稍为暖暖,即将衣服奉还。"艾虎道:"不打紧,不打紧。"说着话,席地而坐,方问道:"朋友,你为何闹得浑身皆湿?"那人叹口气,道:"一言难尽。实对恩公说,小可乃保护小主人逃难的,不想遇见两个狠心的船户,将小可一篙拨在水内。幸喜小可素习水性,好容易奔出清波,来到此处。但不知我那小主落于何方?好不苦也!"艾虎忙问道:"你莫非就是什么'伯南哥哥'么?"那人失惊,道:"恩公如何知道小可的贱名?"艾虎便将在怀宝家中偷听的话,一五一十地说了一遍。武伯南道:"如此说来,我家小主人有了下落了。倘若被他们卖了,那还了得!须要急急赶上方好。"

他二人只顾说话，不料那看窝棚的浑身乱抖，仿佛他也落在水内一般，战兢兢的就势儿跪下来，道："我的头领武大爷！实是小人瞎眼，不知是头领老爷，望乞饶恕。"说罢，连连叩首。武伯南道："你不要如此。咱们原没见过，不知者不做罪，俺也不怪你。"便对艾虎道："小可意欲与恩公同去追赶小主，不知恩公肯慨允否？"艾虎道："好，好，好，俺正要同你去。但不知由何处追赶？"武伯南道："从此斜奔东南，便是神树岗，那是一条总路，再也飞不过去的。"艾虎道："既如此，快走，快走。"

只见看窝棚的端了一碗热腾腾的水来，"请头领老爷喝了，赶一赶寒气。"武伯南接过来，呷了两口，道："俺此时不冷了。"放下黄砂碗，对着艾虎道："恩公，咱们快走罢。"二人立起，躬着腰儿出了窝棚。看窝棚的也就随了出来。武伯南回头，道："那湿衣服暂且放在你这里，改日再取。"看窝棚的道："头领老爷放心。小人明日晒晾干了，收拾好好的，即当送去。"他二人迈开大步，往前奔走。

此时武伯南方问艾虎："贵姓大名？意欲何往？"艾虎也不隐瞒，说了名姓，便将如何要上陈起望寻找义父、师傅，如何贪赶路途迷失路径，方听见怀宝家中一切的言语说了，因问武伯南："你为何保护小主私逃？"武伯南便将如何与钟太保庆寿，如何大王不见了等话说了。"俺主母惟恐绝了钟门之后，因此叫小可同着族弟武伯北，保护着小姐公子私行逃走。不想武伯北顿起恶念，将我推入山沟。幸喜小可背着公子，并无伤损。从山沟内奔到小溪桥，偏偏的就遇见他娘的怀宝了，所以落在水内。"艾虎问道："你家小姐呢？"武伯南道："已有智统辖追赶搭救去了。"艾虎道："什么智统辖？"武伯南道："此人姓智名化，号称黑妖狐，与我家大王八拜之交。还有个北侠欧阳春，人皆称他为紫髯伯。他三人结义之后，欧阳爷管了水寨，智爷便作了统辖。"艾虎听了，暗暗思忖道："这话语之中大有文章。"因又问道："山寨还有何人？"武伯南道："还有管理旱寨的展熊飞。又有个贵客，是卧虎沟的沙龙沙员外。这些人俱是我们大王的好朋友。"艾虎听到此，猛然省悟，哈哈大笑，道："果然是好朋友！这些人俺全认的。俺实对你说了罢，俺寻找义父、师傅，就是北侠欧阳爷与统辖智爷。他们既都在山寨之内，必要搭救你家大王，脱离苦海。这是一番好心，必无歹意。倘有不测之时，有我艾虎一面承管，你只管放心。"武伯南连连称谢。

他二人说着话儿，不知不觉，就到了神树岗。武伯南道："恩公暂停贵步。小可这里有个熟识之家，一来打听小主的下落，二来略略歇息吃些饮食，再走不迟。"艾虎点头，应道："很好，很好。"武伯南便奔到柴扉之下，高声叫道："老甘开门来！甘妈妈开门来。"里面应道："什么人叫门？来了，来了！"柴门开处，出来个店妈妈，这是已故甘豹之妻，见了武伯南，满脸陪笑，道："武大爷一向少会，今日为何夤夜到此呢？"武伯南道："妈妈快掌灯去，我还有个同人在此呢。"甘妈妈忙转身掌灯。这里武伯南将艾虎让到上房。甘妈妈执灯将艾虎打量一番，见他年少轩昂，英风满面，便问道："此位贵姓？"武伯南道："这是俺的恩公，名叫艾虎。"甘妈妈一听"艾虎"二字，由不的一愣，不觉的顺口失声道："怎么也叫艾虎呢？"艾虎听了诧异，暗道："这婆子失惊有因，俺倒要问问。"才待开言，只听外面又有人叫道："甘妈妈开门来。"婆子应道："来了，来了！"

不知叫门者谁，且听下回分解。

第一百十九回
神树岗小侠救幼子　陈起望众义服英雄

且说甘妈妈刚要转身，武伯南将他拉住，悄悄道："倘若有人背着个小孩子，你可千万把他留下。"婆子点头会意，连忙出来，开了柴扉一看，谁说不是怀宝呢！

他因背着钟麟甚是吃力，而且钟麟一路哭哭喊喊，合他要定了伯南哥哥咧。这怀宝百般的哄诱，惟恐他啼哭被人听见，背不动时，放下来哄着走。这钟麟自幼儿娇生惯养，如何夤夜之间走过荒郊旷野呢，又是害怕，又是啼哭，总是要他伯南哥哥。把个怀宝磨了个吐天哇地，又不敢高声，又不敢嗔吓，因此耽延了工夫。所以武伯南、艾虎后动身的倒先到了，他先动身的倒后到了。

甘婆道："你又干这营生！"怀宝道："妈妈不要胡说。这是我亲戚的小厮，被人拐去，是我将他救下，送还他家里去。我是连夜走的乏了，在妈妈这里歇息歇息，天明就走。可有地方么？”甘婆道：“上房有客，业已歇下。现有厢房闲着，你可要安安顿顿的，休要招的客人犯疑。”怀宝道：“妈妈说的是。”说罢，将钟麟背进院来。甘婆闭了柴扉，开了厢房，道：“我给你们取灯去。”怀宝来到屋内，将钟麟放下。甘婆掌上了灯。

只听钟麟道：“这是哪里？我不在这里，我要我的伯南哥哥呢。”说罢，哇的一声又哭了。急的怀宝连忙悄悄哄道：“好相公，好公子，你别哭，你伯南哥哥少时就来。你若困了，只管睡。管保醒了，你伯南哥哥就来了。”真是小孩子好哄，他这句话倒说着了，登时钟麟张牙欠口，打起哈欠来。怀宝道：“如何！我说困了不是！”连忙将衣服脱下，铺垫好了。钟麟也是闹了一夜，又搭着哭了几场，此时也真就乏了，歪倒身便呼呼睡去。甘婆道：“老儿，你还吃什么不吃？”怀宝道：“我不吃什么了。背着他累了个骨软筋酥，我也要歇歇了。求妈妈黎明时就叫我，千万不要过晚了。”甘婆道：“是了，我知道了，你挺尸罢。”熄了灯，转身出了厢房，将门倒扣好了。她悄悄的又来到上房。

谁知艾虎与武伯南在上房悄悄静坐，侧耳留神，早已听了个明白。先听见钟麟要伯南哥哥，武伯南一时心如刀绞，不觉得落下泪来。艾虎连忙摆手，悄悄道：“武兄不要如此。他既来到这里，俺们遇见，还怕他飞上天去不成？”后来又听见他们睡了，更觉放心。只见甘婆笑嘻嘻的进来，悄悄道：“武大爷恭喜，果是那话儿。”武伯南问道：“他是谁？”甘婆道：“怎么大爷不认得？他就是怀宝呀。认了一个干兄弟，名叫殷显，更是个混账行子，合他女人不干不净的。三个人搭帮过日子，专干这些营生。大爷怎么上了他的贼船呢？”武伯南道：“俺也是一时粗心，失于检点。”复又笑道：“俺刚脱了他的贼船，谁知却又来到你这贼店。这才是躲一棒槌，挨一榔头呢。”甘婆听了，也笑道：“大爷到此，婆子如何敢使那把戏儿？休要凑趣。请问二位，还歇息不歇息呢？”艾虎道：“我们救公子要紧，不睡了。妈妈这里可有酒么？”甘婆道：“有，有，有。”艾虎道：“如此很好。妈妈取了酒来，安放杯箸，还有话请教呢。”甘婆转身，去了多时，端了酒来。艾虎上座，武伯南与甘婆左右相陪。

艾虎先饮了三杯，方问道：“适才妈妈说什么也叫‘艾虎’？这话内有因,倒要说个明白。"甘婆便将有主仆二人投店,主人也叫艾虎,原想托蒋爷为媒,将女儿许配于他的话,说了一遍。艾虎更觉诧异,道:"既有蒋四爷在场,此事再也不能舛错。这个人却是谁呢?真真令人纳闷。"甘婆道:"蒋爷还说艾虎侄儿已经定亲,想替卢珍侄儿定下这头亲,待见了卢爷即来纳聘,至今也无影响。"艾虎道:"妈妈不要着急,俺们明日就到陈起望。蒋四叔现在那里,妈妈何不写一信去问问?"甘婆道:"好,女儿笔下颇能,待我合她商议写信去。"说罢,起身去了。

这里武伯南便问艾虎道:"恩公,厢房之人,咱们是这里下手?还是拦路邀截呢?"艾虎道:"这里不好。她原是村店,若沾污了,以后她的买卖怎么作呢?莫若邀截为是。"武伯南笑道:"恩公还不知道呢,这老婆子也是个杀人不眨眼的母老虎。当初她男人在世,这店内不知杀害了多少人呢。"刚说到此,只见甘婆手持书信,笑嘻嘻进来,说道:"书已有了。就劳动艾爷,见了蒋四爷当面交付。婆子这里等着回信。"说罢,福了一福。艾爷接过书来,揣在怀中,也还了一揖。

甘婆问道:"厢房那人怎么样?"武伯南道:"方才我们业已计议。艾爷惟恐连累了你这里,俺们上途中邀截去。"甘婆道:"也倒罢了,待我将他唤醒。"立时来到厢房,开了门,对上灯,才待要叫,只听钟麟说道:"我要我伯南哥哥呀!"却从梦中哭醒。怀宝是贼人胆虚,也就惊醒了。先唤钟麟,然后穿上衣服,将钟麟背上,给甘婆道了谢,说:"等回来再补报罢。"甘婆道:"你去你的罢,谁望你的补报呢。但愿你这一去永远可别来了。"一壁说,一壁开了柴扉,送到门外,见他由正路而去。

甘婆急转身来到上房,道:"他走的是正路。你二位从小路而去,便迎着了。"武伯南道:"不劳费心,这些路途我都是认得的。恩公随我来。"武伯南在前,艾虎随后,别了甘婆,出了柴扉,竟奔小路而来。二人复又商议,叫武伯南抢钟麟好好保护,艾虎却动手,了结怀宝。说话间,已到要路。武伯南道:"不必迎了上去,就在此处等他罢。"

不多时,只听钟麟哭哭啼啼,远远而来。武伯南先迎了去,也不扬威,也不呐喊,惟恐吓着小主,只叫了一声:"公子,武伯南在此,快跟我来。"怀宝听了,咯噔一声,打了个冷战儿。刚要问是谁,武伯南已到身后,将公子扶住。钟麟哭着,说道:"伯南哥,你想煞我了!"一挺身早已离了怀宝的背上,到了伯南的怀中。这恶贼一见,说声“不好”,往前就跑。刚要迈步,不防脚下一扫,噗哧嘴按地,爬倒尘埃。只听当的一声,脊背上早已着了一脚,怀宝哎哟了一声,已然昏过去了。艾虎对着伯南道:“武兄抱着公子先走,俺好下手收拾这厮。”武伯南也恐小主害怕,便抱着往回路去了。艾虎背后,拔刀在手,口说:“我把你这恶贼……”一刀斩去,怀宝了账。小侠不敢久停,将刀入鞘,佩在身边,赶上武伯南,一同直奔陈起望而来。

且说钟雄到了五鼓鸡鸣时,渐渐有些转动声息,却不醒,因昨日用的酒多了的缘故。此时欧阳春、沙龙、展昭带领着丁兆蕙、蒋平、柳青与本家陆彬、鲁英,以及龙涛、姚猛等,大家环绕左右。惟有黑妖狐智化就在卧榻旁边静候。这厅上点的明灯蜡烛,照如白昼。虽有多人,一个个鸦雀无声。又迟了多会,忽听钟雄嘟囔道:“口燥得紧,快拿茶来。”早已有人答应,伴当将浓浓的温茶捧到。智爷接过来,低声道:“茶来了。”钟雄朦胧二目,伏枕而饮,又道:“再喝些。”伴当急又取来,钟雄照旧饮毕,略定了定神,猛然睁开二目,看见智化在旁边坐着,便笑道:“贤弟为何不安寝?劣兄昨日酒深,不觉得沉沉睡去,想是贤弟不放心。”说着话,复又往左右一看,见许多英雄环绕,心中诧异。一骨碌身爬起来看时,却不是水寨的书房。再一低头,见自己穿着一身渔家服色,不觉失声道:“哎哟!这是哪里?”欧阳春道:“贤弟不要纳闷,我等众弟兄特请你到此。”沙龙道:“此乃陈起望陆贤弟的大厅。”陆彬向前道:“草舍不堪驻足,有屈大驾。”钟雄道:“俺如何来到这里?此话好不明白。”智化方慢慢的道:“大哥,事已如此,小弟不得不说了。我们俱是钦奉圣旨,谨遵相谕,特为平定襄阳,访拿奸王赵爵而来。若论捉拿奸王,易如反掌,因有仁兄在内,惟恐到了临期,玉石俱焚,实实不忍。故此我等设计投诚水寨,费了许多周折,方将仁兄请到此处,皆因仁兄是个英雄豪杰。试问天下至重者莫若君父,大丈夫作事,焉有弃正道,愿归邪党的道理?然而人非圣贤,孰能无过。这也是仁兄雄心过豪,不肯下气,所以我等略施诡计,将仁兄诓到此地,一来为匡扶社稷,二来为成全朋友,三来不愧你我结拜一场。此事都是小弟的主意,望乞仁兄恕宥。”说罢,便屈膝跪于床下。展爷带着众人,谁不抢先,嗯的一声,全都跪了。这就是为朋友的义气。钟雄见此光景,连忙翻身下床,也就跪下，说道："俺钟雄有何德能，敢劳众位弟兄的过爱，费如此的心机，实在担当不起！钟雄乃一鲁夫，皆因闻得众位仁兄贤弟英名贯耳，原有些不服气，以为是恃力欺人。不想是义重如山，俺钟雄渺视贤豪，真真愧死。如今既承众位弟兄的训诲，若不洗心改悔，便非男子。众位仁兄贤弟请起。"大家见钟雄豪爽梗直，倾心向善，无不欢喜之至。彼此一同站起，大家再细细谈心。

未知后文如何，且听下回分解。

第一百二十回

安定军山同归大道　功成湖北别有收缘

且说钟雄听智化之言，恍然大悟。又见众英雄义重如山，欣然向善。所谓"同声相应，同气相求"者也。

世间君子与小人原是冰炭不同炉的。君子可以立小人之队，小人再不能入君子之群。什么缘故呢？是气味不能相投，品行不能同道。即如钟雄他原是豪杰朋友，皆因一时心高气傲，所以差了念头。如今被众人略略规箴，登时清浊立辨，邪正分明，立刻就离了小人之队，入了君子之群，何等畅快，何等大方。他既说出洗心改悔，便是心悦诚服，决不是那等反覆小人，今日说了，明日不算；再不然闹矫强，斗经济，怎么没来由怎么好，那是何等行为。

再说众位英雄立起身来，其中还有二人不认得。及至问明，一个是茉花村的双侠丁兆蕙，一个是那陷空岛四义蒋泽长。钟雄也是素日闻名，彼此各相见了。此时陆彬早已备下酒筵，调开桌椅，安放杯箸，大家团团围住。上首是钟雄，左首是欧阳春，右首是沙龙。以下是展昭、蒋平、丁兆蕙、柳青，连龙涛、姚猛、陆彬、鲁英等共十一筹好汉。陆彬执壶，鲁英把盏，先递与钟雄。钟雄笑道："怎么又喝酒呢？劣兄再要醉了，又把劣兄弄到哪里去？"众人听了，不觉大笑。陆彬笑道："仁兄再要醉了，不消说了，一定是送回军山去了。"钟雄一壁笑，一壁接酒，道："承情，承情。多谢,多谢。”陆彬挨次斟毕,大家就座。

钟雄道:“话虽如此说,俺钟雄到底如何到了这里? 务要请教。”智化便说:“起初展兄与徐三弟落在堑坑,被仁兄拿去,是蒋四兄砍断竹城,将徐三弟救出。”说到此,钟雄看了蒋四爷一眼,暗想:“这样瘦弱,竟有如此本领!”智爷又道:“皆因仁兄要鱼,是小弟与丁二弟扮作渔户,混进水寨,才瞧了招贤榜文。”钟雄又瞅了丁二爷一眼,暗暗佩服。智化又道:“次日是小弟与欧阳春兄进寨投诚。那时已知沙大哥被襄阳王拿去。因仁兄爱慕沙大哥,所以小弟假奔卧虎沟,却叫欧阳兄诈说展大哥,以及合襄阳王将沙大哥要来。这全是小弟的计策,哄诱仁兄。”钟雄连连点头,又问道:“只是劣兄如何来到此呢?”智化道:“皆因仁兄的千秋,我等计议,一来庆寿,二来奉请,所以先叫蒋四弟聘请柳贤弟去。因柳贤弟有师傅留下的断魂香。”钟雄听到此,已然明白,暗暗道:“敢则俺着了此道了。”不由的又瞧了一瞧柳青。智化接着道:“不料蒋四弟聘请柳贤弟时,路上又遇见了龙、姚二位。小弟因他二位身高力大,背负仁兄断无失闪,故此把仁兄请到此地。”钟雄道:“原来如此。但只一件,既把劣兄背出来,难道无人盘问么?”智化道:“仁兄忘了么? 可记得昨日展大哥穿的服色,人人皆知,个个看见。临时给仁兄更换穿了,口口声声‘展大哥醉了’,谁又问呢?”钟雄听毕,鼓掌大笑,道:“妙呀! 想的周到,做的机密。俺钟雄真是醉里梦里,这些事俺全然不觉。亏了众位仁兄贤弟成全了钟雄,不致叫钟雄出丑,钟雄敢不佩服? 能不铭感? 如今众位仁兄贤弟欢聚一堂,把往日的豪强自雄,侮慢英贤,不觉的可耻又可笑了。”众人见钟雄自怨自艾①,悔过自新,无不称羡:“好汉子! 好朋友!”各各快乐非常。惟有智化半点不乐。

钟雄问道:“贤弟,今日大家欢聚,你为何有些闷闷呢?”智化半晌道:“方才仁兄说小弟想的周到,做的机密,发知竟有不周到之处。”钟雄问道:“还有何事不周到呢?”智化叹道:“皆因小弟一时忽略,忘记知会。嫂嫂只当有官兵捕缉,立刻将侄儿侄女着人带领逃走了。”真是英雄气短,

---

① 自怨自艾(yì)——本义是悔恨自己的错误,并自己改正,现在只指悔恨。艾,治理;惩治。

儿女情长，钟雄听了此句话，惊骇非常，忙问道："交与何人领去？"智化道："就交与武伯南、武伯北了。"钟雄听见交与武氏兄弟，心中觉得安慰，点了点头，道："还好，他二人可以靠得。"智化道："好什么！是小弟见了嫂嫂之后，急忙从山后赶去，忽听山沟之内有人言语，问时却是武伯南，背负着侄儿落将下去。又问明了，幸喜他主仆并无损伤。仁兄，你道他主仆如何落在山沟之内？"钟雄道："想是黉夜逃走，心忙意乱，误落在山沟。"智化摇头，道："哪里是误落。却是武伯北将他主仆推下去的，他便迫着侄女上马往西去了。"钟雄忽然改变面皮，道："这厮意欲何为？"众人听了，也为之一惊。智化道："是小弟急急赶去，又遇见两个采药的将小弟领去，谁知武伯北正在那里持刀威吓侄女。"钟雄听至此，急的咬牙搓手。鲁英在旁，高声嚷道："反了！反了！"龙涛、姚猛二人早已立起身来。智化忙拦道："不要如此，不要如此，听我往下讲。"钟雄道："贤弟快说，快说。"智化道："偏偏的小弟手无寸铁，止于拣了几个石子。第一石子就把那厮打倒，赶步抢过刀来，连连捌了几下。两个采药人又用药锄刨了个不亦乐乎。"鲁英、龙涛、姚猛哈哈大笑，道："好呀！这才爽快呢！"众人也就欢喜非常，钟雄脸上颜色略为转过来。智化道："彼时侄女已然昏迷过去，小弟上前唤醒。谁知这厮用马鞭，将侄女周身抽的已然体无完肤。亏得侄女勇烈，挣扎乘马，也就来到此处。"钟雄道："亚男现在此处么？"陆彬道："现在后面，贱内与沙员外两位姑娘照料着呢。"钟雄便不言语了。智化道："小弟忧愁者，正为不知侄儿下落如何。"钟雄道："大约武伯南不至负心。只好等天亮时，再为打听便了。只是为小女，又叫贤弟受了多少奔波，多少惊险，劣兄不胜感激之至。"智化见钟雄说出此话，心内更觉难受，惟有盼望钟麟而已。大家也有喝酒的，也有喝汤的，也有静坐闲谈的。

不多时，天已光亮。忽见庄丁进来禀道："外面有一位少爷名叫艾虎，同着一个姓武的带着公子回来了。"智化听了，这一乐非同小可，连声说道："快请，快请！"智化同定陆彬、鲁英连龙涛、姚猛俱各迎了出来。只见外面进来了三人：艾虎在前，武伯南抱着公子在后。艾虎连忙参见智化。智化伸手搀起来，道："你从何处而来？"艾虎道："特为寻找你老人家，不想遇见武兄，救了公子。"此时武伯南也过来了，先问道："统辖老爷，俺家小姐怎么样了？"智化道："已救回在此。"钟麟听见姐姐也在这里,更喜欢了,便下来与智化作揖见礼。智化连忙扶住,用手拉着钟麟,进了大厅,钟麟一眼就看见爹爹坐在上面,不由的跪倒跟前,哇的一声哭了。钟雄此时也就落下几点英雄泪来了,便忙说道:“不要哭,不要哭,且到后面看姐姐去。”陆彬过来,哄着进内去了。

此时艾虎已然参见了欧阳春与沙龙。北侠指引道:“此是你钟叔父,过来见了。”钟雄连忙问道:“此位何人?”北侠道:“他名艾虎,乃劣兄之义子,沙大哥之爱婿,智贤弟之高徒也。”钟雄道:“莫非常提小侠,就是这位贤侄么?好呀!真是少年英俊,果不虚传。”艾虎又与展爷、丁二爷、蒋四爷一一见了。就只柳青、姚猛不认得,智化也指引了。大家归座。智化便问艾虎:“如何来到这里?”艾虎从保护施俊说起,直说到遇见武伯南救了公子、杀了怀宝,始末原由,说了一遍。钟雄听到后面,连忙立起身来,过来谢了艾虎。

此时武伯南从外面进来,双膝跪倒,匍匐尘埃,口称:“小人该死!”钟雄见武伯南如此,反倒伤心起来,长叹一声,道:“俺待你弟兄犹如子侄一般,不料武伯北竟如此的忘恩负义!他已处死,俺也不计较了。你为吾儿险些丧了性命,如今保全回来,不绝俺钟门之后。这全是你一片忠心所致,何罪之有?”说罢,伸手将武伯南拉起。众位英雄见钟太保如此,各各夸奖,说他恩怨分明,所行甚是。

钟雄复又叹一口气,道:“好叫众位兄弟得知,仔细想来,都是俺钟雄的罪孽,几乎使得儿女遭殃;若非急早回头,将来祸几不测。从此打破迷关,这身衣正合心意,俺钟雄直欲与渔樵过此生了。”众人听钟雄大有退隐之意,才待要劝,只见沙龙将钟雄拉住,道:“贤弟,你我同病相怜,不要如此。劣兄若非奸王囚禁,你两个侄女如何也能够来到此处呢?千万不要灰了壮志,妄打迷关,将来是要入魔呢。”众人听了,不觉大笑,钟雄也就笑了。

于是复又入座。智化道:“事不宜迟,就叫武头领急回军山,快快报与嫂嫂知道,好叫嫂嫂放心。”钟雄道:“莫若将贱内悄悄接来。劣兄既脱离了苦海,还回去做甚?”智化道:“仁兄又失于算计了。仁兄若不回军山,难免走漏风声,奸王又生别策。莫若仁兄仍然占住军山,按兵不动,以观襄阳的动静如何。再者小弟等也要同回襄阳去。”便将方山居址说明,

“现有卧虎沟的好汉俱在那里。”钟雄听了欢喜，道：“既如此，劣兄就派姜铠保护家小，也赴襄阳。劣兄一人在此虚守寨栅，方无挂碍。”智化连连称善，依然叫武伯南先回军山送信。到傍晚，钟雄方才回去。

此时艾虎已将甘妈妈的书信给蒋四爷看了。蒋平便将玉兰情愿联姻的话说了。大家欢喜，俱各说道：“莫若通知卢方大哥，说起这段姻缘曲折，看他意思，如若允诺，再替卢珍定下玉兰便了。”这一日，大家欢聚，快乐非常。又计议定了，女眷先行起身。就求姜氏夫人带领着凤仙、秋葵、亚男、钟麟，却派姜铠、龙涛、姚猛跟随护送。其余大家随后起身。到了晚间，用两只大船，除了陆彬、鲁英在家料理，所有众英雄俱到军山。钟雄见了姜氏，悲喜交集，说明了缘故，即刻收拾细软，乘船到陈起望，暗暗起身，这里众英雄欢聚了两日，告别了钟太保，也就赴襄阳去了。

要知群雄战襄阳，众虎遭魔难，小侠到陷空岛、茉花村、柳家庄三处飞报信，柳家五虎奔襄阳，艾虎过山收服三寇，柳龙赶路结拜双雄，卢珍单刀独闯阵，丁蛟、丁凤双探山，小弟兄襄阳大聚会，设计救群雄；直到众虎豪杰脱难，大家共议破襄阳，设圈套捉拿奸王，施妙计扫除众寇，押解奸王，夜赶开封府，肃清襄阳郡；又叙铡斩襄阳王，包公保众虎，小英雄金殿同封官，颜查散奏事封五鼠，众英雄开封大聚首，群侠义公厅同结拜：多少热闹节目，不能一一尽述。也有不足百回，俱在《小五义》书上，便见分明。词曰：

日日深杯酒满，朝朝小圃花开。自歌自舞自开怀，且喜无拘无碍。青史几番春梦？红尘多少奇才？不须计较与安排，领取而今现在。

图书在版编目（CIP）数据

三侠五义/（清）石玉昆著.--北京:华夏出版社，2013.8（2018.8重印）
（中国古典文学名著丛书）
ISBN 978-7-5080-7725-3

Ⅰ.①三…　Ⅱ.①石…　Ⅲ.①侠义小说－中国－清代　Ⅳ.①I242.4

中国版本图书馆CIP数据核字(2013)第153872号

三侠五义

作　　者　[清]石玉昆　著
责任编辑　韩平　高苏

出版发行　华夏出版社
经　　销　新华书店
印　　刷　北京建筑工业印刷厂分厂
装　　订　北京建筑工业印刷厂分厂
版　　次　2013年8月北京第1版
　　　　　2018年8月北京第4次印刷
开　　本　880×1230　1/32
印　　张　18.125
字　　数　418千字
定　　价　15.00元

华夏出版社　地址:北京市东直门外香河园北里4号　邮编:100028
网址:www.hxph.com.cn　电话:(010)64663331(转)